사랑과 혁명

2

일러두기

1. 1권 2권은 음력을, 3권은 양력을 따랐다. 누가 쓰고 누가 읽느냐에 따라 음력과 양력이 구분되거나 뒤섞인 19세기의 양상을 소설 속에 나타내려 한 것이다. 당시 천주교는 양력에 근거하여 첨례일을 정했고, 조선은 음력으로 삶의 흐름을 꾸렸다.

2. 소설에 등장하는 복음서의 내용과 표기법은 한국교회사연구소에서 영인한 한글본 『성경직히』(전 3권)를 따랐다.

3. 소설에 등장하는 세례명과 인명은 『기해일기』(성·황석두루가서원), 『치명일기』(성·황석두루가서원), 『기해·병오 순교자 시복재판록』(천주교수원교구) 등을 참고하여 19세기 천주교인의 표현을 따랐다. 그 현대 표현을 확인할 수 있도록 각 권 끝에 찾아보기로 수록했다.

4. 세례명과 인명 외에 천주교 관련 용어도 19세기 표현을 따랐으며, 필요시 용어 의미를 병기했다.

김탁환 장편소설

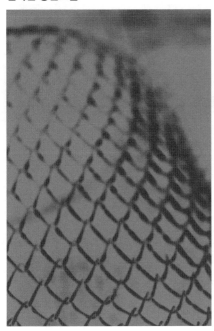

사랑과 혁명

천당과 지옥

2

해냄

차례

2부   **신은 숨고 인간은 찾는다**

서_ 한날한시 8

1장
옥

재회 24

주막에서 생긴 일 39

입을 맞추다 60

기회 84

점을 찍다 104

十 117

화용도 타령 137

치도곤과 학춤 155

상상 고문 174

2장
지옥

길 위에서 194

울음에 대하여 204

괘씸한 다섯 사람 214

여자의 일생 230

예수를 그리는 남자   246

옥 중의 옥   266

그네   273

거짓말   289

또 다른 나   310

우리에게 지옥이 필요한 이유   324

사람 낚는 어부   341

이것은 기적일까   358

때늦은 사죄   368

종사관의 지름길   384

깨어 있으라   399

간자   414

다시, 괘씸한 사람들만 남아   422

첫 희생자   445

혀와 눈   454

어떤 부활   461

자정의 죽   469

그 봄의 등잔 밑   478

세례명과 인명 찾아보기   486

2부

신은 숨고 인간은 찾는다

가거라. 네 믿음이 너를 구원하였다.
—「마르코 복음서」10장 52절

서

한날한시

1.

세 친구가 있었다. 한 사람이 붙들리면 나머지 두 사람의 은신처를 털어놓기로 약속했다. 함께 치명하기 위함이었다.

신유년己酉年, 1801년 봄, 그들은 좌포도청으로 끌려갔다. 누가 먼저 잡혔는지는 중요하지 않다. 먼저 이름을 말한 이도 부끄럽지 않았고, 나중에 오라를 받은 이도 섭섭하지 않았다.

칼을 쓰고 옥獄에 갇힌 사흘 동안 곤棍도 장杖도 그들을 내리친 적이 없었다. 살이 찢기고 피가 튀더라도 이름을 감추거나 행적을 숨기려 애쓰는 이들과는 달리, 세 친구는 계묘년癸卯年, 1783년부터 지금까지 기른 믿음을 다투어 자랑했다. 받아 적는 붓이 그들의 혀를 따르지 못할 정도였다.

나흘째 되던 날, 좌포도청 앞마당에서 나란히 문초를 받았다. 당당하게 첫 마음을 반복했다.

"한날한시에 죽여주시오."

그 바람은 이뤄지지 않았다.

본격적인 형문이 시작되자, 무엇이 바위고 무엇이 모래며 무엇이 먼지와 티끌인지 밝혀졌다. 세 친구의 이름은 사학죄인邪學罪人 명단에 오르지 않았다. 그들은 나란히 배교背敎했고 봄꽃이 지기 전 한날한시에 풀려났다.

세 친구는 죽기로 작정하고 덤벼들었는데도 살았다. 그들의 몸이 하늘 문을 두드리려 할 때마다 형조와 의금부와 좌포도청과 우포도청을 통틀어 가장 많은 배교자를 만든 포도군관 금창배琴昌盃가 비웃었다.

"천당 가는 길이 그리 쉬울 줄 알아? 난 절대로 네놈들 안 죽여. 이유가 뭘까? 지옥이더라도 이승이 나으니까. 암 낫고말고."

기록은 거기서 끝나지만, 세 친구의 삶은 계속되었다.

2.

신유년까지 세 친구의 이름은 공원방孔元放, 남도석南道錫, 윤영택尹永澤이었다. 주문모 탁덕에게 세례를 받은 후 교우들과 있을 때는 공원방 베드루, 남도석 야고버, 윤영택 요안이라고 불렸다. 그러나 외교인外敎人이 한 명이라도 섞이면 본명本名, 세례명을 감췄다. 신유 대군난을 겪은 뒤론 이름은 물론 성姓까지 바꿨다. 조금 당겨 말하자면, 정해 군난을 다룬 기록에 등장하는 이오득은 남도석이고, 소인정은 윤영택이다. 공원방은 기록에 없는데, 그 이유는 좌포도청 간자間者였기 때문이다. 간자는 이름도 나이도 고향도 남기질 않는다.

금창배가 세 친구를 석방하며 내건 조건은 두 가지였다.

—한양 사대문을 벗어나지 말 것.
—서로 만나지 말 것.

간자 훈련을 받던 중 남도석과 윤영택이 함께 달아났다. 공원 방에겐 귀띔하지 않았다. 단전에서부터 불덩어리가 치밀어 올랐다. 같은 말을 푸념하듯 되풀이했다.

"왜 나만 두고, 나만 왜, 나만⋯⋯."

"몰라서 묻나? 자백했기 때문이지. 남도석과 윤영택이 은거한 곳을 네놈이 털어놓았잖아?"

"그건 이유가 못 됩니다. 셋 중 누가 먼저 잡히더라도 그렇게 하자 했거든요."

"남도석이 붙들려 네가 숨은 곳을 알렸더래도?"

"약속했다니까요."

"윤영택이 그랬대도?"

"고마워했을 겁니다."

"남도석과 윤영택은 생각이 달랐나 보지. 자기들은 회두할 수 있어도 네놈은 자격이 없다 여긴 게 아닐까?"

"남도석과 윤영택은 제 자격을 논할 자격이 없습니다."

"자격을 논할 자격이 없다? 왜 없다는 거지?"

"치명하자고 끝까지 버틴 사람이 바로 저니까요."

"그랬어?"

"두 친구는 살고 싶다고, 이렇게 이승을 마감하긴 아깝다고, 마음을 바꿔달라 제게 번갈아 청했습니다. 너희는 그럼 배교해서 나가라고 했죠. 저는 꼭 치명해야겠다며 돌아앉았습니다. 그런데 절대로 안 된다는 겁니다. 셋이 함께 좌포도청에 들어왔으니, 살더라도 셋이 함께 살고 죽더라도 셋이 함께 죽어야 한다고. 죽지 말고 함께 살자고. 셋 중의 하나가 죽겠다 하고 둘이 살겠다 하면 둘의 뜻을 따르는 게 순리라는 헛소리까지 덧붙이더군요."

"결국 너도 마음을 바꿨군."

"둘만 남겨두고 천당으로 올라가기엔 마음이 편치 않았습니다. 배교한 두 친구는 결국 지옥으로 떨어질 것이니까요. 그건 친구에 대한 도리가 아니라 여겼습니다."

"그 말은……?"

"셋이 함께 배교한 후 두 친구를 데리고 회두할 생각이었습니다. 셋이 함께 천당으로 가는 길은 그것뿐이더군요."

"뜻을 나눈 친구라더니, 스승이 종도 대하듯 하는군."

"제가 서책을 내어주지 않았다면, 그들이 어찌 천주를 알았겠습니까? 제가 손을 내밀지 않았다면, 어찌 그들이 저와 친구가 되었겠습니까?"

공원방은 양반이고, 남도석은 천민인 백정이며, 윤영택은 중인인 역관이었다. 양반 상놈 나누지 않고 천주의 품 안에서 평등하게 친구로 지내기로 약속한 지 십팔 년 만에 지웠던 금이 다시 그어졌다.

3.

세 친구는 계묘년에 처음 만났다. 그다음 해인 갑진년에 이승훈 베드루가 청나라 연경에서 처음 세례를 받기 전부터 천주의 가르침을 담은 서책들은 조선에 이미 들어와 있었다.

공원방이 서학서西學書를 읽기 시작한 때를 확정하긴 어렵다. 두 친구에게 자랑삼아 일곱 살부터라고도 하고 여섯 살부터라고도 했다. 예닐곱 살이면 겨우 문리文理를 깨칠 나이니, 심오한 가르침을 알았을 리 없다. 그가 마음껏 드나든 서재에 서학서들이 있었다는 것 자체가 천주의 뜻일 것이다. 공원방의 아버지 진사 공지강孔志剛은 스승인 성호星湖, 이익 선생의 권유로 서학서들을 읽긴 했지만, 천주의 뜻을 받아들이기보다 오히려 비판하는 입장이었다. 동학 중 몇몇은 독후讀後의 불쾌감을 글로 남기기까지 했으나, 공 진사는 벗들이 보낸 글을 모아 읽기는 하되 단 한 글자도 덧붙이진 않았다.

공원방이 어려서 처음 접한 것도 서학서가 아니라 서학을 꾸짖는 짧은 글들이 대부분이었다. 그 속엔 『영언여작靈言蠡勺』 『천주실의天主實義』 『직방외기職方外記』와 같은 서책들이 거론되었다. 서학서들은 서재 제일 구석 책장 맨 아래 칸에 따로 놓여 있었다. 비판받는 서학서들을 공지강이 직접 검토하고 싶었던 듯하다. 공원방은 틈만 나면 서학서들을 꺼내 읽었다. 낮에는 보는 눈이 있으니 주로 사서삼경을 살폈지만, 해가 지고 사방이 고요해지면 서학서를 찾아 열독했다.

공원방이 처음 읽은 서책은 지리서인 『직방외기』였다. 청나라와 조선이 속한 아세아亞細亞만도 엄청나게 넓은데, 구라파歐羅巴, 유럽, 리미아利未亞, 아프리카, 아묵리가亞墨利加, 아메리카, 묵와랍니가墨瓦蠟泥加, 마젤란의 땅, 태평양에 있으리라 상상한 대륙 등 거대한 대륙이 네 개나 더 있었다.

『천주실의』에서 '죽은 후에는 반드시 천당과 지옥이 있어서 선과 악으로 응보된다'는 부분을 읽기 위해 서재로 갔던 계묘년 시월 그믐 자시子時, 밤 11시~1시에 남도석을 만났다. 서재로 들어서자마자 낯선 기운을 느꼈다. 등잔을 밝히고 서학서들을 모아둔 구석으로 갔다. 꽃과 열매와 벌레를 함께 그린 병풍이 희미하게 흔들렸다. 공원방은 오른손에 벼루를 쥐곤 천천히 앉았다. 제일 위에 놓인 서책의 제목을 확인했다. 『칠극七克』이었다. 이 밤에 읽으려고 미리 올려뒀던 『천주실의』는 그 아래에도 또 그 아래에도 없었다. 책 도둑일까.

공원방은 돌아서서 병풍을 향해 다가갔다. 참외와 닭이 함께 그려진 병풍의 끝을 쥐곤 단숨에 젖히면서, 달려드는 괴한을 향해 벼루를 던졌다. 이마를 정통으로 맞은 괴한이 쓰러져 꼼짝도 하지 않았다. 기절한 것이다. 찢긴 이마에선 피가 흘렀다. 공원방은 서책을 쌌던 보자기로 괴한의 머리를 둘러 묶었다. 등잔에 얼굴을 비춰 보니, 살갗은 검고 흉터가 많았지만 겨우 열서너 살, 그러니까 또래로밖에 보이질 않았다. 어린 괴한의 품에서 『천주실의』부터 찾아 빼낸 후 곁에 앉아 기다렸다.

이각二刻, 30분 후 깨어난 괴한이 바로 남도석이었다. 눈을 뜨자마자 두통에 속까지 울렁거려 헛구역질과 함께 미간을 찡그렸다. 눈앞에 흐릿하게 공원방이 보였을 때는 급히 허리를 접으며 일어나 벽에 기대 앉았다. 공원방이 제 무릎 앞에 놓인 깨진 벼루와 그 옆에 둔 『천주실의』를 차례로 내려다보며 물었다.

"이것이 무슨 서책인지 알긴 해?"

"이마두利瑪竇, 마테오 리치 탁덕이 쓴……."

"서학서란 걸 알고도 훔치러 왔다고? 문리를 깨치긴 했어?"

"……문리?"

"읽을 줄은 아냐고?"

"모릅니다."

"읽지도 못할 걸 왜 훔쳐?"

"친구가 있습니다. 서책을 구해 오면 언문으로 옮겨준다 했습니다."

"언문으로 옮긴다? 역관이라도 돼?"

"친구 아버지가 역관이고, 친구는 역관이 되려고 공부하는 중입니다."

"넌?"

"네?"

"뭣 하는 놈이냐고?"

"도둑입니다."

"책 도둑질 하러 오기 전엔?"

"할아버지의 할아버지 적부터 반촌泮村에서 소를 잡았습니다."

"소 백정이다 이거냐?"

"맞습니다."

"이름은?"

"도석입니다. 남도석."

공원방이 질문을 그치고 남도석을 노려봤다. 도둑질하다가 붙들렸지만, 비굴하지 않고 대답에 머뭇거림이 없었다.

"서재에 이 서책이 있는 건 어찌 알았어?"

"친구가 알려줬습니다. 친구는 이 댁에 서학서들을 구해 넣은

14

책쾌에게서 들었다더군요."

"천주쟁이냐?"

"아직은 아닙니다."

"아닌데 왜 훔쳐?"

"세상을 바꿀 만한 서책이란 소릴 들었습니다."

세상을 바꾸는 서책! 공원방이 그 대답에 끌렸던 걸까. 하인들을 불러 남도석을 붙잡아 묶는 대신 『천주실의』를 건넸다. 남도석이 서책을 받진 않고, 무슨 일인가 싶어 올빼미처럼 눈만 크게 떴다. 공원방은 도둑질을 묵인하고 서책을 빌려주는 대신 조건을 붙였다. 역譯을 마치면 함께 모여 이야기를 나누기로 한 것이다.

석 달 후 남도석이 던진 돌멩이가 뒷마당을 거닐던 공원방의 발 아래 떨어졌다. 돌멩이를 감싼 종이에 적힌 주소를 찾아갔다. 동네는 명례방이었고 집주인은 김범우 도마였다. 김 도마는 외출했고, 주인 대신 공원방을 맞은 이는 남도석의 친구 윤영택이었다. 잠시 후 남도석까지 왔고, 세 사람은 윤영택이 석 달 동안 밤낮으로 역한 『천주실의』를 돌아가며 낮은 소리로 읽었다. 한날한시에 처음 모인 것이다.

얼마 후 『천주실의』를 끝까지 읽은 셋은 친구가 되었는데, 그냥 친구가 아니라 교우로 평생을 지낼 결심을 굳혔다.

4.

을해년乙亥年, 1815년에 겨우 여덟 살이던, 공원방의 외동딸 공설이가 천진암 골짜기의 집을 떠나 남도석과 윤영택에게 간 까닭은 무엇일까. 그때 공원방은 간자 노릇을 하느라 경상도 상주 인근에 머물렀다. 그의 아내 장명숙張明淑이 공설이를 낳자마자 시름시름 속병을 앓다가 곧 세상을 버렸기에, 좌포도청 부장 금창배는 자신의 며느리 수원댁 고 씨를 유모로 따로 붙여주었다. 수원댁은 공원방이 자주 오래 집을 비우자 술을 마시기 시작했고 점점 빠져들어 낮이고 밤이고 술병을 끼고 지냈다. 공원방의 주장에 따르자면, 남도석과 윤영택이 이 틈을 노려 공설이를 납치했다는 것이다.

남도석과 윤영택은 공설이가 스스로 도움을 청했다고 맞섰다. 공원방이 서재에 모아놓은 아버지 공지강의 서학서들을 통해 천주를 알았듯이, 공설이도 아버지 공원방의 서재에서 또래들보다 훨씬 빨리 복된 말씀을 접했다는 것이다. 공설이는 드러내놓고 공원방과 다투진 않았다. 공원방은 외동딸에게는 늘 미소로 대했지만, 교인들을 색출하여 잡아들일 때는 뱀처럼 굴었다. 자신이 찾아낸 교우촌이나 옥에 가둔 사학죄인에 대한 기록을 모조리 가져와선 서재에 숨겼다. 오동나무 상자에 넣어 공설이의 손이 닿지 않는 책장 가장 높은 곳에 올려놓은 것이다. 집에는 사다리가 없었고, 공설이가 발뒤꿈치를 아무리 들어도 상자에 닿지 않았다. 공원방이 집을 비우면, 공설이는 서책들을 죄다 꺼내 높이를 다르게 맞춰 층계를 만들곤 그 위로 올라가선 상자를 꺼내 열었다.

통회의 눈물을 지나치게 많이 흘렸던 걸까. 상자를 연 후부턴 숟가락을 들어도 혀가 굳어 겨우 음식을 삼켜도 곧 토했다. 볼살이 쏙 빠지고 걸음을 뗄 때마다 휘청거렸다. 공설이는 도움을 청하는 짧은 서찰에 또박또박 적었다.

— 엄마도 이렇게 돌아가셨어요.

병오년丙午年, 1786년 열일곱에 결혼한 장명숙 아가다는 동갑내기 신랑 공원방의 권유로 천주를 영접했다. 그리고 둘은 동정 부부로 지냈다. 이것 역시 공원방이 장명숙에게 먼저 제안한 것이다. 신유 대군난 때 장명숙은 열한 명의 여교우들과 전라도 여산으로 내려가 머물렀다. 평생 혼인하지 않고 살겠다는 처녀가 일곱이었고, 결혼은 했으되 동정을 지키는 부인이 넷이었다.

공원방이 두 친구와 함께 좌포도청에 붙들려 갔다는 소식을 뒤늦게 접하곤 치명하리라 예상하며 눈물을 쏟았다. 군난의 때가 오면 반드시 치명하겠노라고 공원방이 내내 강조했던 것이다. 장명숙은 남편의 치명 소식이 내려오기만을 기다렸다.

그러나 공원방은 배교한 채 석방되었고, 남도석과 윤영택이 회두한 뒤에도 마음을 돌리지 않았다. 천주쟁이 잡는 금창배의 개, 좌포도청 간자가 되었다. 장명숙이 상경하겠다고 하자 대부분 반대했다. 교우들은 인적이 드문 골짜기로 더 깊숙하게 숨기를 권했다. 사직동 대문을 열고 들어서자마자 포박당할 것이라고도 했다. 장명숙은 잡힐 때 잡히더라도 가서 공원방과 맞서보겠다고 했다. 지금 공원방의 마음을 돌릴 사람은 아내인 자신밖에 없다고 여겼다.

상경한 장명숙이 오라를 받지 않았으므로, 교우들의 예측은 틀렸다. 그렇다고 곧바로 공원방과 맞서서 회두를 권한 것은 아니다. 공원방은 집을 비운 채 떠돌았고, 병든 시부모를 돌보는 일이 당장 그녀의 어깨와 무릎을 짓눌렀다. 시어머니는 매병呆病, 치매이었고 시아버지는 풍병風病이었다. 몇 달 만에 귀가하더라도 공원방은 늦은 밤이나 이른 새벽 아주 잠깐 머물렀다가 곧 나갔다. 올 때마다 서재부터 들어갔다.

장명숙은 하루에 꼭 한 번씩은 서재에 머물렀다. 간단히 청소를 마친 후 시아버지와 남편이 읽던 서학서를 읽고 『성경직해』에서 그 주일에 맞는 복된 말씀을 확인한 후 기도하기 위해서였다. 또한 책장 위 상자를 꺼내 열곤, 공원방이 두고 간 서책과 문서 들을 꺼내 읽었다. 자물쇠를 채우지 않은 것은 장명숙에게 보라는 무언의 표시였다. 간자를 하며 잡아들인 천주교인들이 쓴 글이거나 그들에 관한 기록이었다. 회두할 수 없을 만큼 멀리 와버렸으니, 허튼소린 아예 말라는 뜻이기도 했다. 장명숙은 그것들을 꼼꼼히 읽은 후 눈물을 쏟으며 기도문들을 읊조렸고, 긴 서찰을 써서 제일 위에 얹곤 상자를 닫았다. 공원방은 올 때마다 서찰을 가져갔지만 답장하진 않았다. 더 잔혹한 문서들을 넣어두었다.

육 년이 지난 후 이틀 차이로 시어머니와 시아버지가 차례차례 세상을 떠났다. 공지강이 사지가 뒤틀려 죽은 뒤에야 공원방은 사직동으로 와선 상주 노릇을 했다. 성호 선생 문하에서 함께 글을 읽은 벗들만 몇 명 다녀갔을 뿐이고, 공원방이나 장명숙의 지인들은 거의 오지 않았다. 마지막 날 포도부장 금창배가 와선 탁주 한 사발을 마시고 갔다.

다음 날 새벽 뒷마당 쪽문을 나서던 장명숙을 공원방이 막아섰다. 사흘 꼬박 밤을 새우고도 나흘째 밤을 버틴 것이다. 공원방은 장명숙을 데리고 서재로 갔다. 못 보던 나무 상자가 둘이나 더 책장 위에 놓여 있었다. 공원방은 그것들을 내려놓곤 문을 등지고 앉아 기다렸다. 장명숙은 상자를 열었다. 두루마리가 각각 여섯 개씩 들어 있었다. 첫 번째 두루마리를 펴 들었다. 첫 줄을 읽자마자 눈물이 흘러내렸다. 장명숙이 눈을 맞추고 묻기 전에 공원방이 먼저 말했다.

"읽어. 다 읽고 그다음은 그다음에."

한양에서도 줄곧 만났고, 전라도 여산으로 함께 내려갔던 여인들 열한 명의 이름이 각 두루마리 첫 줄에 적혀 있었다. 부모와 친척과 고향과 나이는 물론이고 천주교인이 된 계기와 좋아하는 성구聖句와 기도문까지 자세했다. 그리고 언제 어디서 붙잡혔으며, 문초를 받으며 뱉은 답들이 질문과 함께 담겼다. 그들 중 배교한 이는 없었고 살아남은 이도 없었다. 극형의 벌을 받지도 않았다. 네 명은 고열에 배앓이를 심하게 하다가 좌포도청 옥에서 죽었고, 네 명은 상경하다가 천안에서 포승줄을 끊고 달아나던 길에 절벽에서 떨어져 죽었으며, 두 명은 스스로 창을 향해 달려들어 가슴을 찔려 죽었고, 나머지 한 명은 옥에서 굶어 죽었다. 장명숙은 '亡'이라는 글자로 문서가 끝날 때마다, 사람이 낼 수 없는 울음을 쏟았다. 친자매보다도 의지하며 천당까지 같이 올라가자 다짐했던 교우들이었다.

공원방이 다가와선 울다 지쳐 쓰러진 장명숙의 오른팔을 잡아 끌어올렸다. 마지막 두루마리를 코앞에 들이밀었다.

"이걸 읽지 않으면 아무것도 읽지 않은 거지."

장명숙이 겨우 받아 펴곤 첫 줄의 이름을 확인하곤 숨이 막혀 주먹으로 제 가슴을 두드렸다. 공원방은 손바닥으로 등을 토닥여 주려 했지만, 장명숙이 팔을 휘저으며 물리쳤다. 첫 번째 상자에서 여섯 개의 두루마리를 읽고, 남은 상자도 두루마리가 여섯 개란 걸 헤아린 뒤, 마지막 두루마리 첫 줄에 적힌 이름이 장명숙 자신일지도 모른다는 생각은 들었다. 두려웠다. 장명숙이라면 어떤 문장들로 채웠을까.

 길게 숨을 세 번 쉬었다가 마신 뒤, 두루마리를 고쳐 들었다. 양 손이 떨려 몇 번이고 고쳐 쥐어야 했다. 장명숙이 열한 명의 여교 우들과 언제 얼마나 어떻게 연락을 주고받았는지 소상하게 적혀 있었다.

 육 년 동안 공원방은 도성 밖에서만 간자 노릇을 한 것이 아니 었다. 창끝을 제집으로도 겨눈 것이다. 열두 명이 다 함께 모여 웃 고 떠들고 묵상하고 기도하는 것은 신유 대군난 이후엔 불가능했 다. 장명숙은 상경했지만, 나머지 열한 명은 하삼도와 북삼도로 흩어졌다. 그리고 무척 조심스럽게, 공원방이 집을 비운 사이 장 명숙에게 드문드문 연락을 했다. 장명숙 역시 공원방이 한양에 없 다는 것을 확인한 다음에야 그리운 이들에게 답장을 띄웠다. 공원 방은 그 서찰이 어디로 가서 누구에게 닿는지 은밀하게 따랐다. 한 사람을 찾았다고 곧장 덮치지 않고 기다렸다. 장명숙은 육 년 에 걸쳐 동정을 지키는 열한 명의 교우들에게 이런저런 방식으로 연락을 취했고, 공원방은 열한 명이 천주를 받들기 위해 은거한 곳을 전부 알아낸 다음에야 좌포도청 관원들을 풀어 동시에 잡아 들인 것이다. 장명숙은 열한 명을 꿴 바늘이었고, 공원방은 결코 끊어지지 않는 질긴 실이었다.

 장명숙은 통곡하다가 비명을 지르다가 공원방을 향해 주먹까 지 휘둘렀다. 공원방은 그 주먹을 고스란히 맞았다. 장명숙이 낙 지처럼 흐물흐물 흘러내려 널브러질 때까지 기다렸다. 그리고 탈 진한 장명숙을 강제로 덮쳐 처음으로 품었다.

 장명숙은 열 달을 서재에 갇혀 지낸 뒤 무진년戊辰年, 1808년 봄,

딸을 낳았다. 공원방은 딸 이름을 설이雪伊라고 지었다. 장명숙은 해산 후엔 아예 곡기를 끊고 물도 마시지 않으려 들었다. 공원방이 억지로 먹이면 토하고 또 토했다. 매일 열한 명의 이름을 부르면서 기도만 하다가 세상을 떴다. 장명숙이 죽은 뒤 공원방은 딸을 데리고 한양 사직동을 떠나 천진암 골짜기로 거처를 옮겼다.

여덟 살 공설이는 장명숙처럼 죽지 않으려고 도움을 청했다. 공설이는 책장 위 나무 상자에서 엄마를 비롯한 교우들의 행적이 적힌 두루마리 열두 개를 이미 읽었다. 엄마의 고통이 고스란히 딸에게 전해진 것이다. 살려달라는 공설이의 절박한 목소리가 몇 사람을 거쳐 남도석과 윤영택에게 가닿았다. 두 사람은 공설이를 구해냈다.

그리고 정해년丁亥年, 1827년까지 십이 년이 흘렀다. 공원방은 이름을 바꾸며 간자 노릇을 계속했다. 아무리 위험하고 바쁜 나날이더라도, 외동딸 공설이를 찾는 일을 멈추지는 않았다. 키도 크고 얼굴도 변하고 이름도 바꿨겠지만, 공원방은 딸을 보자마자 알아차릴 자신이 있었다. 그 확신이 과연 옳은가를 확인하기 위해서라도, 전라도 곡성으로 가야 한다.

1장

옥

재회

병술년丙戌年, 1826년 한가위, 이오득은 강송이에게 떠날 채비를 서두르라고 일렀다. 대부분 혼자 길을 나섰고, 동행할 때도 미리 귀띔하지 않고 당일에야 알렸다. 목적지에 닿기 전까진 무엇 때문에 어디로 가며 누굴 만나는지도 말하지 않았다.

강송이는 남장한 채 꼬박 한 달을 이오득을 따라 걸었다. 구례에서 순자강을 건너기에 경상도로 가는가 싶었는데, 북쪽으로 방향을 꺾었다. 충청도로 접어든 다음에는 높은 고개를 여럿 넘으며 강원도까지 접근했지만, 걸음을 돌려 결국 한 달 만에 닿은 곳이 한양이었다.

신문新門, 서대문을 통과한 다음 숭례문으로 내려갔다가 해를 등지고 올라와선 경복궁을 지나 안국동에 닿기 전 벽동으로 들어섰다.

이오득은 강송이를 골목 입구 느티나무 아래 세워두곤 대문으로 다가가선 천천히 두 번 빠르게 세 번을 쳤다. 강송이에게 돌아

24

와선 말했다.

"똑같이!"

강송이가 가선 천천히 두 번 빠르게 세 번을 치자, 옆걸음으로 사람 하나 겨우 들어갈 정도만 문이 열렸다. 이오득이 먼저 그 틈으로 들어갔고 강송이도 뒤따랐다. 등 뒤에서 문 닫히는 소리가 들렸다.

"따르십시오."

문을 열어준 사내아이가 앞장을 섰다. 앞마당을 가로지른 뒤 안채나 사랑채로 들지 않고 뒷마당으로 곧장 갔다. 아이는 고개를 돌려 두 사람을 흘끔 본 뒤 신을 벗지도 않고 별채 문을 열고 들어섰다. 이오득과 강송이도 서둘러 따라붙었다. 팔폭 병풍 뒤에서 고개만 내밀고 기다리던 아이가 다시 사라졌다. 두 사람은 또 급히 병풍 뒤로 종종걸음을 쳤다. 틀림없이 벽이어야 할 곳에 작은 문이 있었다. 아이가 박새 울음을 울자, 문이 당겨 열렸다. 야고버 회장과 강송이가 허리를 숙이고 차례차례 통과했다.

"어서들 오시게."

두 사람을 맞이한 사람은 놀랍게도 소인정 요안과 이야기 아가다였다. 이오득과 소인정이 굳게 손을 맞잡는 사이, 강송이와 아가다는 누가 먼저랄 것도 없이 끌어안았다. 아가다가 강송이의 뒷머리와 등을 어루만지며 기도문을 외듯 거듭 말했다.

"고맙습니다. 고맙습니다. 살아서 돌아오도록 지켜주시고 인도해 주셔서 고맙습니다. 천주님! 고맙습니다."

강송이는 뜻밖의 재회가 너무나도 놀랍고 반가워, 눈물까지 흘리며 웃다가 손으로 입을 가렸다. 아가다 뒤에 선, 쉰 살은 족히 넘어 보이는 여인이 말했다.

"여기선 마음껏 소리 내어 웃어도 됩니다. 동서남북 모두 교우들이 사는 집이거든요. 변지선 이사벨입니다. 강 수산나 자매님이시죠? 아가다 자매님께 이야기 많이 들었답니다. 반가워요."

아가다는 이곳을 여러 번 다녀간 듯했다. 이오득과 소인정은 사랑채로 향했고, 강송이는 아가다와 함께 변지선을 따라 안채로 들어섰다. 강송이가 주변을 살피며 물었다.

"여긴 뭘 하는 곳이에요?"

아가다가 답했다.

"우리가 꿈꾸던 곳!"

방 가운데 긴 탁자만 덩그러니 놓였다. 변지선이 올라가선 서랍이란 서랍을 모두 열었다. 아가다가 어서 가서 살펴보라 눈짓을 했다. 강송이는 마른침을 삼키곤 열두 개의 열린 서랍으로 다가갔다. 눈이 점점 커졌다.

"이, 이것들은……."

변지선이 권했다.

"골라보세요. 전라도 자매님들이 원하는 성모패가 쉰 개도 넘는다 들었답니다. 진 도마 화공이 그린 예수님과 성모님과 열두 종도에 관한 상본도 다양하게 갖췄습니다. 소매에 넣고 다니기 좋게 묶은 기도문은 제일 왼쪽 서랍에 있고요. 불국佛國, 프랑스에서 만든 십자가 목걸이는 가운데 서랍, 그리고 묵주는 가까운 오른쪽 서랍에 크기와 종류별로 넣어뒀답니다."

"이토록 많은 성물聖物들을 어떻게 한꺼번에 갖췄죠?"

강송이의 물음에 아가다와 함께 웃던 변지선이 답했다.

"오랫동안 준비했답니다. 이 골목 기와집을 다섯 채나 살 돈을 모았고요. 비밀 통로도 만들었지요. 손재주 좋은 교우들을 따로 모아 다양한 성물을 만들기 위해 하나하나 가르치고 배웠어요. 이제 팔도의 교우촌에서 원하는 성물을 언제나 아주 저렴한 가격에 구해 갈 수 있답니다."

강송이가 아가다에게 물었다.

"언니도 여기 살아요? 그럼······."

들녘도 함께 상경했는지 궁금한 것이다.

"아냐. 나도 너처럼 잠시 들른 거야. 요안 회장님 따라 이번이 세 번째!"

변지선이 양손을 마주치며 말했다.

"자자, 골라봐요."

강송이가 허리를 반만 숙여 성물들을 살피기 시작했다. 곡성에서 한양까지 오느라 길 위에서 보낸 한 달 동안의 피로가 말끔히 사라지는 듯했다.

잠자리에 든 후에야 둘만의 시간을 가질 수 있었다. 그때까진 여교우들이 번갈아 찾아왔고, 강송이를 둘러싸곤 앉으면 일어설 줄을 몰랐다. 교우촌의 위치와 교인들 본명은 감췄지만, 첨례일을 지키고 옹기를 만들며 살아가는 나날을 상세히 들려줬다. 교우들은 기쁨의 눈물을 더 자주 흘리고 위로의 손뼉을 더 많이 쳤다. 저녁까지 함께 먹고 만과까지 드린 다음, 변지선이 강송이와 아가다를 별실로 안내했다. 침묵을 깨고 먼저 입을 연 것은 강송이였다.

"언니! 우리 비밀 하나씩 주고받을까요?"

"그럴까, 모처럼!"

두 사람은 무명마을과 천덕산과 순자강을 오가며 생긴 비밀들을 백 개도 넘게 말하고 들었다. 일곱 처녀가 동정을 맹세하고 함께 지냈지만, 둘만 아는 비밀이었다.

"제가 먼저 할게요. 여름에 무명마을로 돌아왔을 때, 언니가 없어서 너무 놀랐어요. 들녘 형제님과 떠났단 이야길 듣고도 믿기질 않더라고요. 아무리 긴 시간이 흘러도 언니만은 저를 기다리고 있으리라 믿었었나 봐요."

"넌 언제 온다는 기약도 없으니, 당장 내 도움이 필요한 사람 곁으로 간 거야. 한데 왜 그리 오래 걸렸어? 산포수 길치목이 널 찾겠다고 강을 수없이 오르내렸지. 두치진 근처에서 묵주만 겨우 찾았고."

"호곡 나루에서부터 떠내려가다가 화개동에서 길 포수가 언니를 구하느라 강가로 나간 후, 최 요섭과 저만 남았죠. 최 요섭이 지쳤는지 헤엄을 제대로 못 치더라고요. 물 위로 머리도 보이지 않을 지경이었죠. 구해야겠다 생각하고 다가갔는데, 목을 감고 매달리는 바람에 저까지 덩달아 물 밑으로 끌려 내려갔답니다. 숨은 막히고 올라갈 순 없고, 이대로 죽는구나 싶었죠. 그리고 정신을 잃었는데 눈을 떠보니 산채였어요."

"산채라니?"

"최 요섭을 만나러 지리산 골짜기로 올라갈 때 봤던 푸른 불꽃 기억하세요? 그건 범의 눈이 아니라 산적의 눈이었어요. 우리가 버려진 가마를 찾아서 갔던 길이 산적들이 은거하는 산채로 이어진 길이었고요. 망을 보던 애꾸눈 두칠이 우리를 줄곧 미행하다가, 물에 빠진 저를 건져 산채로 데리고 올라왔던 거예요. 기력을 회복할 때까진 꼬박꼬박 제게 끼니를 줬고요. 겨울을 넘겨 봄까지 계속 제게 산적이 되라고 종용하더군요. 산채까지 올라왔으니 산적이 되든가 목숨을 내놓든가 둘 중 하나를 택하라며 위협했어요. 줄곧 헛간에 갇혀 지냈는데, 여름이 시작될 즈음 산적 두령이 저를 찾는다 하여 처음 밖으로 나갔지요. 폭포를 등지고 선 두령은 저를 뚫어지게 보다가 다짜고짜 묻더군요.

'이오득 야고버를 아는가?'

'우리 마을 으뜸 옹기 대장이세요.'

믿기지 않겠지만, 보름 후 야고버 회장님이 산채에 오셨어요. 두령과는 아주 어렸을 때 형제처럼 지낸 친구라더군요. 그 두령이 누군지 궁금하지 않아요?"

"누군데?"

"야고버 회장님 따라 산채를 떠나 피아골로 내려올 때까진 두령 이름을 몰랐는데, 무명마을로 돌아오고 보름쯤 지난 후에 알았어요. 곡성 관아를 지나는데 중죄인을 찾는 방榜이 내걸렸더라고요. 산채에서 본 바로 그 사내였어요. 이름은 서종권!"

"서종권! 그 서종권?"

서종권은 하삼도 여러 고을에서 난을 일으키고도 잡힌 적이 없는 신출귀몰한 봉기꾼 두령이었다. 이오득이 서종권과 인연이 닿아 있을 줄은 꿈에도 몰랐다.

"돌아와서 산포수 길치목은 만났어?"

"아뇨. 야고버 회장님이 막으셨어요. 배에 오르는데, 물으시더라고요. 아가다처럼 할 거라면 무명마을로 돌아갈 필요도 없다고요. 언니가 들녘 형제님과 혼인하고 마을을 떠나는 바람에 큰 충격을 받으셨나 봐요."

"길치목이 사냥을 지나치게 좋아하고 또 사람이 거칠긴 해도, 널 위하는 건 진심이잖아? 너도 그가 싫고 믿을 구석이 없었다면, 최 요셉을 만나러 갈 때 호위를 부탁하지도 않았을 테고."

"알아요. 산에서 험하게 자라 투박해도 좋은 사람이란 거. 하지만 동정하겠다는 맹세를 깨고 언니처럼 교우촌을 떠날 만큼 그 사람에게 끌리진 않아요."

아가다가 짧게 반박했다.

"난 맹세를 깬 적 없어."

강송이가 말뜻을 곧바로 새기지 못해 눈을 크게 떴다. 아가다가 고쳐 말했다.

"동정 부부야, 우린! 천주님의 뜻에 따라 오누이처럼 지내."

잠시 침묵이 흘렀다. 이제 아가다가 비밀을 하나 들려줄 차례였다. 강송이는 내심 아가다가 들녘과 함께 사는 곳을 알려주지 않을까 기대했다.

"공설이야, 내 옛 이름!"

"네?"

"이야기 아가다가 아니라 공설이 아가다라고."

곡성으로 모이면서 이름을 바꾼 교인들이 있다는 이야기를 들었다. 그러나 아가다가 거기에 속한다곤 생각한 적은 없었다.

"공설이…… 설이! 공 씨였군요. 이오득 야고버 회장님의 딸이란 흉문을 들었을 땐 억울했겠어요. 설이란 고운 이름은 누가 지어줬어요?"

강송이의 목소리엔 웃음이 담겼지만 아가다는 긴장한 채 답했다.

"아버지. 그 인간의 이름은 원방이야."

"원방, 공원방이라면……?"

깜짝 놀란 강송이가 일어나 앉았다. 아가다도 따라 일어났다.

"맞아. 교우촌만 노려 교인들을 속이고 잡아 가두는 간자!"

둘은 다시 누웠다. 아가다가 말했다.

"평생 누구에게도 말하지 않으리라 스스로 맹세했는데, 수산나 네게 털어놓고 나니, 시원은 하네."

강송이가 아가다 쪽으로 돌아누우며 흐느끼기 시작했다. 아가다는 강송이의 등을 토닥거렸다.

"왜 울어?"

"얼마나 힘드셨을까요? 간자 공원방이 교우촌을 찾아내는 바람에 교인들이 붙들려갔다는 소식을 제가 들은 것만도 다섯 번이 넘어요. 언니가 왜 그렇게 자주 밤을 새워가며, 군난을 당해 죽거나 다친 이들을 위해 기도를 드렸는지, 이젠 알겠어요. 난 그런 것도 모르고…… 미안해요, 언니!"

"미안하긴. 너희들이 있어서 견디고 이겨냈단다. 고맙고 고마워."

강송이가 눈물을 닦으며 물었다.

"언닌 잘 지내세요?"

어디서 어떻게 사는지 궁금했지만, 강송이는 묻지 않았다. 스스로 털어놓을 때까진 기다리는 수밖에 없었다.

"다들 잘 있지?"

"그럼요."

최연지 마리아, 공나나 더릭사, 두은심 안나, 가명례 말다, 박두영 엘니사벳, 강송이 수산나는 여전히 무명마을에서 동정을 지키며 함께 살고 있었다. 그들은 이야기 아가다에 관한 이야기는 나누지 않았다. 이름만 언급해도, 여섯 명 중 누군가는 울먹이기 시작했고, 그리움이 강물처럼 차올라 둑을 넘었기 때문이다.

"언니, 이거!"

강송이가 손에 무엇인가를 쥐여 주었다.

"수산나 성녀님이세요."

강송이가 평생 모범으로 삼고자 본명으로 택한 성녀의 편경이었다. 여자 교인들은 대부분 성모패와 함께 본명으로 택한 성녀의 편경을 품고 지냈다. 아가다도 허리춤에서 편경을 꺼내 강송이 손에 쥐여 주었다. 아가다 성녀였다. 편경을 맞바꾸는 것으로, 서로를 아끼고 위하는 마음을 확인하고 둘만 아는 비밀이 하나 더 생긴 셈이었다.

일찌감치 아침 식사를 마치고 흥인문으로 향했다. 성물은 쌀독에 넣어 이오득과 소인정이 각각 지게에 졌다. 키가 작지만 단단한 이오득이 큰 쌀독을 맡았고 갈대처럼 야위고 키만 큰 소인정에게 작은 쌀독이 돌아갔다. 변지선이 앞장을 섰고, 강송이와 아가다가 뒤따랐으며, 이오득과 소인정이 마지막을 맡았다. 두미포 나루에서 강을 건널 예정이었다. 변지선이 강송이와 아가다에게 귀띔했다.

"사시巳時, 아침 9시~11시부터 성문을 지키는 문지기도 교인이니 안심해요."

과연 흥인문을 지날 때 문지기가 따로 말을 걸거나 쌀독 뚜껑을 열어보지 않았다. 변지선은 성문을 통과한 후 백여 보를 더 걸었다가 혼자 되돌아갔다. 나머지 네 사람은 두미포 나루에 닿을 때까지 묵묵히 걷기만 했다.

이오득과 소인정은 배 들어오는 시간을 알아보겠다며 나루로 갔다. 강송이와 아가다는 수양버들 아래 나란히 서서 흐르는 강물을 쳐다보았다. 아가다가 약속했다.

"너희들에게 꼭 돌아갈게."

언제냐고 묻고 싶었지만, 강송이는 고개만 끄덕였다.

"기도장의 밤들도 영글었겠다."

"돌아가자마자 기도장부터 가려고요. 십자가 나무에서 떨어지는 밤을 맞으면 소원이 빨리 이뤄진다잖아요."

"소원이 뭔데?"

"우리 여섯은 소원이 똑같아요."

"나도 십자가 나무 아래 서 있고 싶네."

"언니 소원은?"

"너희랑 같아."

강송이와 아가다가 함께 웃을 때 멀리서 배가 들어왔다. 홍인문을 오가는 사람과 짐을 실어 나르는 배는 판옥선만큼이나 넓고 길었다. 그 배를 바라보던 아가다가 강송이의 손을 황급히 쥐었다. 이물에 나란히 선 사내들이 눈에 들어왔던 것이다. 한쪽은 멧돼지처럼 통통한 덩치에 뺨까지 온통 수염이 난 텁석부리였고, 한쪽은 키가 두 뼘은 더 큰 데다가 늘어뜨린 수염이 배꼽에 이르렀다. 그리고 그들 옆에 포박당해 무릎 꿇은 사내가 둘 더 보였다.

"아직, 회장님들이……."

아가다가 힘껏 팔을 당겼다.

"가야 해."

아가다와 강송이는 종종걸음을 걷다가 낮은 고개를 넘고 나서는 달렸다. 흥인문으로 이어진 길은 행인이 많았기에 산으로 난 길로 올랐다. 고개 하나를 넘고 나선 길 없는 풀숲으로 나아갔다. 아가다가 나뭇가지를 주워 풀들을 이리저리 흩으며 앞장을 섰다.

그리고 밤이 되었다. 먹구름이 낮게 깔린 탓에 걸음을 떼기가 쉽지 않았다. 멀리서 늑대 울음이 들려왔을 때, 두 사람은 이 비탈에서 밤을 보내기로 했다. 풀과 나뭇잎들을 골라 바닥에 깔고 나란히 누웠다. 단풍나무 잎 사이로 짙은 밤하늘을 우러렀다. 가까이에서 까마귀가 울다 그쳤다.

"무사하실까요?"

강송이가 묻자마자 아가다가 답했다.

"그럼. 우리가 미리 알고 달아날 정도면, 두 분은 진작 피하셨을 거야."

"교우겠죠, 무릎 꿇은 두 사내는……?"

"왜 그렇게 생각해?"

"한 사내는 묶인 양손을 모은 채 고개를 숙였고, 다른 사내는 하늘을 우러르며 어깨를 떨었어요. 두려움을 이길 힘을 달라고 기도드리는 게 분명해요. 그들을 압송하는 자들은……?"

"좌포도청 포도군관들이야. 관우와 장비! 사학죄인이라면 늑대처럼 달려들어 붙잡기로 소문난 놈들이지."

"관우와 장비!"

강송이가 군관들 별명을 되뇌었다.

"힘든 밤이겠네요. ……어디서 잡혔을까요?"

"난 두미포 나루에서 배를 타야 하는 것까지만 알아. 강을 건넌 다음에 우리가 만나기로 한 교우들일 수도 있고……. 하여튼 언제 어디서든 마음 놓아선 안 돼. 우릴 잡으려고 뒤쫓는 자들이 가까이 있다는 걸 명심해. 잡히지 마. 내가 돌아갈 때까지."

"언니를 위해 매일 기도드릴게요."

"잠시 눈이라도 붙여. 새벽에 움직일 테니까."

아가다가 가볍게 손을 쥔 데까진 기억이 났다. 그 손이 크고 따뜻하다는 생각을 했고, 손을 놓기도 전에 잠이 들었다.

사각사각. 갈아대는 소리가 먼저 들렸다. 머리 위에서 처음 들렸고, 뒤이어 발밑에서 들리더니 허벅지 사이로 올라왔다. 눈을 뜨고 고개를 들어 확인하려는 순간, 작고 시커먼 짐승이 가슴을 딛고 콧잔등으로 올라앉았다. 축 늘어뜨린 꼬리가 뺨을 치는 순간, 강송이는 그것이 들쥐란 걸 알아차렸다. 비명과 함께 허리를 접고 일어나 앉았다. 스무 마리가 넘는 들쥐들이 동시에 물러섰다가 다시 강송이를 향해 다가왔다. 어려서부터 쥐라면 기절할 만큼 싫어했기에, 비명도 지르지 못한 채 떨었다. 쥐들이 얼굴을 흔들며 코를 높이 들었다. 냄새를 맡으며 울음을 주고받더니, 한꺼번에 강송이에게 달려들었다.

아가다가 제일 앞에서 덤비던 쥐의 머리를 돌로 내리찍었다. 왼손에 든 횃불로 다른 쥐의 등을 지졌다. 고기 타는 냄새가 코로 밀려들자마자 강송이는 정신을 잃었다.

강송이가 다시 정신을 차렸을 때는 날이 훤히 밝은 후였다. 주변엔 돌에 찍히고 불에 타 죽은 들쥐들이 군데군데 널려 있었다. 강송이는 고개를 숙인 채 숨을 가다듬으며 스스로에게 말했다.

"찾자, 아가다 언니부터."

비틀대며 일어섰다. 쥐들의 시체가 눈에 들어올 때마다 주먹을 굳게 쥐고 아랫입술을 깨물었다. 제자리를 한 바퀴 돌았지만 아가다는 보이지 않았다. 끔찍한 결말이 떠올랐다. 피가 뚝뚝 떨어진 발자국 주위로 쥐들이 듬성듬성 죽어 있었다. 강송이는 곧 알아차렸다. 아가다가 쥐들을 유인해서, 기절한 강송이로부터 멀어지려 했다는 것을.

아가다를 발견한 곳은 흐르는 물소리가 들리는 계곡이었다. 달려가서 부둥켜안자마자, 강송이의 얼굴로 열기가 올라왔다. 아가다는 온몸이 불덩어리였다. 손바닥과 손등에 재가 가득 묻었고, 종아리와 허벅지에선 그때까지도 피가 흘렀다. 아가다가 낮고 희미하게 신음했다. 강송이는 울먹이며 아가다의 오른손을 꼭 쥐었다.

"언니! 나야. 나 알아보겠어요? 눈 떠봐요. 언니!"

아가다는 눈을 뜨지도 못했고 입술을 벌려 말을 하지도 못했다. 강송이는 계곡물에 제 손을 넣었다가 아가다의 뺨에 댔다. 뼈까지 시린 물을 적셨는데도 이마와 귓불은 붉다 못해 거무죽죽했다. 아가다의 어깨가 경련을 일으켰다. 강송이가 꽉 끌어안았는데도 멈추지 않았다. 강송이의 머리와 어깨까지 함께 떨릴 정도였다.

"아, 제발…… 천주님! 아가다를 불쌍히 여기사……."

강송이가 기도를 멈추고 제 오른손을 내려다보았다. 아가다가 검지로 강송이의 손바닥에 무엇인가를 썼다. 천주교인이라면 누구나 아는 십자가 모양의 숫자 十과 좌우로 비스듬히 벌리듯 그은 빗금으로 만든 숫자 八이었다.

"십팔……목…… 목사동!"

열여덟 개의 절이 있는 곡성 목사동木寺洞은 십팔사동十八寺洞이라고도 불렸다. 아가다는 강송이를 비롯한 산도깨비들에게 목사동에 열여덟 개의 교우촌을 만들자는 농담 같은 진담을 하곤 했다. 강송이는 아가다와 들녘의 은거지가 목사동 골짜기란 것을 직감했다. 혹시 회생하지 못하면, 목사동으로 가서 들녘을 만나달라는 아가다의 마지막 부탁이었다.

누군가 강송이의 어깨를 짚었다. 돌아보니 소인정이었다. 이오득과 동행하지 않고 혼자였다. 눈이 마주치는 순간, 강송이는 기어이 울음이 터졌다.

"들쥐들이…… 불덩어리……."

소인정이 재빨리 품에서 검지만 한 대나무 통을 꺼냈다. 돌려 뚜껑을 연 후 왼 무릎을 꿇고 앉아, 통에 든 검은 물을 아가다의 입으로 흘려 넣었다. 그리고 계곡 아래를 가리키며 물었다.

"혼자 갈 수 있겠느냐?"

강송이는 대답 대신 손등으로 눈물을 훔쳤다. 아가다가 죽어가는 마당에 어딜 혼자 내려가라는 것일까. 그 마음을 읽기라도 한 듯, 소인정이 단언했다.

"죽지 않아! 며칠 앓겠지만 나을 게다. 이 길로 곧장 내려가거라. 가다 보면 물이 모여 도는 소沼가 나와. 거기서 야고버 회장이 기다리고 있어."

강송이가 물었다.

"저희가 여기 있는 건 어떻게……?"

"아가다와 미리 약조를 했단다. 나루를 건너기 전에 문제가 생기면 이곳으로 피신하여 만나기로."

강송이에게는 초행길이지만, 아가다는 소인정과 여러 번 도성을 오갔던 것이다. 그때마다 만약을 대비하여 만날 장소를 미리 정했다. 아가다가 산으로 접어들어 고개를 넘고 길도 없는 숲으로 향했던 것도 약조한 곳에서 소인정과 재회하기 위해서였다.

"정말…… 아가다 언니는 괜찮은 건가요?"

소인정이 고개를 끄덕이며 설명했다.

"깊은 산골짜기에서 교우촌을 이루고 살아가다 보면, 종종 뱀이나 들쥐에게 물린단다. 그때를 대비해 만든 탕약이야. 아무 걱정 말거라."

강송이가 그때까지도 쥐고 있던 아가다의 오른손을 내려다보았다. 눈을 크게 뜨고 말했다.

"내렸어요, 열이!"

주막에서 생긴 일

해가 바뀌었다.

정해년丁亥年, 1827년 첫 가마를 열기 이틀 전인 2월 6일, 이오득과 강성대가 함께 주막으로 와선 주인 부부를 찾았다. 관아에서 천덕산을 보며 고개를 넘을 때, 오르막이 끝나는 고갯마루의 왼편엔 주막이 있고 오른편엔 성황당이 있었다. 좌우에 천마산과 동악산을 두고, 앞뒤에 천덕산과 관아를 두루 살필 수 있었다.

올해 마흔 살인 주막 주인 전주원은 키가 작고 야위었으며 눈이 가늘고 볼에 살이 전혀 없었다. 남편보다 다섯 살이 적은 화순댁 이동례는 눈과 코와 입뿐만 아니라 손까지 큼지막했다. 전주원은 턱 밑에 붙은 혹을 흔들며, 봄이면 훈훈한 바람이 분다고 나서고 여름이면 큰 바람 들이친다고 떠나고 가을이면 운 좋은 바람이 민다며 걸음을 떼고 겨울이면 당고개가 춥다며 멀리 숨어 돌아오질 않았다. 평생 투전을 즐기며 돈을 쓰는 것을 업으로 삼았다. 그가 주막 일을 며칠이라도 거들 때는 이동례에게서 몇 푼이라도 받아내기 위해서였다. 손찌검하거나 몰래 돈을 훔치진 않았다. 오히려 이동례를 졸졸 따라다니며 웃고 또 웃었다. 곡성을 떠나 멀리 갈수록 아내에 대한 사랑이 타오른다고도 했다. 이 세상에 태어나 가장 잘한 일이 투전을 하려고 화순에 들렀다가 이동례를 만나 혼인한 것이라고 스스럼없이 말했다. 길 떠날 마음은 급한데 돈이 마련되지 않으면, 주막 뒷마당에 우뚝 솟은 왕벚나무에게 가서 주먹질과 발길질을 해댔다. 백 년도 훨씬 전에 제주까지 오가던 옹기 배 사공이 가져와 심었다는 나무였다. 봄이면 관아에서도 보일 만큼 하얀 꽃을 피웠다. 전주원이 이 나무를 괴롭힐 때마다 이동례는 제가 맞는 듯 앙가슴을 문지르며 말렸다.

"말 못 하는 나무라고 아픈 걸 모르는 줄 압니까? 그딴 짓 하면 천벌 받아요."

이 고개에 주막을 낸 것도 전주원의 역마살을 붙들 수 있다는 옹성산 무당의 신점을 따른 것과 함께, 왕벚나무가 마음에 들었기 때문이다. 저녁마다 손님들이 남기고 간 탁주를 모아 탑돌이 하듯 나무를 돌며 부었다. 전주원은 술을 즐겼지만 이동례는 입에도 대지 않았다. 술을 한 모금이라도 마시면 옻이 옮은 듯 온몸에 시뻘건 반점이 돋으면서 가려웠다. 밤새 피가 날 만큼 등긁이로 긁어대도 가라앉지 않았다. 술잔을 받아만 두고 소리를 곧잘 했다. 화순에서 소리 자랑 말라는 이야기도 못 들었느냐며 분위기를 잡은 뒤, 술 빚는 소리도 하고 술 권하는 소리도 하고 들놀이 뱃놀이 가는 소리도 했다. 아무렇게나 되는 대로 소리를 펴는 척했지만, 밤마다 왕벚나무를 돌며 적어도 백 번은 연습한 소리들이었다. 그 소리를 홀로 가장 많이 들은 것도 역시 이 왕벚나무였다.

그런데 오 년 전부터 이동례는 예전 소리들을 하지 않았다. 밤마다 왕벚나무를 앞에 두고 새로 배운 소리를 연습했다. 소리를 하다가 마음에 들지 않으면 멈춰 서선 밑동을 어루만지며 혼잣말을 했다.

"천주님! 미안해요. 또 틀렸네요. 귀 막으셨죠? 들려드릴 만할 때까진 듣지 마시라고 기도드렸잖아요? 그래도 혹시 들으셨으면, 괴내에 가서 얼른 씻으세요."

그전에도 이동례는 덕실마을 여인들과 가깝게 지냈고, 더러 천주의 복된 말씀을 듣기도 했다. 본격적으로 교인이 된 것은 술 권하는 소리를 부르지 않던 오 년 전 겨울이었다. 권주가를 멈추면서부터 왕벚나무에게도 탁주를 주지 않았다. 봄과 함께 당고개의 온갖 나무에서 잎이 돋고 꽃이 피었지만 이 나무만은 예외였다. 회백색 가지들만 앙상했기에, 오가는 사람 모두 나무가 너무 늙었다고도 하고 병들었다고도 하면서 혀를 찼다. 청딱따구리까지 와서 줄기를 쪼아대자, 그 소리에 이끌려 더 많은 말들이 오갔다. 딱따구리 소리가 시끄러워 술맛 떨어지니 새를 쫓든가 나무를 베든가 둘 중 하나를 택하라는 길손도 하루에 한 명씩은 있었다. 그보다 더 많은 이들은 왕벚나무에게 예전처럼 밤마다 탁주를 부어주라고 했다. 금주는 사람이나 나무나 힘들긴 마찬가지라는 농담까지 덧붙었다.

이동례는 탁주를 붓는 대신 덕실마을로 이오득을 찾아갔다. 그는 옹기꾼 세 사람과 함께 늦은 밤 왕벚나무 아래로 와선, 청딱따구리가 구멍을 낸 자리에 옹기로 만든 십자가를 걸고 동이 틀 때까지 기도를 드리곤 돌아갔다. 이레 만에 눈처럼 하얀 꽃이 피었다. 전주원이 먼 곳 어딘가 투전판에서 돈을 모두 잃고 귀가한 밤이면, 이동례는 명명백백한 사실이라며 남편의 손을 쥐고 메아리처럼 외곤 했다.

까치와 까마귀가 어울려 낮게 나는 아침이었다. 이오득이 먹지도 자지도 않고 밤낮으로 가마를 식히느라 곁을 지킨 날도 벌써 닷새째였다. 강성대가 전주원을 보며 먼저 입을 열었다.

"이번엔 판을 벌이지 않고 그냥 넘어갈까도 생각했네만……."

일흔 살을 넘긴 강성대는 옹기꾼이라기엔 피부가 너무 희고 이마가 넓었다. 얼굴이 길고 턱이 코보다 살짝 더 튀어나왔다. 그 턱을 가린 흰 수염 또한 길고 깨끗했다. 흙이라곤 평생 만지지 않고 살아온 듯한 얼굴인 것이다.

전주원이 고개를 들곤 놀란 눈으로 물었다.

"무슨 말씀이십니까? 이 년 만에 가마를 열었는데, 술도 한 사발 들이켜지 않고 그냥 넘어가다뇨? 그런 법이 어디 있습니까?"

재작년 여름 가마를 연 것이 마지막이었다. 작년엔 다시 덕실마을로 와서 단 하나의 실금도 없는 가마를 짓느라, 이오득을 비롯한 옹기꾼들이 정성을 쏟았다. 그리고 올해 첫 가마를 여는 것이다. 곁에 나란히 앉은 이동례가 이미 각오한 듯 대신 답했다.

"말씀하신 대로 따르겠습니다."

전주원이 고개를 돌려 아내 이동례를 노려보았다.

"뭘 안다고 나서?"

강성대가 혀를 끌끌 차며 전주원에게 다시 물었다.

"자네야말로 정말 아무것도 모르는군. 술은 부드러운 마귀며 맛난 독이고 달콤한 죄악이야. 아무리 예비 신자지만 어찌 이다지도 어리석은가?"

오 년 동안 봄마다 왕성하게 꽃이 피는 왕벚나무를 본 후 전주원도 이동례가 받드는 이국의 신을 받아들이기로 했다. 그러나 예비 신자인 그에겐 아직 이국의 신보다 주막 매상에 더 마음이 끌렸다. 잠자코 있던 이오득이 낮은 목소리로 말했다.

"세 순배씩만 돌리는 걸로 합시다."

전주원이 제 손등에 난 물사마귀를 신경질적으로 긁으며 물었다. 옹기꾼들에게 술값을 챙겨 이번엔 바다 건너 제주까지 다녀올 계획이었다.

"딱 세 사발을 말씀하시는 겁니까? 지금까진 맘껏 마시도록 두었습니다. 재작년에도 또 그 전해 가을에도 여름에도 봄에도."

이오득은 즉답 대신 왕벚나무가 있는 뒷마당을 두른 대숲 아래 놓인 독들을 쳐다보았다. 눈썰미가 좋은 그였다. 전주원이 술을 채워 담느라 가져온 독이 세 개나 늘었음을 알아차렸으리라. 오른쪽 입아귀를 올리자, 일그러진 볼의 흉터가 도드라졌다. 수원에서 옹기 빚는 법을 배울 때, 가마가 무너진 적이 있었다고 했다. 옹기를 하나라도 더 꺼내려 들어갔다가, 날아든 장작에 얼굴을 맞고 쓰러졌다는 것이다. 다행히 뒤따라온 옹기꾼 덕분에 목숨은 건졌지만, 볼에 깊이 박힌 벌건 숯덩이 때문에 꼬박 일 년을 앓았다고 했다. 흉터 모양이 미가엘 대천사를 닮았다는 소문이 돌았다. 좌우로 뻗친 두 선이 대천사의 날개라고 했다. 제아무리 사악한 악마라도 능히 제압하는 대천사가 함께하기에 이오득이 전라도에서 가장 존경받는 회장이 되었다는 것이다. 강성대가 물었다.

"내일 올릴 첨례가 뭐지?"

전주원은 두 눈을 찡그리며 기억을 더듬다가 주먹으로 제 이마를 두드렸다. 첨례에 참석한 지 아직 백 일이 넘지 않았다. 전주원이 천주의 뜻을 받들기로 한 것은 순전히 아내 이동례 때문이었다. 그녀는 얼굴보다 손이 더 컸고 손보다 마음이 더 컸다. 전주원이 주막에 머무는 동안에는 그 마음을 펼치지 못했다. 전주원은 한 푼도 깎아주는 법이 없었고, 김치 한 조각도 덤으로 얹지 않았다. 돈이 되지 않는 일은 쳐다보지 않았고, 돈이 없는 이와는 눈도 마주치는 법이 없었다. 그렇게 악착같이 굴어야 돈을 모아 하루라도 일찍 떠날 수 있다고 믿었다.

이동례는 정반대였다. 전주원만 주막에 없으면, 탁주 한 사발에 한 사발을 더 얹어주는 것은 보통이고, 무일푼 길손에게 뒷방을 내어주는 일도 허다했다. 희한한 사실은 그렇게 술과 음식과 잠자리를 매우 싸게 때로는 거저 주고도, 전주원보다 훨씬 많은 돈을 모은다는 것이다. 어느 날 전주원은 정색하고 비결을 물었고, 이동례역시 심각한 얼굴로 천주라는 이방의 신을 입에 올렸다. 천주의 말씀대로 따르다 보니 돈까지 벌었다는 것이다. 그 말씀이 무엇이냐고 묻자, 이동례가 답했다.

"이 말씀이에요. '주어라. 그러면 너희도 받을 것이다.'"

전주원은 천주의 뜻을 받들려면 외워야 하는 말씀이 이토록 많은 줄 몰랐다. 참된 교인이 되기 위해 꼭 필요한 것이라고 했다. 〈첨례표〉에 적힌 날들부터 제일 먼저 외웠지만, 아직 몸에 익지 않아서인지 여전히 헷갈리고 자주 잊었다. 결국 허리춤에서 〈첨례표〉를 꺼내 검지로 짚으며 답했다.

"지난번에 봉재 전 제이주일 첨례를 올렸으니까, 내일은 봉재 전 제일주일 첨례입지요."

"다가올 수요일은?"

"성회례일聖灰禮日입니다."

성회례일은 지난해에 사용한 성지聖枝를 태운 재를 축성하는 날이다. '재의 수요일'이라고도 불린다. 성지는 예수가 예루살렘으로 들어올 때 바닥에 깔았던 종려나무 가지다. 그 가지를 일 년 동안 간직했다가 성회례일에 맞춰 태운 후 재를 교인의 이마에 바른다. 이날부터 봉재 후 사십 일은 사순재四旬齋, 부활절 이전 40일니 금욕하며 참회하는 기간이다. 술은 물론이고 좋아하는 음식을 멀리해야 한다. 강성대가 설명했다.

"성회례일부터 금주한다는 것 정도는 알지? 가마를 여는 월요일부터도 아예 술을 내지 말라 할 수도 있네. 그리하는 것이 낫겠다는 주장도 있었으나, 야고버 회장님께서 그래도 가마를 연 날에 술을 마시는 것 또한 옹기꾼들의 습속이니 그냥 넘기지는 말자고 하셨다네. 세 순배로 정한 것도 고맙게 받아들이도록 해."

이오득이 이어 물었다.

"천당에 그대 자리가 없어도 괜찮겠소?"

전주원이 질문의 맥락을 몰라 머뭇거리다가 겨우 되물었다.

"그게 술하고 관련이 있습니까?"

"곧 배우게 될 겁니다, 도둑질하는 자나 탐욕스러운 자나 술에 취한 자는 천당에 자리가 없음을. 또한 재작년과 작년에도 흉년이 심하지 않았습니까? 옹기꾼들이 취해 흥청대는 꼴을 보여 좋을 일이 없지요."

전주원의 낯빛이 어두워지자, 턱 밑에 붙은 혹만 배꽃처럼 하얬
다. 옹기 가마를 여는 날은 주막 매상도 평소보다 열 배는 더 올랐
다. 세 순배씩만 돌린다면 두 배 이상을 기대하기 어렵다. 이동례가
양손을 공손히 모으곤 답했다.

"알겠습니다. 돼지고기는 어찌할까요?"

술을 줄이는 마당이니 육식까지 금할 수도 있었다. 가마를 여
는 날엔 술이 무제한이듯 고기도 무제한으로 통했다. 이동례는 만
일을 대비해서 산포수인 길치목이 사냥한 멧돼지까지 사두었다
는 이야긴 하지 않았다. 이오득이 코를 문지르며 잠시 생각한 후
답했다.

"그것도 사람마다 석 점씩만 내십시오."

"알겠습니다."

전주원이 끼어들려 하자 이동례가 팔꿈치를 끌어당겼다. 돌아
서려던 이오득이 부부를 다시 쳐다보았다. 전주원이 팔을 저어 이
동례를 떼어놓은 후 물었다.

"보탤 말씀이라도 있으십니까?"

"한 아브라함은 틀림없이 더 마시려 들 겁니다. 그렇지 않습니까?"

"제 생각도 같습니다."

술 마다하는 옹기꾼은 없다지만 한천겸 아브라함은 술잔을 들
기회만 있으면 끝장을 봤다. 곰 같은 덩치에 붉은 삼각코를 흔들
어대며 욕을 해댔다. 네댓 번 토하는 것은 기본이고 걸음을 제대
로 옮기지 못할 정도로 대취했다.

"절대로 더 줘선 아니 됩니다. 알겠습니까?"

전주원이 순순히 따르지 않고 되물었다.

"술 욕심은 남원 곡성 구례 하동을 다니는 옹기꾼 중에서도 으뜸이니, 막아섰다가 싸움이라도 나면 어찌합니까?"

"내가 한 아브라함 곁에 딱 붙어 앉을 터이니 걱정 마십시오."

술만 들어가면 망나니처럼 구는 한천겸이지만, 이오득 앞에서만은 범 만난 하룻강아지처럼 잠잠했다. 전주원도 더 따지지 않고, 하늘을 우러르며 숨만 괜히 내쉬었다.

봉재 전 제일주일 첨례를 드린 다음 날인 2월 8일, 가마가 열렸다.

주막 주인 전주원은 술을 미리 넉넉하게 준비했고, 그의 아내인 이동례도 쑥과 나물에 돼지고기까지 삶아내느라 바빴다. 직박구리와 참새 울음이 뒤섞여 요란한 탓에 전주원이 술독을 나르다가 말고 허리를 폈다. 턱 밑에 붙은 하얀 혹이 따라서 흔들렸다. 높은 하늘에서 솔개 한 마리가 날개를 편 채 천천히 맴돌고 있었다. 전주원은 뒷마당 왕벚나무를 흘끔 곁눈질한 후 고갯길 맞은편에 선 당산나무인 박달나무를 보며 양손을 모아 빌려다가 그만뒀다. 솔개가 나타나면 먹잇감이 된 것만 같아 불쾌하고 불안했다. 그럴 때면 당산나무를 향해 기도드리는 것이 습관 아닌 습관이었다. 아내를 따라 덕실마을로 가서 이오득을 만났을 때 처음 들은 이야기는, 천주가 아닌 다른 신에게 기도를 드리면 절대로 안 된다는 것이었다. 특히 성황당과 당산나무를 떠받드는 어떤 자세도 취하지 말라고 했다.

불통을 완전히 막은 지도 닷새가 지났다. 구멍이란 구멍을 모두 막아 창불이 보이지 않자, 옹기꾼들은 각자의 집으로 돌아가서 밀린 잠을 잤다. 그때도 물러나지 않고 가마 곁을 지킨 이는 이오득이었다. 함께 머물겠다고 몇몇 사람이 나섰지만, 이오득은 그들에게도 휴식을 강권했다. 닷새 동안 먹지도 씻지도 자지도 않고, 하루에 열두 번씩 규칙적으로 가마를 돌며 손바닥을 댔다. 가마가 알맞게 식어가는지 확인하기 위해서였다. 너무 빨리 식으면 옹기에 실금이 생겨 내다 팔 수 없었다. 옹기꾼들이 끔찍하게 싫어하는 그 실금은 '식은태'라고 불렸다.

불통 입구를 열 때도 이오득 혼자 망치를 들었다. 여럿이 달려들면 금방 끝날 일이지만, 이오득은 화문을 조금씩 허물며 간간이 가마 안으로 팔을 집어넣어 온기가 충분히 사라졌는가를 확인했다. 화문을 완전히 허문 다음에는 홀로 어두운 가마로 들어갔다. 가마 밖을 휘도는 지독한 침묵이 옹기꾼들의 기다림을 더욱 힘들게 했다. 일각一刻이 여삼추如三秋라는 말이 과장이 아니었다.

창칼을 쥐고 들어간 이오득은 녹은 잿물 때문에 서로 붙은 옹기들을 조심조심 떼어낸 후 밖으로 나왔다. 가마를 둘러선 옹기꾼들은 마른침을 삼키며 이오득의 입만 쳐다보았다. 옹기가 마음에 들지 않을 때는 말없이 덕실마을을 떠나 천덕산을 향해 걸어갔고, 하삼도 고을에 두루 내다 팔 수준이 될 때는 언제나 똑같은 품평을 했다. 이윽고 이오득이 창칼에 묻은 재를 허벅지에 닦으며 말했다.

"나쁘진 않군."

흡족하다는 뜻이었다. 매우 기쁘고 아주 좋은 일에도, 이오득은 나쁘지 않다고만 했다. 옹기꾼들이 동시에 손뼉을 치고 환호하며 가마로 들어갔다. 당고개 솔숲에서 쉬던 새들이 한꺼번에 날아올라 천마산이 있는 동쪽과 동악산이 있는 서쪽으로 갈라져 바삐 날갯짓했다. 옹기꾼들은 각자 덩치에 맞는 옹기를 골라 조심조심 옮겼다. 아무리 무거워도 바닥에 끌거나 따로 도구를 쓰진 않았다.

마당이 옹기로 가득 차면, 이오득이 다시 와선 옹기들을 빠르게 손바닥으로 짚어나갔다. 미리 주문받은 고을에 보낼 것들을 먼저 모아 빼고 나니, 옹기가 채 열 개도 남지 않았다. 그때부턴 옹기를 대하는 이오득의 자세가 달라졌다. 신중하게 옹기를 들고 겉을 살핀 뒤 속까지 깊이 들여다보았다. 머리가 아예 들어갈 지경이었다. 가만히 등 뒤로 옮긴 옹기는 마음에 들지 않는다는 뜻이다. 그때마다 옹기꾼들의 아쉬워하는 한숨이 저물녘 굴뚝 연기처럼 길게 뒤따랐다.

"나쁘지 않군."

이렇게 품평을 받은 옹기만 다른 옹기꾼에게 넘어갔다. 옹기를 넘기는 순간, 이오득의 입꼬리가 살짝 올라가면서 뺨의 흉터가 춤추듯 떨렸다. 옹기꾼들도 차례차례 옹기를 살핀 후 느낌을 보탰다.

"나쁘지 않습니다."

"이게 나쁘다면 좋은 게 뭘까 궁금하네요."

"맞습니다. 안 나빠요."

한 바퀴를 돌고 다시 이오득의 앞에 놓인 옹기는 네 개였다. 품에 쏙 안길 만한 옹기가 둘, 손바닥에 올려두고 쓰기에 적당한 옹기가 또 둘이었다. 이오득은 그 옹기들만 챙겨 옆에 앉은 장엇태에게 넘겼다. 공소 예절을 마친 뒤 교우들과 함께 식사할 때 쓸 옹기들이었다. 얼굴이 유난히 노르스름하고 키가 껑충 커 웬만한 담장너머까지 내다보인다는 장엇태가 새끼줄로 옹기들을 단단히 묶어지게에 지곤 미륵골 무명마을로 떠났다. 이오득은 덕실마을 가장 높은 비탈에 자리 잡은 초가와 미륵골 밤나무 기도장에서 제일 가까운 곳에 앉은 초가를 번갈아 오갔다. 울타리는 없었다.

옹기꾼들이 고갯마루 주막으로 옮겨 술판을 연 때는 해가 제법 서편으로 기운 뒤였다. 먹구름이 해를 가리는 바람에 고개 전체가 붉은 기운도 없이 어둑어둑했다. 바람까지 맵찼지만, 손님방과 마루와 마당의 평상과 돗자리를 깐 바닥에 나눠 앉은 사내들은 쨍한 여름처럼 힘차고 싱그러웠다. 옹기가 '나쁘지 않게' 나왔으니, 이제부터는 마시고 취할 일만 남은 것이다. 전주원과 이동례는 나물 반찬과 막사발이 놓인 술상부터 내왔다. 먼저 불만을 털어놓은 이는 예상대로 한천겸이었다.

"술상에 술이 없으니, 이게 뭣 하는 짓인가?"

전주원이 대답 대신 마루로 올라가선 이오득의 곁에 선 후 답했다.

"야고버 회장님이 미리 말씀을 주셨습니다. 술은 세 사발 고기는 석 점! 딱 그만큼만 준비했으니 더는 없습니다."

옹기꾼들이 허리를 세우곤 누런 이를 드러내며 따지려 들었다. 한숨과 혀 차는 소리가 뒤따랐다. 손님방에 있던 강성대가 마루로 한 걸음 나왔다. 손바닥으로 입을 가린 채 억새가 흔들리듯 잔기침을 한 후 말했다.

"이틀 뒤면 봉재가 시작됩니다. 아시는 분은 아시겠지만, 저는 봉재 전 삼 주일 첨례부터 육식을 금하고, 봉재 전 일주일 첨례를 드린 후부터 예수님이 부활하신 날까지는 아예 곡기를 끊어왔습니다. 물론 이 금식은 교우들이 반드시 지켜야 할 일은 아닙니다만, 여력이 된다면 하는 편이 낫다는 게 제 생각입니다. 평생 적어도 세 번은 꼭 하시라 권해드립니다. 성회례일에 맞춰 육식과 술을 금하는 교우도 있으시지만, 며칠 미리 시작해야 성회례일부터 제대로 음식의 유혹에서 벗어날 수 있지요. 그래서 야고버 회장님께 가마를 연 후 술을 마시는 걸 이 봄엔 하지 말자고 청했습니다. 회장님은 제 뜻을 존중해 주시면서도, 아쉬워할 교인들을 위해 세 사발까지 허용하기로 정하신 겁니다."

그래도 잡음이 일었지만 이오득이 엉덩이를 떼고 일어서자 조용해졌다. 오른쪽 입술이 열릴 듯 떨리다가 멈췄다. 강성대가 이오득의 왼편에 앉은 전원오에게 청했다.

"전 안또니 형제님! 어서 시작하세요."

전원오가 알이 두꺼운 안경을 고쳐 쓰곤 일어섰다. 눈이 지독하게 나쁜 탓에, 이오득이 구해준 안경이 없으면 맑은 한낮도 그믐밤 같았다. 해가 지면 곧장 잠드는 것도 밤눈이 어두워서였다. 평소에는 미간에 주름을 잔뜩 잡곤 시선을 내린 채 다녔다. 말이 적은 편은 아니었지만, 마주 앉은 이에게도 들리지 않을 만큼 웅얼거렸다. 말이 입 밖을 나가자마자 입 안으로 들어가버린다는 주변의 평가를 그 역시 웃으며 인정했다. 그러나 소리를 할 땐 고개 넘어 괴내에서도 들릴 만큼 우렁찼다. 전원오가 술 한 모금을 마시곤 헛기침을 뱉은 뒤 소리를 시작했다. 처음 여덟 글자는 전원오 혼자 했지만, 옹기꾼들도 이미 배워 외웠는지라, 그다음부터는 함께 불렀다.

슬프도다 교우들아 외교인이 아직 많아

세상복락 누리다가 지옥영고 빠져드네

복된 말씀 모르면서 천당영복 어이 알까

제 십자가 짊어지고 기도하고 기도하면

성부의 빛 샛별처럼 우리 위에 반짝이고

성자의 길 돌다리로 강을 건너 나아가네

활기가 넘치고 목청도 트여 귀에 쏙쏙 들어왔다. 그사이 이동
례는 술동이를 상에 하나씩 바삐 놓았고, 전주원은 돼지고기가 담
긴 알뚝배기를 날랐다.

술이 돌았다. 첫 사발을 단숨에 들이켜는 이는 없었다. 옹기꾼
들은 자신들이 쥔 사발이 평소보다 크고 무겁다는 것을 눈치챘다.
세 사발씩만 팔라는 이오득의 말을 들은 후, 전주원이 남원까지
가서 큰 사발을 구해 온 것이다. 이것으로 세 사발은 어제까지 손
님상에 놓던 양으로 치자면 다섯 사발이 넘었다. 강성대가 전원오
에게 다시 청했다.

"오늘은 그동안 만들어온 긴 소리를 전부 들려주겠다 하지 않
았습니까?"

전원오가 옹기꾼들을 둘러보며 얼굴을 찌푸리곤 웅얼댔다.

"고백하자면, 어젯밤 대부분을 버렸습니다. 제대로 나왔다 여
겼는데, 다시 불러보니 전혀 아니더라고요. 겨우 예닐곱 줄 남았
을까 싶습니다. 꼴도 일그러지고 색도 바래서 들려드릴 만한 게
못 됩니다. 미안합니다."

목소리가 차츰 줄더니 숨소리 뒤로 숨었다. 그나마 전원오의
말을 많이 알아듣는다고 하는 강성대가 고개를 저으며 말했다.

"끝까지 다 왔다기에, 마지막 봉우리를 오르는 중이라기에, 올
해는 완창을 듣겠구나 싶었습니다만, 또 그걸 엎으셨다? 최선을

다하되 나머지는 천주님께 맡기라 말씀드리지 않았습니까? 벌써 십이 년쨉니다."

"바로 그 최선을 다하지 않아서…… 이럽니다."

강성대가 옹기꾼들을 돌아보며 물었다.

"이토록 엄격하게 구는데도 살아남은 부분을 듣고 싶지 않습니까?"

"듣고 싶습니다!"

옹기꾼들이 사발을 높이 들며 함께 외쳤다. 전원오가 술이 오르는 듯 헛헛 숨을 토한 뒤, 자신 없는 얼굴로 소리했다.

이 풍진 세상 흘러가는 동안

우리가 늘 간직하고 쥘 흙이 셋 있으니

만물을 만드는 옹기꾼의 흙이 둘째요

만물을 기르는 농부의 흙이 셋째요

만물을 만들기도 하고 기르기도 하라며

흙으로 사람을 빚어 바로 요 콧구멍에다가

숨을 불어넣은 천주의 흙이 첫째라

이오득은 제 앞에 놓인 사발에 술을 가득 세 번 붓고 나선 쉬지 않고 들이켰다. 옹기꾼들이 농담이나 힘자랑을 하는 동안, 마실 술을 다 마신 셈이다. 그는 주막에 모인 서른 명이 넘는 사내들이 제각각 마신 술을 눈으로 확인했다. 두 사발을 마신 이들은 마지막 사발을 더욱 아꼈고, 이미 세 사발을 마신 이들은 감히 반 사발도 청하질 못했다. 옹기를 지고 무명마을로 갔던 장엇태가 뒤늦게 주막으로 들어섰다. 이오득은 장엇태를 데리고 뒷마당 왕벚나무로 잠시 자리를 옮겼다.

"왜 이리 작아?"

벙어리처럼 한마디도 않던 한천겸이 따지듯 물었다. 이동례가
답했다.

"작다뇨?"

한천겸이 이동례의 팔목을 쥐곤 흔들며 화를 냈다.

"내 사발만 왜 이리 작냐고! 딱 네 서방 물건만 하네. 일부러 그
런 거지?"

전주원이 둘 사이로 끼어들며 한천겸의 팔꿈치를 당겼다. 이동
례가 눈짓으로 만류하자, 전주원이 화를 누르며 말했다.

"제일 큰 놈으로 드렸습니다."

"이거 놔. 이게 커? 누굴 당달봉사로 아나?"

한천겸이 손목을 놓지 않고 버티는 바람에 이동례가 딸려 오다
가 엉덩방아를 찧었다. 손에 든 알뚝배기가 떨어졌고 돼지고기 수
육이 흙투성이로 뒹굴었다. 고기 한 점이 주막으로 들어서던 사내
의 발등에 얹혔다. 허리에 토끼 두 마리와 꿩 한 마리를 달고 나타
난 산포수는 길치목이었다.

정수리가 처마에 닿을 만큼 키가 컸고 손끝이 무릎을 칠 만큼
팔도 길었다. 나뭇잎이 무성한 숲으로만 다녀 살갗이 자작나무처
럼 희다는 농담 아닌 농담도 즐겼다. 길치목의 나이 겨우 스무 살
이지만, 어려서부터 총을 만지고 할아버지와 아버지를 따라 사냥
을 다닌 덕분에 사격 솜씨는 곡성에서 으뜸이었다. 오늘은 옹기꾼
외에 손님을 받지 않는다고 진작부터 알렸지만, 길치목은 남의 말
을 듣는 사람이 아니었다. 산군山君인 범이 가고 싶을 때 가고 쉬

고 싶을 때 쉬듯이 그 역시 곡성의 봉우리와 골짜기와 고개에선 마음대로였다. 길치목을 알아본 옹기꾼들 눈초리가 삽시간에 날카로워졌다.

전주원과 이동례가 한천겸과의 다툼을 멈추고 길치목에게 갔다. 이동례가 알은체를 했다.

"웬일이야? 화엄사까지 다녀온다지 않았어요?"

길치목은 대답 대신 허리를 숙여 흙 묻은 고기 한 점을 집어 들어 제 가슴에 닦은 후 입에 넣곤 질겅질겅 씹으며 드문드문 놓인 술동이를 노려보았다. 옹기꾼들은 행여나 빼앗길까 봐 동이를 쥐었다. 길치목은 평상이나 마루 대신 부엌으로 향하더니, 술이 출렁대는 동이를 안고 나왔다. 동이를 제 이마까지 들어 올려 보란 듯이 벌컥벌컥 마시기 시작했다. 흘러내린 술이 목과 가슴을 타고 내려 뚝뚝 떨어졌다. 손등으로 입술을 훔친 길치목은 뒷마당에서 돌아오는 이오득을 노려보며 불쑥 물었다.

"죄다 사내들뿐이네. 옹기 만드느라 고생한 여자들은 다 어딨수?"

재작년 가을, 길치목이 들짐승들을 몰아 무명마을 큰 가마를 쑥대밭으로 만들었다는 것을 모르는 옹기꾼은 없었다. 길치목이 그 짓을 한 까닭이 순자강에서 사라졌던 강송이 수산나 때문이라는 것도!

길치목은 아버지 길태식을 도와 토란 농사를 짓다가, 작년 여름 다시 총을 쥐고 사냥을 시작했다. 강송이가 살아서 돌아왔다는 소식을 들은 것이다. 그녀를 만나기 위해 무명마을과 덕실마을을 찾았지만 이오득이 단칼에 잘랐다. 다시 교우촌을 기웃대면 가만두지 않겠다고 경고했다. 그리고 길치목이 옹기꾼들과 이토록 가까이 대면한 것은 반년 만이었다.

"술배를 채웠으면 썩 꺼져. 네깟 놈이 낄 자리가 아니야."

한천겸의 목소리에 칼날이 번뜩였다. 다른 옹기꾼들 역시 길치목이 끔찍하게 싫기는 마찬가지였다. 그가 벌인 짓 때문에 가마를 새로 만들고 옹기를 빚느라 일 년 반을 고생한 것이다. 길치목이 물러서지 않고 짐짓 너스레를 떨었다.

"재작년 여름에도 가마를 연 날 모여서들 여기서 놀았잖아? 그땐 끼어들기 귀찮아 뒷마당에서 훔쳐보다가 그냥 갔지만, 여자들 웃음소릴 똑똑히 기억해. 그전에도 덕실마을 옹기꾼들은 남녀가 나뉘지 않고 함께 논다는 흉문이 쉬쉬거리며 돌았지. 근데 올핸 왜 사내들만이야? 이유가 대체 뭐야?"

옹기꾼들이 슬그머니 엉덩이를 들었다. 이오득이 눈으로 제지하지 않았다면 벌써 달려들었을 것이다. 이오득은 차갑게, 그렇지만 발톱을 드러내지 않고 답했다.

"설명하면 내 말을 믿겠소? 정 그렇게 궁금하면 직접 이유를 찾아보시오."

"개수작들 그만해. 무슨 짓들을 또 꾸미는지 내가 모를 것 같아?"

"기웃거리지 말라는 경고를 잊은 게요?"

"명색이 내가 산포수인데, 사냥감을 두고 어딜 가누."

"저 어린 새끼가……."

분을 참지 못하고 장엇태가 다가섰다. 길치목이 실실 웃으며 어깨에 걸친 총을 고쳐 멨다. 이오득이 흔들리지 않고 물었다.

"사람을 사냥하겠단 소린 아닐 테고……. 마을에 들어와서 총질이라도 하겠다 이거요?"

"총질까진 생각이 없었는데, 야고버 회장, 당신이 어떻게 대처하나 궁금해서라도 해보고 싶네."

길치목은 술동이에 든 술을 조금 더 마신 뒤 절구통에 얹었다. 오늘은 술을 마시기 위해서가 아니라 옹기꾼들과 부딪치기 위해서 왔기에, 대취할 마음은 없었다. 허리에 두른 토끼와 꿩을 전주원의 발 아래 던졌다. 방금 마신 술값이었다. 침을 땅바닥에 뱉으며 위협했다.

"저딴 옹기꾼들 위한다고 날 막진 마슈. 확 다 불을 싸질러버리는 수가 있으니까."

전주원이 물었다.

"불 지른다 했소?"

길치목이 이오득과 옹기꾼들을 노려보며 답했다.

"내가 못 할 것 같아? 주막에 물렛간까지 한꺼번에 태워줄게. 멀쩡하게 살아 있는 사람을 죽었다고 믿게 만든 게 누군데? 처음이 어렵지, 두 번째는 일도 아니라고. 생각들을 해봐. 미륵나무 쓰러뜨려 짐승들 내몬 것에 비하면, 불화살 몇 개 쏘는 거야 식은 죽 먹기지. 언제까지 강송이를 숨겨둘 수 있을 거라고 생각하나? 아무리 그래도 우린 만날 거야. 내가 찾아낼 거라고. 너희가 믿는 천주가 막아도 소용없어."

길치목은 성큼성큼 주막을 나서더니 곧 사라졌다. 산포수에겐 날랜 발이 총만큼 중요했다.

"성질머리하고는."

전주원이 혀를 끌끌 차면서도 허리 숙여 토끼와 꿩을 거두었다. 한천겸이 절구통 옆에 놓인 술동이를 오른팔로 끌어안았다.

술을 더 마실 기회를 엿보던 그에게 길치목은 너무나도 적당한 핑곗거리였다. 이동례가 손사래를 치며 달려왔지만, 등을 이리저리 돌리며 왼팔을 휘둘렀다. 그 주먹이 이동례의 눈두덩을 제대로 갈겼다. 이동례가 비명을 지르며 쓰러지자, 전주원이 달려들었다. 한천겸이 옆차기로 전주원의 아랫배를 내지른 후 주먹으로 콧잔등을 올려쳤다. 내외가 나뒹굴어 피를 쏟았다. 한천겸은 여전히 술동이에 입을 떼지 않은 채, 불쾌한 얼굴로 두 사람을 밟아대며 탓을 해댔다.

"그러니 왜 나한테 벼룩의 간만 한 사발을 주는 거야? 내 입은 입도 아니라 이거야? 그만한 걸 다행으로 알아. 개 씹 같은 놈! 호로 잡년이 어디서 사람을 속여? 내 밑에 깔려봐야 정신이 들래?"

전주원이 코피를 줄줄 쏟으며 일어섰다. 산포수나 보부상의 험악한 말들도, 받을 돈을 떠올리며 웃음으로 넘기던 그였다. 그러나 아내인 이동례를 업신여기는 쌍욕만은 참지 않았다.

"잡년? 누구보고 잡년이래?"

한천겸이 한술 더 뜨며 되물었다.

"여기 아랫도리 젖은 계집이 저년 외에 또 있나?"

"잡것 눈엔 잡것만 보이겠지. 그토록 고매한 아버지 밑에서 어쩌다 저런 욕쟁이 천하잡놈이 나왔을까?"

한천겸이 전주원을 향해 술동이를 던졌다. 술동이는 전주원의 어깨를 때리고 이동례의 허리를 친 후 땅에 떨어져 박살이 났다. 비틀대는 전주원을 쓰러뜨리고 올라앉은 한천겸이 미친 듯이 주먹질을 했다. 한천겸은 치명한 아버지와 비교되는 것을 죽기보다 싫어했다. 오르지 못할 나무요 넘지 못할 산이었다. 이동례가 달려들어 한천겸의 손을 쥐고 매달렸다.

"제발! 그만둬요. 제발."

한천겸이 이동례의 목을 당겨 전주원 옆에 쓰러뜨린 다음, 부부를 번갈아 때리기 시작했다. 이오득이 명령했다.

"잡아!"

한천겸의 기세에 눌려 쭈뼛거리던 옹기꾼들이 한꺼번에 달려들어 팔과 다리와 목덜미를 잡고 당겨 눌렀다.

일방적으로 얻어맞은 부부의 몰골은 참담했다. 전주원은 코뼈가 내려앉는 바람에 입으로 숨을 뱉을 때마다 피비린내가 났고, 두 귀에서도 진물이 흘렀다. 이동례 역시 얼굴이 만신창이인 데다가 허리까지 뒤틀려 일어서질 못했다.

전주원이 당고개를 내려가서 동헌 마당에 엎드린 것은 그 밤 해시亥時, 밤 9시~11시였다. 부어오른 볼과 피멍이 든 눈두덩 때문에 앞이 제대로 보이지 않았고, 밟힌 왼 무릎이 성치 않아 대지팡이에 의지해서 절뚝거리며 겨우 걸음을 옮겼다. 곡성현감 조봉두가 대청마루에 나와 앉자마자, 엎드려 기다리던 전주원이 품에서 서책 한 권을 꺼내 올렸다. 이동례가 저녁마다 아껴 읽던, 정약종이 지은 『주교요지』였다. 당고개 덕실마을과 천덕산 무명마을 사람들이 몰래 넘겨 보는 서책이기도 했다.

입을 맞추다

열께은 길고 옥獄은 좁았다.

당고개 덕실마을과 천덕산 무명마을에서 천주교와 관련된 물건이 하나라도 나오면 모조리 잡아들이라는 곡성현감 조봉두의 명령이 떨어지자, 교졸들이 어둠을 내달려 당고개를 넘어 덕실마을을 먼저 덮쳤다. 마을 입구 솔숲에서 맹렬히 짖던 개들의 입부터 몽둥이와 장검으로 틀어막았다. 한 패는 달아나는 사람들을 쫓았고, 또 한 패는 횃불을 휘휘 저으며 구석구석 뒤졌다. 교졸이 든 횃불 아래로 옹기꾼 몇몇이 나아와 얼굴을 들이밀었다.

"형님! 접니다."

"닷새 전에도 장에서 만나 탁주 사발을 함께 기울이지 않았습니까?"

"저예요. 질 좋은 장독을 덕분에 싸게 샀다며 좋아하셨죠? 또 있으면 더 사시겠다고."

이런저런 기회에 친분을 쌓은 것이다. 그러나 교졸들은 안면을 몰수한 채, 그 밤 처음 시비가 붙은 무뢰배 대하듯 험악하게 몰아세웠다. 인연을 언급하는 옹기꾼은 더욱 모질게 더 많이 때렸다. 미안함과 어색함을 감추기 위해서였다.

덕실마을에서 관아까지는 이각二刻, 30분이면 충분했다. 완만한 내리막길이 끝나면 평탄한 들길이 이어졌다. 대부분의 마을 길이 좁고 휘었지만, 관아에 이르는 들길은 넓고 곧았다. 옹기를 등에 지거나 머리에 이고도 숨찰 고비가 없었다. 그 밤엔 자시가 끝날 때 덕실마을을 출발했음에도 오경五更, 새벽 3시~5시까지 관아에 닿지 않았다. 오라에 묶인 사람들이 많기도 했고, 소경처럼 자주 넘어지고 사방을 더듬거리고 두려워 너나없이 눈물을 쏟은 탓이다. 선명하게 들리진 않았지만, 혀 밑에 두었다가 도로 삼키기도 했지만, 옹기꾼들은 그 길에서 똑같은 문장을 주문처럼 웅얼웅얼 되뇌었다. 이번 주 공소 예절에서 이오득이 힘주어 강조한 복된 말씀이었다. '보라. 너의 신덕信德이 너를 구한다.'

옥까지 끌려가는 모습은 제각각이었다. 순순히 따르는 이도 있었고, 자신도 처음 보는 물건이라며 억울해하는 이도 있었고, 선물로 받아두긴 했지만 관심 갖지 않았다며 핑계를 대는 이도 있었다. 옹기꾼들을 다루는 교졸들의 태도 역시 다양했다. 육모 방망이를 흔들어 위협하기도 했고, 어깨나 허리를 때리기도 했으며, 오라로 묶기도 했고, 아무런 위협이나 포박 없이 앞세운 채 감시하며 걷기도 했다. 집을 뒤지면서 성난 범처럼 굴던 때와는 달랐다. 포박할 만큼 포박했고 거둘 만큼 거둔 것이다. 섬진강을 따라 옹기 굽는 마을이 여럿이지만 당고개 옹기들이 장맛을 깊게 한다는 풍문이 돌았다. 교졸들의 집에도 한두 개씩은 있었다.

덕실마을 옹기꾼만 잡아들였는데도 객사 앞 옥이 찼다. 대부분의 고을에선 둥근 담장 안에 집을 두 개 만들어 남옥男獄과 여옥女獄으로 썼다. 그러나 곡성 옥은 집이 하나뿐이었고, 그 집을 둘로 나눠 남자와 여자를 가뒀다. 그러고도 옥이 비는 날이 많았으므로, 남원부사나 구례현감의 부탁을 받고 그곳 죄인들을 잠시 받아두기도 했다. 오늘은 이 자리에 옥을 만든 후 가장 많은 죄인을 한꺼번에 잡아 가둔 날이었다.

옥을 살피러 온 조봉두는 남자들을 가둔 옥만큼이나 여자들을 가둔 옥도 여유가 없다는 사실에 놀랐다. 오늘 하루 잡아들인 여인들이 십 년 동안 가둔 여인들보다도 많았던 것이다. 조봉두는 두툼한 턱을 들고 두 눈을 번갈아 찡그리면서 옥을 두른 높고 둥근 담을 올려다보았다. 한양에서 내려올 때 전라도 사정에 밝은 이들이 덕담처럼 말했다. 곡성은 범죄라곤 없는 고을이니, 산천 구경이나 하며 편히 지내면 된다고. 헛소문이 아니어서 봄가을로 순자강에서 뱃놀이를 하고, 여름엔 동악산 솔숲 너른 바위에 앉아 계곡물에 발을 씻으며 지냈다. 겨울엔 눈이 제법 내렸지만, 대부분의 공무는 아전들에게 넘기고 아랫목을 벗어나지 않으니 추워도 추운 줄 몰랐다. 나랏님은 그날그날 할 일이 줄을 섰지만 현감은 그날 꼭 해야 할 일이 없었다. 나랏님의 하루는 사관들이 따라다니며 기록하지만 현감의 하루는 따로 적어두는 자도 없었다. 해도 그만 안 해도 그만인 날들의 연속이었다. 그러나 천주교인들을 가두고 심문하는 것은 다른 문제였다. 반드시 해야 할 일이 눈앞에 닥친 것이다. 음풍농월의 나날이 하루아침에 끝난 꼴이어서 짜증이 났다. 조봉두는 갇힌 자들을 노려보며 물었다.

"저들이 다 천주쟁이라는 거냐?"

형방 남근주가 머리를 조아리며 양 손바닥을 폈다. 붉은 주머니와 푸른 주머니가 들렸다.

"모양과 크기 그리고 색깔은 제각각이지만, 저들은 이런 걸 한두 개씩 몸에 지녔습니다."

조봉두가 붉은 주머니부터 집어 주둥이를 열곤 엄지와 검지를 집어넣었다. 엄마와 아기를 함께 새긴 엽전만 한 편경이었다. 형방이 알은체했다.

"천주쟁이들이 신의 아들이라고 떠받드는 예수와 그 어미입니다."

푸른 주머니에도 손가락을 집어넣었다가 놀라며 황급히 뺐다. 군데군데 나뭇조각과 머리카락 한 묶음이 딸려 나왔다.

"무, 무엇이냐, 이것들은? 붉게 마른 자국은 피 아니냐?"

"그런 것 같습니다."

"피 묻은 나뭇조각과 머리카락을 왜 지니고 다녀?"

"자세한 이유는 모르겠습니다만, 나뭇조각이 든 주머니가 열 개, 머리카락이 든 주머니가 두 개, 그 둘이 함께 든 주머니 또한 두 개를 찾았습니다. 들리는 말로는 이 작은 나뭇조각 값이 쌀독 세 개를 넘는답니다."

"그리 비싼 이유가 대체 무엇이냐?"

형방 옆에 선 공방 석여벽은 까닭을 알면서도 주저하는 눈치였다. 조봉두가 도끼눈을 뜨자 답했다.

"그냥 나뭇조각이 아니라, 목침 조각이랍니다."

"목침? 나무 베개? 베개 조각을 왜 품고 다닌다냐? 이 피는 또 무엇이고?"

"망나니들이 쓰는 목침이라고 합니다."

"망나니?"

"참斬할 때, 칼날이 상하는 것도 막고 단숨에 베기 위해, 엎드린 죄인들 이마에 받쳤답니다. 그래서 피가 덕지덕지 묻은 것이고요. 저 머리카락 묶음도 처형당한 사학죄인들의 것이 아닐까 합니다."

관아에서 천덕산 미륵골 무명마을까진 대낮에 빠른 걸음으로 도 한 시진時辰, 2시간이 넘게 걸렸다. 산길이 몹시 가팔랐다. 멧돼지나 삵이나 여우는 수시로 나왔고 가끔 범이 지나가기도 했다. 낮부터 먹구름이 몰려들더니 밤비가 부슬부슬 내렸다. 교졸들이 골짜기로 들어서서 비탈을 오를 때는, 발에 힘을 싣지 않으면 곧 장 미끄러져 나뒹굴었다. 오르기도 힘들었지만 내려오는 길도 만 만치 않았다. 올라갈 때는 제각각 가볍게 홑몸을 놀렸다면, 내려 올 땐 줄지어 포박한 무명마을 사람들과 함께 걸음을 옮겨야 했 다. 한 사람이라도 발을 헛디뎌 쓰러지면 나머지도 함께 굴렀다. 교졸들이 아무리 몽둥이를 휘두르고 고함을 질러대도 깊은 밤 젖 은 흙길을 미끄러지지 않고 내려오는 것은 불가능했다. 게다가 바 위 뒤나 나무 사이에서 도깨비불이라도 움직이면, 얼어붙어 서기 도 하고 비명과 함께 내달리다가 제풀에 쓰러지기도 했다.

뒤늦게 도착한 무명마을 사람들에게서 더 많은 주머니가 나왔 다. 미리 끌려와 앉았던 죄인들이 모두 일어설 수밖에 없었다. 조 금만 몸을 놀려도 다리와 어깨가 부딪혔다. 젖먹이 아기들부터 울 음을 터뜨렸고, 엄마 손을 잡고 칭얼거리며 따라온 아이들도 눈 물을 뚝뚝 흘리며 울어댔다. 남녀를 구분하여 가두긴 했으나, 그

사이를 흙벽도 아니고 나무를 잘라 수직과 수평으로 얽어 막았을 뿐이다. 아이들의 팔이 구멍을 통해 남옥으로 들어와선, 할아버지나 아버지 혹은 오빠나 남동생을 찾아 흔들었다. 흔들리는 팔과 터진 울음에 이끌린 사내들이 손을 굳게 쥐곤 좋은 말로 달랬다. 조금만 기다리면 집으로 돌아갈 거라고! 하지만 끌려와 옥에 갇힌 이들은 쉽게 끝날 문제가 아니란 걸 직감했다. 곡성 전체에 소문이 날 것이고, 인근 고을뿐만 아니라 전라감영이 있는 전주까지 알려질 것이다.

옥이 너무 좁았으므로, 결국 옥 뒤 객사를 임시로 쓰기로 했다. 객사의 방 두 칸에 남녀를 나눠 각각 넣었다. 그리고 덕실마을과 무명마을에서 압수한 물건들을 객사 마루에 모아놓았다. 주머니들은 물론이고 〈첨례표〉와 기도문과 상본과 크고 작은 예수고상이 가득했다.

조봉두는 옥에 가둔 사람들의 명단을 형방 남근주에게서 받았다. 백여 명이 넘었다. 심문 순서를 정할 필요가 있었다.

"으뜸 옹기 대장이 누구지?"

"이오득입니다."

조봉두는 딱 한 번 이오득과 마주한 적이 있었다. 이 년 전 부임 직후 관아의 장독들을 새로 들였던 것이다. 전주나 남원에서 독을 살 계획이었으나, 공방 석여벽이 당고개 옹기를 거듭 자랑해서 마음을 돌렸다. 공방이 말을 넣자마자 두 시진도 지나지 않아 옹기꾼 셋이 독을 하나씩 지게에 지고 관아로 들어섰다. 과연 선이 부드러우면서도 단단했다. 독을 내려놓은 옹기꾼들은 코가 땅에 닿을 만큼 넙죽 절하곤 물러났다. 오른뺨에 큼지막한 흉터를 지닌

이가 으뜸 옹기 대장 이오득이라고 했다. 조봉두가 담뱃대로 제
뺨을 긁어대며 명령했다.

"그놈부터 데려와."

형방이 즉답은 하지 않고 아랫입술을 혀로 쓸었다. 곤란한 처
지에 놓였을 때 혀부터 내미는 것이 습관이었다.

"……없습니다."

"없다니?"

이번에는 혀로 윗입술을 훑었다. 혀끝이 코에 닿을 뻔했다.

"……확인했는데, 옥엔 없습니다. 붙잡혀오는 중인지도 모르겠
습니다."

아직 교졸 셋이 돌아오지 않았다. 무명마을에서 제일 마지막에
출발한 이들이었다. 그들에게 딸려 또 몇 명이 끌려오겠지만, 그
속에 이오득이 있을 수도 있고 없을 수도 있었다. 만약 없다면?
그제야 조봉두는 상황의 심각성을 깨달았다. 옥에 사람이 차고 넘
치는 탓에 당고개와 미륵골에서 달아난 자들에까지 생각이 미치
지 않았던 것이다. 그 잘못을 형방 탓으로 돌렸다.

"옥에 없다면 끝인가?"

"네?"

"쫓아가야지. 죄가 중한 놈일수록 먼저 멀리 달아나는 법이야.
당장 교졸들 풀고, 구례, 남원, 순천 등에도 소식을 넣어. 이오득
을 붙잡지 못하면 형방도 옥에 갇힐 각오해."

형방이 황급히 나간 뒤 현감은 문방사우를 꺼내 가지런히 놓았
다. 밀서密書를 쓰기 위함이었다. 곡성에서 사학죄인들을 발견하
면 곧바로 한양으로 글을 올리기로 약속했지만, 정말 급보를 띄울

날이 올 줄은 몰랐다. 서찰을 받을 좌의정 조택우의 안부부터 정중하게 여쭌 다음 본론으로 들어갈 지점에서 글이 막혔다. 당고개와 미륵골 천주쟁이들에 대해 아는 것이 없었다. 언제부터 마을을 이뤘는지, 그 마을에서 어떻게 천주교도로 하루하루를 살았는지, 곡성 외 어떤 고을과 연통하며 지냈는지 몰랐다. 상세하게 적어야 할 대목에서 번번이 붓을 든 채 한숨을 내쉬었다. 대여섯 명이라도 끌어내 심문한 뒤 서찰을 올려 보낼까. 당상관 반열에 이십 년이나 머문, 든든한 뒷배이자 사사롭게는 숙부인 조택우는 '당장'을 강조했다. 급보가 한양에 닿기까지 늦어도 이틀을 넘겨서는 안 된다는 경고였다. 조봉두는 우선 밀서를 띄우고, 부족한 부분은 보충하여 또 붓을 들기로 했다.

옥문을 열기 전 아전들을 불러들였다. 교졸들을 이끌고 동악산을 넘은 형방 남근주를 제외하고 이호예병공 다섯 아전이 머리를 조아렸다.

"어찌하면 좋겠느냐?"

그들은 시선을 피한 채 즉답하지 않았다.

"너무 많이 잡아들였어. 옥이 가득 차고 넘친다고. 저 많은 이들의 죄를 어찌 따져야 하겠는가?"

나이가 가장 많은 이방 류태종이 되물었다.

"특별히 염두에 둔 방안이 있으신지요? 명하시면 따르겠습니다."

이방 류태종은 현감이 적어도 세 번은 반복해서 묻기 전엔 제 뜻을 드러내지 않았다. 조봉두가 깡마른 이방의 쥐수염을 쳐다보며 말했다.

"자네들은 곡성에서 나고 자랐지 않은가? 당고개나 천덕산에도 여러 번 갔을 테고. 어서들 말해 보게. 아무리 헛된 소릴 하더라도 나무라지 않겠네. 답답해. 어서!"

이방이 입술을 쭉 내밀어 수염을 흔든 뒤 떠밀리듯 답했다.

"옥석을 가리시는 게 어떻겠습니까? 옹기꾼들이 워낙 무식하고 천한 것들이라, 저들을 모조리 엄벌한들 사또께 무슨 이로움이 있을까 싶습니다. 만에 하나 천주쟁이들을 미리 살피지 못했다는 비난을 사지 않을까 걱정도 됩니다."

"나에게 책임이 돌아올 수도 있단 말이냐?"

"잡아들인 사람들이 많아도 너무 많으니까요. 할아버지의 할아버지의 할아버지 할아버지 때부터 대대로 이방을 맡아왔습니다만, 죄인들로 곡성 옥이 찼다는 이야길 들은 적이 없습니다."

근거 없는 주장이 아니었다. 조봉두도 그 수가 지나치게 많다는 느낌이 들었던 것이다. 전라감사나 조정의 당상관들 역시 비슷한 생각을 품는다면, 사학죄인들이 골짜기에 모여 마을을 만든 것을 막지 못한 책임이 곡성현감에게 돌아올 것이다.

"어찌하잔 게야?"

"전라감영으로는 문서를 서너 번 나눠 보내시지요."

"나눠서 보낸다?"

"처음엔 옥에 가둘 정도만 잡혔다고 적어 보내고, 명령을 기다려보시는 게 어떻겠습니까? 전라감사께서 더 많은 죄인을 잡아들이길 원하시는지 아니면 이 정도로 충분한지, 명령에 따라 다음 문서를 쓰시면 되지 않겠습니까?"

키가 큰 만큼 얼굴도 긴 호방 정재익鄭在翼이 이어 말했다.

"교졸들 얘길 들으니, 몇몇 사람은 자신은 절대로 천주쟁이가 아니라며 억울해했답니다. 천주쟁이들이 사용하는 물건들이 집에서 발견되지 않은 자들부터 골라, 옆집이나 앞집에 천주쟁이들이 살고 있단 걸 알면서도 고발하지 않은 잘못을 단단히 꾸짖은 후 내보내시죠. 그럼 적어도 셋 중 한 명은 풀려날 겁니다."

동헌으로 오기 전 아전들끼린 의논을 마친 듯했다. 이 일로 현감이 문책을 당한다면 그들도 무사하진 못한다. 조봉두는 호방의 목에서 턱까지 올라온 검은 점을 노려보다가 승낙했다.

"그렇게 해. 집에 천주와 연관된 물건이 없는 자들을 먼저 내보내."

예방 강현우姜賢友가 느릿느릿 이어받았다. 그는 소가 되새김질하듯 코를 킁킁거리며 꼼꼼하게 따지고 또 따졌다.

"그들을 내보낸다 해도 여전히 옥은 비좁습니다."

"어찌하잔 겐가? 지금이라도 옥을 짓잔 거야?"

"천주를 제대로 믿는 자들은 옥에 가두고, 나머지는 관아가 아닌 다른 곳에 옮겨두시지요."

"제대로 믿는지 아닌지는 어찌 가려? 사람 마음을 들여다볼 수도 없는 노릇인데."

"간단합니다. 벌거숭이 사내가 매달린 십자가를 동헌 앞마당에 세웁니다. 그리고 배교에 응하면 내보내시지요."

"배교에 응한다?"

병방 송재동宋財東이 어깨를 흔들며 굵고 탁한 목소리로 말했다. 검술에 능한 그는 말을 꺼내기 전에 범처럼 상대를 잡아먹을 듯 노려보는 습관이 있었다. 현감 앞에선 시선을 내렸지만, 날카롭고 뜨거운 기운이 완전히 사라지진 않았다.

"제 팔촌의 사돈 되는 이가 좌포도청 포졸을 했습니다. 그이와 여러 해 전에 남원에서 만나 술을 마셨습죠. 그때 벌써 예순을 훌쩍 넘긴 사돈 영감이 한양 뒷골목 주름잡던 소싯적 허풍을 떨다가, 신유년에 사학죄인을 잡아들인 이야기까지 거슬러 올라갔습니다. 천주쟁이인가 아닌가를 가리는 손쉬운 방법 하나를 알려주더라고요."

"그게 뭔가?"

병방이 현감은 물론이고 아전들을 훑은 후, 오른팔을 내밀어 주먹을 쥐었다가 땅바닥에 뿌리는 자세를 취하며 답했다.

"퉤퉤! 침을 뱉는 겁니다. 제대로 된 천주쟁이라면 목숨이 달아나는 한이 있더라도, 십자가에 매달린 사내를 향해 침을 뱉진 못합니다."

"그럴듯한 방책이군. 침을 뱉지 않고 버티는 자들은 천주쟁이가 분명하니, 내일부터 그자들만 심문하면 될 일이야."

마지막까지 입을 열지 않은 공방이 받았다. 몸은 뚱뚱하고 두 다리는 짧아서 산행을 끔찍하게 싫어했다.

"전라감영으로 공문을 올리기 전에 최대한 배교자를 많이 만드셔야 합니다. 그래야 그 공이 고스란히 사또께 돌아가지요. 모조리 배교한다면 훨씬 좋은 자리로 품계를 높여 옮겨가실 수도 있습니다. 위기가 아니라 기횝니다. 부디 이 기회를 놓치지 마십시오."

그 제안이 마음에 드는 듯, 조봉두가 헛웃음을 지은 후 되물었다.

"공을 세울 기회로 삼으라? 전라감사께는 천천히 아뢰고?"

한양 조 정승 댁으로 이미 밀서를 보냈다는 사실은 아전들에게도 숨겼다. 그들이 일제히 공방의 묘책을 지지하자, 조봉두는 못 이기는 척 답했다.

"그리하세. 한데 금 조각을 모래사장에서 찾기 어렵듯이, 붙들어 둬야 하는 자가 옥에서 내보내는 자들에 섞일 수도 있지 않은가?"

이방의 눈짓을 받은 공방이 검은 눈동자를 굴리며 답했다.

"송 병방이 말했듯이, 옥에서 풀어주되 석방하는 건 아닙니다. 곡성을 벗어나지 못하도록, 한 달이든 두 달이든 이 일이 매듭될 때까지 따로 가둬 감시해야 합니다."

"어떻게 말인가?"

"당고개 너머 덕실마을엔 옹기 굽는 가마가 두 개 있고 또 흙과 나무를 보관하는 고庫가 두 개 있습니다. 미륵골에도 고 두 개와 부서지긴 했지만 가마 하나가 있고요. 풀려난 이들을 그곳에 나눠 가두지요. 그리고 엄히 경고하는 겁니다. 한 사람이라도 달아나는 자가 있으면 모조리 곤장 쉰 대를 치고 엄벌을 내리겠다고 하시면 어떻겠는지요?"

"그게 좋겠군. 그리하세. 옥석부터 가려보자고."

그 새벽의 소란을 자세히 적자면, 〈심청가〉에서 청이 태어나는 대목부터 심봉사 눈 뜨는 대목까지 굽이굽이 이야기하고도 남을 것이다. 간명하게 줄이자면 열 명 중에서 아홉 명은 옥에서 나갔다. 결과를 놓고 보면 당고개와 미륵골에서 끌려온 이들이 우르르 침을 뱉은 줄 알겠지만, 사실 그 반대였다.

조봉두의 허락을 받은 후 다섯 아전은 나무 십자가를 교졸에게 지게 하여 앞세우고 두 개의 문을 지나 옥으로 향했다. 옥에 갇힌 이들이 침묵한 채 쳐다보았다. 담장에 기대어 세운 십자가를 보는 것만으로도 몇몇은 눈물을 흘렸다. 형방이 이오득을 끝내 잡지 못한 채 혀만 날름대며 돌아왔다. 병방이 옥을 부수기라도 하듯 쿵

쾅대며 나아와선, 갇힌 이들을 쩨려보며 말했다.

"많이들 힘들지? 자, 여기에 침 한번 시원하게 뱉으면, 마을로 돌려보내주지. 빨리빨리 나와."

마을로 가서 다시 가둔다는 설명까진 하지 않았다. 선뜻 나서는 이가 없었다. 병방이 눈짓을 보내자, 육모 방망이를 든 교졸들이 옥 가까이 다가갔다. 몇몇은 움찔 떨며 뒷걸음질 쳤지만, 대부분은 그대로 선 채 다시 외웠다.

"보라. 너의 신덕이 너를 구한다."

병방이 목소리에 더욱 힘을 실어 범처럼 위협했다.

"곤장을 맞아봐야 정신을 차리겠는가. 네놈들이 만든 옹기를 나도 쓰고 여기 있는 이호예형공 형님들도 쓰고 계신다. 서로 얼굴 붉혀 좋을 게 뭐겠나. 좋게좋게 가자고. 제일 먼저 나서는 게 어려울 수도 있겠지만, 이웃 따라 죽으러 갈 순 없잖아? 서학 귀신에게 홀리는 바람에 목이 달아난 이야기를 너희도 들었지? 쉽게 가자고."

병방의 화를 돋우는 답들이 튀어나왔다.

"못 합니다."

"평생 누구에게도 침을 뱉은 적이 없습니다. 하물며 십자가를 향해 침을 뱉으라니요. 못 합니다."

"곤장을 치십시오. 차라리 맞겠습니다. 옥에 가두십시오. 차라리 갇히겠습니다."

머리끝까지 화가 난 병방이 교졸에게서 방망이를 빼앗았고, 옥 안 맨 앞줄에 앉은 이들의 얼굴과 어깨를 닥치는 대로 두들겼다. 허리가 굽은 노파와 열 살이 될까 말까 한 사내아이가 비명과 함께 쓰러졌다. 울음과 탄식과 웅얼대는 기도가 파도처럼 그 위를 덮었다. 너의 신덕이 너를 구하고, 나의 신덕이 나를 구한다. 뜻하는 대로 일이 돌아가지 않자, 병방이 명령했다.

"형틀을 가져와."

"네이!"

교졸들은 대답은 했지만 선 채로 쭈뼛거렸다. 그들 중 가장 나이가 많고 옥리장이기도 한 최순범이 독기 어린 병방의 눈길을 피해 이방에게 간청했다.

"붙잡아 묶어서 데려오느라 다들 지쳤습니다. 이오득을 비롯한 도망자들을 뒤쫓아 천덕산을 타느라 몇몇은 토하기까지 했고요. 온종일 밥숟가락 들 틈도 없었습니다요. 이제라도 허기를 채우고 잠깐일지언정 눈을 붙일 참이었습죠. 십자가를 향해 침을 뱉겠다는 사람이 한 명도 없는데, 그럼 저들을 다 형틀에 뉘고 곤장을 칠 겁니까? 때리다가 교졸들부터 지쳐 쓰러지고 말 겁니다요."

"이 새끼가 간이 배 밖에 나왔나. 감히……."

병방이 최순범의 멱살을 틀어쥐고 방망이를 치켜들었다. 방망이를 붙잡은 것은 공방이었고, 말허리를 자른 것은 이방이었다.

"그만둬. 곡성 병방이 교졸 팼다고 소문낼 일 있는가? 물러가 화를 삭이고 있으시게."

병방이 방망이를 던지곤 돌아서선 문을 열고 사라졌다. 이방은 최순범을 비롯한 교졸들에게 쉬면서 기다리라 한 후, 호방 예방 형방 공방을 데리고 동헌 뒤 북별실北別室로 갔다. 잠시 인기척을 살핀 후 먼저 말했다.

"어찌하면 좋겠는가? 옥석을 가리는 일도 쉽진 않겠어."

호방이 갈대처럼 머리를 흔들며 말끝을 흐렸다.

"순순히 따라주면 좋긴 하겠습니다만……."

형방이 혀를 내밀려다가 멈추고 말했다.

"긁어 부스럼을 만들 수도 있습니다."

예방이 공방을 보며 따지듯 물었다.

"저들이 사학에 물든 걸 혹시 알고 계셨습니까?"

공방이 두 눈을 부라리며 거친 숨을 토하면서 받아쳤다.

"알다니? 천주쟁이란 걸 내가 알고도 숨겼단 게야?"

예방이 물러서지 않고 또박또박 되물었다.

"옹기꾼들에게 월령 받는 업무를 줄곧 해오셨잖습니까? 때때로 그들과 어울려 술도 꽤 하셨고요."

공방이 다른 아전들을 두루 보며 되받아쳤다.

"비싼 옹기를 누구 덕분에 거저 얻었는데, 이제 와 그딴 소릴 해? 내가 예방에게 준 당고개 옹기가 지금까지 스무 개가 넘어."

"그거야 여기 모인 사람들 다 받았던 거 아닙니까. 저보다 이방 께서 훨씬 많이 가지셨고, 모르긴 몰라도 제일 비싼 것들을 챙긴 사람은 석 공방이실 테고요."

"이 사람이 점점……."

이방이 끼어들어 대나무를 단칼에 자르듯 결론부터 말했다.

"난 석 공방을 믿네."

"고맙습니다."

"우린 석 공방이 어떤 사람인지 잘 아니까 괜찮지만, 이 일이 전라감영으로 올라가보게. 옹기꾼 관리를 제대로 못 한 책임을 따지고 들면 누가 제일 먼저 다치겠는가? 바로 석 공방 자네라네."

이방의 조리 있는 주장에 공방은 물론이고 나머지 아전도 마른 침을 삼켰다. 공방이 앓는 소리를 해댔다.

"어찌해야 책임을 면하겠습니까? 저는 형님 모시고 세세손손 행복하게 살고 싶습니다. 사실 우리 여섯이 생김새도 다르고 성격도 제각각이지만 합이 참으로 잘 맞지 않습니까? 부디 방도를 알려주십시오."

이방이 공방을 시작으로 눈을 맞추곤 다시 공방을 보며 답했다.

"십자가를 놓고 침을 뱉거나 발로 밟는 건 지금으로선 반발만 살 거야. 힘으로 밀어붙여 해결하기엔 여러모로 상황이 나빠. 우리도 이렇게 지쳤는데, 당고개는 물론이고 미륵골까지 가서 천주쟁이들을 묶어서 데려온 교졸들은 우리보다 열 배는 더 피곤할 거야. 곤이든 장이든 들 힘도 없다고. 옥에 가둔 자들을 설득할 묘책이 지금 당장은 내게도 없네. 옹기꾼은 농부처럼 고분고분하지 않아. 옹고집에 꽉 막힌 구석이 훨씬 많지. 완전히 달라. 우리 중에 그래도 저들의 장단점을 아는 아전은 석 공방뿐이야. 그러니까 자네가 길을 찾아. 우린 자네 뜻에 따르겠네."

공방이 아랫입술을 깨문 후 심각하게 이방에게 말했다.

"아무리 생각을 해봐도, 옥석을 가리려면 역시 십자가를 향해 침을 뱉는 수밖에 없습니다. 곤장을 쳐 저들을 옥죄어야 하고요. 그 와중에 몇몇은 까무러치고 몇몇은 병신이 되고 몇몇은 목숨이 끊길 수도 있습니다. 교졸들은 교졸들대로 곤과 장을 휘둘러야 하니 힘들고 지칠 거고요."

이방이 혀를 끌끌 차다가 쌈주머니를 열었다.

"옥석, 그걸 우리가 꼭 가릴 필요가 있을까?"

아전들은 즉답을 못 했다. 그 물음의 맥락을 몰랐던 것이다. 이방이 기다리지 않고 답했다.

"우리 같은 아전은 현감을 기쁘게 해드리는 게 무엇보다도 중요해. 옥석을 가렸다고 우리가 입을 맞추면 현감께서도 그냥 넘어가실 거야. 그다음 일은 또 그때 가서 처결하면 돼."

공방이 확인을 받듯 이방의 말을 되짚으며 물었다.

"우리가 옥석을 가릴 필요가 없다는 말씀이시죠?"

이방이 그 질문을 다른 아전들에게 옮겼다.

"다들 같은 생각이지?"

고개를 끄덕인 네 명의 아전이 북별실에 남았고 잠시 후 병방도 합류했다. 다섯 아전이 나란히 누워 잠을 청하는 사이, 옥으로 돌아간 이는 공방뿐이었다.

옥을 에워싼 담장 아래 군데군데 횃불을 피웠다. 어둠을 완전히 걷어내지 못한 채 불빛이 흔들리니, 붙들려온 사람들이 더욱 많아 보였다. 공방은 튀어나온 배를 쓰다듬다가 옥을 향해 곧장 걸어갔다. 오라에 묶인 채 앉아서 졸던 이들이 엉덩이로 흙을 밀며 좌우로 비켜 앉았다. 교졸들도 담이나 나무에 기대어 쉬었고 최순범만 공방을 따랐다.

"침향 어르신! 어디 계십니까?"

옥에서 답하는 소리가 먼저 들렸다.

"여기 있소."

사람들 사이를 비집고 늙은 사내가 얼굴을 내밀었다. 일흔을 넘긴 강성대였다.

"열어."

공방의 명령을 받은 최순범은 토를 달지 않고 옥문 자물쇠를 열었다. 강성대가 나오자마자 공방은 팔을 잡아끌었다. 옥을 벗어나자면 안문에 이어 바깥문까지 통과해야 했다. 담장의 안문을 열고 들어가면 초가 마당이었다. 초가엔 옥리들이 집무를 보는 방과 잠시 쉬며 눈을 붙이는 방이 나란했다. 집무를 보는 옥리와 눈이 마주쳐야지만 지날 수 있도록 왼편으로 바깥문이 나 있었다. 옥에 용무가 있는 자들도 바깥문 앞에서 대기했다가 옥리부터 만나야 했다. 옥리의 허락을 얻고서야 두 개의 문을 지나 담장 안으로 들어설 수 있었다.

공방은 강성대가 사서삼경은 물론이고 일본말에 능하다는 것을 알았다. 오 년 전, 검을 유난히 좋아한 현감이 일본도를 구해오라고 공방에게 명했을 때, 경상도 왜관까지 함께 다녀온 이가 바로 강성대였다. 강성대는 왜관에 사는 일본인들과 자유자재로 대화를 나눴을 뿐만 아니라, 일본인들이 알고자 하는 초서로 적은 서책까지 척척 번역해 줬다. 공방은 담장 주변을 거듭 살핀 뒤 낮은 목소리로 짜증부터 부렸다. 좋은 게 좋다는 식으로 매사를 넘기던 태도와는 사뭇 달랐다.

"덕실마을과 무명마을에서 이딴 식으로 죄다 잡혀 오면 제 입장이 얼마나 곤란한 줄 아십니까? 한천겸의 고약한 술버릇이 어제오늘 일도 아닌데, 막으셨어야지요. 하여튼 긴말 않겠습니다. 사또도 그렇고 아전들도 뜻이 같습니다. 의논해서 옥에 남을 사람과 돌려보낼 사람을 정하십시오."

뜻밖이라는 듯 물었다.

"그리해도 되겠소?"

"강제로 십자가에 침이라도 뱉길 바라십니까?"

"아니오. 고맙소."

"옥에선 나가되 완전히 풀어주는 건 아닙니다. 덕실마을과 무명마을의 가마와 고에 나눠 가둘 것이고, 순서대로 문초할 겁니다. 그래도 옥보다는 마을로 돌아가는 게 훨씬 낫긴 할 겁니다."

"알겠소."

잠시 눈을 내렸다가 들며 물었다.

"나를 믿는 게요?"

"저를 믿으시는 만큼."

공방이 더 가까이 다가가선 눈을 맞추며 목소리를 낮췄다.

"어르신도 나가셔야 합니다. 괜한 고집 부리지 마세요. 일흔 살 노인에게 감옥은 지옥입니다. 아시겠지요?"

공방은 두 개의 문을 통과한 후, 강성대를 옥에 다시 넣고는 옥리장인 최순범에게 명했다.

"쉬다가 와. 담장 안에 옥리가 한 명도 있으면 안 돼."

"옥을 지키는 두 명만 두고, 물러갔다 오겠습니다."

"내가 있을 테니, 그 두 명도 필요 없네."

"그러다가 문제라도 생기면 어찌합니까요?"

"저들이 탈옥이라도 할까 봐 그러는가? 송 병방을 다시 불러올까? 무거운 대곤을 새벽부터 휘두르고 싶어?"

"아, 아닙니다. 명을 따릅죠."

교졸들이 모두 나간 후 공방은 대문을 닫아걸었다. 담장을 천천히 돌며 밖에서 누가 엿듣지나 않는지 귀를 기울였다. 고요했다.

2월 9일 오시낮 11시~1시에 교졸들이 돌아왔을 때, 옥에 갇힐 사람과 집으로 돌아갈 사람은 이미 정해졌다. 공방이 등 뒤로 감췄던 두 장의 종이를 들어 보였다. 왼손에는 옥에 갇힐 사람, 오른손엔 집으로 돌아갈 사람이 적혀 있었다. 아무런 소란 없이 열에 아홉은 돌아갔다. 임시 옥으로 썼던 객사도 다시 병풍을 두르고 책장과 서안을 들여 원래 모습을 갖췄다. 옥에서 풀려난 이들은 덕실마을과 무명마을의 가마와 창고에 머물러야 했다. 풀어준 첫날은 교졸들이 옥처럼 그들을 가두고 지켰지만, 다음 날부턴 낮에는 마을에 머물고 저녁에만 가마와 창고로 들어와 자는 것으로 했다. 한 명이라도 달아나면 엄벌에 처한다는 경고가 통했는지 도망자는 없었다. 현감도 아전도 교졸까지도 공방의 결정에 이의를 제기하지 않았다.

옥에 갇힌 이들은 공방이 제시한 명단대로 대폭 줄었다가 그 밤에 딱 한 명이 늘었다. 보낼 사람 다 내보내니 밤이 훨씬 빨리 찾아들었다. 미륵골 비탈을 굴렀던 옥리들은 집무실과 나란한 숙소에 편한 자세로 누워, 아직도 결리고 뻐근한 무릎과 어깨를 주먹으로 두드리거나 손으로 주무르며 무용담 아닌 무용담을 늘어놓았다. 삵의 눈이 범의 눈으로 바뀌었고, 둥지에서 날아오른 까치 한 마리가 박쥐 천 마리로 둔갑했다.

번을 서는 옥리들이 둥근 담벼락을 천천히 걷고 돌아와선, 바깥문과 안문을 차례차례 잠갔다. 이제부턴 현감의 명령이 내려오지 않는 한, 문을 여는 일은 없다. 죄수는 물론이고 옥리까지 그 안에 갇힌 셈이다.

얼핏 살펴도, 남녀로 나뉜 감방엔 앉고 누울 자리가 넉넉했다. 돌아설 틈도 없던 지난 새벽과는 딴판이었다. 바깥문이 삐걱대며 흔들렸다. 귀 밝은 옥리가 고개를 돌렸지만 일어서진 않았다. 풀어준 죄수가 되돌아올 리도 없으니, 산에서 내려와 강으로 흘러가던 바람이 잠시 들른 것이리라 여겼다. 그런데 이번에는 꽹과리 소리가 요란했다. 개들이 일제히 따라 짖을 정도였다. 옥리들은 그제야 불청객이 있음을 인정하곤 횃불을 들고 문으로 향했다. 담장으로 들어가는 안문이 아니라, 초가 마당으로 이어진 바깥문이었다. 그 문을 열지도 않고 옥리 중 막둥이가 물었다.

"거기 누구요? 한밤중에 꽹과리라니?"

대답 대신 이번엔 거위 울음이 시끄러웠다. 옥리는 겨우 한 사람이 옆걸음으로 들어갈 정도만 바깥문을 열고 내다봤다. 거기 햇송아지만큼 시커면 짐승이 기우뚱거리며 머리로 문을 쿵 들이받았다. 텁석부리로 통하는 옥리가 뒤따라나와 횃불을 기울여 비췄다. 짐승의 시커면 얼굴은 웃고 있었다.

"넌 짱구 아니냐?"

"나 짱구지."

"거위 소릴 들었는데?"

"아, 그거!"

짱구라 불린 사내는 왼팔을 옆구리에 붙인 채 왼 다리를 심하게 절며 걸음을 뗐다. 오른팔만 날개 치듯 벌려 흔들면서 고개를 들고 거위 울음을 울었다. '떼까우 궁상각치우'라고 이름 붙인 거위 다섯 마리와 한동안은 같이 다녔는데, 재작년 봄부턴 혼자였다. 거위들조차 짱구를 버리고 떠났다는 풍문이 돌았다. 거위 울음 흉내라면 조선 팔도에서 최고였다. 거위 울음만 따라 하는 것이 아니라 손짓과 발짓과 고갯짓까지 똑같았다. 거위와 함께 먹고

자고 놀면서 사람보다 거위로 보낸 날이 길었던 탓이다.

"문은 왜 두드리는 게야? 꽹과리에 거위 울음까지 얹다니, 여기가 어딘 줄 몰라? 당장 꺼져."

짱구가 꽹과리 채 대신 든 부러진 호미로 막둥이를 가리키며 말했다.

"데려가…… 소원…… 남으라고…… 하지만 나도……."

텁석부리가 말허리를 자르곤 말했다.

"하나도 못 알아듣겠네. 뭔 소리야? 막둥이, 너도 장선마을이 고향이라며? 짱구랑 멱도 감고 그랬겠네?"

"멱을 감다뇨? 짱구는 헤엄을 못 쳐요. 물이라면 치를 떱니다. 발가락도 넣기 싫어한다고요. 평생 세수도 한 번 안 했을걸요. 부르지도 않았는데 강에서 가끔 보긴 했죠. 우리가 멱 감을 때 옷을 지켜준답시고 있었습니다. 우리들 기분이 좋을 땐 쉰밥이라도 한 덩이 던져줬지만, 기분을 잡치면 괜히 짱구에게 돌팔매질을 했습죠. 밥을 먹을 때나 피를 흘릴 때나 웃더라고요. 그리고 몇 마디, 방금처럼, 제멋대로 내뱉습니다. 저도 다는 몰라요."

"그래도 해봐. 뭔 말인지 알아야 돌려보낼 거 아냐?"

짱구가 막둥이를 도우려는 듯 다시 말했다.

"데려가…… 소원…… 남으라고…… 하지만 나도……."

막둥이가 미간에 주름을 잔뜩 잡고는 텁석부리에게 답했다.

"사실 어젯밤에도 짱구를 만났습니다. 당고개를 내려왔을 때 갑자기 튀어나와 막아서더라고요. 느릿느릿 굼벵이처럼 걷던 놈이 그땐 정말 다람쥐처럼 날렵했습니다. 제 몸을 공처럼 굴려 그렇게 빨랐던 것도 같고. 하여튼 오른팔을 쑥 내밀더라고요. 자기도 천주쟁이이니 오라로 묶어 끌고 가라고. 저리 썩 꺼지라고 호통을 쳐 내쫓으려 했습니다. 그런데 자신의 이름은 짱구가 아니라, 뭐라더라, 귀두라나 귓불이라나 헛소릴 지껄였습니다. 그렇지 않아도 오라에 줄줄이 엮은 사람이 많아서 힘든데, 서너 걸음 디딜 때마다 쓰러져 나뒹구는 바보 천치를 데려갈 순 없었습니다. 짱구를 옥에 가뒀다는 소문이 나면 우리만 우스갯감이 되죠. 그래서 엉덩이를 걷어차 내쫓았는데, 그래도 악착같이 따라붙기에 우물 옆 팽나무에 묶어두곤 왔습니다. 그게 다예요."

턱석부리가 막둥이의 뒤통수를 때렸다.

"어찌 묶었는데 저 병신이 줄을 풀고 와선 저 난리를 쳐. 난 들어가 잘 테니까, 네가 입에 재갈을 물리든, 팔을 꺾어 부러뜨리든 알아서 해. 짱구가 또 시끄럽게 굴면 막둥이 너까지 내쫓을 거니까."

"확실히 하겠습니다. 쉬십시오."

막둥이는 바깥문을 열고 아예 밖으로 나갔다. 짱구의 손에 들린 꽹과리와 부러진 호미부터 빼앗은 후 밟아대기 시작했다.

"잘 들어, 이 거지새끼야! 망둥이가 뛰니까 꼴뚜기도 뛴다더니, 옹기꾼을 죄다 잡아들이니, 너도 끼겠다고? 아무나 천주쟁이가 되는 줄 알아? 사람 구실은 해야 천주쟁이도 하는 법이야. 짱구넌 사람이 아니잖아? 사람이라고 착각하는 건 아니지? 넌 바보 병신이지. 사람 구실 못 하는 짐승. 그러니까 꺼져, 가라고! 자꾸 여기서 고집부리면 뒈지는 수가 있어. 죽을래, 정말?"

짓밟혀도 짱구는 피하거나 맞서지 않았다. 때리는 대로 전부 맞았다. 왼팔과 왼 다리가 더욱 뒤틀려 소금밭의 지렁이 꼴이었다. 시커멓게 때가 앉은 얼굴은 피범벅이었고, 흙과 엉킨 핏덩이 위로 이와 벼룩 들이 떨어졌다. 짱구는 맞을수록 막둥이의 무릎에 이마를 대곤 왼팔을 휘감아 들러붙었다. 발길질을 당할 때마다 사람이라고는 믿기지 않는, 멧돼지 멱을 딸 때 나는 것과 같은 비명을 계속 질러댔다. 때리는 막둥이도 지쳐 발을 거둬들인 후 잠시 숨을 내쉴 때, 짱구는 피를 줄줄 흘리며 외쳤다. 담장 너머 옥에 갇힌 이들이 모두 깰 정도였다.

"나…… 사람. 나 천주님…… 믿어. 나…… 귀도라고."

막둥이의 발길질이 입을 틀어막기 전, 짱구의 처절한 고백이 동헌 뒤 내실에서 잠든 조봉두의 귀에까지 닿았다. 단잠에 막 들었던 텁석부리는 동헌 앞마당으로 달려가서 꿇어 엎드려 짱구의 소원을 설명해야만 했다. 조봉두는 제 귓불을 비틀어댔다.

"거 참 단단히 미친놈일세. 옥에 갇히는 게 소원이라니, 칼 씌우고 차꼬 채우고 오라로 꽁꽁 묶어 가둬. 어서!"

짱구는 옥으로 끌려가며 거위 울음을 다시 냈다. 기쁨이 가득 찬 울음이었다.

조봉두는 내일 날이 밝는 대로 전라감영으로 보낼 첫 번째 문서의 초안을 잡을 예정이었다. 퇴고할 시간까지 넉넉하게 하루이틀 더 잡아도 12일 저녁에는 문서를 전라감영으로 올려보낼 듯했다. 거기엔 당고개와 미륵골에서 은밀히 불경한 짓을 한 사학죄인 스물세 명을 어렵게 색출하여 붙잡은 곡성현감 조봉두의 공적이 자세하게 적힐 예정이었다. 그 문서가 밑씻개처럼 버려질 위기에 처할 줄은, 조봉두를 비롯하여 곡성 관아에 있는 그 누구도 몰랐다.

기회

세 친구가 한날한시에 풀려나고 이십육 년이 지난 정해년 2월 10일, 그 봄엔 유난히 비가 잦았다. 먹구름이 한꺼번에 몰려들지 않고 뭉쳤다 흩어지기를 반복했다. 숭례문이 비에 젖을 때 흥인문이나 돈의문은 햇살에 기지개를 켰고, 개천開川, 청계천을 따라 흩날리던 빗방울이 바로 옆 육조거리에선 거짓말처럼 사라졌다. 하늘빛이 어두워져도 곧 다시 갤 것이라 여기곤, 서둘러 가게를 닫거나 우장雨裝, 비옷을 찾아 걸치지 않았다. 그러다가 장대비를 만난 이야기는 재수 없는 날의 본보기였다.

금창배는 포도청에서만 줄곧 근무했다. 마른 몸매에 눈매가 날카로우며 몸놀림이 족제비처럼 빨랐다. 문초할 죄인을 받으면 종종 엄지발가락부터 부러뜨리고 시작했기에, 족제비가 아니라 징글징글 '징제비'로 통했다. 좌포도청에서 이십오 년을 보냈고, 우포도청으로 옮겨 삼 년을 지낸 후 다시 좌포도청으로 와서 십 년을 더 있다가 물러났다. 포도군관으로 시작해서 종육품 종사관으로 마무리 지은 인생이었다. 말년에 잠시 포도대장 물망에 오르기도 했지만 기회를 잡지 못했다. 포도청을 떠나고 또 십이 년이 흘렀다. 가끔 사학죄인을 잡아들일 때마다 금창배란 이름이 전설처럼 거론되었지만 거기까지였다. 숭례문을 나선 후 용인에 은거한 다음부턴 포도청의 그 누구와도 만난 적이 없었다. 급사했다거나 풍병에 걸려 누워만 지낸다는 풍문이 돌았다.

금창배는 꾀꼬리가 알을 품은 듯한 산세를 살피며 말에서 내렸다. 초입의 주막에 말을 맡길 때만 해도 구름이 서너 점 흐르긴 했지만 청명했다. 골짜기를 따라 산길로 접어들자마자 봄비가 시작되었다. 아직 나뭇잎이 돋아나기 전이었기에 빗물이 고스란히 금창배의 머리와 어깨로 떨어졌다. 고희가 눈앞이지만 허리는 꼿꼿하고 걸음은 힘찼고 장검을 쥔 왼손은 흔들림이 없었다. 물에 씻긴 돌들이 도드라지는 만큼 발목까지 빠지는 진창도 늘었다. 돌멩이가 밟히면 밟히는 대로, 소매가 젖으면 젖는 대로, 피하지 않고 나아갔다. 길은 끊겼다가 이어지고 또 끊기기를 반복했다.

한 시진이 지난 후 처음으로 걸음을 멈췄다. 전후좌우 길다운 길은 없었다. 오른손으로 흰 눈썹과 수염을 쓸어내리며 고개를 갸웃거렸다. 확신이 의심으로 바뀐 것이다. 왼 무릎을 꿇고 젖은 풀들을 손바닥으로 훑었다. 작고 둥근 나무 공 하나를 주웠다. 깎고 다듬은 흔적이 뚜렷했다. 그 공을 엄지와 검지로 굴리며 혼잣말처럼 읊었다.

"재천아등부자在天我等父者…… 아등원我等願 이명현성爾名見聖하시고 이국임격爾國臨格하시며……."

「천주경」이었다. 금창배는 풀어 다시 읊었다.

"하늘에 계신 우리 아비신 자여! 네 이름의 거룩하심이 나타나며 네 나라에 임하시며……."

기도를 마치지 않고 공을 입에 쏙 넣고는 무릎을 펴고 일어섰다. 북서쪽 비탈을 토끼처럼 타 넘었다. 그렇게 이각을 더 오르니 거대한 바위 두 개가 나란히 막아섰다. 좁은 바위틈으로 개처럼 기어 들어가다가 느티나무에 이마를 찧었다. 장정 두 명이 손을 맞잡아야 겨우 안을 정도로 밑동이 굵었고, 백 마리도 넘는 새들이 한꺼번에 날아갈 만큼 가지도 무성했다. 금창배는 손바닥으로 이마를 문지르며 혼잣말을 했다.

"광암의 느티나무인가……?"

광암曠菴은 정약용 형제와 함께 이곳 천진암과 주어사走魚寺에서 서학서를 탐독했던 이벽의 호였다. 신유 대군난의 기록에 따르면, 이벽은 천진암을 거닐다가 아름드리 소나무 아래에서 오랫동안 서책을 읽고 기도를 드렸다고 한다. 솔숲을 지나니 거기 또 불청객을 막는 문이 있었다. 문고리도 하나 없는, 석성石城보다 단단한 문이었다. 출입을 위해 만들었다기보단 아무도 들이지 않으려고 세운 듯했다. 금창배는 나무 공을 제 손바닥에 올린 뒤 문을 힘껏 두드렸다. 처음 두 번은 빠르게 그다음 다섯 번은 느리게! 반응이 없자, 다시 두 번은 빠르고 다섯 번은 느리게 신호를 보냈다. 살갗을 긁는 듯한 날카로운 쇳소리가 먼저 나더니 매우 느리게 문이 열렸다. 검을 뽑진 않았지만, 왼손의 장검을 어깨까지 올리곤 문으로 들어섰다. 더운 공기가 이마와 볼을 먼저 훑었다. 어둠을 살폈지만 기다리는 이는 없었다.

촛불이 이마 위에서 빛났다. 문 앞에 다시 문이 막아섰다. 문 옆 벽에 괴이한 회색 옷 한 벌이 걸려 있었다. 천이 무릎 아래까지 내려갈 뿐만 아니라 모자까지 달렸다. 연경의 천주당에서 만난 푸른 눈과 하얀 살갗의 탁덕들이 평상복처럼 즐겨 입던 옷이었다.

신유년 12월 28일, 좌포도대장은 군관 금창배를 불러 물었다. 집을 주랴 전답을 주랴 아니면 승진을 시켜주랴. 뜻밖에도 금창배는 연경을 다녀오고 싶다고 했다. 이유를 묻자 금창배는 12월 22일 반포된 「척사윤음斥邪綸音」의 일부를 외워가며 제 뜻을 얹었다.

"저들은 천당과 지옥을 들이대어 백성들을 속이고 미혹시켰습니다. 천주를 제 조상의 신주보다도 더 높이 받들었으며, '천주십계'와 『칠극』의 조목으로 요와 순과 우와 탕과 문왕과 무왕과 공자와 맹자와 주렴계와 정자의 교훈을 바꾸려 했습니다. 근본을 잊지 않는 것이 천륜의 이치인데, 향약상증享禴嘗烝, 제사 이름으로 향은 봄 약은 여름 상은 가을 증은 겨울 제사을 쓸데없는 일로 돌렸습니다. 적을 알아야 전쟁에서 이기는 법입니다. 저들의 도는 괴이하고 천박하며, 저들의 종적은 참람되고 요사합니다. 사학邪學은 절멸된 것이 아니라, 두더지마냥 잠시 땅 밑으로 숨었을 뿐입니다. 언제든 다시 튀어나와 세상을 어지럽힐 테니 철저하게 대비를 해야지요. 무엇보다도 저들이 하삼도의 어리석은 농부들을 현혹하여 난을 일으키지나 않을까 걱정입니다."

연경에 가자마자 천주당은 물론이고 유리창 거리를 거의 매일 오가며 서학서와 천주교 관련 각종 그림과 물건 들을 사들였다.

수도복 아래 놓인 궤에 장검을 얹었다. 입궐할 때를 제외하곤 손에서 놓지 않던 검이었다. 연경에서 돌아온 후 서찰 한 통을 받왔다. 오직 한 글자가 적혀 있었다. 殺. 금창배를 죽이겠다는 뜻이었다. 구세주 예수는 원수를 사랑하라고 가르쳤다지만, 신유 대군난으로 부모형제를 잃었으니 복수를 도모하는 이가 없다면 더 이상했다.

궤가 놓인 벽이 느릿느릿 한 바퀴를 회전하여 제자리로 돌아왔다. 궤는 그대로였지만 그 위에 놓인 검은 사라졌다. 그와 동시에 금창배를 막아섰던 문이 저절로 열렸다. 금창배가 걸음을 옮겨 들어서자 등 뒤로 문이 닫혔고, 긴 복도를 따라 일정한 간격으로 놓인 수십 개의 초가 한꺼번에 불을 밝혔다. 좌우로 놓인 책장에는 서책들이 빽빽하게 꽂혀 있었다. 금창배는 품에서 외알 안경을 꺼내 왼 눈에 꼈다. 오른 눈은 아직도 쓸 만한데, 환갑을 지나면서부터 왼 눈이 자주 붓고 가끔 진물까지 흘렀다. 이제는 안경을 껴야 서책을 더듬더듬 읽어갈 수 있었다.

걷다가 멈추고 또 걷다가 멈췄다. 『성세추요』『칠극』『성호경』『묵상』『요리문답』『성교칠설』『공경예수성심』『성녀아가다』『성경광익』『언교』『성교일과』. 금창배가 용인에 마련한 서재 천권당千卷堂에도 있는 서책은 지나쳤고, 이름은 들었으나 실물을 보진 못했다든지 이름조차 생소한 서책만 꺼내 살폈다. 시간이 한없이 늘어졌다. 서책 사이에 시전지가 적게는 한두 장에서 많게는 스무 장 가까이 끼워져 있었다. 파리 머리만큼 작은 글씨가 가득했는데, 핵심을 요약하고 생각과 느낌을 적은 것이다. 복도 끝까지 걸어간 뒤 돌아섰다. 촛불은 어느새 꺼져 있었다. 금창배는 이 서책들 중에서 열에 하나도 못 가졌다. 열에 다섯은 이름은 들었으되 오늘 처음 실물을 접했고, 나머지 넷은 이름을 들은 적도 없었다.

더군다나 서책에 담긴 문자 중 언문은 거의 없었고 한문이 아닌 것도 적지 않았다. 유난히 우리나라에 관심이 많은 불국 글자일까. 이마두가 태어났다는 의대리아국意大理亞國, 이탈리아 글자일까. 이들 서책까지 표점과 함께 시전지가 끼워져 있었다. 시전지에 또 박또박 적힌 언문은 중요 대목을 깔끔하게 역譯한 것이다. 놀랍고 부럽고 싫었다.

"미친놈!"

복도 끝에 있는 세 번째 문으로 나아갔다. 문이 저절로 열릴 것을 알았기에 머뭇거리지도 않았다. 이번에는 천장에서 드리운 대형 촛대에만 불이 들어왔다. 그 아래 벽엔 큼지막한 예수고상이 걸려 있었다. 일찍이 압수해서 검토했던 고상들과는 사뭇 달랐다. 못 박힌 사내가 갓을 쓰고 두루마기를 입은 것이다. 모난 곳 하나 없이 둥근 그 방의 중심으로 나아가서 섰다. 고개를 들어 천장을 우러렀다. 연경 북천주당의 천장도 저랬다. 천신天神, 천사들이 날아다녀도 충분할 정도로 높고 넓었다.

"저 많은 서책을 어찌 날랐어? 고생이 이만저만이 아니었겠군."

뱉은 말이 메아리처럼 되돌아왔다. 둥근 벽엔 더 이상 그를 기다리는 새로운 문은 없었다. 방금 들어왔던 문이 닫히면서 걸쇠 걸리는 소리가 철컥 났다. 옥獄. 둥근 감옥에 갇힌 것이다. 어두운 허공에서 봄비가 내리듯 다른 사내의 목소리가 처음으로 떨어졌다.

"다시는 만나지 말자고 말씀드리지 않았습니까? 기어이 오신다면, 가둘 거라고, 가둬서 굶겨 죽일 거라고. 기억나십니까?"

금창배가 고개를 들곤 메아리가 사라지기 전에 답했다. 혼잣말이 아니란 걸 확인하고 나니 마음이 급했다.

"어찌 잊겠나. 내가 맡은 마지막 사건이었다네. 겨우 십이 년이 지났을 뿐이지. 강원감영 옥에서 자네를 제때 꺼내지 못한 건 명백히 내 잘못이야. 하지만 제아무리 문초가 혹독해도, 자네가 스스로 목을 맬 줄은 몰랐으이. 신유년에 내게 털어놓지 않았던가. 어떤 고난이 닥쳐도 죽어서는 안 되는 이유가 자네에겐 있다고. 그것 때문에 배교도 하는 것이고 또 나도 돕는 것이라고.

두 가지를 헤아리지 못한 건 인정하겠네. 붙들려온 사학죄인들이 하나같이 입을 맞춰 자네를 회장이라고 거짓으로 몰아세울 줄은 몰랐으이. 자네의 활약이 저들에겐 눈엣가시였겠지. 좌포도청 간자 공원방이 자네란 사실이 저들 귀에 들어간 것부터 상상 밖이었네. 좌포도대장도 신유년 겨울에 갑자기 세상을 떠났으니, 자네가 간자란 사실은 자네와 나 둘만 아는 거였네. 나로선 비밀이 새어 나갔다는 게 믿기질 않아. 하지만 이 세상엔 일어날 수 없는 일이란 없다고도 하지 않는가. 나중에 알았네만, 자네 스스로 간자 공원방이라고 실토를 했더군. 상상도 못 한, 세상에서 가장 어리석은 짓을 범한 게야.

또 하나 헤아리지 못한 건 한양에서 강원감영이 있는 원주까지 닿는 시간이었네. 예상보다 딱 하루가 늦었으이. 가는 곳마다 내 발목을 붙드는 듯했네. 변명같이 들리겠지만, 나는 자네가 경상도 안동 관아에 있는 줄 알았어. 청송 노래산과 진보 머루산에서 잡힌 이들이 모두 그곳으로 끌려갔으니까. 강원감영으로 옮긴 줄 알았다면 곧장 원주로 갔을 거야. 한양을 출발하면서 받아 탄 역마부터 늦었고, 때마침 산적이 출몰하여 길을 돌아가야 했으이. 경상감영이 있는 대구 객사에서 늦게 먹은 저녁이 급체로 이어져 반나절 쉬어야만 했고. 우연이라고 하기엔 기이한 일들의 연속이었다네. 물증을 대긴 어렵지만 나는 이것도 우리를 시기한 자들의 장난이었다고 봐. 하지만 자살이라니, 당치도 않지. 왜 그랬는가. 내가 일점一點, 24분만 늦었어도 자넨 이 세상 사람이 아니었을 걸세."

"뒤늦게 그걸 따지러 오신 겁니까? 갇혀 죽을지도 모르는데, 혼자서?"

공원방은 즉답하지 않고 질문을 연이어 던지며 말머리를 돌렸다.

"솔직히 나도 두물머리를 건너 천진암이 있는 이 계곡까지 다시 올 줄 몰랐네. 죽기 전에 한 번쯤은 자네 공부가 얼마나 깊어졌는가 알고도 싶고, 또 자네가 원주 옥에서 목을 맨 이유를 듣고 싶기도 했네만, 좌포도청을 떠났으니 마음만 어지러울 뿐이지. 매를 키워 사냥이나 하다가 훌쩍 저세상으로 떠나겠거니 여겼네. 사학죄인들이 해마다 여기저기서 독버섯처럼 나오더라도 포도청이든 의금부든 형조든 나를 찾지 않은 지 오래되었어. 나 역시 자네를 볼 일이 없을 줄 알았네. 한데 기회가 왔으이."

'기회'라는 단어만 꼭 집어 길게 늘였다.

"용인까지 나를 찾아와서 기회를 준 이가 누구인지는 밝힐 수 없네. 종이품 좌우 포도청 대장들도 감히 겸상할 수 없는 분이란 정도만 알려주지. 그분이 기별만 띄워도, 감환을 앓고 있긴 했지만, 나는 한달음에 상경했을 거라네. 한데 누추한 초막까지 친히 오신 걸세. 그분의 헛기침 소리를 듣자마자 심장이 쿵쿵거렸네. 더운 눈물이 흘러나오려는 걸 겨우 참았지. 마지막으로 크게 쓰시려 하는구나. 나를 믿고 판을 벌이기 위해 오셨구나. 이십육 년 전 그러니까 신유년에도 기회가 있긴 했지. 하지만 그땐 눈앞에서 징

징대는 사학죄인들에게 눈을 너무 많이 빼앗겼어. 최선을 다하긴
했지만 한계도 분명했다고나 할까. 한 번만 더 기회가 온다면, 완
전히 다르게 해치울 수 있겠다고 여겼지. 을해년1815년이 기회라
고 믿었네만, 지금 생각하니 그건 지나가는 바람에 지나지 않았
어. 자네도 짐작하겠지만 삶이란 게 뜻대로 되는 게 아니지 않나.
늙고 병들어 관직에서도 물러나 스러지는 중이었으니, 반딧불이
만 한 기대도 없었네. 그런데 하늘이 진짜 기회를 주셨다네."

같은 단어를 집는 목소리에 짜증이 배어났다.

"무슨 기회 말인가요?"

"얼굴을 보고 이야기하세. 답답하군. 자네가 나를 못 믿는다는
거 알아. 내가 자네 목숨을, 결정적인 것만 해도 두 번이나 구했
지만, 자네 입장은 다르겠지. 그 값은 이미 충분히 치렀다는 주장
도, 다시는 옥에 스스로 들어가진 않겠다는 얘기도 들었어. 그래
서 십이 년 전에 자네에게 자유를 줬네. 내 명령을 따르지 않을 자
유. 얼굴을 보이라고 명령하는 게 아니야. 미운 정도 정이라면 우
리 둘의 정은 이 골짜기보다도 깊을 걸세. 부탁하는 거라네. 옛 친
구를 반기듯 나와주게나."

금창배가 말을 끊고 오른손을 들어 벽에 걸린 십자가를 가리켰다.

"한데 저 고상苦像은 못 보던 게로군. 수백 개의 고상을 보았네
만, 갓 쓰고 두루마기 걸친 예수는 처음이야. 자네 이제 고상까지
손수 만드는가. 하기야 일찍부터 손재주가 남달랐었지. 신유년 이
전에 자네가 팔기도 했던 성물들도 혹시 직접 만들었던 겐가? 그
랬겠군, 그랬을 수도 있겠어."

"기회라 하셨습니다. 무슨 기회인가요?"

세 번 이상 묻지 않던 쪽은 금창배였다. 답이 탐탁지 않으면 치도곤 삼십 대를 때렸다. 다시 세 번 묻고 답이 흡족하지 않으면 또 때리고 또 때렸다. 매만 맞다가 죽어 나간 이도 서른 명이 넘었다. 공원방은 벌써 세 번을 물었다. 금창배에게 배웠으니 더 묻지는 않을 듯했다.

"알겠네. 내 이야기를 마저 들으면 틀림없이 이 앞까지 나오리라 믿네. 내기를 해도 좋아. 나는 내기에서 진 적이 단 한 번도 없거든. 이 일, 나 혼자 해도 돼. 하지만 자네와의 의리를 지키고 싶다네. 어찌 보면 간단한 얘기야. 포도청의 젖비린내 나는 녀석들은 눈길도 주지 않을 테지. 포도청 관할이 아니라며 콧방귀를 뀔 거야. 전라도하고도 곡성이니, 나랏법으로 정한 포도청의 관할지가 아닌 건 맞지. 하지만 사학죄인들을 잡으러 갈 땐 관할지 같은 건 개나 줘버려야 해. 신유년 9월 29일 충청도 배론까지 은밀히 가서 옹기 가마에 숨어 지내던 황사영 알렉시오를 붙잡은 이가 누구지? 바로 나 금창배라고. 주 탁덕을 벤 후 새 탁덕을 보내달라는 서찰을 품고 연경을 드나든 이여진 요안을 추적하여 강원도와 경상도는 물론이고 탐라까지 다녀온 이가 누구야? 바로 나 금창배야. 전라도 곡성이 한양에서 아무리 멀어도 잡아 족칠 사학죄인이 있다면 가야지. 어리숙한 곡성현감이 저들에게 현혹되어 일을 다 망치기 전에!

사학죄인들의 교우촌을 덮친 게 이틀 전일세. 사건의 곡절이 적힌 문서가 전라감영에 올라가지도 않았으이. 곡성현감 조봉두가 그 어른의 조카인 데다가 식객 노릇을 십 년 가까이 했다더군. 곡성현감 자리도 십중팔구 그 어른이 봐줬을 테고, 사학과 관련된 일은 따로 알려달란 말씀도 하셨겠지. 한데 그 곡성현감이 사학죄인을 한두 명 잡아들인 게 아니야. 놀라지 말게. 곡성 당고개에 덕실마을이라는 옹기촌 전체가 사학죄인들로 이루어져 있다는군. 게다가 천덕산 미륵골에 더 큰 마을이 있단 게야. 두 마을 사람들만 합쳐도 이백 명은 넘을 걸세. 자, 뭔가 느낌이 오질 않나. 그게다가 아닐세. 마을에서 압수한 서학서가 수십 권이고 요상한 상본과 편경과 묵주와 목침 조각이 수백 점이라네. 옹기꾼들이 스스로 만들어 나누기엔 너무 많고 게다가 몇 점은 척 봐도 값이 꽤 나갈 듯하다네. 자, 이걸 보게나. 곡성에서 올라온 귀물 중 하나라네."

금창배가 바지춤에서 편경을 꺼내 들었다. 뒷면은 평평했고, 눈과 코가 큰 여인의 얼굴이 앞면을 다 차지했다.

"평생 사내와 동침하지 않고 살겠다며 고집을 부린 여자라네. 이름이 아가다. 지상의 사내와 혼인하지 않고 주 예수를 신랑으로 받들며 평생을 살겠다는 여자들 중에서도 꽤 유명하지? 아, 맞다, 죽은 자네 아내 세례명도 아가다였지? 게다가 자네들도 제법 오래 동정 부부로 지냈고. 자네 아내도 이런 편경을 품고 다녔겠군. 내가 자네를 간자로 만들고 가장 기뻤던 때가 언제인 줄 아는가? 간자 노릇을 제대로 해서 사학죄인들을 잡아들일 때도 물론 좋았지. 하지만 참으로 기뻤던 날은 자네가 딸을 낳았을 때라네. 동정 부부 짓을 깨버린 명백한 물증이니까. 수많은 아가다들이 그 소식을 들었을 거야. 세상에 태어났으면 배필을 만나 혼인을 하고 아들딸을 낳아 기르는 것이 당연하거늘, 이마저 거부하다니 어리석고 한심하지. 그건 그렇고, 자, 이 편경을 자세히 보게. 참으로 잘 만들지 않았는가. 입술과 콧날과 귀밑머리가 동시에 떨릴 것만 같네. 연경에서도 이렇듯 정교한 물건은 구하기 어려워. 구라파에서 들여왔을 거야. 궁금하지 않은가, 그 많은 서학서들을 필사한 자들과 상본을 그린 자들과 또 이 편경을 들여온 자들이?

신유년엔 한양과 인근 고을이 대부분이었네만, 이건 판이 달라. 전라도의 자그마한 현인 곡성에서 이토록 탁월한 성물을 지녔다면 조선 팔도에 꼭꼭 숨은 사학죄인들 대부분이 이 정도를 지녔다고 봐야 하겠지. 순자강을 오르내리거나 순천이나 여수로 나가면 바다야. 지리산 자락을 타면 백두산까지 닿는다고. 샅샅이 다 캐내고 싶네. 나 혼자 힘으론 어려워. 자네와 힘을 합쳐야, 놈들의 변명과 거짓말을 꿰뚫을 수 있으니까. 내 죽기 전에 딱 한 번만 더 하세. 신유년에 못다 한 일을 정해년 여름이 오기 전에 마무리하자고. 어떤가?"

걸쇠가 풀리더니 금창배의 등 뒤로 문이 덜컥 열렸다. 그만 이야기하고 들어왔던 문으로 나가라는 뜻이다. 말을 섞기도 싫다는 단호한 거절이었다. 금창배의 눈동자가 아예 보이지 않을 만큼 눈가에 잔주름이 가득 잡혔다. 분노가 최고조에 달했을 때 짓는 표정이었다. 잔주름들이 없어지기 전에 마른 뺨을 실룩이며 창을 쥐었고, 사학죄인들의 옆구리를 실제로 찌른 적도 있었다. 사람의 아들, 네놈들이 구세주로 여기는 자도 이와 같은 고통을 맛보지 않았더냐.

그러나 오늘은 거기서 더 나아가지 않고 참았다. 눈과 코와 이마의 잔주름들이 차차 줄어들었다. 금창배에겐 숨겨둔 마지막 무기가 있었다. 누구보다도 공원방의 약점을 알기에 더 위급한 날에 쓰려고 간직해 왔다. 금창배의 인생에서 지금보다 절실한 순간은 없을 듯했다. 문이 있는 쪽으로 뒤돌아서지 않고, 십자고상을 노려보며 말했다.

"아차차, 한 가질 빠뜨렸군. 곡성에서 대담하게 마을을 키우고 꾸려온 으뜸 옹기 대장 이름이 이오득이라더군. 곡성까지 달아나 마을을 이룬 사학죄인들이니 관아에서 파악한 이름이야 당연히 가짜일 테고. 한데 세례명이 야고버래. 야고버는 사학죄인들이 좋아하는 이름이긴 해. 헤아려본 적은 없지만, 아가다란 이름을 택하는 여자들만큼이나 남자들은 야고버를 골라. 내가 문초한 야고버만도 쉰 명은 넘을 걸세.

근데 말이야. 이오득 야고버의 오른뺨에 큼지막한 흉터가 있다고 하네. 베이거나 찔린 게 아니라 불에 짓이겨 살갗이 쪼그라들면서 우들우들해진 거래. 말을 할 때마다 입과 코는 물론이고 고개까지 오른편으로 기운다더군. 그렇게 말하는 이를 나도 한 사람 안다네. 방금 자네가 떠올린 바로 그 사람이기도 해. 이십육 년 전에 내가 문초했던 사학죄인이지. 함께 죽여달라는 세 친구 중에서 가장 당당한 녀석이었어. 포졸을 물리치고 내가 직접 인두를 들어 오른뺨을 지졌다네. 성균관 옆 반촌에 살던 소 백정 남도석 야고버! 간자를 시작하면서 자네가 꼭 잡겠다고 말한 사학죄인이 둘이었지. 남도석 야고버와 윤영택 요안. 남도석을 곡성에서 포박하면 윤영택을 잡을 방책도 생길 걸세. 자, 이제 곡성으로 내려갈 마음이 드는가? 그럼 어서 나와서 얼굴을 보여주게나."

공원방은 금창배의 요구를 들어주지 않고 받아쳤다.

"너무 늦었습니다. 곡성의 옹기 대장 야고버가 남도석이라고 해도, 그를 붙잡는 것이 종사관 나리께는 기회이겠으나 제게는 무슨 기회이겠습니까? 이만……."

"더하여!"

금창배가 좁은 문틈으로 빛 한 줌을 넣듯 말했다.

"새 소식이 하나 더 있다네. 김창귀를 기억하는가?"

"……다두 말입니까?"

"맞네. 김강이 시몬의 동생 김창귀 다두! 형은 끝까지 버티다 죽었지만 동생은 강원감영에서 마음을 돌려 목숨을 건지고 귀양을 갔지. 얼마 전에 다두를 만났는데 말씀이야. 남도석 야고버 이야기를 하더라고. 을해년에 자네가 왜 안동에 머물지 않고 원주로 갔을까 생각해 보았다네. 을해년 정월에 잃어버린 딸 공설이 때문이지? 천진암 골짜기 바로 이 집에서 겨우 여덟 살인 공설이를 데려간 사내의 얼굴이 김강이 시몬을 닮았으니까.

김강이 김창귀 형제는 여러 마을을 옮겨 다녔어. 충청도 서산이 고향이지만 전라도 고산에서도 살았고 경상도 머루산을 거쳐 강원도 울진까지 갔지. 자넨 공설이를 찾으려고 김강이를 따라 안동 관아에서 강원감영으로 옮겨 갔던 거야. 김강이와 둘만 옥에 머물 때 공설이에 대해 캐물었겠지? 참으로 위험한 짓이야. 공설이에 대해 묻는다는 건 자네가 간자 공원방이란 걸 드러내는 짓이니까. 그제야 김강이는 머루산에서부터 울진까지 극진하게 자신을 챙긴 자네 정체를 알아차렸네. 자네가 죽이겠다고 협박을 해도, 김강이는 천주께 맹세코 을해년에 한양에서 공설이를 만난 적이 없다고 버텼어. 고래고래 소리까지 질렀지. 그 비명을 듣고 옥리들이 왔고 기회도 사라져버렸지.

그날부터 자네는 그곳에 잡혀 온 사학죄인들에게 울진에서 교우촌을 만든 공소 회장으로 내몰렸어. 자넬 응징하려고 저들 전부가 거짓말을 한 거야. 거짓말하지 말라는 천주의 명령까지 어길 만큼, 저들은 자네를 증오했어. 자네 스스로 무덤을 판 꼴이지. 옥리는 물론이고 감영의 관원들에게 자신이 좌포도청의 간자라고 밝혔지만, 자네 말이 사실이란 걸 보증할 유일한 사람인 나는 원주에 없었네. 옥리들은 자네가 중벌을 면하려 거짓말을 한다고 더욱더 혹독한 문초를 가했지. 뼈가 부러지고 살이 찢기는 고통도 극심했지만, 자넨 천주교인이라고 거짓 자백을 강요받는 상황이 더더욱 힘들었을 거야. 자네 앞에 남은 선택은 둘 중 하나였지. 천주교인이라는 거짓 자백을 하고 처형당하든지, 아니면 자백하지 않고 죽든지. 후자는 자살인데, 자넨 결국 그 길을 택했지."

"하고 싶은 말씀이 뭔가요?"

"잘 들어. 김창귀 다두가 그러더라고. 천진암 골짜기로 간 건 형인 김강이 시몬이 아니라 바로 자기라고. 공설이를 데리고 나오라는 부탁을 받았다더군. 그래서 천진암 골짜기로 가선 여덟 살 여자아이를 데리고 나왔대. 한데 그 아이를 데려오라고 시킨 사람들이 누군 줄 짐작하겠나?"

"……야고버와 요안입니까?"

"그렇다네. 자네도 공설이의 납치에 두 친구가 어떤 식으로든 연관되어 있으리라 의심은 했지만, 막연한 추측이었지. 하지만 이제 명확해졌어. 자네가 그토록 찾아 헤맨 공설이는 어디에 있을까? 공설이의 거처를 누가 알까? 당연하게도 남도석과 윤영택이야. 을해년에 내가 왜 좌포도청에서 물러난 줄 아는가?"

"그거야 교인들을 이끌었던 남도석 야고버를 놓쳤기 때문 아닙니까?"

"상주와 진보 바닥을 샅샅이 뒤졌는데도 붙잡지 못한 까닭은 놈도 김강이 시몬이나 김창귀 다두처럼 경상도 머루산을 거쳐 강원도로 넘어갔기 때문이었어."

"강원도라고요?"

"신유 대군난 때 배교했던 남도석과 윤영택이 회두한 뒤, 강원도에서 베드루란 사내를 스승으로 모시며 머물렀다는 건 알지? 다시는 배교하지 않기 위해, 자신들보다 믿음도 깊고 복된 말씀에도 밝은 이를 찾았던 게지. 충청도 강원도 경상도, 이렇게 도를 나눠 논하는 게 함정이야. 놈들은 그 경계를 교묘하게 이용해. 경상도에 머물다가 충청도나 강원도로 넘어가고, 강원도에 머물다가 충청도나 경상도로 넘어가고! 도가 바뀌면 죄인들을 맡는 감영이 달라질 수도 있고, 감영은 그대로더라도 다른 도로 죄인을 추격하여 들어가는 건 여러모로 낯설고 불편한 구석도 있지. 남도석과 윤영택을 가르친 베드루란 자는 천주쟁이들 사이에선 신망이 두터웠어. 그를 따라 강원도로 옮겨 간 교인들이 꽤 있었으니까. 베드루가 어떤 자이고, 어느 골짜기에 숨었는지 찾겠다고 자네도 갔었지 않나? 결국 못 찾고 돌아왔지만……."

"강원도에서도 한 군데만 머무는 게 아니었습니다. 겨우 교우촌이 있는 곳을 확인하고 가면 벌써 옮겨 간 뒤였어요. 베드루란 스승이 처음부터 없거나 있다면 무척 조심하는 자입니다."

"어쨌든 남도석을 놓친 건 자네 때문이야."

"저 때문이라고요? 덮어씌우지 마십시오. 을해년에 저는 남도석과 재회한 적이 전혀 없습니다."

"남도석도 강원감영에 붙잡혀 왔었어."

"……야고버가 원주 옥에 있었다고요? 그럴 리가 없습니다. 그가 옥으로 왔다면 제가 당연히 알아봤을 겁니다."

"회장으로 몰린 자네가 치도곤을 당하고 독방에 갇힌 뒤였어. 너무 심하게 맞아 몸을 가누기도 힘든 때였지. 다음 날도 그다음 날도 자네가 회장이란 주장을 펴는 이들은 늘었고, 자네 몸은 더욱더 망가졌어. 강원감사의 명은 단호했지. 그물을 치듯, 강원도에서 사학죄인으로 조금이라도 의심되는 자는 모조리 잡아들이라는 거였어. 자네만 홀로 독방에 머물고, 나머지 방은 끌려온 이들로 곧 가득 찼다네. 남도석은 그들 중에 섞여 있었어. 남도석은 자넬 봤겠지만, 자넨 사학죄인들 속에서 남도석을 가려 파악하긴 어려웠지. 그때 남도석이 사용한 이름은 곰취였어. 교우촌 뒷산 대숲에 숨었다가 붙들렸대. 살짝 풍을 맞은 심마니인 척했고, 오른뺨 흉터도 산에서 곰을 만나 발톱에 할퀸 자국이라고 둘러댔어. 교우촌에서 식은 밥 한 덩이를 얻어먹긴 했지만, 천주를 받든 적은 결코 없다고 잡아뗐지. 그리고 내가 도착한 바로 그 새벽, 사학죄인이 아니라는 판정을 받은 열 명과 함께 풀려났지.

나는 옥으로 들어서자마자 옥리장을 불러 오른뺨에 흉터가 있는 사내가 끌려왔는지부터 물었어. 반 시진 전에 풀어줬다더군. 곧바로 뒤쫓으려는데, 옥리장이 내 앞을 막더니 좌포도청의 간자라고 주장하는 미친 사내가 있다더라고. 자네가 여기 있다는 걸 그제야 알았지. 남도석을 뒤쫓고 싶었어. 하지만 난 독방으로 먼저 갔지. 죽으려고 목을 맨 자넬 회생시키지 않고 갈 순 없었어. 자넨 살려는 의지가 대단한 사람 아닌가. 공설이를 만나기 전엔 결코 죽을 수 없는 사람 아닌가. 그런 자네가 죽으려 들었다면, 내가 없는 사이, 남도석을 뒤쫓는 동안에 다시 자살을 감행해도 이상한 일이 아니야. 후일을 기약하며 자넬 돌봤네. 결코 후회하지 않아."

"곰취라는 자가 남도석이 맞기는 한 겁니까? 교우촌 뒷산 대숲에 숨었다? 교졸들이 수색할 때까지 기다렸단 얘깁니까? 남도석답지 않습니다. 누구보다도 뜀박질에 자신이 있는 사람이니, 멀리멀리 달아났을 겁니다."

금창배의 입꼬리에 웃음이 잠시 맺혔다가 사라졌다.

"맞아. 나도 그 점이 걸렸네. 신유년 좌포도청으로 붙잡혀 왔을 때, 자넨 두 친구를 이렇게 평했지. 윤영택은 토끼처럼 숨어 익히고, 남도석은 들개처럼 뛰며 배운다고. 자네가 했던 그 말이 강원 감영에서 떠올랐다네. 남도석은 달아나지 않고 일부러 붙들린 걸세. 감영 옥까지 갈 이유가 있었던 거지. 그게 뭐였을까?

이번에 만났을 때 김창귀에게 물었다네. 자넬 회장이라고 거짓 고변하도록 교우들을 몬 게 김강이나 김창귀였냐고? 절대로 아니라고 펄쩍 뛰더군. 배신감을 느끼긴 했지만, 어떤 경우에도 거짓말을 하지 않는다는 게 형제의 철칙이었다고. 눈에는 눈 이에는 이로 맞서는 것은 천주의 가르침이 아니라고. 그리고 놀라운 얘길 털어놓았다네. 그건 다 곰취 짓이라고 말이야. 남도석은 자넬 몰아세워 죽이기로 작정을 한 걸세. 옥 밖에서 교우들을 조종하는 것만으로는 부족함을 느껴, 스스로 붙들렸던 걸세. 자네가 목을 맬 때까지 교우들에게 더욱 교묘한 거짓말을 늘어놓게 한 후, 목적을 달성할 즈음 빠져나간 게지. 자, 이제 곡성에서 날아든 소식이 나뿐만 아니라 자네에게도 기회란 걸 알겠지?"

덜컹. 문이 열리는 소리가 들렸다. 금창배는 주위를 돌아봤지만, 벽과 잇닿은 문 중에서 열린 것은 없었다. 바람이 발목과 무릎을 훑고 등으로 올라왔다. 바닥의 나무판 하나가 밑으로 꺼진 것이다. 그 어둠에서 바람을 따라 발소리가 점점 가까워졌다.

지하 계단을 통해 올라온 공원방은 바지만 입은 반벌거숭이였다. 걸을 때마다 잿가루가 풀풀 날렸다.

"꼴이 왜 그래?"

공원방이 무표정하게 되물었다.

"오늘이 무슨 날인지, 잊은 건 아니시죠?"

"성회례일이라 이랬단 건가? 교인도 아니면서 성지를 태워 스스로 그 재를 얼굴과 가슴에 발랐다고?"

"홀아비이니 혼자 바를 밖에요."

"성지를 태우고 재를 바르는 예식은 탁덕이 교인에게 행한다는 걸 자네도 알지?"

"천주를 받드는 자들이야 그 예법을 따라야 하겠지요. 하지만 저 같은 간자에겐 해당하지 않습니다."

"왜 한 건가? 한다고 볼 사람도 없는데……."

"종사관 나리도 사학죄인들 마음을 알고 싶어 가끔 기도문을 왼다고 하지 않으셨습니까. 일찍이 예수는 종도들에게 강조했지요. 재齋, 종교적 의식을 치르기 위하여 몸과 마음을 깨끗이 함. 대재는 단식, 소재는 금육할 때에 사람에게 나타내지 말라고. 머리에 기름도 바르고 얼굴도 씻어서, 곡기를 끊거나 고기를 먹지 않아 허기진 티를 내선 안 된다고. 다만 사람들이 보지 못하는 곳에 계신 천주께만

뵈면 된다고. 저는 천주를 믿지 않으니, 제 꼴을 볼 이는 저밖에 없습니다."

"이유를 말하래도."

공원방이 양손에 움켜쥐었던 재를 자신의 옆구리에 번갈아 묻히며 답했다.

"사람의 아들을 능멸하기 위함입니다. 비웃기 위함이지요. 이 깟 잿가루를 몸에 발라봐야 어린아이 하나 구할 수 없단 걸 알려주기 위함입니다."

"누구에게 말인가?"

"천주가 있다면 천주에게."

점을 찍다

2월 12일 늦은 저녁, 곡성현감 조봉두는 밀서를 받았다. 한양으로 서찰을 올린 날이 2월 9일 새벽인데, 불과 사흘 만에 답장이 온 것이다. 기마술에 능한 선전관이 오가긴 했지만, 서찰의 필체를 몇 번이나 노려봤다. 못을 박듯 힘찬 필체는 조 정승의 것이 분명했지만 담긴 내용은 예상 밖이었다. 좌포도청 종사관을 지낸 금창배를 내려보내니 사학죄인 문초를 일임하라는 것이다. 조봉두는 등잔불에 서찰을 태우며 답 없는 질문을 던졌다.

"징제비…… 징제비가 온다? 판을 키우시겠다는 뜻?"

전라감영으로 보내려고 퇴고를 마친 문서도 같이 태우려다가, 고개를 저으며 서함書函 제일 아래 칸에 넣었다. 금창배가 늦어도 2월 13일 밤까진 곡성에 닿을 테니, 죄인들 문초를 중단한 채 기다리라고 했다. 급박하던 상황에서 갑자기 하루 더 여유가 생긴 것이다.

덕실마을과 무명마을에서 끌려온 이들은 9일부터 12일까지 곤과 장을 맞았다. 아프지 않았다면 거짓말이겠지만, 교졸들이 내리치는 곤과 장에는 힘이 덜 실렸다. 죄인들이 매질을 견디기 위해 아전과 교졸에게 뇌물을 찔러주는 것은 공공연한 비밀이었다. 오라에 묶어 끌고 갈 때부터 몇몇 교졸은 걱정에 위협을 반반 섞어가며 손을 벌렸고, 몇몇 교인은 끌려가면서도 교졸들이 원하는 돈이며 노리개며 반지와 금비녀를 건넸다. 더군다나 몇몇 교졸은 당고개 옹기꾼들과 각별한 인연이 있기도 했다. 현감은 몇 년 머물다 떠나면 그만이지만, 아전이나 교졸은 평생을 순자강과 대황강에서 낚시질을 하고 동악산과 천덕산 골짜기를 누비며 살아야 했다. 야박하게 굴어 원성을 살 까닭이 없는 것이다.

소문에 기대자면 징제비는 달랐다. 결안結案을 받고 처형된 이들보다 문초를 받다가 옥사한 이들이 더 많다고 했다. 죄인이 죽든 말든 전혀 신경을 쓰지 않는 것이다. 자백을 받아내고 배교시키기 위해서라면, 목숨이 위태로운 방법도 스스럼없이 구사했다. 결정적인 형신은 교졸들에게 시키지도 않고 징제비 자신이 직접 맡았다. 조봉두는 저녁상을 받기 전 옥으로 가서 묘한 웃음을 흘리며 경고했다.

"아직 늦지 않았어. 지금이라도 모조리 토설해. 내일부턴 지옥을 맛볼 테니까. 천주쟁이들은 저승사자보다 징제비를 더 두려워한다며?"

2월 13일 해가 진 뒤에도 금창배는 곡성 관아로 들어서지 않았다. 천진암 골짜기에서 공원방을 만나고 전라도 곡성까지 오는 동안 변고가 생긴 것은 아니다. 13일 새벽 금창배는 이미 곡성으로 들어왔다. 그날은 순자강을 따라 압록진까지 혼자 걸어서 갔다 왔고, 14일 아침부턴 당고개와 미륵골을 돌아다녔다. 금창배가 곡성에 나타났다는 소식이 조봉두에게 전해진 것은 14일 낮이었다.

금창배는 옹기촌에서도 조용히 움직였다. 관아까지 끌려갔다가 성물이 없어 제일 먼저 풀려난 이들이나, 강성대가 작성한 명단에서 빠진 덕분에 옥에서 하루만 보낸 뒤 마을로 돌아와 가마와 고에 갇힌 이들은 거들떠보지도 않고, 집 곳곳에 놓인 옹기만 살폈다. 하도 꼼꼼하게 보고 만지고 냄새까지 맡았기에, 옹기를 사러 온 손님처럼 보였다.

미시未時, 오후 1시~3시에 금창배가 동헌으로 들어섰을 때, 조봉두는 물론 아전들까지 실망하는 표정을 감추지 못했다. 실바람에도 휘청일 정도로 깡마른 데다가, 백발의 수염 위로 움푹 팬 볼엔 검버섯이 가득했다. 눈매가 날카롭긴 했지만 팔열지옥八熱地獄과 팔한지옥八寒地獄을 차례차례 안기는 포도청의 전설로 보이진 않았다. 상석에 앉은 금창배가 짧게 물었다.

"옥엔 몇 명이나 있소?"

조봉두의 대답이 늘어졌다. 옥에 가둔 사학죄인이 너무 적다는 오해를 살까 두려웠던 것이다.

"모조리, 처음엔 모조리 잡아들이라고 했습니다. 옥이 터져 나갈 듯 가득 찼습니다. 하지만 한마을에 산다고 모두 사학에 물든 건 아니지요. 천주쟁이들이 귀하게 여긴다는 물건이 없는 사람들부터 돌려보냈고, 또 옥석을 가려 죄가 무거운 천주쟁이들만 옥에 가두고 나머지는 덕실마을과 무명마을에 각각 옮겨 가뒀습니다.

옥에 있는 죄인들부터 문초를 시작했다가, 한양에서 온 서찰을 받고 종사관께서 오실 때까지 가둬두기만 했습니다. 이유야 제각각이겠지만 천주를 모신다고 스물세 명 모두 털어놓더군요. 아, 한데, 어쩌면 죄가 깃털보다 가벼운 사내 하나가 옥에 있긴 합니다. 성은 장이고 이름은 구인데, 반신불수에 바보 천치입니다. 이 마을 저 마을 돌아다니며 빌어먹는 거지입니다. 스스로 옥까지 찾아와선 자신도 천주쟁이라고 고래고래 소리를 지르며 꽹과리까지 쳐대고 거위 울음까지 흉내 내어 우니, 듣지 못했다면 모를까 들어버린 마당에 가두지 않을 도리가 없었습니다. 죄인들은 옥에 가두어두기만 했습니다. 끌고 오느라 줄줄이 묶었던 오라도 풀어줬고요. 장구만 칼을 씌우고 차꼬를 채웠는데, 그 꼴로 버티다 힘들면 옥에서 내보내달라 할 게고, 그때 엉덩이를 뺑 차서 내쫓을 작정입니다. 그러니 장구까지 심문하느라 시간을 허비하진 마시고……."

금창배가 손등으로 서안을 딱 한 번 두드렸다. 지루한 설명이 멈췄다.

"몇 명이냐고 물었소."

"장구까지 스물세 명입니다. 2월 12일 한양에서 선전관이 오기 전에 죄인들에 대한 문초를 이미 한 차례 마쳤습니다. 종사관께서 도착하기를 기다리는 동안, 형방이 책임을 맡고 아전들이 도와 그들이 털어놓은 말들을 빠짐없이 정서해 두었습니다. 옥안獄案, 옥사에 관한 조서까지는 아니지만, 상황 파악도 할 겸 먼저 보시는 게 어떻겠습니까?"

조봉두가 서안 아래에서 비단 보자기를 꺼내 풀었다. 기름을 발라 빳빳한 종이를 앞뒤에 대고 끈으로 묶은 문서가 모두 다섯 권이었다. 금창배는 덕실마을과 무명마을에서 끌려온 자들의 진술을 처음부터 끝까지 막힘없이 읽었다. 조봉두는 차라도 내올까 물었지만 답은 물론 눈길조차 주지 않았다. 문서를 모두 검토한 뒤 말했다.

"천주교를 믿으라 권한 이와 첨례를 주도한 이가 단 한 사람으로 모아지는군요."

"맞습니다. 이오득! 으뜸 옹기 대장입니다. 옹기촌의 대소사를 도맡아 했다더군요."

"이자의 말을 옮겨 적은 글은 어디 있소?"

현감이 기어들어가는 목소리로 답했다.

"달아났습니다."

금창배의 두 눈이 번뜩였지만, 불호령 대신 침묵이 그 자리를 대신했다. 고요가 오히려 현감과 아전들을 더욱 두렵게 했다. 이윽고 금창배가 물었다.

"덕실마을과 무명마을을 자세히 그린 지도가 있소?"

"그, 그게 곡성현 지도가 있긴 있는데……."

조봉두가 대답을 마무리 짓지 못한 채 고개를 돌렸다. 한양에서 부임할 때 곡성이 얼마나 먼 곳인가 확인하려고 한양부터 전주를 지나 해남이나 순천까지, 고을 이름과 왕래하는 길을 큼직큼직하게 그린 지도를 찾아본 적은 있었다. 곡성에 부임한 뒤론 아전들이 지도를 펼쳐놓고 설명을 드리겠다고 할 때마다, 말로 해도 다 알아듣는다고 넘겼다. 문 앞에 서서 대기 중인 이방이 답했다.

"관아를 중심으로 대략 그린 것만 있습니다."

공방이 부리나케 나갔다가 족자 둘을 들고 돌아왔다. 하나는 전라도 지도였고 또 하나는 곡성 지도였다. 이방의 설명대로 관아만 커다랗게 가운데를 차지했고, 강줄기와 산줄기 그리고 군데군데 중요한 역원驛院만 표시한 지도였다. 마을은 도상, 예산, 죽곡, 목사동, 우곡, 오지, 삼기, 석곡 정도만 적혔고, 그 마을에 속한 더 작은 마을에 대한 기록은 없었다. 공방이 설명을 보탰다.

"덕실마을과 무명마을을 보시려면, 우곡과 오지 쪽 그러니까 관아가 있는 도상에서 남쪽으로 내려가시다가……."

금창배가 족자를 뒤집는 바람에 공방의 설명은 중단되었다. 짧은 침묵이 백지에 내려앉았다. 금창배가 대나무 마디를 잘라 만든 휴대용 먹물통에 가는 붓을 찍어 쭉쭉 선을 그어 나갔다. 조용히 들여다보던 현감과 아전들 눈이 점점 커졌다. 두 그루 나무를 먼저 그리고 그 사이로 길을 냈다. 왼쪽 나무는 왕벚나무였고 오른쪽 나무는 박달나무였다. 그 아래로 주막과 성황당을 간단히 그렸다. 몇 번 붓을 놀리지 않았는데도, 나무와 개천과 길과 집 들이 모양을 갖췄다. 형방이 알은체했다.

"당고개 너머 덕실마을입니다. 어쩜, 딱 이대룝니다."

아전들의 호들갑스러운 맞장구를 무시한 채, 금창배는 붓과 먹통을 바꿨다. 붉은 점들을 찍은 후 족자를 발 아래로 내렸다. 전라도 지도가 담긴 족자를 뒤집어 올려놓곤 또 그리기 시작했다. 이번에도 나무부터 먼저 그렸다. 미륵골이 시작되는 자리에 선 천년 묵은 은행나무였다. 금창배가 다시 붓을 들어 은행나무 주위로 열 군데에 나무를 그렸다. 천 년 묵은 수은행나무와 사랑을 나누는 암은행나무들이었다. 은행나무를 지나 미륵사 절터를 넘으면 골짜기를 따라 집들이 옹기종기 들어섰다. 조봉두가 아전들보다 먼저 탄식하듯 말했다.

"미륵골이군요!"

현감이라고 골짜기에 들어선 마을을 전부 둘러보진 않는다. 턱이 삼중으로 접히는 조봉두는 순자강 오르내리기를 즐겼고, 배에서 내려서도 평평한 들판만 잠시 둘러보는 것이 전부였다. 골짜기나 산 중턱에 자리 잡은 마을을 살피고 세를 걷는 것은 아전들 일이었다. 미륵골에 가본 적도 없다는 사실을 금창배에게 들킬까 봐, 넘겨짚은 것이다.

어느 기록에선 미륵사의 종말을 미륵불로 자처한 이곳 주지의 탓으로 돌리기도 했다. 분암玢巖이라고도 하고 쇄파碎派라고도 하는 주지는 미륵 세상을 위해 승려는 물론이고 신도들에게도 검술과 궁술을 몰래 가르쳤는데, 그 사실이 발각되는 바람에 한양에서 온 장졸들의 급습을 받았다는 것이다. 분암 혹은 쇄파라는 주지가 사실은 승려가 아니라 『정감록』을 믿은 봉기꾼이라는 주장도 덧붙었다. 주지가 자처한 인물이 정도령인가 미륵불인가는 중요하지 않다. 정도령을 기다리며 무술을 연마하던 봉기꾼이 미래불을 자처하거나 미래불을 자처하던 승려가 정도령을 위한 봉기꾼으로 돌변하는 것이 이상하지 않은 시절이었다. 미륵불이든 정도령이든 어둠을 빛으로 바꿀 이를 기다리던 곳에 예수를 구세주로 받드는 이들이 찾아든 것이다.

금창배는 먹통과 붓을 바꿔 검은 점들을 찍어나갔다. 발 아래 족자까지 다시 들어 올려 함께 내밀었다.

"잡아들이시오. 점이 찍힌 집을 뒤져 옹기란 옹기는 죄 들고 오고. 서두르도록 하오."

형방이 작은 눈을 더 작게 뜨곤 따지듯 물었다.

"사람과 옹기, 모두 다 말입니까? 옹기가 얼마나 무거운 줄 모르시나 본데……."

조봉두가 무조건 따르라는 눈짓을 보냈기에 형방의 말끝이 흐려졌다. 아전들이 우르르 몰려 나갔다. 둘만 남게 되었을 때, 조봉두는 서함에서 문서를 꺼내 와선 조심스럽게 내밀었다.

"잡아들일 자들이 더 있는 겁니까? 하면 전라감영에 보내려고 쓴 이 글 또한 다시 작성하겠습니다."

금창배가 넘겨받지도 않고 답했다.

"수정할 필요 없소. 그대로 보내시오."

조봉두는 제 손에 들린 문서를 내려다보면서 고개를 갸웃거리며 물었다.

"이유를 여쭤도 되겠는지요?"

금창배가 실눈을 뜨곤 말머리를 돌렸다.

"오 년 전 광풍처럼 돌았던 괴질의 참혹함을 사또도 알고 계실 것이오. 만약 곡성의 어느 마을에 그와 같은 역병이 돌면 사또는 어찌하겠소?"

조봉두가 깜짝 놀라며 되물었다.

"여, 역병이 혹시 다시 돌고 있습니까?"

"안심하시오. 어디까지나 만약이라오. 만약에 그렇다면 어찌하겠느냐는 게요."

안도의 한숨을 쉰 뒤 조봉두가 답했다.

"우선 출입부터 금해야겠지요. 마을로 통하는 길마다 관원을 세워 낮밤 없이 지킵니다. 마을 전체를 가시덩굴로 두른 예도 있습니다."

"맞소. 환자가 생긴 마을과 환자가 없는 마을을 엄격히 나누는 것이 중요하오. 하지만 역사서를 살펴보면 철저하게 나눠 지켜도 역병이 번진 적 또한 적지 않소. 왜 그랬다고 보오?"

"가르침을 주십시오."

"안전하다고 믿었던 이웃 마을에 환자가 숨어 있었기 때문이라오. 천주교는 마음의 역병과도 같소. 한양에서 시작된 역병이 어느새 전라도 곡성까지 번진 셈이오. 명심할 것이 하나 있소. 당고개 덕실마을과 미륵골 무명마을만 격리하여, 죽일 자는 죽이고 가둘 자는 가두면 끝이라고 여기지 말아야 하오. 한양에서 곡성까지, 반백 년 가까이 이 마음의 역병이 사라지지 않고 이어져왔다는 건, 그 길 어디든 환자가 숨어 있어도 이상한 일이 아니란 뜻이라오. 그 환자가 포도청에 있느냐 묻는다면 있다고 답하겠소. 곡성 관아에 있느냐 묻는다면 또 있다고 답하겠소. 마찬가지로 전라감영에도 현감의 문서를 교우들에게 알릴 자가 숨어 있다고 봐야하오. 그러니 이 문서가 적당하겠소."

현감이 고개를 끄덕이다가 미간을 좁히며 얼굴을 찡그렸다. 설명은 알아들었지만, 결론이 이해가 되지 않았던 것이다.

"어디에나 천주쟁이가 숨어 있으니 조심하라는 말씀은 알겠습니다. 하지만 종사관께서도 여러모로 부족하다고 판단하시는 문서를 전라감영에 보내는 편이 왜 낫다는 말씀이신지요?"

"입을 맞췄기 때문이오."

"입이라 함은?"

"김범우 도마라는 자가 있었소. 교우들 사이에선 존경받는 자라오. 을사년乙巳年. 1785년에 도성 안에서 교리를 강론하는 모임을 가졌다가 발각이 되었는데, 김범우만 붙들려 혹독한 심문을 당했고 귀양을 가서 결국 시름시름 앓다 죽고 말았다오. 김범우만 중인이고 나머지는 이름 높은 가문의 자제들이었소. 그 후로 교인들을 잡아들여 문초하면 김범우란 이름이 자주 등장했다오. 대답하기 곤란하고 빠져나가기 어려운 질문을 받을 때마다 하나같이 김범우에게 배웠다, 김범우가 서학서들을 줬다, 김범우가 시켰다고 하더군. 죽은 자는 말이 없으니까. 그게 저들 수법이라오.

이오득이 붙잡혀 옥에 갇혔다면, 저들은 결코 이오득을 지목하진 않았을 게요. 달아난 자들 중 한 사람에게 책임을 떠넘기기로 입을 맞췄겠지. 그러니 그들이 입을 맞춘 대로 문서가 올라가면, 전라감영을 비롯한 관아에 숨어 움직이는 교인과 그에게서 연통을 받는 교인들이 안심할 게요. 곡성현감을 완전히 속였다고 쾌재를 부르겠지. 그 틈을 우린 이용해야 하오. 그러니 두 번째 문서는 최대한 늦게 보내도록 하오. 어쩌면 시간만 끌다가 아예 보내지 않는 것도 고려할 만하오. 이제 내 뜻을 아시겠는가?"

조봉두가 자세를 고쳐 앉았다. 역시 징제비였다.

"당장 이 문서를 전라감영에 올리겠습니다. 앞으로 천주교인과 관련하여 글을 올릴 일이 생기면 종사관께 먼저 의논을 드리겠습니다. 그리해도 되겠습니까?"

"좋도록 하오."

"아전들이 돌아오려면 여유가 있으니 술상이라도……."

"강에 닿으려면 예서 얼마나 걸리오?"

동헌 마당으로 내려서는 금창배를 따르며 조봉두가 답했다.

"아주 가깝습니다. 강가의 버드나무에 아직 초록 물이 완전히 들진 않았지만 보실 만할 겁니다. 압록진의 모래밭이 또한 일품이지요. 원하시면 거기까지 제가 배로 모시겠습니다."

"통했구려. 그렇지 않아도 쓸 만한 배가 있나 물으려던 참이었다오. 강가를 따라 걷는 것도 좋고 말을 달리는 재미도 쏠쏠하지만, 순자강에선 꼭 배를 타야 한다는 얘길 들었소."

금창배가 고마워하자, 조봉두의 얼굴이 처음으로 밝아지면서 간이나 쓸개라도 내어줄 것처럼 굴었다.

"그러셨군요. 군데군데 암초들이 있긴 해도, 능숙한 뱃사공은 눈을 감고서도 압록진은 물론이고 구례와 하동을 거쳐 남해 쪽 바다까지 오갑지요."

금창배가 슬쩍 질문을 얹었다.

"하면 놀이하는 배뿐만 아니라 옹기 배들도 다닌다 이거요?"

"당연합지요. 옹기 배 사공이야말로 최고의 솜씨를 자랑합니다. 작은 배를 띄워 놀 만한 곳이면, 옹기 배가 무조건 다닐 수 있다고 봐야겠지요. 옹기 배를 모는 사공을 찾아 부를까요? 한데 옹기 배가 나루에 늘 있는 건 아닙니다. 옹기를 실으면 순자강은 물론이고 경상도 동래에서 전라도 목포까지 바다를 오가거든요."

"차차 구경하겠소. 당고개와 천덕산에서 만든 옹기를 어찌 내다 파는가 궁금해서 그랬다오."

"그야 옹기꾼들이 지게에 지고 곡성은 물론이고 남원이나 구례에 장이 서면 팔기도 하고, 옹기 배에 한꺼번에 신고 옮기기도 하고 그럽니다."

"어찌 그리 잘 아오?"

"곡성은 전라도의 다른 고을에 비해 골짜기는 많고 전답은 적습니다. 이곳 언덕과 골짜기의 흙이 옹기를 만들기에 좋아서 옹기촌이 여럿이지요. 옹기꾼들에게 월령을 걷다 보니, 그들이 옹기를 어디에 어떻게 얼마나 내다 파는지 파악해야 했습니다. 실제 파는 양보다 훨씬 적게 관아에 알린다고도 하는데, 하여튼 저도 공방을 비롯한 아전에게서 들어 아는 겁니다. 원하시면 설명을 드리라고 공방에게 명해 두겠습니다. 출발 전에 하나만 더 여쭤도 되겠는지요?"

금창배가 돌아서지 않고 고개만 까닥였다. 조봉두가 나란히 걸음을 떼며, 조금 더 솔직해지기로 하고 물었다.

"미륵골은 아직 들어간 적이 없지만, 당고개는 저도 네댓 번 둘러보았습니다. 하지만 붓을 주고 그려보라 하면, 골목 하나도 제대로 옮기지 못할 겁니다. 오늘 아침에 처음으로 둘러보셨을 터인데, 대단한 기억력이십니다. 그건 그렇고, 종사관께서 점 찍은 집들 말입니다. 왜 하필 그 집들이죠? 거기 사는 자들을 포박할 뿐만 아니라 옹기까지 챙겨 오란 까닭은 또 무엇입니까?"

금창배가 외알 안경을 꺼내 쓰곤 고개를 들어 자미원을 살피며 엉뚱하게 답했다.

"별들이 참 많소."

"그, 그렇습니다."

"별과 별 사이에 길이 있다는 건 아오?"

"모릅니다. 별자리에 밝은 벗이 있긴 했는데, 저는 거기까진 관심을 두지 못했습니다."

"별자리에 얽힌 이야기들은 믿소?"

"안 믿습니다. 믿으십니까?"

"한심한 이야기들이 많지. 나도 별자리 이야긴 안 믿지만 별자리는 믿소."

"그게 무슨 말씀이신지……? 별자리 이야긴 안 믿지만 별자리는 믿는다?"

"하늘 길을 통해 땅 길을 찾을 수 있소. 밤하늘에 난 길을 알려면, 기준이 되는 별들을 하나하나 먼저 정확히 가려내야 하오. 그래야 별과 별 사이에 제대로 길을 만들 수 있고, 그 길을 따라 땅 길을 찾을 수도 있소. 엉뚱한 별을 찍으면 하늘 길도 땅 길도 잃고 마는 게요. 사또는 덕실마을과 무명마을에서 밤하늘 별과도 같은 집들을 찾지도 않았고 따라서 점을 하나도 찍지 않았으니, 아무리 사람들을 많이 잡아들이더라도 단 한 명도 가두지 않은 것과 같소."

조용하면서도 무자비한 일격이었다.

十

다시 옥이 비좁아졌다. 옥에 남은 스물세 명에 더하여 스물세 명이 더 끌려왔던 것이다. 갇혀 있던 사람도 다시 갇힌 사람도 놀랍고 당황스러운 표정을 지었지만 서로 말을 섞진 않았다.

동헌 앞마당 담장 모서리마다 횃불이 타올랐다. 곡성 관아에서 죄인을 벌할 때 쓰는 곤과 장을 비롯한 형구들 옆에 금창배가 따로 가져온 형구들이 나란히 놓였다. 몽둥이와 주릿대와 화로와 인두처럼 척 보면 아는 것들도 있었지만 어디에 어떻게 쓰는지 도무지 모를 것들이 대부분이었다.

옹기들을 횡으로 줄지어 세웠다. 간장 종지부터 장독까지 모양도 크기도 다양했다. 다시 끌려온 이들이 먼저 오라에 묶인 채 들어왔다. 이글거리는 횃불 아래 놓인 형구와 옹기를 보며 마른침을 삼켰다. 옹기를 구워 하삼도 곳곳에 팔기는 했지만, 동헌 앞마당에 이렇듯 일렬로 두기는 처음이었다. 대청마루 중앙에 놓인 의자에는 금창배가 앉았고, 조봉두는 아전들과 함께 마루 아래에 섰다. 금창배가 오른손을 들자 웅성거림이 잦아들었다. 명령을 내렸다.

"각자의 옹기 뒤에 서거라!"

그들이 쭈뼛쭈뼛 나아와선 옹기를 몇 번이나 살핀 뒤 자리를 잡았다. 금창배가 물었다.

"저기 아홉 개의 옹기 뒤엔 왜 아무도 서지 않느냐?"

형방이 어깨를 흔들며 답했다.

"주둥이가 유난히 좁은 독은 무명마을 이오득의 집에서 찾은 겁니다. 나머지 여덟 옹기의 주인 또한 이오득처럼 마을을 떠나 종적을 감췄습니다."

금창배가 고개를 끄덕이며 말했다.

"됐다. 가둬라."

교졸들이 육모 방망이를 들곤 사람들을 몰기 시작했다. 약탕기 뒤에 섰던 사내가 황급히 물었다.

"저는 천주쟁이가 아닙니다. 성물도 발견된 게 없지 않습니까?"

금창배가 외알을 허리춤에서 꺼내 쓰곤 사내를 노렸다. 교졸의 방망이보다 금창배의 목소리가 먼저 가닿았다.

"그래? 나서거라."

머리와 어깨를 움직이지 않고 걸음만 뗀 사내는 금창배의 매운 눈을 피하지 않았다. 이방이 사내 이름을 댔다.

"박돔주, 마흔 살, 옹기도 구우면서 심마니 짓도 하는 놈입니다. 달여 파는 약초가 용하단 소문이 돌아, 멀리 구례나 고산에서도 찾는 이가 많습니다. 침도 제법 놓고요."

금창배가 물었다.

"천주의 이야기가 담긴 서학서를 본 적이 없느냐?"

"지난겨울 으뜸 옹기 대장 이오득이 팔목을 삐는 바람에 침을 놓으러 갔습죠. 그가 기거하는 초가는 미륵골에서도 제일 위 가파른 비탈에 있어서, 큰마음을 먹지 않으면 오르기 힘든 곳입니다. 저도 그날이 처음이었습죠. 언문으로 적힌 서책이 몇 권 머리맡에 놓여 있기에 잠시 들춰보긴 했습니다. 헛소리만 가득해서 곧 덮고 나왔습니다. 그게 답니다."

"무슨 헛소리가 적혀 있었지?"

"정확하진 않지만, 천주란 신이 흙으로 사람을 빚었고, 숨을 불어넣자 그 흙 사람이 살아서 돌아다녔단 거였습니다."

"그게 왜 헛소리란 게냐?"

박돌주는 콧김을 풋 내뿜은 후 양손으로 코를 가렸다. 난처한 질문을 받을 때면 그렇게 콧김부터 나왔다. 코를 덮었던 손을 흔들어 보이며 길게 설명했다.

"이 손으로 빚은 옹기가 수백 개입니다. 어쩌면 천 개를 넘을지도 모릅니다. 몇 개를 빚었는지 일일이 헤아려 외우는 옹기꾼은 없습죠. 어쨌든 흙을 만지지 않은 날엔 밥을 먹지 말라고 아버지가 그러셨습니다. 아버지는 아버지의 아버지 그러니까 할아버지에게 같은 이야길 들으셨겠죠. 곡성에서 대대로 산 건 아닙니다. 옹기꾼 인생은 떠돌이 인생입죠. 한군데서 뿌리박고 나무처럼 살고 싶어도 흙이 다 떨어지면 떠나야 합니다. 흙 빚고 살던 놈이 하루아침에 농사를 짓겠습니까 생선을 잡겠습니까. 곡성에서 벌써 십 년 가까이 살고 있지만, 여기도 흙 떨어지면 떠나야죠. 떠날 겁니다. 제가 빚은 옹기를 천 개라고 치겠습니다. 천 개를 빚는 동안 옹기만 빚은 건 아닙죠. 군데군데 시간이 비기도 하거든요. 그땐 옹기꾼이라면 다들 알겠지만, 흙을 조물조물 만져 뭔가를 만듭니다. 개나 고양이, 범이나 멧돼지, 새들, 친구나 가족, 혹은 해나 달이나 별. 그냥 만들고 앉았으면 마음이 편안해지거든요. 그렇게 만든 것들이 또 천 개는 훌쩍 넘을 겁니다.

그렇게 옹기 천 개, 옹기가 아닌 무엇인가를 또 천 개, 도합 최소한 이천 개를 흙으로 빚은 옹기꾼인 제 입장에서 이오득의 언문 서책에 대해 말씀을 드리자면, 흙으로 사람 모양을 엇비슷하게 빚을 수는 있습죠. 하지만 숨을 제아무리 힘껏 여러 번 정성을 다해 불어넣는다고, 흙 사람이 막 걸어 다니고, 밥도 먹고, 똥도 싸고, 애도 낳고, 그러진 못한다 이겁니다. 그러니 헛소리죠. 천주, 그 신이 얼마나 센지는 모르겠지만, 적어도 흙으로 사람을 만들 순 없습니다. 그 후에도 몇 번 옹기 대장 이오득이 하늘과 땅의 오묘한 이치에 관심이 있느냐고 물었습니다만, 저는 딱 잘랐습니다. 하늘과 땅의 이치는 몰라도 흙의 이치는 그 누구보다도 잘 안다고 말입니다. 그래서 서책에 적힌 이야기가 헛소리라고 한 겁니다요. 모르긴 몰라도, 여기 있는 옹기꾼 중에 저와 같은 생각을 한 사람이 적지 않을 겁니다."

박돔주가 이야기를 마치고 고개를 슬쩍 돌리자, 교졸들에게 에워싸여 내몰리던 이들도 고개를 끄덕이며 손을 흔들었다. 금창배가 그들을 향해 물었다.

"너희 중에서도 억울한 자가 있느냐?"

물동이를 압수당한 여자가 손을 들고 나선 후 엎드렸다. 이방이 또 이름을 말했다.

"괴산댁이라 불립니다. 조신숙, 마흔두 살이고, 남편 죽고 친정 어미인 윤덕자마저 세상을 떠난 후엔 외동딸과 고아 셋을 거둬 기르며 삽니다. 불을 다루는 솜씨가 조금 있습니다. 가마에서 옹기를 구울 때는 여자들의 출입을 금하는 곳도 있다 들었습니다만, 당고개 옹기들이 명품 소리를 듣는 것은 바로 괴산댁 조 씨의 불 다루는 솜씨 덕분이라고도 합니다."

금창배가 조신숙에게 물었다.

"너도 읽어보았느냐?"

"읽진 않았고, 이오득이 읽어주는 것을 들은 적은 있습니다. 헛 소리여서 듣다 말았지요."

"자세히 이야기해 보거라."

조신숙이 고개를 들었다.

"오 년 전 가을 옹기 가마에 불을 넣은 첫날이었어요. 천당 이 야기를 한참 하길래, 극락 같은 거 믿지 않는다 했죠. 불같이 살다 가 재가 되면 흩날려 사라지련다고. 그랬더니 이오득이 천당뿐만 아니라 지당地堂, 에덴 동산도 있노라 자랑하더군요. 지당이 어디에 있느냐 물었더니, 있더라도 들어갈 수 없다 하였습니다. 천신들이 지키고 있을 뿐만 아니라 불칼이 생명의 나무를 지키면서 활활 타오르고 있다고 했습니다. 저는 또 물었지요. 불칼이 꺼지면 들 어갈 수 있지 않느냐고요. 그랬더니 영원히 꺼지지 않는 불칼이라 더군요. 언제부터 꺼지지 않았느냐 물었더니, 신이 지당에서 최초 의 부부를 내쫓고 불칼을 세운 그 순간부터라고 했습니다.

불칼을 혹시 보신 적 있으십니까? 제 할아버지의 할아버지 때 부터 괴산에서 대장간을 했습죠. 대대로 전하는 춤이 있는데, 밀양의 운심처럼 간혹 검무를 자랑하는 기생도 있지만, 저희 대장장이 춤은 유식한 말로 화검무였습죠. 꽃 화花가 아니라 불 화火입니다. 천 번도 더 보았습니다. 이름 그대로, 화로에 넣어둔 불칼을 뽑아 들고 더덩실 춤을 추셨거든요. 구경꾼들은 가까이 다가와 보려 했지만, 적어도 스무 걸음 이상 물러나야 했어요. 칼을 휘두를 때마다 불꽃이 적룡赤龍처럼 튀어나와 허공을 휘저으니까요. 다가섰다간 머리카락이며 눈썹이며 심할 때는 옷까지 홀랑 타버려요.

화검무는 일각一刻, 15분을 넘지 않았어요. 아무리 호응이 좋고 값을 두둑이 쳐준대도 딱 그만큼만 선보이곤 그쳤죠. 화검무 좀 춘다고 으스댄다는 욕을 듣더라도 할아버진 대꾸하지 않았어요. 묵묵히 쇠를 불에 넣었다가 빼선 두드리고 또 두드릴 뿐이셨죠. 어린 제게 딱 한 번 설명하셨습니다. 불칼이 식어버리면 그게 어디 화검무냐고. 불꽃이 허공을 수놓지 않으면, 보는 구경꾼도 춤추는 춤꾼도 재미가 없긴 마찬가지 아니겠냐고. 물론 할아버지의 타오르는 검이 일각에 식진 않습니다. 하지만 할아버지는 불이 제 모습을 가장 잘 보여주는 딱 그때만 춤을 추셨죠. 그런데 지당의 불칼은 최초의 부부가 살 때부터 지금까지 활활 타오르고 있다고요? 그런 불은 없습니다. 숲 전체를 집어삼킬 듯 날뛰는 산불도 길어야 보름 안에 전부 꺼지고 말아요. 제아무리 신이 세운 불칼이더라도 영원히 타오른다는 건 이치에 맞지 않습니다. 불을 다뤄본 사람이라면 제 이야기를 받아들일 겁니다. 천신이 매일 불칼을 바꿨다면 또 모를까. 그냥 꽂아만 뒀는데 계속 칼에 불이 치솟는다는 주장은 못 믿겠어요. 헛소리죠."

금창배가 고개를 끄덕이며 물었다.

"과연 이치에 맞는 주장이다. 곡성에 시집오고 나서, 화검무를 출 만큼 단단한 검을 만든 적이 있느냐?"

조신숙이 답했다.

"시집오던 날, 남편이 제게 그랬습니다. 흙이든 쇠든 둘 중 하나만 하라고. 쇠 만지는 손으로 흙 만지면 옹기에 살기殺氣가 담긴다 했습니다. 시어미가 물려준 칼이 똑 부러지는 바람에, 돈 주고 칼을 사는 게 너무너무 아까워, 몰래 만들었죠. 김치나 자르고 가끔 돼지고기나 써는 그런 작은 칼이었습니다. 한데 그 칼 만들고 사흘 만에 남편이 갑자기 뒷목을 잡고 쓰러지더니 그 길로 죽어버렸어요. 천벌을 받은 거죠. 그때부턴 쇠로 뭔가를 만드는 건 꿈도 꾸지 않았습니다."

"화검무가 궁금하구나. 괴산의 대장간에서 그 춤을 보기만 한 건 아니겠지? 천 번을 거듭 본 자는 또한 할 수 있다 하였느니라. 잠시만 놀아보겠느냐?"

조봉두와 아전들의 독촉하는 눈짓이 더해졌지만, 조신숙은 거절했다.

"타오르는 검을 쥔 것조차 전생의 일처럼 아득하네요. 거기에 춤을 얹는 건 꺼지지 않는 불칼을 만드는 것만큼이나 불가능해요."

금창배는 미련을 두지 않고, 고개를 돌려 다른 이들에게 물었다.

"또 있느냐?"

조봉두가 끼어들었다.

"이야기판을 깔고 하나하나 들어주면 전부 억울하다 나설 겁니다. 살인에 강도에 도적질을 하고도 억울하다 피눈물 쏟는 놈들이 수두룩하니까요. 먼 길 오시느라 피곤하실 테니, 이 정도 하시지요. 꼭 더 들어야 하겠다면, 내일 아침부터 이어가셔도 되지 않겠습니까?"

금창배가 되물었다.

"옥에 갇혀본 적 있소?"

"없습니다."

"옥에 하루 갇히느니 벌집을 품고 한 달을 살겠단 말은 혹시 아오? 하루 만에 죽어 나가도 이상하지 않은 곳이 바로 옥이라오. 내일로 미뤘다가 저들 중 한둘이라도 밤에 숨이 넘어가면, 사또가 책임을 지겠소?"

"그걸 왜 제가 책임을 집니까? 하십시오. 원하시는 만큼 얼마든지 하세요."

"먼저 들어가 잠을 청하여도 좋소. 알다시피 나는 초야에 묻혔다가 십이 년 만에 세상에 나왔으니 열이틀을 꼬박 밤을 새워도 끄떡없다오."

"곡성에서 건강이라도 해치실까 걱정스러워 드리는 말씀입니다. 특별히 살펴드리란 엄명도 따로 받았고요."

"충분한 배려에 고마울 따름이오. 옥에 가서 시시비비를 가려도 되는데, 동헌 이 넓은 마당을 내어준 것 잊지 않겠소."

"옥은 둥근 담을 높게 둘러 답답하고, 그 안에 마당이 있긴 하지만 형구들과 옹기들을 모두 넣기엔 좁습니다. 얼마든지 여길 쓰십시오."

금창배와 조봉두가 덕담을 주고받는 사이, 주먹코가 큼지막한 늙은 사내가 지팡이를 짚으며 걸어 나왔다. 두 걸음 걷고 잠시 쉬고 또 두 걸음 걷고 쉬기를 반복했다. 발을 뻗을 때마다 엉덩이와 어깨와 머리가 심하게 흔들렸다. 이야기를 시작하지 않았는데도, 입술까지 심하게 떨었다. 윗입술과 아랫입술이 따로 노는 바람에 침이 줄줄 샜다. 지팡이에 의지하여 겨우 주저앉더니 무릎을 꿇고 엎드렸다. 이방이 설명했다.

"이름은 고해중이고 나이는 올해 여든여덟 살입니다. 옹기꾼 중에서 가장 나이가 많습니다."

금창배가 물었다.

"저 몸으로도 옹기를 만드는가?"

이방이 답했다.

"옹기를 빚지는 못하지만 옹기 대장들을 돕고 화목으로 쓸 나무를 고르는 일을 도맡아 합니다. 껍질 벗긴 나무를 바람 잘 드는 고에 보관하는 일도 고해중의 몫입니다."

고해중이 거들었다.

"마흔네 해 배를 만들었고 또 마흔네 해 흙을 만졌습죠. 해남에서 제주로 건너가는 배 위에서 태어났습니다요. 할아버지는 백정이었다 하는데 만난 적이 없고, 소 잡고 돼지 잡는 게 싫었던 아비를 따라 포구를 떠돌았습죠. 좋은 시절엔 배를 만들었고 힘든 시절엔 배를 고쳤습죠. 선소船所에서 군선을 만들기도 했습죠. 그러다가 제가 만든 배를 타고 청어잡이를 나선 어부들이 모두 돌아오지 못하는 사고가 터졌습죠. 비바람이 거세고 파도가 엄청나게 높던 날이었는데, 졸지에 아비나 형제나 아들을 잃은 가족들이 선소로 몰려와선, 제가 배를 대충 만들어 물이 샜다고 뒤집어씌웠습니다. 여수 관아까지 끌려가 곤장을 일백 대나 맞았습죠. 아무도 제 말을 믿어주지 않았습니다.

이대로 매 맞아 죽겠구나 싶었는데, 다행히 떠밀려온 배가 고흥에서 발견되었습죠. 뒤집히긴 했지만, 다시 똑바로 세워 띄우면 당장 외해로 나가 부산포까지 다녀와도 될 만큼 튼튼했습니다. 무죄 방면되었으나 일이 딱 끊기더군요. 세상인심이란 게 참 야박했습니다. 제가 만든 배에 물이 새지는 않았으나, 바다에서 세상 버린 어부의 아내들 그러니까 과부들만 제가 노려 붙어먹는 바람에 불상사가 생겼다는 흉문이 돌았습니다.

배를 만들 땐 힘들지만 완성해서 물에 띄우고 나면 돈이 제법 쏠쏠하게 들어옵니다. 돈과 함께 허전함도 같이 찾아들고요. 꼭 딸자식 시집보낸 아비처럼 말입죠. 그래서 술도 퍼마시고 계집들 손목도 쥐고 그랬습니다. 하지만 세상 버린 어부의 아내는 단 한 명도 건드리지 않았습죠. 배 만들어 먹고사는 놈이 어떻게 내가 만들거나 수선한 배를 타고 나갔다가 돌아오지 않은 사내들의 여자들을 집적대겠습니까. 제가 먼저 꺼림칙해서 그런 집은 멀리 돌아다녔습니다.

한데 소문이란 게 참 빠르고 무섭더군요. 사십 년 넘게 오간 포구건만 반기는 이가 한 명도 없었습니다. 소금 뿌리고 침 뱉고 급기야 두들겨 패기까지 하더군요. 같이 살던 여편네도 내가 데리고 다니던 목수와 야반도주를 했습니다. 배가 싫고 바다가 싫더군요. 다시는 배를 만들지 않으리라 결심하고, 사방이 산으로 둘러싸인 곡성으로 들어온 겁니다요. 물 한 모금만 주시겠습니까?"

고해중이 손바닥으로 침을 훔치며 청했다. 바닥에 흥건하게 고인 침에 개미들이 빠져 죽을 정도였다.

"내오거라."

나졸이 물 한 사발을 가져와 내밀자, 절반을 흘리면서도 끝까지 다 마셨다. 침과 물이 섞여 무릎까지 젖었다.

"나무와의 인연은 끊는다고 끊을 수 있는 게 아닌가 봅니다. 바다를 떠나 처음 십 년은 흙만 만지며 행복하게 지냈습니다. 나무를 베지도 껍질을 벗기지도 옮겨 쌓는 일도 하지 않았죠. 나무만 만지면 숨이 막히고 온몸에 붉은 반점이 돋는다는 거짓말까지 했습니다. 대신 가마를 쌓을 때 두세 배 더 열심히 일했습죠. 한데 순자강을 따라 올라온 옹기 배가 어살漁箭에 걸려 배 밑에 커다란 구멍이 뚫려버렸습니다. 그 배에 옹기를 쉰 개나 싣고 구례를 거쳐 하동을 지나 바닷길로 부산포까지 갈 예정이었습죠. 눈 딱 감고 모르는 척하려고 했지만, 결국 제가 나서서 그 배를 수리했습니다. 판옥선도 척척 만들고 고친 솜씨니까, 십 년 손을 놓았다고 해도 옹기 배 정도는 눈을 감고도 손볼 수 있습니다.

그날부터 옹기 대장이 제게 와선 화목을 맡아달라 하더군요. 아무리 불을 넣어도 충분히 뜨거워지지 않는다는 겁니다. 또 화목을 고에 쌓아둬도 제대로 마르지 않는다고 한탄하더군요. 결국 그 일을 맡게 되었습니다. 악연이긴 해도 완전히 악연인 것만은 아닙니다. 그렇게 이십 년을 보낸 후, 어느 날인가부터 두 다리가 떨리기 시작했습죠. 처음엔 다리만 그랬는데, 다음엔 양손 그다음엔 어깨와 머리 또 그다음엔 입술까지 따로 놀더군요. 나무를 다루는 법을 몰랐다면, 진작 옹기촌에서 쫓겨났을 겁니다.

저 역시 이오득에게서 이런저런 얘기를 많이 들었습니다. 사실 좀 지루했습죠. 이오득이 역마살이 끼어 산천을 두루 돌아다녔고 그 덕분에 세상에 떠도는 수많은 얘기를 알긴 했지만, 그걸 재밌

게 들려주는 사람은 아니거든요. 지나치게 진지합니다. 또 몇 가지는 정말 헛소리고요.

배를 만들거나 고친 후엔 그 배를 타고 내해나 때론 외해까지 다녀보기도 합니다. 뭍에선 멀쩡했는데 물에 띄우면 문제가 생기는 배들이 종종 있기도 하니까요. 배에서 어부들 이야길 들어보신 적 있으신가요? 허무맹랑한 얘기를 입에 착착 감기게 해댄답니다. 맨손으로 고래를 잡았다고 우길 정도죠. 하지만 이오득이 들려준 배 이야기보다 헛소리는 아닙니다. 글쎄, 이 세상 모든 생물들이 다 들어가는 거대한 배를 만들었단 겁니다. 큰비가 내리는 동안 그 배를 타고 세상을 떠다녔다더군요. 지리산만 해도 들짐승과 날짐승의 종류가 얼마나 다양한지 아십니까. 새만 해도 수백 종이고 네발 달린 짐승 또한 수백 종입니다. 그놈들이 전부 올라타고 또 배에서 먹을 것과 마실 물까지 담으려면, 무지무지하게 큰 배를 만들어야 합니다.

제가 일본이나 청나라, 또 그보다 서쪽에 있는 양이들 나라의 배들까지 그 크기를 대략 들어서 알고 있습니다만, 이오득이 자랑처럼 지껄인, 노아라는 사내가 만들었다는 것만큼 거대한 배는 들은 적도 본 적도 없습니다. 사람이 만드는 건 불가능합니다. 미륵골 천 년 묵은 은행나무 정도 되는 나무가 백 그루쯤 있어야 할까요. 있다 해도 그 나무들을 자르고 틈 없이 이어붙이는 건 이만저만 힘든 일이 아닙니다. 배를 어떻게 만드는지 전혀 모르는 자의 망상인 겁니다. 그때부턴 이오득이 이야기를 하려고 들면 두 손두 발을 더 심하게 떨며 침을 질질 흘리면서 누워버렸습죠. 그런제가 어찌 천주쟁이이겠습니까? 억울합니다. 빼앗아가신 저 질화로를 돌려주시면, 이 늙은이 따뜻하게 불을 쬐며 남은 삶 편히 지내다 가겠습니다."

금창배가 고개를 돌리자, 잡혀 온 이들이 전부 억울하다며 손을 들었다. 밤을 새워도 저들의 변명을 다 듣지 못할 것이다. 금창배는 네 번째 이야기할 사람을 고르지 않고 명령을 내렸다.

"박돔주와 괴산댁 조신숙과 고해중은 각자의 옹기 뒤에 가서 서렷다!"

세 사람이 자리로 돌아가는 사이, 금창배는 마루에서 내려왔다. 조봉두와 아전들이 뒤따랐다. 박돔주 앞에 선 금창배가 명령했다.

"횃불을 다오."

마당 구석에서 횃불을 들고 서 있던 교졸이 박돔주의 앞까지 나아왔다. 금창배는 박돔주를 노려보며 횃불을 건네받았다.

"들어 보이거라."

허리 숙여 약탕기를 집는 박돔주의 두 손이 심하게 떨렸다.

"제가 아뢴 것은 모두 사실입니다. 털끝만큼의 거짓도 없습니다."

금창배가 횃불을 기울여 박돔주와 조신숙과 고해중의 얼굴을 차례대로 비추었다.

"예수의 행적 중에서, 이건 정말 꾸며낸 이야기라고 내가 확신하는 대목이 어딘 줄 알아?"

세 명 다 답하지 않고 눈만 끔벅댔다.

"예수를 처음 보자마자, 기이한 일을 선보이기도 전에, 무조건 믿는 자들이 있더라고. 그게 어떻게 가능해? 사람이라면 모름지기 의심부터 하기 마련이야. 이런저런 의심을 하며 질문을 쏟아내다가 점점 설득을 당해 믿는 과정을 거치지. 그런데 다짜고짜 믿는다고 외치는 경우는, 설령 있다 해도 그건 정말 믿어서가 아니야. 그렇게 외쳐야 자신에게 이익이 돌아오니까 그러는 거라고. 어차피 소경으로 앞 못 보며 살 거라면, 앉은뱅이로 구걸하며 기어다닐 거라면, 병이 깊어 치료할 길이 없는 거라면, 치료의 기적을 행한다는 예수라는 사내 앞에 가서 무조건 믿는다고 외치리라. 하지만 그건 진짜 믿는 게 아니지. 믿는 척한 건데, 그 일을 옮겨 적은 네 명의 이야기꾼들이 믿는 척을 믿는 것으로 바꿔치기한 거야.

너희가 방금 들려준 이야기는 정말 멋졌어. 참말이든 아니든 훨씬 진실에 가까우니까. 너희는 약탕기와 물동이와 질화로를 만들기 오래전, 그런 의심을 품었던 게 분명해. 교인이 되기 전, 약초를 찾아 지리산을 누빌 때나 순자강으로 나가 빨래를 할 때나 껍질을 벗긴 소나무를 굵기에 따라 나눠 쌓을 때, 오늘 내게 들려준 이야기를 한두 번은 했겠지. 너희 셋만 한 것이 아니라 오늘 각자의 옹기와 함께 붙들려온 자들도 모두 그렇게 참말을 하던 시절이 있었을 거야. 태어났을 때부터 사방에 온통 천주교 교리와 물건만 가득하긴 무척 어려운 법이니까. 이 사악한 종교가 조선에 몰래 스며든 지도 사십 년이 훌쩍 넘고 나니, 이대 혹은 삼대가 천주에 빠져 허우적거리기도 하지만! 어쨌든 받아들일 건 받아들이고 의심할 건 의심하던 그 시절 이야길 들려줘서 반가웠네. 하지만!"

금창배는 거기서 말을 갑자기 멈추고 횃불을 기울여 약탕기와 물동이와 질화로의 속을 차례차례 비췄다. 세 사람의 얼굴이 딱딱하게 굳어서 툭 건드리기만 해도 목이 부러지고 머리만 땅에 떨어져 구를 듯했다. 괴산댁은 딸꾹질을 시작했고, 고해중은 지팡이를 놓쳐 엎드리다시피 한 후 찾아 다시 짚었다.

"하지만 너희들 이야기가 참말이더라도, 너희 셋은 천주교인이야."

"물증이라도 있습니까?"

박돌주가 약탕기를 가슴에 품다시피 하곤 물었다. 금창배가 답했다.

"너희는 너희 자신을 똑똑하다고 여기지? 이 정도는 감춰놔도 나 같은 관원이 모를 거라 생각하고? 그렇지? 잘 들어. 난 천주쟁이 네놈들을 속속들이 알아. 너희들이 매주 첨례 때 모여 무슨 이야기를 읽고 나누는지, 무슨 노래를 부르는지, 무슨 기도문을 외는지 다 안다고. 이번 주에 너희가 올린 첨례에 대해 이야기해 줄게. 봉재 후 일주일 첨례니까, 「성사 마두」 제사 편을 봤겠군. 예수가 광야에서 사십 일을 머문 후 마귀의 시험을 당하는 이야기지. 예수가 고경古經을 인용하며 끌어댄 세 가지 대답을 너희는 종일 외웠을 거야. '사람이 홀로 음식으로 살지 아니하여 오직 천주 입으로 발發하신 모든 말씀으로 산다'거나 '너희 주 천주를 시험하지 말라'거나 '너희 주 천주만 공경하고 저만 섬기라'가 그것이겠지.

너희는 옹기꾼이니, 그 복된 말씀을 풀어놓은 글에서 천주가 사람을 시험할 때 사람이 감당할 수 있을 정도만 어려움을 안긴다며 질그릇 장인을 예로 드는 부분에 솔깃했을 수도 있겠군. 질그릇 장인이 그릇을 가마에 둘 때 각각 마땅한 기한이 있다는 거야. 기한이 짧으면 그릇이 견고하지 못하여 깨어지기 쉽고, 기한이 오래면 그릇이 터져 쓰지 못하지. 기한을 적절하게 해서 좋은 그릇을 얻듯이, 천주가 사람을 시험할 때도 사람과 마귀 중 어디에도 치우치지 않는다는 주장이야.

천주를 믿고 첫해에 자주 던지는 질문, 둘째 해부터 시작하는 질문, 십 년이 지나도 해결하기 힘든 질문도 알지. 너희는 나 같은 좌포도청 관원에 대해 얼마나 알아? 모르겠지, 전혀 모를 거야. 하지만 난 끔찍하게 싫어하는 너희를 알기 위해, 내가 번 돈의 절반을 들여 서학서들을 샀고, 그 서책들을 읽느라 많은 시간을 쏟았어. 풀기 힘든 문장과 맞닥뜨리면 배교자 중 똑똑한 놈들을 찾아가 묻기도 했지. 지피지기면 백전백승. 이게 전쟁할 때만 통용되는 가르침이 아냐. 어디서나 마찬가지. 나는 너희를 알고 너희는 나를 전혀 모르니, 누가 이기겠어? 당연히 내가 이겨.

십자가! 천주쟁이들이 가장 소중하게 여기는 게지. 숱한 예수고상을 봐왔어. 벌거벗은 사내가 십자가에 매달려 있더군. 사형에도 여러 차원이 있음을 십자가를 보며 깨달았지. 목을 매어 죽이는 교형이나 목을 잘라 죽이는 참형보다도 십자가에 매달아 죽이는 것이 훨씬 끔찍해. 교형이나 참형은 이승에서 저승으로 순식간에 건너가지만, 십자가형은 고통이란 고통은 다 맛보도록 질질 시간을 끄는 형벌이니까."

박돔주가 끼어들었다.

"예수고상을 몸에 지니지도 집에 두지도 않았습니다. "

"맞아. 너희 셋은 물론이고 저기 붙들려온 자들의 집에선 요상한 물건들, 그러니까 성물을 단 하나도 못 찾았어. 그래서 너희들이 가장 먼저 풀려났던 게고. 그런데 옹기를 굽는 천주교인들이 곡성에만 있는 게 아니지. 신유년에 역적 황사영이 숨었던 충청도 제천 배론도 옹기촌이고, 그 후로도 옹기를 만들어 파는 이들 중엔 교인들이 적지 않았어. 한양과 도성 안팎을 주로 살피던 좌우포도청 포졸들도 밀명을 받고 천주교인을 색출하러 팔도를 은밀히 돌아다녔지. 옹기촌 몇 곳을 급습했는데, 그때도 성물을 발견하긴 어렵더라고. 이유가 뭘까?

간단해. 너희도 신유년에 호되게 당했기 때문에 대비를 한 거야. 세상의 눈을 피해 조용히 지내길 바랐겠지만, 아무리 깊숙하게 숨더라도, 사람들을 만나지 않고는 살아가기가 녹록하지 않지. 옹기를 구우면 내다 팔아야 할 테고, 그걸 옮기거나 사는 자들이 모두 교우는 아니니까. 위급한 상황이 언제나 닥칠 수 있다고 여기고, 성물을 간수하는 원칙을 만든 거야. 첨례 때는 집 안으로 들이되, 첨례가 끝나면 집 밖 찾기 힘든 곳에 둔다. 묵주나 편경을 집에서는 몸에 지니지만, 대문을 나갈 때는 품에서 꺼내 따로 숨긴다."

박돔주가 이의를 제기했다.

"옥에 먼저 갇힌 스물세 명은 어찌 설명하시겠습니까? 그들은 성물을 지녔고 또 교인이란 사실도 순순히 인정했다 들었습니다."

"맞는 말이야. 갓 입교한 자들도 어쨌든 교인인 건 사실이지. 누군가를 사랑해 본 적 있나? 처음 사랑에 빠지면, 오래 같이 있고 싶고, 또 상대방의 물건, 아주 하찮은 빗이나 붓이나 노리개나 그딴 걸 갖고 싶어 해. 성물을 받고 너무 기뻐서 품고 지냈겠지. 교인이라면 그리고 안전이 보장된다면 성물을 항상 몸에 지니고 다녔을 테야. 하지만 위기가 닥쳤을 때, 내가 이오득이라면, 최소한 오 년 이상 천주를 믿어 온 자라면, 둘 중 하나를 택했을 것 같아. 달아나거나 아니면 교인이란 걸 숨기거나. 숨긴다면 성물을 몸으로부터 집으로부터 떼어놓는 거겠지. 사나흘 마을을 뒤지면 너희들이 숨긴 성물도 대부분 찾을 수 있어. 그런데 그와 같은 보물찾기는 귀찮은 일이잖아. 그래서 다른 방법을 쓰기로 했지."

고해중이 잔기침을 하는 바람에 이야기가 끊겼다. 조신숙이 금창배가 가져온 형구들을 곁눈질하며 물었다.

"다른 방법이 뭔가요? 저것들로 사람을 괴롭히는 겁니까? 사람이 사람에게 할 짓입니까?"

금창배가 코끝으로만 웃었다.

"착각하지 마. 징제비의 문초가 하도 혹독해서, 지옥의 영원한 고통을 맛보았기 때문에 어쩔 수 없이 입을 열었다는 변명들을 나도 꽤 들어왔지. 하지만 틈이 전혀 없는데도 내가 아무 데나 쑤셔대는 걸까? 아니지. 너희를 무너뜨린 건 저 형구들이 아니라 오만함이야. 너희가 조금만 더 겸손했다면, 그래서 스스로를 돌아봤다면, 그래도 결국 내가 너희를 골라냈겠지만, 좀더 고민을 했을 테고 시일이 걸렸을 거야. 사람이란 게 참 묘한 짐승이라서, 숨길 여유가 있더라도 전부 다 숨기지 않고 꼭 한두 개씩을 놔둬. 딴것들은 찾더라도 이건 못 찾을 거야, 이딴 오만을 품는 거지. 그런데 또 웃기는 사실은 옹기꾼 천주쟁이들이 지닌 그런 오만의 방식이 엇비슷해. 자, 그게 뭘까? 내 입으로 꼭 끝까지 설명해야겠어? 너희들이 떠올리고 있는 거, 그거 맞아. 이런데도 이실직고를 안 해? 하는 수 없지. 내가 그럼 말할게. 그건 바로 십자十字야. 열 십十 십자가의 바로 그 십十!"

횃불을 다시 약탕기와 물동이와 질화로에 차례차례 가까이 댔다.

"자, 이 약탕기 안쪽 바닥에 새긴 십자 보이지? 그리고 물동이는 바닥이 아니라 안쪽 옆에 십자가가 세 개나 있네. 네 개가 아닌 까닭은 예수가 십자가에 매달렸을 때 좌우에 같이 매달린 도적이 둘이라서 그렇지 않을까 싶네. 내 말이 맞나, 괴산댁? 질화로는 안

쪽이 아니라 바깥쪽 바닥이더군. 저기 가지런히 세워둔 옹기들에도 모두 십자 문양이 그려져 있어. 너희들이 거짓말쟁이인 데다가 천주쟁이란 물증이지."

고해중이 질화로에 그어놓은 십자를 내려다보며 반박했다.

"옛부터 옹기엔 이런저런 십자 문양을 새겼습니다. 지금이라도 당고개를 넘어가서 십자 문양 옹기를 가져오라면, 열 개 아니 백 개도 찾아올 수 있습죠."

금창배가 입술만 살짝 벌리며 웃었다. 송곳니가 길고 날카로웠다.

"아자살亞字乷이나 정자살井字乷이나 십자살十字乷을 새겨왔다는 건 나도 알아. 하지만 그 문양들은 눈에 띄는 자리에 선명하게 두는 법이지. 너희들이 새긴 자리는 달라. 눈에 띄지 않는 곳만 골라 은밀하게 넣었지. 자기만 아는 비밀을 거의 다 감추고 나서 아주 살짝만 드러내듯이 말이야. 천주교인이라고 자백한 후 먼저 옥에 갇힌 자들의 옹기는 모두 깨끗했어. 이처럼 은밀한 십자 문양이 단 하나도 없단 말이지. 이게 우연일까? 십자 문양이 있는 옹기를 갖기 위해선 더 오래 더 깊이 천주의 가르침을 따라야 했을 거야. 위급한 상황에선 성물을 숨기라는 명령을 받았을 테고. 그리고 초신자들 뒤에 숨으려고 했겠지. 사또!"

금창배가 부르자 조봉두가 곁으로 나와 섰다.

"옥이 좁다 들었소. 옥에 먼저 가뒀던 자들은 모두 덕실마을과 무명마을로 돌려보내고, 오늘 잡아들인 저들을 넣도록 하오. 심문은 모레 묘시卯時, 아침 5시~7시부터 시작하겠소."

"내일이 아니고 모레입니까?"

"그렇소."

금창배에게 지목을 받아 새롭게 옥에 갇힌 스물세 명은 다음과 같다. 당고개에서 여덟 명이 끌려왔다. 전원오와 그의 아내 장성댁 감귀남, 강성대, 장엇태, 최돌돌, 고해중, 괴산댁 조신숙, 한천겸. 미륵골에서는 열다섯 명이었다. 박돔주, 명덕배, 송숙자, 임중호, 이진삼, 구하영, 복태우와 그의 아내 구례댁 남혜정, 한태몽, 최연지, 공나나, 두은심, 가명례, 박두영, 강송이.

화용도 타령

2월 15일, 날이 밝기 전부터 옥리들이 번갈아 와선 죄인들의 선잠을 깨웠다. 눕거나 앉아 있긴 했지만 잠든 이는 한두 명에 불과했고, 나머지는 이 걱정 저 근심으로 깨어 있었다. 들릴락 말락 기도문을 외우기도 했고 노래를 부르느라 입술을 실룩이기도 했다. 옥리들이 전한 소식에 의하면, 객사에 든 금창배 역시 뜬눈으로 밤을 새웠다고 한다. 덕실마을과 무명마을에서 압수한 증거물을 치우고 잠자리를 챙기려 했지만, 등 붙일 요 하나면 족하다며 아무것도 건드리지 말라고 했다는 것이다. 그 대신 증거물들을 하나씩 꺼내 보느라 아직 등잔이 꺼지지 않았다고 했다. 서안에 앉은 그대로 새벽닭이 운 것이다.

해가 중천에 떴을 때 옥리장 최순범이 조각조각 날아든 소식들을 이불 꿰듯 엮어 죄인들 앞에서 풀어냈다.

"내일 묘시부터는 도움을 줄 수 없어. 안타까운 일이야. 좌포도청에서 군관 두 명이 방금 도착했거든. 옥리들 쉬는 방에서 점심을 먹고 있지. 쉰 살 이쪽저쪽으로 보이는데, 동헌 처마에 정수리가 닿을 정도로 키가 엄청나게 크고, 치도곤을 두 개씩 양어깨에 걸치곤 콧노래를 부를 만큼 힘도 세. 누구겠어?

맞아, 금 종사관의 수족으로 형구를 자유자재로 다루며 이 세상에서 가장 끔찍한 고통을 안기는 그놈들이지. 털복숭이는 장비, 수염부리는 관우! 그들이 내리치는 곤장 한 대가 다른 이들의 곤장 오십 대와 맞먹을 정도라더군. 곤장 열 대에 목숨이 끊긴 이들도 적지 않대. 곤장뿐만 아니라 형구 다루는 솜씨가 관우가 청룡언월도를 휘두르고 장비가 장팔사모 놀리는 것보다 뛰어나다니, 무시무시하지. 금 종사관께서 좌포도청을 떠난 후 장비와 관우는 한양의 뒷골목이나 오가며 조용히 지냈어. 천주쟁이들을 심문할 일이 생겨 찾아도, 이 핑계 저 핑계를 대고 가질 않았다더군. 이대로 영영 사라지나 싶었는데, 금 종사관의 호출을 받고 한달음에 달려왔대. 그러니 괜히 버티다가 명 재촉하지 말고, 아는 거 모르는 거 다 불어. 그게 살길이라고."

형방의 부름에 잠시 동헌에 다녀온 최순범이 이야기를 이었다.

"관우와 장비가 각각 삶은 새끼 돼지를 한 마리씩 꿀꺽 해치웠어. 웬만한 뼈는 어금니로 부러뜨려 뼛속까지 발라 먹었다는군. 술도 따로 들였는데, 그건 입에도 대지 않았고, 대신 물을 청하길래, 한 동이 들고 들어갔지. 왜 술을 마시지 않느냐 물었더니, 장비가 양손을 들어 보이며 되묻더라고. '내 취미가 뭔 줄 알아?' 범 사냥 다니면 딱 어울릴 얼굴이라고 솔직히 답했더니, 관우가 껄껄 웃으며 말했어. '다들 그리 추측하지. 저렇게 생겨먹어서 장비 아우님이 손해가 많아. 아우님이 번 돈을 다 갖다 바친 게 바로 거문고야. 집에 가면 서재에 책 대신 거문고가 주렁주렁 매달려 있지. 모두 열 개였지 아마?'

장비가 열두 개라고 정정해 주더군. 마지막으로 거문고를 하나만 더 사려고, 악기도 만들고 연주도 하는 늙은이를 강화도로 찾아갔는데, 그 늙은이가 천 년 묵은 오동나무를 베어 거문고 둘을 만들었다며, 둘 다 사지 않으면 팔지 않겠다고 버텼단 게야. 장비는 모화관 뒷골목에 사뒀던 집을 팔아 거문고 둘을 몽땅 샀어. 푸념처럼 들렸는데 사실 자랑인 게지. 천 년 묵은 오동나무로 짠 거문고가 두 개나 내 집에 있다! 장비가 이어 말하더군. '제대로 연주하려면 한 달 전부터 술을 끊어야 해. 마음먹은 대로 두 손이 정확하게 움직여야 하거든. 딱 그만큼의 힘을 넣어야 하고. 형신하는 것도 마찬가지야. 너무 살살 다뤄도 안 되지만 너무 세게 다루는 것도 곤란하지. 자백을 받아내는 게 목표지, 병신을 만든다거나 목숨을 앗는 게 우리의 목표가 될 순 없어. 술 마시고 취해 죄인들을 멋대로 다루는 포졸이 있다면, 그 녀석부터 옥에 처넣겠어.'

장비가 이렇게 말할 줄은 몰랐어. 매질로 죽인 죄인들은 그럼 어떻게 된 걸까 궁금했지만 첫날부터 따져 묻기는 좀 꺼려지더라고. 대신 관우에게 물었지. 당신에게도 장비처럼 술을 마시지 않는 계기가 있느냐고. 관우가 긴 수염을 쓸며 설명하더군. '장비와 말술을 마시며 다니던 시절이었는데, 전주에서 선상기選上妓로 올라온 기녀가 〈화용도 타령〉을 끝내주게 부르더군. 처음엔 그 소리의 제목도 몰랐어. 한데 자꾸 관운장 관운장 관운장이 등장하니, 귀 기울여 듣지 않을 도리가 있나. 광통교 쥐수염 세책방에서 『삼

국지연의』를 빌려 읽긴 했지만, 눈으로 읽는 것과 귀로 듣는 것은 하늘과 땅 차이라. 몇 소절 읊지 않았는데도, 내 눈앞에 적벽이 떡하니 펼쳐진 듯했지. 그날부터 소리를 배웠어. 그 기녀의 이름이 매향이었지, 아마. 그렇게 익힌 게 〈화용도 타령〉이야. 아직도 부족한 대목이 있긴 하지만, 들어줄 만은 하다더군.'

거문고 치는 장비와 소리하는 관우, 그들이 너희들을 죽지 않을 정도로, 차라리 죽는 게 낫겠다는 생각이 들 만큼 괴롭힐 거야. 좌포도청에 붙들려간 사학죄인들 중 그동안 배교자가 많았던 것도 관우와 장비가 징제비의 명령을 충실히 따랐던 탓이지. 너희라고 뾰족한 수가 있겠어? 잘들 생각해."

당할 때 당하더라도 배는 채우라며, 옥리들은 바가지에 식은 밥과 김치를 담고 물도 따로 넣어줬다. 그러나 먹는 사람이 없었다. 두려운 마음에 물을 몇 모금 삼키는 것조차 힘겨웠던 것이다. 손가락으로 물을 찍어 바닥에 십자가를 그리기도 했다.

해가 진 후 금창배는 관우와 장비를 객사로 불러들였다. 주린 배를 채우고 잠시 눈을 붙였던 두 사람은 큰절을 올려 예의를 차렸다. 그들의 눈이 어느새 젖어들었다. 하고 싶은 말도 많고 듣고 싶은 말도 많은 눈이었다. 금창배는 긴 설명 대신 언제나 그래왔던 것처럼 짧게 물었다.

"준비는?"

장비가 답했다.

"늘 하고 있었습니다. 십이 년 동안 하루도 빼먹지 않았습죠."

사람들은 모른다, 맞는 죄인 만큼이나 때리는 군관도 힘이 든다는 것을. 금창배는 을해년에 좌포도청 종사관에서 물러나며, 관우와 장비에게 당부했다. 훗날을 위해 준비하고 있으라고. 두 사람은 매일 새벽 인왕산을 뛰어오르고 밤에는 장작 백 개를 패고 나서야 잠자리에 들었다. 나이는 쉰 살을 훌쩍 넘겼지만, 몸은 포도청에 갓 들어온 스무 살 신참보다 단단하고 날렵했다. 사흘 밤을 뜬눈으로 보내고도 끄떡없었다.

"그놈이 틀림없습니까?"

관우가 물었다.

"곡성 교우촌을 이끈 이오득의 오른뺨에 아주 큰 흉터가 있다고 한다."

장비가 확언하듯 넘겨짚었다.

"야고버군요."

"붙잡아봐야 알겠지만……. 십이 년 만에 딱 그 자리에 흉터를 지닌 야고버가 나타난 거야. 마지막 기회일지도 모르지. 놈이 달아나지만 않았다면, 너희들까지 부를 일은 아니었어. 따르던 교인들이 붙들려 끌려가는 사이에 망설이지 않고 떠나버렸지."

"좌포도청에 도움을 청할까요? 전라도를 에워싸서 포위망을 좁혀나간다면……."

말허리를 잘랐다.

"이미 늦었어. 지리산으로 숨어들면 뒤쫓긴 어려워. 하지만 이번엔 나도 호락호락 당하지 않겠어."

"비책이 있으십니까?"

"그물을 넓게 치기로 했네. 여기까진 그물을 치지 않겠지, 방심하는 바로 그곳까지 몽땅! 야고버와 요안, 두 회심자와 손끝이라도 스친 인연이 있는 자들은 모조리 잡아들이자고. 허락은 이미 받았으니. 백 명이든 오백 명이든 천 명이든! 하루 이틀에 끝날 일이 아니란 걸세. 한 달 어쩌면 일 년 어쩌면 그보다 더 긴 시간이 필요할지도 몰라. 첫날처럼 힘차게 부딪치고 끈질기게 매달리며 갈 수 있겠나?"

장비와 관우가 서로 눈빛을 나눈 후 동시에 답했다.

"맡겨주십시오."

"모든 책임은 내가 지네. 혹시 일이 잘못되더라도, 너희는 내가 시켰다고만 해."

관우가 말했다.

"을묘년乙卯年, 1795년에 저희 목숨을 구해주시지 않으셨습니까? 은혜를 갚겠습니다."

"은혜라니, 당치도……."

금창배가 받은기침을 했다. 장비와 관우가 다가앉으려 하자, 팔을 들어 손목을 쳐올리면서 물러가라고 했다. 두 사람은 방문을 열고 나와 옥리들의 방으로 돌아가지 않고 객사 마루에 앉았다. 기침 소리는 때로는 크고 때로는 작았으며 때로는 길고 때로는 짧았다. 천하의 징제비가 기침을 하느라 말을 잇지 못한 것이다. 그도 이제 늙었다. 남의 떡으로 제사 지낸다고 했던가. 사학죄인을 가장 많이 붙잡아 배교시킨 사람은 좌포도청에서도 쫓겨났고, 그 공을 가로챈 이들은 판서도 되고 정승도 되었다.

"개같아! 더러운 새끼들!"

관우는 고개를 들어 봄이 절정인 밤하늘을 우러렀다. 마냥 좋으리라 여겼던 인생의 봄날이 두 사람에게도 있었다. 갑자기 뒷목이 서늘해지면서 어깨와 가슴까지 떨렸다. 을묘년 봄이 끝나고 여름이 시작되던 오월의 광풍이 떠올랐다. 관우도 장비도 처음 맞닥뜨린 생의 고난이었다.

을묘년에 관우는 스물한 살 장비는 열아홉 살이었다. 좌포도청 포졸이 되고 겨우 보름 만에 벌어진 일이다. 선배 포졸들을 따라 도성 안팎 골목을 구경하는 일도 아직 마치지 못했다. 그 바람에 신문新門으로 오라는 명령을 받고도 흥인문으로 달렸고, 광흥창에서 우포도청에 속하는 쌀을 가져오는 바람에 낭패를 보기도 했다. 우포도청 포졸들이 우르르 몰려와서 좌포도청 신참을 내놓으라 으름장을 부렸지만, 포도군관 금창배가 나서서 막았다. 그날부터 금창배가 관우와 장비를 맡았다. 우포도청 포졸들과 친한 가게는 미리미리 피했고, 포졸로 살아가며 알아야 할 상식들을 하나하나 일러줬다. 그때나 지금이나 금창배가 강조하는 단어는 '준비'였다. 사건이 포졸을 기다려주는 것이 아니다. 만작滿作, 활시위를 최대한 당긴 상태에 이른 활처럼, 사건이 터지자마자 쏜살같이 튀어 나가야 한다.

5월 11일도 그랬다. 금창배는 관우와 장비의 어깨를 짚고는 행선지도 밝히지 않고 좌포도청을 나섰다. 그들이 도착한 동네는 계동이었다. 두만강을 통해 입국한 탁덕 주문모를 붙잡기 위해서였다. 밀고자는 진사 한영익韓永益이었다.

문을 부수고 들이닥치니 과연 청나라 말을 하는 이가 있었다. 금창배는 그가 바로 탁덕이라 여기고 붉은 오라로 순식간에 포박했다. 좌포도청에 도착할 때까지도, 다섯 달 전 압록강을 건너 몰래 조선으로 들어온 탁덕을 생포했다고 믿었다. 그러나 연경을 오가며 조선에 탁덕을 보내달라 청하였을 뿐만 아니라, 주문모 탁덕을 밀입국시킨 지황池璜과 윤유일尹有一이 붙들려오면서 상황이 반전되었다. 금창배는 양반인 윤유일과 악공인 지황이 옥에 들어서며 안도하는 눈빛을 놓치지 않았다. 목숨보다 중요하게 여기는 탁덕을 옥에서 만났다면 안타까워 눈물을 쏟아야 한다. 금창배는 탁덕이라며 나섰던 사내를 옥에서 꺼내 콧잔등이 닿을 만큼 바짝 끌어당기곤 노려봤다. 더듬더듬 청나라 말로 물었다.

"누구냐 넌?"

그는 대답 대신 금창배의 어깨 너머로 윤유일과 지황을 쳐다보았다. 윤유일이 고개를 끄덕이자 비로소 답했다. 청나라 말이 아니라 조선말이었다.

"최인길崔仁吉이라 합니다."

"왜 탁덕이라고 한 게냐?"

처음 듣는 질문인 것처럼 딴전을 피웠다.

"제가요? 그런 적 없습니다."

"순순히 오라를 받지 않았느냐?"

"호기심에 구한 『천주실의』를 읽던 참이었습니다. 그 때문에 잡아가는가 싶었습니다."

"이 새끼가……."

곁에 섰던 장비가 옆구리를 걷어찼다. 최인길이 새우처럼 허리를 접으며 주저앉았다. 관우가 이어서 무릎으로 얼굴을 찍었다. 눈두덩이 찢어져 순식간에 피로 바닥을 어지럽혔다.

"물러나!"

금창배가 냉정하게 쏘아붙였다. 두 신참이 씩씩거리며 뒷걸음질을 쳤다.

"홍분은 금물이야."

"그래도, 이 새끼가 감히 좌포도청을, 우리를 속이고⋯⋯."

관우의 말허리를 자르며 금창배가 물었다.

"그건 차차 따지면 돼. 지금 제일 급한 게 뭐야?"

"그야⋯⋯."

사라진 탁덕을 찾는 것이다. 그때 포도군관 지동택池東澤이 들어오며 눈살을 찌푸렸다.

"뭐야, 이 피비린내는? 조 대장께서 찾으시네. 잡아 왔든 놓쳤든 보고부터 해야지, 이렇듯 개 잡듯이 사람부터 패면 쓰나."

벌써 좌포도대장 조규진趙圭鎭의 귀에까지 들어간 것이다. 금창배가 나서며 지동택에게 부탁했다.

"신참들 잘 좀 챙겨줘. 탁덕을 빼돌린 저 세 놈은 일단 옥에 가둬두고."

"알겠네. 관우와 장비를 이렇듯 아끼니 전생에 자네는 유비였던가 봐."

금창배는 서둘러 좌포도대장의 집무실로 뛰다시피 갔다. 예를 갖추고 자리에 앉기도 전에, 조규진이 탁자 위에 놓인 지도를 손으로 짚으며 말했다.

"숭례문을 지나 마포나루에서 소선小船을 탔다는 첩보일세. 여인 둘과 함께 갔다는데, 뱃사공 얘기에 따르자면 말이 매우 어눌했다고 하네. 병자인가 싶었지만 팔다리 모두 멀쩡했다더군. 들어온 지 반년 남짓이라니 아직 유창하게 우리말을 하긴 어렵겠지. 추격하게."

"포졸을 몇이나 데리고 갈까요?"

"동행이 여인네 둘뿐이라고 하지 않는가. 혼자서도 충분히 제압할 게야. 서두르게. 곧바로 가. 탁덕을 잡아 오면 계동에서 놓친 실수는 눈감아 주겠네."

마포까지 단숨에 말을 몰았다. 탁덕으로 의심되는 사내를 보았다는 똘배란 뱃사공을 수소문했지만 어깨와 등에 열꽃이 피어 일찍 귀가했다고 했다. 금창배는 우선 강을 건넜다. 그리고 바삐 내달리려다가 멈춰 섰다.

"똘배…… 우연이 아니라면?"

그는 다시 배를 타고 마포로 되돌아왔다. 예전에 뱃사공 똘배를 만났던 순간이 기억난 것이다. 지동택이 거금을 딴 투전판에서였다. 똘배는 판에 끼진 않고서 지동택에게 술과 차와 떡을 내주며 푼돈을 받았다. 지동택이 빈 잔을 들며 "배야 배야 똘배야!"라고 외칠 만큼 가까이 두고 부렸다. 칠 년 전 일이었다.

다른 뱃사공들에게 물어물어 똘배 집을 찾아갔다. 서강 기슭에 움막 하나가 덩그러니 놓였다. 장대비라도 내리면 폭삭 무너질 지경이었다. 똘배는 집에 없었다. 꿉꿉하고 찢어진 홑이불을 덮고 누운 이는 늙은 어미였다. 금창배가 든 장검을 보자마자, 어미는 겨우 몸을 일으켜 엎드렸다.

"며칠 놀다 오겠다며 나갔습니다요. 똘배 그 아이가 무슨 짓을 저질렀는지 모르겠지만, 나루에서 나쁜 친구들을 만나기 전엔 착하디착했습니다. 투전판엔 얼씬거리지도 않았고요. 제발 매질만은 말아주십시오. 지난번에 붙들려 가서 얼마나 맞았는지, 왼발을 제대로 딛지도 못합니다. 절뚝발이로 평생을 살아야 하는데, 또 맞으면 앉은뱅이가 될지도 몰라요. 두 발을 못 쓰면 사공질도 못 하고 쫄쫄 굶어 죽는 수밖에 없습니다요."

말을 타고 돌아오는 내내 불길했다. 똘배는 갑자기 목돈이 들어오는 바람에 뱃일은 뒷전으로 밀어둔 채 투전판을 찾아간 것이다. 탁덕을 붙잡은 후엔 좌포도청에서 몇 푼 집어줄 수는 있지만, 단지 비슷한 사내를 보았다는 주장만으로 그처럼 돈을 건네진 않는다. 똘배가 지금도 지동택의 심부름을 하고 다닌다면, 탁덕이 마포나루에 나타났다는 이야기 역시 지동택을 통해 좌포도대장에게 올라갔을 가능성이 크다. 그렇다면 왜 지동택이 직접 나서지 않았을까. 탁덕을 생포하는 공을 내게 양보할 지동택이 아니지 않는가.

좌포도청에 도착하자마자 옥으로 향했다. 대문 앞에 서 있던 지동택이 금창배를 보곤 당황한 눈으로 물었다.

"탁덕은?"

금창배가 대답 대신 지동택을 밀치고 들어가려 했다. 지동택이 힘으로 버티며 다시 물었다.

"왜 빈손인가? 놓쳤는가?"

"비켜!"

금창배는 목을 틀어쥐고 흔들었다. 지동택이 비틀대며 물러섰다.

문을 열자마자 피비린내가 코로 밀려들었다. 양손은 물론이고 얼굴도 피범벅인 관우와 장비가 고개만 돌렸다. 핏발 선 눈엔 분노와 공허함이 함께 담겼다. 두 포졸의 발 아래에 벌거벗은 죄인 길과 지황과 윤유일이 쓰러져 있었다. 엉덩이는 부풀어 찢겼고, 팔과 다리는 제멋대로 꺾였으며, 온몸이 피투성이였다.

"너희들…… 대체 무슨 짓을 한 게야?"

포졸들의 양손과 얼굴이 함께 떨렸다. 금창배는 대답을 기다리지 않고 나아가선, 왼 무릎을 꿇고 세 사내의 맥을 차례차례 짚었다. 모두 절명한 뒤였다. 뒤따라 들어온 지동택이 설명했다.

"조 대장께서 탁덕이 어디로 피했는지 알아내란 엄명을 내리셨다네. 마포나루에서 강을 건넜다는 말도 들려왔으나 거짓일 수도 있고, 설령 사실이라 해도 강을 건너면 달아날 길이 무수하지 않은가. 그러니 저 셋을 엄히 문초하여 자백을 받아내는 편이 낫지."

"그 일을 자네가 하지 왜 쟤들에게 맡겨? 아직 곤장도 제대로 친 적 없는 햇병아리들이야."

지동택이 미간을 찡그렸다.

"나도 절대로 안 된다고 만류했지. 한데 자기들이 죄인길을 붙잡아왔으니 맡겨달라는 거야. 나머지 둘도 죄인길과 어찌 얽혔는지 밝혀내는 게 우선이니 문초하겠다더군. 저들도 포졸이야. 들어온 지는 얼마 되지 않았다지만, 좌포도청 제일의 포도군관 금창배가 아끼는 포졸들이니, 곤과 장부터 슬슬 치며 해보라 했네."

장비가 분이 풀리지 않았는지 웅얼거렸다.

"이 새끼가…… 한마디도 안 해요……. 곤장을 일백 대나 쳤는데, 허벅지가 터지고 팔목이 뒤틀리고 무릎뼈가 부서져도, ……대답을 안 하는 겁니다. 정말 사람 환장하게 만드는 게 뭔지 아십니까……. 때리면 때릴수록 웃는 겁니다. 그냥 웃는 게 아니라 너무너무…… 행복해서 웃을 수밖에 없는 웃음! 그거예요. 맞아서 행복하다는 게 말이나 됩니까. 기분 나쁜 웃음을 지워야겠단 생각뿐이었습니다……. 그렇게 웃으면 안 되는 거잖아요? ……좌포도청 포졸인 우리를 감히 무시하는 거잖아요?"

죄인의 웃음이 목숨을 앗은 이유가 될 수는 없다. 금창배는 지동택을 데리고 밖으로 나왔다. 해가 어느새 기울어 도성 전체가 어둑어둑했다.

"어찌하려던 참이었나?"

"어찌하다니?"

지동택이 되묻곤 하늘을 올려다봤다. 금창배가 장검 손잡이로 지동택의 가슴을 찌르듯 밀었다.

"탁덕 흉내를 낸 죄인길에게 속아 잔뜩 약이 올랐으니, 곤이든 장이든 쥐어주면 죽일 듯이 덤벼들 것은 충분히 예상하고도 남음이 있네. 장살杖殺을 해도 상관없다는, 아니 장살을 하라는 명령이라도 내려왔는가?"

"그럴 리가 있나⋯⋯. 엄히 문초하여 속히 탁덕의 행로를 밝혀내라고만 하셨다네."

"세 죄인이 장살되었다는 말씀은 드렸고?"

지동택이 고개를 끄덕였다.

"어찌하라 하시던가? 검안부터 하라 하시던가? 죽인 과정을 낱낱이 글로 적어 올리라 하시던가?"

"검안도 아니고 글도 아니네."

그 둘은 좌포도청에서 죄인이 죽어나갈 때 반드시 거치는 절차였다. 지동택이 낮은 목소리지만 날을 세워 물었다.

"관우와 장비를 영영 좌포도청에서 내쫓고 싶은가? 탁덕을 놓쳤을 뿐만 아니라, 한 명도 아니고 세 명이나 장살했네. 검안을 하고 또 자초지종을 상세히 적은 글을 남기면, 저 두 녀석이 무사하겠어? 포졸을 못 할 뿐만 아니라 평생 옥에서 썩을지도 몰라. 그리 만들고 싶은가? 이제 겨우 스물하나 열아홉이라고. 나이가 너무 아깝지 않아?"

금창배는 맥락을 몰라 답을 못하고 짧게 되물었다.

"아까우면?"

엄연히 국법이 있다. 청춘이 아깝다고 함부로 배려하다간 금창배나 지동택에게까지 화가 미칠 것이다.

"시신을 없애라 하셨네."

"없애다니? 검안도 하지 않은 시신을 없애는 법은 없네."

"없애지 않으면? 곧 썩어 냄새가 진동할 텐데, 관우와 장비가 사람을 때려죽였음을 동네방네 알리고 싶은가."

"이건 불법일세. 장살이 잘못이긴 하지만, 문초를 하다가 생길 수도 있는 일이야. 좌포도청에서 그렇게 맞아 죽은 죄인이 해마다 열 명이 넘지 않는가. 하지만 시신을 빼돌려 없애다가 걸리면 변명의 여지가 없네. 조 대장께서 정말 그렇게 명하셨어? 못 믿겠네."

"나도 두 번이나 되물어 확인했으이. 자네 말이 맞아. 이건 불법이고, 포도군관인 우리나 또 포졸인 저 녀석들이 절대로 해선 안 되는 짓이지. 하지만 그 일을 우리에게 하라는 건, 좌포도대장보다도 더 윗선에서 결정을 내렸기 때문 아니겠는가?"

"윗선? 윗선 누구?"

"모르지, 나도! 군관인 우리가 알 필요도 없고 알아서도 안 되는 윗선일 테니까. 우린 대장의 명을 따르기만 하면 돼. 자, 결정하게. 나와 함께 시신들을 없애겠는가 아니면 이 길로 좌포도청을 나가 마포나루로 가서 강을 건너간 후, 탁덕이라고 의심되는 사내를 쫓느라 저 시신 셋을 본 적이 없는 사람처럼 굴겠는가?"

금창배는 즉답하지 않고 돌아서서 문 안으로 다시 들어갔다. 관우와 장비는 그때까지 우두커니 서 있었다. 금창배는 형틀 옆에 놓인 물동이에서 냉수를 한 바가지씩 떠서 관우와 장비의 얼굴에 끼얹었다. 포졸들이 움찔 떨며 비틀거렸다.

"정신 차려! 피범벅으로 나갈 생각이야? 깨끗이 씻어. 정수리부터 발가락까지 피 한 방울 없도록 하라고."

포졸들이 몸을 씻는 동안, 금창배는 뒤따라 들어온 지동택에게 말했다.

"내가 마무리를 짓겠네. 넷보단 셋이 나아."

"자네까지 낄 필요는 없어. 조 대장도 내게 맡기셨네. 내가 저들을 데리고 다녀옴세. 자네 말대로, 넷보단 셋이 낫지."

금창배가 눈을 치뜨며 지동택의 왼 어깨를 쥐었다. 손가락에 힘을 싣자, 지동택의 이마에 주름이 개천처럼 깊게 파였다.

"내가 가장 싫어하는 새끼가 누군지 아나? 거짓말로 속여먹으려 드는 놈이야. 지금까지 열 배 아니 백 배로 갚아줬지. 기분이 정말 더럽거든. 조 대장은 똘배가 누군지도 모르셔. 한데 탁덕이 마포나루에 나타났다는 소식을 좌포도청에 전한 이가 바로 똘배라며? 그 바람에 난 헛고생을 했고. 누가 똘배를 앞세워 나를 속였을까? 자네가 끝까지 고집을 부린다면, 이 질문을 난 곰곰이 더 파고들 수밖에 없어. 하지만 내게 양보한다면 오늘 나를 한강으로 유인한 잘못은 덮어두겠네. 어느 쪽을 택하겠는가?"

지동택이 입바람을 제 코끝에 천천히 날리곤 답했다.

"자네 뜻대로 하게."

해시亥時, 밤 9시~11시에 좌포도청을 나온 수레가 광희문을 통과했다. 포졸 둘이 소를 끌며 앞서고 포도군관이 뒤따랐다. 나고 드는 수레를 일일이 확인하는 문지기들도 좌우 포도청의 수레만은 살피지 않았다. 시비가 붙으면 서로 피곤해지기 때문이다.

좁고 어두운 길로만 조심스럽게 나아간 수레는 두미포에 이르렀다. 금창배가 안면이 있는 어부에게서 짐배를 빌려 오는 동안 관우와 장비는 수레와 함께 물푸레나무 아래에 숨어 기다렸다. 장비가 흐르는 강물을 바라보며 입을 열었다.

"아팠겠지?"

관우가 받았다.

"살이 찢기고 피가 튀는데, 아프지."

"근데 왜 아프단 소릴 안 했을까? 비명을 지르지도 않고, 울지도 않고, 살려달라 빌지도 않고. 한 놈만 그랬다면 그 놈만 지독하다 여기겠는데, 셋 다 똑같아. 형도 봤지, 그놈들 같이 웃는 거?"

"봤지. 안 아파서 웃는 게 아니라 아파도 웃는 거야."

"미친 거 아냐. 아파서 웃는 사람 본 적 있어?"

"없어."

"나도 없어. 하지만 그들이 미치진 않았어."

"어떻게 알아?"

"나를 똑바로 보고 웃었거든. 정신 나간 애들은 그렇듯 또렷하게 누굴 쳐다보지 못해."

"맞아 죽으면서도 끝까지 웃었다고."

"엄청나게, 확실히, 믿긴 하나 봐."

"천주라며, 세 놈이 믿는 신?"

"뭐든!"

관우와 장비는 포구에서 백 보쯤 떨어진 강변에 수레를 붙이곤, 거적으로 싼 세 구의 시신과 나무 상자를 재빨리 배로 옮겼다. 그사이 금창배는 품에 꼭 안기 좋은 돌덩이를 세 개 골랐고, 포졸들은 그것까지 배에 실었다.

두미포를 출발한 배는 해안에 드문드문 보이던 불빛이 사라질 때까지 조용히 내려갔다. 돛을 올리지도 않았고 노를 젓지도 않았다. 어둠이 깃들자, 관우와 장비 그리고 금창배는 거적을 풀었다. 나무 상자를 열어 쇠사슬이 길게 달린 차꼬를 세 개 꺼냈다. 쇠사슬로 돌덩이를 칭칭 감은 후 이미 빳빳하게 굳은 시신의 발목에 채웠다. 관우가 머리를, 장비가 다리를, 금창배가 돌덩이를 들고는 동시에 강으로 던졌다. 풍덩 하는 물소리와 함께 파문이 퍼졌다가 곧 그쳤다. 파문을 세 번 일으킨 후 되돌아오는 배 안에서 금창배가 말했다.

"내 명령에 따라 곤장을 친 후 퇴청한 게다. 그러니까 그 후에 이들이 언제 어떻게 죽었는지 또 시신을 어찌 처리했는지, 너흰 아는 게 전혀 없어."

관우가 버텼다.

"그럴 수 없습니다. 혼자 뒤집어쓰면 군관 나리만 다치십니다."

금창배가 관우와 장비를 노려보며 말했다.

"잘 들어. 의리 지킨답시고 같이 죽겠다고 뛰어드는 것만큼 멍청한 짓은 없지. 너희 둘은 전혀 도움이 안 돼. 똥오줌도 못 가리니 일을 이따위로 그르치지. 잠자코들 있어. 내가 다 알아서 할게."

금창배가 고개를 드니 은하수가 유난히 선명했다. 태미원과 천

시원을 지나 자미원에 이르렀다. 하늘의 임금이 사는 곳인 자미궁을 눈으로 그리며 좌포도대장보다 더 높은 윗선을 잠시 생각했다. 짐배가 졸랑댔지만 금창배의 마음은 흔들림이 없었다.

치도곤과 학춤

2월 16일 묘시부터 이틀 동안 금창배는 입을 열지 않았다. 말을 하지 않았을 뿐만 아니라, 밥도 물도 먹지 않고 심문에 집중했다. 그가 죄인들을 다루는 방식은 남달랐다. 우선 심문 장소를 동헌 너른 사각 마당에서 둥근 담장을 두른 좁은 옥 마당으로 옮겼다. 죄인들이 고통을 견디지 못하고 내뱉는 찐득찐득한 침이 금창배의 뺨에 닿을 정도였다.

관우와 장비가 동헌에서 옥으로 형구들을 날랐다. 교졸들이 돕겠다고 나섰지만 거절했다. 화로에 장작을 넣고 불을 붙인 후 인두부터 꽂았다. 연기가 바람에도 흩어지지 않고 옥방으로 흘러 들어가자 죄인들이 돌아가며 기침을 해댔다. 인두를 살갗에 대지도 않았는데 타는 냄새가 코를 찔러왔다. 죽음의 기운이 남옥과 여옥을 감싸고 돌았다. 관우와 장비가 금창배를 향해 허리를 숙였다. 준비가 끝난 것이다.

금창배가 소매에서 두루마리를 꺼내 내밀었다. 관우가 양손으로 공손히 받은 뒤 형방에게 명령했다.

"적힌 순서대로 한 사람씩 데리고 나와."

형방이 두루마리를 펴고 옥문 앞에 서서 이름을 불렀다.

관우와 장비는 옥에서 마당으로 나온 죄인을 능숙하게 형틀에 뉘었다. 장비가 두 손으로 죄인의 어깨와 허리를 눌러 제압하면 관우가 벌린 양팔과 모은 두 다리를 힘껏 묶었다. 그리고 형틀 좌우에 서선 치도곤을 각각 들었다. 엎드려 덜덜 떨던 죄인이 고개를 돌려 우러를 때까지 기다렸다. 관우든 장비든 죄인과 눈이 마주치면 천천히 고개를 끄덕였다. 곧 끝나니 잠시만 참으라는 듯이.

관우와 장비는 치도곤을 각각 세 대씩 도합 여섯 대만 때렸다. 한꺼번에 여섯 대를 치는 것이 아니라, 죄인의 볼기에 첫 치도곤을 때리고 나선 또 잠시 기다렸다. 한 잔 술을 마신 후 그 맛과 향을 음미하듯, 죄인이 내지르는 비명과 함께 엉덩이와 허벅지가 얼마나 부풀어 올랐는지 혹은 찢어져 피가 흐르지는 않는지 천천히 살폈다. 그리고 죄인과 눈을 맞춘 후 다음 매질을 이어갔다. 그들이 번갈아 휘두르는 치도곤에 고통이 극심하여 비명을 지를 수밖에 없었지만, 뼈가 부러진 적은 없었다. 뼈가 부러졌다고 외쳐대는 죄인이 있으면, 오른손의 결박을 풀어 직접 만져보게 한 후 다시 묶어 때렸다. 최악의 고통을 안기되 뼈를 부러뜨리지 않는 것이 오랫동안 이 일을 해온 두 사람의 실력이었다. 죄인의 마음을 들여다볼 때도 마찬가지였다. 죽이지는 않고 죽을 만큼만. 딱 그만큼만.

단 여섯 대였으므로, 어금니를 굳게 물고 견뎌 넘기리라 각오를 다지는 죄인도 있었다. 돌이 굴러 폭포로 떨어지듯 혀가 길고 말이 많은 최돌돌도 그중 하나였다. 올해 서른셋인 최돌돌은 눈이 컸고, 이야기가 막히면 제 손에 침을 탁탁 뱉어 비벼댔다. 흥이 나면 눈동자를 쉬지 않고 돌렸고, 중요한 대목을 꺼내기 직전엔 손바닥을 쥐었다 폈다 하며 침부터 모았다. 이야기 하나를 마치고도 아쉬움이 남으면 '이건 이렇고'라고 하면서 다음 이야기를 이어 붙였고, 그 이야기로도 흡족하지 않으면 '저건 저렇고'라고 부르곤 세 번째 이야기로 넘어갔으며, 그러고도 더 이야기가 하고 싶으면 '그건 그렇고'를 꺼내들었다. 나고 자란 목사동에 세워진 열여덟 개의 절들을 이런 식으로 손바닥에 침을 일백여덟 번이나 뱉으면서 열흘을 떠든 적도 있었다.

물항아리 여섯 개를 거뜬히 지고 남원이나 구례나 멀리 광양까지 하루 만에 오갔던 최돌돌은 치도곤을 이미 스무 대나 맞은 적이 있었다. 동복 지나 화순으로 쌀독 네 개를 지고 오르던 고갯길에서 말을 타고 내달리던 선전관과 부딪힌 것이다. 독은 산산이 깨졌고, 최돌돌도 온몸에 피멍이 들었다. 최돌돌의 주장에 의하면, 선전관의 백마가 갑자기 앞발을 높이 든 채 달려들어 생긴 사고였다. 최돌돌은 단 한 푼의 보상도 받지 못했을 뿐만 아니라, 공무를 방해했다는 누명을 쓰고 화순 관아로 끌려가선 옥에 갇힌 뒤, 다음 날 아침 치도곤 스무 대를 맞았다. 열흘은 족히 자리보전을 해야 할 정도였지만, 인정 많은 옥리가 장독 빼는 약초를 발라준 덕분에 사흘 만에 툴툴 털고 일어나선 두 발로 걸어 곡성으로 돌아왔다.

최돌돌은 남옥은 물론이고 여옥에서 두려움에 떠는 이들에게까지 으스대듯 장담했다. 육백 대도 아니고 육십 대도 아닌 여섯 대는 금방 지나간다고. 내가 스무 대나 맞아봤는데 아프긴 해도 견딜 만하다고. 그 말을 들은 사람들 반응은 다양했다. 웃는 이도 있고, 고개를 끄덕이는 이도 있고, 날숨을 내쉬는 이도 있고, 눈물이 그렁그렁한 이도 있었다. 무표정하게 쳐다보는 이에겐 최돌돌이 더 가까이 다가섰다.

"기도하세요. 기도로 치도곤을 부러뜨려버립시다. 사순재를 지킴으로써 교회를 단련하신 것처럼, 치도곤 여섯 대의 고통을 견뎌 천주님께 영광을 돌립시다."

최돌돌의 경험담은 옥에 갇힌 이들에게 도움을 주지 못했다. 최돌돌보다 먼저 치도곤을 맞은 남자 셋과 여자 둘이 모두 여섯 대를 견디지 못하고 기절한 것이다.

올해 서른두 살이고, 열 살 쌍둥이 밀물과 썰물의 엄마인 송숙자는 다섯 번째로 불려 나갔다. 그녀는 쌍둥이가 첫돌을 맞던 봄에 미륵골에서 통명산을 타고 넘다가 범을 만나고도 해를 입지 않았다. 밀물과 썰물을 등에 지곤 비탈을 내달려 석곡까지 갔다. 웬만한 남자들은 따라오지 못할 정도로 두 다리가 튼튼하고 숨이 길었다. 그러나 그런 송숙자도 장비에게서 치도곤을 딱 한 대 맞자마자 비명도 지르지 못한 채 정신을 잃었다. 지금까지 자신이 겪은 것과는 비교하기 힘든 통증이 넓적다리에서부터 온몸을 순식간에 감쌌다. 들이쉰 숨을 뱉지도 못한 채 눈앞이 깜깜해진 것이다. 물을 두 바가지나 뒤집어쓰고는 겨우 정신을 차렸다.

죄인이 정신줄을 놓으면 관우와 장비는 젖은 수건으로 치도곤을 묵묵히 닦으며 기다렸다. 괜찮으냐 묻지는 않았지만, 서둘러 때리며 몰아세우지도 않았다. 멀찍이 서서, 손에 쥔 치도곤과 형틀에 누운 채 기절한 송숙자를 번갈아 쳐다보기만 했다. 송숙자가 더 이상 맞기 싫다고, 전부 다 털어놓겠다고 했지만, 그들은 귀머거리인 것처럼 다가와선 양팔과 다리를 고쳐 묶었다. 송숙자는 이미 자신에게 전교한 사람과 기도문을 배운 장소와 첨례를 드린 때와 세례명이 가다리나라는 것까지 큰 소리로 밝혔다. 그런데도 관우와 장비의 팔놀림은 바뀌지 않았다.

분주하게 움직인 쪽은 조봉두와 아전들이었다. 조봉두는 금창배에게 송숙자가 방금 털어놓은 자백을 모조리 적어두어야 하지 않느냐고 물었다. 금창배는 묵묵부답하며 형틀을 뚫어져라 노리는 것으로 거절의 뜻을 표시했다. 송숙자의 높고 끝이 갈라지는 울부짖음이 그친 것은 관우가 다시 치도곤을 한 대 더 때린 후였다. 기절하진 않았지만 입에서 피가 흘렀다. 고통을 참지 못해 혀를 깨문 것이다. 관우와 장비는 치도곤을 천으로 닦으면서, 교졸들이 와서 송숙자의 피 묻은 입을 수건으로 훔칠 때까지 기다렸다. 송숙자가 여섯 대를 맞는 동안, 관우와 장비는 다섯 번이나 치도곤을 닦았다. 두 식경이 훌쩍 지나갔다.

송숙자에 이어 최돌돌이 끌려 나왔다. 두려움 가득한 눈으로 사지를 떨며 형틀로 끌려간 다섯 사람과는 달랐다. 맞잡은 양손을 옥에 갇힌 이들을 향해 들어 보일 만큼 여유를 부렸다. 형틀에 누웠을 때도 팔을 묶는 관우에게 말을 걸 정도였다.

"더 꽉 묶으십시오. 혹시 형틀을 일으켜 세운 뒤 치도곤을 칠 수는 없습니까? 넓적다리 뒤가 아니라 앞을 때려도 괜찮다면, 땅을 보며 엎드리는 것이 아니라 하늘을 보며 눕고 싶습니다."

관우와 장비는 답하지 않고 좌우로 나란히 섰다. 최돌돌이 고개를 돌려 관우의 치도곤을 쳐다보면서 말했다.

"저는 이미 스무 대를 맞아봐서 압니다. 치도곤 따위가 저를 어찌하지 못합니다. 천당영락天堂永樂을 누릴 영혼이 어찌 고깃덩이에 불과한 육신의 고통에 굴복하겠습니까. 때리십시오. 여섯 대 아니라 육십 대, 아니 육백 대라도 맞겠습니다."

관우가 쳤다.

장비가 쳤다.

관우가 쳤다.

장비가 쳤다.

그리고 멈췄다. 조봉두와 아전들은 저도 모르게 코를 움켜쥐고 서너 걸음 물러섰고, 금창배는 오히려 허리를 당기고 양손을 맞잡아 턱에 걸곤 집중했다. 최돌돌이 오줌과 똥을 동시에 싼 것이다. 엉덩이가 떨렸고 똥오줌이 흘러내렸다. 정신을 완전히 놓은 것은 아니지만, 스스로 변명하기엔 난처한 상황이긴 했다. 교졸들도 나서길 꺼렸으므로, 장비가 최돌돌의 바지를 벗기고 물을 끼얹고 수건으로 닦은 다음, 물항아리 다섯 동이로 땅까지 깔끔하게 치웠다. 그리고 최돌돌에게 말했다.

"마저 맞자."

"사, 살려주십시오."

"두 대 남았어."

"원하시는 게 뭡니까? 말씀드리겠습니다, 뭐든."

장비가 남옥과 여옥을 차례차례 보곤 최돌돌에게 답했다.

"오줌똥 싸지 않고, 두 대만 맞으면 돼."

그들은 남은 두 대를 더 때렸고, 최돌돌은 다시 똥오줌을 쌌다. 더 때리면 더 쌀 듯했다. 장비는 이번에도 군말 없이 치웠다.

옥으로 돌아간 최돌돌은 먼저 맞고 돌아간 죄인들처럼 엎드렸다. 괜찮냐며 다가앉아 건네는 위로에는 답하지 않았다. 아프기도 했지만 부끄러움이 더 컸다.

둑이 터진 꼴이랄까. 최돌돌의 호언장담이 똥오줌으로 덧칠된 후부터 형틀에 엎드려 묶인 이들의 말이 많아졌다. 관우와 장비는 그들의 말을 듣긴 했지만 더 듣기 위해 기다리거나 덜 들으려고 간격을 당기지 않았다. 치도곤을 피하려 급히 내뱉은 말들은 비명으로 이어지거나 침묵으로 떨어졌다. 훨씬 작고 느린 말들이 드문드문 날아다녔다. 그 말들만 받아 적어도 예닐곱 서책은 채우고도 남았을 것이다. 말들은 두서없이 쏟아지고 뒤섞이고 끊겼다. 금창배가 적으라고 명했더라도, 곡성 아전들이 치도곤의 말들을 얼마나 충실하게 담아냈을까는 의문이었다. 임실과 순창을 지나 곡성을 휘감고 흐르는 순자강이 구례와 하동을 거쳐 바다로 빠져나가듯, 그들의 말들도 흘러나왔다가 기록되지 않고 사라져갔다.

정확히 말하자면, 덧없이 사라지기만 한 것은 아니다. 금창배도 관우도 장비도 또 조봉두와 아전들도 이해하기 어려운 그 말들을, 그들보다 훨씬 잘 알아듣는 이들이 있었다. 옥에 갇힌 죄인들이었다. 송숙자가 곡성에 도착하기 전 자신의 삶을 털어놓는 것으로 이야기를 시작한 탓인지 나머지 죄인들도 줄줄이 비슷한 방식을 취했다. 덕실마을과 무명마을에서 천주교를 몰래 믿으며 하루하루를 꾸려온 그들도, 각자의 삶이 어디서 비롯되었고 어디서 꼬였으며 어디서 흔들려 곡성에 이르게 되었는지는 서로 자세히 몰랐다. 예수는 거짓말하지 말라고 거듭 가르쳤지만, 적극적인 교인은 지난 삶을 다르게 꾸며 말했고, 소극적인 교인은 그 삶을 숨겨 말하지 않았다. 양반이라고 했는데 백정인 자도 있었고, 제물포에서 태어났다고 거듭 말했던 이가 함경도 두만강 바람을 맞으며 첫울음을 터뜨렸다고 밝히기도 했다. 백정이었다고 거짓말한 양반은 없었고, 함경도에서 나고 자랐다고 거짓말한 한양 출신도 없었다. 치도곤이 형틀에 누운 죄인의 넓적다리를 때릴 때마다 옥에 갇힌 이들도 함께 눈을 질끈 감고 온몸을 떨어대면서, 들려오는 이야기에 귀를 기울였다. 저 사람에 대해 내가 알고 있던 것과 다른 이야기엔 고개를 갸웃거렸고, 처음 듣는 이야기엔 그토록 친하게 지냈는데 왜 저 이야길 내겐 하지 않았을까 아랫입술을 살짝 깨물기도 했다. 이야기들은 그렇게 그들의 가슴속에 새롭게 담겼다. 교인끼리 숨기는 것도 부풀리는 것도 없는 마을이 아니었던 것이다. 교인들이 서로서로 조금은 놀라고 조금은 의아해하고 조금은 싫은 생각이 들도록 만드는 것이 징제비 금창배의 노림수였다.

형틀에 누워 거듭 자신의 말을 바꾸고 고친 죄인도 있었다. 한태몽韓太夢이 그러했다. 키는 작았지만 양팔이 길고 손도 커서 별명이 잔나비였다. 사람들을 제지하거나 혹은 친근감을 나타낼 땐 팔부터 내뻗었다. 얇은 입술을 놀려 이야기를 할 땐 솟은 코에서 자주 바람을 뿜었다. 최돌돌이 허풍선이 이야기꾼이라면, 한태몽은 변덕쟁이 이야기꾼이었다.

형틀에 묶이는 순간부터 이야기를 시작했다.

한태몽은 집안 대대로 충청도 충추와 청주 인근에서 옹기를 만들었다. 눈이 연이어 내리던 어느 겨울, 충분히 마르지 않은 나무를 태우는 바람에 원하는 정도까지 불이 타오르지 못해 옹기들이 망가졌다. 옹기꾼들은 그 책임을 한태몽에게 돌렸다. 멍석말이를 당하지 않으려고 깊은 밤 빈털터리 맨발로 달아났다. 천주교에 입문한 계기는 계룡산 동학사로 올라가던 밤에 이글거리는 짐승의 두 눈과 맞닥뜨린 탓이었다. 그 빛을 보는 순간, 범이다! 직감했으며, 저도 모르게 힘껏 내달리기 시작했는데, 하늘에서 큰 소리가 들렸다는 것이다. "뛰지 마라!" 그래서 참나무 뒤에 멈춰 섰더니, 범이 한태몽을 앞지른 후 멧돼지의 목을 물어뜯었다. 한태몽은 동학사에 이르렀고 범은 쫓아오지 않았다. 하늘에서 들린 그 소리를 한태몽은 예수의 음성으로 받아들였다. 아주 젊은 청년의 목소리였다는 것이다.

관우와 장비에게서 치도곤 두 대를 맞은 후 고향을 살짝 바꿔 다시 말했다.

한태몽은 평안도 의주에서 태어났으며, 집안 대대로 목수 노릇을 하면서, 늦가을부터 늦봄까진 얼어붙은 압록강을 몰래 오가며 장사를 했다는 것이다. 은과 인삼을 내다 팔아 큰돈을 번 여름, 식솔이 전부 한양으로 와서 쌍리동에 자리를 잡았다. 그때부터 한태몽의 할아버지와 아버지는 중인 계층, 그러니까 악공과 역관과 화공 들을 집으로 불러들여 먹고 마시며 놀았다. 한태몽 역시 그때부터 역관이 되기 위한 공부를 시작했다. 아버지가 압록강을 건너 밀무역을 하는 동안, 한태몽도 강가로 나가 놀았다. 때로는 청나라 아이들이 넘어오기도 하고, 때로는 한태몽과 조선 아이들이 건너가기도 했다. 번을 서는 군졸들이 한 번씩 와서 함부로 강을 오가면 안 된다고 으름장을 놓기도 했지만, 앞에서만 예예 답하고는 무시했다. 서 있기만 해도 귀와 코와 입이 얼어붙는 강을 군졸들이 온종일 지킬 수는 없는 노릇이다. 한태몽은 흘러내리면서 어는 콧물을 떼어내며 겨울 강을 오가는 재미에 푹 빠졌고, 그 바람에 역관 공부를 하기도 전에 청나라 말을 곧잘 했다.

그런데도 한태몽은 역관이 되진 못했다. 잡과에서 과거를 볼 때마다 문제가 너무 쉬워 제일 먼저 답안을 내고 나오는 사람이 바로 그였다. 하지만 합격자는 따로 있었는데, 대대로 역관 그것도 청나라 말을 도맡던 집안 자식들이었다. 낙담한 한태몽은 청나라 말을 배우기 위해 종종 읽던 서학서에 빠져들었다. 어법 대신 서책 속 세계에 매료된 것이다. 결국 천주의 뜻을 배우고 익히기 위해 가출했고 용인에 잠시 머물렀다가 곡성으로 왔다. 이 이야기가 사실임을 증명하기라도 하듯, 한태몽은 형틀에 누운 채 청나라 말로 노래 한 곡을 불렀다. 노랫말을 알아듣는 이가 안타깝게도 곡성에는 없었다.

석 대를 더 맞은 한태몽은 앞서 지껄인 두 이야기가 한 줌 소설과도 같은 거짓이라고 강조했다. 그리고 이제부터는 진짜라며 세 번째 이야기를 시작했다.

한태몽은 충청도 당진에서 태어났으나 태안에서 어린 시절을 보냈다. 집안 남자들은 바다로 나가 생선을 잡았고 여자들은 해풍이 매서운 비탈에서 밭농사를 지었다. 한태몽도 일곱 살 때 처음으로 배를 탔는데, 다른 형제들은 멀쩡했지만, 잔잔한 파도에도 어지러워 주저앉고 어제 먹은 것까지 모두 토했다. 그럴수록 아버지는 한태몽을 더 자주 배에 태웠고, 그만큼 한태몽은 더 많이 토한 끝에 검은 대나무처럼 말라갔다. 결국 살기 위해 집을 뛰쳐나왔다.

대흥을 지나 사자산을 넘다가 탈진하여 쓰러졌는데 깨어나 보니 산적 소굴이었다. 두령이 말하기를, 활빈을 위한 의로운 도적이 되겠다 하면 살려주고 그렇지 않으면 굶어 죽을 때까지 나무에 묶어두겠다고 했다. 한태몽은 기꺼이 산적이 되었다. 두령은 거창하게 활빈 운운했으나, 산적들의 배를 채울 정도의 돈과 재물을 빼앗기도 어려웠다. 결국 충청도를 떠나 한양 가까이 올라갔다. 처음 한 달은 배부르고 등 따뜻할 만큼 산적 노릇을 했으나, 곧 관군에게 쫓기는 신세로 전락했다. 한태몽이 속한 무리는 처음엔 쉰 명이 넘었는데, 강원도에 이르니 서른 명으로 줄었고, 함경도로 들어갈 때는 열 명뿐이었다.

함흥과 북청을 멀리 돌아 삼수를 지나 갑산에 이르렀을 때는 한태몽만 남았다. 거기서 마음 맞는 과부를 얻어 주저앉았다. 청나라 말을 익힌 것은 한태몽이 가끔 밥벌이 삼아 산포수들을 따라서 두만강 건너까지 사냥을 다녔기 때문이다. 범이나 곰을 놓고 조선인과 청국인 사이에 혈투가 벌어지기도 했지만, 그보다는 힘을 합쳐 사냥을 하곤 어울려 마시고 떠든 적이 더 많았다. 사냥을 마친 후, 큼지막한 고기를 어깨에 지고 돌아오면, 아내는 마을 사람들을 모두 불러 배불리 먹였다. 처음 한두 번은 인심이 후한 사람을 아내로 얻어 다행이라고도 생각했으나 씀씀이가 지나치게 컸다. 자신은 굶더라도 구걸하는 거지에겐 따뜻한 밥상을 차려준 것이다. 한태몽이 그렇게 하지 말라고 해도, 아내는 그치지 않았을 뿐만 아니라, 자꾸 만류하면 같이 살지 않겠노라고 했다. 한태몽이 이렇게까지 남을 위하는 까닭을 묻자, 아내는 자신의 죄를 씻기 위해서라고 했다. 구체적인 지명과 날짜를 밝히진 않았지만 그 죄의 무거움을 들려주긴 했다. 일찍부터 천주의 뜻을 받들었으나 관아에 끌려가 배교했다는 것이다. 함께 붙잡힌 다섯 명 중 유일한 배교자라고도 했다. 그 죄를 씻기 위해 갑산 깊디깊은 산속 마을로 온 것이다.

다음 해 봄 아내가 시름시름 앓다 죽지 않았다면 한태몽도 갑산을 떠나지 않았으리라. 아내가 죽은 뒤에도 병들고 굶주린 이들이 계속 찾아왔는데, 한두 번은 아내를 그리워하여 그들을 거둬 먹였지만, 밑 빠진 독에 물을 붓듯 그 일을 계속하긴 힘들어 떠났다. 함경도 갑산에서 전라도 곡성까지 오면서, 단 하루도 죽은 아내를 잊은 적이 없다. 아내는 했는데 한태몽 자신은 왜 못 할까 고민하다가, 곡성에서 이오득을 만나 의지하며 살게 되었다.

마지막 여섯 번째 치도곤까지 모두 맞은 뒤엔 지금까지 형틀에서 털어놓은 자신의 이야기가 모조리 거짓이라며 믿지 말아달라고 눈물을 쏟았다. 관우와 장비는 믿는다고도 하지 않고 믿지 않는다고도 하지 않았다. 콩으로 메주를 쑨다 해도 그의 말을 믿지 않게 된 죄인들은 옥에 갇혀 눈만 깜빡였다.

관우와 장비가 스물세 명에게 치도곤 여섯 대를 치고 나니 축시丑時, 오전 1시~3시였다. 금창배는 객사로 돌아갔고, 현감과 아전들도 긴 하품을 가리며 각자의 처소로 향했다. 마지막까지 남은 이는 불침번에 걸린 옥리 두 명과 관우와 장비였다. 옥리들은 군데군데 핏덩이가 엉키고 살점이 떨어진 땅을 물 뿌리고 대빗자루로 쓸어냈다. 관우와 장비는 치도곤을 물항아리에 넣었다가 뺀 후 마른 수건으로 정성껏 닦았다. 부지런하다는 칭찬을 종종 듣는 옥리가 용기 내어 말했다.

"많이 피곤하시죠? 방에 이부자리는 봐뒀습니다."

관우와 장비는 즉답하지 않고 고개를 돌려 남옥과 여옥을 쳐다보았다. 어두컴컴한 방에서 치도곤을 당한 이들의 신음과 한숨과 울음이 뒤섞여 흘러나왔다. 또렷하게 들리는 단어는 하나도 없었고, 다들 죽지 못해 살아 지옥을 맛본 듯 끙끙댔다. 관우는 서너 걸음 다가가선 혹시 그들이 기도문을 외우거나 노래를 읊조리지나 않는지 귀 기울였다. 그러나 아픔을 견디지 못해 저절로 나오는 휘고 흔들리고 꺾이고 뒤틀린 신음뿐이었다.

스물세 명에게 지독한 고통을 안긴 관우와 장비 역시 힘들기는 마찬가지였다. 표정이나 자세는 바뀌지 않았지만, 자시를 넘기면서부터는 한 대 치고 나선 얕은 숨을 내쉬었다. 장비가 옥리에게 말했다.

"저녁을 주게."

옥리는 급히 예방을 찾아갔고, 축시가 끝나기 전에 그들이 원하는 늦은 저녁상이 차려졌다. 어제에 이어 또다시 새끼 돼지였다.

2월 17일 문초는 묘시부터 시작되었다.

관우와 장비는 깔아놓은 요에 눕지도 않고 곧바로 준비에 들어갔다. 새총처럼 양 갈래로 가지가 뻗은, 길이가 여섯 자1미터 80센티미터인 나무 기둥을 다섯 자1미터 50센티미터 간격으로 나란히 세웠다. 두 기둥 사이에 지름이 한 치3센티미터인 왕골 대나무를 걸었다. 사냥한 범을 매달아도 부러지지 않을 만큼 단단했다. 횡으로 다섯 줄이 늘어섰다.

골짜기마다 어둠이 짙게 깔린 새벽, 옥 마당으로 죄인들이 다시 모였다. 옥리 처소에 머문 관우와 장비 그리고 두 명의 옥리를 제외하고, 가장 먼저 도착한 사람은 금창배였다. 뒤이어 아전들이 들어서고, 조봉두가 옷고름을 제대로 묶지도 못한 채 가장 늦게 두 개의 문을 통과했다. 장비가 여옥과 남옥을 차례대로 열었다. 관우가 명령했다.

"기둥 사이에 한 명씩 서!"

스물세 명 중에서 뒤뚱대더라도 걸어 나온 이는 일곱 명에 불과했다. 열한 명은 개처럼 기었고, 나머지 다섯 명은 장비와 관우가 번갈아 업어 옮겼다. 옥리들이 도우려 했지만 이번에도 관우와 장비는 그들만의 호흡을 중요하게 여겼다. 느릿느릿 여유를 두는 움직임은 어제와 같았지만, 한 명씩 치도곤을 때리는 대신 한꺼번에 죄를 묻는 방식은 달랐다. 죄인의 두 팔을 등 뒤로 돌려 엇갈리게 한 뒤 팔꿈치를 단단히 묶었다. 치도곤으로 인해 서거나 앉지 못하는 이들도 두 팔은 멀쩡했다. 어제는 엉덩이와 두 다리를 괴롭혔다면 오늘은 어깨와 팔인 것이다. 죄인들은 관우와 장비의 손길이 닿는 것만으로도 떨기 시작했다. 큰소리를 치거나 팔을 흔들어 빼며 맞서는 이는 없었다. 관우와 장비는 흐름을 타듯 매끄럽게 단번에 묶고는 다음 사람으로 넘어갔다.

어렸을 때 숲에서 놀다가 굴러떨어진 바위에 오른팔을 눌린 명덕새는 단번에 못 끝내고 세 번이나 고쳐 묶었다. 왼팔을 등 뒤로 돌리긴 하되, 팔꿈치가 잘린 오른팔은 어깨에 두른 새끼줄로 묶었다. 오른팔을 못 쓰는 대신 왼팔 힘이 보통 장정들보다 서너 배 더 셌다. 스물세 명을 전부 묶은 다음엔 처음으로 돌아가서 쵀돌돌부터 가로로 걸어둔 왕골 대나무에 매달았다. 팔을 묶은 새끼줄 아

168

래로 두 팔이 어긋나게 꺾여 파닥거리는 모습이 꼭 새를 닮았다. 이 형벌이 바로 '학춤'이다.

뒤틀리는 팔과 떨어져 나갈 것만 같은 어깻죽지의 통증을 참지 못하고 비명이 터져 나왔다. 치도곤을 당해 움직이지도 못하던 두 다리가 허공을 휘저었다. 관우와 장비는 눈길 한번 돌리지 않고, 병아리처럼 잔뜩 겁을 먹은 죄인들을 차례차례 매달았다. 왕죽이 흔들렸지만 끄떡없었다. 스물세 명을 모두 매단 뒤에야 관우와 장비는 허리를 펴고 금창배를 향해 돌아섰다. 조봉두와 아전들 시선도 그에게 쏠렸다. 이제 본격적인 심문을 시작할 것인가.

금창배는 눈물과 콧물과 침과 오줌과 똥을 질질 흘리면서, 팔과 다리를 흔들어대는 죄인들을 쳐다보기만 했다. 스물세 명이 다치고 병들어 날지 못하는 학으로 변신할 때까지 기다리기라도 하는가. 싸고 지리고 토한 냄새가 뒤엉켜 마당을 가득 채웠다. 악취와 답답함을 못 참고 조봉두가 손으로 제 입을 가리곤 물었다.

"어느 놈부터 따져 물으실 것인지요?"

금창배는 답하지 않고, 제일 뒷줄 왼편 끝에 매달린 명덕새를 노려보았다. 명덕새를 매단 대나무의 떨림이 적었던 것이다. 다른 죄인들은 아무리 버둥거려도 두 발이 땅에 닿지 않았는데, 명덕새는 오른 어깨를 내릴 때마다 오른발 엄지가 바닥을 스쳤다. 장비가 곧 돌아서선 명덕새에게 가더니, 새끼줄로 오른 무릎을 접어 허벅지와 종아리를 감아 묶었다. 엄지발가락에 의지하여 잠깐잠깐 숨을 돌리던 짓도 못 하게 되었다. 조봉두가 새벽에 받은 전라감사 최두웅崔頭熊의 답장을 내밀었다.

"곡성에 은거한 사학죄인의 명단을 정확하게 파악하여 올리고,

특히 옹기촌을 만들고 이끈 자를 반드시 잡으라 하셨습니다. 어제는 종일 치도곤을 때리느라 문초를 못 했습니다. 오늘은 형벌도 형벌이지만 전라감사께서 원하는 것부터 속히 알아내었으면 합니다. 달아난 이오득을 잡아야지요."

금창배가 시선을 돌리지 않고 되물었다. 어제 치도곤을 시작한 후 처음 뱉은 말이었다.

"내가 왔을 때 옥에 갇혔던 자들이 저 중에 몇이나 있소?"

"없…… 습니다."

"내가 오지 않았다면, 은어는 전부 놓치고 송사리만 걷어낸 후 덮었겠지?"

"덮다뇨? 옥이 작아 우선 스물세 명부터 심문하고, 덕실마을과 무명마을로 돌려보낸 자들도 차례차례 문초할 계획이었습니다."

"계획대로 해서 옥석을 가렸겠소? 이오득이 어디로 어떻게 달아났는지 알아냈을 것 같소? 옥에 갇힌 건 저들이지만, 저들 손바닥 위에서 놀아난 건 바로 사또란 생각이 아직도 들지 않소?"

"놀아나다니요? 말씀이 지나치십니다."

"지나친 것 없소. 저들을 마을로 돌려보내고, 예전의 스물세 명을 데려와서 사또 방식대로 해보길 원하오?"

잔소리 말라는 뜻이다. 조봉두는 그래도 한마디 더 얹었다.

"어제 저들이 형틀에 묶여 털어놓은 이야기 중에는 당장 처결할 것도 있었습니다. 어디로 달아나겠다든가, 어디에서부터 왔다든가 하는 대목 말입니다. 교졸을 보내 인근 고을 수령들에게 도움을 청하는 문서를 띄웠으면 합니다."

금창배는 반대하지 않았다.

"뜻대로 하오. 하지만 저들이 토하는 말들을 사실이라 믿을 만큼 순진하진 않겠지요?"

조봉두가 머뭇거리며 되물었다.

"사실이…… 아닐 수도 있단 말씀입니까? 피눈물을 쏟지 않았습니까? 걷지도 못하고 기면서, 땅바닥에 이마를 찧으면서, 찢겨나간 제 엉덩이 살점을 움켜쥐고서, 정신 줄을 놓고 다시 깨어나서, 하늘을 우러러 자기도 모르게 천주를 부르며 토설한 이야기들입니다."

"저 한태몽이란 놈은 자신의 고향과 곡성에 들어오기 전까지의 삶을 각각 세 가지로 다르게 말했소. 그 셋이 전부 거짓말이라고도 했고. 그중에서 어느 삶이 사실이오?"

"…… 모르겠습니다. 하지만 저렇듯 둔중한 치도곤으로 얻어맞다 보면, 할 말 못 할 말 다 쏟지 않겠습니까? 종사관께서는 전부 거짓이라 여기시는 건가요?"

"뒤섞였겠지. 완전한 참도 없고 완전한 거짓도 없소. 참에 섞인 거짓과 거짓에 섞인 참을 가려내기까진 적지 않은 시간이 걸린다오. 스물세 명 중에 서넛은 죽어 나가야 할지도 모르오. 죽일 땐 죽이더라도 참과 거짓을 가려보리라, 단단히 결심했던 때가 내게도 있었소. 목숨을 거는 독한 놈들은 늘 있으니까. 참과 거짓을 내게 알려주느니 차라리 죽음을 택하더군. 이제는 거기까진 나도 가고 싶진 않소. 그래서 시간을 주려는 거요. 춤출 시간! 춤이란 게참 묘하지 않소? 발 한번 잘못 디뎌도 손 한번 잘못 놀려도 눈 한번 잘못 떠도 망치는 게 바로 춤이라오. 나는 저들에게 자신들의 춤으로 몸과 마음을 정돈할 기회를 주려는 게요."

조봉두 옆에 섰던 형방이 조심스럽게 알은체를 했다.

"학춤은 죄인을 묶어 매단 후 몽둥이로 다리와 엉덩이와 옆구리를 후려 패는 것이지 않습니까? 한데 몽둥이가 보이질 않는군요."

조봉두와 아전들의 시선이 다시 죄인들에게 향했다. 처음 매달렸을 때의 격렬함은 사라지고 목이 잘린 닭처럼 축 늘어졌다. 그렇다고 미동을 하지 않는 것도 아니었는데, 팔과 어깨 그리고 어제 맞은 넓적다리의 고통을 최소화하기 위해, 저마다 다른 자세를 취하면서 아주 조금씩 움직였다. 턱을 들기도 하고, 어깨를 움찔거리기도 하고, 손가락과 발가락을 까닥대기도 하고, 코를 킁킁거리기도 했다.

금창배가 오른팔을 들었다. 관우는 첫째 줄 장비는 다섯째 줄로 가서 섰다. 그리고 동시에 횡으로 걸으며 왕죽을 쥐곤 들었다가 놓았다. 대나무가 흔들리자 매달린 죄인들의 몸도 따라서 대롱거렸고 뒤이어 가라앉았던 비명이 둑이 터지듯 쏟아졌다. 겨우겨우 고통을 줄여 견딜 만한 자세를 취했는데, 순식간에 균형이 깨진 셈이다. 처음 매달렸을 때보다 비명은 더 끔찍하게 길었고 몸부림은 더 크고 요란했다. 대나무를 흔들며 걷던 두 거한이 셋째 줄 가운데서 만난 후 서로를 보며 그대로 서 있었다.

비명과 몸부림이 잦아든 때는 사시였다.

묘시부터 자리를 지키느라 아침 식사를 건너뛴 조봉두의 배에서 꼬르륵 소리가 났다. 아전들도 배가 고프기는 마찬가지였다. 그들이 금창배에게 식사를 권하기도 전에 관우와 장비가 동시에 뒤돌아섰다. 왔던 길을 거슬러 대나무를 흔들기 시작했다. 교졸 중 몇몇은 눈을 감고 귀를 막았다. 비명과 몸부림에 한 가지가 덧붙었다. 죄인 중 서너 명이 비명 사이사이에 때로는 짧고 때로는 제법 길게 이야기를 늘어놓기 시작한 것이다. 그러나 그 이야기들은 금창배와 조봉두와 아전들에게 들리지 않았다. 팔이 등 뒤로 어긋나게 묶인 채 대나무에 매달려 흔들리니, 아무리 턱을 치켜들어도 얼굴이 자꾸 땅으로 향했다. 몸에 난 구멍이란 구멍에서 흘러내린 침과 땀과 피가 바닥에 흥건했다. 커억컥 목이 메고 숨이 막히는 바람에 몇몇 단어가 샘이 솟듯 튀어 올랐다. 옹기, 천주, 미륵, 용서와 같은 단어가 유독 자주 들렸다. 하지만 단어들은 문장으로 완성되지 않았다. 학춤이라 일컫는 몸부림이 잦아드는 것과 함께 벌어졌던 입술도 닫히거나 열린 채 멈췄다.

스물세 개의 학춤은 자시까지 계속되었다. 죄인들은 이날도 많은 이야기를 뱉었지만, 금창배는 적으라는 명령을 내리지 않았다. 관우와 장비는 그 밤에도 새끼 돼지를 한 마리씩 먹었다. 조봉두와 아전들은 각자의 처소에서 밀린 끼니를 한꺼번에 때웠다. 내일 역시 치도곤과 학춤에 맞먹을 고형이 자행될 것이므로, 처소를 나서기 전에 아침밥부터 든든히 먹어두어야겠다는 생각을 했다.

저녁 밥상을 받지 않은 이는 금창배뿐이었다. 객사로 들어가지도 않고 뒷마당에 핀 매화 곁에 머물렀다. 떨어져 살피지 않고 두 뺨이 닿을 듯이 가까이 가선, 외알을 꺼내 쓰고 꽃은 물론이고 꽃잎까지 한 장 한 장 살폈다. 어두웠지만 따로 횃불이나 등잔불을 밝히진 않았다. 이미 떨어진 꽃은 허리를 숙여 주운 뒤 손끝으로 한참 동안 만졌다. 흰 빛깔이 여전히 고운 꽃잎을 한 소식 기다리듯 귓불에 대기도 하고 입술 사이에 머금었다가 송곳니로 깨물었다가 삼키기도 했다. 저녁 식사라면 식사일 터였다.

상상 고문

    2월 16일과 17일 이틀은 사학죄인들의 자백을 옮겨 적지 않았다. 스물세 명의 죄인들은 이야기를 뱉고 뱉고 또 뱉었다. 이야기하기 위해 태어난 사람들 같았다. 치도곤을 맞고 학춤을 추며 토하듯 나온 단어들은 가지런하게 놓이지 않고, 얼음판에서 빗방울이 튀듯, 총소리에 놀란 도요새 떼가 날아오르듯, 사방으로 흩어졌다. 얼른 다시 넣고 싶은 단어도 있었고 바꾸고 싶은 단어도 있었고 이왕 나와버렸으니 덧붙여 설명하고 싶은 단어도 있었다.

    관우와 장비는 오로지 죄인들의 몸만 살폈다. 그들에게는 미리 정한 상한선이 있었다. 말을 믿지 않고 몸을 믿었다. 고통의 정도가 상한선에 미치지 못하는 것도 문제지만, 새끼손톱만큼이라도 선을 넘으면 목숨을 잃거나 팔다리를 못 쓸 것이다. 느리게 형을 집행하는 것도 더 심한 고통을 부여하기 위한 술책이었다.

    모름지기 사람은 고통을 받으면서 다음 고통을 상상하는 동물이다. 두려움이 한껏 부풀어 올라 터지기 직전까지 간 것이다. 더는 참지 못하겠다며 이야기들을 뿌려대도, 치도곤과 학춤은 중단되지 않았다. 네가 무슨 말을 하든 우리는 우리가 정한 고통을 선사하겠다는 의지가 분명했다.

상상은 밤에도 이어졌다. 치도곤과 학춤에 이어 세 번째 지옥은 무엇이란 말인가. 끌려오기 전까진 떠올리지 않았던 온갖 고형이 떠올랐다. 어두컴컴한 옥방 천장에 형구들을 그려보는 것만으로도 숨이 막히고 앞니가 부딪혀 딱딱 소리를 내고 팔다리가 떨렸다. 혼자 참기 힘들었으므로 말하기 시작했다. 옥리의 허락 없이는, 특히 해가 진 뒤로는 이야기를 주고받을 수 없었다. 그러나 불침번을 서는 옥리 역시 내일 펼쳐질 지옥이 궁금했기에, 이야기가 흘러 다니도록 내버려뒀다. 죄인들의 목소리가 너무 작거나 뚝뚝 끊기면, 큰 소리로 또박또박 다시 하라며 물 한 사발을 넣어주기까지 했다. 이미 일어난 일처럼 털어놓는 사람도 있었고, 지금 당하는 것처럼 말하는 사람도 있었고, 장차 벌어질 일을 떠올리며 그려보는 사람도 있었다. 너덜너덜한 몸을 가누며 그나마 이야기하기 편한 저마다의 방식을 취한 것이다. 어제든 오늘이든 내일이든 시간은 중요하지 않았다. 문초를 당하는 사람이 바로 나라는 것만이 중요했다.

"꿇어앉히더라고. 그러려니 했지. 관아에 끌려가면 죄가 있든 없든 무릎부터 꿇어야 하니까. 마른 흙바닥이면 운 좋은 날이고, 질퍽하게 젖은 흙이더라도 논에 들어갔다 나왔거니 여기면 돼. 개똥이나 소똥에 꿇은 적도 있지. 주막에서 나랑 말다툼했던 교졸에게 딱 걸렸던 거야. 마당도 넓은데 하필 개똥을 모아둔 곳으로 끌고 가더니, 거기에 꿇으라고 하더라고. 꿇었지. 아무리 내 무릎에 똥을 묻혀도 죄 없는 사람 잡아 가두는 교졸보다는 더럽지 않으니까. 그런데 꿇자마자 다시 벌떡 일어서야 했어. 사금파리가 땅바닥에 깔렸더라고. 그 위에 꿇었으니 무릎이 베이고 찢겼지. 피가 정강이를 타고 발목과 발꿈치와 발등과 발가락으로 흘렀어.

교졸 두 녀석이 두 팔을 등 뒤로 올려 어긋나게 꺾고는 머리카락으로 빙빙 감은 뒤 새끼줄로 칭칭 묶은 후 다시 꿇어앉히더라고. 양팔을 당길 때마다 턱이 들리더군. 내가 또다시 일어서지 못하게 주장朱杖 그러니까 붉게 칠한 몽둥이로 허벅지를 내리쳤어. 허벅지는 몽둥이에 맞아 피멍이 들어 터지고, 무릎과 정강이와 발등은 사금파리에 찢겨 피가 흘렀지. 그렇게 얻어맞으면서도, 나도 모르게 무릎을 왼쪽이나 오른쪽 혹은 앞쪽이나 뒤쪽으로 한 뼘이라도 움직이게 되더라고. 주장을 내리치던 교졸의 경고가 잊히질 않아. '움직이지 마. 그대로 있어. 무릎뼈 부서지면 다 네 책임이야.' 그게 왜 맞는 놈 책임이야, 때린 놈 책임이지. 너무너무 억울해서 눈물이 솟더라."

"둥글둥글한 주장이라면 견디겠지만 삼모장을 들이대면 어쩌죠? 삼모장 모르세요? 나무칼이라고 해야 아실까? 세모로 각진 방망이 있잖아요? 칼날처럼 모서리가 날카로워, 그걸로 고기도 자르고 풀도 벤대요. 삼모장으로 허벅지를 내리치면 살점이 뚝뚝 떨어져 나갑니다. 팔을 들어 막으려 들다간 팔꿈치 살점까지 남아나질 않겠죠. 치도곤이나 주장을 내리칠 땐 힘을 잔뜩 실어야 하지만 삼모장은 달라요. 훨씬 가볍죠. 여자인 제가 들어도 나비춤을 사뿐사뿐 출 정도랍니다. 삼모장을 든 교졸이 저를 보며 빙긋

웃을지도 몰라요. 봄 강으로 나들이 가서, 흐드러진 꽃들 사이로 오가는 나비와 벌 들을 쫓기 위해 휘휘 젓는 느낌이랄까요. 나비와 벌 들은 모서리를 피해 달아나겠지만 저는 피할 곳이 없습니다. 입을 열지 않으면 협박당할 테죠. 모서리 맛을 아직 덜 본 모양이라고. 두 뺨 중 하나를 고르라고. 없는 보조개를 큼지막하게 만들어주겠노라고. 왼뺨과 오른뺨 중 하나를 고를 수 있겠어요? 어느 쪽도 삼모장이 닿아선 안 되잖아요?

왜 저들은 삼모장 같은 걸 만들었을까요? 곤이나 장으로 때리고 싶으면 때리든지 단검이나 장검으로 베고 싶으면 베든지. 무게와 날카로움을 짐짓 숨기는 듯하면서, 고통은 고통대로 몽땅 안기는 이 짓. 삼모장은 천주님이 만드신 게 아니겠죠? 이 삼모장만은 마귀가 만든 게 틀림없어요. 사람에 대한 사랑이 티끌만큼만 있더라도, 결코 이렇게 세 모서리로 괴롭힐 마음을 못 품죠. 천주님의 일이 아니고 예수님의 일이 아니고 또 사람의 일도 아니에요. 이건 지옥의 일이고 마귀의 일이죠. 틀림없어요."

"줄이다. 내가 꼬았으면 훨씬 부드럽고 잔털이 없을 텐데 거칠기 그지없는 줄이다. 게으른 자의 줄이다. 그 줄로 배를 우선 두른다. 한 번 두르고 두 번 두르고 세 번 두른 뒤 양쪽에서 교졸 둘이 당긴다. 답답하지만 토할 것 같진 않다. 옥에 갇힌 뒤 먹은 것이 없다. 식은 죽과 물 한 사발이 전부다. 그 죽과 물도 치도곤 다섯 대 맞고 한 번 토하고, 학춤 두 번 추곤 또 한 번 토해 몸 밖으로 내보냈다. 한 녀석이 줄을 풀고 또 한 녀석이 줄을 당긴다. 살갗이 쓸린다. 쓰리다. 이번엔 반대 방향으로 두 배 세게 줄을 풀고 당긴다. 줄이 살갗을 찢으면서 파고든다. 찢긴 자리를 다시 찢고 또다시 찢는다. 톱질당해 움푹 들어간 나무 밑동처럼 배가 움푹 파인 꼴이다. 줄은 이미 붉다. 피비린내가 진동한다. 그렇게 백 번 정도를 풀고 당긴다. 줄이 살갗을 파먹는다. 더 많은 피가 흐른다. 이번엔 두 팔목을 여덟 팔자로 감아 묶는다. 팔목 사이 줄이 낀 모양새다. 왼 교졸이 줄을 풀고 오른 교졸이 당기자마자, 나는 비명을 지른다. 손목을 당장 끊어놓을 듯 줄이 살갗을 찢는다. 이건 정말 톱질이다. 살갗이 찢기고 뼈마디가 나뉘어 팔에서 뚝 끊겨 떨어진 내 두 손!"

다리 주리, 팔 주리, 줄 주리에 대해서도 긴 상상이 이어졌다. 상상만으로도 끔찍한 내일이었다. 밤이 밤으로 이어지거나 오늘 다음에 오늘이 또 찾아오기를 바랐다. 그와 같은 기적이 일어나지 않는다는 것을 그들은 또한 알았다. '설마, 설마' 하며 믿지 않으려 한 상상까지 초월한 방식으로, 그들은 괴롭힘을 당할 것이다. 몸과 함께 마음도 무너져내릴 것이다. 어디까지 말할 것인가, 또 어디서부터 말하지 않을 것인가. 이미 두 차례 미리 정한 담벼락이 무너졌지만, 그 단어와 이야기 들은 기록되지 않았다. 옥에 갇힌 교인들의 귀를 통해 가슴 가슴에 박혔더라도, 나중에 천천히 풀며 용서를 구할 건 구하고 벌받을 건 받으면 된다. 두 번은 좌절했지만 세 번째는 지키고 싶다. 그러나 자신이 없다. 치도곤보다도 학춤보다도 혹독하다면! 세 번째도 무너진 뒤 나는 온전히 천주의 자녀로 살아갈 수 있을까.

2월 18일, 금창배는 조봉두에게 나머지 문초를 갑자기 넘겼다. 죄인들을 다룰 세 번째이자 마지막 방법을 알려준 후 내건 조건은 단 한 가지였다. 이제부터 죄인들의 자백을 기침 소리 하나 빼먹지 않고 모조리 적어 올릴 것! 조봉두는 기꺼이 받아들였다. 곡성에서 잡아들인 죄인들을 금창배만 문초했다는 소문이 나중에라도 돌면 현감 체면을 구길 것이다. 문초한 내용을 기록하는 것은 형방을 비롯한 아전들이 늘 하는 일이었다. 그 많은 자백을 왜 한 문장도 옮겨 적지 않는지 답답하고 화가 났다. 죄인들을 몰아세워 자백을 받아내는 방법까지 조봉두 스스로 택하고 싶었지만, 금창배가 그것만은 허락하지 않았다. 관우와 장비는 동이 트기 전 은밀히 곡성을 떠났고 금창배만 객사에 남았다.

자백이 쌓이기 시작했다

조봉두는 서두르지 않았다. 이틀 동안 금창배가 치도곤과 학춤으로 죄인들을 다루는 과정을 보며 나름대로 배운 것이다. 죄인들이 스스로 무너질 때까지 기다릴 것!

관우와 장비가 가져온 형구들은 옥 마당에 그대로 있었다. 조봉두는 그곳에서 문초를 이어가진 않고 동헌에서 기다렸다. 두 팔이 묶인 채 발목에 차꼬까지 찬 죄인들이 동헌으로 가려면, 옥에서 나와 형구들을 지나쳐 안 문과 바깥 문을 통과해야 했다. 그들은 그제 맞은 치도곤과 어제 매달렸던 왕죽 앞에 주저앉아 한참을 움직이지 못하거나 울음을 쏟거나 오줌을 지렸다. 다른 날의 옥리라면 육모 방망이를 휘둘러 갈 길을 재촉했겠지만 그 아침엔 그냥 뒀다. 죄인들이 스스로 무릎을 펴고 눈물을 훔치고 오줌 흘러내린 자리에 흙 한 줌 얹을 때까지. 차꼬를 끌며 땅만 쳐다보는 사람도 있었고 하늘을 우러르는 사람도 있었으며 멀리 그들이 집을 짓고 옹기를 구우며 살았던 당고개와 천덕산 쪽을 바라보는 사람도 있었다. 그러다가 동헌 대문에 이르면 자기도 모르게 뒷걸음질을 쳤다. 오늘은 또 어떤 고통이 기다릴지 두려운 것이다. 대문은 한 사람이 겨우 드나들 정도만 열렸다. 죄인이 들어서면 대기하던 교졸이 검은 천으로 눈부터 가려 묶었다.

어깨나 머리나 두 발로 더듬으며 걸음을 내디딜 때마다 두려움이 커졌다. 형구를 보면 오늘 닥칠 고통을 짐작하며 각오를 다질 수 있다. 그러나 아무것도 보이지 않으면 아무것도 대비하지 못한다. 언제든 불안하고 어디서든 두렵다. 번개에 얻어맞듯 구덩이에 빠지듯 갑자기 당할 수밖에 없었다.

이호예병형 다섯 아전은 각자 집무실로 쓰던 다섯 개의 방에서 죄인이 오기까지 대기했다. 그들은 방으로 들어가기 전에 잠시 이방의 방에 모였다. 자리에 없는 사람을 이야깃감으로 삼는 것은 옛날이나 지금이나 똑같았다. 그날 판에 올린 이는 배탈 때문에 결근한 공방 석여벽이었다.

"배탈이 맞긴 한 겁니까? 다른 사람은 배앓이를 해도 석 공방만은 하지 않으리라 여겼습니다."

가장 나이 어린 병방이 범 수염을 삐쭉대며 툴툴거렸다. 여섯이 할 일을 다섯이 하면 그만큼 일이 늘어나는 법이다. 호방이 긴 목을 긁으며 받았다.

"배가 아픈 게 아니라 가슴이 아픈 건지도 몰라."

"가슴이라고요?"

"눈치를 보니, 담양댁이 호락호락 넘어오지 않는가 봐."

형방이 이방을 보며 물었다.

"저희가 도와야 할까요?"

이방이 웃으며 고개를 저었다.

"그랬다가 담양댁이 곡성을 떠나버리기라도 하면, 그 원망을 어찌 감당하려고? 남녀 일은 당사자들에게 맡겨. 처녀 총각도 아니고 혼인했던 사람들이니 알아서들 하겠지. 자, 이제 그만 각자의 방으로 가시게나."

방마다 아전이 교졸 한 명을 데리고 들어가 기다렸다. 옥에서 방까지 죄인을 데려온 옥리는 문을 열어 오랏줄만 넘기고 돌아갔다. 교졸은 죄인을 방으로 끌어들여 꿇어앉혔다. 아전은 소리를 죽인 채 없는 사람처럼 가만히 있었다. 바닥엔 사금파리도 개똥도 없었다. 교졸은 차꼬부터 푼 후 둥근 매듭을 지은 줄 속에 죄인의 목을 넣고 죄었다. 교살絞殺 분위기를 풍긴 것이다. 물론 재판을 거치지 않은 교살은 불법이다. 그러나 이틀 동안 지옥을 맛본 죄인들은 나라의 지엄한 법을 따져 자신의 안위를 판단할 겨를이 없었다. 맞아 죽더라도 전혀 어색하지 않았던 그제가 아닌가. 허공에서 춤추다 죽는대도 대수롭지 않던 어제가 아닌가. 오늘 목이 졸려 죽는대도, 충분히 가능할 듯싶었다. 금창배는 그와 같은 만행을 충분히 저지르고도 남을 악마였다.

둥근 매듭을 죄인의 목에 건 후 또 잠시 침묵이 찾아들었다. 숨소리가 점점 크고 거칠어졌다. 치명. 두 글자가 가슴을 치고 도는 중이었다. 세 번째 지옥을 맛본다는 건 목숨이 붙어 있음을 전제한 걱정이다. 그러나 목이 매달린다면 오늘 영영 이승과는 작별이다. 예수 재림의 날을 준비하며 기다리라는 성구를 외우다시피 읊었지만, 그들 중 오늘 바로 치명할 준비가 된 이는 없었다. 실감이 나질 않았다. 그러나 그들의 목을 감은 것은, 몸무게를 넉넉하게 견딜 만큼 굵고 단단한 줄이었다. 벌어진 입에서 침이 흘렀다. 턱이 상하좌우로 불규칙하게 흔들릴 때마다 침이 흩날렸다. 눈을 가린 천도 축축해졌고, 뺨을 타고 흘러내린 눈물이 침과 섞였다.

죄인 중 두 명은 침과 눈물을 삼킨 후 이야기를 시작하기도 전에 사지를 떨다가 기절했다. 열다섯 명은 묻지도 않고 떠버리처럼 이야기부터 시작했다. 질문이 무엇인가는, 다시 말해 자신의 눈을 가리고 이 방으로 끌고 온 자들이 원하는 대답이 무엇인가는 알려고도 하지 않고, 이야기부터 꺼낸 것이다. 이야기라도 하지 않고는 두려움을 누를 수 없는 듯도 보였고, 이야기를 통해 살 길을 찾으려는 듯도 보였다.

스물세 명 중에서 오직 여섯 명만이 눈을 감은 채 고개를 숙이곤 가만히 있었다. 손이 묶였으므로 마지막 기도를 위해 두 손을 모을 수도 없었다. 옆방에서 살려달라는 절규가 들리자, 침묵하는 여섯 명에 속했던 장엇태도 결국 입을 열었다.

"저는, 장엇태라고 합니다. 죽을 때 죽더라도, 이 말씀은 꼭 드리고 싶습니다. 제가 장선마을 나루가 있는 순자강에서 구한 아이들이 스무 명도 넘습니다. 또한 교인들이 도와 허기를 면하고 추위를 이겨 목숨을 건진 곡성 사람들이 수백 명은 될 겁니다. 교우끼리만 위하고 외교인 그러니까 천주교인이 아닌 이들을 업신여기거나 괴롭힌 적은 없다는 말씀입니다. 천주님은 우리를 아끼시듯 그들도 아끼시기 때문입니다. 곡성 교인들이 지금까지 행한 일들을 남김없이 적어주셨으면 합니다. 저는 천주님을 믿습니다. 그분이 천지를 창조하셨다는 것도 믿고, 그분이 우리를 사랑하신다는 것도 믿습니다……"

장엇태의 긴 이야기가 끝난 뒤에도 나머지 다섯 명은 기다리고 또 기다렸다. 이야기하면 질문하겠다는 입장과 질문을 받기 전엔 이야기하지 않겠다는 입장이 팽팽하게 맞섰다.

이날 아전들이 가장 많이 외친 단어는 "잠깐!"이었다. 방방마다 그 소리가 메아리처럼 들렸다. 죄인들의 자백을 그제나 어제처럼 흘리지 말고, 숨소리까지 전부 적어오라는 조봉두의 엄명이 있었다. 아전들은 그 글을 곧바로 전라감영에 올리지 않고 금창배가 검토한다는 것이 더 두려웠다. 혹시 빠뜨리거나 잘못 적은 부분이 적발되면 아전들의 볼기짝이 남아나질 않을 듯했다. 종이를 펴고 갈아놓은 먹에 붓을 듬뿍 묻히곤, 들리는 대로 모조리 적을 준비를 마쳤다. 그러나 이야기가 시작되자마자, 약속이라도 한 듯 다섯 아전들이 각자의 방에서 "잠깐!"을 외쳤다.

"잠깐! 치명? 그게 뭐지? 명령을 받든단 건가? 치명이 아니고 지명 아냐? 고을 이름이나 강 이름이나 산 이름?"

"잠깐! 대월對越, 현실을 뛰어넘어 천주님을 만나다? 천주를 대월한다는 게 뭔 소리야? 나라 이름이야? 월나라?"

"잠깐! 첨례瞻禮, 예배? 옹기 구울 때 하는 일이야? 어떻게 하는데?"

"잠깐! 부마負魔, 악마에 들리다? 부마하지 않는다는 게 뭐야?"

"잠깐! 할손례割損禮, 할례? 이런 예는 들어본 적이 없어. 무얼 나누어 앗는다는 게지?"

산 넘어 산이었다. 단어 하나를 몰라 따지면 모르는 단어가 두 개 더 나오고 또 물으면 열 개 이상 쏟아지는 식이었다. 아전이 알아듣지 못하고 짜증을 내면 죄인들은 더 빨리 말했다. 이해할 수 없으니 여기서 중단하고 목을 졸라 죽이겠다고 할까 싶어 두려웠던 것이다. 외교인인 아전들이 듣자마자 쉽게 받아들일 단어를 죄인들은 골라 바꾸지 못했다. 단어들을 함부로 편하게 썼다간 천벌을 받고 그 자리에서 땅이 꺼져 지옥에 떨어진다고, 으뜸 옹기 대장 이오득이 입버릇처럼 강조했던 것이다. 덕실마을과 무명마을에서 교우들끼린 이렇듯 대화가 막힌 적이 없었다. 사람과 단어와 문장이 삶 속에 녹아 흐르기 때문이었다.

사람과 단어와 문장뿐만이 아니다. 죄인들이 자연스럽게 밝힌 시간들도 아전들을 혼돈에 빠뜨렸다. 죄인들은 〈첨례표〉에 따라, 하루를 일주일을 한 달을 일 년을 살아갔다. 달이 차고 기우는 것으로 시간의 흐름을 파악하는 것과는 달리 천주의 뜻을 충실히 받드는 시간표에 따랐다. 그 시간은 달이 아니라 해를 기준으로 모이고 흩어지며 흐르고 나뉘었다. 성인聖人들이 태어나고 활동하고 죽은 날들은 모두 양력으로 기록되었고, 죄인들은 그 날짜를 음력으로 바꿔 확인한 후 기억하고 기렸다.

"성체대례일聖體大禮日, 주님 만찬 성목요일? 그날이 언젠데? 무슨 성체고 무슨 큰 예를 했다는 거야?"

"예수님이 거룩하게 변모한 축일耶穌顯聖容이라고? 8월 6일? 가을걷이가 한창일 땐데, 예수의 얼굴이 변한 날이라고? 왜 그날 변해?"

"성모승천대축일聖母升天大祝日? 선녀처럼 하늘로 올라간 날인가? 올라가는 걸 누가 봤어? 바람을 타고 올라갔나 구름을 타고 올라갔나?"

처음부터 차근차근 따져 물을 수밖에 없었다. 점심이 지나고 해가 지고 밤이 깊었지만 문초를 끝낸 방은 없었다. 밥 먹는 시간까지 아껴 죄인들과 마주 앉았다. 꼬박 하루를 지새우고 2월 19일 새벽에야 겨우 문초를 마쳤다. 금창배는 자백이 담긴 문서를 정서 하지 말고 그대로 가져오라고 명했다. 조봉두가 객사로 직접 가서 정돈을 위해 반나절만 기다려달라고 설득했지만 단칼에 거절당 했다. 아전들은 자신들이 정신없이 듣고 옮긴 글을 다시 살필 겨 를도 없이 객사로 가져가야만 했다.

눈꺼풀을 밀어 올릴 힘도 없을 만큼 지친 몰골로 돌아온 아전 들은, 아무리 힘들어도 담배는 한 모금씩 빨고 자자며 이방을 따 라 들어갔다. 담뱃대에 불을 나눠 피우며 이방이 물었다.

"다들 어땠는가?"

호방이 콧김을 세차게 뿜으며 받았다.

"곤장을 치든가 멍석말이를 하는 게 낫지, 두 번 다신 못 할 노 릇입니다. 모든 걸 털어놓지 않으면 죽이겠단 위협을 꼭 저딴 식 으로 해야 합니까? 징제비가 얼마나 징한지 알아버렸네요."

동시에 고개를 끄덕였다. 조봉두는 죄인들을 교살형으로 몰아 자백을 받아내라며, 문초하는 방법을 상세히 설명했다. 그러나 아 전들은 아무도 그것을, 어리석고 게으른 현감이 만든 묘책이라고 여기지 않았다. 이방이 다시 물었다.

"성과들은 있었고?"

예방이 받았다.

"에…… 그러니까 이오득이 으뜸 옹기 대장인 건 알았지만, 당 고개와 미륵골에 천주쟁이들의 세상을 만들어놓고, 그 뭐라더라, 맞다, 회장 노릇을 한 줄은 몰랐습니다. 왕거미와도 같은 그놈을 못 잡았으니, 제아무리 성과가 있어봤자 내세울 만하질 않겠지요."

병방이 제법 길게 거들었다.

"최연지. 스무 살이고, 삼 년 전 곡성으로 오기 전까진 해남 달마산 자락의 암자에서 살았답니다. 태어났을 때부터 줄곧 암자에만 머물렀대요. 처음엔 승려가 한 명이었고, 그 승려가 아버지겠거니 믿고 따랐다고 하고요. 나중엔 암자에 신도들이 제법 와선 승려가 다섯 명까지 늘었답니다. 암자에 여자는 최연지뿐이니, 예닐곱 살 때부터 밥 짓고 설거지하는 건 다 자기 일이었다는군요. 근데 사월 초파일에 신도 쉰두 명이 올라와선 탑돌이를 했는데, 그 새벽에 신도 하나가 피를 토하며 쓰러졌대요. 그냥 쓰러진 게 아니라, 열이 펄펄 끓어서, 그 여자가 치마를 훌훌 벗어 던지고 저고리까지 풀다가 기절한 거예요. 그리고 곧 숨이 넘어가버렸답니다. 이상한 건 그렇게 첫 병자가 나오자마자 곧이어 두 번째로 일흔 살을 넘긴 노파가 쓰러져 죽었고, 그다음으론 스무 살을 갓 넘긴 사내가 계곡물로 뛰어들다가 바위에 이마를 부딪친 후 죽었대요. 새벽 동이 틀 때까지, 탑돌이를 하던 쉰두 명의 신도와 암자의 다섯 승려까지 모두 죽었답니다.

최연지도 온몸이 불타는 듯 뜨거워지더니 정신을 잃었대요. 이렇게 죽는구나 생각했답니다. 새벽에 눈을 뜨니 살아난 건 자신뿐이고, 암자 안팎에 시신이 가득했대요. 너무 무서워서 산을 뛰어내려가서 마을에 알리고 도움을 청했답니다. 그런데 도와주는 사람은 아무도 없고, 최연지가 나타나면 마을 밖으로 내몰기 위해 돌팔매질부터 했대요. 악귀에 씌었다는 거죠. 먹지도 못한 채, 해남을 벗어나서 강진으로 갔답니다. 한데 벌써 강진까지 괴질 퍼뜨린 계집이란 소문이 좍 퍼져서 다시 영암까지 올라가야 했답니다.

길 위에서 쓰러져 죽게 생겼을 때, 누군가 다가오더랍니다. 최연지의 머리를 제 무릎에 올리곤 옆구리에 찬 작은 물통을 열어 깨끗하고 시원한 물을 조금씩 입술에 흘려줬대요. 겨우 말을 뱉을 만큼 기운을 차린 뒤 최연지가 도움을 준 사내에게 건넨 첫마디가 이거였답니다. '저 악귀 아니에요.' 사내가 짧게 답했답니다. '알아! 나도 천신이 아니니까.' 그 사내가 바로 이오득이었대요."

아전들은 죄인들과 입씨름했던 각자 방으로 돌아가선 벽에 기대어 쉬었다. 금창배가 언제 불호령을 내릴지 몰랐기에, 귀가하여 편히 두 발 뻗고 잠들 수 없었다. 깜빡 졸다가도 번갈아 깼다. 깨고 나선 머리를 쥐어뜯거나 손바닥으로 제 얼굴을 훑어 내리거나 혀를 찼다. 적지 못한 단어나 문장이 꿈에 보이거나 들렸던 것이다. 자책했지만 끼워넣을 방법은 없었다. 금창배에게 들키지 않고 무사히 지나가기만을 빌었다.

금창배는 객사에서 꼬박 하루를 더 머물렀다. 끼니도 물리고 용변도 방에서 요강으로 처리했다. 아전들이 번갈아 객사 주변을 살폈지만 고요했다. 저물 무렵엔 조봉두까지 갔지만 금창배는 방문을 열지 않았다. 조봉두는 떨어진 매화를 스무 송이나 줍곤 돌아왔다. 불길했다.

2월 20일 새벽, 금창배는 곡성을 떠나려 했다.

어둠을 지우고 매화가 떨어졌던 자리로 나온 이는 조봉두였다. 금창배가 걸음을 멈추었다. 조봉두가 밤을 새워 이 자리를 떠나지 않은 까닭을 말했다.

"하나만 묻겠습니다. 왜 평생 사학죄인들을 잡아들이는 데만 진력하셨습니까?"

침묵하거나 단칼에 끊을 듯 매서운 눈매였지만, 금창배는 답을 줬다.

"품격을 지키고 싶어서라오."

"품격……이라 하셨습니까?"

조봉두가 예상한 단어가 아니었다. 원한이라거나 욕심이라거나 경멸이라면 받아들이고 길을 내줬을 것이다. 금창배가 덧붙였다.

"포도군관으로 시작하여 평생 죄인들을 잡아들이는 데 힘을 쏟았으나, 그건 다 공맹의 도리를 따르는 일이었소. 천주교도들을 잡아들여 천주를 믿는 이유를 들으면 들을수록, 격이 떨어지는 자들이라 여겼다오."

"격이 떨어진다? 어찌 그리 생각하였습니까?"

"공맹의 도리가 무엇이라 생각하오? 군자가 되기 위해 일신우일신하는 것이며, 인仁하는 것이 아니겠소? 한데 천주교인들은 군자가 되는 길, 더 나은 사람이 되는 길을 천주에게 빌고 또 비는 게요. 지옥에 가지 말게 해달라고 빌고, 천당에 가게 해달라고 비는 식이오. 사랑하게 해달라 빌지 말고 사랑하면 되고, 용서하게 해달라 빌지 말고 용서하면 되고, 죄짓지 말게 해달라 빌지 말고 죄짓지 않으면 되는 일 아니겠소? 십이단十二端, 열두 개의 기도문을 외울 시간에 열두 가지 사람다운 일을 하라, 그게 내 생각이라오.

수양하여 군자의 나라로 가는 것과 순종하여 천주의 나라로 가는 건 하늘과 땅 차이라오. 조선은 고귀한 군왕부터 가난한 시골 농부까지 전자의 길을 사백 년이 넘도록 걸어왔소. 천주를 앞세운 후자의 길은 전자의 길과는 확연히 다른 길이며, 사람이 스스로 좋은 사람 나은 사람이 되는 것을 막는, 길도 아닌 길이라오. 천주교인이 사람들을 현혹할 때 즐겨 하는 주장 중에 천주 앞에선 양반과 천민의 차별도 없고, 여자와 남자의 차별도 없으며, 어른과 아이의 차별도 없다 하오. 하지만 천주교에는 영원한 차별이 있으니, 그것은 곧 천주라는 신과 그 신이 만들었다는 피조물인 사람 사이의 차별이오. 아무리 훌륭한 사람도 천주 발톱의 때보다 못하다오. 하지만 십맹일장十盲一杖, 열 명의 장님을 위한 한 개의 지팡이처럼 중요한 공맹의 도리가 무엇인 줄 아오?

군자는 제아무리 강력한 권세를 지닌 군왕과도 대등하다오. 공맹에선 신의 문제까지 따지진 않지만, 천주를 포함하여 그 어떤 신 앞에서도 군자는 대등하게 묻고 답하는 것을 포기하진 않소. 공맹의 도리에서 사람은 그처럼 높고 아름답고 당당한 자리에 앉았었소. 하지만 천주교에서 사람의 자리는, 설령 성인으로 추앙받는 자들이라고 해도, 천주에 비하면 하찮고 하찮을 따름이오. 그건 성인에 오른 천주교인들 스스로 고백하는 내용이기도 하오. 그래서 나는 공맹이 높인 사람의 품격을 낮추는 천주교를 형편없는 종교라여기는 것이오. 이토록 사람에게 해로우면서 또 마치 사람을 위하는 척 사악하니, 반드시 없애야 할 흉측한 믿음이 아니겠소?"

차별 없는 세상을 주장하는 천주교가 신과 사람의 차별로부터 시작된 종교라는 주장이었다. 조봉두는 금창배처럼 치밀하게 자기 고민과 논리를 지니진 않았다. 나랏법에서 금했으니 따른다는 마음이 훨씬 컸고, 또 그게 더 편했다. 조봉두는 나이가 무색할 만큼 단단하고 날렵한 금창배의 뒷모습을 지켜보다가 객사로 들어갔다.

금창배가 검토한 문서는 병풍 옆에 가지런히 쌓였고 서찰 한

장이 서안에 놓였다. 두 가지 명령만 짧게 적혀 있었다.

— 문서들을 정서하여 전라감사에게 올릴 것.
— 천주교인들을 최대한 빨리 전라감영으로 보낼 것.

마지막에 열거된 이름은 전라감영이 있는 전주로 압송할 죄인들이었다. 조봉두는 꽃잎을 하나하나 씹듯 그 명단을 혀에 올리곤 되뇌었다. 미간이 좁아졌다. 금창배가 도착하자마자 어떤 근거로 스물세 명을 새로 잡아들였는지 몰랐던 것처럼, 감영으로 올려 보내라는 그 이유 또한 파악하기 어려웠던 것이다.

아전들은 각자 맡은 문서를 객사 마루에 펼치곤 앉았다. 방에 따로따로 들어가지 않고 함께 정서하기로 한 것이다. 단어나 문장도 서로 묻고 고민하면서 시간을 단축하기 위해서였다. 문서 첫 장을 넘기자마자 아전들은 눈을 휘둥그레 떴다. 붉은 글자와 점과 선이 불꽃처럼 가득 찬 것이다. 대나무를 쪼개듯 글자들을 반으로 갈라 아래로 죽 긋고 그 옆에 붉은 글자들을 적었고, 몇몇 단어에는 한자를 나란히 적었으며, 한자를 넣고도 뜻을 이해하기 어렵겠다 싶은 단어는 파리 눈알처럼 작은 글자로 여백을 골라 설명을 채웠다. 서체가 반듯반듯 날렵했다. 일흔 살에 두 뺨 가득 검버섯이 핀, 그것도 글을 읽거나 쓸 땐 눈이 편치 않아 외알을 써야만 하는 노인의 필체라곤 믿기 힘들었다.

금창배야말로 형조와 의금부와 좌우 포도청을 통틀어 천주교에 관한 서책을 가장 많이 읽었고, 천주교인을 제일 많이 만났으며, 또 그 교리에 대한 궁구를 누구보다도 깊게 해온 사람이란 평가가 과장이 아니었다. 조봉두는 만약 금창배가 적장이라면 전투에서 이기기 힘들겠다는 생각을 했고, 앞으로는 어떤 시빗거리도 금창배와의 사이에 만들고 싶지 않았다. 조 정승이 사학죄인들의 문초를 금창배에게 일임하라고 한 이유를 확실히 깨달았다. 사람의 가장 약한 부분을 정확히 알 뿐만 아니라, 한 치의 망설임도 없이 거기를 찌르는 자가 바로 금창배였다. 아전이나 교졸들에게 남은 손바닥만 한 정情이라든가 현감이 지닌 출세와 돈에 대한 욕심도 금창배에겐 없었다. 그는 오직 천주교인을 한 명이라도 더 알아내려 했고, 제 눈앞에 붙들려 온 천주교인을 한 명이라도 더 배교시키려 했다. 그것을 위해서라면 무슨 짓이라도 했고, 그것이 아니라면 어떤 짓도 하지 않았다.

조봉두는 서안을 내려다보며 아전들에게 엄명을 내렸다.

"여기 적힌 자들을 지금 당장 전라감영으로 압송하고, 전라감사께 올릴 문서는 무슨 일이 있더라도 오늘 밤까지 마친 후 파발로 보내도록 하라. 서두르렷다!"

2장

지옥

길 위에서

길 위에서 사흘을 보냈다.

형방 남근주와 공방 석여벽이 교졸 열 명을 데리고 죄인들을 인솔했다. 죄인 압송은 형방의 일이지만 공방이 돕겠다며 나선 것이다. 죄인들을 문초한 기록은 2월 20일 늦은 밤 곡성을 떠나 2월 21일 전라감사 최두웅이 점심 수저를 뜨기 전 감영에 도착했다.

봄이라 다행이었다. 오라에 줄줄이 묶여 끌려가는 죄인들이 신을 제대로 신었을 리 없고 옷을 챙겨 입었을 리 없다. 끼니를 제때 먹을 리 없고 물 한 모금 편히 마실 리 없다. 겨울이라면 동상에 걸렸을 테고 여름이라면 더위를 먹었을 테다. 봄이기에 맨발이라도 무른 땅을 디딜 만했고 맞바람도 맞을 만했다.

그렇다고 고통이 없는 것은 아니다. 때로는 죄인 스스로 고통을 불러들이기도 한다.

곡성 관아를 나설 때 작은 소란이 있었다. 옥 바깥문 앞에서 기다리던 짱구가 길 위에 드러누운 것이다. 뒤늦게 옥으로 들어갔지만, 금창배가 와서 새로 죄인들을 골라 가둘 때 풀려났다. 옥에서 나왔다 해도 대부분은 덕실마을과 무명마을의 가마와 창고에 다시 갇혔다. 그러나 짱구는 옥에 들어갈 때도 혼자였듯이 옥에서 나온 후에도 혼자 버려졌다. 몸도 못 가누는 덜떨어진 거지에게 관심을 두는 교졸은 없었다. 형방은 짱구의 엉덩이를 걷어차며, 관아 근처에는 얼씬도 말고 석곡이든 죽곡이든 골짜기에 틀어박혀 있으라고 했다. 그 말을 듣지 않고 나타나선 압송을 방해한 것이다. 형방이 긴 혀를 날름거리며 화를 냈다.

"뭐야 너? 정말 뒈지도록 맞아볼래?"

"함께…… 가겠습니다."

"어딜? 어디로 가는 줄이나 알아?"

"지옥에라도…… 가겠습니다. 요단…… 강이라도 건너고, 골고다…… 언덕이라도 오르겠습니다."

형방이 죄인들을 돌아보며 짱구에게 물었다.

"누가 너한테 가라고 시켰는데?"

"태양과 같아서…… 어둠을 사라지게 만드는…… 빛과 같은 분이십니다."

형방이 말꼬리를 붙들곤 천천히 캐물었다.

"빛과 같다고? 누군데, 그자가? 혹시 이오득이냐?"

"어디에나 계시는…… 천주님이십니다."

얼굴을 찌푸린 형방은 곧장 나아가선 짱구의 왼 무릎을 자근자근 밟았다.

"지옥은 아무나 가는 줄 알아? 내가 형방으로 있는 한, 넌 평생 곡성 길바닥을 뒤뚱거리면서 빌어먹을 거야. 아무 데도 못 가. 뭣들 해, 어서 저 병신 치우지 않고."

교졸들이 달려와선 짱구를 옮기려 했다. 축 늘어진 왼 다리와 팔은 쉽게 들렸지만, 오른 다리와 팔은 교졸들의 다리를 감고 허리를 붙든 채 버텼다. 앞니로 바짓단을 물고 늘어지기까지 하는 바람에 교졸 셋이 엉켜 넘어졌다. 오라에 묶인 죄인들이 무릎을 꿇은 채 짱구가 들려 나갈 때까지 눈물을 쏟았다. 구경꾼들이 모여들었다. 짱구는 괴성을 지르며 팔다리를 뒤틀면서 교졸들의 귀와 목과 어깨를 물어뜯었다. 성난 교졸들의 몽둥이가 짱구의 이마를 찢는 바람에, 얼굴이 피로 시뻘겋게 물들었다. 공방이 형방에게 다가갔다.

"적당히 해. 이러다가 뒈지기라도 하면 형방만 곤란해져."

형방이 분을 삭이지 못하고 받아쳤다.

"저깟 놈 죽는다고 내가 눈이라도 깜짝할 것 같아?"

"자자, 진정하게. 저깟 놈을 옥 앞에서 패 죽였단 소식이 행여금 종사관 귀에라도 들어갈까 걱정하는 거라네. 조용히 재빨리 감영으로 압송하라고 명하질 않았는가. 한데 지금 이건 조용하지도 않고 재빠르지도 않지."

"어찌하잔 건가?"

공방이 대답 대신 형방의 손등을 가볍게 두드린 뒤 나섰다.

"물러들 나."

교졸들이 손을 놓곤 씩씩대며 뒷걸음질을 쳤다. 공방이 짱구와 마주 앉아 좋은 말로 타일렀다.

"사흘 안에 그러니까 2월 22일 밤까진 전라감영이 있는 전주에 닿아야 해. 잠을 줄이며 부지런히 가도 빠듯해. 그때까지 못 가면 금 종사관이 저 죄인들을 어떻게 벌할지는 나도 모르겠어. 분명한 건 나나 네가 상상하는 것 이상으로 괴롭힐 거야. 지옥 맛을 보여주겠지. 널 데리고 가면, 감영까진 사흘은커녕 열흘로도 부족해. 너 하나 때문에 네가 교우들이라고 부르는 저들이 고통받으면 좋겠어? 전주에 가봤자 어차피 넌 옥에 함께 갇히지도 못해. 감영 옥이 아무나 들어가는 덴 줄 알아? 거기에 갇혀 문초를 받을 명단은 이미 다 짜서 올렸어. 거기에 짱구 네 이름이 있겠어 없겠어? 그러니 돌아가서 기다려. 꼭 그렇게 전주로 가고 싶다면, 저들과 같은 오랏줄에 묶이지 말고 혼자서 오든가. 그건 말리지 않을게. 하지만 지금 이건 너 죽고 나 죽자는, 다 같이 죽자는 것밖에 안 돼."

오른팔로 땅을 짚고 비스듬히 앉은 짱구가 공방과 눈을 맞춘 후 미끄러지듯 왼쪽 어깨 너머를 살폈다. 공방도 자연스럽게 고개를 돌렸다. 거기, 강송이 곁에 섰던 사내가 황급히 물러나는 것이 보였다. 산포수 길치목이었다. 교졸들이 짱구를 옮기느라 신경을 쏟는 동안, 길치목이 강송이에게 다가섰던 것이다. 공방이 두 눈을 더욱 크게 뜨곤 짱구를 노렸다.

"무슨 짓인가? 산포수랑 작당을 한 겐가?"

짱구는 답하지 않고 입가에 묘한 웃음을 머금은 채 고개를 돌려 다른 죄인들과 눈을 맞췄다. 젖은 눈들이 좌우로 흔들렸다. 그만 그치라는 뜻이다. 짱구가 오른 팔꿈치를 펴면서 허리를 세웠다. 그리고 왼 몸을 뒤뚱이며 길 밖으로 걸음을 뗐다. 힘이 실리지 않는 왼 다리는 무릎부터 발등까지 땅에 질질 끌리는 꼴이었다. 공방은 다가서려는 교졸들을 제지했다. 달팽이 한 마리가 길을 가로지르는 듯했다. 한없이 느린 시간이 지나간 뒤, 교졸들은 방망이를 허공에 휘둘러 구경꾼들을 흩으면서 오랏줄을 힘껏 당겨 죄인들의 걸음을 재촉했다.

황조롱이가 날고 새털구름이 흐르고 강이 휘돌고 마을이 나타났다가 사라져도, 죄인들은 고개를 들어 주변을 살피지 않았다. 땅만 보고 걸었다. 넘어질까 염려하여 시선을 내린 것은 아니었다. 돌부리에 채어 기우뚱거리기도 했지만 대부분의 길은 평탄했다. 관우와 장비에게 치도곤 여섯 대를 맞고 왕죽에 매달려 학춤을 춘 후유증도 컸지만, 눈을 가린 채 줄을 목에 걸고 온갖 이야기를 죄다 털어놓은 자기 자신에 대한 부끄러움이 고개를 숙이게 만든 것이다. 곡성을 벗어나니 허전함이 더했다. 뒤돌아 잠깐 순자강 줄기와 동악산 자락을 살피기도 했지만, 이내 굽이를 돌자 익숙하던 풍경마저 사라졌다. 돌이키는 것은 불가능했다. 이제 사학죄인으로 전라감영에 끌려가는 일만 남았다.

목숨을 걸고 지켜야 하는 주일 첨례도 챙기지 못했다. 평생 부끄러워해야 할 일이었다. 2월 10일 성회례일부터 사순재가 시작되었다. 사순재는 다른 날보다 특히 더 예수의 고통을 생각하고 느끼며 경건하게 지내는 기간이다. 사순재 내내 소재小齋, 금육는 물론이고 대재大齋, 금식까지 하는 이들이 적지 않았다. 함께 모여 네 가지 복된 말씀에 적힌 예수의 언행을 외우고 나누며, 기도에 기도를 더하면서 사순재를 보내왔던 것이다. 그러나 올해는 끌려가 옥에 갇히는 바람에 사순재의 경건함을 지킬 수 없었다. 처음엔 신앙이 깊은 교인이 아닌 척하느라 사순재를 앞세우기 힘들었다. 교우촌이 위기에 처하면 초신자들을 앞세우며 시간을 번다는 계획을 따른 것이긴 하지만, 거짓말로 사순재를 더럽히는 것 같아 괴로웠다.

곡성을 떠나 남원을 거쳐 임실에서 밤을 보낸 후 맞은 2월 21일은 봉재 후 제이주일 첨례일이었다. 첨례 외엔 일하지도 말고 교우촌 밖으로 멀리 다니지도 말아야 하는 날이다. 그들은 천주교인이란 사실을 이미 자백했으니 가릴 것도 감출 것도 없었다.

형방은 새벽부터 죄인들을 깨웠다. 교졸들이 식은 밥 한 덩이씩을 던져주자, 죄인들은 기도를 드린 후 아침을 먹었다. 강성대가 아전과 교졸 들을 향해 목소리를 높였다.

"첨례를 드려야겠소."

형방이 쇳소리를 내며 받아쳤다.

"뭔 개소리야? 첨례?"

강성대가 지지 않고 말했다.

"오늘은 거룩한 날이오. 첨례를 드린 후 이곳에 머물겠소."

"길에서 뒈지려고 작정을 했나……."

공방이 형방의 손을 잡아끈 후 대신 나섰다. 강성대만 겨우 들릴 만큼 속삭였다.

"침향 어르신! 길에서 이러시면 안 됩니다. 감영까진 순순히 가셔야지요. 늦어도 내일 밤엔 전주에 도착해야 합니다."

"그건 그쪽 사정이지. 주일을 거룩하게 지켜야 하오."

"성회례보다도 사흘 전 그러니까 봉재 전 일주일 첨례부터 대재를 지키고 계시니 벌써 열나흘이나 굶으신 겁니다. 걷기도 힘드실 텐데 매라도 맞는다면 견디지 못하십니다. 담양댁이 걱정을 많이 해요."

"담양댁 부탁으로 따라온 게요? 하면 내가 해마다 사순재 내내 대제를 지켜왔던 것도 알겠군. 금식하며 '천주십계'를 지키다가 길 위에서 죽는 것만큼 아름다운 치명이 또 있겠소? 괜히 간섭하다가 자네만 낭패당하지 말고 돌아가시오."

형방이 참지 못하고 다가오며 공방에게 물었다.

"저 늙은이가 뭐라는 거야? 안 걷겠대?"

공방이 둘러댔다.

"안 걷는 게 아니라 못 걷는대. 갑자기 옥살이를 하는 바람에 배앓이가 심하다는군. 잠시 쉬는 편이 나을 듯싶어."

"안 돼. 지금 출발해도 내일 밤에 닿을까 말까라고. 꾀병엔 몽둥이가 약이야. 서너 대만 맞으면 파발마처럼 달릴걸."

형방이 교졸의 육모 방망이를 빼앗아 들곤 공방을 지나서 강성대에게 나아갔다. 장엇태가 병풍처럼 강성대 앞으로 옮겨 앉은 후 긴 목을 뽑아 들곤 말했다.

"첨례를 드리겠소. 그리고 오늘을 거룩하게 지키기 위해 걷지 않겠소."

나머지 죄인들도 한목소리로 말했다.

"첨례를 드리겠소. 걷지 않겠소."

형방이 방망이로 장엇태의 뒤통수를 갈긴 후 명령했다.

"뭣들 해? 당장 일으켜 출발시키지 않으면 너희들도 가만두지 않겠어."

교졸들의 육모 방망이가 춤을 추면서 매타작이 시작되었다. 죄인들은 맞서지 않았다. 때리면 맞고 밟으면 밟혔다. 여자들이 힘에 밀려 억지로 일어서더라도, 오라에 같이 묶인 남자들이 아예 배와 등을 땅에 붙이곤 버텼다. 교졸들이 때리고 때리고 또 때렸지만, 어제처럼 일렬로 서서 조용히 걷는 상황은 돌아오지 않았다.

죄인들이 전부 버틴 것은 아니다. 이마가 터지고 입술이 찢기자 걷겠다며 일어선 이도 있었다. 그러나 오라에 이어져 묶인 이상, 열에 두셋만 결사적으로 누워버리면 압송이 어려웠다. 공방은 극렬하게 버티는 자들은 두고, 걷겠다는 이들만 데리고 출발하자 했다. 형방의 생각은 달랐다.

"아전 둘에 교졸이 겨우 열 명이야. 먼저 출발하면 이마저도 반분돼. 그걸 노리고 저렇듯 난동을 부리는지도 몰라. 지키는 숫자가 줄면 달아날 기회는 느는 법이지."

그 후로도 매질이 이어졌지만, 임실을 벗어나지도 못한 채 해가 졌다. 때리다가 지친다는 말처럼, 죄인들과 온종일 부대낀 교졸들도 끙끙 앓는 소릴 하며 밤을 보냈다.

길 위에서 '천주십계'를 지키기 위해 얻어맞으며, 죄인들 대부분은 온몸으로 깨달았다. 군난이 시작된 고을은 곡성이지만, 된바람을 만난 숲의 불길처럼, 많은 이들이 지독한 어둠에 갇히리란 걸! 평생 곡성 관아에도 들어갈 일이 없었던, 덕실마을과 무명마을 옹기꾼들에게 전라감영은 크고 넓고 두려운 곳이었다.

2월 22일 새벽이 되자, 언제 그랬냐는 듯이 죄인들은 줄지어 걷기 시작했다. 어제 아침부터 밤까지 얻어맞는 바람에, 발을 절뚝이거나 허리를 비틀어 숙이거나 팔을 늘어뜨리거나 피가 섞인 가래침을 뱉어대는 바람에, 행렬은 무겁고도 느렸다. 형방이 답답한 듯 방망이를 휘두르며 소리쳤다.

"빨랑빨랑 움직여. 누구 하나 송장 치고 나서야 제대로 걸을래?"

위협에도 걸음은 빨라지지 않았다. 차라리 어제 하루를 내버려 뒀다면 이러지는 않았을 것이란 때늦은 후회를, 형방은 속으로 삼킨 채 눈만 부라렸다. 강성대가 공방에게 청했다.

"잠시만 물러들 나 있으면 안 되겠소? 우리끼리 이야기 나눌 기회를 주시오."

"알겠습니다. 기회를 드리면 오늘은 부지런히 가실 테지요?"

"그제처럼 빠르게 갈 순 없소. 공방도 보다시피 다친 이들이 많다오. 업어야 할 이도 두셋쯤 있고. 오라를 풀어도 달아나지 못할 정도니, 차라리 업거나 어깨동무를 허락해 주오."

"알겠습니다. 약속하시는 겁니다."

공방이 형방에게 가서 귀띔한 뒤 교졸들을 데리고 오십 보 떨어진 오얏나무 아래로 갔다. 강성대가 손짓하자 죄인들은 그를 중심에 두고 겹으로 원을 그리며 섰다. 강성대가 그들과 눈을 맞추며 이야기를 시작했다.

"어제가 가기 전에 말씀을 전하고 함께 묵상했어야 하는데 틈이 없었습니다. 많이 힘들고 불편하겠지만, 이 모든 것이 다 천주님 뜻이라 믿고 이겨내십시다. 「성사 마두」 제십칠 편에는 등장인물이 많습니다. 예수님과 베드루와 야고버와 그 아우 요왕 앞에 모세와 엘리아까지 나오지요. 모세는 백이십 살에 죽긴 했으되 그 무덤을 알 수 없고 엘리아는 살아서 승천했지요. 불말이 불수레를 끌고 나타났을 때 회오리바람에 휩싸여 하늘로 올라간 바로 그 엘리아입니다. 두 사람 모두 천주님께서 각별하게 아끼셨습니다. 예수님과 두 명의 성인과 세 명의 종도가 모여 있는 곳을 빛나는 구름이 덮고 또 소리가 구름으로부터 나옵니다. 그 소리는 곧 천주님 말씀이지요. 지금부터 감영이 있는 전주에 닿을 때까지 천주님의 이 말씀을 되뇌십시다. 너무 힘들면 하늘을 우러르며 구름 속에서 이 소리가 들리던 날을 그려보십시다.

구름으로부터 들린 소리는 다음과 같습니다. '이는 나의 사랑하는 아들이오. 내 마음을 즐겁게 하는 자니, 너희는 저를 들으라.' 우리 주 예수께서는 천주님의 사랑하는 아들이며, 천주님의 마음을 즐겁게 하는 분입니다. 따라서 우리는 예수님 말씀을 따르면 됩니다. 그리하면 우리의 모든 죄는 전부 용서받을 것이고, 영신靈神은 조찰하게 될 것이며, 또 참된 사랑 안에서 하루하루를 지낼 수 있을 겁니다. 자, 이제 출발해 봅시다. 서로 돕고 서로 믿고 서로 웃으며, 그렇게 가십시다. 다 함께 기도합시다."

고개를 숙인 채 기도를 시작하자 회오리바람이 갑자기 몰아쳐 오얏나무를 때렸다. 교졸들이 깜짝 놀라 나무 아래를 벗어났고, 죄인들도 기도를 그쳤다. 강성대가 목을 길게 빼곤 공방을 쳐다보며 목청을 높였다.

"자, 계속합시다. 천주님께서는 모든 간난신고에도 우리의 육신을 보호하십니다. 하늘에서 만나를 내리시고 바람을 일으켜 만물을 쓰러뜨리십니다."

울음에 대하여

2월 20일 밤 그러니까 곡성을 떠난 사학죄인들은 물론이고 그들의 자백을 기록한 문서가 전라감영이 있는 전주에 닿기도 전, 금창배는 이미 전라감사 최두웅과 독대했다. 최두웅은 다른 이에 대한 품평을 전혀 하지 않았다. 당파를 가리지 않고 두루 어울리며 둥글둥글 모나지 않고 구르다 보니, 종이품 완백完伯, 전라감사의 이칭까지 오른 것이다. 처음 만나는 자리였지만 최두웅은 오랜 벗을 대하듯 친절하게 국화차를 권했다. 금창배는 차를 입에 대지도 않고 장광설부터 폈다.

"백 명을 잡아들여 전부 배교시키더라도, 야고버나 요안 같은 회장들을 놓치면 헛수고입니다. 왜냐하면 그들이 인적 드문 골짜기나 바닷가나 섬으로 들어가 교우촌을 만들어 천주쟁이 백 명을 들이는 건 일도 아니니까요. 백 명을 천 명으로 만들고 천 명을 만명으로 만들어 나타나는 것 역시 시간문젭니다. 구라파 탁덕들이

204

조선 천주쟁이들에게 크게 감동하는 대목이 무엇인지 아십니까? 단 한 명의 탁덕도 조선에 들어간 적이 없는데, 스스로 천주를 믿는 자들이 수십 명도 아니고 수백 명도 아니고 수천 명이나 생겨났다는 겁니다. 누가 그토록 많은 이들을 전교했을까요? 야고버나 요안처럼 교우촌 만드는 일을 평생의 업으로 여긴 자들입니다. 을해년1815년에 야고버는 곰취란 이름을 썼고, 요안은 배창금으로 불렸습니다. 배창금, 바로 제 이름 금창배를 뒤집은 겁니다. 그들을 뒤쫓는 저를 비웃은 거죠. 잡을 테면 잡아보라고 도발한 겁니다."

"야고버와 요안이라! 두 사내와의 악연은 언제부터인가?"

"저들이 대군난이라고 부르는 신유년에 제가 배교시킨 자들이 꽤 많습니다만 그중에서 유난히 세 사내가 잊히질 않습니다. 오만함이 하늘을 찔렀거든요. 그들은 친구였습니다. 천주에 대한 믿음을 함께 키웠죠. 감사 영감이나 저도 그 시절을 지나왔지만, 청춘은 행동보다 말이 저만치 앞서는 때이고, 뱉은 말을 지키려다가 몸도 마음도 다치고 심한 경우 목숨을 잃기도 합니다. 그들도 그랬습니다. 터무니없는 두 가지 약속을 서로 했죠.

치명하자는 것. 그러니까 천주를 위해 죽자는 것.

한 사람이 붙잡히면 나머지 두 사람의 이름과 처소를 말하자는 것.

셋이서 같은 날 함께 죽기를 바랐던 겁니다. 어리석죠. 세상이 자기들 마음먹은 대로 돌아간다고 믿는 순진한 청춘들이니까 그딴 황당한 꿈을 꾸는 겁니다. 그들에겐 저 같은 사람이 필요합니다. 좋게 좋게 타일러선 안 됩니다. 산산조각을 내버려야 다시는 그딴 허황한 바람을 품지 않을 테니까요.

배교까진 긴 시간이 들지 않았습니다. 무엇보다도 그들은 경험이 적었거든요. 혼자만 붙들려 왔다면, 그래도 결국 배교시켰겠지만, 두 배 세 배 시간과 노력이 들었을지도 모릅니다. 하나보다는 둘이 쉽고 둘보다는 셋이나 넷이 더 편합니다. 특히 세 친구처럼 믿음이 돈독한 관계라면 더욱더 좋습니다.

천주를 향한 믿음은 모호한 구석이 많습니다. 사학죄인들을 다루는 데 서툰 관원들은 설전을 벌이기도 하지요. 괜한 수고입니다. 언변에 능하고 서학서를 오랫동안 읽고 외운 교인을 만나면 적어도 백 일은 다퉈야 합니다. 수천 년 동안 이 세상에서 천주를 믿는 바람에 재물을 잃고 가족을 잃고 나라를 잃고 또 자신의 목숨까지 잃은 자들을 성인이나 성녀로 떠받들며, 별별 사람의 이름과 나이와 사건 들을 들이대지요. 백 일이 뭡니까. 요안이나 야고버 같은 자와 마주 앉는다면, 삼 년 그러니까 천 일이 걸려도 끝나지 않을 겁니다. 설득하려는 사람의 입만 아픈 꼴입니다.

천주에 대한 믿음을 논파하려면 어려움이 적지 않지만, 사람에 대한 믿음을 깨는 건, 이 잔을 부수는 것보다도 쉽고 간단합니다. 의심과 실망. 저는 주로 그 둘을 이용합니다. 신유 대군난 세 친구를 예로 들어볼까요. 처음에 세 사람은 천주에 대한 믿음과 친구에 대한 믿음 둘 다를 지키려 합니다. 둘 중에서 친구에 대한 믿음만 먼저 살짝 흔들어줍니다. 야고버에겐 베드루가 널 많이 걱정한다고 하고, 베드루에겐 요안이 널 많이 걱정한다고 하고, 요안에겐 야고버가 널 많이 걱정한다고 합니다. 친구가 자신을 걱정한다는 이야길 들으면 한편으론 고맙지만, 다른 한편으론 내 믿음이 훨씬 강한데 왜 그딴 걱정을 할까 하는 생각이 아주 조금은 생기는 법입니다.

그다음엔 베드루가 한 이야기를 야고버에게 들려주고, 야고버가 한 이야기를 요안에게 들려주고, 요안이 한 이야기를 베드루에게 들려줍니다. 그 말이 맞느냐 틀리냐 따지지 않고 그냥 들려만 주는 거예요. 세 친구는 각자 생각합니다. 이 부분은 나랑 생각이 조금 다르네. 이건 내 기억엔 없는데, 왜 그렇게 말했을까. 자, 이제 틈이 만들어졌습니다. 눈에 보이지도 않을 정도로 아주 미세하지만, 틈이 전혀 없는 벽과 실금이라도 희미하게 있는 건 아주 큰 차이죠.

　그러고 나선 곤을 치든 장을 치든 주리를 틀든 합니다. 이번에는 두 친구가 한 이야기를 한 친구에게 알려줍니다. 매를 서너 대만 맞더라도, 기억이 뒤엉키고, 기억하는 것을 또 말로 정확히 옮기지 못합니다. 더하거나 덜하거나 그렇죠. 두 친구가 했다는 이야기를 듣다 보면 어떻게든 고쳐야겠단 생각이 듭니다. 그게 그런 게 아니라고. 친구들이 잘못 말한 거라고.

　서로를 믿지 않게 된 것이죠. 그 후로는 몇 마디 하지 않더라도 자신이 옳고 두 친구는 틀렸다는 주장을 하기에 이릅니다. 그다음은 간단합니다. 세 친구를 같은 옥방에 넣습니다. 그들은 싸움닭처럼 다투지요. 몸도 맘도 지치고 아픈데도, 서로를 잡아먹기라도 할 듯 따집니다. 그러다가 한 친구가 툭 뱉죠. '살자, 우리!' 나는 살아야겠다라고 말하긴 뭣하니까, 갑자기 금이 갈 대로 간 벽을 메우려는 겁니다. 함께 죽지 말고, 같이 살자, 우리!"

　"살자 우리라고 처음 말한 자가 베드루인가?"

　"야고버나 요안이 아니라 베드루를 지목하신 이유가 무엇입니까?"

　"야고버나 요안은 배교했다가 회두한 자들이라고 하지 않았는

가. 하면 배교자로 끝까지 남은 자는 베드루일 게고."

"베드루는 아닙니다. 베드루가 먼저 털어놓았다면 배교자로 남지 않았을지도 모릅니다."

"그렇겠군. 먼저 마음을 바꾼 친구에 대한 원망이 없힌 겐가?"

"사람이니 당연히 있겠죠. 그 원망이 모래에서 바위로 점점 더 커지는 일이 생기기도 했고요. 그 일에 대해선 나중에 따로 말씀 올리겠습니다."

금창배가 비로소 노란 국화가 그려진 잔을 들었다. 그 잔이 입술에 닿기도 전에 최두웅이 말했다.

"금 종사관의 노고가 얼마나 많았는지는 들어 알고 있네. 그런데 말이야, 평생을 그렇게 천주교인들만 붙잡으러 다니는 이유가 뭔가? 세상에는 요망한 신을 믿거나 나쁜 짓 하는 놈들이 그들 말고도 많지 않은가?"

금창배가 차를 마시지도 않고 잔을 내려놓았다.

"저는 천주교인들이 요망한 신을 믿기 때문에 잡아들이는 게 아닙니다. 요망한 신을 믿는 자들은 천주교인 외에도 많습니다. 석가를 믿는 중들이 수천 명은 족히 되겠지요? 동자신이니 장군신이니 하며 이런저런 신내림을 받은 무당들 역시 줄잡아 수백 명은 될 겁니다. 하지만 나라에서 중이나 무당을 잡아 가두거나 처형하진 않습니다. 왜냐하면 그들의 믿음이 이 나라를 흔들 만큼 불온하진 않기 때문입니다."

"불온하다?"

"불온하지 않다면, 천주를 믿는 게 문제 될 것이 없지요. 따지고 보면 석가도 먼 천축에서 추앙받던 자가 아닙니까. 제가 천주교인을 잡아들이는 것은 그들이 다른 세상을 만들고자 하기 때문입니다."

"다른 세상이라고?"

"천주교인들은 천주의 가르침에 따라 다른 법과 다른 예를 지키려 들지요. 그들에게는 천주의 말씀이 있고, '천주십계'라는 법이 있으며, 그 법 아래 무수한 예가 있습니다. 그들은 인적이 드문 산천에 마을을 이루며 숨어서 그들만의 세상을 누려온 겁니다."

"그래봤자 수백 명에 불과하지 않는가? 그들이 어찌 이 나라에 위협이 되겠는가?"

"황사영의 글을 감사께서도 읽으신 적이 있다 하지 않으셨는지요? 구라파 그러니까 청나라보다 더 서쪽 대륙에 있는 대부분의 나라들은 천주를 믿고 천주의 법과 예에 따릅니다. 조선의 천주교인들과 그 나라들이 내통한다면, 이건 이만저만 심각한 일이 아닙니다."

"그러한가? ……내 생각이 짧았군."

최두웅은 그 정도에서 이야기를 맺으려 했다. 무겁고 심각한 문제는 무조건 피하면서 여기까지 왔던 것이다. 전라도도 아니고 구라파의 여러 나라들에까지 관심을 가질 마음이 그에겐 없었다. 그러나 금창배는 설명을 이었다.

"천주교인 외에도 나쁜 자들이 많지 않느냐 물으신다면 그렇다고 답하겠습니다. 하지만 나쁜 자들 중에서도 천주교인이 가장 나쁩니다. 천주교인들은 이 나라 전체를 어지럽히려 드는 겁니다. 공맹의 평온을 깨뜨리고 난亂을 만드는 것이죠. 그 난에 한번 젖으면 헤어나질 못합니다. 그래서 신유년 윤음綸音에서도, 천주교가 백성을 속이고 세상을 미혹시키며 인륜을 없애고 상도를 무너뜨린다고 한 겁니다. 천주교인의 나쁜 짓이 바위라면, 다른 자들의 나쁜 짓은 모래에도 미치지 못하는 까닭이 여기에 있습니다. 역도逆徒들입니다. 언제라도 그들이 믿는 천주를 위해 목숨을 걸고 싸울 자들입니다. 구라파의 역사가 그것을 증명합니다."

전라감사 최두웅과의 독대가 끝나고 사흘 뒤, 2월 23일 자시에 곡성의 죄인들이 도착했다. 모두 열여덟 명이었다.

금창배는 곡성 옥에 갇힌 스물세 명 중에서 다섯 명을 무명마을로 돌려보냈다. 최연지, 공나나, 두은심, 가명례, 박두영, 산도깨비처럼 천덕산을 몰려다니던 젊은 여인들이 압송 명단에서 빠진 것이다. 저마다의 삶이 기구하고 천주에 대한 믿음은 깊지만 다섯 명이 함께 머물며 기도에만 주력했고, 이오득을 특별히 도운 일이 없었다. 그녀들과 어울렸던 젊은 여교우 중에는 강송이만 전주로 끌려갔다. 이오득의 명을 따라 경상우도에 몇 번 다녀온 것이 문제가 되었다.

죄인들은 미리 비워놓은 두 개의 옥사에 갇혔다. 남옥에는 옥방이 두 개였다. 남자 열두 명이 여섯 명씩 나누어 들어갔다. 전원오, 강성대, 장엇태, 최돌돌, 고해중, 한천겸, 명덕배, 박돔주, 임충호, 이진삼, 복태우, 한태몽이 그들이다. 여옥엔 여자 여섯 명이 갇혔다. 장성댁 감 씨로 불린 감귀남, 괴산댁 조 씨로 불린 조신숙, 송숙자, 강송이, 구하영, 구례 남 씨로 불린 남혜정이 그들이다. 곡성 옥과는 비교할 수 없을 만큼 넓었다.

첫날은 오라에 줄줄이 묶인 채 걸어온 탓에 옥에 들어가 눕자마자 잠들었다. 그 밤엔 문초를 하지 않았다. 아무 일도 없이 밤을

210

보내고 새벽을 맞았다는 사실 자체가 낯설었다. 피곤해도 일찌감치 깨어 천장을 바라보거나 문 옆에 선 옥리들을 살피거나 했다.

다른 고을에서 끌려온 죄인들도 속속 도착했다. 곡성현감 조봉두가 올린 문서를 토대로 잡아들인 자들이었다. 덕실마을과 무명마을 교인들의 자백에 등장하는 고을은 다양했다. 장성, 순창, 임실, 용담, 금산, 고산, 전주 등 전라도는 물론이고 경상도와 충청도와 한양으로까지 뻗어갔다.

끌고 온 교졸들과 갇히는 죄인들로 옥 안팎이 시끄러워졌다. 문이 닫히고 옥리까지 교졸들과 어울려 나가자 갑자기 침묵이 찾아들었다. 안온한 침묵이 아니라 당장이라도 폭발하기 직전의 침묵이었다. 노려보는 자와 시선을 피하는 자, 그 사이에서 안타깝게 한숨짓는 자들의 긴장감이 지나치게 팽팽했다. 살짝만 건드려도 죽일 듯 달려들 분위기였다. 고개를 숙이거나 높이 들어 회피하는 자들은 곡성에서 일찌감치 끌려온 죄인들이었고, 잡아먹을 듯 노려보는 자들은 그보다 늦게 붙들려온 죄인들이었다. 치도곤과 학춤이 끝난 후, 죄인들의 자백을 옮겨 적은 육방의 문서는 장비와 관우의 키를 합친 것보다도 더 높았다.

교졸들 잡담 소리가 멀어지다가 이윽고 사라진 순간, 몇몇은 달려들고 몇몇은 밀쳤으며 몇몇은 어깨든 팔꿈치든 허벅지든 닥치는 대로 물어뜯고 몇몇은 이리저리 피해 다녔다. 그러나 옥은 맘껏 치고받으며 싸울 만큼 넓지 않았다. 결국 화평을 바라는 사람들이 사이에 끼어들었고, 주먹질과 발길질 대신 뒤엉켜 몸싸움을 벌이는 판으로 바뀌었다. 그리고 끝내 울음을 터뜨렸다. 억울해서 울고 미안해서 울고 무서워서 울고 두려워서 울고 서러워서 울고 답답해서 울고 화가 나서 울고 배가 고파 울고 발이 아파 울었다. 이 울음들과 약간 다른 울음도 있었는데, 그것은 반가워서 터뜨린 울음이었다.

반가워서 터뜨린 울음에 대해서는 약간의 설명이 더 필요하다. 처음엔 억울하고 답답하고 화가 나서 눈물이 고였다. 그러나 두 팔이 묶인 채 전주까지 걸어오는 동안, 곡성 덕실마을과 무명마을에서 붙잡혀 고형을 당한 교우들의 처지를 그려볼 수 있었다. 교졸들이 전한 이야기에 따르면, 심문을 관장한 이는 교인들이 가장 두려워하는 좌포도청 종사관 금창배였고, 저승사자로까지 불린 포도군관 관우와 장비가 형구를 다뤘다고 한다. 역지사지라고나 할까. 그들이 곡성에 살고 징제비에게 걸렸다면 끝까지 버티긴 어려웠을 것이다. 목숨을 앗는 짓까지 서슴지 않는 악한들이 아닌가.

옥에서 아는 얼굴을 발견한 순간, 미안해 눈도 못 맞추며 먼저 눈물이 흘러나왔다. 다가가선 이마나 어깨나 묶인 팔을 맞댔다. 곡성에서 온 교우들은 "미……안해요"라고도 했고, "용서해 줘. 아니 용서하지 말아"라고도 했고, "말 안 하려 했는데, 했는데, 했는데……"라고도 했다. 위로의 말을 건네는 대신 가만히 이마를 상대의 어깨나 등에 댔다. 한바탕 울음이 지나간 뒤엔 먼저 고맙다고까지 했다. 곡성에서 온 교우들은 눈을 동그랗게 떴다. 고마워할 일이 아니라, 원망하고 따져 비난할 일이 아닌가. 자신이 이름을 말하는 바람에 끌려온 사람에게서 고맙다는 이야기를 들을 줄은 몰랐다.

다음 날부터는 달랐다. 누가 먼저랄 것도 없이 새벽에 눈을 뜨면 무릎부터 꿇었다. 젖은 눈가에 평온한 웃음이 싹처럼 번졌다.

손에 손을 잡고 눈과 눈을 맞추었다. 한목소리로「천주경」을 외우기 시작했다.

하늘에 계신 우리 아비신 자여

네 이름의 거룩하심이 나타나며

네 나라에 임하시며

거룩하신 뜻이 하늘에서 이룸같이

땅에서 또한 이루어지이다

오늘날 우리게 일용할 양식을 주시고

우리 죄를 면하여 주심을

우리가 우리에게 득죄한 자를 면하여줌같이 하시고

우리를 유감에 빠지지 말게 하시고

또한 우리를 흉악에서 구하소서

아멘

해 질 무렵 옥문이 열리고 건장한 사내가 들어왔다. 곡성에서 온 열여덟 명의 죄인들이 동시에 몸을 떨며 손으로 제 입을 막았다. 무릎에 힘이 풀리면서 엉덩방아를 찧기도 했다. 지옥에서 마귀를 만난 표정이었다.

그 사내는 장비였다.

꽤씸한 다섯 사람

"빨리빨리!"

장비는 다섯 사람만 불러냈다. 남자는 전원오 안또니와 강성대 가별 그리고 임중호 도밍고였고, 여자는 전원오의 아내 감귀남 글나라와 강성대의 손녀 강송이 수산나였다. 곡성에서 끌려온 열여덟 명 중에서 왜 하필 이렇게 다섯 명이 선택되었는지는, 나가는 이들도 몰랐고 남은 이들도 몰랐다.

감영 옥을 나선 다섯 사람은 두 개의 문을 지나 담장을 통과한 뒤 북쪽으로 백 보 넘게 걸음을 뗐다. 그곳엔 방금 나온 담장보다 더 높은 담장이 또 있었다. 다시 두 개의 문을 통과하여 담장 안으로 들어가니 옥사가 하나뿐이었다. 옥사를 나고 드는 중문의 자재는 나무가 아니라 무쇠였다. 장창으로 찌르거나 쇠몽둥이로 후려쳐도 부서지지 않을 듯했다. 여닫을 때 서너 배는 힘이 드는지, 괴력을 자랑하는 장비도 한 손이 아니라 양손으로 문고리를 쥐고 당겼다. 옥사엔 크기가 똑같은 옥방이 두 개였다. 옥리가 오가는 통로를 가운데 두고, 왼쪽엔 전원오, 강성대, 임중호가 들어가고 오른쪽엔 감귀남과 강송이가 들어갔다. 장비는 그들의 목에 따로 칼을 씌우지도 않았고 다리에 차꼬를 채우지도 않았다. 팔을 묶은 오라까지 차례차례 풀어줬다.

옥방은 열 명이 누워 잘 만큼 넓었다. 너덜너덜 찢겼지만, 이불도 사람 수만큼 놓여 있었다. 퀴퀴한 냄새가 나는 짚이 전부였던 감영 옥방에 비할 바가 아니었다. 사각의 나무 기둥 사이로 팔을 뻗어도 통로에서 남녀의 손끝이 닿진 않았다.

전원오가 안경을 고쳐 쓰곤 물었다.

"우리만 따로 이곳에 두는 까닭이 뭐요?"

애지중지 아끼는 전원오의 안경을 곡성에서 밟은 이도 장비였다. 쇠테만 휘고 알은 긁히기만 한 것이 불행 중 다행이었다. 전원오는 안경이 없으면, 서책의 큼지막한 제목조차 보지 못했다. 장비가 팔을 뻗어 목을 감고 당겼다. 콧김이 전원오의 뺨과 이마를 끈적거리게 했다.

전원오가 따지려는데 강성대가 팔꿈치를 잡아끌었다. 고개를 흔드는 강성대의 하얀 머리가 오늘따라 더욱 무거워 보였다. 장비가 쇠문을 닫고 나간 후에도 다섯 명은 편히 앉아 쉬지 못했다. 임중호가 오른팔을 올려 왼 어깨와 등을 도닥거렸다. 이제 갓 서른 살인 그는 옹기를 만드는 것보다 내다 파는 일에 관심이 많았다. 옹기를 배에 싣고 들어 옮기고 묶느라 어깨가 떡 벌어지고 팔뚝이 유난히 굵었다. 팔씨름을 져본 적이 없었다.

"아무리 궁금하셔도 그렇지, 장비 저놈에게 따지시다뇨? 된통 얻어맞지 않은 것만도 다행입니다."

여옥에서 살갗이 유난히 노르스름한 감귀남이 남옥에 있는 남편 전원오와 눈을 맞췄다. 빼빼 마른 남편에 비해 감귀남은 절간에서 흔히 보는 달마 도사처럼 펑퍼짐했다. 임중호를 쳐다보며 물었다.

"짐작이 되나요, 우리만 따로 갇힌 이유가?"

임중호가 어깨를 번갈아 빙빙 휘저었다. 팔다리와 목이 짧은 만큼 키도 작았지만 균형 감각이 탁월했다. 물구나무를 선 채 언덕을 오르내리기도 하고, 허공에 줄을 걸어놓고 올라서선 때론 걷고 때론 눕고 때론 뛰었다. 옹기 배 두 척을 강에 띄워 연결한 후 외줄 판을 벌인 적도 있었다.

"징제비가 가장 괘씸하게 여기는 다섯 명이 있다더군요. 이방이 귀띔해 줬답니다."

"괘씸하다? 난 아는 거 모르는 거 다 이야기했어요."

"결국 털어놓았죠. 우리들 다섯을 포함해서, 곡성 옥에 잡혀온 이들 중에 끝까지 입을 닫아건 이는 없습니다."

"그야……."

감귀남은 의견을 보태려다가 말을 아꼈다. 죽어야 한다면 가장 먼저 죽겠다던 이가 있었다. 자신보다 먼저 죽음을 자청해서는 절대로 안 된다고 강조하기까지 했다. 회장 이오득이었다. 그러나 결코 붙잡혀서도 안 되고 먼저 죽어서도 안 되는 사람이 이오득이기도 했다. 이십육 년이나 떠돌며 끊임없이 교우촌을 만든 것도 놀라웠지만, 그동안 단 한 번도 붙잡히지 않은 것이 더욱 놀라웠다. 곡성 교인들 역시 그가 영원히 잡히지 않기를 바랐다. 돌발 상황에서 그가 먼저 잠적한 것은 당연했다.

"징제비가 우리 다섯 명을 콕 집어 괘씸하게 여기는 이유를 아직 모르겠어요."

잠자코 듣기만 하던 강송이가 감귀남의 질문을 반복하며 상기시켰다. 올해 열아홉 살인 강송이는 나이에 비해 침착하고 세상 이치에 밝았다. 손재주 또한 좋아서 할아버지인 강성대의 옷뿐만 아니라 덕실마을과 무명마을 교인들의 옷까지 새로 만들거나 거듭 고쳤다. 게다가 웬만한 남자들도 힘들어하는 돌담을 쌓고 초가지붕을 갈고 장작을 패는 일까지 척척 해냈다. 손바닥 곳곳이 굳은살이고 손등 곳곳이 흉터였다. 임중호는 도움이 필요하면 언제든 말하라고 했지만, 강송이는 성공하든 실패하든 자기 일을 타인에게 미루는 법이 없었다. 임중호가 답했다.

"치도곤에 학춤까지 당한 후, 먼저 털어놓지 않은 사람이 남자 셋 여자 둘이랍니다. 물론 우리도 아전들 질문에 결국 답은 했지요. 한데 다른 이들은 질문이 뭔지 듣지도 않고 자백부터 해댔답니다. 눈은 가렸지 목엔 매듭진 줄을 둘렀지, 곧 죽을 판이었으니까요. 한데 다섯 사람만 그 판에서도 침묵을 지켰단 거죠. 정말 그 줄로 목을 매달았다면, 말 한마디 안 하고 죽었겠지요. 징제비가 보기엔 우리 다섯이 가장 지독한 죄인인 겁니다. 그래서 우리만 이렇게 따로 가뒀나 봅니다."

강성대가 굽은 등을 벽에 기대고 앉아선 말했다.

"난 이야기를 안 한 게 아니라 못 한 게야. 너무 힘이 없었거든. 치도곤도 끔찍했지만, 학춤을 당할 땐 당장 죽고 싶더라고. 뒷목부터 꼬리뼈까지, 등뼈 전체가 끊어지는 듯했으니까. 눈을 가린 채 옥을 나와 낯선 방에 들어갔을 때, 등이 너무 아파서 숨쉬기도 힘들 지경이었어. 그러니 무슨 말을 하겠나? 난 자백을 못 한 거야. 네 사람이 안 한 거랑은 달라."

잠시 침묵이 흘렀다. 전원오와 임중호, 감귀남과 강송이가 서로 쳐다보았다. 다음으로 입을 뗀 이는 전원오였다.

"나 역시 안 한 게 아니라 못 한 겁니다."

강성대가 말꼬리를 붙들었다.

"아팠는가? 어디야? 넓적다리? 어깨?"

전원오는 양쪽 눈을 번갈아 감았다가 떴다.

"아프기도 했지만, 깜빡 졸았습니다. 젊었을 때부터 해만 지면 졸려서 견딜 수가 없었거든요. 옹기꾼들 대부분이 늦은 밤까지 작업하지만, 저는 저물 무렵이면 판을 접습니다. 호롱불을 켜고 작업하면 되지 않느냐고 따지는 이도 있죠. 순식간에 잠든다는 것의 정확한 의미를 아십니까? 불빛 아래에선 흙을 만지든 책을 읽든 그럴 땐 그럭저럭 견딥니다. 하지만 고개를 살짝 돌려 컴컴한 윗목을 본다거나 어둠이 짙게 깔린 문밖 풍경을 살피는 순간, 눈꺼풀이 닫혀버리는 거죠. 모로 쓰러져 잠든 적이 한두 번이 아니랍니다.

좁고 불편하고 더러운 옥에서도 저는 잠들었습니다. 자고 싶지 않았습니다만, 잠이 오는 걸 어떻게 합니까. 옥리가 육모 방망이로 제 등을 툭툭 밀면서 깨우기까지 하더군요. 이 상황에서 코를 골며 잠이 오냐고. 순식간에 잠이 드는 것도 문제지만 코를 심하게 고는 것도 그보다 더하면 더했지 못하지 않은 문제입니다. 아내는 두 눈에 꿀이 뚝뚝 흐르던 신혼 시절에도 거리를 뒀습니다. 방이 하나일 땐 아랫목과 윗목으로 나눠 잤고, 방이 두 개가 된 후론 아내가 안방 제가 건넌방에 누웠습니다. 코 고는 소리가 얼마나 큰지는 옥에서 다들 들었으니 이제 알겠군요. 조심하고 싶지만 잠든 후에 벌어지는 일이니 어찌합니까.

옥에서 눈을 가렸을 때, 그때부터 졸음을 참느라 힘들었습니다. 옆에서 옥리 둘이 부축하여 일으켜 세우지 않았다면, 옥을 나서지도 못한 채 쓰러져 코를 골았을 겁니다. 몇 걸음이나 걸어 예방의 방으로 들어갔는지는 모르겠습니다. 눈을 가려도 제 앞에 앉은 이가 예방인 건 금방 알겠더군요. 콧병이 있는지 자주 킁킁거렸으니까요. 옹기로 다기를 만들어준 적이 있습니다. 보통 백자로 만드는데, 예방은 옹기 다기를 원하더라고요. 아시다시피 저는 생질꾼이 제격이라 웬만해선 물레를 돌리진 않습니다만, 어렸을 때 배우긴 다 배웠지요. 크기와 모양에 대해 까다롭게 굴어 꽤 애를 먹었습니다. 하지만 값을 제법 두둑하게 쳐줘서 겨울을 편히 났습니다.

예방이구나, 알아본 뒤론 생각이 나질 않습니다. 앉자마자 잠들어버린 것이죠. 차가운 물을 두 바가지나 덮어쓰고야 겨우 깼습니다. 예방이 얼마나 화가 났는지, 방망이를 교졸에게 빼앗아 들곤 제 머리를 내리치며 소리를 질러댔습니다. 심문받으러 끌려와선 코를 골고 자는 놈이 어디 있느냐고. 그러니 저도 자백을 안 한 게 아니라 못 한 겁니다. 그렇지? 내 말이 맞지?"

전원오의 눈길이 아내 감귀남에게 향했다. 사내로 태어났다면 도화서 화공이 되었으리란 칭찬을 들을 정도로 그림 솜씨가 좋았다. 모시옷도 잘 짓고, 옹기에 문양이 필요할 때면 언제든 제 일처럼 해줬다. 감귀남이 이어받았다.

"고생들 하시겠어요. 이렇게 한 지붕 아래 있으니 여기까지 코

고는 소리가 진동하겠네요. 저야말로 자백을 안 한 게 아니라 못했어요. 어렸을 때 어디 갇혀본 적 있으신가요? 저는 딱 한 번 있는데, 그게 참 평생 저를 따라다녀요. 어디에 갇혔느냐 하면 우물이에요. 제 고향이 장성인 건 다들 아시죠? 물 맑고 나무들 쑥쑥 자라는 고을이죠. 마을마다 물이 활활활 잘도 나오는 우물이 있는데, 우리 마을엔 아무도 쓰지 않는 마른 우물이 하나 있었거든요. 제 바로 위 오빠가 돌멩이를 던져봤는데, 풍덩 소리가 나더래요. 그러니까 완전히 마른 우물은 아닌 거죠. 어쨌든 그 우물을 쓰지 않는 이유에 대해선 많은 이야기를 들었답니다. 울지 않는 아기부터 임 잃은 여인을 거쳐 몹쓸 병에 걸린 청년을 지나 곧 죽을 늙은 이에 이르기까지, 우물에 빠져 죽었다는 이들도 다양했고요. 오빠는 짓궂어서 이런저런 장난을 쳐 저를 골려먹곤 했죠.

엄마가 먼저 천주님을 믿게 되었죠. 아빠나 오빠는 아직 그 사실을 몰랐어요. 엄마가 새벽에 묵주를 손에 감고 「성모경」을 외는 걸 제가 제일 먼저 보았답니다. 새끼손가락만 한 조각상 하나를 제게 주셨어요. 사람은 아니고 처음 보는 짐승이었는데, 어린 양이라고 하시더라고요. 길 잃은 양인데, 착한 목자가 아흔아홉 마리 양을 두고 한 마리 어린 양을 찾아다녔다고. 그래서 결국 찾았다고. 너무 예뻐서 늘 품고 다녔죠. 한데 오빠가 그 양을 몰래 훔쳐 우물에 던져버린 거예요. 양을 찾겠다고 저는 우물로 들어갔고요. 두레박줄이 바닥까지 닿아서, 그걸 잡고 내려갈 수 있었죠. 한데 오빠가 오동나무 덮개로 우물을 덮어버린 거예요. 사방이 온통 깜깜해졌죠. 빛 한 점 없는 완벽한 어둠이었어요. 그전에도 밤에 마당으로 나가거나 골목을 걸은 적은 있지만, 그때도 어둠이긴 했지만, 달빛이든 별빛이든 하다못해 이름을 알 수 없는 벌레들이 내는 빛이든 빛이 있긴 했습니다. 하지만 우물엔 전혀 빛이 없었어요. 무서웠습니다. 울었어요. 눈물을 쏟으며 살려달라고 외쳤죠. 응답이 없었습니다. 외치면 외칠수록 제가 외친 소리가 우물에 울려 들리고 또 들리고 또 들렸어요. 송곳으로 찌르는 것처럼 귀가 아팠고요. 말을 할수록 두려움이 커졌답니다.

그때부터였어요. 어둠 속에 놓이면 저는 말을 못 해요. 그대로 죽는 한이 있더라도 입술이 열리지 않죠. 빛 한 줌 들지 않는 어둠에 갇혀보지 않은 사람은 몰라요. 그래서 이번에도 말을 못 한 거예요. 눈만 가리지 않았다면 할 이야기야 무척 많았죠. 결국 대답을 시작한 것도, 눈치 빠른 아전이 눈가리개를 풀어준 덕분이에요. 사정이 이러하니 괘씸한 사람들에서 저는 빼주세요."

임중호가 물었다.

"양은 찾으셨습니까?"

감귀남이 되물었다.

"찾았을까요, 못 찾았을까요?"

"그걸 제가 어찌 압니까?"

"임 도밍고 형제님은 자백을 안 한 겁니까 못 한 겁니까? 이유가 그럴듯하면, 양을 찾았는지 못 찾았는지 알려줄게요."

임중호는 승부욕이 강했다. 옹기를 남들보다 배나 들어 올리는 것도 힘이 세기도 하지만 지기 싫은 성격 탓이었다. 힘뿐만 아니라 이야기판에서도 언제나 가장 빛나기를 바랐다. 옹기 배 타는 사람치고 괴물 물리치지 않은 사람 없고, 보물 지도 가지고 있지 않은 사람 없고, 절세미녀들과 사랑을 나누지 않은 사람 없다고도 했다. 배는 모는 날보다 기다리는 날이 더 많았고, 이야기는 옹기를 지키느라 뱃전을 떠날 수 없는 옹기 배 사공과 조동무와 화장의 소일거리였다.

"저도 안 한 게 아니라 못 한 겁니다. 이유는 간단해요. 물구나무를 서고 공중제비를 돌고 외줄을 타려면 두 가지가 중요합니다. 하나는 꼿꼿한 허리고 나머진 바로 이 어깹니다. 강 가별 할아버지처럼 허리가 아프면 극복하기가 참 힘듭니다. 스스로 고치긴 거의 불가능에 가깝습니다. 하지만 어깨는 달라요. 어깨는 빠지더라도 끼워 맞추면 되거든요. 땅이든 줄이든 몸을 놀리다 보면 종종 어깨가 빠지곤 합니다. 그때마다 저는 혼자 어깨를 다시 맞추고 재주를 이어갔답니다. 어깨가 자주 빠지다 보니, 어떻게 하면 어깨를 빼는지도 터득했어요. 내가 원할 때 팔과 목과 등과 가슴을 어떤 식으로 움직이면 어깨가 빠지는지 아는 겁니다.

학춤 추던 날도 그랬어요. 다른 분들에겐 미안하지만, 저는 그때 전혀 힘들지 않았습니다. 왜냐하면 등 뒤로 어긋나게 팔을 묶어 왕죽에 매달리는 순간 어깨를 뺐던 겁니다. 매달리긴 했으되, 최대한 어깨 통증이 느껴지지 않는 자세를 취했습니다. 관우와 장비가 오가며 툭툭 건드려서 고통을 두 배 아니 스무 배 느끼도록 만들 때도, 저는 달라지는 게 없었습니다. 다들 아파서 발버둥을 치며 비명을 질러대는데도 저만 아프지 않으니 미안하더군요. 입 닫고 묵묵히 있는 것도 이상해서, 아픈 척 일부러 고함을 지르며 허공에 발길질을 해댔습니다.

그 밤에도 어깨를 빼곤 잠을 잤고요. 왜냐하면 어깨가 빠진 꼴이 학춤에 시달려 어깨와 팔을 제대로 못 쓰는 이들과 비슷했습

니다. 싱싱한 어깨를 드러내는 건 싫었으니까요. 그러다가 끌려나
간 겁니다. 나가기 전에 어깨를 다시 끼워넣어 맞추려 했는데, 제
이름이 가장 먼저 불리는 바람에 여유가 없었습니다. 걸으면서도
시도를 했지만 마음이 급했는지 되질 않더군요. 빠진 어깨를 맞춰
보신 적 있으신가요? 한 번에 정확하게 딱 넣어야 합니다. 헐겁거
나 너무 조이거나 삐딱하게 들어가면, 정말 무지무지 아프거든요.
원숭이도 나무에서 떨어진다고, 천 번에 한두 번쯤은 잘못 끼우는
바람에 고래고래 고함을 지르며 눈물을 쏟았답니다. 얼마나 끔찍
한지 아니까, 어깨를 끼울 때 몸을 움직이지 않는 것은 물론이고
말도 하지 않고 숨도 멈추지요.

　그 방에 들어가서 앉았을 때가 그랬습니다. 온통 어깨를 맞출
생각뿐이었습니다. 그런데 이상하게도, 앉아서 입을 닫고 숨까지
멈췄는데도, 상체가 자꾸 떨리는 겁니다. 치도곤을 맞은 탓이었
습니다. 넓적다리가 퉁퉁 부어올랐는데, 오른쪽보다 왼쪽이 더 많
이 찢어지고 더 많이 부어 자꾸 몸이 기울었습니다. 그 바람에 가
만히 앉았는데도 몸의 균형을 잡으려고 등에 힘이 자꾸 들어갔고,
그래서 떨렸던 겁니다. 어깨뼈를 맞추느라, 숨도 멈추고, 말을 못
한 것일 뿐입니다. 어깨뼈를 맞춘 후에는, 운이 좋아 단번에 어깨
가 제자리를 찾고 나서는, 형방의 질문에 빠짐없이 답했습니다.
이게 답니다. 혹시 못 믿으실지도 모르니, 보여드리겠습니다."

　임중호가 벌떡 일어서더니 벽에 붙어 섰다. 왼손으로 오른 팔
꿈치를 쥐곤 위로 들어 올리다가 꺾으며 비틀었다. 뚝 소리가 나
더니 오른쪽 어깨가 눈에 띄게 내려앉았다. 빠진 것이다.

　임중호는 왼손을 올려 이번엔 오른 어깨를 잡았다. 그 어깨를

쥐고 돌리는가 싶더니 손바닥으로 밀어 넣었다. 다른 이들이 어깨뼈를 맞출 때는 심하게 꺾기도 하고 벽에 어깨를 부딪치기까지 했지만, 임중호는 그런 동작을 전혀 하지 않았다. 어깨뼈를 천천히 어루만지는 것처럼 보였다. 임중호가 어깨를 두 번 돌리며 손뼉까지 쳤다. 자신의 이야기를 증명한 사람만이 짓는 웃음이 코끝에 맴돌았다. 네 사람의 시선이 마지막 남은 강송이에게 쏠렸다. 전원오가 물었다.

"죽는 게 두렵지 않았어?"

"두려웠죠."

"그럼 왜 잠자코 있었어, 무슨 말이든 하질 않고?"

강송이가 전원오와 눈을 맞춘 후 강성대에게 시선을 옮겼다. 강성대가 천천히 고개를 끄덕였다. 강송이가 양팔을 들어 벌린 채 흔들다가 가만히 내렸다.

"새 떼 때문이에요."

"새 떼……라니?"

"처음엔 한 마리였어요. 기도를 드리기 시작하면 날아와 제 곁에 머물렀죠. 목이 길고 하얀 새예요. 숲이나 들에선 본 적이 없죠. 열심히 설명을 드려도 그 새 이름을 아는 이가 없었어요. 그래서 전 그냥 기도새라고 이름 붙였답니다. 기도새가 온 적은 꽤 돼요. 백 일 전부터였나. 매일 한 마리씩 늘어나요. 첫날은 한 마리 둘째 날은 두 마리 셋째 날은 세 마리 이런 식이죠. 기도를 시작할 땐 아직 없어요. 눈을 감고 기도를 드리다가 어느 순간 눈을 뜨면 저를 둘러싸고 그 새들이 있는 거예요. 소리 내어 울지도 않고 날갯짓도 하지 않고 날아오르거나 내리지도 않아요. 기도새들은, 그냥 제 기도를 듣는 듯했어요. 저는 묵언 기도를 해요. 마음으로 한 문장 한 문장 기도문을 만들어 올리죠. 기도문을 속으로 읊는 소리를 새들이 듣는 것 같았어요. 물증은 없어요.

점점 늘어났죠. 무명마을에서 붙들려 옥에 갇힌 날에도 기도새들은 따라왔더군요. 같이 갇힌 이들 눈엔 전혀 보이지 않았지만, 틀림없이 새들은 제가 기도할 때 곁에 머물렀어요. 치도곤을 맞을 땐 형틀 주변을 에워쌌고, 학춤을 출 땐 또 몰려와서 제 춤을 가여운 듯 올려다보았죠. 기도새들이 찾아온다고 할아버지겐 말씀드린 적 있어요. 그렇죠?"

강성대가 손녀에게 답했다.

"그래, 벌써 백 일이나 지났구나."

강송이는 다른 이들을 차례차례 보면서 말을 이었다.

"기도를 드리거나 노래를 부르거나 첨례를 할 때, 장면이 보이고 소리가 들린다는 이야기는 아주 오래전부터 전해 내려왔어요. 그걸 멋대로 은총이니 저주니 이런 식으로 받아들이지 말고, 현명하게 대처하는 게 필요합니다. 야고버 회장님께 의논을 드렸어요. 교우들에게 아직 알리지는 않았고요."

전원오가 끼어들었다.

"회장님께서 무엇이라 하시던가요?"

강송이가 답했다.

"새들에게 겁을 먹고 기도를 멈추진 말라 하셨습니다. 새들이 울거나 날갯짓을 하면, 혹은 새들이 갑자기 줄어들거나 사라지면, 그때 이야기를 다시 나누자 하셨고요.

곡성 옥을 나와 낯선 방에 이른 그날로 가볼게요. 맞아요, 저도 자백을 안 한 게 아니라 못 한 겁니다. 확실해요. 눈을 가린 채 끌려나갈 때만 해도, 이 걸음이 멈추면 이야기를 먼저 시작하리라 여겼죠. 두려웠어요 정말! 기도할 때 눈을 감는 것과 강제로 눈을 가리는 건 하늘과 땅 차이더군요. 매듭진 줄이 목에 감기자 걱정이 커졌어요. 죽어서도 기도를 계속할 수 있을까. 어쨌든 숨이 끊길 때까지 기도를 드리겠다고 결심하는 순간, 다른 생각이 갑자기 얹히더라고요. 기도새들이, 백 마리나 되는 그 하얀 것들이 내가 기도하며 걸어 이 자리에 앉을 때까진 보이지 않았던 겁니다. 단한 마리도 곁에 없었어요. 그럴 땐 당장 알려달라고 야고버 회장님께서 말씀하셨거든요. 정말 심각한 상황이잖아요?

기도를 멈추고, 새들이 사라진 이야기부터 꺼내려고 했는데, 갑자기 눈앞이 환해지더니 새 떼가 저를 향해 날아왔어요. 눈을 여전히 가렸는데도, 새들의 그 풍성하게 움직이는 흰빛이 보였답니다. 기도새들이 달려들고 달려들고 달려드니, 말을 하기 힘들더군요. 입술을 벌리자마자 새털이 제 입으로 마구마구 몰려들었거든요. 그래서 먼저 이야기를 못 한 거예요."

네 사람이 동시에 한숨을 내쉬었다. 괘씸하리라 여긴 마지막 사람마저도 자백을 안 한 것이 아니라 못 했다는 주장을 편 것이다. 적어도 한 명 정도는 용감하게, 죽음에 굴하지 않고, 이야기를 못 한 것이 아니라 의지를 갖고 안 했기를 바랐다. 새 떼들이 지나가며 싼 실망이라는 똥 덩어리를 피하듯, 다섯 사람은 서로 쳐다보지 않고 벽으로 고개를 돌렸다. 어둠이 엷어졌다. 벽과 지붕 사이 틈으로 희미한 빛이 스민 것이다. 다섯 사람은 그 빛에 의지하여 저마다의 방식으로 기도를 시작했다.

서로 괘씸한 사람이 아니란 이야기를 하느라 밤을 새우고 2월 25일 새벽을 맞았다. 곡성에서 전라감영으로 함께 왔으되, 이곳에 없는 열세 명의 교우들보다 자신들이 나을 것이 없다는 겸손의 이야기였을까. 아니면 앞으로 닥칠 혹독한 문초를 이겨내기엔 너무나도 약하기에 천주의 도우심이 필요하다는 표현이었을까. 어느 쪽이든 갑옷을 겹겹이 입어 화살 하나 파고들 틈이 없는 강대한 모습이라기보다는 나뭇가지에 스치기만 해도 살갗이 부풀고 찢길 것만 같은 지극히 약한 꼴이었다. 그래도 그들은 배교하지 않았고, 천주를 믿는 교인임을 또박또박 밝혔다. 이곳에서 무슨 일을 당한다 해도 결코 배교하지 않겠다는 마음을, 강한 주장이 아니라 약한 이야기를 듣고 또 말하며 다진 밤이었다.

기도를 마칠 즈음 임중호는 꼭 짚었어야 할 물음이 갑자기 생각난 듯 강송이에게 물었다.

"곡성 관아를 막 나섰을 때, 짱구가 소란을 피웠지 않습니까?"

강송이를 비롯한 죄인들의 표정이 일그러졌다. 땅바닥을 나뒹굴며 같이 데려가달라고 간청하는 짱구의 얼굴이 떠올랐던 것이다. 찢기고 낡은 옷을 입고 흙먼지를 뒤집어쓴 모습도 애처롭지만, 기적처럼 반신불수를 고쳐 멀쩡하게 덕실마을과 무명마을을 오가던 사람이 왼 다리 왼팔을 전혀 움직이지 못하고 기우뚱대는 꼴이 안타까웠다. 임중호와 같은 청년들은 여전히 짱구로 인해 무명마을 가마가 파괴된 사실에 분노했지만, 왼쪽이 마비되면서부터 더는 곡성 교우촌의 기적을 자랑할 수 없어 아까워하는 교인도 적지 않았다. 짱구가 낫듯이 그들에게도 기적 같은 행복이 찾아들기를 바랐던 것이다. 임중호가 이어 말했다.

"교졸들이 짱구를 제지하는 동안, 산포수 길치목이 강 수산나에게 다가가는 걸 보았습니다. 그때 무슨 이야길 나눴습니까?"

강송이는 눈썹을 올려 눈을 크게 뜨며 어깨까지 으쓱 들었다 내렸다.

"총 몇 방 쏘면 교졸들은 무서워 달아날 테니, 그때 구해주겠다고."

"어찌 답했습니까?"

"괜한 짓 말라고 했어요. 그 순간 짱구에게 갔던 교졸들이 돌아왔고 산포수는 물러났답니다. 그게 다예요."

옆에 앉은 감귀남이 물었다.

"괜한 짓이었을까? 대를 이어 명포수로 이름난 솜씨이긴 하잖아?"

강송이가 답했다.

"교졸들이 육모 방망이만 들었다면 해볼 만한 모험이었겠죠. 한데 교졸 중에 네 명이나 등에 총을 감췄어요."

"정말? 난 모르겠던데?"

"제가 봤어요. 총을 감추려고 옷을 두껍게 입었더라고요. 혼자서 네 명을 상대하긴 어려워요."

교졸들이 왔을 때, 물러나며 길치목과 눈으로 나눈 마지막 대화까진 말하지 않았다. 길치목은 오른손 검지로 전라감영이 있는 북쪽을 가리켰고, 강송이는 고개를 끄덕였다. 따라가도 좋겠느냐는 물음에 응낙한 것이다. 강송이는 길치목이 전주까지 간다고 해도, 어떤 식으로 연락을 주고받고 또 산포수가 그녀에게 무슨 도움을 줄 것인지 정확히 예측할 순 없었다. 그러나 이오득이 도주한 상황에서, 길치목이 비록 외교인이고 옥 밖에 있다 하더라도 그녀를 도울 사람이 있다는 사실만으로도 가슴 한구석이 채워지는 듯했다. 자신을 향한 길치목의 마음을 번번이 차단하고 거절해 왔지만 그렇기 때문에 더더욱 그라면 무엇인가 도모할 법도 했다.

쇠문이 열리더니, 여인이 고개를 숙인 채 아기를 품에 안고 들어왔다. 다섯 명은 환상인가 싶어 각자의 눈을 비빈 후 다시 보았다. 아기가 볼을 실룩이며 울먹울먹했다. 아기를 살짝 들어 토닥이면서 달래는 여인의 옆얼굴을, 강송이가 확인하곤 탄식했다.

"아, 이사벨……."

여자의 일생

강송이는 옥으로 들어온 여인을 꼭 끌어안았다. 두 여인 사이에
낀 아기는 눈을 멀뚱거렸다. 어둡고 낯선 방인데도 울음을 터뜨
리거나 칭얼대지 않았다. 강송이에게 '이사벨'이라고 불린 여인은
이목구비가 큼직큼직하고 또렷했다. 키도 커서 옥에 갇힌 사내 셋
을 넘어섰다. 강송이가 때론 단단하고 때론 귀여운 조약돌 같다
면, 아기와 함께 옥으로 들어온 여인은 모란처럼 아름답고 기품이
흘렀다. 남녀노소를 막론하고 멀리서도 걸음을 멈춘 채 그녀를 쳐
다보았으며, 가까이에서 마주 섰을 땐 차마 그 얼굴을 못 보고 시
선을 내려 흘기 일쑤였다. 옥리가 나가기를 기다렸다가 강송이가
무릎을 꿇고 용서부터 구했다.

"미안해요. 정말 미안해. 최 이사벨! 떠난다고 하셨잖아요? 한
양으로 간다고."

최언순崔彦順 이사벨이 강송이를 일으켜 편히 앉혔다. 즉답하지

230

않고, 건너편 남옥에 있는 강성대와 전원오와 임중호 그리고 강송이 뒤에 앉은 감귀남을 곁눈으로 살폈다. 강송이가 소개했다.

"모두 곡성에서 끌려온 교우들이에요. 편히 말씀하셔도 됩니다. 저기 계신 분이 제 할아버지세요."

강성대가 목소리를 낮춰 인사했다.

"강 가별이라오."

"이렇게 두 분은 부부시고요."

전원오와 감귀남이 이어 말했다.

"전 안또니입니다."

"감 글나라예요."

임중호가 스스로를 소개했다.

"임 도밍고라고 부르세요."

최언순이 손바닥으로 관자놀이를 눌러 머리를 매만진 후 답했다.

"최 이사벨입니다. 천주님 믿기 전엔 언순이라 불렸고요."

임중호가 덧붙여 물었다.

"이상해서 그러는데요…… 지금 혹시 즐거우세요? 자꾸 웃으셔서…… 웃을 상황이 아닌데……."

강송이가 대신 답했다.

"웃는 게 아니에요. 최 이사벨은 늘 이래요. 진짜 웃을 땐 웃음소리부터 장닭처럼 길게 내요. 그 소리가 들리지 않으면 웃는 게 아니라고 생각하시면 됩니다."

최언순이 고개를 끄덕였다. 아기를 안고 옥으로 들어선 여인이 웃으며 제 이름을 말할 까닭이 없었다. 살짝 내려간 눈귀와 반대로 또 살짝 올라간 입꼬리에 둥글둥글한 양 볼까지 어울리는 바람에 웃고 있단 오해를 받았다. 가만히 있어도 웃는다고 하니, 정말 웃으면 얼마나 더 밝고 환하겠는가. 강송이가 다시 물었다.

"아직 장흥에 사셨던 건가요?"

최언순이 답했다.

"그게…… 한양으로 가려 했는데, 못 갔어요. 마지막으로 가보려고 그제 새벽 길을 나서려는데 좌포도청 포졸들에게 잡혔고요. 사실 마음이 두 갈래였답니다. 한양으로 갈까 아니면 강 수산나가 있는 곡성으로 갈까. 포졸들이 이도 저도 아닌 전주로 데려간다기에 영영 강 수산나를 만나긴 어렵겠구나 실망했는데, 이렇게 만나니 천만다행입니다."

강송이가 볏짚을 쥐고 흔드는 아기를 보며 물었다.

"이 아기는?"

"제 아들이에요. 성은 현玄 씨고 이름은 요섭曜燮이라고 붙였고요. 혼자 젖을 먹일 땐 그냥 요셉이라고 불러요."

강송이의 눈이 더욱 커졌다. 손목을 잡고 구석으로 옮겨 가선 마주 앉았다. 목소리를 낮춰 물었다.

"동정녀로 살고 싶어 세례명도 이사벨을 택한 게 아니었나요?"

이사벨은 결혼하지 않고 평생 가난하고 병든 이들을 돌보며 살았던 불국 성녀였다.

"그렇죠. 우리가 통한 것도 그 때문이고요. 강 수산나 당신처럼 나도……."

갑자기 현요섭이 울음을 터뜨렸다. 최언순이 아기를 품에 안으며 강송이와 감귀남을 번갈아 보았다.

"잠시만, 아기 젖부터 먹여도 될까요?"

강송이가 선선히 답했다.

"그럼요. 아기가 먼저죠."

최언순이 벽을 향해 돌아앉았더니 저고리 고름을 풀고 왼 가슴을 물렸다. 꿀꺽꿀꺽 젖 빠는 소리가 고요한 옥에 두루 퍼졌다. 다섯 사람 모두 미소를 지었다. 태어나서 반년 만에 옥에 들어온 처지는 딱했지만, 아기의 웃음과 젖을 빠는 소리는 새싹이 자라는 봄처럼 사람들의 기분을 밝게 했다. 양껏 젖을 먹은 현요섭은 곧 잠이 들었다. 현요섭을 품에 안은 최언순도 꾸벅꾸벅 졸았다. 감귀남이 아기를 제 품으로 옮겼다. 강송이가 가만히 어깨를 밀자 최언순은 모로 누웠다. 잠든 아기를 최언순의 왼팔 아래에 가만히 내려놓았다. 장흥에서 붙잡혀 아기를 안은 채 걸어오는 동안 뜬눈으로 버틴 것이다. 잠든 사이 아기를 빼앗길지 모른다는 두려움이 컸다. 강송이와 감귀남도 최언순과 현요섭을 가운데 두고 좌우에 나란히 누웠다.

남옥에선 벌써 전원오의 코 고는 소리가 요란했다. 최언순과 현요섭이 행여 깰까 싶어, 강성대와 임중호가 번갈아 전원오의 어깨를 슬쩍슬쩍 밀었다. 그때마다 전원오는 코골이를 멈추고 살짝 눈을 떠 자신을 건드린 강성대나 임중호에게 들릴락 말락 속삭였다.

"내가 또 골았나요?"

다신 코를 골지 않겠다고 다짐하며 잠들었지만, 그 마음이 코에까지 닿진 못했다.

죄인들이 눈을 떴을 때는 어둠이 깔리기 시작하는 저물 무렵이었다. 최언순은 현요섭을 안고 젖부터 먹였다. 꿀꺽꿀꺽 젖 넘어가는 소리가 남옥까지 들렸다. 임중호가 주린 배를 쓸면서 문을 향해 소리쳤다.

"밥! 배고파. 밥 줘."

눈을 부라리며 들어오는 옥리는 없었다. 강성대가 낮은 목소리로 임중호에게 말했다.

"집착하지 말게. 주는 대로 먹는 곳이 옥이야. 주지 않으면 먹지 못하는 곳이 옥이고."

임중호가 고개를 돌리며 퉁명스럽게 받았다.

"강 가별 할아버진 성회례일 사흘 전부터 시작해서 사순재 금식 중이시니 상관없으시겠죠. 하지만 전 먹어야겠습니다. 닷새 전 곡성을 떠난 후 변변하게 먹은 게 없습니다. 이러다가 굶어 죽게 생겼다고요."

강성대가 더욱 느긋하게 말했다.

"날 보게. 곡기를 끊고도 이렇듯 멀쩡하지 않은가. 곡성 옥에서도 잘 지냈고 또 전주까지 걸어왔고……. 고함을 질러대면 힘만 빠진다네. 기다려, 기다린다는 생각도 말고 기다려."

"정말 못 참겠어요."

"새가 어찌 그리 빠르고 높이 나는지 아는가?"

"갑자기 새는 왜 끌어들이십니까? 당연히 날개가 있어서지요."

"날개가 달렸다고 다 나는 건 아냐. 적게 먹는 새만이 높이 난다네."

"저를 보십시오. 제가 어딜 봐서 뚱뚱합니까. 먹질 못하니 다리도 후들거리고 등과 배가 딱 들러붙는 바람에 옆구리까지 아프니 너무 괴롭습니다."

"몸이 편안하고 즐거우면 마음이 문득 병든다고 했네."

"몸이 괴로우면 마음의 병이 낫기라도 한단 건가요?"

"어찌 알았는가? 정답을 이미 깨우쳤어."

강송이가 최언순에게 물었다.

"잠들었나요?"

최언순은 겹쳐 깐 이불 위에 현요섭을 내려놓으며 답했다.

"다행히 잠투정은 없네요. 먹고 나면 곧 잠들어요. 산도깨비들…… 당신을 포함한 일곱 여인도 감영으로 잡혀 왔나요?"

강송이는 편지에 산도깨비들과 함께 지내는 이야기도 꽤 많이 적었던 것이다. 여인들이 동정을 지키며 함께 지내는 것이 한양에서만 가능한 것은 아니며, 곡성에서도 이미 하고 있다는 은근한 자랑이기도 했다.

"최 마리아, 공 더릭사, 두 안나, 가 말다, 박 엘니사벳은 곡성 옥엔 갇혔었는데, 감영으로 오진 않았어요."

"이 아가다였나요? 강 수산나 당신이 제일 믿고 따른다는 언니! 그이는 감영까지 왔고요?"

"아뇨. 아가다 언니는 군난이 시작되기 전에 떠났어요."

"떠나요?"

강송이는 시선을 내렸다. 밝히고 싶지 않은 이야기인 것이다.

"나중에…… 차차, 말씀드릴 기회가 생기면 할게요."

최언순도 더 캐묻진 않고 말머리를 돌렸다.

"강 수산나! 그럼 제 이야기를 시작해 볼까요?"

강송이가 최언순과 현요섭을 번갈아 보며 답했다.

"감영까지 오느라 힘드셨을 텐데, 불편하시면 나중에, 좀 있다 해도 돼요."

"저 지금 할게요. 하고 싶어요."

최언순은 주위를 살피며 속삭이듯 작은 소리를 내는 데 익숙했다. 천주를 받드는 교인이라면, 누구나 그렇게 모습을 감추거나 소리를 죽이거나 감정을 누르며 하루하루를 살았다. 교우들끼리 안전한 장소에 둘러앉고서도 조심하는 태도를 고치지 못해 입술을 거의 벌리지도 않고 할 말을 먼지처럼 뱉었다. 소리가 잘 들리지 않을 때는 그 입술을 살폈고, 입술로도 파악이 힘들 때는 그 눈을 쳐다봤다. 눈만 보고 있는데도, 교우의 이야기와 생각과 감정이 동시에 전해지기도 했다.

"아버지를 따라 곡성에 갔던 게 벌써 오 년 전이네요. 옥과에 사시는 고모님께서 많이 아프셨는데, 죽기 전에 꼭 저를 보고 싶다 하시는 바람에 배를 탈 수 있었습니다. 그만큼 아버지와 고모님의 정이 남다르시기도 했고요. 장흥에서 배를 타고 예양강 따라 강진을 거쳐 남해 바다로 나와선 동진하여 광양에 닿은 후 강을 거슬러 하동과 구례를 지났을 때 해가 지는 바람에 압록진에 내려 하루를 묵었지요. 아버지 역시 옥과에서 어린 시절을 보내셨기에 몇몇 친구들이 압록진까지 마중을 나왔습니다. 그들과 술이라도 한 잔 마시려 나가셨고요. 그때 강 수산나와 처음 만났죠.

그보다 이 년 전부터 서찰을 주고받긴 했지만, 여덟 통 남짓인가요, 만난 건 처음이었어요. 우린 각자 가져온 선물 보자기를 주고받은 후 손을 맞잡고 꼭 끌어안았습니다. 강 수산나! 당신은 정말 따듯하고 고운 사람이더군요. 이사벨 성녀상은 제가 정말정말 갖고 싶었던 것이랍니다. 그에 비해 제가 선물한 공책은 볼품없죠. 물론 종이는 아버지 편에 전주隊主에게 제법 비싸게 구하고,

실로 묶는 작업은 제가 직접 하긴 했어요. 수산나가 그 백지에 무얼 쓸까 몹시 궁금해하면서.

장흥 집에서 달아난 건 일 년하고도 열 달 전이었어요. 아버지가 혼처를 구했다고, 영암으로 시집을 가라고 하셨어요. 저는 어머니에겐 천주님을 받들고 있다는 말씀을 드렸지만, 아버지에겐 고백을 못 했어요. 어머니가 한사코 말리셨거든요. 가두고 두 번다시 바깥출입 못 하도록 할 테니, 절대로 그 말은 해선 안 된다고 하셨죠.

주일마다 모이는 교우들에게 의논을 드렸어요. 의논이라기보다는 결심을 알린 거죠. 교우들 모두 걱정하더군요. 장흥에서 한양까지 여자 혼자 간다는 건 너무나도 위험한 일이니까요. 그때 예양강과 남해 바다를 오가며 옹기 장사를 하는, 작은 옹기 배도 하나 가지고 있는 사공이 나섰어요. 이름은 현토직玄土職 분도예요. 현 분도 자신을 믿으라고, 자신의 옹기 배로 갈 수 있는 데까지 가자고 하더라고요. 한강까지도 데려다주겠다고 했지만, 어쨌든 전라도는 이 배로 벗어나자 싶었답니다. 너무나도 고마웠어요. 현 분도의 신세를 지기로 하고, 강 수산나에게 마지막 서찰을 띄웠던 거예요. 이제 장흥을 떠나니 서찰을 보내지 말라고. 한양에 가서 자리가 잡히면 그때 내가 먼저 소식을 전하겠다고."

강송이가 넘겨받았다.

"그 서찰을 전해 받고 최 이사벨이 드디어 한양으로 떠났다고 여겼죠. 동정녀들만이 모여 함께 지내는 곳으로 말이에요. 그 후 스무 달이나 소식이 없어서 걱정했지만, 한양 생활에 적응하느라 바쁘고 힘들어 그렇겠거니 여겼습니다. 어느 날 갑자기 예전처럼 서찰이 올 것이고, 그땐 저도 한양으로 떠나볼까 생각도 했죠. 맞은편에 앉은 곡성 이방이 묻더라고요. 교유한 천주쟁이 한 사람만 말하라고. 최 이사벨이 떠올랐어요. 이미 고향을 떠났으니, 잡으러 가도 소용없을 테니까. 그렇게 믿었답니다. 미안해요. 아직 장흥에서 사는 줄 알았다면, 어떻게든 최 이사벨 당신만은 숨겼을 거예요. 제 잘못이에요. 저 때문에 당신과 요섭이 붙잡힌 거라고요. 저는 지옥에 가야 해요. 너무나도 큰 잘못을 저질렀어요."

최언순이 강송이의 손을 꽉 쥐곤 고개를 저었다.

"아니에요. 강 수산나, 당신 잘못이 아니에요. 미안해하지 말아요. 다 천주님 뜻이니까요. 제가 어디까지 이야길 했었죠? 아, 맞다. 새벽에 무사히 배를 타고 장흥을 떠났습니다. 첫날은 모든 게 순조로웠죠. 바람이 등 뒤에서 불어 노를 젓는 현 분도를 도왔고, 그날따라 오가는 배들도 적었습니다. 저는 바닥에 등을 대고 누웠어요. 예양강으로 나온 이들에게 들키지 않기 위해서였죠. 깜박 잠이 들었었나 봐요. 눈을 뜨니 하늘에 별들이 얼마나 많았는지! 밤엔 그래도 앉거나 서서 팔과 다리를 접었다 폈다 하며 쉬었고요. 한밤엔 보는 눈이 없으니 더욱 부지런히 노를 저어 나아갔지요. 강진을 지나니 곧 바다였습니다.

사흘째 동이 트기 전에 문제가 생겼습니다. 역풍과 함께 갑자기 비가 쏟아졌어요. 강가로 나가야 했는데, 하필 강물까지 빠르게 흘러 배를 몰기가 쉽지 않았답니다. 몹시 흔들렸어요. 현 분도를 도와 배를 강가로 돌리려 애를 썼습니다. 그때 갑자기 그가 노를 멈췄어요. 굽이치는 파도를 살피지도 않았고, 쏟아지는 비의 방향을 가늠하지도 않았죠. 나무처럼 서선 저를 쳐다보기만 했어요. 처음엔 이 사람이 왜 멈췄는지 몰랐죠. 허둥대는 제 오른 팔꿈치를 꽉 붙들더군요. 그리고 말했어요.

'바다로 뛰어들겠소, 내 소원을 들어주지 않는다면.'

그 순간에도, 어색한 기운을 느끼긴 했지만 현 분도의 마음을 확실하게는 몰랐죠.

'소원이라뇨?'

'한양으로 가지 마시오. 고향에서 함께 천주님을 믿으며 삽시다.'

저를 사모하고 있었던 거예요. 제가 한양으로 가겠다고 하니 돕겠다고 나섰다가 도저히 저를 그냥 보낼 순 없다고 생각한 거죠.

'안 돼요. 저는 이미 갈 곳을 정했어요.'

'알고 있소. 하지만 나도 이미 정했소. 당신을 배웅하긴 싫소. 당신이 그래도 가겠다면 난 뛰어들겠소.'

어둠을 삼킨 바다를 봤어요. 아무리 헤엄을 잘 친다 해도, 빠져 나오기 힘든 바다였어요. 이 바다로 뛰어들겠다는 건 죽겠다는 말이었어요. 마음이 흔들린 건 맞아요. 저 때문에 한 남자가 죽을 판이었으니까요. 눈을 감고 기도를 드렸어요. 현 분도가 마음을 되돌리게 해달라고, 간절하게 기도를 올렸죠. 하지만 돌아온 건 '풍덩!' 하는 소리였답니다. 내가 즉답을 하지 않고 기도를 올리니까, 현 분도는 그걸 거절로 받아들인 게죠. 현 분도의 머리가 수면으로 올라갔다가 내려가고 또 올라가는 게 보였습니다. 그러다가 쾅, 소리와 함께 제가 탔던 배도 뒤집혔죠. 수면 위로는 나오진 않았지만 바다 밑에 솟은 바위에 부딪힌 겁니다.

갈매기들이 싸울 듯 울어대는 바람에 깨어났죠. 목포 바닷가였고 옆엔 현 분도가 앉아 있었습니다. 제가 눈을 뜨자마자 그는 땅을 치며 울음을 터뜨리더군요. 하필 그때 교졸 두 사람이 바닷가로 떠밀려 온 옹기 배를 보곤 주변을 살피다가 우릴 발견하고 다가왔습니다. 현 분도와 저는 바짝 긴장했죠. 우리가 교인이란 사실이 들통나면 붙들려 옥에 갇혀야 하니까요. 주저하는 현 분도를 대신해서 제가 그들에게 울먹이며 말했답니다.

'남편을 도와 옹기 장사를 가던 중이었어요. 배에 실은 크고 작은 옹기들이 몽땅 떠내려 가버렸으니 우린 망했어요. 어쩌죠. 찾아주세요, 제발 좀!'

교졸들은 철마다 그런 불행이 한두 차례 이 바다에서 일어난다며 혀를 끌끌 차곤 가버리더군요.

장흥으로 돌아왔죠. 아버지는 불호령을 내리셨지만, 이미 현 분도와 함께 며칠 밤을 보냈으니, 소문 났자 좋을 일이 아니었습니다. 저는 한양에 동정녀들만 사는 집을 찾아 나선 게 아니라, 현 분도와 야반도주했다고 꾸며 말했죠. 교인들에게도 마음이 바뀌어 돌아왔노라 둘러댔습니다.

그리고 반년 전에 아들 요섭이 태어났답니다. 장흥으로 돌아온 뒤 강 수산나에게 서찰을 띄울까 몇 번을 망설였어요. 하지만 이젠 동정녀도 아니고, 동정녀로 살겠단 희망도 사라진 마당에 곡성으로 서찰을 보내는 게 여러모로 불편했습니다. 붓을 들었다가 내리고 또 들었다가 내렸어요.

현 분도가 처음부터 저를 괴롭힌 건 아니에요. 오히려 무척 잘 대해줬죠. 부지런히 옹기를 팔아 돈을 모았고, 옹기 배도 더 큰 배로 바꿨습니다. 하지만 항상 저를 감시했어요. 언제 한양으로 달아날지 모른다고 불안해했고요. 배에 옹기를 가득 싣고 나루를 떠났다가도 연락 없이 돌아온 적이 많았어요. 맛난 음식과 비싼 옷과 고운 노리개 들을 사주기도 했답니다. 어떤 날은 화를 내며 협박하고 어떤 날은 무릎 꿇고 애원하더군요. 제발 떠나진 말아달라고. 장흥에서 죽을 때까지 오순도순 살자고.

그 바람을 깬 사람은 제가 아니라 현 분도입니다. 봄비가 무척 세차게 내린 날이었어요. 강진에서 구운 옹기를 해남에 실어다 주고 올라오던 길이었어요. 함께 탄 조동무의 설명에 따르면, 현 분도는 비를 피해 잠시 쉬었다 가려고 배를 강가로 몰았는데, 배가 나루에 닿기도 전에 벼락이 쳤답니다. 벼락에 맞은 현 분도는 그 자리에서 숨이 끊겼고요.

어떻게 장례를 치렀는지 모르겠어요. 그날부터 저는 아기 딸린 과부가 된 겁니다. 현 분도를 마을 뒷산에 묻는 것으로 그와의 인연은 끝났답니다. 다음 날 아침에 당장 떠나기로 결심했어요. 제가 낳은 아들 요섭을 업고 한양으로 갈까 생각했죠. 비록 동정녀는 아니지만, 동정녀들의 집에 가서 궂은일들을 도맡아 하며 남은 인생을 살고 싶었습니다. 그리고 곡성으로 갈까도 싶었죠. 강 수산나가 있고, 또 십이 년이나 마을을 훌륭하게 이끈 이 야고버 회장이 계시니까요. 곡성에 들렀다가 상황이 여의치 않으면 한양으로 가는 방법도 있었습니다. 어쨌든 예양강 나루로 나가려는데, 장흥 교졸을 앞세우고 좌포도청 포졸들이 저를 잡으러 왔어요. 천주께서 제가 한양으로 가는 것을 막으신 것이고, 곡성 교우들을 이 감옥에서 만나도록 인도하신 거겠죠? 확실해요. 그래서 제가 지금 여기서 이런 이야기를 길게 늘어놓는 겁니다. 이게 다예요."

강성대가 굽은 허리를 좌우로 흔들며 말했다.

"최 이사벨 자매가 보낸 공책을 나도 본 적이 있다오. 강 수산나
는 그걸 언제 어디서 누구에게 받았는지, 할아비인 나한테조차 감
췄소. 오늘 내 손녀가 자랑하던 믿음의 벗을 만나니 더없이 좋소."

임중호가 끼어들었다.

"저도 강 수산나 자매의 친구라면 무조건 환영입니다만…….
장흥에서 여기까지 오는 동안 고초를 겪진 않으셨나 봅니다."

곡성에서 온 다섯 사람에 비해 다치거나 상처 입은 곳이 전혀
없었던 것이다. 최언순이 답했다.

"곡성 교우들은 관아에서 치도곤을 맞고 학춤까지 당하였다고
전해 들었습니다. 저도 붙잡혔을 땐 곤장을 수십 대는 맞겠구나
각오했지요. 한데 손을 대지 않더군요. 죽은 남편이 장흥에서 옹
기 배 사공을 하며 아전이나 교졸들에게 선심 쓰듯 옹기를 싸게
팔거나 더러 공짜로 선물도 주고 그랬습니다. 포졸들의 길라잡이
로 왔던 교졸 역시 그중 하나였고요. 안면이 있다 해도 문초를 하
고 전라감영으로 압송할 수도 물론 있었습니다. 저 혼자 거기서
천주를 모시진 않았을 것이라고 그들도 충분히 추측했겠지요. 오
랫동안 함께 첨례를 올린 교우들 얼굴이 떠오르더군요. 그들을 멀
리 달아나도록 할 방법이 떠오르질 않았습니다. 제가 이렇게 붙잡
혔다는 것부터 알리고 싶었지요. 하루 정도만 버티면 교우 중 한
둘은 제 집을 찾아오리란 생각이 들더군요. 남편 잃은 교우를 위
해 손 붙들고 기도하기 위해서 말입니다. 저도 예전에 그렇게 과
부가 된 교우에게 가서 기도를 올린 적이 있었습니다. 버티자. 맞
아 죽는 한이 있더라도 버티자고 결심했죠.

포졸들이 제게 손을 대지 않은 이유는 딴 데 있었어요. 황당한

이유이기도 한데, 벼락 맞아 죽은 남편의 장례를 갓 치른 직후란 걸 교졸에게 전해 들었기 때문이죠. 벼락 맞아 죽은 자의 시신을 만지거나 그가 입고 먹고 잔 곳을 오가거나 그의 가족과 말을 한 마디라도 섞으면, 액운이 고스란히 옮겨 온다고 믿은 겁니다. 요섭과 저를 장흥 옥에 가두지도 않고 곧장 전라감영으로 출발했습니다. 장흥부사는 아예 나와보지도 않았고요. 이렇게라도 죽은 남편 덕을 보네요."

강송이가 최언순과 눈을 맞추며 말했다.

"그것까지 전부 천주님이 예비하신 겁니다. 최 이사벨이 곧장이라도 맞아 쓰러지면 요섭은 누가 돌보겠어요?"

"아, 그것까지도 천주께서?"

최언순의 두 눈이 놀라움으로 가득 찼다. 감귀남이 말을 보탰다.

"최 이사벨 자매님을 진복자眞福者로 이끄는 중이신 겁니다. 우리 모두 그 길 위에 있는 것이죠. 전 안또니와 제가 진복자를 위한 노래를 만들었답니다. 노래 이름도 아예 〈진복자〉라고 지었습니다. 함께 부르실까요? 아주 쉬워요."

감귀남이 어깨를 좌우로 흔들며 바닷물이 밀리고 끌리듯 시작하자, 강송이와 최언순도 따라 읊조렸다.

마음으로 가난한 이는 진복자로다

천당이 저희의 것임이오

량선한 이는 진복자로다

저희가 땅을 차지할 것임이오

우는 이는 진복자로다

저희 위로함을 받을 것임이오

의덕을 주리고 목말라 하는 이는 진복자로다

저희 배부를 것임이오

애긍하는 이는 진복자로다

저희 애긍함을 입을 것임이오

마음이 조찰한 이는 진복자로다

저희 천주를 뵈올 것임이오

화목하는 이는 진복자로다

저희 천주의 아들이라 일컬을 것임이오

의를 위하여 군난을 받는 이는 진복자로다

천당이 저희의 것임이오

쇠문이 열렸다. 먼저 들어선 자는 관우였고, 뒤따라 들어온 이는 축 늘어진 사내를 업은 옥리 막둥이였다. 시뻘겋게 물든 바지에서 핏물이 뚝뚝 떨어졌다. 막둥이가 남옥으로 들어가선 사내를 눕혔다. 사내는 부들부들 떨면서 겨우 돌아 엎드렸다. 찢긴 넓적다리에서 피가 계속 흘렀다. 사내의 수척한 얼굴을 본 전원오의 두 눈이 놀라움으로 차올랐다.

관우가 전원오와 강성대와 임중호를 차례차례 노려본 후 말했다.

"이 자는 한양 수표교 아래에 사는 진목서다. 세례명은 도마! 자, 이제 너희들 이야기도 들어봐야겠지? 스스로 나오거라. 누가 먼저 지당地堂으로 가겠느냐?"

죄인들은 서로 시선을 주고받으며 물었다. 지당이라니? 아담과 하와가 살았다는 만복이 넘치는 곳 지당으로 간다고? 선악과를

244

따 먹은 후 쫓겨난 뒤론 지당에 다시 간 이는 없었다. 벽을 짚고 허리를 펴려는 강성대의 팔목을 재빨리 끌어 앉히곤, 전원오가 큰 숨 한 번 내쉰 뒤 일어섰다.

예수를 그리는 남자

진목서는 엎드린 채 정신을 놓쳤다가 찾았다가 다시 놓치기를 반복했다. 주린 채 도망 다닌 노루처럼 얼굴에 핏기가 없었다. 살점이란 살점은 죄다 발라낸 듯, 뼈들이 두꺼비 등보다 도드라졌다. 강성대와 임중호가 가까이 앉아 상처를 확인했다. 피가 떨어지는 넓적다리보다 너덜거리는 왼팔이 더 문제였다. 손등과 팔목의 뼈들이 살갗을 찢고 나온 것이다. 진목서는 정신이 돌아올 때마다 왼팔을 들지도 못한 채 비명을 지르고 까무러쳤다. 임중호가 그 팔목을 살피며 고개를 저었다.

"왼손을 아예 못 쓰게 하려고 작정한 겁니다. 망치로 내리친 듯한데, 뼈들이 부서지면서 제멋대로 튀어나왔네요. 어깨만 떨어도 끔찍하게 아플 겁니다. 고정해서 묶어야 할 텐데……."

부목이 필요한 것이다. 강성대와 임중호 그리고 감귀남과 강송이와 최언순이 번갈아 소리를 질러댔다.

"사람 죽소! 여기, 사람 죽어!"

목이 길고 마른 옥리 고병태高秉兌가 쇠문을 열고 고개를 디밀긴 했다. 진목서의 왼팔을 지탱할 나무를 달라 했더니 문이 닫혔다. 시끄럽게 고함을 계속 질러대자 고병태가 문을 열곤 들어왔다. 육모 방망이로 나무 기둥을 치며 위협했다.

"진목서, 저 악랄한 놈에겐 아무것도 주지 말라는 엄명을 받았어. 그리들 알아."

그다음부턴 아무리 외쳐도 쇠문이 열리지 않았다. 죄인들은 옥리를 부르는 대신 진목서를 위한 기도로 방향을 돌렸다. 혼절한 자가 빨리 깨어나게 해달란 기도는 해보았지만, 깨어나는 때를 늦춰달라는 기도는 처음이었다. 정신을 잃고서도 통증 때문에 앓는 소리를 했지만, 깨어나 겪는 아픔에 비할 바는 아니었다. 기도와는 정반대로 깨어 비명을 지르는 시간이 점점 늘었다. 두 번 혼절한 뒤엔 정신을 놓지 않고 제법 길게 앓는 소리를 냈다. 독에 빠진 들쥐가 지쳐 우는 소리 같기도 하고, 경계심 많은 수달이 발자국들을 피해 똥을 누는 소리 같기도 했다. 귀를 기울여도 말뜻을 헤아리긴 어려웠다.

"수표교 근처가 집이면, 개천開川에서 붙들려 여기까지 오셨소?"

강성대가 물었지만 응답하지 않았다. 감귀남이 막았다.

"내버려두세요. 지금은 입술 벌리는 것조차 힘들 테니."

그 후론 묻는 이가 없었다. 앓는 소리가 계속 이어지니 감귀남의 표정이 특히 더 어두웠다. 임중호가 강성대 곁으로 가선 나란히 벽에 기댄 채 속삭이듯 물었다.

"근데 저 도마, 낯이 익지 않습니까?"

"모르겠는데."

"어디선가 봤어요. 기억이 나진 않지만, 제가 아는 얼굴입니다."

"난 만난 적 없네. 궁금하면 가서 직접 물어보게."

"천천히, 그러겠습니다. 아무래도 이 옥에서 곧 나가긴 어려울 것 같으니까요."

"곧 나가긴 어렵다? 왜 그리 생각하나?"

"최 이사벨 자매가 잡힌 곳이 장흥이고 진 도마 형제가 끌려온 곳이 한양이라면, 징제비가 좌포도청 포졸을 전국에 푼 겁니다. 전라도만이 아니라 방방곡곡 색출하여 잡아들인다면 하루 이틀에 끝날 일이 아니죠."

강성대는 턱을 든 채 긴 숨을 몰아쉬었다. 그도 비슷한 예측을 했다. 불길한 예감을 입 밖으로 내어 옥에 갇힌 다른 교인들까지 불안하게 만들고 싶지 않았을 뿐이다. 진목서가 헛구역질을 하며 피를 토했다. 임중호와 강성대가 가선 등을 쓸며 피를 닦은 후 다시 돌아와 벽에 기대앉았다. 이번에도 임중호가 먼저 입을 열었다.

"전 안또니 형제님도 진 도마 형제님처럼 저렇듯 심하게 당하고 있을까요?"

강성대는 잠시 전원오의 얼굴을 떠올렸다.

"관우와 장비, 저놈들은 사람이 아니야."

"문초하는 곳이 어딜까요? 근처라면 벌써 몇 번이고 비명이 들렸을 텐데요. 아직 아무 소리도 들리지 않습니다."

"모르겠네. 아예 입을 못 열 지경일지도⋯⋯."

"⋯⋯지당⋯⋯."

진목서가 고개를 들지도 못하고 겨우 입술만 벌려 지당이란 두 글자를 흘렸다. 죄인들의 시선이 동시에 그에게 쏠렸다.

"가만! 아무 말 말아요."

진목서는 다시 피를 토하며 컥컥댔다. 임중호가 재빨리 와선 입 안에 손가락을 넣어 핏덩이를 걷어냈다. 편히 숨 쉬도록 일으켜 앉힌 뒤 등을 쓸었다. 거친 숨이 차츰 잦아들었다.

강성대가 기도를 하기 위해 자세를 고쳐 무릎을 꿇었다. 진목서를 제외한 다른 죄인들도 따라 했다. 발목 아래로 찰랑대던 슬픔이 무릎과 허리까지 차올랐다. 흐느낌이 창살처럼 서로를 파고들었다. 그들은 관우를 따라 나간 전원오를 지켜달라고 기도했지만, 끔찍한 모습들만 떠올랐다. 그때 목을 긁어내는 판소리 한 대목이 들렸다. 그 소리를 낸 사람은 전원오의 아내 감귀남이었다.

흙으로 빚은 것이 어찌 사람뿐일까

옹기 대장을 보라

완전한 옹기를 만들기 위해

실패하고 실패하고 실패한 옹기가 얼마며

두고 쓸 만하다 평해도 부순 옹기가 얼마며

팔았다가 되사와선 버린 옹기는 또 얼마인가

천주께선 사슴도 비둘기도 메뚜기도 하다못해 뱀까지도

흙으로 빚고 또 빚으신 후

엿새째 되는 날에 드디어 사람을 만들기 위해 흙을 찾으셨으니

흙 쥔 그 손이 귀하고 귀하도다

2월 26일 새벽, 전원오가 옥리 박용식朴用式과 차동한車同翰에게

질질 끌려 들어왔다. 곡성에서부터 불편했던 왼 다리와 함께 오른 다리까지 제대로 딛지 못했다. 엄지발톱이 뽑히고 발가락이 양쪽 다 부러져 뒤틀린 것이다. 정강이까지 둘 다 바깥으로 휘었다. 나무 막대기를 정강이 사이에 어긋나게 끼워 당기는 가새주리를 당한 것이다.

진목서가 오른팔로만 기어가선 전원오 곁에 누웠다. 말을 붙이지도 않았고 몸을 흔들지도 않았다. 가늘고 거친 숨소리를 듣기만 했다.

새벽에 전원오가 깨어난 것을 가장 먼저 알린 이도 진목서였다. 다들 잠들었지만, 진목서는 여전히 전원오를 쳐다보며 귀 기울였던 것이다. 전원오가 깨어나 고통을 참지 못하고 비명을 지르자, 진목서가 그보다 더 큰 비명으로 전원오의 목소리를 삼켜버렸다. 그 소리가 너무 커 죄인들이 모두 깨어났을 뿐만 아니라 전원오도 비명을 뚝 그쳤다. 진목서는 놀란 눈으로 자신을 쳐다보는 전원오를 향해 한참을 웃었다.

2월 26일이 가고 27일이 왔다.

이제 전원오는 혼절하지 않았다. 둘은 서로를 보며 비명을 지르거나 앓는 소리를 했다. 전원오는 알았다, 진목서가 이제부턴 왼손으로 그 무엇도 쥐지 못한다는 것을. 진목서는 알았다, 전원오가 앞으론 두 다리로 걷기 어렵다는 것을.

옥리가 쪽박 두 개를 들고 와선 여옥과 남옥에 하나씩 넣어두곤 나갔다. 수저도 주지 않았고, 쪽박엔 식은 보리밥만 한 덩이 담겼다. 임중호 혼자 먹어도 모자랄 정도였다. 감귀남과 강송이는 쪽박을 최언순에게 내밀었다.

"같이 나눠요."

최언순의 말에 감귀남이 고개 저었다.

"우린 아직 견딜 만해. 요섭에게 젖을 먹여야 하니 최 이사벨 자매님은 굶주리면 안 됩니다. 천천히 꼭꼭 씹어 삼켜요."

쪽박을 제 앞으로 당겼던 임중호도 감귀남의 말을 듣곤 차마 보리밥을 쥐진 못하고 강성대를 쳐다봤다. 강성대가 고개를 끄덕이자, 임중호는 쪽박을 들곤 전원오와 진목서의 머리맡으로 갔다. 보리밥을 조금씩 떼어 신음하는 두 남자의 입에 넣었다. 전원오와 진목서가 고개를 젓거나 입술을 열지 않으면, 임중호는 엄지와 검지로 밥을 쥐곤 잠시 기다렸다. 침이 꼴깍꼴깍 넘어왔지만 끝까지 참았다. 전원오가 진목서에게 말했다.

"먹어야 삽니다……. 한양에서 전주까지…… 오는 동안, 곡기를 끊고 기도만 드렸다면서요?"

진목서가 옥으로 들어오곤 처음으로 입을 열었다.

"……금식은 ……해왔습니다. 사십 일을 한 적도……."

전원오가 임중호의 부축을 받으며 먼저 일어나 앉았다. 강성대가 타이르듯 진목서에게 말했다.

"나도 사순재 금식 중이긴 합니다만, 그건 몸이 성할 때 이야깁니다. 두들겨 맞고 아무것도 먹지 않으면 큰일 납니다. 드십시오. 드셔야 합니다."

진목서는 그래도 보리밥을 받아먹지 않았다. 설득하고 나선 이는 최언순이었다.

"드시지 않으면 저도 먹지 않겠어요."

"젖먹이가…… 있지 않습니까?"

"가별 할아버지 말씀 못 들은 건 아니죠? 그 몸으론 견디지 못

해요. 드세요.”

“싫습니다.”

“그럼 저도 싫어요.”

둘 다 황소고집이었다. 두 덩이 보리밥이 들어왔지만, 그들은 여전히 굶기를 고집했다.

진목서는 천천히 자신의 으스러진 왼손을 쳐다보았다. 뼈들이 가시나무처럼 살갗을 찢고 나왔고, 흐르던 피들이 군데군데 혹처럼 엉겼다. 전원오가 자신의 잘못을 털어놓았다.

“진 도마 형제님! 잘못했습니다. 제가 함부로 입을 놀리지 않았다면, 당신이 전라감영으로 끌려오는 일도 없었을 겁니다. 이건 전부 제 탓입니다. 제가 죽일 놈입니다.”

진목서가 오른팔을 뻗어 전원오의 손을 붙들곤 말했다.

“……아니에요. 아닙니다. 고맙고 또 고맙습니다. 이런 날을 기다렸습니다. 여러분이 이토록 어려움을 겪으시는데, 저만 편히 숨어 지내는 건 이치에 맞지 않습니다. 군난이 일어날 때마다 괴로웠거든요. 포졸들이 언제 나를 잡으러 오나 기다린 나날이 깁니다. 한데 다른 교우의 이름은 말하더라도 저만은 지켜주시더군요. 그게 처음엔 너무 고마웠지만 저 혼자만 특혜를 입는 것만 같아 견디기 힘들었습니다. 이상하게 들리겠지만, 붙잡히고 나니 마음이 편합니다. 진작 이랬어야 합니다.”

임중호가 고개를 설레설레 저으며 이해하기 힘든 표정을 지었다.

“이게 다 뭔 소립니까? 전 안또니 형제님이 수표교에 사는 진 도마 형제님을 고변이라도 했다는 겁니까? 어떻게 서로 압니까? 둘이 만난 적이라도 있나요?”

진목서가 답했다.

"여러분을 제가 여기서 처음 만났듯이, 전 안또니 형제님과도 처음입니다."

임중호가 다시 물었다.

"처음 만난 사인데, 왜 전 안또니 형제님이 용서를 빌고, 진 도마 형제님은 괜찮다고 답하는 겁니까?"

전원오와 진목서는 서로 보며 말없이 웃었다. 임중호가 답답한 듯 종주먹으로 제 가슴을 쳤지만, 둘은 답을 하지 않다가 잠이 들고 말았다. 임중호도 보리밥을 든 채 침을 삼키다가 꾸벅꾸벅 졸았고, 강성대는 잠을 자진 않았지만 벽에 기댄 채 복된 말씀을 우물우물 외워댔다. 남옥이 조용해지자 여옥도 각자 묵상에 들어갔다.

반나절이 흐른 뒤 먼저 눈 뜬 진목서가 마음을 돌렸다. 그때까지도 임중호의 손에 들려 있던 보리밥을 앗아 들곤 오물오물 먹기 시작하자, 최언순도 곧 팔을 뻗어 쪽박에서 보리밥을 집었다. 진목서는 밥알을 씹기 어려웠고, 씹은 밥알을 넘길 힘도 없었다. 겨우 넘어간 밥알을 세 번 중 한 번은 토했다. 물을 달라 외쳐도 옥리는 오지 않았다. 쪽박을 비운 후 진목서는 다시 잠에 빠져들었다. 젖을 먹고 난 현요섭도 단잠에 취했으므로, 나머지도 따라서 잠시 눈을 붙였다.

진목서가 소리를 질러대지 않았더라면 2월 28일 새벽까지 곤한 잠에 취했을 것이다. 황급히 와서 이마를 짚는 임중호에게 진목서가 말했다.

"……확실히 봤습니다, 창에 찔린…… 그려야 합니다. 붓을, 종이를…… 주세요."

임중호가 물었다.

"그린다고요? 창에 찔려요? 누가?"

"달라고요…… 급합니다."

"없습니다, 그딴 건."

옥에는 붓도 종이도 먹도 벼루도 없었다. 진목서는 오른손을 들어 허공에 무엇인가를 그려댔다. 그에겐 또렷한 형상이 나머지 죄인들 눈엔 전혀 보이지 않았다. 오른팔을 바닥에 내팽개치듯 떨어뜨린 뒤, 진목서는 눈을 감았다. 눈꺼풀 속에서 눈동자가 바삐 움직였다. 잠을 자는 것이 아니라, 어둠 속에서 창에 찔린 옆구리의 상처를 되새기기 위해서였다. 전원오가 두 다리를 뻗은 채, 강성대 곁에서 벽을 기대고 이야기를 시작한 것은 그 순간이었다.

"작년 부활 대첨례일을 맞아 야고버 회장님 댁에 모였을 때 우리가 본 상본 기억하시죠?"

강송이가 되물었다.

"물 위를 걷는 예수님과 배 위에 서 있는 베드루를 그린 그림 말씀이시죠? 멀리 강가에 포도나무 한 그루가 자라는 바로 그 그림?"

전원오가 진목서를 눈으로 가리키며 답했다.

"진 도마 화공께서 그려 보내준 겁니다. 저도 이름만 알았지, 만나긴 처음입니다. 이 야고버 회장님은 만난 적이 있다 하셨죠……."

임중호가 말허리를 자르곤 진목서를 보며 말했다.

"잠깐만요. 그러니까 진목서 당신이 '포도나무'란 별칭으로 통하던 화공 도마란 겁니까? 모든 그림에 포도나무든 포도알이든 꼭 넣는?"

진목서가 고개를 끄덕였다.

"맞아요. 제가 포도나무라고도 불리는 도마입니다."

전원오가 말했다.

"교인들에겐 예수님께서 물 위를 걷는 상본만 보여드렸지만, 야고버 회장님이 그보다 반년쯤 전 제게 상본을 한 점 더 보여주셨습니다. 깃발로 펄럭일 만큼 큼지막한 종이에 예수님 얼굴이 담겼더군요. 왼 어깨에선 포도나무 가지가 하나 뻗어 있었고요. 몹시 야위고 퀭한 얼굴이었죠. 야고버 회장님은, 예수님이 사십 일 동안 광야에서 마귀의 유혹을 물리치고 다시 마을로 돌아오셨을 때의 얼굴이라고 했습니다. 물 위를 걷는 예수님 그림을 보는 순간, 저는 반년 전에 본 상본과 같은 화공의 솜씨란 걸 알았죠. 예수님의 얼굴, 특히 광대뼈가 튀어나왔고 코는 낮고 눈은 작았습니다. 드물게 대국을 통해 들어온, 구라파 화공들이 그린, 눈은 깊고 코는 오뚝하고 입술은 얇고 붉은 예수님 얼굴과는 딴판이었죠. 꼬불꼬불한 수염에 푸른빛이 도는 눈동자가 그나마 이 나라 사람이 아니란 느낌을 풍겼습니다. 그리고 머리카락에 가리긴 했지만, 귓불이 무척 크고 보름달처럼 동그랬습니다.

곡성에서, 줄에 목이 묶인 채 안대를 풀자마자 잠에서 깼고, 깨자마자 떠오른 것이 바로 그 두 상본에 담긴 예수님 얼굴이었습니다. 예방이 묻더군요. 곡성 바깥에 아는 교인을 한 사람만 대라고. 저와 내왕이 있던 구례나 하동 교인들을 고변하긴 싫었습니다. 그래서 선수를 쳤죠. 상본을 봤노라고. 물 위를 걷는 사내와 물 위로 나설까 말까 망설이는 사내를 함께 그린 그림을! 그림을 자세히 설명하란 질문이 날아들었고, 저는 최대한 천천히 말했습니다. 느릿느릿 말하다 보니 점점 자세해지더군요. 바람에 흔들리는 배의 모양이며, 치솟는 물결이며, 물 위를 걸으면서도 전혀 동요가 없는 사내의 입술이며, 오른발을 막 물 위에 넣으려는 사내의 마지막 망설임이 담긴 눈길을. 태어나서 처음 보는 화풍이라고 덧붙였습니다. 어려서부터 노래 부르고 그림 구경하는 걸 좋아했지만, 그래서 옹기 판 돈으로 몇몇 그림은 사들이기도 했지만, 그처럼 생생한 그림은 없었거든요. 이 그림을 그린 화공은 천재다! 라고 야고버 회장님께도 말씀드렸고, 또 안대를 벗긴 예방에게도 털어놓았죠."

진목서가 실눈을 뜨곤 끼어들었다.

"……저는 천재가 아닙니다. 우리 시절에 천재가 있다면……이 루가 스승님이시죠."

전원오가 이어 설명했다.

"예방이 도마의 생김새를 따져 묻더군요. 저는 버티고 버티다가 제가 본 두 개의 상본에 담긴 예수님의 눈과 코와 입과 귀와 목과 어깨를 이야기했습니다. 예방은 상본들을 본 적이 없으니, 제가 상본 속 예수님의 생김새를 들려주며 시간을 벌고 있다는 걸 몰랐을 테죠. 저는 이토록 탁월하게 상본을 그리는 화공 도마가 붙잡히기를 결코 바라지 않았습니다. 그림 속 예수님의 얼굴을 화공의 얼굴이라고 설명했으니, 제 딴에는 완벽하게 둘러댔다 여겼습니다."

진목서가 오른 주먹으로 제 머리를 때리며 자책했다.

"저는 상본을 그리면…… 안 되는 사람입니다. 탁월하다뇨? …… 제가 얼마나 형편없는데……."

진목서는 말끝을 흐리며 임중호와 눈을 맞추곤 도움을 청했다.

"보리……밥을 혼자 먹어 미안합니다. ……저도 벽에 기대 앉혀주시겠습니까?"

감정이 격해지며 숨이 자꾸 차오르는 바람에, 누워서 이야기하는 것이 힘든 것이다. 임중호가 진목서를 전원오 곁에 일으켜 앉혔다. 다친 왼손이 바닥에 닿았던 걸까. 진목서는 앉은 후에도 땅개처럼 혀를 내밀곤 숨을 헐떡였다. 그 틈을 강성대가 끼어들었다.

"이 루가라면, 혹시 화공 이 추찬秋餐, 이희영의 자을 말씀하시는 겁니까?"

진목서가 놀라며 고개를 끄덕였다.

"……스승님을 ……아십니까?"

"신유 대군난 때 돌아가셨지요? 검서관을 역임하셨던 초정楚亭, 박제가 선생 댁에서 잠시 신세 진 적이 있습니다. 주 탁덕께서 입국하시기 한 해 전 여름으로 기억하는데, 초정 선생이 저를 뒷마당으로 부르셨습니다. 가보니 이 추찬이 붓을 들고 그림을 그리기 직전이었습죠. 마당에는 개 한 마리가 전부였는데, 그 개는 가만히 있질 않고 마당을 정신없이 뛰어다녔습니다. 이 추찬이 단숨에 붓을 놀려 그 개를 종이에 옮겨놓더군요. 놀라운 솜씨였습니다. 그때까지만 해도 저는 그가 교우인 줄 몰랐습니다.

그로부터 이 년이 지난 가을, 강완숙 골롬바 회장님을 통해 주탁덕을 뵈었는데, 그 자리에 이 추찬이 상본을 한 점 가지고 나타났습니다. 이 추찬이 천주교인이며 본명이 루가라는 걸 그날 처음으로 알았습니다. 잊히지 않는 그림이었죠. 진 도마 형제님이 그린 물 위를 걷는 예수님도 뛰어나지만, 이 루가 형제님의 그림만큼 힘차고 강렬하진 않았어요. 거기에도 두 사내가 등장합니다.

그들의 등 뒤로는 무덤이 있지요. 돌로 된 문이 열려 있고, 그 구멍은 지옥으로 빨려 들어갈 듯 깜깜합니다. 키가 크고 눈이 깊은 사내는 몸을 제대로 가누지 못한 채 두려움과 놀라움에 가득 찬 다른 사내를 부축한 채 걸어 나오는 중입니다. 단번에 알아보겠더군요. 예수님이 죽은 나사로를 살려 데리고 나오는 장면이 분명했습니다. 무덤에서 걸어 나온 나사로의 모든 것이 궁금했습니다. 사소하게는 수의와 안색부터 죽었다 살아난 나사로의 마음까지 전부 알고 싶었지요. 이 추찬의 그림을 보는 순간, 궁금증이 단숨에 풀렸습니다. 말로 전부 설명하긴 어렵겠지만, 아, 저러했겠구나! 하는 깨달음이 그림을 보자마자 들었으니까요.

그래서였을까요. 이 루가 형제님의 상본을 갖는 건 교인들의 바람이었습니다. 형편이 넉넉했던 교인들이 앞다투어 상본을 청하였지요. 하지만 이 루가 형제님은 돈보다는 간절함을 중요하게 여겼어요. 자신의 상본이 꼭 필요한 이유를 먼저 듣고, 더 간절한 교인에게 먼저 그림을 그려주었습니다. 사례를 전혀 받지 않고 그려준 상본도 적지 않습니다.

물 위를 걷는 예수님과 베드루가 함께 있는 상본을 보았을 때, 이 야고버 회장님께는 따로 말씀을 드렸지만, 이 루가 형제님 그림이냐고 여쭈기까지 했어요. 저는 상본은 잘 모르지만, 두 분이 붓을 놀리는 방식이 똑같지는 않습니다. 매우 다른 편이지요. 이 루가 형제님이 훨씬 대범합니다. 배경은 과감하게 지우고 인물에 집중하지요. 진 도마 형제님은 그에 반해 꼼꼼하고 섬세합니다. 예수님이 걷는 호수의 물결 하나하나까지 전부 다르게 그리셨으니까요. 이렇듯 확연히 다른데도, 진 도마 형제님의 상본에서 이

루가 형제님의 상본이 떠오르더라고요. 다르지만 비슷한 흐름이 느껴졌던 걸까요. 천주님에 대한 믿음을 그림에 담는 방식이 비슷해서일까요?"

그 질문에 답할 사람은 진목서밖에 없었다.

"……문도의 숙명이랄까요. ……처음엔 스승을 닮으려 애쓰고 나중에는 스승으로부터…… 멀어지려고 발버둥을 칩니다. ……하지만 아무리 노력해도 그늘을 벗어나긴 정말 어렵지요. 불가능에 가깝습니다. 신유년에 그렇듯 갑자기 치명하실 줄 알았더라면, 더 자주 뵙고 더 많은 걸 여쭙고 배울 걸 그랬습니다……. 이 루가 스승님께 여쭌 적이 있습니다. 스승님이 그린 예수님은 눈과 코와 입과 귀가 조금씩 다른데 결국 한 사람이고, ……제가 그린 예수님은 눈코입귀가 똑같아도 왜 다른 사람처럼 보이느냐고. 스승님이 답하셨습니다……. 스승님은 당신이 믿는 것을 그리는데 저는 제가 바라는 것을 그리기 때문이라고. ……그 후론 제가 무엇을 어떻게 얼마나 믿는지 계속 들여다보고 있습니다만, 여전히 부족한 부분이 많습니다. ……제 믿음이 부족해서일까요?"

임중호가 갑자기 진목서의 오른 어깨를 잡아당겨 노려본 후 따지듯 반말로 말했다.

"이제 생각났다! 진 도마, 당신 얼굴은 당신이 그린 상본 속 예수님 얼굴이야. 튀어나온 광대뼈와 작은 눈과 낮은 코에 둥근 귓불까지! 맞지? 상본 속 예수님 얼굴에 당신 얼굴을 넣은 이유가 뭐야?"

여옥의 감귀남과 강송이의 눈도 놀라움으로 가득 찼다. 두 사람도 상본을 본 적이 있는 것이다. 강성대가 끼어들었다.

"진정해."

임중호가 고개를 돌려 강성대와 눈을 맞췄다.

"이건 아니잖습니까? 지금까지 새벽마다 이 오만한 화공의 얼굴을 보며 기도하고 눈물 흘린 게 억울하고 분하지도 않습니까?"

"이야기부터 우선 듣고 따져도 늦지 않아."

임중호가 주먹을 내렸다. 진목서가 제 어깨를 쥔 임중호의 손까지 흔들어 떼며 물었다.

"어차피 상상이잖습니까?"

"뭐?"

"예수님 얼굴을 그리려고 세상의 상본들을 엄청 많이 봤습니다. 이 루가 스승님을 제외하곤, 어쩌면 스승님보다도 제가 더 많이 구해 보고 고민했을 거예요. 구라파는 물론이고 전 세계 화공들이 그린 예수님 얼굴을 모았는데, 결론이 뭔 줄 아십니까? 전부다르다는 겁니다. 살갗이 하얗고 수염이 뽀글거리는 것 정도만 비슷하고, 나머진 전부 제각각이었어요.

그중에서 어떤 게 진짜 예수님 얼굴이냐고 스승님께 여쭌 적이 있습니다. 스승님이 답하시기를 당신도 모른다고 하시더군요. 상본들을 그린 저 많은 화공들 역시 몰랐을 것이라고요. 그렇지만 그걸 모른다고 할 수만은 없다고도 하셨습니다. 복된 말씀을 읽고 기도를 드리다 보면 얼굴이 떠오른다고 하셨습니다. 그 얼굴을 그려 팔도의 교인들에게 보냈는데, 지금까지 단 한 번도 항의를 받은 적이 없다고 하셨지요. 스승님이 그린 예수님 얼굴은 눈코입귀가 전부 달랐습니다. 그런데도 교인들은 상본을 그린 화공이 이루가 스승님이란 걸 맞혔고, 또 그 상본을 좋아하고 받들었습니다. 이 루가 스승님이 그린 상본을 보며 기도를 드려 병이 나았다는 이야긴 차고도 넘치니 따로 하진 않겠습니다. 저는 다르게 그리지 않으려고 노력했습니다. 예수님이 한 분이시니 그 얼굴도 하나여야 한다고 생각했습니다.

이 문제로 너무 고민이 되어 사십 일 동안 금식하며 지리산 어느 동굴에 머문 적도 있습니다. 사십 일 기도가 끝나는 날 꿈을 꾸었는데, 예수님이 나타나셨습니다. 그런데 그 얼굴이 놀랍게도 저와 쌍둥이처럼 닮았더군요. 어찌해야 하느냐고 이 루가 스승님께 여쭈었더니, 꿈에 본 그대로 그리라고 말씀하셨습니다. 그날부터 지금까지 제 꿈에 나타나신 예수님 얼굴을 그렸습니다.

교인들과 만날 기회를 스스로 끊었습니다. 혼인도 하지 않고, 얼굴을 세상에 내놓지 않은 채 지금까지 지냈습니다. 제가 진목서도마란 사실을 아는 교인은 다섯 명에 불과했습니다. 처음엔 인적이 드문 곳에서 숨어 지냈지만, 다시 한양으로 올라왔지요. 다섯 사람만 배신하지 않으면 제가 붙들릴 까닭이 없었기 때문입니다. 근데 그 사실이 저를 힘들게 했습니다. 처음엔 제가 누군지 아는 교인이 열 명이었거든요. 근데 다섯 교우는 치명하면서도 제 이름과 얼굴 생김새를 털어놓지 않았습니다. 교인들은 제가 그린 상본을 품고 죽어가는데, 저는 그들의 목이 잘려 나가는 형장에 구경꾼으로 가도 안전했습니다.

그러던 어느 날 수표교를 건너는 중에 좌포도청 포졸이 저를 붙잡더군요. 소매에서 그림 하나를 꺼내 제 얼굴 옆에 대더군요. 그것은 제 얼굴이었습니다. 다섯 교인 중에서 배교했을 가능성은 전혀 없었습니다. 그들 역시 치명할지언정 저의 정체를 자백할 사람들이 아니거든요."

전원오가 흐느끼며 변명했다.

"상본 속 예수님 얼굴을 자세히 설명하는 것이 도마 당신을 지켜주는 거라 믿었습니다. 화공 도마의 얼굴이 상본 속 예수님 얼굴과 같으리라곤 상상도 못했습니다."

임중호가 화를 버럭 냈다.

"그래서? 이게 잘못이 아니란 거야? 일천팔백 년이나 지났으니까, 진짜 예수님 얼굴을 그리는 게 힘들다고 쳐. 그렇다고 거기에 화공이 자기 얼굴을 넣는 건 불경이지. 지옥 갈 짓이고 말고. 꿈에 나타난 예수님 얼굴을 그렸다고? 그 얼굴이 너와 쌍둥이처럼 닮았어? 어디서 헛소릴 지껄여? 예수님 얼굴을 그릴 자신이 없으면 그만뒀어야지. 도저히 안 되겠다. 널 그냥 둘 순 없어."

임중호가 입김이 닿을 만큼 바짝 다가섰지만 진목서는 물러서지 않았다. 주먹이 날아오더라도 피하지 않을 자세였다. 임중호도 차마 주먹을 뻗진 못하고 멈췄다. 진목서가 말했다.

"제 얼굴을 그린 게 아니냐는 비난을 언젠간 받을지도 모른다는 두려움이 왜 없었겠습니까? 그렇지만 저는 제가 꿈에 본 예수님 얼굴을 그대로 그리기로 한 겁니다. 이게 불경이고 죄라면, 얼마든지 때리십시오."

임중호의 주먹이 떨렸다. 그러나 진목서를 치지도 못했고 그 주장을 깨지도 못했다. 진목서가 이어 말했다.

"한양을 활보한 건 제 잘못입니다. 인정해요. 외딴곳에 더 깊이 숨었어야 합니다. 하지만 예수님 얼굴을 그렇게 그린 건 어쩔 수 없었습니다. 예수님이 현몽하셨기도 하고, 제가 그린 상본을 보며 기도를 올렸다가 병이 나았다거나 은혜를 입었다는 이야기가 들려왔거든요. 이 루가 스승님의 상본에 붙던 기적이 제 상본에도 나타나기 시작한 겁니다. 교인들로부터 상본을 그려달란 요청이 계속 왔고, 그들의 사연이 하나하나 너무 간절해서 그림을 접고 잠적할 순 없었습니다. 제 상본을 통해 믿음이 더욱 강건해지고 예수님에 대한 사랑도 뜨거워져 천당으로 간다면 복된 일이라 여겼습니다. 안 그렇습니까?"

전원오가 물었다.

"포도나무를 그림마다 넣는 이유가 뭡니까?"

진목서가 답했다.

"천주님이 만드신 나무들은 다 아름답고 소중해요. 저는 포도나무에게 끌리더군요. 예수님께 딱 붙어 있고 싶어섭니다. 그림을 그리다 보면, 그리다가 벽에 막힌 듯 막막해지면, 이런저런 이야기들이 떠오르다가 스러진 후 생각이 딱 하나만 들기도 합니다. 예수님께 들러붙자. 더더욱 가까이! '나는 포도나무요 너희는 가지다'라고 말씀하셨으니까요. 화공인 저도 가지고 제 그림을 볼 교인들도 가지죠. 가지들은 포도나무에 붙어 있어야 열매를 맺을 수 있습니다. 그걸 한시도 잊고 싶지 않아서 그려두는 겁니다. 지금까지 제 그림들은 포도나무에 가지처럼 붙으라는 권유입니다. 그것만은 표 나게 드러내고 싶었습니다."

그때 쇠문이 열리고 관우와 장비가 함께 들어왔다. 관우의 오른손엔 작은 나무 상자가 들렸다. 남녀 죄인들은 모두 두려움에 몸이 뻣뻣하게 굳었다. 죄인을 불러 문초할 곳으로 끌고 가는 것이 아니라 두 사람이 함께 옥을 찾았다는 사실 자체가 불길했다.

장비가 남옥 문을 열었다. 뒤따라 들어온 옥리들이 양손에 든 보자기에서 붓이며 벼루며 먹이며 종이를 꺼내 폈다. 열 개가 넘는, 대나무로 만든 휴대용 먹물통이 눈길을 끌었다. 각 통엔 각기 다른 색깔로 한일자를 그어놓았다. 붓도 크기와 재료에 따라 스무 개가 넘었다. 관우와 장비는 진목서를 향해 나란히 앉았다.

"이, 이걸 왜⋯⋯?"

진목서는 보자기에서 나온 필기구들을 금방 알아보았다. 자신의 손때가 묻은, 그릴 때 필요한 문방사우였다. 장비가 답했다.

"관우 형님과 좌포도청에서 함께 일한 지도 삼십이 년이 훌쩍 넘었는데, 둘이 함께 있는 그림도 한 점 없구나. 진목서! 네 그림 솜씨가 그렇듯 뛰어나다 하니 우리를 그려라."

진목서가 덜렁거리는 왼손을 내려다보며 물었다.

"망치로 팔을 쳐⋯⋯ 이 지경으로 만들어놓고⋯⋯ 그리라고요, 당신들을?"

장비가 답했다.

"죗값은 치러야지. 신유 대군난 때 우리가 반드시 잡아 죽여야 할 죄인이 화공 이희영이었어. 미주알고주알 적어놓은 서책보다 그림 한 점이나 노래 한 가락이 훨씬 위험하니까. 전원오 안또니, 저놈을 앉은뱅이로 만든 이유이기도 해. 천주를 위한다며 망할 놈의 사설을 짓고 불러왔으니까. 진목서! 네가 지금까지 그려 몰래 퍼뜨린 상본들을 떠올려봐. 두 손을 전부 잘라도 그 벌이 가볍지. 우리에게 고맙다며 머리를 조아릴 상황이라고. 왼팔 하나 못 쓰면 어때, 오른팔이 멀쩡하잖아? 오른팔까지 박살을 내야 정신 차릴래?"

진목서가 조건을 달았다.

"두 가지를 원하오."

장비가 잘랐다.

"미쳤구나! 사학죄인과는 흥정 따윈 안 해."

관우가 눈을 찡그렸다. 우선 들어보자는 뜻이다.

"어미가 따뜻한 밥과 국을 먹어야, 아기에게 젖을 계속 물릴 수 있소."

관우의 시선이 여옥에서 칭얼거리는 현요섭에게 머물렀다.

"그렇게 하지. 저 핏덩이가 옥에서 얼마나 버틸지 모르겠지만. 다른 하나는?"

진목서가 왼팔을 내려다보며 답했다.

"부목을 대주시오. 붓은 오른손으로 쥐지만, 왼팔이 성치 않으면 획을 긋고 점을 찍는 게 무척 불편하오. 온몸이 물처럼 부드럽지 않으면 그림이 나오질 않소."

관우가 다시 눈짓하자, 장비는 옥문을 열고 나갔다가 나무 막대와 새끼줄을 들고 들어왔다. 진목서의 왼팔에 막대를 대고 줄로 묶은 후 말했다.

"자, 이제 그려."

옥 중의 옥

진목서가 관우와 장비가 함께 있는 초상을 그리던 2월 29일 아침, 옥리 막둥이는 풍남문을 나섰다. 다른 날엔 옥에서 가까운 완동문을 통하지만 오늘은 풍패지관豊沛之館을 멀찍이 바라보며 골목을 돌아서 감영을 지나 풍남문까지 내려왔던 것이다.

풍남문을 나서자마자 왼편으로 방향을 꺾었다. 성벽에 붙진 않고 남천을 따랐다. 천변에는 부지런한 아낙들이 삼삼오오 모여 앉아 빨래를 했다. 막둥이가 다가서자 입을 닫고 등을 진 채 손만 바삐 놀렸다. 향교에서 두루마기 차림의 사내 셋이 나왔을 때, 막둥이는 고개를 숙이곤 제 발끝만 보며 걸었다. 물이 굽어 도는 승암산 바위 절벽에 핀 붉은 복사꽃이 먼저 눈에 들어왔다. 막둥이는 걸음을 멈추고 구름 한 점 없는 하늘부터 우러렀다. 천천히 고개를 돌려 그 꽃을 보는 이가 또 있는가 살핀 다음, 뒤따르는 이가 아무도 없다는 걸 확인하곤 바위 절벽으로 난 길을 오르기 시작했다. 복사꽃 핀 나무 뒤에서 사내가 소리도 없이 나서는 바람에, 너무 놀라 절벽에서 떨어질 뻔했다. 왼 어깨를 나무에 기댄 사내가 더듬더듬 물었다.

"두, 둥개 나으리?"

막둥이의 본명은 석둥개였다. 반년 전 옥리로 들어간 뒤로는 둥개란 이름 대신 막둥이로 통했다. 새 옥리가 들어올 때까진 계속 막둥이일 것이다. 이름을 안다는 것은 막둥이가 이곳으로 온 이유도 안다는 뜻이다.

"나으리는 무슨…… 너냐, 곡성에서 온 산포수?"

"아, 아닙니다……."

한벽당에서 산포수를 만나기로 한 것이다. 처음엔 숨기 위해 나무에 몸을 의지했는가 싶었는데, 막둥이를 막아선 사내는 아예 왼 다리와 왼팔을 쓰지 못했다. 나무가 없으면 왼쪽으로 몸이 쏠리면서 나뒹굴 것이다. 저 몸으론 메뚜기 한 마리도 잡을 수 없다.

"산포수가 아니면, 넌 뭔데 여기 있는 거냐?"

"짱구……."

"짱구?"

"제…… 이름입니다. 올라가…… 보십시오."

막둥이가 군데군데 평평한 돌이 박힌 오르막을 오르다가 고개만 돌렸다. 짱구는 복숭아나무 뒤로 숨어 거위처럼 웅크렸다. 한벽당에 서서 남천을 내려다보는 사내는 키가 크고 어깨가 떡 벌어졌다. 막둥이가 헛기침을 하며 당에 오르자, 사내가 돌아섰다. 허리를 반만 숙여 인사한 후 품에서 서찰을 꺼내 내밀었다. 막둥이가 받아 두 손으로 펼쳤다. 언문으로 짧게 두 줄만 적고 수결手決한 서

찰이었다. 수결을 찬찬이 뜯어보며 고개를 끄덕인 후, 막둥이가
물었다.

"짱구란 저놈은 뭐지?"

"친구였습니다."

"친구였다? 지금은 아니고?"

"원숩니다."

"산포수 길치목과 병신 거지 짱구가 친구란 게 어울리지 않지.
친구도 아니라면서 왜 곡성에서 데리고 왔어?"

"데려온 게 아닙니다. 짱구는 진작 전주에 와 있었습니다."

"곡성 거지가 전주엔 왜? ……혹시 저놈도 천주쟁이인가?"

"모르겠습니다."

"몰라? 맞으면 맞고 아니면 아닌 거지, 모르는 건 또 뭐야?"

"저는 아닙니다. 단 한 번도 천주교인이었던 적이 없습니다."

"교인도 아닌데 왜 그딴 청을 넣어?"

막둥이가 주변을 살피며 목소리를 낮추곤 고쳐 물었다.

"여벽 아저씨 부탁이 아니었다면, 널 벌써 오라로 묶어 관아로 끌
고 갔을 거야. 분위기가 아주 안 좋아. 그래도 꼭 하고 싶은 게야?"

막둥이 석등개는 석여벽의 칠촌 조카였다. 막둥이가 전라감영
옥리로 들어갈 때 석여벽이 특별히 힘을 썼다. 힘이라고 해봤자,
옥리 선발 업무를 맡은 아전과 건네야 할 뇌물을 조율하는 정도
였다. 전라도 땅에서 아전으로 살아왔으니, 한 다리나 두 다리만
건너면 줄이 닿았던 것이다.

"너무 갑갑합니다. 차라리 제가 대신 들어갔으면 싶습니다."

"천주쟁이도 아니라면서 어찌 대신 들어가누? 감영 옥이 들어

가고 싶다고 들어가고 나가고 싶다고 나가는 곳이 아니야. 달마다 송장 칠 만큼 엄하다는 거 몰라?"

"압니다. 그래서 이렇게 나으리를 찾아뵌 거 아닙니까?"

이번에는 '나으리'란 소리를 듣고도 그냥 넘겼다. 막둥이는 길치목의 왼발 옆에 무명천으로 둘둘 말린 물건을 살피며 말했다.

"이름?"

"네?"

"연통을 원하는 사람이 있을 거 아닌가? 이름?"

"수산나입니다. 강송이라고도 합니다."

이름을 들은 막둥이 얼굴이 굳었다.

"이름이 뭐라고?"

"수산나입니다. 옛 이름은 강송이."

도끼눈을 뜨곤 물었다.

"강송이 말고 다른 죄인 없어? 곡성에서 끌려온 천주쟁이가 전부 열여덟이나 되는데⋯⋯."

"강송이! 오직 강송이여야만 합니다."

길치목이 그 이름을 반복하자, 막둥이는 승암산 자락을 올려다보며 가타부타 말이 없었다. 길치목이 툭 튀어나온 뒤통수를 보며 물었다.

"강송이에게 무슨 일이 생겼습니까? 혹시⋯⋯?"

막둥이가 굽어 도는 남천을 내려다보며 답했다.

"간당간당, 목숨은 아직 붙어 있어. 붙어 있는 게 다행인 줄은 모르겠지만."

길치목이 참지 못하고 막둥이의 어깨를 잡고 당겼다.

"뭔 말입니까, 그게?"

"거긴 지옥이라고 불려."

"네?"

"지옥 몰라? 옥 중의 옥이라고. 무슨 죄를 더 지었는지 모르겠지만, 곡성에서 끌려온 천주쟁이 중에 다섯 사람만 따로 옮겨 가뒀어. 한데 그 옥은 출입하는 중문이 아예 쇠문이야. 좌포도청 포졸들에게 귀동냥을 하니, 형을 받으면 가장 먼저 목이 잘려 나갈 죄인들이라더군. 그러니 따로 가둬놓고 더 엄하고 지독하게 문초하는 게지."

"더 엄하고 지독하다면?"

"곡성에서 올라왔으니, 좌포도청 종사관 금창배와 수하인 포도군관 관우와 장비의 무자비함은 소문으로라도 들었을 게 아닌가? 곡성에서는 약과였네. 여긴 살아서 지옥을 겪는 곳이야. 차라리 죽어 지옥에 가는 게 낫겠다는 생각이 들 정도라고. 흠모하는 정이 깊으니 곡성에서 예까지 왔겠지. 허나 너와 강송이 둘 사이에 무슨 사연이 있는지는 모르겠으나, 그만 잊고 돌아서. 솜씨 좋은 산포수를 서방으로 맞으려는 계집이야 얼마든지 있지 않아? 원한다면 내 따로 여벽 아저씨에게 말을 넣어주겠으이. 강송이는 아니야. 네 신세까지 망치는 길이라고. 넌 천주쟁이도 아니라면서? 어여 가. 당분간은 전주에 얼씬도 말아."

길치목이 옆으로 한 걸음 다가섰고 막둥이는 한 걸음 물러났다. 길치목이 다시 다가서자, 막둥이의 엉덩이가 모서리 난간에 걸렸다. 길치목은 콧잔등이 닿을 정도로 바짝 붙어 물었다.

"그 옥 중의 옥, 지옥에도 나으리가 출입은 하십니까?"

"좌포도청에서 내려온 포졸들이 지옥을 맡긴 했지만, 감영에서도 옥리 네 사람이 번갈아 그들을 돕고 있지. 고병태, 박용식, 차동한 그리고 나도 그중 하날세."

"강송이를 직접 보시겠군요."

길치목이 등에 따로 진 꾸러미를 내려 풀었다. 일 년 동안 사냥해서 번 돈으로 산 비단이었다. 석여벽이 귀띔한 것보다 두 배 더 가져왔다. 막둥이는 비단을 확인하고서도 선뜻 응하지 않았다.

"옥리 혼자선 지옥에 출입하지 말라는 명을 받았어. 서찰은 물론이고 볍씨 한 알도 건네줄 수 없지. 자주 들이닥쳐 철저하게 뒤지거든."

"말씀하신 것의 두 배입니다. 다음에 뵐 때도 두 배를 더 드리겠습니다. 따로 건네주실 건 없습니다."

막둥이는 네 배나 많은 비단을 떠올렸다가 이내 고개를 저었다. 그 정도면 가슴병이 심한 누이의 약값과 굶주린 동생들의 일 년 밥값은 넉넉히 되고도 남았다.

"건넬 게 없다?"

"물풀매 던져보셨습니까?"

"당연히! 어렸을 땐 새도 여러 마리 잡았어."

"강송이를 보면 물풀매 던지는 시늉만 해주십시오. 늘어진 두 줄을 머리 위에서 빙빙 돌리는 흉내를 내주세요."

길치목은 총과 물풀매를 늘 가지고 다녔다. 길치목이 산도깨비 여인들을 훔쳐보았듯, 그녀들도 길치목이 총을 겨누거나 물풀매를 돌리는 모습을 몰래 보곤 했다. 옹기 배를 함께 타자고 제안하러 죽곡에 왔을 때, 강송이는 길치목에게 허리에 찬 물풀매를 보여달라고까지 했었다.

"그것만 하면 돼?"

"그렇습니다. 제게 전할 말이 있으면 언제든 이곳으로 오십시오. 낮이든 밤이든 상관없습니다. 나으리가 오시면 제가 만나뵙겠습니다. 그땐 비단을 또 드리겠습니다."

막둥이가 비단 보따리를 묶어 품에 안고는 일어나 물었다.

"내가 다시 만나러 올 때는 둘 중 하나겠지? 하나는 강송이가 불행하게도 끔찍한 날을 맞은 될 거야. 그때도 비단을 내게 주겠는가?"

"드리겠습니다. 또 하나는……."

"네가 기대하는 것이겠지. 어떤 식인지는 모르겠으나 강송이가 너에게 할 말이 있고, 그 말을 내가 들키지 않고 운 좋게 받으면, 그때 오겠네. 그럼 되겠지?"

"고맙습니다."

길치목이 먼저 난간을 훌쩍 넘어 절벽을 타고 사라졌다. 막둥이는 세 걸음을 내디뎌 목을 길게 빼고 길치목이 간 곳을 살폈지만 그림자도 찾기 어려웠다. 비단 보따리를 품고 한벽당을 내려와 복숭아나무 아래에 이르렀다. 몸을 뒤틀며 말을 더듬던 짱구도 없었다.

그네

앞서 걷던 포졸이 땅바닥에서 기린의 목처럼 비스듬히 튀어나온 각목을 끌어당겼다. 가로세로로 다섯 자가 넘는 나무판이 반으로 접히면서 정사각형 구멍이 드러났다. 아침 햇살이 그 구멍을 파고들었다. 포졸을 잠자코 따르기만 하던 임중호가 빛을 뒤쫓는 나방처럼 지하로 난 계단을 살폈다.

옥리 두 명의 부축을 받으며 어둠에서 빛으로 사내가 나타났다. 지하 계단의 제일 아래에 잠시 멈춘 정수리가 빛을 받아 흔들렸다. 찢긴 바지만 겨우 걸친 사내는 계단을 오르지도 못한 채 허리를 숙이고 토했다. 붉은 반점으로 뒤덮인 등과 함께 왼손에 댄 부목이 눈에 띄었다. 어제 다시 끌려 나갔던 진목서였다. 임중호는 진목서의 오른손이 무사한지부터 살피며 어제 그러니까 2월 29일 밤 옥에서 벌어진 소동을 떠올렸다.

진목서가 그리기 시작한 관우와 장비가 함께 있는 초상화는 해가 지고 밤이 깊어서야 완성되었다. 장비가 낮에도 와서 힐끔거렸지만, 진목서는 재빨리 종이를 뒤집어 가렸다. 이윽고 붓을 놓고 초상화를 두 군관에게 내밀었다. 동시에 그림을 본 관우와 장비가 자리를 박차고 일어섰다.

"이 새끼가 보자 보자 하니까."

장비는 진목서의 머리를 당겨 옆구리에 결박하듯 끼곤 옥을 나섰다. 관우는 바닥에 깔린 그림들을 천천히 챙겨 상자에 넣었다. 예수와 성인들을 그린 상본들부터 접어 넣고, 제일 위에는 진목서가 방금 그리기를 마친 관우와 장비의 초상화를 올렸다. 관우는 옥을 나와 쇠문으로 향하다가 돌아섰다. 초상화를 상자에서 꺼내 여옥을 향해 펼쳤다.

"닮았는가?"

감귀남과 최언순은 벌벌 떠는 것으로 답을 대신했다. 강송이가 솔직하게 말했다.

"조금…… 부족하지 않나 싶네요."

"닮았느냐는데 부족하다니? 안 닮았다고?"

"닮았죠. 닮긴 닮았는데, 두 포도군관의 발아래 깔린 죄인들의 절규가 너무 작게 들린단 뜻이에요."

"들린다? 그림에서?"

"치도곤을 당할 때 학춤을 출 때 눈을 가린 채 줄을 목에 드리웠을 때 우리가 지른 비명도 담기지 않았으니까요."

관우가 더 물으려다가 혼잣말을 했다.

"절규가 작게 들린다니 완성작으로 삼긴 어렵겠군. 다시 그려야지! 사탄이 번개처럼 하늘에서 떨어진다고 했다는데, 이왕이면 떨어지기 전에 새처럼 나는 모습도 근사하겠어. 한데 우릴 사탄으로 그리려면 사탄이 시건방진 인간을 어찌 다루는지 먼저 알려줘야겠지. 포도알 밟듯 자근자근 일러주려면, 밤이 길겠어."

구토물에 손을 더럽힌 옥리들이 팔을 풀고 물러서며 짜증을 냈다. 앞으로 고꾸라진 진목서가 계단 모서리에 이마를 찧었다. 피가 흘렀다.

"뭣들 해? 빨리 치워."

장비의 불호령에 포졸들이 진목서를 급히 끌고 계단을 올라갔다. 임중호가 곁을 지나며 진목서의 오른손을 쥐었다 놓으면서 빠르게 말했다. 다툴 땐 반말로 따졌지만, 다시 존대하며 힘을 실었다.

"견디십시오. 기도하십시오."

자신에게 하는 다짐이기도 했다. 진목서가 겨우 고개를 들었지만 눈을 맞출 순 없었다. 뱀에게 물린 두 눈이 퉁퉁 부어올라 눈동자가 전혀 보이지 않았다. 대신 진목서는 입술을 벌리며 웃었다. 계단 모서리에 찍힌 이마에서 흘러내린 피가 입술을 지나 턱을 타고 뚝뚝 떨어져 임중호의 발등으로 떨어졌다. 임중호는 자신도 모르게 발을 뺐다.

임중호가 계단으로 내려서자 머리 위에서 쿵 소리와 함께 나무판이 닫혔다. 네 모서리에 횃불이 비스듬히 꽂혀 타올랐다. 임중호는 전원오가 두 다리를 아예 못 쓸 정도로 가새주리를 당했는데도 옥까지 전혀 비명이 들리지 않은 이유를 비로소 깨달았다. '지당'이라 불리는 이곳은 〈전라감영도全羅監營圖〉에도 없는 밀실이었다. 괘씸한 다섯 사람이 갇힌 옥도 없기는 마찬가지였다.

좌의정 조택우의 밀서를 지닌 좌포도청 포졸 열 명이 전라감영으로 들이닥친 것은 2월 12일 늦은 밤이었다. 그들은 곡성의 사학 죄인들이 전주에 도착하던 2월 23일까지, 밤낮을 가리지 않고 새 감옥과 지하 밀실을 만들었다. 금창배가 조택우에게 요청한 일이었다. 곡성 교우촌과 연결된 전국의 사학죄인들을 다스리려면, 곡성 옥으로는 어림도 없었고, 전주에 있는 감영 옥으로도 모자랐다. 은밀하고 혹독하게 죄인들을 다루기 위해선, 금창배만의 독자적인 옥과 문초할 방이 필요했다.

"시작하자."

관우의 명령을 받은 포졸들이 임중호의 옷부터 모두 벗겼다. 차꼬를 채우곤 참나무 기둥에 묶었다. 장비가 곧장 나아와선 그 앞에 쪼그려 앉았다. 양손에 들린 쇠망치 두 개를 쭉 뻗어 올려 임중호의 콧잔등에 붙이곤 말했다.

"한 번에 끝내는 게 피차 좋겠지? 움직이면 너만 손해야. 망치질하는 횟수가 늘 때마다 실리는 힘도 배로 늘거든."

장비가 쇠망치를 내려 임중호의 두 엄지발가락에 댔다. 임중호가 고개를 들고 어금니를 깨물었다. 장비가 동시에 망치를 내리치자 지당 바닥이 둔탁한 소리와 함께 울렸다. 임중호의 비명이 곧 그 소리를 덮었다. 관우는 기다리지 않고 명령을 이어갔다.

"매달아!"

포졸들이 차꼬를 풀고 임중호를 눕힌 다음 두 발목에 각각 올가미를 씌운 뒤 줄을 당겨 올렸다. 거꾸로 매달린 것만으로도 숨이 가빠왔고 두려움이 밀려들었다. 임중호가 숨을 내쉬자 벌거벗은 몸뚱이가 흔들렸다. 부러진 엄지발가락이 송곳으로 찌르듯 아팠다. 앞이든 뒤든 좌든 우든 움직이기 시작한 몸은 멈추지 않았다. 자세와 방향이 바뀔 때마다 밀려드는 두려움도 달라졌다. 머릿속을 헤집는 끔찍한 상상들을 조금이라도 덜기 위해 어느 부위에 힘을 주면, 몸이 다시 새롭게 흔들렸다. 매달린 임중호에게 다가선 이는 금창배였다. 임중호가 곡성에서 털어놓은 것부터 확인했다.

"이오득이 시켜 전주를 다녀간 게 작년 가을이랬지?"

"맞습니다."

임중호는 시선을 피하지 않으려 애썼다. 여기서 스스로 포기하면 끝없이 밀릴 듯했다. 팔이나 다리쯤은 못 쓸 각오까지 했다.

"장을 파하고, 금산金山, 모악산 숲에 들었다고?"

"그러합니다."

"숲에서 여자가 부르는 〈춘향가〉의 그네 타는 대목을 들었고, 그다음에 귀때동이를 건넸다? 그 안에 든 건 뭔지 모르고?"

귀때동이는 밭에 거름을 줄 때 사용하는 옹기다. 거름이 쉽게 흘러내리도록 귀 모양 출구가 있다.

"무명마을에서 떠날 때 중뚜껑으로 덮고 새끼줄로 묶었습죠. 야고버 회장이 절대로 열어보면 안 된다고 하였습니다."

"소리를 듣고 귀때동이까지 건넸으나 받아가는 여자 얼굴은 보질 못했다?"

"밤인 데다가 장옷으로 머리는 물론이고 입과 코까지 가리는 바람에……. 하지만 숲에서 들려온 소리는 탁월했습니다."

"다시 들어도 구별할 수 있다 했고?"

그랬던가. 임중호는 천주의 말씀과 예수의 행적을 믿고 따르고 지켰다. 바다가 갈라졌다 적혀 있으면 정말 바다가 갈라진 것이고, 앉은뱅이가 일어났다 적혀 있으면 정말 앉은뱅이가 일어선 것이다. 곧이곧대로 믿어야 사흘 만에 부활한 사건도 믿을 수 있는 것이다. 금산에서 들었던 소리를 다시 듣고 알아차릴 수 있을지, 임중호는 솔직히 확신하긴 어려웠다. 그렇다고 곡성에서 뱉은 말을, 이렇게 거꾸로 매달린 채 금창배 앞에서 주워 담다가는 어떤 화를 당할지 몰랐다.

"무, 물론입니다."

금창배가 쭈글쭈글한 볼에 바람을 넣곤 고개를 끄덕였다.

"다행이야. 그날 그 숲에서 〈춘향가〉를 불렀다는 계집이 모두 다섯이거든. 전라감영 관기들인데 같은 스승 밑에서 소리를 배웠대. 소리를 배우러 가선 소리만 배울 일이지, 그 망할 스승에게서 천주학까지 배운 모양이야. 스승은 폐병으로 지난겨울에 세상을 버렸고, 귀때동이를 유품으로 받긴 했는데, 속엔 아무것도 없었고, 이런저런 이유로 부서지는 바람에 내다 버렸다는군. 그 귀때동이가 금산에서 네가 건넨 귀때동이겠지?"

"잘…… 모르겠습니다."

"모르긴. 농부도 아닌 관기가 거름 담는 귀때동이를 귀중하게 여긴다는 얘길 들어본 적 있어? 거름이 아니라 뭔가 다른 게 담겼으니까 그러는 거겠지. 자, 이제부터 잘 듣고, 금산에서 만난 관기가 누군지 알려줘야겠어. 그럼 넌 여길 벗어나 다시 옥으로 돌아갈 수 있다."

금창배가 가리킨 구석엔 새와 꽃을 그린 팔폭 병풍이 있었다. 그 뒤에서 관기 다섯 명이 나온다고 생각하니 임중호는 갑자기 제 꼴이 부끄러웠다.

"종사관 나리! 꼭 이렇게 벌거벗고 거꾸로 매달려 소리를 들어야 합니까? 풀어주시면…….”

금창배가 말허리를 잘랐다.

“시작해.”

장비가 검은 천으로 임중호의 눈을 싸맸다. 아무 일도 아니란 듯 속삭였다.

“더 잘 들도록 도와주는 거다. 이렇게 친절한 사탄 만난 적 있어?”

다섯 명의 관기가 병풍 뒤에서 나아왔다. 열 걸음쯤 거리를 두고 멈춰 섰다. 금창배는 다섯 관기를 노려보며 앉았고, 곁에 선 관우가 제일 처음 걸어 나온 관기를 손으로 가리켰다. 그녀가 소리를 시작했다.

“백백홍홍난만중白白紅紅爛漫中, 어떠한 미인이 나온다. 해도 같고 달도 같은 어여쁜 미인이 나온다. 저와 같은 계집아이와 함께 그네를 뛰려 허고, 녹림 숲속을 당도허여 휘늘어진 벽도가지 휘휘 칭칭 잡아매고, 섬섬옥수를 번듯 들어 양 그네줄을 갈라 쥐고 선뜻 올라 발구를 제, 한 번을 툭 구르니 앞이 번듯 높았고, 두 번은 툭 구르니 뒤가 번듯 솟았네.”

소리가 끝나자, 장비가 임중호 곁으로 와서 물었다.

“이 계집이냐?”

“아닙니다. 그때 그 소리는 높이 솟은 그네가 매우 빠르게 떨어져 무척 시원했는데, 지금 이 소리는 반쯤 오르다가 만 듯 차갑지도 뜨겁지도 않습니다.”

장비가 회초리로 임중호의 등을 다섯 대 쳤다. 두 번째 관기가 같은 대목을 불렀다.

“이 계집이냐?”

"아닙니다. 그때 그 소리는 드러내는 듯 숨고 다가오는 듯 물러서며 흔들리는 듯 꼿꼿하고 노래하는 듯 말을 아꼈습니다만, 지금 이 소리는 드러낼 것 다 드러내어 이 방이 가득 찰 정도입니다."

다섯 대를 다시 쳤고, 다음 소리가 이어졌다.

"이 계집이 앞의 두 계집보다 잘하는데?"

"아닙니다. 그때 그 소리는 다투며 산꼭대기에 먼저 올라서기 위해 다급하게 내달리는 소리가 아니라, 아무도 없는 넓은 호수 가운데 홀로 서서 호수 끝까지 파문을 닿게 하는 소리였습니다."

다섯 대를 또 치는 장비의 손놀림이 매서웠다. 소리가 이어졌다.

"그럼 이 계집이구나."

"맺고 푸는 데도 서투니, 평할 가치가 없습니다."

장비가 회초리를 돌려 등을 치려다가 멈췄다. 회초리가 닿지도 않았는데 몸을 떠는 임중호에게 말했다.

"이제 마지막이야. 보나 마나 이 계집이겠지? 똑똑히 잘 들어."

소리가 시작되었다. 임중호의 몸이 돌기 시작했다. 소리를 제대로 듣기 위해 머리뿐만 아니라 어깨와 엉덩이까지 흔들었던 것이다. 임중호의 뒤통수가 보였다가 왼쪽 귀가 보였다가 이마가 보였다가 오른쪽 귀가 보였다가 다시 뒤통수가 보였다. 그렇게 다섯 바퀴를 돈 후 소리가 멎자마자 장비가 물었다.

"맞지? 맞아?"

임중호의 얼굴이 일그러졌다. 자신의 귀를 믿지 못하는 표정 같기도 하고, 장비의 회초리를 피할 수 있는 답에 그 귀를 맞추고 싶은 표정 같기도 했다. 이윽고 머리를 세차게 흔든 뒤 답했다.

"아닙니다."

가까이 다가선 장비의 침이 임중호의 뺨에 튀었다.

"아니라니? 얘가 마지막이라고."

"소리 실력은 제일 낮습니다. 하지만 그때 그 소리는 구름처럼 가벼워 그네에 올라서서도 발이 나무판에 닿지 않는 듯했지만, 지금 이 소리는 무겁게 자꾸 누르는 버릇이 있어서 높이 솟으려면 크고 단단한 디딤돌이 필요합니다. 제가 들었던 소리가 아닙니다."

"나무판이 어떻고 디딤돌이 어떻다고? 귀가 제대로 뚫린 거 맞아? 차례차례 다섯 명 소리를 들었어. 근데 다섯 명 다 아니라는 게 말이 돼? 잘 생각해 봐. 비슷한 소린 있을 거 아냐."

"비슷한 건 있습니다."

"누군데?"

"꼭 하나를 짚으라면 마지막 소리가 다른 소리들보단 비슷합니다."

"그럼 다섯 번째네. 작년엔 금산 숲에서 들은 소리고 오늘은 지하 방에서 들은 소리니, 살짝 차이는 나겠지. 그런데도 비슷하면 그건 같은 소리야. 안 그래?"

임중호가 잠시 침묵했다가 변명처럼 말했다.

"숲에서 듣는 소리와 지하에서 듣는 소리가 다르긴 합니다. 관기들도 겁을 먹고 긴장한 탓인지, 소리들이 하나같이 무겁고 많이 울립니다. 그런 것들을 감안한다 쳐도, 제가 금산에서 들었던 소린 없습니다."

"다섯 명 중에 하나라니까? 회초리를 맞다가 죽고 싶은 게로구나."

임중호가 답했다.

"아닌 건 아닌 겁니다."

"꽉 막힌 귀를 믿으시겠다? 좋아. 그 믿음의 결말을 가르쳐주지."

장비가 회초리를 바닥에 내려놓고는 주먹을 쥐었다. 금창배가 짧게 명령했다.

"그만!"

주먹을 거둔 장비가 한 걸음 물러서자, 금창배가 병풍으로 고개를 돌렸다.

"시작해 보거라."

소리가 시작되었다.

장비와 관우의 눈이 동시에 커졌다. 장비는 계집이 하나 더 있다는 사실에 놀랐고 관우는 그 소리의 탁월함에 놀랐다. 먼저 부른 다섯 명과 비교하기 힘들 만큼 날카로우면서도 부드럽고 가벼우면서도 경박하지 않았다. 소리가 끝나자마자, 물 떨어지는 소리와 함께 장비가 화를 버럭 냈다.

"뭐, 뭐야? 너 이 새끼, 내 얼굴에 오줌을 싸?"

임중호의 당황한 목소리가 그 위에 얹혔다.

"그때 금산 숲에서도 이랬습니다. 소리를 듣는데 오줌부터 싸고 싶더라고요."

금창배가 짧게 명령했다.

"내려!"

장비는 줄을 내린 후 발목의 올가미부터 풀었다. 그리고 눈을 가린 천까지 걷어냈다. 임중호는 일어서려 했으나 일렁이는 횃불 탓에 어지럽고 무릎이 뻣뻣해서 움직이질 않았다. 장비가 관우에게 따졌다.

"다섯이 아니라 여섯이었습니까? 형님까지 절 속이시는 법이 어딨습니까?"

관우가 대답 대신 미안한 듯 수염을 쓸었고, 금창배가 병풍을 향해 명령했다.

"나오너라, 썩!"

겨우 열 살쯤 되었을까. 무명 치마에 홑저고리를 입고는 조심조심 병풍 뒤에서 걸어 나왔다. 방금 쩌렁쩌렁 내지른 소리의 주인공답지 않았다. 장비가 손으로 가리키며 물었다.

"저 계집이 맞느냐?"

임중호가 두 다리를 뻗고 앉은 채 답했다.

"아닙니다."

"아니라니?"

이번에는 관우가 먼저 목소리를 높였다. 흥분한 장비를 다독이던 그였다.

"장옷을 둘러쓰긴 했지만 저 아이보단 훨씬 컸습니다."

금창배가 혼잣말을 했다.

"소리는 맞는데 덩치가 아니다?"

다섯 관기를 노려보며 물었다.

"너희 중에 누가 이 아이와 그 밤에 동행하였느냐?"

관기들이 동시에 나서며 한목소리로 답했다.

"제가 그랬습니다."

금창배의 시선이 여섯 번째 소리를 한 아이에게 향했다.

"이름이 월심月心이라 했지? 대답해 보거라. 너와 함께 그 숲으로 간 사람이 이 다섯 중에 누구냐?"

월심이 관기들과 차례차례 눈을 맞춘 후 마지막으로 임중호를 쳐다보며 답했다.

"녹류, 풍화, 홍설, 추향, 금옥, 저 언니들은 아닙니다."

금창배가 말꼬리를 잡아챘다.

"아니면?"

"그 아침 스승님이 별채로 저를 부르셨습니다."

"스승이라 하면, 올해 정월 세상을 뜬 서진을 말하는 것이냐?"

"맞습니다. 천애고아로 강보에 싸인 저를 거둬주신, 제겐 어머니와도 같은 분이십니다. 적어도 십 년은 더 사실 거라 여겼는데, 정월 초엿샛날 밤에 갑자기 돌아가셨어요. 언니들은 다른 방에 머물고, 저만 스승님 수발을 들기 위해 가을부터 그 방에서 지냈습니다. 저녁 먹고 일찍 잠자리에 드셨다가 삼경三更, 밤 11시~1시쯤 깨셨지요. 자리끼를 드리니 찬물을 한 모금 드시곤 꿈을 꿨다 하셨습니다. 꿈에 매향 언니를 보셨다더군요."

"매향이라 하면 서진과 쌍벽을 이뤘다는 가기歌妓를 말함이냐?"

"네. 스승님이 친언니처럼 믿고 의지했던 분이셨지요. 자주 그리워하셨습니다. 아무리 갈고 닦아도, 스승님 당신보다 열 배는 더 뛰어난 소리꾼이셨다고. 꿈에서도 처음엔 소리만 들렸는데, 순자강을 따라 흘러가는, 옹기를 가득 실은 배에 관한 소리까지 들린다고 하셨습니다. 소리 따라 매화꽃이 쌓였고, 그 꽃 속에서 젊디젊은 매향 언니가 나오셨다고 하셨어요. 스승님은 방금 부른 소리를 가르쳐달라 했고, 매향 언니는 환하게 웃으며 뒤돌아서서 멀어지셨대요. 그런데 걸어서 멀어지는 게 아니라 강을 따라 흐르는 배처럼 매우 빨리 출렁출렁 떠나셨답니다. 스승님은 매향 언니를 놓치지 않으려고 힘껏 따라가다가 훌쩍 뛰었더니, 배 위라고 하셨어요. 거기서 꿈을 깨셨다고. 제게 꿈 이야기를 들려주시곤, 새벽에 주무시듯 돌아가셨습니다."

"꿈 얘긴 그만두거라."

"어디까지 했더라……? 아! 스승님이 찾으신다 하여 별채로 갔더니 처음 보는 여인이 있었어요. 그 여인을 따라가서 소리 한 대목만 부르고 오라 하셨답니다. '백백홍홍난만중.' 그러니까 희고 붉은 꽃 만발한 중에서부터 '번듯 솟았네'까지요. 언니들도 다들 뛰어나지만, 저 대목만큼은 제 목소리가 좋다고 스승님이 자주 그러셨어요. 따라나섰더니, 전주 성내만 빙빙 돌았답니다. 해가 뉘엿뉘엿 진 후에야 성을 나섰고, 금산에 들 때는 주위가 온통 깜깜했죠. 하필 늑대까지 우는 바람에 정말 무서웠어요. 그때 그 여인이 제 손을 꼭 쥐곤 묻더군요. '천주님을 믿니?' 물론 믿는다고 했어요. 스승님께 소리를 배운 후로는 눈을 뜨자마자 조과부터 한후 소리 연습을 시작하고, 밤에 소리 연습을 마치고서도 만과를 끝낸 후에야 잠자리에 들었답니다. 천주님을 믿지 않고는 스승님께 소리를 배울 수 없죠.

그제야 여인은 오늘 제가 할 일을 자세히 가르쳐줬습니다. 아니 정확히 말하자면 제가 해서는 안 되는 일을 알려준 거죠. 저는 아름드리 참나무 줄기를 등에 붙이곤 소리만 하면 된다고 했어요. 그 여인이 반대쪽 그러니까 제가 등진 쪽으로 걸어가서 무엇을 하는지는 알 필요가 없다더군요. 보지 않았지만 거기서 누군가를 만나려 한다는 건 눈치챘어요. 소리가 일종의 신호니까요. 직접 겪진 않았지만, 다섯 언니가 끼리끼리 속삭이는 이야길 들은 적도 있고요. 마음에 드는 남자가 나타나면 소리로 마음을 주고받는다고요. 어느 대목을 언제 어디서 얼마나 부르느냐에 따라, 소리 속에 다음에 만날 약속도 잡히고 주고받을 선물이 있는 장소도 알려준다 했거든요. 이 일도 그와 같구나 여겼죠. 소리할 때 신기한 일이 하나 있긴 했습니다."

"신기한 일? 그것이 무엇이냐? 계속해 보거라."

"딱딱하고 차가운 참나무가 갑자기 뜨거워지더라고요. 따뜻한 게 아니라 등을 붙일 수도 없을 만큼, 꼭 불이 나서 타고 있는 나무처럼 뜨거웠어요. 그래서 등을 대고 노래를 하라고 했지만 두 걸음 나와선 노래할 수밖에 없었답니다. 그리고……."

"그리고?"

"뒤돌아보지 말라고 했지만 돌아봤어요. 혹시 정말 불이 났다면 큰일이니까요. 그런데 그 나무는 멀쩡했어요. 아, 정확히 말씀드리자면 완전히 멀쩡한 건 아닙니다."

"완전히 멀쩡하진 않다?"

"어두워서 보이지 않는 거야 그렇다 쳐도 엄청나게 시끄러웠거든요. 둥지로 와서 잠들었던 새들이 날아올랐던 겁니다. 새들도 참나무의 열기를 느꼈을까요. 새소리만 아니었다면, 여인이 그 숲에서 만나는 이와 나누는 얘길 엿들었을 겁니다. 이래 뵈도 제 귀가 무척 밝거든요. 귀명창이란 말도 있지만, 스승님께 소리를 배우기 시작한 것도 부를 때마다 달라지는 소리가 좋아서입니다. 아주 미세한 차이들이 각기 다른 감동을 불러일으키더라고요. 한데 그 밤에 새들의 날갯짓과 울음 때문에 다른 소릴 듣질 못했습니다."

"그 여자가 일부러 참나무를 뜨겁게 만들기라도 한 것처럼 말하는군."

"누가 했는지는 모르죠. 하지만 불타는 나무에 대한 이야기는 천주님의 거룩한 이야기에도 종종 등장하거든요. 그게 뭘까 궁금했는데, 그 밤에 직접 보고 느낀 겁니다. 어쨌든 제가 소리를 마친 후 그 여인은 귀때동이를 하나 품에 안고 내려왔어요. 새벽에 남문에 도착했지요. 스승님이 기다리고 계셨습니다. 여인은 귀때동이와 함께 저를 스승님께 넘긴 후 인사도 없이 돌아서선 사라졌답니다. 이게 다예요."

"귀때동이에 무엇이 들었는지는 모르고?"

"모릅니다."

"너와 동행한 여인의 이름도 모르고?"

"밝히지 않았어요."

"어찌 생겼느냐?"

"고왔습니다."

"고왔다? 더 자세히 말해 보거라."

월심이 눈을 지그시 감고 이마에 주름을 잡으며 그 여인을 떠올리려 애썼다. 제대로 기억나지 않는지, 고개를 자꾸 갸웃거렸다. 몰아세우려는 장비를 금창배가 눈짓으로 말렸다. 이윽고 월심이 소리로 풀어냈다.

"어여쁘다 어여뻐. 계집이 어여쁘면 침어낙안沈魚落雁헌단 말은 과히 춘 줄 허였더니 폐월수화閉月羞花하던 태도 오날 너를 보았구나."

관우가 알은체를 했다.

"누굴 변 사또 취급 하는 거야?"

월심이 변명했다.

"침어낙안! 물고기가 물 밑으로 숨고 기러기가 떨어질 정도로 아름답다는 뜻이고요. 폐월수화! 달이 구름으로 들어가고 꽃도 부끄러워할 정도로 곱다는 뜻이에요. 눈과 코와 입과 귀를 따로 설명할 방법이 없어요."

금창배가 물었다.

"아무리 미인이라고 해도, 흠결 같지도 않은 흠결이 하나는 있기 마련이야. 다시 잘 생각해 보거라."

월심이 턱을 들곤 다시 눈을 감았다. 그리고 눈을 뜨지 않고 답했다.

"이런 것도 흠결에 들어가는지는 잘 모르겠습니다만…… 귓불에, 그러니까 앞에서 보이는 귓불이 아니라 손으로 잡고 뒤집어야 겨우 보이는 귓불 뒷면에 점이 세 개씩 삼각형 모양으로 있었습니다. 한데 그 점이 왼쪽 귀와 오른쪽 귀에 전부 있더라고요."

"귓불 뒷면의 점들까지 어떻게 보았느냐?"

"새벽 남문에 거의 다다랐을 때, 그 여인이 제 팔목에 묵주 팔찌 한 쌍을 주었습니다. 소릿값을 전에도 간혹 받긴 했지만, 묵주는 처음이었죠. 팔찌를 내민 것이 아니라 제 양팔에 기도를 하곤 하나씩 두르더군요. 그 목소리가 뭐랄까 샘물이 넘쳐 땅을 찰랑찰랑 적시는 듯했습니다. 기도를 함께 드리기 위해선 눈을 감고 고개를 숙여야 하는데, 오히려 눈을 더 크게 뜨곤 그 여인이 붙든 제 손과 또 그 여인의 얼굴을 쳐다보았죠. 그때 보았습니다, 살짝 고개를 숙인 그녀 귓불의 뒤에 박힌 점들을."

금창배가 명령했다.

"임중호와 저 아이는 지옥에 가둬라. 나머지 관기들은 옥에 넣고. 사학죄인으로 끌려온 계집들의 귓불부터 모조리 확인하거라."

그날 임중호는 처음으로 알았다. 금창배가 곡성의 괘씸한 다섯 죄인을 가둔 옥을 '지옥'이라고 부른다는 것을.

거짓말

임중호와 월심이 지당에서 돌아왔을 때는 3월 1일 저물녘이었다. 지옥엔 창이 없어 시간을 가늠하기 어려웠다. 장비가 앞장을 서고 월심이 뒤따랐다. 임중호는 무릎을 굽히지도 못한 채 옥리 고병태와 석등개에게 질질 끌려 옥으로 들어왔다. 죄인들은 무릎을 꿇고 기도를 시작했다. 낮고 작은 소리들이 남옥과 여옥을 가득 채웠다. 명태처럼 깡마른 고병태가 방망이를 높이 들며 위협했다.

"아가리 닥쳐! 누가 너흴 도와준다고 기돌 하는 거야?"

그래도 웅얼거림은 멈추지 않았다. 남옥에 임중호를 던져 넣곤 고병태가 먼저 옥을 나왔다. 뒤따라 걷던 막둥이가 고개를 여옥 쪽으로 돌렸다. 월심이 여옥으로 들어서자마자 두 다리에 힘이 빠진 듯 털썩 주저앉았다. 감귀남과 최언순은 월심을 살피느라 바빴는데, 강송이는 남옥 쪽을 쳐다보다가 막둥이와 눈이 마주쳤다. 막둥이가 재빨리 오른팔을 들어 머리 위로 돌리며 물풀매를 던지고, 왼발을 절뚝이며 제자리를 돌았다. 고병태의 고함이 들렸다.

"뭐 해? 어서 나오지 않고."

막둥이가 서둘러 옥에서 나왔다. 들어올 때와는 반대로 고병태와 막둥이가 먼저 쇠문을 나서고 장비가 문을 잠근 후 뒤따랐다.

장비와 옥리들의 기척이 사라진 후에도 죄인들의 기도는 이어졌다. 다른 죄인들은 모두 고개를 숙인 채 기도했지만, 강송이는 고개를 들고 제 오른 손목을 두 번 돌리다가 멈췄다. 길치목으로부터의 첫 연락이었다. 이제부턴 옥리 석등개를 통해 뜻을 전할 수 있다고 생각하니, 맑은 바람 한 줄기가 불어 든 기분이었다.

임중호는 부러진 엄지발가락과 회초리를 맞은 등과 배가 아플 때마다 몸을 뒤틀며 숨을 몰아쉬었다.

"징제비 일당이 이 옥을…… 무엇이라 부르는 줄 아십니까?"

즉답하는 이가 없었고 임중호가 스스로 답했다.

"지옥이랍니다. ……황당한 노릇 아닙니까? 방금 다녀온 지하 문초실이 지옥이라면 또 모를까……."

진목서가 말했다.

"지하 문초실은 징제비가 이끄는 좌포도청 관원들이 머무는 곳이니, 그들이 지옥이라고 명명할 까닭이 없죠."

강성대가 물었다.

"그래서 그 문초실은 이름이 뭡니까?"

"지당이랍니다."

터무니없는 이름에 헛웃음까지 나왔다. 죄인들의 시선이 월심에게 향했다. 월심이 눈을 끔뻑거리며 아무 말도 하지 않자, 임중호가 한마디 보탰다.

"추천鞦韆 그러니까 춘향이가 그네 타는 대목을…… 끝내주게 부르더라고요. 제가 작년 가을 야고버 회장님 부탁 받고 전주로…… 왔었는데, 그때 금산 숲에서 들은 바로 그 소리였습니다."

감귀남이 다가가선 월심의 손을 쥐고 어깨를 쓸었다. 강송이와 최언순도 가까이 앉았다. 월심이 최언순의 무릎 위에서 잠든 현요섭을 내려다보며 말했다.

"민들레가 활짝 피었어요. 애기똥풀과 보리뺑이와 괭이밥도 함께."

"노랑을 좋아하는구나?"

강송이의 물음에 월심이 고개를 끄덕였다. 감귀남이 물었다.

"별꽃과 애기나리도 피었겠네?"

월심이 받았다.

"하양을 좋아하시는군요?"

여옥에 잠시나마 웃음꽃이 피었다.

어찌 된 까닭인지는 모르겠으나, 그 밤엔 쇠문 옆에서 타오르던 횃불도 꺼졌다. 정확히 말하자면, 횃불이 끝까지 타버렸는데도 교체하지 않은 것이다. 목청껏 옥리를 부르는 일은 임중호가 맡아 왔는데, 지당에서 거꾸로 매달렸다가 금방 들어왔으니, 목청을 돋울 기운이 없었다. 그렇다고 갓 들어온 월심에게 다짜고짜 소리부터 지르라고 하긴 일렀다.

어둠 속에서 하나둘 자리를 잡고 누웠다. 죄인들이 밤에 모두 편히 누운 적은 한 번도 없었다. 누군가는 꼭 지당으로 끌려갔던 것이다. 때마침 꺼진 횃불이 안과 밖의 시간을 맞춰 눕고 일어날 기회를 준 것만 같았다. 낮게 코를 골기 시작한 이는 이번에도 전원오였고, 강성대와 임중호는 번갈아 앓는 소리를 내면서도 점점 깊이 잠들었다.

"어맛!"

갑자기 소리를 지르며 일어나 앉은 이는 여옥의 월심이었다.

"왜 그래?"

감귀남이 따라 일어나 엄마처럼 월심을 안고 도닥거렸다.

"뭔가가 무릎으로 올라오더니 가슴께로 움직였어요."

"그거…… 쥐란다."

"쥐!"

월심의 목청이 커졌다. 횃불 아래엔 가끔 나타나더라도 죄인들을 피해 벽을 타고 내달리던 쥐가 어둠이 짙어지자 과감하게 죄인들 몸까지 접근한 것이다. 최언순이 따라 일어나 앉으며 말했다.

"물진 않으니까 걱정하지 마. 널 지나서 나한테 오려던 놈이었어. 젖 냄새가 나는지 자꾸 주월 맴돌았거든. 요섭 먹일 젖도 부족한데, 어디서 감히! 그러니 걱정하지 말고 눈부터 붙여. 편히 잠들 밤도 드무니까. 오죽하면 지옥이라 했을까."

"저 쥐…… 잡으면 안 돼요?"

"어떻게? 맨손으로 잡자고?"

"옥리들에게 부탁하면? 몽둥이라도 넣어달라면?"

최언순이 혀를 차며 되물었다.

"여기가 왜 지옥이겠어? 마귀들이 지옥에 떨어진 사람들 부탁을 들어줄까?"

월심이 고개를 저었다.

"지옥불에 들어갔는데 냉수를 달라 하면? 얼음골에 갇혔는데 모닥불을 달라 하면? 부탁할 생각일랑 마. 여긴 지옥이니까. 그리고 우리가 저 쥐를 애써 잡아봤자 또 다른 쥐가 들어올 거야. 우린 옥에 갇혀 오갈 수 없지만 쥐들은 얼마든지 드나드니까. 쥐 잡느라 쓸 힘 있으면 아껴. 우린 쥐랑 싸우는 게 아냐."

월심과 감귀남과 강송이가 다시 누웠다. 강송이가 위로하듯 말했다.

"나도 쥐는 질색이야. 하지만 아직까진 한 마리만 나와. 소리 지르면 저만치 달아나기도 하고. 우리 함께 견디자."

불려 나가는 죄인 없이 이 밤이 지나기를 바라며 다들 눈을 감았다. 편치 않은 잠자리였지만 함께 눈을 붙인다는 것만으로 위안이 되었다. 그런데 아무 일도 일어나지 않는 것이 죄인들에겐 어색한 일이었을까. 시간이 꽤 흘렀는데도, 월심이 비명을 지른 후론 다들 잠들지 못하고 뒤척였다. 강성대가 깜깜한 허공을 향해 질문 하나를 툭 던졌다.

"우리만 왜 따로 가뒀을까?"

임중호가 받았다.

"그거야 곡성에서 눈 가린 채 목을 줄로 감았을 때 끝까지 입을 열지 않고 버틴 사람이 하필 우리 다섯이라서 그렇다고 하잖습니까?"

강성대가 다시 말했다.

"거기까진 아는 거고. 그렇게 다섯 명만 따로 가둬, 징제비가 뭘 얻으려 하는 것 같은가?"

임중호가 이번엔 곧바로 답하지 못했다. 잠시 침묵이 떠돈 뒤 여옥에서 감귀남이 되물었다.

"우리에게서 알고 싶은 게 또 있을까요? 먼저 입을 열지 않았다 뿐이지, 우리도 결국 각자 앞에 앉은 아전에게 죄다 털어놓았잖아요?"

남편인 전원오가 답했다.

"부족했던가 봅니다."

강송이가 물었다.

"뭐가 부족했을까요?"

강성대가 되물었다.

"각자 말하지 않고 숨긴 게 있을까?"

감귀남이 또 되물었다.

"가별 어르신은 숨긴 게 있으신가요?"

강성대가 답했다.

"있소. 감 글나라 자매님은?"

"저도 있어요. 전 안또니, 당신도 있나요?"

전원오가 뜸을 들였다가 답했다.

"있는지 없는지 답하지 않겠습니다."

감귀남이 답답한 듯 물었다.

"아내인 제게도 감출 게 있다 이건가요?"

"우리가 부부인 것과 이 문제는 별개입니다."

진목서가 처음으로 끼어들었다.

"군난을 당해 고초를 겪은 교우들 이야기를 참 많이 들었습니다. 이야기만 듣고 치명자의 초상을 그린 적도 여러 번이지요. 신유 대군난 이후 교우촌을 습격한 포도청 관원들이 알아내려는 건 결국 비슷하더군요. 누가 이 마을을 주도해서 만들었는가 그리고 누가 탁덕을 대신하여 교우촌을 이끌어왔는가. 곡성의 경우는 너무 쉬운 문젭니다. 징제비는 곡성 교우촌을 만들고 이끌었으며 군난이 시작되자마자 도주하여 붙잡히지 않은 이오득 야고버 회장님을 찾는 겁니다."

강성대가 말했다.

"징제비가 야고버 회장님을 찾는다는 걸 모르는 사람도 있소? 하지만 그게 우리들 다섯 명이 따로 갇힐 이유가 되는지는 모르겠소. 내가 그래도 문리文理를 깨쳐, 야고버 회장님이 서책을 가져와 풀이해 달라 하면 도와준 적은 있으나, 그게 다요. 회장님이 어디에 있는지 내 어찌 알겠소!"

전원오도 임중호도 감귀남도 강송이도 비슷한 이야기를 했다. 야고버 회장을 돕고 또 회장의 명령을 따르긴 했지만, 그의 행방을 모른다는 것이다. 최언순이 처음으로 끼어들었다.

"다들 그렇다면 다행이네요. 행방을 아무도 모르니, 야고버 회장님이 붙잡히진 않을 테니까요. 고형을 이기지 못해 아무 말이나 뱉더라도, 그건 회장님이 달아나신 곳과는 무관하겠고요."

다시 침묵이 깔렸다. 이번에는 짧지 않고 제법 긴 침묵이 이어졌다. 다섯 사람 모두 잠들지 않은 채, 다행이라는 최언순의 말을 곱씹는 중이었다. 다섯 사람 중에서 다행이라고 확신한 이는 한 명도 없었다. 다시 말해 다섯 사람은 곡성 아전들에게 모든 것을 완전히 털어놓진 않았다. 교우촌에 사는 동안, 누구에게도 말할 수 없는 비밀을 하나 이상씩은 간직한 것이다. 최언순은 다섯 사람이 털어놓지 않은 비밀이 야고버 회장과 관련이 없으면 다행이라고 단정했지만, 다섯 사람은 곧이곧대로 동의하기 어려웠다. 고형을 이기지 못하고 아무 이야기나 뱉을 때, 자신들이 꼭 감추고 싶던 비밀을 말해 버리지나 않을까 하는 두려움이 컸던 것이다.

그와 같은 생각의 씨앗이 흙에 묻히고 싹이 나고 자라서 잎을 틔우고 열매가 맺힐 때까지, 쇠문은 열리지 않았다. 정확하게 말하자면 하루에 한 번씩만 아침에 문이 열리고 옥리가 들어와선 겨우 연명할 보리밥을 던져주곤 갔다. 문초를 위해 불러낸 죄인은 없었다. 횃불을 켜달라 했지만 답이 없었다. 그렇게 꼬박 이레를 어둠 속에서 자고 깨고 먹고 기도하고 찬송하고 성경 구절을 따라 읊거나 홀로 암송했다.

지옥의 죄인들은 당연한 이치를 또 하나 깨달았다. 금창배를 비롯한 좌포도청 관원들에겐 매일 죄인을 불러내어 괴롭힐 권리도 있으며, 이레고 보름이고 한 달이고 옥에 가둔 채 별의별 불길한 상상을 하게 만들 권리도 있었다. 어떤 일이든지, 시작과 끝을 결정하는 이는 옥에 갇힌 죄인들이 아니라 금창배였다.

아침인지 점심인지 저녁인지는 몰랐지만, 한 끼라도 챙겨준 덕분에 하루하루를 헤아릴 수는 있었다. 강성대는 어려서 사서삼경을 모두 외웠다는 자랑에 걸맞게, 매주 교인이 읽어야 하는 성구와 기도문이 한 글자도 빠짐없이 머릿속에 들어가 있었다. 빛은 없었지만 말씀은 있었다. 이레 중에서 3월 1일 밤부터 5일까지 강성대가 먼저 읊은 구절은 「성사 루가」 제십일 편인데, 그중에서 손을 들어 힘주어 반복한 예수의 말씀은 이것이다.

"내 천주의 손가락을 의지하여 마귀를 몰면 일정 천주의 나라가 너희에게 임하였는지라."

여기서 '일정一定'은 '확실히 혹은 틀림없이'란 뜻이므로, 죄인들은 더욱 힘주어 강조했다. 그리고 3월 6일부터 8일까지 사흘 동안 강성대가 암송하여 들려준 구절은 「성사 요왕」 제육 편이었다. 월심이 특히 좋다고 한 대목을 강성대는 아침저녁으로 한 번씩 더 외웠다.

"예수 가라사대 '사람을 땅에 앉혀라' 하시니 이 땅에 풀이 많은지라. 사내 앉으며 그 수 거의 오천 인이라. 예수 떡을 가져 사례하신 후에 앉은 자에게 나누시고 또한 물고기를 가져 전같이 하사 나누되, 각 사람의 하고 싶은 대로 주시니, 사람이 이미 배부르매 주 문도다려 일러 가라사대 '남은 조각을 거두어 잃지 말라' 하시니 문도 거두매 다섯 개 보리떡으로 먹고 남은 조각을 열두 광주리를 채운지라."

침 삼키는 소리가 연이어 들렸다. 하루 한 끼로는 허기를 면할 길이 없었다. 예수에게서 배를 채울 떡과 생선을 얻은 오천 명의 기쁨을 상상으로나마 누리는 중이었다.

3월 8일에는 끼니를 챙겨주는 것 외에도 저녁에 쇠문이 한 번 더 열렸고 횃불이 타오르기 시작했다. 죄인들이 주섬주섬 일어나 앉기도 전에 사내 하나가 옥리들에게 끌려왔다. 어깨가 유난히 좁고 구부정한 작은 사내는 치도곤을 맞아 걸음을 떼지 못하면서도 지껄여댔다.

"맞습니다. 천주님을 믿는다, 제가 그렇게 말한 건 맞아요. 하지만 그들이 제 말을 믿을 줄은 몰랐죠. 평생 수많은 이야길 지껄여왔지만, 제 말을 믿은 사람은 없었으니까요. 석방이 아니라 옥에 가둔다니, 농담도 이런 농담이 없군요. 천주쟁이들을 색출하기 위해 금창배 종사관께서 전라감영까지 내려오신 거잖습니까?"

사내의 어깨를 좌우에서 들고 끌었던 옥리들은 대답 없이 사내를 옥에 던져 넣었다. 강성대와 전원오가 벽에 기대앉았고, 임중호도 허리를 세우긴 했지만 일어서진 못했다. 건너편 여옥의 여인들도 겨우 정신을 차리고 앉아선 기다렸다. 쇠문이 닫히자마자 사내가 횃불을 바라보며 허리를 세워 앉으려고 안간힘을 썼다. 눈은 작고 코는 납작했으며 유난히 입술이 두껍고 입이 크고 오각턱이었다. 뺨은 복어처럼 엄청나게 부풀었는데, 거짓말을 할 때마다 장비에게 따귀를 한 대씩 맞았기 때문이다. 지치고 힘들어 입을 닫고 누울 만도 한데 그는 정반대였다.

"반갑고 반갑습니다. 제 성은 모이고 이름은 독입니다. 들어보셨나요, 모독? 모독 모르면 이 나라 백성 아닐 텐데요. 들어보셨죠?"

전원오가 되물었다.

"거짓말꾼 모독?"

"그냥 거짓말꾼이 아닙니다. 거짓말꾼 중에서도 으뜸 거짓말꾼, 삼수 이수 아니고 일수一手, 거짓말 일수 모독, 그 사람이 바로 접니다."

진목서가 물었다.

"거짓말 일수가 왜 여기까지 붙들려 왔습니까?"

모독은 그 질문이 나오기를 기다렸다는 듯이, 실눈을 더욱 작게 뜨곤 죄인들을 둘러보며 되물었다.

"최돌돌이라고 아시죠?"

강성대가 답했다.

"허풍쟁이 최돌돌? 알지. 내 밑에서 건아꾼으로 사는 법을 배웠소만……."

"제 밑에서 거짓말을 배우기도 했습니다. 바로 제 문도다 이겁니다. 거짓말 일수로 살다 보니, 거짓말을 배우겠다고 찾아오는 사람들이 제법 많습죠. 다달이 꽤 높은 월량月兩, 월사금을 내야 하지만 줄을 설 지경이지요. 거짓말을 돈까지 내고 배워야 하느냐고 따지려는 표정이군요. 제가 답을 알려드릴게요.

두 가지 이유가 있습니다. 누구나 거짓말을 하지만 아무나 거짓말을 잘하기는 힘들기 때문이라는 게 첫 번째 이유고, 거짓말 잘하는 사람이 더 행복하게 산다는 게 두 번째 이유입니다. 참말을 해야 잘 산다고들 하지만, 공자 왈 맹자 왈 하는 양반들일수록 그렇게 강조하지만, 그 말이야말로 거짓말입니다. 삼황오제 시절부터 지금까지 역사를 훑어봐도 거짓말에 능숙한 사람이 참말에 집착하는 사람보다 행복하고 넉넉하게 산 경우가 백배는 많습니다. 그러니 저한테 오는 것이겠죠. 어떤 이들은 월량이 터무니없이 비싸다고 하는데, 전혀 그렇지 않습니다. 제게 거짓말을 배워 인생이 달라진 사람이 어디 한둘인 줄 아십니까?

최돌돌을 만난 건 무안에서였죠. 연꽃무늬가 멋진 등잔대 두 개를 내밀더군요. 시장에 내다 팔 옹기 중에서 가장 비싼 놈이라고 했습니다. 물론 저는 그 말을 믿지 않았지만, 마침 등잔대가 필요해서 문하로 받았습니다. 재능이 있더군요. 이야기하는 걸 워낙 좋아하기도 하고 임기응변에 능했습니다. 거짓말이란 게 아무리 그럴듯해도 구멍이 생기게 마련이거든요. 그 구멍을 그때그때 채우는 솜씨는 배워서 되는 게 아닙니다.

거짓말하는 사람은 무조건 악독하다고 믿는 건 아니죠? 거짓말쟁이들 대부분이 악독과는 거리가 멉니다. 착한 구석이 훨씬 많지요. 그런데 최돌돌은, 나누자면 악한이었습니다. 마지막으로 녀석을 만난 때가 오 년 전이니, 오 년 전까지는 악한이었다고 하는 게 정확하겠네요. 거짓말꾼 중에서 악한은 대부분 욕심쟁이입니다.

제 욕심을 채우기 위해 감당 못 할 거짓말을 해대는 거죠. 그게 거짓말을 듣는 사람들에게도 상처를 입히고 또 거짓말을 하는 자기 자신에게도 고통을 안깁니다. 최돌돌은 욕심쟁이였어요. 처음 만났을 때부터 조짐이 보이긴 했지만, 차차 나아지려니 여겼습니다. 하지만 녀석은 감히 넘보지 못할 욕심을 품더군요. 그게 뭔지 아십니까? 바로 거짓말 일수가 되겠다는 욕심입니다.

도전하더군요. 받아줬습니다. 종종 불쑥 도전을 해오는 거짓말꾼들이 있습니다. 담담하게 도전을 받는 편인데, 그래도 마음 한구석이 쓰린 건 가르친 문도들이 도전장을 들이밀 때입니다. 최돌돌이 도전을 하겠노라고 했을 땐 크게 놀라진 않았습니다. 올 것이 왔다는 생각만 들었죠. 거짓말 대결을 혹시 보신 적 있나요?"

강송이가 답했다.

"없어요. 거짓말로도 대결을 하나요? 어떻게 대결하죠?"

"시시한 거짓말을 계속 듣고 있긴 힘드니까, 틀을 정합니다. 가장 간단한 건 한 줄에 끝내는 거짓말입니다. '지금까지 나는 거짓말을 한 번도 한 적이 없다'는 식이죠. 그다음엔 두 줄 거짓말 대결도 있습니다. '무릎이 펴지지 않은 당신을 위해 돼지가죽과 개가죽을 준비했다. 저피고猪皮 구피狗皮니 다행이었다'는 식입니다. 최돌돌과의 대결에선 틀을 없애기로 했죠. 거짓말을 주고받으며 세 번 대결해서 두 번 이기는 쪽이 승리하기로 합의를 봤습니다.

먼저 말씀드리자면, 제게 도전한 거짓말꾼 중에서 최돌돌이 최강이었습니다. 하마터면 질 뻔했으니까요. 그때 제가 제시한 거짓말도 쓸 만했지만 오늘은 최돌돌이 들려준 거짓말을 말씀드릴게요. 아, 최돌돌은 거짓말 대결에 나왔지만 오로지 참말만 하겠다고 우선 밝히더군요. 약간 지루하고 재미없었습니다. 실력 없는 녀석들이 꼭 그렇게 전제를 깔거든요. 알았으니 어서 시작하라고 했죠.

먹는 얘기였습니다. 거짓말의 절반이 먹는 얘기죠. 굶주린 이들에겐 배를 불릴 상상만 할 수 있다면 어떤 거짓말도 용납이 되니까요. 바위만 한 달걀은 애교죠. 최돌돌의 이야기가 흥미롭긴 했습니다.

무척 인기 많은 선생이 있었답니다. 선생의 말씀을 들으려고 사람들이 구름처럼, 구름도 거짓말이긴 한데 그냥 넘어가고요, 따라다녔다고 합니다. 공자도 그랬고 부처도 그랬죠. 나중에 그 선생이 예수란 걸 알았지만, 최돌돌은 선생 이름을 그날은 밝히진 않았습니다. 아마도 제가 천주쟁이가 아니라서 그랬겠죠. 하여튼 선생이 아침부터 이야기를 들려주었고 그 이야기가 끝나니 해가 중천에 떴다는군요. 선생은 물론이고 모인 사람들 모두 배가 출출했단 겁니다. 그런데 그들을 먹일 음식이 없었지요. 그때 선생이 먹을 만한 게 있으면 다 가져와보라고 했대요. 그렇게 모은 것이 떡 다섯 개와 생선 두 마리였답니다. 모인 사람이 오천 명인데, 그걸로는 어림도 없지요. 한데 선생이 너무나도 간단히 말씀하셨답니다. 나눠 주라! 종도들이 떡 다섯 개와 생선 두 마리를 모인 사람들에게 조금씩 나눠 주기 시작했고요. 결국 오천 명이 배불리 먹고도 많이 남았다는 거짓말!

강렬했어요. 보통은 오천 명을 먹일 거대한 밥솥을 만들든지, 오천 명의 배를 채울 거대한 고래를 잡는 정도였을 겁니다. 확실히 최돌돌의 거짓말은 다른 거짓말꾼보다 서너 수 위였어요. 나눠 주고 나눠 줘도 생선과 떡이 줄어들지 않았을 뿐만 아니라 오히려 남았다는 거짓말은 아무나 하기 어렵습니다.

두 번째는 나무 이야깁니다. 나무에 관한 거짓말도 참 많지요. 하늘에 닿는 나무, 달에 걸린 나무, 해를 찌른 나무는 너무 흔해 시시할 정도이고, 달리는 나무, 춤추는 나무도 종종 등장합니다. 범이나 매화범이나 늑대를 집어삼킨 나무도 있지요. 최돌돌의 나무 이야기가 특이하긴 했습니다. 먹는 이야기랑 또 연결되었거든요. 떡 두 개와 생선 다섯 마리로 오천 명을 먹인 선생이 이 거짓말에도 등장하십니다. 선생은 전날 성 안에서 강연과 이런저런 일들을 하신 뒤 성 밖으로 나와 주무셨습니다. 다음 날 새벽 성으로 다시 들어가기 위해 나섰는데, 배가 고프셨나 봅니다. 길가에 무화과나무가 보여 다가가셨다죠. 한데 그 나무엔 열매는 없고 잎만 달려 있었답니다. 선생이 그 나무를 꾸짖으셨대요. 앞으로는 영원히 열매를 맺는 일이 없을 것이라고. 그러자 나무가 즉시 말라 죽어버렸다는 거짓말!

나무를 거대하게 키우거나 없던 능력을 나무에게 부여하는 거짓말은 많지만, 열매가 없다고 나무를 죽여버리는 거짓말은 처음 들었습니다. 새롭긴 했지만 그래도 좀 심심하지 않나 싶었는데, 최돌돌이 한마디를 덧붙이더군요. 선생이 뒤따라온 종도들에게 이런 말씀을 하셨다는 거예요. 믿음을 가지라고. 그러면 나무를 꾸짖어 메마르게 죽이는 건 물론이고 산에게 바다로 풍덩 뛰어들라 해도 산이 그렇게 할 것이라고. 이 거짓말은 그럴듯하더군요. 산이 부웅 떠서 바다에 빠지는 장면은 상상만 해도 장쾌하지 않습니까? 물론 이런 식의 거짓말을 최돌돌이 처음 한 건 아닙니다. 저도 백두산이나 한라산을 동해나 황해에 풍덩 빠뜨린 이야기를 만들었던 적이 있거든요.

마지막은 선생에 대한 이야기였습니다. 그렇듯 기적을 행하는 선생이면 나도 가서 뵙고 싶다고 했더니, 최돌돌이 기다렸다는 듯 거짓말을 시작했습니다. 두 번째까진 잠자코 듣기만 했는데, 마지막 이야기에선 제가 끼어들어 묻기도 하고 의견도 냈습니다. 거짓말이란 게 혼자서도 하지만, 둘이서 짝을 이뤄 주거니 받거니도 하니까요. 최돌돌과는 일 대 일로 거짓말 대결을 벌였지만, 이 대 이로 벌이는 대결도 참 흥미롭지요. 이 대 이 대결의 틀은 두 가지로 나뉩니다. 짝을 이룬 둘이서 거짓말을 발전시켜 나가거나, 둘 중 한 명은 거짓말을 하고 한 명은 참말을 하는 경우도 있죠. 그날 제가 끼어든 건 후자에 가깝습니다. 최돌돌의 이야기가 거짓말이란 걸 증명하기 위해 약점을 파고드는 식이었으니까요.

선생의 나라에는 희한한 처형 방법이 있다더군요. 열십자 모양으로 만든 나무틀에 매달아 죽인다는 겁니다. 우리도 십자 나무틀을 쓰긴 하지만, 매달진 않고 주로 곤장을 칠 때 사용하지요. 십자가에 매달아놓으면 저절로 죽느냐 물었더니, 양손에 각각 못을 박고 또 두 발을 모아 못을 박는다고 했습니다. 물 한 모금 주지 않고 내버려둔다는군요. 생각해 보니 참으로 끔찍한 형벌이었습니다. 참斬하든 교絞하든, 사지를 찢는 능지처참도 지극히 짧은 순간에 끝납니다. 처형을 당하는 죄인으로선 고통 없이 저승에 닿는 편이 낫습니다. 그러나 십자가에 매달린 죄인은 기력이 다하여 숨이 끊길 때까지, 죽고 싶어도 죽지 못합니다. 각종 새들이 날아온다는군요. 오래전부터 그곳에 살며 십자가에 못 박힌 죄인들의 눈알을 쪼아 먹던 새들.

선생이 십자가에 매달리기까지 쌓인 이야기도 몇 보따리나 된
다고 하였습니다. 넉넉히 짐작하고도 남음이 있지요. 이 나라에서
도 그처럼 병을 고치고 물 위를 걷는 기적을 행한다고 소문난 선
생이 여럿 있었으니까요. 그들의 마지막은, 십자가에 못 박히진
않았지만, 비슷했습니다. 정여립 선생이 그러했고 홍경래 선생이
그러했습니다. 조정에선 그 선생들의 죄악이 하늘과 땅을 더럽힐
정도라 했지만, 그 말을 믿는 이는 극히 적었습니다. 오히려 선생
들을 천지의 기운을 읽고 때를 기다린 이무기로 여겼지요. 한두
가지 사소한 실수 때문에 용이 되진 못했지만, 기적을 일으키기엔
충분했던 영웅. 아기 장수 이야긴 들어들 보셨지요? 태어나자마
자 비범한 재주를 선보인 아기 장수를 죽이려고 조정에서 장졸을
보내죠. 최돌돌이 말한 선생이 아기였을 때도 그런 일이 있었다는
군요. 어디든 마찬가집니다. 뾰족하게 튀어나오면 제명대로 살긴
어렵습니다.

선생이 죽었다는군요. 병사가 장창으로 선생의 옆구리를 찔러
목숨이 끊긴 것까지 확인했답니다. 여기서 저는 최돌돌을 쳐다봤
습니다. 무화과나무가 죽었듯이 선생이 죽었단 겁니다. 십자가에
매달려 죽어야 하는데, 때마침 벼락이 십자가에 떨어지고, 십자가
가 불타는 와중에 선생이 유유히 내려와 사라졌다는 정도의 거짓
말일 줄 알았습니다. 그런데 천둥 번개와 함께 비가 쏟아지긴 했
지만, 따라온 여자들이 선생의 발밑에서 통곡하긴 했지만, 그런
거짓말은 이어지지 않았죠. 충성을 맹세한 남자 종도들은 한 사람
도 그 언덕까지 올라오지 않았다더군요. 그 역시 짐작하고도 남음
이 있습니다. 정여립 선생이나 홍경래 선생의 종도들도 잡히지 않

고 자취를 감춘 이들이 여럿이니까요.

최돌돌은 거기서 거짓말을 끝내지 않고 이어갔습니다. 사람이 죽었으니 남은 것은 무덤에 시신을 넣는 것이겠죠. 십자가에서 내려 돌무덤에 넣었다고 합니다. 우리가 사는 이곳에선 땅에 파묻지만, 선생이 살던 나라에선 돌로 된 굴을 무덤으로 썼다는군요. 무덤에 시신을 넣고 거대한 돌을 굴려 입구를 막았고요.

'끝났는가?'

저는 최돌돌에게 눈으로 물었죠. 시신을 무덤에 넣었으니 이야기도 선생의 생애도 마무리 지을 법하지 않습니까. 그런데 최돌돌이 고개를 저었습니다.

사흘 후 새벽에 여자들이 무덤으로 갔다고 해요. 그런데 입구를 막았던 돌문이 열려 있었단 겁니다. 최돌돌이 의기양양하게 저를 보곤 말하더군요.

'부활하셨습니다, 선생님은!'"

"천주여!"

갑자기 여기저기서 외침과 함께 울음이 터졌다. 모독은 이야기를 멈추고 남옥과 여옥의 죄인들을 살폈다. 하나같이 무릎을 꿇고 양손을 맞잡은 채 머리를 조아렸다. 모독은 찾던 것을 발견한 아이처럼 손뼉을 친 후, 양팔을 들어 죄인들을 가리켰다.

"바로 지금 딱 이 자세였어요. 최돌돌이 여러분들처럼 무릎을 꿇고 양손을 모은 채 선생의 부활을 이야기했습니다. 그 모습이 너무 진지해서 하마터면 대결에서 질 뻔했답니다. 지진 않았어요, 이긴 것도 아니지만. 맞습니다, 우린 비겼습니다.

대결이 끝나고 최돌돌에게 물었습니다. 거짓말 실력이 어떻게 그토록 갑자기 늘었느냐고. 최돌돌이 웃으며 선생에 관한 서책을 매일 읽어서 그렇다더군요. 그 서책을 나도 얻을 수 있느냐고 했더니, 옹기로 만든 찬합 속에서 꺼내 주었습니다.

최돌돌이 준 서책을 곁에 두고 틈틈이 읽긴 했습니다. 아까 징제비 앞에선 거들떠보지도 않았다고 했지만, 거짓말 일수 자리를 지키는 데 큰 도움이 된 건 사실입니다. 놀랄 만한 거짓말이 엄청나게 많이 담긴 서책이니까요. 그중 몇 개만 꺼내 내 식으로 바꿔 떠벌리면 당할 자가 없었습니다.

진작 그 서책을 없애야 했는데 후회스럽습니다. 한데 선생의 이야기는 참으로 묘해서 자꾸 읽고 생각하고 읽고 생각하게 만들더라고요. 제가 막연히 지어낸 거짓말보다는 서책을 서너 번 반복해서 읽고 만든 이야기가 훨씬 나았습니다. 최돌돌이 준 찬합에 넣어두곤 혼자서만 읽었죠. 찬합을 열 때마다 거짓말 한 끼를 먹는 기분이 들더군요.

포졸이 들이닥쳐선 찬합부터 찾을 때, 아차, 싶었습니다. 끌려와선 최돌돌과 대질 심문을 받았죠. 저는 최돌돌이 사실대로 말해주길 바랐습니다. 거짓말 일수 모독은 절대로 천주쟁이가 아니라고. 오 년 전 대결을 벌일 때 예수란 선생의 이야기들을 거짓말로 여기며 최돌돌 자신을 칭찬했다고. 하지만 최돌돌은 징제비에게 거짓말만 하더군요. 곡성 옥에서 얼마나 고생을 했는지 몰라도 무조건 모독도 천주쟁이란 겁니다. 찬합에 예수님의 일생을 기록한 서책이 들어 있는 것이 증거라고 우기더군요.

저는 사실대로 이야기했지만 거짓말 일수인 제 말을 아무도 믿지 않았습니다. 하도 답답해서 징제비에게 따졌습니다. 제가 어떻게 하면 믿어주겠느냐고요. 징제비가 웃음을 멈추고 답하더군요.

'곡성에서 달아난 이오득 야고버가 어디로 달아났는지 알아낸다면, 믿지.'

그리고 저를 이곳으로 끌고 왔습니다. 여러분 중에 이오득 야고버의 행방을 아는 사람이 있습니까? 그자가 달아난 곳만 털어놓으면, 저뿐만이 아니라 곡성에서 붙들려온 죄인들도 모두 풀어주겠다고 징제비가 약속했습니다. 이오득이 달아난 곳을 어서 말하고 옥에서 함께 나갑시다. 어디로 갔습니까, 이오득은?"

모독이 어이쿠! 소리와 함께 벌렁 나자빠졌다. 임중호가 쓰러진 모독의 명치를 주먹으로 내리치며 소리를 질렀다.

"개같은 놈! 어디서 함부로 입을 놀려. 야고버 회장님 있는 곳을 대라고?"

모독은 새우처럼 허리를 굽히면서 죽는소릴 해댔다.

"아이고, 사람 치네! 너희 선생 예수가 그렇게 가르쳤어? 마음에 안 들면 막 패라고."

임중호가 내지르려는 주먹을 전원오가 붙들었다.

"놓으십시오."

전원오가 여전히 붙들곤 타일렀다.

"거짓말에 놀아날 셈인가?"

건너편 옥에서 감귀남도 덧붙였다.

"입만 열면 거짓말하는 사람입니다. 최돌돌 루가와 대결을 벌였다는 것도 거짓말일지 몰라요. 최 루가가 저희 부부랑 종종 저녁을 먹고 길게 이야기를 나눴다는 건 다들 아시죠? 저는 최 루가에게 모독이란 스승이 있다거나 스승과 일수 자리를 놓고 거짓말 대결을 벌였다는 이야기를 못 들었습니다. 그러니 진정해요, 제발!"

임중호가 손을 내려놓고 물러나 돌아앉았다. 모독이 코피를 손등으로 닦았다.

"제가 비록 이 나라의 거짓말 일수지만, 저는 작은 거짓말꾼에 속합니다. 거짓말로 세상을 구원하겠다거나 천하를 얻겠단 꿈 따윈 꾸지 않으니까요. 무지무지 크게 거짓말을 하면 그게 가늠이 되질 않으니 참말처럼 느껴지죠. 큰 거짓말꾼을 따르는 자들 역시 모두 거짓말꾼일 수밖에 없습니다. 혹시 거짓말이 필요하면 부탁들 하십시오. 징제비에게 고생하지 않을 거짓말 한두 개쯤은 알려드리겠습니다. 제 코를 묵사발로 만든 저 땅딸보만 빼고."

"뭐? 땅딸보?"

"그럼 네가 꺽다리 기린이라도 돼? 평생 소원이 꺽다리였나? 그럼 한 푼만 내. 지금까지 살아오며 공짜로 거짓말을 한 적은 없으니까. 한 푼이면 거저지. 한 푼 내면 네가 결코 닿아보지 못한 높이에서 천하를 보는 기분을 만끽하게 해줄게. 싫어? 싫음 말고. 땅딸보가 두더지 굴로 쑥 들어가는 이야기나 한 자락 해야겠다. 어때? 신나겠지?"

임중호가 심각한 표정으로 몰아세웠다.

"거짓말 잘하는 게 자랑이야? 천주님은 거짓말하는 자들을 멸망시키시는 분이라고. '천주십계'를 가르쳐주실 때도 말씀하셨어. 이웃에게 불리한 거짓 증언을 못 한다고. 태어나면서부터 엇나간 자들이 거짓말꾼이 되는 거야. 넌 악마의 자식이지."

모독이 되물었다.

"악마의 자식이라고? 처음 듣는 소리군."

임중호가 다시 복된 말씀을 외웠다.

"예수님은 이렇게 말씀하셨어. '너희는 너희 아비인 악마에게서 났고, 너희 아비의 욕망대로 하기를 원한다. 그는 처음부터 살인자로서, 진리 편에 서본 적이 없다. 그 안에 진리가 없기 때문이다. 그가 거짓을 말할 때에는 본성에서 그렇게 말하는 것이다. 그가 거짓말쟁이며 거짓의 아비기 때문이다.' 네가 그토록 거짓말을 잘하는 것은 네가 악마의 자식이라서야. 이제 알겠어?"

모독이 손뼉을 쳤다.

"악마를 아비로 둔 거짓말꾼이라! 멋지군. 좋아. 오늘부턴 악마의 자식, 나, 그거 할게. 그런다고 이 지옥이 달라질 것도 없고. 한데 천주를 받드는 교인들을 꽤 만나봤는데, 너처럼 앞뒤가 꽉꽉 막힌 사람은 처음이야. 입도 막히고 똥구멍도 막힌 듯 답답하니, 여러분들이 저 인간을 어찌 견디셨을까 모르겠습니다. 악마의 자식이라, 히히힛!"

모독의 천박한 웃음소리만 옥 여기저기를 두더지처럼 파헤쳤다.

또 다른 나

나흘 뒤에 들어온 죄수는 명이덕明二德 도밍고였다.

3월 12일 아침, 명이덕이 쇠문으로 들어섰을 때 진목서는 너무 놀라 혀를 깨물었다. 뼈가 바스러진 왼손은 물론이고 오른손까지 떨었다. 얼른 돌아앉았지만 여전히 목과 어깨가 흔들렸다. 명이덕은 진목서에게 눈을 주는 대신 꺼져라 한숨을 내쉬곤 바닥만 바라보며 강성대 옆에 앉았다. 임중호가 등 뒤에서 진목서의 어깨를 가만히 붙들며 눈으로 물었다.

왜 그래요?

진목서가 임중호의 손바닥에 검지로 썼다.

— 옥리입니다 저 사람.

임중호가 눈으로 다시 물었다.

확실해요?

진목서가 또 썼다.

—바깥 문으로 들어설 때 바삐 달려 나오던 옥리와 부딪쳤습니다. 맞아요 저 사람.

임중호가 고개를 끄덕이며 돌아앉는 순간, 강성대가 먼저 말을 건넸다.

"땅 꺼지겠소. 무슨 한숨을 그리 깊이 쉬시는가?"

명이덕이 고개를 왼편으로 돌렸다. 흘러내린 머리카락에 가렸지만 눈이 유난히 컸다. 당장 눈물이 떨어질 것처럼 젖은 눈으로 말했다.

"홀어머니께서 편찮으십니다. 끼니와 이부자리를 봐드려야 하는데, 삼 년째 그리해왔는데…….."

감귀남이 끼어들었다.

"어디에서 왔나요?"

"고산입니다."

"어머니를 돌봐드릴 일가친척은?"

"없습니다. 형이 있는데 같이 살지 않습니다. 저밖에 없습니다. 제가 이렇게 감영으로 잡혀 왔으니 이웃들도 내왕하지 않을 겁니다. 어머니는 돌아가실 거예요."

임중호가 물었다.

"이름이?"

"도밍고입니다. 성은 명이고 옛 이름은 이덕이고요."

"나도 도밍고인데……. 어머니도 교인이십니까?"

"아닙니다, 저만……. 어머니는 안수사를 평생 다니셨습니다. 제가 두 살 때 아버지가 돌아가시는 바람에 모진 고생을 하셨거든요. 그때마다 『금강경』을 외우셨습니다. 제 기도가 부족해서입니다. 어머니가 돌아가시기 전에 꼭 천주님을 믿으셨으면 합니다. 그래야 천당에 올라가시죠. 이대로 돌아가시면 안 됩니다."

"전주를 자주 오갔겠군요?"

"그건 왜 물으시죠?"

명이덕이 처음으로 되물었다. 임중호의 물음에 날이 서 있었던 것이다.

"예전에 풍남문 근처 장에서 봤던 사람과 얼굴이 닮아서⋯⋯. 옹기를 팔려고 전주까지 오곤 했습니다."

"십 년 동안 전주에 온 적이 없습니다. 시장은 더더욱⋯⋯. 저는 혼자 어머니를 돌보거나 여유가 조금 생기면 숲에 들어가 복된 말씀을 외워 읊거나 조용히 기도했습니다."

"거짓말!"

진목서가 목소리를 높였다. 임중호가 막으려 했으나, 진목서의 두 눈엔 두려움과 분노가 넘쳐흘렀다. 모독이 끼어들었다.

"거짓말인지 아닌지 가리는 실력이야 거짓말 일수가 최고입니다. 한데 아직까진 거짓말로 간주할 이야긴 없었는데⋯⋯."

진목서가 모독을 무시하고 명이덕을 몰아세웠다.

"누굴 속이려고 그래? 넌 옥리야. 도밍고도 아니고, 고산에 살지도 않지. 내가 감영으로 끌려오던 날, 널 봤어. 더그레를 입은 옥리가 틀림없이 너였어."

모독이 명이덕에게 물었다.

"두 사람이 먼저 스치셨다? 따로 인연이 있었군 그래. 그렇다면 신참이 답을 해야겠는걸?"

명이덕이 많이 겪은 오해라는 듯 가볍게 답했다.

"형을 만나셨군요."

"형?"

"형이 있다고 이미 밝혔습니다. 명일덕明─德! 쌍둥이 형이고, 전라감영 옥리가 맞습니다."

강성대가 뇌까렸다.

"형은 감영 옥리고 동생은 천주교인이라! 혹시 형도?"

"아닙니다. 형은 어려서부터 감영의 교졸이 되고 싶어 했고, 옥리로 들어간 뒤로는 죄인들을 지키는 일에만 집중했습니다."

"감영에 끌려오고 나선 형을 만났소?"

"만났습니다."

"무엇이라던가요?"

"당장 배교하라더군요. 죄를 인정하고, 사학죄인 열 명의 이름만 대면 그날로 풀어주겠다고. 고산으로 돌아가서 어머니를 간병하라고 했습니다. 거절했습니다. 어머니가 홀로 어찌 계실까 걱정이지만 그렇다고 교우들을 팔며 배교할 순 없습니다. 형이 옥리가 되기 위해 전주로 갈 때, 저는 형이 원하는 대로 고향인 고산에 남아 어머니를 모시며 여태껏 살았습니다. 태어나서 지금까지 제가 스스로 결정한 건 천주님을 믿은 것 하나뿐입니다. 이 믿음을 버린다면 저는 아무것도 아닙니다. 벌레만도 못해요."

강성대가 지금까지의 상황을 차분히 정리하며 물었다.

"많은 이들이 감영으로 붙들려 왔소. 하지만 이곳 지옥은 아무나 들어오는 데가 아니오. 명이덕 도밍고! 그대는 왜 여기까지 왔소? 나나 전원오나 임중호나 강송이나 혹은 감귀남, 그러니까 우리 다섯 사람을 아오? 우리를 모른다 해도, 곡성 교인들과 친교를 맺은 적이 있소?"

"둘 다 아닙니다. 여기 계신 다섯 분을 뵌 적도 없고, 곡성 교우
들을 만나거나 서찰을 주고받은 적도 없습니다. 곡성이나 그 근처
고을인 옥과와 남원에도 가지 않았고요. 다만……."

"다만?"

"상본 몇 점과 짧은 이야기 몇 개를 새기긴 했습니다."

"새겼다? 무슨 뜻이오 그게?"

"판각했다고요."

"판각? 나무판에 새겼다 이 말이오?"

명이덕의 볼에 생기가 돌고 눈동자가 반짝거렸다.

"교우들 형편에 상본들을 비싼 값을 내고 사긴 어려웠습니다.
이웃인 초남이마을엔 그래도 상본들이 제법 있었습니다. 빌려오
거나 그것도 어려우면 제가 초남이마을로 가선 밤을 새워 하루나
이틀 만에 나무판에 새겼지요. 그림만 새겨선 교우들이 이해하기
어렵다기에, 그림과 관련된 이야기도 서책에서 찾아 줄여 넣었습
니다. 그림 하나에 글이 두 면을 넘지 않도록 나무판에 새긴 뒤 종
이에 찍었습니다. 그렇게 판각하여 찍은 첫 상본에는 예수님과 베
드루가 등장합니다. 장소는 호수고요. 생선도 한 마리 등장합니
다. 베드루는 왼손으로 생선을 쥐었고, 오른손으로 생선의 입을
벌렸지요. 벌어진 입에서 동전 한 닢이 반짝입니다. 그 동전을 중
심에 두고, 왼쪽엔 예수님 오른쪽엔 베드루가 서 있는 겁니다. 이
상본에 담긴 이야기를 아시겠는지요?"

임중호가 끼어들었다.

"호숫가에 포도나무가 한 그루 자라고 있었나요?"

"어찌 아셨어요? 그곳에 포도나무가 너무 어울리지 않아서, 판에 새길 때는 뺐습니다."

"각수 맘대로 빼거나 넣기도 합니까?"

"그림은 글과 달리 보자마자 믿음이 생겨납니다. 착각이나 오해를 살 게 있다면 빼곤 하죠. 그림에는 없는 무엇인가를 더 넣어서 새긴 적은 없습니다."

"빼긴 해도 더하진 않았다. 그 이유를 물어봐도 되겠습니까?"

"하나를 넣는다는 건 하나만 넣는 게 아니니까요. 상본 속 온갖 것과 연결되지 않습니까? 그 연결을 전부 고려할 만큼 제가 똑똑하지도 않고 믿음이 깊지도 않습니다."

임중호는 뺄 때도 마찬가지 아니냐며 따지고 싶었지만, 진목서가 먼저 말했다.

"그 상본, 제가 그렸습니다. 성전 세를 거두는 관원들이 왔을 때 예수님이 베드루에게 질문하시지요. 세상의 왕들은 세금을 자기 자녀들에게 거두는가 아니면 다른 사람들에게 거두는가. 베드루는 당연히 다른 사람들에게 거둔다고 답했습니다. 예수님도 그 답을 인정하시며, 자녀들은 면제받은 것이니 세금을 낼 필요가 없다고 말씀하셨습니다. 관원들과의 언쟁을 피해 호수로 가서 낚싯대를 드리우라 하셨지요. 제일 먼저 올라오는 생선의 입을 열어보면 성전 세로 낼 동전이 있을 것이라고. 어부인 베드루가 그대로 따랐더니 과연 생선이 잡혔고 그 입에 동전이 있었다는 이야기……. 기적을 강조하기 위해 생선을 중심에 두고, 사람을 좌우로 배치했습니다. 그 상본은 경상도 안동으로 보냈는데, 어찌하여 초남이마을에서 보았단 것이지요?"

명이덕이 놀라워하며 양팔을 들어 내밀려다가 짧은 비명과 함께 다시 내렸다. 반가운 마음 따로 고문당한 몸 따로였던 것이다. 명이덕이 겨우 몸을 추스르곤 고개를 다시 들어 진목서와 눈을 맞추고 물었다.

"당신이 정녕 한양의 포도나무 진 도마 화공이십니까?"

"그렇습니다. 제가 진 도마이고, 상본을 여러 점 그렸습니다."

"꼭 한번 만나고 싶었습니다. 당신이 그린 상본들을 판에 옮겨 새기는 동안 정말 행복했거든요. 어머니를 간병하느라 지친 몸과 맘도 잠시 잊을 수 있었습니다. 단 한 군데도 다르지 않게, 당신의 붓놀림까지 고스란히 옮기고 싶습니다. 집중해서 칼을 놀리다 보면 긴 겨울밤도 금방 지나갔습니다. 이토록 행복한 밤을 선물해 줘 고맙단 인사를 꼭 드리고 싶었지만, 진 도마 화공이 한양에 산다는 것 외엔 알려진 사실이 없더군요. 상본을 열 편도 넘게 구입한 초남이마을 교우들도 모르긴 마찬가지였습니다."

진목서가 물었다.

"상본을 그리는 화공이 저만 있는 건 아닙니다. 제 솜씨란 걸 어찌 확신하시나요?"

임중호가 끼어들었다.

"그야 포도나무 때문이겠죠."

진목서가 받아쳤다.

"제가 그리지 않은 상본 중에도 포도나무가 등장하는 게 여럿입니다."

명이덕이 머뭇거리지 않고 답했다.

"사람보다는 이야기가 돋보이도록 그리기 때문입니다. 예수님과 베드루처럼 두 사람 이상이 등장할 때도 그렇지만, 혼자만 있을 때도 이야기가 보였거든요. 표정이나 자세 혹은 구름과 산과 들의 색깔과 모양에도 이야기가 담겼습니다. 여러 상본 중에서 이야기를 부각한 화공은 진 도마 형제님뿐이었어요. 안동으로 보냈다는 상본이 어찌하여 초남이마을까지 건너왔는지는 자세히 모르지만 짐작은 갑니다."

"어떤 짐작인가요?"

"상본이나 성물을 교우촌끼리 맞바꾸기도 한다더군요. 전라도 교우촌끼리 상본을 주고받기도 하지만, 전라도와 경상도 혹은 전라도와 충청도도 가능하지 않겠습니까? 특히 진 도마 화공의 상본으로부터 기적이 일어나고 은혜를 입었다는 소문이 돌았으니 찾는 교인도 많았을 겁니다. 어쨌든 저는 제가 새길 상본이 경상도에서 왔는지 충청도에서 왔는지 알지 못했습니다. 꼬박 밤을 새워 상본을 나무판에 옮겨 새긴 후 돌려줬으니까요. 처음엔 고산의 교우들만 보도록 열 장을 찍었는데, 다른 고을 교인들까지 원하기에 그다음엔 오십 장을 찍었고, 또 그다음엔 백 장을 세 번 더 찍었습니다."

임중호가 재빨리 더하기를 했다.

"상본 하나를 삼백육십 장이나 찍었단 거군요."

"종이에 그린 상본보다는 못하지만, 판에 새겨 찍은 상본도 예수님의 행적을 이해하는 데는 불편함이 없으니까요. 적게는 수십 장 많게는 수백 장을 한꺼번에 찍어 나눌 수 있으니, 교우들이 오병이어의 기적을 만난 듯 기뻐했답니다. 또 다른 상본엔 늙은 사내 두 명이 정면을 향해 서 있습니다. 예수님은 등을 진 채 사내들을 보고 계셨고요. 예수님의 뒷모습만 등장하는 그림은 처음이자 마지막이었어요. 사내들은 모두 눈을 감았고, 눈 주변이 온통 시커멓습니다. 척 보면 장님이란 걸 알 수 있을 정도지요. 예수님의 왼손은 왼쪽 사내의 왼눈, 오른손은 오른쪽 사내의 오른 눈에 머물렀습니다. 손바닥으로 눈을 덮거나 손가락으로 누르지 않고, 손가락 끝이 두 장님의 눈에 살짝 닿았을 뿐입니다. 여리고에서 두 장님이 길가에 앉아 있다가 자비를 베풀어달라고 고함을 지른 이야기와 예수님이 두 장님을 불러 원하는 것이 무엇이냐고 묻는 이야기, 두 장님이 눈을 뜨게 해달라고 하자 손을 눈에 대셨고 그다음에 일어난 기적까지 담긴 글을 저는 또한 나무판에 새겼습니다. 이야기가 간단해서 두 장님의 외모까지 자세히 새길 여유가 있었지요. 그들의 고함이 얼마나 크고 듣기에 거슬렸는지도 설명했습니다. 처음에 이백오십 장을 찍고 두 달 만에 다시 이백오십 장을 더 찍었습니다. 도합 오백 장입니다.”

죄인들 시선이 진목서에게로 향했다. 진목서가 제 두 눈을 오른 손바닥으로 번갈아 비비며 답했다.

“그 또한 제가 그렸습니다.”

임중호가 고개를 갸웃거리며 명이덕에게 물었다.

“포도나무나 포도알이 거기에도 있었습니까?”

“장님의 머리 위 벽에 포도 덩굴이 있긴 했지요.”

“솜씨가 빼어난 건 알지만, 초남이마을이 가진 상본을 몽땅 진도마 당신이 그리기라도 했단 말입니까?”

진목서가 임중호의 질문을 무시한 채 명이덕을 향해 물었다.

“두 장님에게 특이한 점은 없었소?”

"그게…… 이건 제가 부분 부분 꼼꼼하게 나눠 살펴 새기는 각수刻手라서 느끼는 겁니다. 사람들은 대부분 얼굴과 몸 전체를 한꺼번에 쓰윽 훑고 넘어가죠. 두 장님 얼굴이 약간 다르게 생기긴 했습니다. 한 사람은 각이 지고 다른 사람은 그보다는 둥글죠. 닮았지만 다른 얼굴! 나누고 쪼개서 부분 부분 새기다가 깨달았어요. 두 장님의 눈과 코와 입과 귀 모양이 똑같다는 것을! 좀더 살찌고 좀더 말랐는지는 모르겠지만, 그래서 약간 더 각지고 약간 더 둥글 수는 있지만, 모양은 같더라고요. 그 둘은 쌍둥이가 분명해요."

진목서가 엷은 미소와 함께 고개를 끄덕였다. 죄인들을 둘러보며 천천히 설명했다.

"역시 각수답네요. 두 장님이 쌍둥이란 이야긴 상본을 완성한 후 처음 듣습니다. 예수님이 행하신 기적 중엔 병자를 치료하신 게 많지요. 장님의 눈을 뜨게 한 경우도 적지 않습니다. 눈을 뜬다는 게 무엇이겠습니까? 우선 저는 장님들이 예수님 덕분에 눈을 뜬 것을 믿습니다. 거기에 덧붙여 개안開眼은 예전에는 몰랐던 것을 비로소 알게 된다는 뜻 아니겠습니까? 장님 두 명이 동시에 등장하는 이야기니까, 한 명은 몸의 눈을 뜬 것이고 다른 한 명은 맘의 눈을 뜬 것으로 그려보고 싶었습니다. 한 사람의 몸과 맘이라 해도 되니, 쌍둥이로 보였을 법도 하죠. 그걸 알아차리다니 대단한 눈썰미입니다."

명이덕이 덧붙였다.

"제 추측이 틀리지 않았다니 다행입니다. 여기서 처음 고백하는 것입니다만, 두 장님이 쌍둥이란 확신이 들자, 저도 제 식대로 얼굴을 고쳐보고 싶더군요."

그때까지 한마디도 않고 어른들의 대화를 듣고만 있던 월심이
말했다.

"달랐어요."

감귀남이 물었다.

"다르다니?"

"〈춘향가〉를 스승님께 열심히 배웠거든요. 재작년에 해남에 갔
는데 거기서도 〈춘향가〉를 들었어요. 환갑을 넘긴 남자 소리꾼이
었는데, 백발인 데다가 앞니까지 왕창 빠졌고 허리가 아픈지 자
꾸 옆구리를 손으로 짚었어요. 한 대목이라도 마칠까 싶었는데,
눈대목을 다섯 개나 해치웠지요. 그런데 달랐어요. 이야기는 같은
데, 방자와 향단이가 주고받는 말도, 남원 고을에 대한 설명도, 춘
향이 슬픔을 맺고 푸는 지점도 다 다르더라고요. 스승님께 여쭈었
죠. 어느 〈춘향가〉가 옳아요? 스승님이 답하셨어요. 둘 다 옳다!"

진목서가 월심에게 눈웃음을 보내곤 이어받았다.

"지금까지 상본을 참으로 많이 봤습니다. 나라 밖 화공이 그린
것도 있었고 조선의 화공이 그린 것도 있었지요. 그중엔 제 그림
을 똑같이 그리려고 흉내 낸 상본도 있고 자기 식대로 더하거나
뺀 상본도 있더군요. 종이에 옮겨 그린 것도 있고 명이덕 도밍고
처럼 나무판에 새긴 것을 종이에 찍은 것도 있었습니다. 찾으려고
마음만 먹었다면, 제 그림을 이렇게 저렇게 바꾼 이와 마주 앉았
을 겁니다. 하지만 그러지 않았습니다.

똑같이 옮기려고 애쓴 그림이야 논할 가치가 없겠죠. 그런 건
제가 어찌하지 않더라도 떠돌다가 곧 아궁이에 던져져 재가 되고

320

맙니다. 하지만 제 이야기를 보고 무엇인가를 느끼고 생각해서, 뭔가가 떠올라 발전시킨 그림은 제게도 축복인 겁니다. 같은 이야기를 듣더라도 다르게 옮기듯, 같은 상본을 보더라도 다르게 기억하는 법이거든요. 다르게 기억한다는 건 저와는 다른 느낌과 생각을 가져서, 그림에 그것을 넣고 빼고 뒤틀고 흩는 겁니다."

모독이 받았다.

"거짓말이 달라지는 걸 막을 수 없듯, 그림이 달라지는 걸 막을 수 없다는 말씀?"

진목서가 실개천을 건너뛰듯 답했다.

"저도 그랬거든요. 이 루가 스승님 그림을 처음에는 고스란히 베껴 그리기도 했습니다만, 어느 날인가부터는 스승님의 이야기 속에 들어가긴 하되 제 식대로 이것저것 바꾸기 시작했습니다. 스승님은 알고도 모른 척하셨죠. 그렇게 한참을 그려나가던 어느 밤에 스승님이 그러셨습니다. '이제 나 따라오지 말고 진목서 네 이야길 해.'"

임중호가 답답한 듯 뒷목을 긁으며 큰 소리로 막았다.

"잠깐! 너무 그렇게 막 나가지 맙시다. 소리나 거짓말이나 속된 그림은 바꿔도 되겠지만, 천주님 말씀을 바꾼다고요? 예수님 행적을 바꾼다고요? 천주님과 예수님이 담긴 성스러운 상본을 바꾼다고요? 안 됩니다, 그건! 예수님이 가르쳐준 기도문은 팔도의 교우들이 똑같이 외우지 않습니까? 기도문 중에서 어느 부분을 맘대로 빼고 더하는 자가 있다면, 지옥에 떨어뜨려야 합니다. 명이덕 도밍고 형제여! 그대는 진 도마 화공이 그린 상본을 일부러 바꿔 그렸습니까? 포도나무나 포도알을 빼고 새기기도 했다는데,

똑같이 옮길 솜씨가 부족해서 그리한 건 아닙니까?"

명이덕이 임중호에게 불쾌한 듯 곧바로 답했다.

"처음 듣습니다, 솜씨가 없어서 새기지 않았다는 말! 혹시 칼 가진 거 없습니까? 미안합니다. 옥에서 칼을 찾다니, 우물에서 숭늉 찾는 꼴이네요. 다음에 밖에서 꼭 다시 만났으면 합니다. 그땐 임도밍고 형제님이 원하는 걸 무엇이든 똑같이 새겨드리겠습니다."

그리고 진목서를 보며 말했다.

"맞습니다. 바꿨습니다. 제가 고산에서 새겨 찍어낸 상본의 두 장님 얼굴은 명일덕 형님과 접니다. 명일덕 형님이 천주의 품에 안겼으면 하는 바람과, 입교는 하였으나 아직 많이 부족한 제가 천주의 은혜를 입었으면 하는 바람을 담았습니다."

임중호가 명이덕의 가슴을 머리로 들이받았다.

"그딴 짓을 하다니. 도밍고란 이름이 부끄럽지도 않아?"

진목서와 전원오가 임중호의 팔을 붙들었고, 강성대가 쓰러진 명이덕을 일으켜 벽으로 데리고 갔다.

"상본을 옮겨 새긴 나무판이 모두 몇 판이나 되오?"

명이덕이 이미 헤아려둔 듯 답했다.

"서른세 판입니다."

"포졸들에게 그걸 다 빼앗겼소?"

명이덕이 양손으로 얼굴을 쓸어내렸다. 짧은 침묵을 참지 못하고 임중호가 소리쳤다.

"빨리 대답 안 해?"

숨을 두 번이나 더 뱉은 뒤 명이덕이 말했다.

"안전합니다."

죄인들이 모두 양손을 모으곤 눈을 감고 짧게 감사의 기도를 드렸다. 강성대가 물었다.

"숨겨두었소?"

"더 말씀드리긴 어렵습니다. 다만 징제비는 제가 새긴 나무판을 단 한 점도 빼앗지 못했습니다. 천주님께서 도우셨어요. 여러분도 반드시 도우실 겁니다."

명이덕이 턱을 들었고 문초를 받느라 다친 두 팔을 들어 올리려 했다. 진목서가 만류했다.

"팔에 함부로 힘을 주지 말아요. 상처가 덧날 수도 있습니다."

"이깟 거, 아무렇지도 않습니다."

명이덕은 포기하지 않고 계속 두 팔을 편 채 힘을 줬다. 오른팔은 힘겹게 올라갔지만 뼈가 부서진 왼팔은 부들부들 떨리기만 할 뿐이었다. 명이덕은 잠시 숨을 고른 뒤, 윗니로 아랫입술을 피멍이 들 만큼 깨물며 손가락 끝까지 힘을 실었다. 왼팔이 천천히 조금씩 올라가기 시작하자, 죄인들은 입을 닫고 멋대로 흔들리는 다섯 손가락을 쳐다보았다. 겨우 양팔이 수평을 이루자 십자 모양이 되었다. 그들은 비로소 명이덕의 바람을 헤아렸다. 십자가에 매달려 치명하기를 바라는 것이다. 남옥과 여옥의 죄인들이 거의 동시에 무릎을 꿇었다. 모독조차도 고개를 숙였다. 다 함께 간절한 기도로 도움을 청할 시간이었다.

우리에게 지옥이 필요한 이유

다음 날인 3월 13일부터 매타작이 시작되었다.

태풍이 몰아치기 전 잠시 찾아든 고요가 끝난 것이다.

괘씸한 다섯 사람인 강성대, 전원오, 임중호, 감귀남, 강송이 순으로 하루에 두 번 곤장틀에 묶였다. 오시午時, 낮 11시~1시에 치도곤을 열다섯 대 쳤고 술시子時, 오후 7시~9시에 같은 횟수의 치도곤을 더했다. 오시엔 정신을 잃지 않고 견뎠지만, 술시엔 맞고 혼절하고 맞고 혼절했다. 죄인이 혼절하면 물을 끼얹고 이름을 말하게 한 후 다시 쳤다. 허벅지와 엉덩이 살갗이 찢겨 흘러내린 피가 발뒤꿈치까지 흘렀다. 최언순과 그녀의 아들 현요섭 그리고 월심과 진목서와 모독과 명이덕은 불러내지 않았다.

쇠문이 열리고 산송장으로 돌아온 죄인들이 옥으로 던져졌다. 그들이 흘린 피가 옥 바닥을 적셨다. 최언순과 명이덕은 제 옷을 찢어 상처를 묶었고 월심은 바닥에 고이기 시작한 피를 닦아냈다.

피비린내를 맡은 탓인지 현요섭이 계속 울어댔다. 모독은 잔뜩 찡그린 채 혀를 차댔다.

"쯧쯧, 이러다간 다 죽어 나가지. 지옥에서 죽으면 어디로 가누?"

최언순과 명이덕은 한목소리로「도우심을 구하는 경」을 외웠다.

전능하신 천주여

너 우리를 오늘날까지 있게 하신지라

비나니 주의 덕능으로 우리를 구하사

오늘날에 일절 죄에 떨어지지 말게 하시고

또한 생각과 말과 행위를 인도하사

주의 명을 정성으로 받들게 하시되

우리 주 그리스도를 위하여 하소서

아멘

맞을 사람과 맞지 않을 사람을 고르고, 맞을 시각이나 횟수를 정하는 관원은 금창배였다. 치도곤을 맞는 괘씸한 다섯 사람은 물론이고 땀을 쏟으며 때리는 관우와 장비도 결정의 근거와 이유를 몰랐다.

금창배는 죄인들이 맞는 동안 침묵으로 일관했다. 관우와 장비가 넓적다리를 난타할 때도, 죄인들이 비명을 지르고 까무러치고 울고 오줌을 지릴 때도, 의자에 앉은 채 지켜보기만 했다. 그렇게 이틀째, 그러니까 육십 대의 치도곤을 때리고 난 3월 14일 밤, 금창배는 다섯 사람에게 똑같은 질문을 처음으로 던졌다.

"이오득, 으뜸 옹기 대장, 너희들이 야고버 회장이라고 부르는 자는 어디로 달아났느냐?"

답을 준 죄인은 없었다. 이렇게 매일 맞다가는 죽을 수도 있겠다는 두려움이 온몸을 감쌌지만, 치명을 각오한 다섯 사람은 살길을 구하지 않았다.

다음 날인 3월 15일 오시엔 치도곤을 치지 않았다.

이틀 동안 매타작을 당한 다섯 죄인은 끙끙 앓았다. 지옥에 갇히고서도 치도곤을 맞지 않은 최언순과 월심과 진목서와 모독과 명이덕의 도움으로 밥풀 몇 개를 입에 넣고 오물거렸다. 강송이는 그마저도 토하고 해가 질 때까지 엎드려 있었다.

관우와 장비가 새끼 돼지를 한 마리씩 먹곤 잠에 취한 한낮, 금창배는 객관 서쪽 청연당에서 전라감사 최두웅과 겸상으로 점심을 먹었다. 관원들을 모두 물리고 단둘만 마주 앉았다. 최두웅이 마당에 핀 하얀 앵두꽃을 보며 말했다.

"언제까지 천주쟁이들을 심문할 겐가? 벌써 잡아들인 이가 이백 명이 넘었어. 곤장을 칠 때마다 새로 포박할 죄인들이 열 명씩 늘어나는 꼴이고. 과유불급이라 했으이. 조금 아쉬운 듯싶을 때가 마무리를 짓기 적당하다네."

"그때가 지금이라고 보십니까?"

최두웅이 머뭇거렸다. 둥글둥글하게 좋은 게 좋다는 식으로 여유롭게 살아왔기에, 금창배처럼 빈틈 없이 날 선 자는 피하고 싶었다. 포도청에서 평생 사학죄인들만 잡아들인 자가 아닌가. 적당히 얼버무렸다.

"천주쟁이들 문초는 어디까지나 금 종사관이 책임지기로 하지 않았는가? 말이 그렇다는 거지, 그때가 지금인지 아닌지 내가 어찌 알아. 사학죄인을 잡아들여 가둔 게 내겐 이번이 처음인데……."

전라감영으로 죄인을 모아 문초하는 것이니, 그 권한은 당연히 전라감사에게 있었다. 그러나 최두웅은 천주교인을 잡아들이고 가두고 문초하는 이 모든 일들이 불편하고 부담스러웠다. 한양에서 따로 조 정승의 밀지가 내려오지 않았더라도 금창배에게 의지했을 것이다.

"과유불급이라 하셨습니까? 멋진 말이긴 하지만, 천주쟁이를 다룰 땐 가장 먼저 젖혀둬야 하는 말입니다. 이백 명 아니라 이천 명을 잡아들이더라도 부족하다면 더 잡아들여야지요."

"이천 명이면 그들을 대체 어디에 가둔단 말인가?"

"곡성에선 객사를 잠시 옥으로 쓰기도 했습니다. 이곳 객사인 풍패지관이 곡성 객사보다 열 배는 넓지 않습니까? 정말 힘들다면 옥을 더 지어도 되고요."

옥의 크기에 죄인의 숫자를 맞출 수는 없다는 뜻이다.

"자네가 모든 걸 책임지기로 했으니 뜻대로 하게. 하나만 물어도 되겠는가?"

"말씀하시지요."

"곡성에서 붙들어 올린 죄인 중에서 다섯 명만 따로 포졸들이 미리 와서 지은 옥에 가뒀다며? 은밀히 문초하고? 그들이 교우촌을 이끌던 자들인가?"

"그럴 수도 있고 아닐 수도 있습니다. 곡성의 사학죄인들이 다들 입에 올린 회장은 이오득이지요. 이오득이 옹기 굽는 마을을 만드는 데서부터 시작하여 첨례까지, 먹고사는 문제와 천주를 모시는 일을 주도했습니다. 회장 혼자서 그 많은 일을 하긴 어려우니, 적극적으로 돕는 자가 있긴 했겠지요. 그러나 그들은 이오득의 수족일 뿐입니다."

"그 말은 달아난 이오득을 잡아들여야 문초를 마칠 수 있단 뜻인가?"

금창배가 호리병을 들어 스스로 잔을 채워 마시곤 되물었다.

"봉기꾼에 대해 들어보신 적 있으십니까?"

"소리꾼이나 재담꾼은 들어봤으나 봉기꾼은 금시초문일세. 봉기를 업으로 삼기라도 한단 말인가? 그런 고약하고 흉악한 자들이 있는가?"

"도둑이라고도 하고 산적이라고도 하고 패역무도한 무리라고도 하는…… 여러 이름으로 불리지만 제게는 봉기꾼입니다. 평생 팔도를 돌며 난亂을 일으키는 자들이지요. 난을 일으켜놓고 귀신같이 빠져나갑니다. 짧게는 몇 달 길게는 몇 년, 숨어 지내다가 다른 고을에서 다시 난을 일으키지요. 봉기꾼들은 이 나라가 망할 때까지 봉기하고 또 봉기합니다. 한 고을이나 한 골짜기에서만 활동하는 난의 주동자나 도적 떼 두령과는 다릅니다. 농사를 짓거나 사냥을 다니고 도적질도 하지만 그건 철저한 위장이지요."

"봉기꾼 이야기는 왜 하는가? 이오득이 혹시?"

"이오득이 곡성에서 봉기꾼으로 살진 않았습니다. 하지만 오래전 봉기꾼과 매우 비슷하게 움직였던 적이 있습니다. 봉기꾼의 가장 큰 특징이 뭔지 아십니까? 정착하지 않는다는 겁니다. 난을 일으킬 만한 곳을 찾아다니고 난을 일으켜 실패한 뒤엔 다른 고을로 거처를 옮기지요. 이오득에게도 그와 같은 시절이 있었습니다."

"신유년 이후를 뜻함인가?"

"아닙니다. 신유년에 배교하고 다시 천주쟁이로 돌아간 뒤로는, 여러 곳을 다니긴 했지만 천주교인들만 주로 만났지요. 난을 일으키고자 작당한 적도 없습니다. 천주를 모시기 전을 말씀드리는 겁니다."

"그때 이오득의 나이가 몇인가?"

"열 살을 겨우 넘겼습니다."

"그 어린 나이에 봉기꾼을 했다고? 믿기 힘들군."

"무리에 휩쓸려 따라다녔을 겁니다. 골짜기와 골짜기를 연결하고 강과 강을 이어 연통할 때는 발 빠르고 꾀 많은 아이를 쓰기도 합니다. 이오득도 그런 일을 맡지 않았나 싶습니다."

"이오득이 그 어린 시절에 한 일까지 금 종사관이 어찌 아는가?"

금창배가 즉답을 하지 않고 이마에 주름을 잡으며 쳐다봤다. 최두웅이 송곳 같은 기운을 견디지 못하고 변명처럼 덧붙였다.

"그대 실력이 워낙 출중하여 묻는 거라네…… 딴 뜻은 없……"

금창배가 말허리를 자르며 물었다.

"치명을 갈망하는 자들을 만나보신 적 있으신가요?"

"없네."

"이왕 죽을 각오를 했으니 감출 건 철저하게 감추기도 합니다만, 열 명이면 열 명 모두 자신 있게 밝히는 부분이 있습니다. 뭔지 짐작하시겠습니까?"

최두웅이 고개를 저었다.

"어떻게 해서 천주를 모시게 되었는지를 설명하는 대목입니다. 날 때부터 천주쟁이인 경우는 극히 드무니까요. 대부분은 천주를 몰랐다가 어떤 계기가 있어서 천주를 자신의 신으로 받아들이게 됩니다. 그들은 계기가 되는 사건을 한껏 부풀려 자랑스럽게 털어놓습니다만, 자백을 듣는 제 관심은 다른 곳에 있습니다."

"어딘가, 그게?"

"천주쟁이가 되기 전에 무슨 일을 했는가 하는 겁니다."

"그딴 게 왜 중요해?"

"사람은 쉽게 바뀌지 않습니다. 천주를 믿고 예수를 만나 삶이 완전히 달라졌다고들 하는데, 제가 보기엔 그렇지 않았습니다. 교우촌도 사람들이 모여 사는 마을입니다. 마을에선 갖가지 문제가 생기는 법이지요. 그 문제의 대부분은 마을 사람들끼리 뜻이 맞지 않아서 생깁니다. 다양한 이들이 교우촌에 모이거든요. 신분도 고향도 직업도 나이도 제각각이죠. 어떻게 그 문제들을 풀어갈까요? 이 나라에 탁덕이 있다면 간단합니다."

"탁덕?"

"불교의 승려처럼, 혼인하지 않고 오직 천주의 일만 하는 이를 탁덕이라 합니다. 신유년에 청나라인 주문모 탁덕이 처형된 뒤로 지금까지 이 나라에 탁덕이 들어왔단 소식은 없습니다. 탁덕이 있다면 그 권위에 의지하여 가면 되겠지요. 하지만 탁덕이 없는 상황에선 성직자의 권위를 찾긴 어렵습니다. 그 대신 공소 회장이 있지요. 교우들이 스스로 뽑은 지도자입니다. 한데 모든 문제를 회장이 다 관여하긴 어렵지요. 살면서 부딪히는 문제들은 교인들이 스스로 풀어야 합니다. 그때 중요한 것이 바로 교인이 되기 전에 신분이 무엇이고 어디서 무엇을 하며 살았는가 하는 점입니다. 치명을 바라는 이들은 너무도 당당하게 밝히지요. 지은 죄까지 술술 털어놓기도 합니다. 이렇게 형편없이 살았던 나도 천주를 만나

받들고 구원받아 천당 간다는 마음이겠지만."

"이오득이 봉기꾼으로 어린 시절을 보냈다는 것도 그럼……?"

"곤장 한 대 치지 않았습니다. 치명을 바라며 술술 털어놓더군요. 갓 열 살을 넘어서부터 한양을 떠나 세상을 바꿀 정도령을 찾아 방방곡곡을 떠돌았답니다. 스스로를 정도령이라 주장한 자들 중엔 관아를 급습하여 무기를 빼앗고 현감과 아전 들을 죽이고 한양으로 가야 한다고 주장하는 이도 있었다는군요. 몇몇은 정말 관아를 습격한 적도 있답니다. 깊은 산에서 정도령을 기다리며 기도만 드리는 이는 매우 적고, 대부분 『정감록』의 정도령을 앞세워 세상을 바꾸려 합니다. 미륵불을 앞세운 불교도나 예수를 앞세운 천주교인이나 마찬가지죠. 이오득이 곡성에 만든 두 개의 교우촌 중 한 곳이 왜 하필 미륵골일까 하는 생각도 해보게 되더군요. 물론 이오득이 교인들을 이끌고 거기에 안착했을 땐 미륵불을 기다리는 불교도들은 흩어졌겠지만, 미륵골이란 이름만으로도 이오득의 마음을 끌어당겼을 겁니다."

"이오득이 봉기꾼들과 어울리며 어린 날을 보낸 것이 신유년 이후의 삶과 연관이 있단 겐가?"

"이오득이 본명은 아닐 겁니다. 그가 머문 곳마다 천주쟁이 마을인 교우촌이 생겨났지요. 대부분 옹기를 구워 끼니를 해결했습니다."

"그렇지만 이오득은 십이 년 넘게 곡성에 머물며 회장 노릇을 했다질 않는가. 봉기꾼의 꿈은 완전히 버린 거 아닌가?"

"그렇게 볼 수도 있겠지만, 사람이 쉽게 바뀌진 않는다고 말씀드렸잖습니까? 곡성에 안착한 후 특히 전라도 일대에 많은 옹기촌이 생겨났습니다. 경상도나 충청도에 비해 월등히 많습니다. 개

입이 어떤 식으로든 있었다고 봅니다. 이오득은 단순한 천주쟁이가 아닙니다. 교우촌을 만드는 전문적인 꾼입니다. 교우촌들을 연결하여 움직일 수만 있다면, 봉기꾼들이 꿈꾼 전국 고을의 동시 봉기도 가능하겠지요."

확인하듯 말꼬리를 쥔 최두웅의 목소리가 떨렸다.

"동시에 전국에서 봉기를 한다고? 대역무도한 짓을 준비 중이란 게야?"

"당장 일어난다는 건 아니고 최악의 경우는 그럴 수도 있단 겁니다. 신유년에 황사영이 천주교 재건을 위해 양이들을 끌어들이려 했다는 얘긴 아시죠? 만에 하나 그렇게 구라파의 양이들이 군대를 몰고 온다면 조선에도 내응하는 자가 있어야 하지 않겠습니까? 한 사람 한 사람이 움직이는 건 고려하지 않아도 되지만, 교우촌 단위로 팔도에서 동시에 움직인다면 심각한 문제입니다."

최두웅이 놀라며 물었다.

"전란이라도 난다는 소리인가?"

"천주를 믿는 자들끼리 숨어 지내는 마을 정도로만 교우촌을 가볍게 여기시면 안 된다는 겁니다. 한껏 물러나 웅크린 듯하다가 어느 순간 화살처럼 달려들지도 모릅니다. 천주를 위해서라면 물불 가리지 않는 자들입니다. 목숨까지도 기꺼이 내놓는 자들입니다. 이오득을 잡지 않으면, 그가 가는 곳마다 교우촌이 생겨날 겁니다. 이천 명 아니라 이만 명을 잡아들인대도 이오득보다 위험하진 않습니다."

"곡성에서부터 문초를 계속 해왔는데 왜 아직도 밝히지 못하였는가? 곡성 덕실마을과 무명마을 사학죄인 중엔 이오득의 행방을 아는 자가 있지 않겠는가?"

"그게…… 이오득이 철저하게 거리를 뒀습니다. 물론 곡성의 천주쟁이들과 첨례를 드려왔지만, 곡성 밖을 다닐 때는 비밀 유지를 확실히 하며 은밀하게 움직였다더군요."

"행방을 밝혀내는 게 아예 불가능할 수도 있단 건가?"

"그럴 수도 있지만, 아닐 수도 있습니다. 둘 중 어느 쪽인지 확인한 뒤에야 문초를 그쳐도 그칠 겁니다."

"확인할 방법이라도 있나?"

금창배가 말머리를 돌렸다.

"부탁이 있습니다."

"뭔가?"

"명일덕이라는 옥리를 혹시 아십니까?"

"전라감사가 옥리까진 일일이 알진 못하지만, 명일덕은 알지. 쌍둥이 아우가 천주쟁이라서 잡아들이지 않았는가. 혹시 명일덕도 천주쟁이가 아닐까 의심하는 건가? 나도 그럴까 싶어 따로 불러 엄히 따졌어. 절대로 아니라고, 피로 맹세라도 하겠다며 울먹이더라고. 한 걸음 더 나아가 동생인 명이덕을 자신에게 맡겨달래. 효성이 지극한 녀석이니 늙고 병든 어머니를 앞세워서라도 배교시키겠다고."

"옥리 명일덕이 천주쟁이가 아니란 건 저도 압니다. 당분간 명일덕을 제가 데려다 썼으면 합니다."

최두웅은 왜 하필 명일덕인지 따져 물으려다가 그만두었다. 답을 줄 사람이 아니었다.

"알겠네. 뜻대로 하게."

청연당에서 돌아온 금창배는 최언순과 월심과 진목서와 모독과 명이덕을 불러내어 치도곤을 때렸다. 월심은 다섯 대 나머지는 열다섯 대씩이었다. 자신들이 아는 것을 전부 털어놓았고 모르는 것까지 지어서 말했지만, 치도곤은 멈추지 않았다. 곡성에서 끌려온, 괘씸한 다섯 사람이 이번에는 그들을 돌봤다.

이틀이 더 지나 3월 17일이 되었다.

죽을 만큼 맞았지만 죽은 이는 없었다. 엉뚱한 곳에서 믿음의 불꽃이 흔들렸다. 현요섭이 시름시름 앓기 시작한 것이다. 넓적다리에서 진물이 흘러도 최언순은 빠지지 않고 현요섭에게 젖을 물렸다. 그런데 현요섭의 빠는 힘이 점점 약해지더니, 17일 새벽부턴 입을 닫아버렸다. 열이 펄펄 끓었을 뿐만 아니라 온몸을 부들부들 떨었다.

쇠문을 향해 고함을 질러댔다. 울부짖는다고 지옥문이 함부로 열리지 않는다는 것을 알면서도, 외치는 것밖에 할 일이 없었다. 쇠문은 열리지 않았고, 외침의 크기나 횟수도 점점 줄어들었다.

쇠문이 열렸다. 열린 쇠문으로 들어선 이는 명이덕을 닮은 옥리 명일덕이었다. 옥리 박용식과 차동한이 뒤따랐다. 죄인들은 그 얼굴을 보는 순간 약속이라도 한 것처럼 입을 닫았다. 쌍둥이란 소릴 듣긴 했지만 너무나도 빼닮은 것이다. 명일덕은 현요섭이 있는 여옥을 등진 채, 엎드려 끙끙대는 명이덕을 내려다보며 말했다.

"나와!"

명이덕이 고개를 들고 부탁했다.

"형, 저 아기, 요섭부터 살펴봐줘. 많이 아파. 열이 펄펄 끓고. 의원에게 보여야 해."

명일덕이 돌아보지 않고 다시 명령했다.

"당장 나오래도."

명이덕이 버텼다.

"저대로 두면 안 돼. 큰일 나. 아기부터……."

"네 앞가림부터 하자."

"그게 무슨 소리야 형? 혹시 고산에서……?"

"어머니가 위독하셔. 널 찾으신다."

명이덕의 눈동자가 흔들리더니 이내 흐려졌다. 뺨을 타고 흐른 눈물이 바닥에 떨어졌다. 명이덕이 몸을 일으키는 동안, 임중호가 명일덕을 노려보며 따지듯 말했다.

"하나만 물읍시다. 여기가 지옥이라면서요? 어머니가 위독하다고 죄인을 내보내는 곳이 어찌 지옥이겠습니까?"

명일덕이 짧게 답했다.

"담보물이 있어."

"지옥에서 나가는 게 가능할 만큼 대단한 담보물이 뭔지 궁금하네요. 금입니까 은입니까 보화입니까?"

명일덕이 대답하지 않고 뒤에 선 박용식에게 말했다.

"서둘러!"

박용식과 차동한이 옥문을 열고 명이덕을 부축해서 꺼냈다. 문을 다시 닫기 전에 명일덕이 옥 안으로 들어가선 명이덕이 엎드렸던 자리에 앉았다. 옥 밖 명이덕은 물론이고 여옥과 남옥의 죄인들 눈이 동시에 커졌다. 명일덕이 차갑게 말했다.

"내가 지옥으로 들어왔으니 명이덕이 달아나진 않겠지. 가, 빨리! 아들이 둘이나 되는데, 둘 중 한 명이라도 임종은 지켜야지."

명이덕이 젖은 목소리로 말했다.

"다시 들어갈래. 임종은 형이 지키면 되잖아……?"

"어머니를 돌본 건 내가 아니라 너야. 나야 철마다 쌀이나 조금씩 보냈을 뿐이지. 둘 다 임종을 지키면 좋겠지만 둘 중 한 명만 가능하다면 네가 가야지. 잘 보내드리고 와."

박용식이 옆에 선 명이덕을 위협했다.

"달아나면 네 형 목이 떨어져!"

명일덕이 짜증을 냈다.

"돌아올 겁니다. 동생이 얼마나 저를 아끼는데요. 그렇지?"

명이덕은 대답 대신 고개만 끄덕였다. 그 순간 갑자기 비명이 터져 나왔다. 죄수들과 옥리들의 시선이 일제히 최언순에게 향했다.

"안 됩니다, 이 아이는. 천주님! 이 아이는, 안 돼요. 안 돼!"

무릎 위에 올려놓은 현요섭이 움직이지 않았다. 감귀남이 급히 받아 안고 현요섭의 가슴에 귀를 댔다. 한겨울 길바닥의 돌멩이처럼 싸늘했다. 임중호가 옥리들을 향해 따지고 들었다.

"아프다고 했잖아? 아기가 죽어간다고? 네놈들은 죽어 꼭 지옥으로 떨어질 거야. 따뜻한 방에서 하룻밤만 재웠어도 저렇게 가진 않았을 거라고. 나쁜 놈들! 불로 심판받을 놈들!"

옥리들이 이러지도 저러지도 못한 채 서로 눈을 맞췄다. 강성대가 눈을 감고 암송했다. 「성사 요왕」 제팔 편에 실린 예수의 말씀이었다.

"너희에게 이르노니, 만일 사람이 내 말을 지키면 영원히 죽음을 보지 아니리라.'"

임중호와 진목서가 마지막 부분만 따라 했다.

"영원히 죽음을 보지 아니리라."

"영원히 죽음을 보지 아니리라."

옥에 들어와 앉은 명일덕이 소리쳤다.

"애부터 꺼내요, 어서!"

어떤 이유에서든 옥에서 죄인이 죽어 나간다면 옥리가 문책을 당할 것이다. 관우와 장비가 금창배의 명을 받아 아무리 죄인들을 혹독하게 다룬다 해도, 뼈를 부러뜨리고 살점을 찢어 피를 쏟게 한다 해도, 문초하는 그 자리에서 즉사한다면 모를까, 옥에서 죄인이 목숨을 잃는다면, 옥리가 감당할 책임도 적지 않다. 옥리들의 시선이 명일덕에게 모였다.

"죽었는지 살았는지 확인은 해야 합니다. 살릴 가능성이 조금이라도 있으면 촌각을 다퉈 의원에게 내보이고, 죽었다면 보고부터 하고 늘 하던 대로 파묻고요."

최언순이 말꼬리를 잡아채며 절규했다.

"파묻어? 요섭을 땅에 묻는다고?"

옥리들이 여옥의 문을 열었다. 박용식은 명이덕과 함께 옥 밖에 있고 차동한만 안으로 들어섰다. 최언순을 향해 곧장 나아가려던 차동한의 앞을 막아선 이는 뜻밖에도 강송이였다.

"비켜!"

차동한이 눈을 부라리자, 월심이 강송이의 손을 잡고 옆에 섰다. 박용식이 월심을 향해 개처럼 으르렁거렸다.

"끼지 마라. 다친다."

차동한이 강송이와 월심의 어깨를 쥐고 밀어붙이는 순간, 그의 옆구리를 감싸고 흔든 이는 감귀남이었다. 갑작스럽게 공격을 당한 차동한은 밀리면서 쿵 소리가 날 정도로 나무 기둥에 등과 뒤통수를 박았다.

"저년들이……."

화를 내며 옥으로 뛰어 들어가는 박용식의 목을 뒤에서 감아당긴 이는 명이덕이었다. 두 사람이 엉덩방아를 찧자, 강송이가 여옥 밖으로 나와선 박용식의 머리를 쥐어뜯었고, 명일덕이 벌떡 일어나서 옥문에 붙어 외쳤다.

"뭐 하는 짓이야? 당장 그만두지 못해."

최언순이 고개를 들어 쇠문을 쳐다보았다. 명이덕을 데리고 나가기 위해 반쯤 열어둔 쇠문 틈으로 빛이 쏟아져 들어왔다. 최언순은 아기를 품에 안았다. 기둥에 머리를 부딪혀 아직 몸을 가누지 못하는 차동한을 멀리 돌아 옥문을 나온 뒤, 누워서 강송이와 명이덕과 뒤엉켜 싸우는 박용식을 지나서 쇠문으로 달려나갔다. 명일덕의 목소리가 올가미처럼 최언순을 향해 날아들었다.

"잡아, 저년!"

현요섭을 품에 안은 최언순의 몸이 문틈으로 사라지는가 싶더니, 곧 다시 쇠문 안으로 뒷걸음질 치며 들어왔다. 그녀의 머리채를 쥐고 걸어 들어온 이는 관우였다. 관우의 그림자가 문틈의 빛을 대부분 가렸다. 머리 위로 그나마 들어오는 빛이 그를 더욱 거대하고 위압적인 거인으로 만들었다. 옥 안의 감귀남과 월심, 옥 밖의 명이덕과 강송이는 물론이고 두 옥리도 얼음처럼 굳었다. 낯선 침묵이 휘돌았다.

"들어가 어서!"

박용식이 강송이의 등을 밀어 옥으로 넣었다. 그리고 차동한을 부축해서 옥 밖으로 나왔다. 그사이 일어선 명이덕에게 관우가 다가섰다. 그의 오른손에선 여전히 최언순의 머리가 흔들렸다. 잠자리 머리처럼 뚝 떨어져버릴까 걱정스러웠지만, 최언순은 현요섭을 품에 안고 필사적으로 버티는 중이었다. 명이덕은 관우의 도끼눈에 대응을 못 하고 손발을 떨기만 했다. 두 옥리보다 먼저 이 상황을 설명하려고 끼어든 이는 명일덕이었다.

"이덕은, 동생이라서 제가 잘 아는데, 평생 싸움이라곤 해본 적이 없는 순하디순한 녀석입니다. 포졸을 붙들고 나뒹군 것은 아기가 너무 걱정되어……."

관우가 말허리를 잘랐다.

"쇠!"

박용식이 허리에 찬 옥문 열쇠를 내밀었다.

"아기 데리고 어서 나가."

차동한이 재빨리 최언순의 품에서 현요섭을 빼앗으려 달라붙었다. 최언순이 또다시 온몸을 흔들어대며 발길질까지 했다. 관우가 손에 힘을 싣자 최언순의 발뒤꿈치가 들렸다. 지금까지 지른 비명보다 백배 더 지독한 비명을 내질렀으나 저항할 수 없었다. 차동한이 현요섭을 품에 안고 뛰어나간 뒤, 박용식도 명이덕의 팔을 붙들곤 쇠문을 통과했다. 최언순은 온몸에 힘이 쭉 빠져나간 듯 멍한 표정으로 털썩 바닥에 주저앉았다. 관우가 최언순을 여옥에 가두면 소란이 끝날 판이었다.

땅을 끄는 차꼬 소리가 먼저 들려왔다. 관우는 물론이고 죄인들이 쇠문을 쳐다보았다. 현요섭을 잃은 슬픔에 최언순만 이마를 땅에 박고 울음을 쏟아냈다. 절뚝이며 쇠문으로 들어선 사내의 얼굵은, 빛을 등졌기에 선명하진 않았다. 사내를 앞세운 장비는 두 걸음쯤 거리를 유지하며 따랐다. 사내가 왼발을 내밀 때마다 왼 어깨까지 출렁거렸다. 무릎과 발목에 힘을 싣지 못해 겨우겨우 걸음만 떼는 꼴이었다. 관우의 곁을 지나치던 사내가 최언순을 알아보곤 이름을 불렀다.

"최 이사벨!"

최언순이 고개를 들어 눈을 맞췄다. 엉금엉금 기어와선 피로 얼룩진 사내의 다리를 붙들곤 긴 울음을 터뜨렸다. 알아듣기 힘든 말들이 끊기듯 이어졌다. 관우도 장비도 그것까진 막지 않았다.

"아…… 고 요왕 선생님! 제가…… 은혜를…… 죄인입니다…… 용서하지 마세요…… 우리 아기는…… 요섭이를 빼앗아 갔어요…… 어떡해요? 우리 아기 잘못되면 전 어떻게 살아요?"

사람 낚는 어부

최언순을 "이사벨!"이라고 부르며 등장한 사내는 고덕출 요왕이었다. 예수님에게 세례를 준 요안이 아니고 어부인 종도 요왕! 베드루가 사람 낚는 어부로 제일 유명하지만, 요왕과 그의 형 야고버도 생선 잡는 어부였다가 사람 낚는 어부로 변모했다.

명일덕이 뒷목과 어깨를 털며 벌떡 일어나 앉았다. 등을 벅벅 긁으며 짜증을 냈다.

"이, 이게 뭐야? 뭐가 자꾸 물어?"

임중호가 받았다.

"뭐긴 뭐겠습니까, 빈대나 벼룩이겠지. 감옥에 그딴 벌레가 있는 줄 처음 아셨습니까?"

팔다리를 번갈아 긁어대며 물었다.

"그, 근데 왜 나만 물어?"

임중호가 되물었다.

"빈대나 벼룩이 왜 옥리 나리만 물겠습니까? 우리도 다 물렸고 물리는 중입니다. 나리는 여기 들어온 지 아직 한 식경도 지나지 않았지만, 우린 몇 날 며칠이 지났습죠. 나리보다 백배 천배는 더 물렸고요."

"너희는 가만히 있잖아? 가렵지도 않아?"

"저희가 목석도 아닌데, 왜 가렵지 않겠습니까? 하지만 긁으며 짜증을 부려봤자 아무것도 달라지지 않습니다. 나만 힘들고 나만 억울하고 나만 지치죠. 쌍둥이 아우님이 어머니 보내드리고 돌아올 때까지 옥에 계시려면 적응을 잘하셔야겠습니다. 빈대나 벼룩은 물론이고 굶주림과 추위도⋯⋯."

갑자기 방울 소리가 요란하게 울렸다. 명일덕이 왼손에 감았던, 은으로 만든 방울이었다. 죄인들의 절규나 비명에도 꿈쩍 않던 쇠문이 곧장 열렸다. 막둥이로 통하는 옥리 석둥개가 들어서자마자 명일덕이 화부터 냈다.

"열어, 빨리!"

"함부로 열어주지 말라는 엄명이 있었습니다. 들키면 매타작을 당합니다. 그냥 거기 계세요. 먹을 건 챙겨 넣어드리겠습니다."

"뒈질래? 너 내가 누구야?"

"명일덕 형님이시죠."

"내 별명이 뭐지?"

"살쾡이죠, 할퀸 곳 또 할퀴는."

"옥리가 언제부터 좌포도청 관원들의 말 따라 움직였어? 막둥이 널 배불리 먹인 사람이 누구야?"

"살쾡이 형님이시죠."

"문지방을 넘지 못할 정도로 술을 먹인 사람은?"

"살쾡이 형님이십니다."

"한데 좌포도청 핑계를 대? 오장육부가 다 뜯겨나가야 정신 차릴래?"

"알겠습니다. 열죠, 열면 되잖아요."

명일덕이 석등개와 함께 나간 후 쇠문은 다시 굳게 닫혔다. 빈대나 벼룩이 들러붙은 옷을 갈아입고 최대한 시간을 끌다가 돌아올 것이다. 누구에게는 이렇듯 오가기 쉽고, 누구에게는 나갈 수도 들어올 수도 없는 곳이 바로 지옥이다.

쇠문이 닫히자마자 모독이 고덕출 옆으로 다가앉으며 말했다.

"모독이라 합니다. 세례명 그딴 건 없습니다. 교인이 아니니까. 혹시 어렸을 때 역병을 심하게 앓았습니까? 붉은 얼굴이 온통 얽어 지금도 열꽃이 핀 것만 같네요. 구멍이 숭숭 뚫린 게 순자강 참게 새끼들이 들락거린다 해도 믿겠습니다. 현요섭의 어미 최언순은 언제나 웃는 얼굴이라 낭패를 겪었다는데, 그쪽은 항상 성난 얼굴이라 오해를 많이 샀겠습니다. 혹시 외교인인 저 때문에 할 말을 감추지는 마십시오. 이래 봬도 거짓말 일수거든요. 제가 여기, 지옥에서 들은 이야기를 징제비든 관우든 장비든 누구에게 하더라도 그들은 제 말을 단 한 마디도 믿지 않을 겁니다. 행운인지 불행인지 모르겠지만, 저는 예수의 일생이 담긴 복된 말씀 속 이야기들을 거짓말 중의 거짓말이라 여기고 있거든요. 여기 계신 어떤 교인들보다도 더 많이 더 오래 더 반복해서 음미했을 겁니다.

사람 낚는 어부 요왕이 본명이라시니, 이야기를 나눠보고 싶군요. 사실 저도 거짓말로 사람을 낚거든요. 돈이나 재물도 좀 얻고,

운이 좋으면 사랑도 좀 나누고! 핵심은 이겁니다. 맘껏 이야기하세요. 대신 저도 한두 마디 끼어들 권리를 주십시오. 이야기를 하면 평생 돈과 술과 함께 박수만 받던 사람인지라, 제 이야기를 듣기 싫어하는 분들 앞에선 첫말을 얹기가 힘들더라고요. 이런 기분처음이에요. 그런데 최 이사벨과는 어떻게 아는 사이신가요?"

모독의 턱짓을 따라 고덕출의 시선도 여옥으로 향했다. 최언순은 현요섭을 빼앗긴 슬픔이 워낙 깊어 벽을 향해 엎드린 채 눈물만 쏟았다. 인연을 풀어놓는 것은 고덕출의 몫이 되었다. 아기를 빼앗기고 흐느끼는 어미의 등을 보며 천천히 말했다.

"최 이사벨! 나한테 미안해하지 말아요. 그대가 아니었대도, 며칠 늦게 그러니까 그물질을 다섯 번이나 열 번쯤 더 할 수는 있었겠지만, 결국 이곳으로 끌려왔을 겁니다. 최 이사벨이 갑자기 붙들려 갔다는 소식을 듣고 얼마나 걱정했는지 몰라요. 감영으로 가는 도중 잘못되지나 않을까…… 그 어린 요섭을 품고 제대로 걷기나 할까……."

최언순이 주먹으로 제 가슴을 멍이 들 만큼 세게 쳤다. 강송이가 최언순의 팔을 붙잡곤 고덕출에게 물었다.

"장흥과 강진의 교인들에게 천주님 말씀을 꾸준히 들려주신 고요왕 선생님이시죠?"

"저를 아십니까?"

"최 이사벨이 서찰에서 매번 자랑했답니다. 배를 타고 강과 바다에 나가서도 말씀을 들었고, 강진 바닷가 움막에서도 들었으며, 생선을 말리면서도 들었노라고. 귀에 쏙쏙 박힐 정도로 잘 가르쳐 주신다고."

고덕출이 고개를 끄덕였다.

"갈릴래아 호수엔 비록 가보지 못했지만, 예수님이 배에 오르면 우리도 배를 타고, 예수님이 호숫가에서 말씀을 시작하시면 우리도 마을에서 가까운 강가나 바닷가로 나가 그 말씀을 나누려 했습니다."

강성대가 끼어들었다.

"아, 당신이 바로 그 요왕이군요."

"저를 아십니까?"

"천주님의 귀한 이야기에 등장하는 생선들을 하나하나 설명한 글을 쓰지 않으셨습니까? 천주님께서 세상을 만드는 닷새째 날에 물에서 우글거리던 생선들, 요나를 삼킨 큰 생선, 종도 베드루가 예수님의 말씀에 따라 배 오른쪽에 그물을 던져 잡은 생선들, 떡 다섯 개와 함께 오천 명을 먹인 두 마리 생선도 당연히 포함됩니다. 지느러미와 비늘이 있어 먹을 수 있는 생선과 그렇지 않은 생선도 자세히 나눠 담으셨지요. 우리네 바다에서 볼 수 있는 생선과 그렇지 않은 생선을 나눠 적으셨지요. 전부 다는 아니지만 그림까지 곁들여 이해하기 훨씬 편했습니다. 직접 그리신 겁니까?"

그림 이야기를 하니 진목서의 눈이 커졌다. 고덕출이 뒷머리를 긁적이며 답했다.

"아, 제 책을 보셨군요. 대단한 건 아닙니다. 예전에 『우해이어보』란 기이한 서책을 우연히 읽은 적이 있습니다. 우해牛海, 마산 앞바다에서 본 물고기들을 모아 정리해 두었더군요. 복된 말씀에는 나무나 풀, 들짐승과 날짐승은 물론이고 생선도 많이 등장하지 않습니까? 그중에는 쉽게 아는 것도 있지만 태어나서 처음 접하는 것들도 적지 않습니다. 동식물들이 어떻게 생겼고 어떤 특징을 지니고 있는지, 힘닿는 데까지 찾아 정리하고 싶더군요. 제가 어부이다 보니까 아무래도 생선들부터 살피게 되더군요. 그런데 어부들에겐 친숙한 생선들을, 배를 타고 직접 바다로 나간 적이 없는 이들은 무척 어렵고 낯설어하더라고요. 글과 함께 그림도 몇 점 그려 넣었습니다. 형편없는 솜씨입니다. 부끄럽습니다."

진목서가 끼어들었다.

"진 도마입니다. 옛 이름은 목서이고요. 그 서책 저도 본 적이 있습니다. 곡성에 상본을 보냈더니, 답례로 이 야고버 회장이 제게 보내셨더라고요. 다양한 생선 그림이 담긴 서책 제목은 『천어天魚』였지요. 어쩌다 그려본 게 아니라 오랫동안 익힌 필력이었어요. 요나를 삼켰을 법한 고래 그림이 특히 기억에 남습니다. 수면을 때리는 거대한 꼬리지느러미가 너무나도 생생하더군요."

"칭찬이 지나치십니다. 저야말로 진 도마 화공께서 그린 상본이 있다는 풍문이 들리면 아무리 먼 곳이더라도 찾아가 보곤 했습니다. 이렇게 직접 만나니 꿈만 같네요. 혹시 제 책 『천어』를 아직도 갖고 계십니까?"

"그건 왜 물으시는 겁니까?"

"작년 가을 바닷가 움집을 급히 떠나야 했답니다. 도적 떼가 마을을 습격한단 풍문이 퍼졌거든요. 말이 도적 떼지, 가까운 고을에 살던 이들 중에서 이런저런 이유로 입산한 사람들입니다. 가난한 사람들 말입니다. 법 없이 살 사람들이지만, 법에 따라 돈도 곡식도 면포도 낼 수 없는 사람들. 처음엔 피하지 않으려 했습니다. 도적 떼 중 몇몇과는 논밭을 나란히 두고 소작을 부쳐먹었으니까

요. 설마 나를 죽이랴 했지요. 하지만 뒤쫓는 관원들이 도적들을
열 명 넘게 붙잡아 본보기로 삼는다고 목을 베는 바람에 상황이
험악해졌습니다. 결국 저도 겨우 몸만 빠져나왔는데, 그들을 위해
곡물과 말린 생선들까지 남겨두고 나왔는데, 챙길 건 챙기고 불을
질렀더라고요. 그 바람에 서책들이 꽤 많이 탔습니다. 가장 아까
웠던 책이 바로『천어』입니다. 똑같은 책을 두 권 만들어 한 권은
제가 갖고 한 권은 야고버 회장님께 선물로 드렸지요. 제가 지닌
『천어』는 불타버렸으니 이 세상에 남은『천어』는 그 책 한 권뿐입
니다."

"새로 쓰시면 되잖습니까?"

"강과 바다에서 낚시든 그물이든 혹은 어살이든 생선을 직접
잡자마자 세필細筆로 그 모양과 빛깔을 살피고 적어 완성한 책이
『천어』입니다. 기억을 되짚으며 대충 쓰긴 싫고요. 그사이 챙길
교우들도 늘고 읽고 품어야 할 말씀도 늘어 여건을 만들기가 쉽
지 않습니다."

진목서가 눈으로만 웃었다.

"저는 한양 수표교 인근에 살았으니 도적 떼에게 집이 불타는
화는 없었습니다. 꼭 기회를 만들어 졸작 몇 점을 보여드리고 싶
습니다만……."

말끝을 흐렸다. 지옥을 벗어나 귀경할 수 있을까 자신할 수 없었
던 것이다. 고덕출은 누런 이를 보이며 진목서보다 더 많이 웃었다.

"아예 일 년쯤 상경해서 진 도마 화공 문하로 들어가 그림을 익
히고도 싶네요. 그리고 싶은 건 참으로 많았는데, 눈만 바쁘고 손
은 무뎌서. 문도로 받아주시겠습니까?"

임중호가 끼어들었다.

"사람 낚는 어부가 그림에까지 능통할 필요가 있습니까?"

진목서가 대신 답했다.

"그림에도 재주가 있다면 그 역시 천주님이 주신 겁니다. 요왕 선생을 제 문하에 두는 건 옳지 않습니다. 저는 누구를 가르칠 만큼 실력이나 경험을 갖추지 못했거든요. 대신 여기서 나가면 함께 그림을 그리도록 합시다. 이왕이면 예수님 행적에 등장하는 나무와 풀과 들짐승과 날짐승을 몽땅 다 그려봅시다."

강성대가 끼어들었다.

"어부가 생선에 해박한 건 당연하지만, 서책까지 펴냈단 얘긴 처음 듣습니다. 『우해이어보』를 쓴 이도 어부가 아니라 우해까지 귀양을 갔던 양반입니다. 호가 담정灘庭이고 이름은 김려. 요왕! 그대도 혹시……?"

"양반이냐 묻는 겁니까? 양반 상놈 그딴 거 없는 세상이 곧 온다 하여 입교했건만, 늘 그 물음이 따라다니는군요. 제법 긴 이야기가 될 듯합니다. 들으시겠습니까?"

여옥에서 강송이가 충고하듯 말했다.

"길든 짧든, 그건 문제가 되질 않습니다. 다만 이야기가 자주 끊길 수 있어요. 이곳의 이야기판은 시작부터 끝까지 이어지는 것이 아니라, 징제비의 명을 받은 좌포도청 포졸이 저 쇠문을 열고 들어오면 그쳐야 합니다. 이야기를 하시다 말고 요왕 선생님이 끌려나가기라도 하면, 문초를 받는 내내 요왕 선생님도 힘들고 또 그다음 이야기를 몰라 답답해하는 우리도 힘듭니다. 하지만 이겨내지 못할 정도는 아니에요. 맞고 부러지고 찢겨 이야기하기 어려울 수도 있겠지만, 그땐 또 그때 형편에 맞춰 이야기하시면 됩니다."

고덕출이 물었다.

"제가 오기 전에도 이야기를 많이들 나누셨나 봅니다?"

"아시겠지만, 어느 교우촌에서든 손님이 방문하든가 아니면 새로 교우가 되기 위해 이사 온 사람이 있으면, 그이를 위해 음식을 장만하여 나눠 먹은 뒤 이야기를 주고받습니다. 간단히 끝나는 법은 거의 없고 밤 늦게까지, 때론 밤을 지새우기도 하지요. 천주님을 믿는 한 사람 한 사람이 너무나도 귀하니까요. 그땐 새 교우가 먼저 이야기를 펼칩니다. 기존 교우들은 한두 마디 질문을 얹기도 하지만, 대부분은 새 교우의 마음을 따라 함께 웃거나 울거나 화를 내거나 아쉬워하거나 합니다."

고덕출이 고개를 끄덕였다. 넉넉하게 준비한 사람의 여유로움이 풍겼다.

"알려줘서 고맙습니다. 저도 여러 번 이렇게 인사 나누는 자리를 이끈 적이 있습니다. 당연히 제가 먼저 이야기를 할 작정이었습니다. 말을 매끄럽게 하는 편이 아닌데, 갑자기 끊겨도 이상한 일이 아니라 하니 마음이 한결 편합니다. 여러분이 제 이야기에 흥미를 잃을 즈음 포졸들이 왔으면 하네요. 천주님이 세세히 살펴 인도하시겠지요.

태산보다 큰 스승이 한 분 계셨다면 믿으시겠습니까? 제 나이 열다섯 살에 처음 뵈었지요. 함자를 밝히진 않겠습니다. 스승님은 양반이셨지요. 바다를 좋아하셨으나 배를 타시는 것조차 나랏법으로 엄격히 금지되었습니다. 스승님에겐 따르는 문도가 많았습니다. 그 문도 중엔 양반도 있고 중인도 있었습니다만 어부는 없었습니다. 문도 중 한 사람이 제게 일을 줬습니다. 그 문도의 이름도 말씀드릴 필욘 없겠네요. 그 일이 제법 할 만했다는 것만 알려드리겠습니다. 생선을 잡되 가장 좋은 놈을 골라 가져오면, 시장에 넘기는 값의 두 배를 주겠다고 하였으니까요. 그물질이야 늘 하는 것이고, 생선을 가져다줘야 하는 문도의 집도 제가 살던 움집 가는 길에 있었습니다.

어느 여름날이었습니다. 문도가 갑자기 개도 안 걸린다는 여름 감기에 걸려 앓아눕는 바람에 스승님의 처소까지 민어 열 마리를 지게에 지고 제가 직접 갔었지요. 스승님은 차담을 나누기 위해 산 너머로 가셨다더군요. 저는 부엌에서 나온 여인에게 생선을 넘기고, 서재를 한 바퀴 돌았습니다. 서재로 들어간 것이 아니라 서재 건물을 따라 탑돌이 하듯 돌았다는 뜻입니다. 때마침 볕이 좋고 바람이 적당히 불었지요. 서재의 문이란 문이 모두 열려 있더군요. 나중에 알았지만 비가 잦은 여름엔 눅눅한 기운을 빼기 위해, 이런 식으로 서재의 책들에게 빛과 바람을 선물한다 합니다.

까막눈이었어요. 한자는 물론 언문도 익히지 못했습니다. 어부들이 대부분 그렇지요. 더러 강진에서 땅도 많고 글도 꽤 한다는 향반들께 생선을 드리러 가곤 했습니다만, 그처럼 서책이 많으면서도 정돈이 잘 된 서재는 보지 못했습니다. 책장에 놓인 서책들뿐만 아니라 층층이 쌓은 서책들이 방을 가득 채웠습니다. 한 바퀴 돌고 두 바퀴 돌 때 깨달았습니다만, 그 서책들은 그냥 가지런히 놓이기만 한 것이 아니었습니다. 서책마다 종이를 잘라 만든 갈피가 곳곳에 끼워져 있었지요. 나중에 안 사실이지만, 스승님은 꼼꼼하게 읽으셨고, 읽으시며 떠오르는 생각들을 놓치지 않고 적으셨으며, 적으신 것을 서책의 여백에 붙여두실 뿐만 아니라 나중에 따로 빈 종이에 옮기기도 하셨습니다. 그 과정이, 제가 단번에 알아차리긴 불가능에 가까웠지만, 움직이지 않는 단정함이 아니라 때로는 잔물결 같고 때로는 바위를 때리는 파도 같고 때로는 산천을 집어삼키는 해일같이 각기 다른 흐름이었습니다. 믿지 않겠지만, 확실히 그런 흐름을 느꼈고 거기에 압도당했지요.

때마침 스승님이 오셨습니다. 저는 도적질을 하다가 들킨 것처럼 화들짝 놀라 바닥에 넙죽 엎드렸지요. 제 이름을 들으시곤 물으셨습니다.

'오늘 바다는 어떠하더냐?'

시시각각 달라진 바다를 설명하려 하니, 힘들더군요. 저는 답을 하는 대신 서재를 돌다가 멈추고 또 돌다가 멈추고 또 돌다가 멈춰 제 자리로 돌아왔습니다. 헉헉대며 답했지요.

'이랬습니다, 바다!'

스승님은 제가 멈춰 서서 바라본 서책들을 일일이 훑으시곤 물으셨습니다.

'글을 아느냐?'

'모릅니다.'

'네가 멈춰 선 서책들에 오늘과 같은 풍경이 담겼음을 어찌 알았느냐?'

'기운을 느꼈습니다. 서책은 읽지 못하지만, 서책이 놓인 자리와 그 책에 끼워진 책갈피와 덧대어지거나 튀어나온 종이들을 보니, 그와 같은 느낌이 들었습니다.'

그리고 또 일 년이 지났습니다. 저는 스승님의 문도에게 제철 생선을 계속 갖다 줬지요. 어느 날 그 문도가 제게 묻더군요. 글을 익히고 싶으냐고. 스승님의 서재가 떠올랐습니다. 그 서재에 쌓인 책 중 단 한 권이라도 읽을 수 있다면 좋겠다는 생각이 들더군요. 그렇게 일 년을 꼬박 그 문도로부터 글을 배웠습니다. 언문을 두 달 만에 뗐고, 다음으로 『천자문』과 『동몽선습』과 『소학』을 차례차례 읽었습니다. 막히는 대목이 많긴 했지만, 더듬더듬 한자를 짚어가며 뜻을 살필 정도는 되었지요. 생선을 잡지 않는 날에도 배를 타고 바다로 나갔습니다. 바다 한가운데 떠서 그 책들을 소리 내어 읽고 읽고 또 읽었지요.

스승님이 저를 찾으셨습니다. 딱 이 년 만이었죠. 서재로 데려가시더니 말씀하셨습니다.

'원하는 서책은 언제든 와서 빌려가거라.'

감사하는 마음이 차올랐지만 순순히 받아들이진 않고 여쭸습니다. 참으로 당돌한 물음이었지요.

'저를 왜 이렇듯 따뜻하게 대하시는 겁니까?'

강진 양반 중에서 누구도 제게 자신의 서재에 있는 서책을 자유롭게 빌려 가도 좋다고 하지 않았으니까요. 강진뿐만 아니라 이 나라 전체를 통틀어도 마찬가지일 겁니다. 스승님은 이미 세상을 떠난 당신의 형님에 대해 말씀하셨습니다.

'나는 서책이 생기면 서재에 넣어두고 창문이며 방문을 모두 잠갔다. 구하기 어려운 서책은 서함에 넣고 자물쇠로 채웠지. 소문을 듣고 찾아온 벗들이 빌려달라 하면 단호히 거절했고, 서재에서 넘겨보기만 하겠다 해도 차일피일 핑계를 대고 미뤘어. 형님은 정반대셨다. 서재는 늘 열어뒀고, 누구든 와서 머물다 가도 좋다고 하셨어. 귀한 서책을 따로 보관하지도 않았고, 빌려달라는 청을 거절한 적은 단 한 번도 없었지. 빌려갈 때도 따로 서책 이름과 빌려간 이를 적어두지 않았고, 돌려받을 기한을 정하지도 않았으며, 돌려주지 않더라도 찾아가서 달라고 요구한 적도 없었어. 나 역시 형님의 서재에서 스무 권 남짓한 서책을 가져왔는데, 그대로 내 서재에 내 서책처럼 두었지. 언젠가 형님이 오셔선 그 서책들을 보고도 꾸짖지 않으셨어. 도둑이 제 발 저린다고 내가 먼저 그 서책들을 돌려드리겠다고 하자, 형님은 볼 게 남았으면 곁에 둬도 된다 하셨고. 그렇게 형님의 서재에서 사라진 서책이 몇 권이나 될까. 적어도 수백 권 어쩌면 천 권이 넘을지도 몰라.

형님은 서재에서 따로 서책을 읽거나 글을 쓰는 대신, 사람들과 어울려 걷고 먹고 마시며 이야기 나누는 것을 즐기셨어. 형님이 서책을 팔아 술을 마셨다는 소문이 돌았지. 그건 서재를 오가던 이들이 벌인 짓이라는 반론도 있지만, 직접 서책을 챙겨 나오던 형님과 내가 마주치기도 했어. 득남한 이가 있어서 축하를 해주고 싶다고 하셨지. 그걸 팔아 술도 사고 쌀도 사고 고기도 사셨을 거야.

과거 공부를 진작 그만둔 형님이 서재에 틀어박혀 꼬박 석 달을 글만 쓰신 때가 있었지. 어떤 글이냐 여쭸더니, 답하시더군. 꼭 알려주고 싶은 좋은 소식이 있는데, 지금까지 나온 서책만으론 받아들이기 어렵다고. 그래서 당신께서 쉬운 서책 한 권을 쓰셨노라고. 이제 다신 붓을 들 일이 없을 거라고.'

스승님의 존함도 밝히지 않았으니, 그 형님의 함자까지 알 필요는 없겠지요? 그와 같은 형님이 계셨다는 것이 스승님에게 복이고 저에게도 복입니다. 형님이 안 계셨다면, 스승님은 어렵게 사 모은 서책과 또 힘들게 쓴 서책들을 제게 보여주지 않으셨을 테니까요.

스승님의 작업에 제가 힘을 보탠 건 단 한 글자도 없습니다. 다만 스승님을 위해 생선은 계속 잡아서 올려드렸지요. 저는 서책을 빌려 읽는 것만도 고마워 값을 받지 않으려 했지만, 스승님은 단 한 번도 거저 생선을 취하신 적이 없습니다.

어부인 제가 다른 어부들과 달리 서책을 가까이한 인연을 이제 아시겠습니까?"

모독이 고개를 갸우뚱거리며 물었다.

"흥미로운 거짓말이군요. 하면 그 스승님께서 당신에게 사람 낚는 어부가 되라 권한 겁니까?"

긴 이야기를 들은 다른 죄인들도 똑같이 던지고 싶은 질문이었다. 고덕출이 단호하게 고개를 저었다.

"아닙니다. 스승님은 제게 어부답게 살라고만 하셨지요. 사람을 낚으라는 말씀은 없으셨습니다. 스승님 서재엔 온갖 서책이 가득 쌓여 있었지만, 스승님 형님이 복된 말씀이라고 평한 문장들이 담긴 서책은 단 한 권도 없었지요. 간혹 스승님을 따르는 문도들이 복된 말씀의 그림자가 일렁이는 질문을 해도, 스승님은 자리를 파하고 숲으로 홀로 들어가셨습니다. 좋은 소식은 그렇듯 쉽게 오는 법이 아닙니다. 아시겠습니까?"

모독 대신 강성대가 고쳐 되물었다.

"스승님의 가르침 중에 지금도 깊이 새기고 따르는 게 있소?"

"아주 많지만, 스승님이 그곳을 떠나실 즈음 마지막으로 지혜로운 자와 어리석은 자에 대해 하신 말씀이 특히 제겐 소중합니다. '지혜로운 사람은 남을 벗처럼 사랑하고, 어리석은 사람은 벗을 사랑하는 것이 오히려 남만 못하다.' 저는 더하여 여쭸습니다. 낯선 사람과도 우정의 덕을 쌓기 위해선 어찌해야 하느냐고 말입니다. 스승님은 아홉 가지를 마땅히 갖춰야 한다고 하셨지요."

"아홉 가지나 됩니까?"

고덕출이 '천주십계'를 읊듯 외웠다.

"첫 번째는 마음이 서로 화합해야 합니다. 옳고 그름이 한결같고 변함이 없어야지요. 두 번째는 마음이 서로 통해야 합니다. 세 번째는 은혜를 베풀어야 합니다. 네 번째는 권면하고 나무라야 합니다. 벗에게 달콤한 말만 하는 건 그의 발 앞에 그물을 펴는 것과 같다고도 하셨지요. 다섯 번째는 벗에게 의롭지 않은 일을 요구하지 않는 겁니다. 여섯 번째는 벗이 환난을 당했을 때 잊거나 버리지 않는 겁니다. 일곱 번째는 벗의 비밀을 지켜주는 겁니다. 여덟 번째는 벗의 나쁜 점을 감춰주는 겁니다. 아홉 번째는 벗이 필요하여 찾는 것은 바로 주는 겁니다. 이렇게 아홉 가지를 지키면 우정의 덕을 쌓을 수 있다 하셨습니다. 저는 지금까지 교인들과 사귈 때도 이 아홉 가지를 반드시 지키려 했습니다. 스승님께 배운 겁니다."

"그건 『칠극』의 '평투平妒' 편에 나오는 가르침이 아닙니까? 혹시 스승님도 교인이셨습니까?"

"아닙니다. 스승님은 천주님에 대한 말씀을 단 한 번도 하신 적이 없습니다. 이 아홉 가지가 『칠극』에 나오는 가르침인 것은 맞습니다. 스승님이 강진을 떠나시고 나서, 또 제가 천주님을 믿고 또 『칠극』을 읽고 나서야 알았습니다."

"겉으론 공맹의 문도이나 속으론 예수님의 종도가 아니었을까 싶소만……?"

"확신하긴 어렵습니다. 하지만 스승님이 『칠극』에서 몇몇 가르침을 당신의 방식으로 풀어 말씀하신 건 분명합니다."

강성대가 질문의 방향을 바꿨다.

"스승님을 모신 동안 가장 기억에 남는 순간은 언제입니까?"

고덕출이 쇠문 쪽을 살폈다. 아직 명일덕은 돌아오지 않았다.

"스승님은 평생 서책을 읽고 쓰셨지만, 무예 수련도 게을리하지 않으셨습니다. 특히 말을 잘 타셨지요. 격구에도 일가견이 있단 소문까지 돌았습니다. 만개했던 산벚꽃도 거의 다 진 삼월 중순이었습니다. 밤에 능선을 넘어 산 반대편에 있는 절에 가야 할 일이 생겼습니다. 그때 저는 서재에서 하룻밤을 묵고 있었지요. 스승님은 홀로 걸어가시겠다 하셨는데, 제가 마침 암나귀를 타고 왔는데, 태어난 지 한 달밖에 안 된 새끼도 따라왔습니다. 나귀라도 타시라고, 그러면 제가 고삐를 쥐고 앞서 걸으며 밤길을 내겠다고 했습니다. 스승님은 암나귀와 새끼의 목을 번갈아 쓸어내리시며 물으셨습니다. '별 구경을 시켜주랴?' 능선을 넘긴 했습니다만, 스승님은 나귀를 타진 않으셨습니다. 수십 번 오간 길이라며 앞장서서 걸으셨지요. 나뭇가지가 밤하늘을 가리지 않은 곳만 골라 멈추셨습니다. 함께 별들을 우러렀지요. 암나귀와 새끼도 저희를 따라 고개를 들고 또 들었습니다. 대웅전에 이른 뒤, 왜 나귀를 타지 않으셨느냐고 여쭸더니, 나귀를 탈 만한 사람이 못 되며 특히 오늘 같은 날엔 절대로 타서는 안 된다고 답하셨습니다. 스승님과 좋았던 순간이 적지 않았습니다만 그 밤이 유난히 떠오릅니다. 누구에게도, 어떤 문도에게도 보이지 않았던 스승님의 참모습을 본 날이라서 그렇겠지요? 암나귀와 그 새끼를 끌고 산을 넘던 그 밤이 저를 이곳으로 이끌었나 봅니다."

강성대와 전원오가 고덕출의 양손을 각각 굳게 쥐곤 흔들며 같은 말을 반복했다.

"그러셨군요."

"그러셨어요."

세 사람의 얼굴엔 놀라움과 따듯함과 감격이 어렸고, 누가 먼저랄 것도 없이 눈물을 흘렸다. 여옥의 감귀남이 사흘 뒤 교우들과 함께 암송할 구절을 미리 외워 읊조렸다.

"자애롭고 양선하신 네 왕이 암나귀와 어린 나귀를 타고 네게 오시느니라."

이것은 기적일까

지옥에 들어온 죄인 중에서 가장 뜻밖인 인물은 맹인 무녀 금단이었다.

금단은 무녀일 뿐만 아니라 침술로도 이름이 높았다. 손끝에서 팔뚝까지 닿는 대침을 썼는데, 대부분 한 대로 마쳤고, 중병이라도 두 대를 넘기지 않았다. 금단은 장군신을 모셨다. 의주부터 목포까지 오르내리며 임경업 장군의 뜻을 받들었다. 금단이 풍어굿을 지내기만 하면 조기들이 떼로 몰려왔고 어부들은 만선의 기쁨을 누렸다. 풍어굿만으로도 넉넉히 먹고살 형편이지만, 침을 맞겠다고 찾아오는 병자들을 내친 적은 없었다. 부자들이 돈을 디밀거나 당상관들이 벼슬 이름을 들먹이더라도, 가난하고 미천한 이들과 순서를 바꾸진 않았다. 찾아오는 대로 차례차례 침을 놓는 것이 임경업 대장군의 뜻이라고 했다.

3월 15일 저녁 금단을 포박한 곳은 전라도 부안이었다. 고열에 복통을 호소하며 설사를 사나흘 하다가 얼굴부터 숯처럼 새까맣게 변하면서 죽는 병이 돌았다. 이름난 의원들도 돌림병을 피해 산이나 섬으로 숨었다. 금단은 3월 1일 부안 백산 아래에 신당을 차린 후, 보름 동안 하루도 쉬지 않고 병자들에게 침을 놓았다. 매일 삼백 명이 넘는 병자를 보면서도 병이 옮지 않았다. 금단은 장군신의 명령에 따를 뿐이라고 했다. 끼니를 건너뛰고 잠을 줄여가며 침을 놓고 놓고 또 놓다가 붙들려 간 것이다. 포졸들이 금단을 붙잡기 위해 들이닥치자, 병자들이 굿당을 둘러싸곤 버텼다. 육모 방망이에 머리가 깨어져도, 선 채로 설사를 줄줄 싸면서도 길을 터주지 않았다. 금단은 오늘 찾아온 병자들까지 침을 놓은 후 따르겠다고 했다.

좌포도청 군관 관우는 물러나 기다렸다. 금단과는 구면이었다. 오 년 전, 탁덕을 데려오는 일에 돈을 보탠 제주도 천주교인들을 색출하기 위해 바다를 건넜을 때, 풍랑을 만나 갑판에서 쓰러져 어깨를 심하게 다친 적이 있었다. 조천朝天에서 마주 앉은 금단은 관우의 어깨를 손바닥으로 훑은 후 대침 한 방으로 끝냈다.

금창배는 3월 17일 날도 밝지 않은 이른 새벽, 지당으로 들어선 금단에게 곤도 장도 치지 않았다. 금단은 차분히 앉아선 주문을 외웠다. 이마도 뺨도 턱도 목도 잔주름이 많았다. 그 주름을 보는 사람들은 누구나 제 얼굴에 주름을 잡았다 풀었다. 살면서 어려움에 부딪힐 때마다 주름이 하나씩 는다고 하면, 금단은 적어도 수백 개의 어려움을 넘어선 셈이었다. 무당이 뭇사람의 마음의 병을 살피고 침쟁이가 뭇사람의 몸의 병을 다스리니, 무당이면서 침쟁이인 금단은 몸부터 마음까지 불치의 병들을 고치며 지낸 나날이 길었다. 대장군께서 지켜주시지 않았다면, 벌써 절벽이든 폭포든 높디 높은 곳에서 뛰어내려 이 세상을 버렸을지도 모른다고도 했다. 대장군 임경업을 모시는 한 어떤 병도 고칠 수 있다는 자신감이다. 좌포도청 종사관 앞에 끌려왔다면 주눅이 들고 두려움에 떨기 마련이지만, 금단은 장군신이 함께하시기에 바닷가 굿당의 아침처럼 평온했다. 표정을 살짝 바꾸기만 해도, 얇은 얼음이 깨어지듯 주름이 늘었다. 금창배가 시선을 내려, 노파의 손처럼 쭈글쭈글한 금단의 손을 보며 확인하듯 물었다.

"잡혀 온 까닭은 알지?"

금단은 주문을 멈추지 않았다. 사람의 말이라기보다는 파도에 쓸려 내려가는 몽돌들의 부딪침에 가까웠다. 다가서려는 관우를 금창배가 눈으로 만류했다.

"무릎을 다쳐 제대로 걷지도 못하는 옹기꾼을 작년 봄에 치료했다면서?"

"그랬었나?"

"그랬었나?"

"업히거나 들려오는 사내가 한둘이어야지. 어제만 해도 삼백 명이 넘었어. 아픈 이유도 제각각이고."

"오른뺨에 흉터가 깊어."

금단이 킥킥 웃었다.

"흉터까지 기억하라? 뺨이든 이마든 코든 흉터 있는 사내 또한 적지 않지. 험악한 시절이니까. 살아보겠다고 나서면 몸이든 마음이든 다쳐. 흉터는 절박한 마음을 따라오는 그림자와 같고."

금창배가 물러서지 않고 몰아세웠다.

"죽을병도 아닌데, 순서를 바꿔줬다며? 금덩어리를 바리바리 바쳐도, 정승 판서가 와도, 도착한 순서대로 침을 놓던 금단이 원칙을 어겼다 들었다. 그만큼 귀한 손님이겠지? 이제 기억이 나?"

금단이 관상을 보듯 금창배를 노렸다. 그녀 눈엔 아무것도 보이지 않았지만, 미간을 좁히기도 하고 펴기도 했다. 금창배가 질문을 이어나갔다.

"이 야고버를 예전에도 만났지?"

"이 야고버?"

"네가 순서를 바꿔준 사내. 곡성에선 이오득이라고 불렸어. 물론 그 이름도 가짜겠지만."

"어떤 게 가짜란 거야? 이오득? 야고버? 아니면 둘 다?"

"야고버는 많아. 내가 배교시킨 야고버만 해도 서른 명이 넘으니까. 그러니 야고버란 이름을 써도 누군지 특정이 안 돼. 오른뺨에 화상 흉터가 있는 야고버는 드물긴 하지. 곡성에 사는 야고버의 이름은 이오득이야. 팔도를 떠돌며 살아온 자니까, 이오득이란 이름은 곡성에 오며 붙였을 테고."

"금단은 진짜야. 내림굿 베푼 신엄마가 대장군님 허락을 받고 내려주신 이름이니까."

"그전에도 이름이 있었을 것 아냐?"

"없어. 그딴 건 이름도 아니고."

"야고버를 만난 후 이름이 또 하나 생겼을지도 모르지."

금단이 고개를 들었다. 두 눈은 감겼고, 눈두덩은 먹물로 두른 듯 새까맸다. 자글자글하던 주름이 순식간에 펴지면서, 목소리가 낮고 굵게 바뀌었다. 전쟁터에서 생사의 고비를 여러 차례 넘긴 무장의 목소리였다.

"금단이 천주쟁이라도 되었단 뜻인가?"

평생 죄인을 문초하며 꿈쩍도 하지 않던 금창배의 어깨가 살짝 흔들렸다. 고개를 다시 든 금단은 금창배의 흔들린 어깨가 보이기라도 하는 듯 입아귀에 비웃음을 물었다. 관우와 장비가 좌우에서 협공하듯 다가섰다. 금창배가 눈짓으로 그들을 물러서게 한 후 되물었다.

"아닌가?"

금단이 코웃음을 쳤다.

"당연히 아니지. 야고버의 신이 얼마나 대단한지 모르겠지만 대장군님보다 셀까? 그 야고버가 입 돌아간 여인을 고쳤어?"

"아니!"

"온몸에 두드러기가 울긋불긋 솟고 종기가 터져 고름이 줄줄 흐르는 노파의 몸을 아기 피부처럼 뽀얗게 돌려놓았어?"

"아니!"

"걷지 못해 기어서 들어온 자를 일으켜 세웠어?"

"야고버가 병자를 고쳤단 이야긴 듣지 못했네. 교우촌 회장으로 여러 일을 했지만, 약을 짓거나 침을 놓진 않아."

"금단은 기적을 행했고 야고버는 그런 적이 없는 거군. 그렇다면 왜 금단에게 야고버의 신을 믿느냐고 묻지? 그건 나 금단을 업신여기는 질문일 뿐 아니라 내가 모시는 대장군님을 모욕하는 짓이야."

금단이 고개를 숙이곤 주문을 이어갔다. 낮은 목소리가 점점 더 높고 가늘어졌다.

"천주쟁이만 만났을까? 공자의 문도든 석가의 종도든 예수의 종도든 그 누구의 종도도 아닌 자든, 병 고치고 싶어 오는 자를 가려 받은 적은 없어."

금창배가 말머리를 처음으로 되돌렸다.

"누구든 찾아올 수 있다는 건 누구를 만나도 의심을 사지 않는다는 뜻이기도 해. 너는 여전히 내 첫 질문에 답을 못 하고 있어. 순서를 바꾼 이유를 말이야."

금단의 물음에 비웃음이 섞였다.

"알고 싶어?"

"이유가 확실하면 당장 풀어주지."

"간단해. 대장군님께서 시키신 일이야. 대장군님 명은 묻지도 따지지도 않고 무조건 따라야 해. 침을 놓을 때 내 손만 지긋이 붙드시는데, 아주 가끔 원하는 병자를 먼저 부르라 명하기도 하셔. 그리고 내 몸으로 들어오셔서 대화를 나누시지. 그땐 기억이 나지 않아."

금창배가 어금니를 깨물며 확인하듯 물었다.

"임경업 장군이 직접 이 야고버를 부르셨다? 왜?"

"모르지 그건. 무녀가 어찌 모시는 신의 뜻을 알겠어. 대장군님께서 명령하시면 따르고 원하시면 들어드리고 싫어하시면 삼갈 뿐."

"임 장군님과 이 야고버가 나눈 이야기도 기억에 없겠네?"

"전혀!"

"대장군께선 호기심이 많으신가?"

금단의 얼굴이 잣눈 쌓인 한겨울 고드름처럼 굳었다.

"건방지군. 불벼락 맞을 소릴 함부로 지껄이다니! 대장군님께서 답을 하라고 하시니 이번만은 특별히 용서해 주지. 호기심 따위로 간단히 치부할 순 없어. 대장군님께서는 늘 세상의 변화에 관심이 많으시니까. 이 나라가 올바른 길로 가기 위해선 더 멀리 가고 더 많이 보고 더 많이 들어야 한다셨어. 그래서 배를 타고 황해를 건너가셨던 것이고. 명나라를 구하진 못하셨지만."

"무당은 모시는 신을 닮아간다는데, 그러한가?"

"어허, 불경한 헛소리! 평생 몸과 마음을 다해 모실 뿐이야. 닮는다 운운은 신을 모시는 자가 할 말이 아니야."

"천주라는 양이들의 신은 들어봤어? 그 신의 외아들 예수에 대해선?"

금단은 답이 없었다. 답할 가치가 없다는 듯 콧잔등에 주름을 잡으며 번갈아 손등을 긁어댔다. 금창배가 이어 물었다.

"예수도 병자들을 많이 고쳤다던데?"

금단이 처음 듣는 척 말꼬리를 잡아챘다.

"어떻게 고쳤대?"

"그들이 복된 말씀이라고 중요하게 여기는 네 가지 이야기에 의하면, 말로 꾸짖기도 하고, 침을 바른 흙을 두 눈에 붙이기도 하고……. 병자들이 와선 옷깃만 잡아도 병이 낫기도 하고……. 금단도 그런 적 있어? 침을 쓰지 않고, 흙을 바르거나 말로만 병을 고쳐봤던가?"

금단이 대침을 들어 흔들며 말했다.

"내 눈이 멀쩡했다면 요 침을 쥐지도 않았겠지. 병자가 어디 있는지 알아야 병을 고치든 귀신을 쫓든 하니까! 예수란 사내에 대해 들긴 했지. 원래는 나무도 다듬고 돌도 만졌는데, 갑자기 병자들을 고치며 탁발승이 만행하듯 떠돌았다며?"

"그이도 무당이었을까, 금단처럼?"

금단이 알은체했다.

"대대로 굿을 한 집안은 아니라고 들었어. 목수였다지 아마?"

"예수를 아는군."

"말했잖아, 이 신 저 신 믿는 이들을 가리지 않고 받아왔다고. 그중엔 예수를 믿는 이도 있긴 했지."

"예수는 어떤 거 같아?"

"병 고치는 능력을 신에게 받았을 수는 있지. 그 나라 백성들이 받드는 신이 있다며? 그 신의 이름이⋯⋯."

"야훼!"

"나도 하나만 물을게. 예수란 사내가 병을 고치고 나서 그 공을 누구에게 돌렸지?"

금창배가 망설이지 않고 답했다

"두 가지 방식으로 답해. 하나는 야훼의 권능이라는 식. 또 하나는⋯⋯."

"네 믿음이 너를 고쳤다는 식?"

"어떻게 알았나?"

"침을 놓고 병이 나았을 때, 나도 비슷한 얘길 하니까."

"기적은 침술쟁이 금단 당신이 만드는 것이 아니라, 당신이 모시는 신이거나 당신의 신을 믿는 병자가 만드는 거다?"

"기적이라고 내 입으로 말한 적은 단 한 번도 없어. 기적 운운은 병자든 병자의 가족이든 또 내 앞에 앉은 좌포도청 관원이 한 말이지. 낫기 힘든 병도 물론 있어. 하지만 신내림받은 무당에겐 그리 어려운 일도 아니지. 기적이라 부르겠다면 말리진 않아. 기적이 아니라고 답하면 아닌 이유를 또 캐물을 테니까. 그 시간에 한 명이라도 더 침을 놓는 게 낫지. 하지만 침을 놓는 건 장군신을 모시는 내가 하는 일 중 지극히 사소한 일이야."

"무슨 일들을 또 하는데?"

금단이 잠시 말을 멈췄다가 답했다.

"네가 하는 건 다 해. 또 네가 지금부터 뭘 할 건지도 다 알고."

그때 갑자기 금단이 고개를 젖히고 온몸을 떨었다. 사내 목소리로 명령했다.

"데려와!"

관우가 성난 얼굴로 금단을 노렸다.

"누구한테 명령이야?"

"아직 숨이 붙어 있어. 곧 꺼지려고 해, 어서 데려와!"

목소리가 더욱 당당하고 강력했다. 금창배가 고개를 끄덕였다. 장비가 덩치에 어울리지 않을 만큼 급히 지상으로 뛰어 올라가선 현요섭을 품에 안고 내려왔다. 관우가 받아 안고 금단의 무릎 앞에 놓았다. 금단은 침을 꺼내 오른손에 쥐곤, 왼손으로 현요섭의 팔과 다리와 가슴과 배를 만졌다. 그리고 검지 끝에서 합곡혈 쪽으로 푸르게 도드라진 수양명대장경을 찾아 대침으로 피를 뽑아냈다. 현요섭은 사혈瀉血 후 미동도 하지 않았다. 곁에서 살피던 장비가 투덜거렸다.

"이미 끝났다니까. 침을 꽂고 피를 뽑는다고 죽은 애가 살아날까."

금창배가 낮고 싸늘하게 명령했다.

"조용!"

금단이 소리 없이 일어섰다. 현요섭을 가운데 두고 원을 그리며 돌기 시작했다. 처음엔 나비처럼 천천히 걸음을 뗐지만 점점 벌처럼 빨라졌다. 양팔을 벌려 손바닥이 천장을 향하도록 폈다. 턱을 높이 들어 고개를 완전히 젖혔다. 어지러워 휘청거릴 만한데도, 금단의 발놀림은 탑돌이에 익숙한 승려들처럼 가볍고 단아했다. 금단은 주먹을 쥐었다가 펴며 악한 기운을 밖으로 버리는 시늉도 했다. 그때마다 금창배와 관우와 장비가 오히려 격한 숨을 뱉으며 눈을 비비고 머리를 흔들었다. 그러다가 금단이 갑자기 걸음을 멈추고 비틀거리다가 사지를 떨며 주저앉았다. 그녀의 엉덩이가 바닥에 닿기도 전에 현요섭의 울음이 터졌다.

"으앙!"

관우가 아기를 품에 안고 살핀 후 금창배에게 말했다.

"살아났습니다. 따듯합니다, 몸이!"

금창배는 경련을 멈추지 않는 금단을 노리며, 별일 아니라는 듯이 명령했다.

"어미에게 데려다주거라. 저 무녀도 함께 지옥에 가두고. 대침은 빼앗아야 하는 거 알지?"

때늦은 사죄

주름이 자글자글한 금단이 쇠문을 통해 들어왔을 때는, 강성대와 고덕출을 따라, 예수가 암나귀를 타고 예루살렘성으로 들어오는 이야기를 마칠 즈음이었다. "호산나!"를 외친 이는 최언순이었다. 금단의 품에 안긴 아기를 흐릿한 횃불 아래에서도 알아차린 것이다. 남옥과 여옥의 죄인들이 어두운 예측을 말하진 않았지만, 다들 현요섭의 생환은 어려우리라 여겼다. 그들이 혀를 차거나 눈을 찡그리거나 한숨을 내쉴 때마다 최언순의 눈에 눈물이 맺혔다. 현요섭이 죽는다면 최언순도 살아갈 자신이 없었다. 한양으로 올라가지 못한 채 장흥에 남았고 남편의 감시에 시달렸지만, 현요섭을 낳고 절망에서 벗어났다. 이 아이를 성聖 요셉처럼 훌륭하게 키울 마음이 생긴 것이다.

현요섭은 엄마 젖을 모처럼 양껏 먹고 잠들었다. 최언순은 낡은 천을 겹으로 덮어준 뒤 현요섭의 코밑에 검지를 댔다. 날숨이 손가락에 닿는 걸 거듭 확인한 다음에야 아기를 안고 들어왔던 금단에게 감사 인사를 했다.

"고맙습니다."

금단이 짧게 답했다.

"대장군님께서 하신 일이야."

'천주님'이 아니라 '대장군님'이란 말을 들은 죄인들 얼굴이 순식간에 굳었다. 특히 "호산나!"를 외쳤던 최언순은 놀라고 당황한 얼굴로 물었다.

"대장군님이라뇨? 교인이 아닌가요?"

금단은 질문을 무시한 채 고개를 뻣뻣하게 들곤 훑었다. 얼굴이 횡으로 가다가 멈추고 또 가다가 멈췄다. 어디든 가면 늘 하는 습관이었다. 눈 대신 귀로 사람과 사물을 짐작했다.

"야고버 아니 이오득과 관련된 자들이 갇힌 지옥이 여긴가?"

임중호가 빠르게 되물었다.

"야고버 회장님을 압니까?"

"좌포도청 종사관 금창배가 그러더군. 내가 이 야고버에게 침을 놓은 적이 있다고."

사순재 단식을 하느라 야윌 대로 야윈 강성대가 겨우 말했다. 숨소리가 거칠었다.

"하면 그대가 금단? 임경업 장군님을 신으로 모시며 침을 놓는 무녀! 명의보다 더 솜씨가 좋다는 소문을 들은 적이 있소. 한데 여기까지 어쩌다가 붙들려 왔습니까?"

금단이 동문서답을 했다.

"당신네들이 믿는 그 천주라는 신이 무척 센 건 인정하지. 대장군님도 그리 말씀하셨으니까. 하지만 신들의 세계에선 힘이 세다고 천상천하를 전부 갖는 게 아냐. 신들은 저마다 신으로 사는 이유가 있고, 저마다 머물 곳이 있고, 또 저마다 할 일이 있어. 하나만 더 말해 두자면, 신들이 아무리 대단해도 인간 세상에서 벌어지는 수많은 일을 모두 처결하진 못해. 신들이 맘대로 해치울 수 있다면, 인간 세상은 벌써 없어지고 신들의 세상이 되었을걸. 그러니 내게 와선 너희의 신 천주 이야긴 하지 마. 천주에 대해선 이미 충분히 들었으니까. 너흰 너희 신을 모셔. 난 우리 대장군님을 모실 테니까. 내가 너희에게 간섭하지 않듯이 너희도 내게 감 놔라 대추 놔라 하지 말라고. 알겠지?"

그리고 최언순이 앉은 쪽으로 고개를 돌리곤 잠시 가만히 있었다. 현요섭의 숨소리를 듣는 중이었다.

"고집불통이군. 그 앨 맡아줄 이가 장흥에도 많았을 것 아닌가. 아기까지 잡아오란 명령을 내리지도 않았고. 엄마인 네가 미리 수를 냈다면 아기는 장흥을 떠나지 않아도 되었어. 다 네 욕심이 만든 거야. 걱정이긴 했겠지. 장흥의 교우들에게 맡겨뒀다가 그들이 멀리 달아나거나 종적을 감춰버리기라도 하면 영영 아기를 못 찾을지도 모르니까. 하지만 그렇다고 아기를 데리고 여길 와? 옥방은 아기에겐 최악이야. 이번엔 대장군님께서 살리셨지만 다음엔 장담 못 해. 지금이라도 아기를 밖으로 내보내는 게 어때?"

"그게 가능해요? 안팎 출입을 함부로 못 하는 곳이 옥이잖아요?"

최언순은 현요섭을 어르며 되물었다. 금단이 받아쳤다.

"아기를 살리려고 노력해 보지도 않고 포기할래? 뭔가를 얻으려면 뭔가를 주긴 해야겠지만……."

임중호가 삿대질하며 말허리를 잘랐다. 강성대는 금단을 존대했지만 임중호는 처음부터 반말이었다.

"징제비가 시켰어? 이딴 짓에 우리가 넘어갈 것 같아?"

금단이 입으로만 웃었다.

"물에 빠진 사람 건져줬더니 보따리 내놓으라는 식이군. 하나만 묻자. 그럼 당신은 이 아기를 살리기 위해 뭘 했는데? 또 이 아기가 다시 아프면 뭘 해줄 수 있는데? 기도할 건가? 병을 낫게 해달라는 기도는 벌써 했겠지? 효험이 전혀 없었고. 오늘 효험이 없는데 내일 기도가 먹힐 것 같아? 나는 오로지 대장군님 명령만 따라."

최언순이 갑자기 남옥을 향해 엎드려 머리를 조아렸다. 죄인들의 시선이 최언순에게 머물렀다가 그녀가 바라보는 쪽으로 움직였다. 나무 기둥 너머엔 고덕출이 앉아 있었다. 최언순이 떨리는 목소리로 두 손바닥을 맞대곤 빌며 말했다.

"잘못했습니다. 제가 끝까지 버텼어야 했는데, 놈들이 요섭이를 바다에 던져버리겠다고 협박했습니다. 아기를 살려야겠단 마음뿐이었어요. 걸음마도 떼지 못했는데, 세상을 버리는 건 너무 억울하고 원통한 일이잖아요. 그래서 그랬어요. 나쁜 일인 줄 알지만, 요섭이를 구하고 함께 있으려면, 어쩔 수 없이 교우들을 저들에게⋯⋯."

고덕출이 말했다.

"최 이사벨 잘못이 아닙니다. 제가 미리 일러드리지 않았나요? 이런 일이 생기면 제 이름부터 대라고."

"그래도 목숨을 구해주셨는데, 제가 은혜를 원수로 갚았어요. 다른 사람 이름은 말하더라도 요왕 선생님만은 숨겼어야 했습니다. 그렇게 할 작정이었어요. 버티다가 버티다가 안 되면 털어놓을 교우들을 다섯 명이나 골라뒀었답니다. 선생님 이름은 숨기고 또 숨겼지요."

모독이 장단을 맞추듯 끼어들었다.

"그런데 어찌 요왕 선생을 고변하였을거나?"

최언순이 윗니로 아랫입술을 뜯으며 말을 이었다.

"아, 이건, 변명이 아니에요. 저를 꼭 믿어주셔야 합니다. 전라 감영으로 끌려와선 곤장 서른 대를 맞고 또 열 대를 더 맞았어요. 그다음에도 맞긴 맞았는데, 거기까지만 헤아리고 숫자를 더 챙길 여유가 없었답니다. 정신줄을 놓았다가 깨고 다시 놓았다가 깨기를 반복했거든요. 그래도 견뎠는데, 멧돼지처럼 험악하게 생긴 군관이 곤을 빼앗아 들었다가 내리곤 강보에 싼 요섭을 가리키며 저 어린것이 무슨 잘못이 있느냐며 혀를 끌끌 차더군요. '아비도 벼락 맞아 죽었다며? 어미까지 세상 뜨면, 천생 고아로 어찌 살까. 차라리 바다에 던지는 게 낫겠지?'

그때 제 모든 게 무너져 내렸어요. 같이 천주님을 모신 이를 토설하겠다고, 그러니 더는 곤장을 때리지 말라 했고요. 이름을 말하려는데, 참 이상한 일이 벌어진 거예요. 골라뒀던 이름이 단 하나도 떠오르지 않았습니다. 입교 전에 쓰던 이름과 세례명까지 분명히 알았고 또 몇 번 외워보기도 했는데, 첫 사람과 다음 사람의 순서를 바꾸기까지 했는데, 바꿨다는 기억만 있고 정작 이름은 그믐밤처럼 깜깜! 결국 튀어나온 말이 '어부 선생님'이었어요. 어부면 어부고 선생님이면 선생님이지 어부면서 선생님은 또 뭐냐고 군관이 따지더군요. 사실대로 털어놓을 수밖에 없었어요. 사람 낚는 어부가 계시다고. 그 어부의 세례명은 요왕이며, 입교 전엔 고덕출이라 불렸다고. 다행인지 불행인지 군관은 제게 다른 이름을 더 묻진 않았고, 형틀에 묶였던 줄을 풀더니, 요섭에게 데려다주더군요.

이곳으로 올 때까지 기도하고 또 기도했답니다. 제발 요왕 선생님이 무사하시기를. 배를 타고 멀리 사람 없는 섬에라도 가셔서 꼭꼭 숨으시기를. 오늘까지도 요왕 선생님이 끌려오지 않으시길래, 제 기도를 천주님이 들어주셨다 여겼답니다. 그런데 선생님이 이곳으로 끌려오신 겁니다. 꿇어 엎드려 사죄부터 드려야 하는데, 요섭이 아픈 바람에 정신이 딴 곳에 가 있었어요. 요섭이 영영 잘못되었다면, 지금처럼 제 잘못을 털어놓을 기회도 없었을 거예요. 맞아요. 천주님이 요섭을 살려주신 까닭은 제가 선생님께 사죄할 기회를 주기 위해서예요. 제 목숨을 구해주신 선생님께 정말 못할 짓을 저질렀어요. 용서해 주세요. 잘못했어요."

고덕출이 담담하게 받았다.

"최 이사벨이 용서를 구할 건 티끌만큼도 없습니다. 오히려 제 부탁을 따라줘서 얼마나 고마운지 모르겠습니다."

진목서가 고덕출과 최언순을 번갈아 보다가 물었다.

"최 이사벨의 목숨을 구해주셨다고요? 무슨 일이 있었는지 말씀해 주실 수 있는지요? 교우끼린 형제님 자매님이라고 부르는데, 선생님이란 호칭에는 존경하는 마음이 담겼습니다. 교우촌을 책임진 회장은 아니시죠? 선생님이라고 불리는 남다른 이유가 있는지요?"

다른 죄인들도 고개를 돌렸다. 그들 역시 그 이유가 궁금했던 것이다. 최언순이 답하려는 순간 현요섭이 깨어 울었다. 최언순은 돌아앉아 아기에게 젖을 물렸다. 고덕출이 대신 이야기를 시작했다.

"특별한 이유는 없습니다. 스승님의 서재를 오간 덕분에 언문은 물론 한자까지 문리가 트였습니다. 천주님을 영접하기로 마음먹은 뒤부터 서학서들을 두루 구해 읽었지요. 두 발이 땅을 딛고 있는 동안엔 항상 서책을 펼쳤던가 봅니다. 물 위에서도 생선을 잡을 때 외엔 낮에는 햇빛에 밤에는 달빛에 의지하여 서책을 넘겼지요. 깜깜한 그믐엔 빛 아래 읽었던 구절들을 떠올리며 외웠습니다. 입교 후 만난 교인 중 몇몇은 예수님 말씀이 어렵고 모호하다며 답답해하였습니다. 저는 이 책 저 책을 비교하며 먼저 읽고 또 그들 앞에서 읽어주기도 했습니다. 그것만으로도 막혔던 구멍이 뚫린 것처럼 시원하다고들 하더군요.

찾아 읽을 뿐만 아니라 제 생각을 몇 부분 얹기도 했습니다. 제가 얹은 것과 책에 적힌 것을 나눠 미리 밝혔고요. 제 생각은 어디까지나 턱없이 부족하다고 알렸지만, 교인들은 복된 말씀뿐만 아니라 제 풀이까지 듣기를 원했습니다. 그렇게 첨례 시간 외에 따로 예수님 행적을 하나하나 살피는 모임을 가졌고, 그때부터 제게 사람 낚는 어부와 함께 선생님이란 호칭이 붙었습니다. 너무 부끄러워 그렇게 부르지 말라고 했지만, 교인들은 제 부탁을 받아들이지 않더군요. 그래서 결국 지금까지 이렇게 온 겁니다."

벽에 기대앉은 전원오가 물었다.

"덧붙인 생각을 하나만 예로 들어주겠습니까?"

고덕출이 답했다.

"아이들은 예수님이 이 땅으로 내려와 사셨던 일천팔백여 년 전이나 지금이나 약자 중의 약자입니다. 힘을 써도 어른의 반밖에 못 쓸 테고, 글을 배워도 한참을 미치지 못할 겁니다. 힘이 필요해도 어른을 먼저 찾을 것이고, 지혜를 빌리더라도 글을 익혀 서책을 많이 읽은 어른에게 가는 것이 순리입니다. 그러므로 세상일을 결정할 때도, 그것이 나라의 문제든 고을의 문제든 집안의 문제든, 아이들 의견은 전혀 묻지도 않고 듣지도 않습니다. 있어도 없는 이가 바로 아이들이죠. 예수님이 호수에서든 산에서든 혹은 마을에서든 말씀을 하시려고 할 때, 종도들은 아이들을 멀리 쫓으려 했습니다. 예수님이 말씀을 펴는 자리는 매우 중요한 곳이고, 아이들은 그토록 중요한 곳에 참석한 적이 없으니까요. 종도들로선 당시 상식대로 한 겁니다. 지금도 마찬가지입니다. 양반들이 학문을 논할 때 혹은 고을 사또가 업무를 처결할 때 아이들을 곁에 두는 경우는 없습니다.

그런데 왜 예수님은 아이들이 곁에 오는 것을 막지 말라 하셨고, 아이들을 곁에 두고 말씀하시는 것을 즐기셨으며, 천주님 나라는 아이들과 같은 사람들의 것이라고 하셨을까요? 어른들은 자신의 생각이나 힘에 근거하여 판단하려 듭니다. 하지만 천주님 나라는 어른들이 지금까지 만든 그 어떤 나라와도 다릅니다. 요순이 다스린 나라와도 다르고 세종대왕이 다스린 나라와도 다르단 뜻입니다. 그러므로 요순이나 세종대왕의 나라를 견주는 어른보다는 비교하려는 마음 자체가 없는 아이들이 천주님 나라를 훨씬 더 잘 받아들일 수 있는 것 아니겠습니까? 그러므로 우리의 마음도 아이들과 같아져야 합니다. 이것이 예수님이 아이들을 환영하고 자주 축복하신 이유라고 저는 생각합니다."

명확하고 힘찬 주장이었다. 강송이가 모처럼 입을 열었다.

"야고버 회장님도 비슷한 말씀을 하셨어요. 만나신 적 있으신가요?"

고덕출이 답했다.

"아쉽게도 직접 뵌 적은 없습니다. 야고버 회장님의 탁월함은 풍문으로 익히 들었습니다. 제 생각과 비슷하다니, 다행이군요. 제가 크게 잘못된 이야길 하진 않은 거니까요."

최언순이 젖을 다 먹인 뒤 강송이를 보며 말했다.

"제게 보내는 답장마다 야고버 회장님의 말씀을 몇 문장씩 담아준 거 기억하죠? 그 말씀들이 놀랍기도 하고 반갑기도 했답니다. 왜냐하면 제가 매주 뵙는 요왕 선생님과 매우 닮은 생각을 확인했으니까요. 두 분이 만나셨다면, 예수님에 관하여 오래오래 깊고 넓은 말씀을 나누셨을 겁니다. 얼핏 보아하니, 연배도 비슷해 보이시고, 또 저는 야고버 회장님을 뵙진 못했지만 두 분이 왠지 닮지 않으셨을까 하는 생각도 들고……."

강송이가 맞장구쳤다.

"정말 닮으셨습니다. 눈코입귀를 따로따로 떼어 보면 전부 다르지만, 분위기가 아주 흡사해요."

고덕출이 강송이를 보며 말했다.

"그렇게 비슷합니까? 처음 듣는군요, 저랑 비슷한 분위기를 가진 사람이 있다는 얘긴."

진목서가 끼어들어 질문을 상기시켰다.

"선생으로 불린 까닭은 들었습니다만, 목숨을 구한 이야긴 아직입니다."

고덕출보다 최언순이 먼저 답했다. 이야기를 하면서도, 잠든 현요섭에게로 자꾸 눈이 갔다.

"처음엔 이레에 한 번씩 첨례에 참석하는 것만도 좋았습니다.

그러나 요왕 선생님 말씀을 듣다 보니, 더 알고 싶고 더 배우고 싶고 더 이야기 나누고 싶어졌어요. 그래서 남편 몰래 선생님과 공부하는 자리에 참석하곤 했습니다. 제 인생에서 가장 행복한 시간이었습니다. 한양에서 동정녀들끼리 모여 지낸다는 집에 가지 못한 아쉬움은 여전했지만, 제겐 선생님이 있어 버틸 수 있었어요.

남편은 질투가 많은 사내였어요. 제가 첨례뿐만 아니라 사흘에 한 번씩 선생님과 공부한다는 사실을 안 후, 난폭한 맹수처럼 굴었습니다. 손찌검했고 발길질했습니다. 술에 취해 가구들을 때려 부수고, 이불과 요와 옷을 갈기갈기 찢었답니다. 칼을 제 턱에 들이대곤 맹세하라더군요. 다시는 공부 모임에 가지 않겠다고. 저는 싫다고 했습니다. 열흘이든 한 달이든 굶을 순 있어도 천주님 말씀을 공부하지 않고는 살 수 없다고. 함께 공부하러 가자고 설득도 했어요.

남편은 저를 데리고 예양강으로 가선 배에 태웠습니다. 깜깜한 밤이었어요. 강 한가운데, 물살이 가장 빠른 곳으로 가더니, 자신의 말을 듣지 않겠다면 차라리 같이 빠져 죽자고 하더군요. 그 시간에 저는 선생님을 뵙고 이사야 선지자의 말씀을 더 공부할 예정이었습니다. 흔들리는 배 위에서도 두렵지 않았어요. 자꾸 선지자의 말씀이 떠올라, 처음엔 입 안에서 이리저리 굴리다가 결국 입술을 열고 큰 소리로 말하게 되었습니다. 강물이 돌에 부딪치는 소리가 무척 컸지만, 제 소리가 결코 묻히지 않았어요.

'우리에게 한 아기가 태어났고 우리에게 한 아들이 주어졌습니다. 왕권이 그의 어깨에 놓이고 그의 이름은 놀라운 경륜가, 용맹한 하느님, 영원한 아버지, 평화의 군왕이라 불리리이다.

다윗의 왕좌와 그의 왕국 위에 놓인 그 왕권은 강대하고 그 평화는 끝이 없으리이다. 그는 이제부터 영원까지 공정과 정의로 그 왕국을 굳게 세우고 지켜가리이다. 만군의 주님의 열정이 이를 이루시리이다.'

남편은 입을 닥치라며 고래고래 고함을 지르더군요. 그러나 저는 '만군의 주님의 열정이 이를 이루시리이다'까지 기어코 말했습니다. 남편은 저를 등 뒤에서 끌어안더니, 오른손으로 제 입을 막곤 강으로 뛰어들었어요. 우리는 곧 급류에 휘말렸지요.

남편은 평생 강과 바다를 끼고 살았으니 헤엄을 잘 쳤습니다. 이쪽 나루에서 저쪽 나루까지 쉬지 않고 서너 번은 오갈 실력이었죠. 하지만 저는 물에 몸을 띄운 적이 없어요. 처음에 남편은 제 목을 끌어 잡고 헤엄을 쳤습니다. 윽박지르며 때리긴 했지만, 저를 물에 빠뜨려 죽일 사람은 아니었어요. 그건 제가 잘 알아요. 강물에 빠뜨려 괴롭히다가 함께 뭍으로 나오려고 했겠지요. 거센 물살이 문제였어요. 남편이 아무리 애를 써도 제 몸이 자꾸 휘돌며 가라앉았답니다. 제 목을 쥔 남편의 손이 어느 순간 풀렸고, 그때부터 남편은 남편대로 저는 저대로 강물을 따라 흘러갈 수밖에 없었죠. 남편은 헤엄쳐 강가로 빠져나갔겠지만, 저는 숨 쉬기조차 어려웠으니, 강에서 빠져나갈 방법이 없었어요. 이대로 물에 빠져 죽는구나 하는 생각만 짧게 들었고, 손과 발을 힘껏 놀렸지만 머리는 점점 더 수면 아래로 내려갔고, 탁한 물이 코와 입으로 마구마구 들어왔습니다.

'천주여!' 하는 소리를 입 밖으로 내진 못했지만, 마음 저 밑에서부터 치솟았어요. 왼쪽 눈은 수면 아래로 내려가고 오른쪽 눈만 겨우 수면 위로 살짝 올라왔을 때, 저는 보았답니다. 워낙 어두워 얼굴까지 알아보긴 어려웠지만, 어떤 사내가 강을 가로질러 제게 왔어요."

감귀남이 물었다.

"강을 가로질러요? 배를 타고 왔나요?"

최언순이 고개를 저었다.

"이번에는 반대로 오른 눈이 수면 아래에 잠기고 왼 눈이 떠올랐죠. 배는 없었어요. 배가 있다고 해도, 허우적대는 제게 급류를 뚫고 곧장 오긴 불가능했죠. 그 사내는 물 위를 걸어 제게 왔고, 저를 붙들어 올렸답니다. 그 순간 얼굴을 봤어요. 얼굴을 봤다기보다는 눈빛을 느꼈다는 게 맞겠네요. 제가 잘 아는 눈이었어요. 호기심으로 가득 차 있으면서도 뜨겁고 진지한! 예수님 말씀을 풀어 설명할 땐 활활 타오르던 그 눈, 요왕 선생님의 눈이었죠. 그리고 저는 정신을 잃었고요.

다시 눈을 떴을 때, 대들보에 그려진 생선 그림부터 보이더군요. 사람 낚는 어부인 선생님 공부방에 딱 어울리는, 큼지막한 생선이었죠. 서책을 읽다가 어려운 대목을 만나면, 선생님은 그러신 적이 없지만, 우린 늘 턱을 들고 천장을 우러렀죠. 거기 생선이 있었고요. 그걸 한참 보다가 예수님 말씀을 이해한 적도 있답니다.

요왕 선생님은 제 생명의 은인이세요. 선생님이 아니었으면 저는 진작에 이승을 떠났을 테고, 요섭을 낳지도 못했겠죠. 그런 선생님을 제가 고변했으니, 정말 큰 잘못을 범한 겁니다. 더러운 혀를 잘라버리고 싶어요."

모독이 장단을 살려 읊었다.

"손이 죄를 짓게 하거든 그 손을 찍어버려라. 발이 죄를 짓게 하거든 그 발을 찍어버려라. 또 눈이 죄를 짓게 하거든 그 눈을 빼어버려라.' 혀도 마찬가지인 건가. 혀가 죄를 짓게 하거든 그 혀를 잘라버려라. 혀를 가지고 지옥에 들어가는 것보다는 벙어리가 되더라도 천당에 들어가는 편이 나을 것이니!"

현요섭을 제외하곤 옥에서 유일한 아이인 월심이 두 눈을 동그랗게 뜨곤 고덕출에게 물었다.

"걸었어요, 물 위를?"

좌중의 시선이 고덕출에게 쏠렸다. 고덕출이 최언순과 눈을 맞춘 후 답했다.

"천주님이 명령하시면 당연히 물 위로 발을 떼겠지만, 그 밤은 아니었습니다. 기다려도 최 이사벨이 오지 않기에 걱정이 되어 교인 세 명과 함께 나가봤던 게지요. 나루까지 갔다가 배가 한 척 떠가는 것을 보고, 급히 다른 배로 뒤따랐습니다. 저 역시 어부니까, 배를 모는 일이야 이골이 났고요. 급류 때문에 무척 힘이 들긴 했습니다. 헤엄을 쳐서 최 이사벨을 구해 나오긴 어려웠어요. 굵고 긴 대나무에 쇠를 박은 갈고리를 썼답니다. 마침 배에 두 개가 있어서, 동시에 이사벨의 양 어깨에 걸곤 들어 올렸죠. 그리고 배를 바짝 붙여 선상에 뉘었습니다. 기진맥진한 데다 이미 물을 너무 많이 마셔서 정신을 차리지도 못하더군요. 급히 업고 교인들과 공부하는 방으로 와서 뉘었습니다. 그게 답니다."

모독이 끼어들었다.

"기적을 행한 건 아니다 이 말이네요. 그럼 최 이사벨이 헛것을 본 건가?"

최언순이 답했다.

"저는 본 대로 말씀드린 겁니다."

모독이 받았다.

"보긴 봤겠지. 저도 그걸 의심하진 않아요. 헛것도 보이긴 보인다는 게 문제라면 문제겠지만!"

임중호가 끼어들었다.

"또 말장난이군."

죄인들은 두 사람이 또 살벌한 쟁론을 벌일까 걱정하는 눈빛이었다. 그러나 모독은 임중호에게 달려들지 않고 방향을 돌렸다.

"요왕 선생님은 기적을 일으킨 적이 없단 거지요? 알겠습니다. 그 말 믿어보겠습니다. 요왕 선생님께 청하려 했는데, 도와주십사 부탁할 분을 바꿔야겠습니다. 기적이 필요한 일이라서요. 금단!"

금단의 보이지 않는 눈이 모독을 향했고 나머지 죄인들은 금단을 쳐다보았다. 금단이 내민 입술에 주름이 늘었다. 긴 혀가 쏙 나와서 먹이를 낚아챌 듯했다. 모독이 말했다.

"전 안또니가 감 글나라와 함께 소리 하나를 짓고 있단 말씀을 드렸던가? 안 드렸죠? 제목이 〈옹기꾼의 노래〉라는데, 상당히 괜찮습니다. 그 소리를 완성하려면 흙이 있는 산에도 가고 들도 걷고 얕은 천이나 깊은 강도 지나야 하는데, 두 다리를 저렇듯 다쳐 못 쓰면 이만저만 힘든 게 아닙니다. 그러니 도와주십시오. 두 다리 중 하나라도 똑바로 서게 해주십시오. 지팡이라도 짚고 걸을 수만 있게 만들어주십시오. 그래야 멋지고 알찬 소리도 완성되고, 그 소리에 우리도 행복하고 그런 거 아니겠습니까?"

금단이 가부좌를 튼 채 눈을 감고 양손을 무릎에 올려놓았다.

무릎과 함께 양손이 심하게 떨리다가 멈췄다.

"운이 좋군. 대장군님께서 도와주라 하시네. 침만 놓게 해준다면, 오늘이라도 당장 고쳐주지."

모독이 손뼉을 쳤다.

"역시 대단하십니다. 침 하나로 기지도 못하는 사람을 일으켜 세워 걷게 하겠다고요? 이것이야말로 기적이 아니고 뭡니까? 한시름 놨습니다. 〈옹기꾼의 노래〉가 이대로 중단되는가 싶어 슬펐거든요. 감 글나라! 당신 남편은 곧 걸을 겁니다. 전 안또니! 걸어서 옥을 나서면 어딜 가장 먼저 가고 싶습니까?"

전원오가 벽에서 등을 떼며 제 뜻을 분명히 밝혔다.

"제 몸과 마음을 이끄는 이는 천주님뿐입니다. 함부로 다리를 고치네 마네 지껄이지 마시오."

금단이 콧방귀를 뀌며 돌아앉았다. 전원오 역시 다시 벽에 등을 대곤 눈을 감았다. 모독이 나머지 죄인들과 눈을 맞췄지만, 나서서 전원오를 설득하는 이는 없었다. 모독이 혼잣말처럼 뇌까렸다.

"예수의 기적은 옳고, 장군신의 기적은 옳지 않다 이거군."

임중호가 이번에도 지지 않았다.

"옳고 그름의 문제가 아니지. 악마가 행했다고 알려진 기적들은 기적이 아냐. 사람들을 지옥으로 보내기 위한 속임수고 악행일 뿐이라고."

금단이 반박했다.

"예수가 잡귀를 내쫓고 병 고치는 솜씨가 탁월했던 건 인정해. 하지만 그때나 지금이나 병자들은 많고 다스릴 약재는 부족하고 비싸니, 귀한 약을 쓰지 않고도 병을 치료하는 각종 방법이 만들어졌어. 그중 하나가 바로 침이라고. 내가 듣기에, 예수는 비싼 돈들이지 않고 가난한 병자들을 치료했지. 말을 하거나 손으로 만지거나 흙을 바르는 정도가 치료하는 방법의 전부였어. 그런 식으로 가난한 병자들을 돌보던 사람은 예수 이전에도 무수히 많았을 테고. 예수를 모른 채, 또 천주도 모른 채, 병자들을 치료한 것은 모두 속임수고 악행인가? 천주의 이름으로 맹인이 눈을 뜨면 기적이고, 다른 신의 이름으로 맹인이 눈을 뜨면 기적이 아니라고? 모르긴 해도, 예수 역시 병자들을 고쳤을 때 속임수고 악행이란 비난을 들었을 거야."

임중호가 의심하며 따졌다.

"맹인 무녀가 예수님 행적을 어찌 그리 자세히 알지?"

금단이 말머리를 돌렸다.

"침을 쥔 이가 누굴 믿든, 앉은뱅이 신세를 면하는 게 먼저 아닌가. 관두자 관둬! 치료받지 않겠다는 병자를 어떻게 고치겠어."

그때 명일덕과 함께 옥리 석둥개가 들어왔다. 명일덕은 옷을 바꿔 입은 듯, 바지와 저고리가 깨끗하고 기운 흔적이 없었다. 옥과는 전혀 어울리지 않았다. 새 옷이라고 벌레들이 멀리하진 않으니, 명일덕이 다시 벼룩과 빈대 타령을 하는 것은 시간문제였다.

"고덕출, 나와!"

명일덕이 들어가고 고덕출이 나왔다. 옥리를 따라 비틀비틀 쇠문을 나가는 고덕출의 뒷모습이 유난히 작고 초라했다. 물 위를 걷는 기적을 행할 만한 사람이 아니라고, 나머지 죄인들은 눈길을 나누며 고개 저었다.

종사관의 지름길

"아 시끄러워, 잠도 못 자겠네! 이제 다들 솔직해지는 게 어때?"

명일덕이 가래침을 나무 기둥 밖으로 탁 뱉곤 좌중을 둘러보았다. 3월 18일, 이른 새벽이지만 다들 깨어 조과를 드리는 중이었다. 입술을 열어 용서를 구하고 오늘의 평안을 빌었다. 사순재에 주일마다 차례대로 올리는 여섯 가지 기도들이 뒤섞여 나오다가, 목소리 큰 임중호가 시작한 기도를 모두 따라 했다. 최언순과 월심이 군데군데 흐느꼈다.

"천주여, 네 이미 우리 무리 덕이 없음을 보신지라. 안팎으로 우리를 호위하사 모든 간난에 육신을 보호하시고 모든 악정에 영신靈神을 조찰케 하시되, 네 아들 우리 주 예수 그리스도를 위하여 하소서. 아멘."

모독은 임중호 옆에서 눈을 감은 채 입만 벙긋거리며 분위기를 맞췄지만, 명일덕은 잔물결 같은 웅얼거림이 싫은지 화부터 냈다.

"장마철 개구리도 아니고! 당신들이, 내 동생 명이덕을 포함해서, 왜 다른 사학죄인들과는 달리 이곳 지옥에 따로 갇혔다고 생각하나?"

웅얼거림이 멎자 현요섭의 밭은기침이 더욱 크게 들렸다. 최언순이 품에 안고 다독였다. 모독이 고개를 들고 엉뚱하게 받았다.

"누가 뭐래도 전 사학죄인이 아닙니다. 거짓말 일수 모독이 천주쟁이라고 하면 세상 사람들이 다 비웃습니다. 지옥에 갇힐 이유가 없을 뿐만 아니라 감영에 끌려올 이유도 없어요. 최돌돌 그 새끼가 무슨 말을 했는지 모르겠지만 그거 다 헛소리입니다. 천주쟁이들이 본다는 서책, 솔직히 저도 읽긴 했어요. 거짓말 창고니까. 하지만 그딴 거짓말을 믿다뇨. 저는 그런 사람이 아닙……."

명일덕이 모독의 옆구리를 걷어찼다. 급습을 당한 모독이 허리를 접고 떼굴떼굴 굴렀다. 명일덕이 허벅지와 무릎을 밟아대며 경고했다.

"맨날 거짓말로 먹고사니까 전라감영이 우습게 보이지? 죄 없는 사람을 함부로 잡아들였다고? 모독, 너 이 새끼 잘 들어! 작년 정월 초이렛날, 경상도 합포에 갔어 안 갔어? 소리판도 이야기판도 벌어지지 않았는데, 거긴 왜 간 거야? 네가 이오득 그러니까 야고버와 둘이 포구 주막에서 만나 밤새워 술잔 기울이며 이야기하는 걸 본 사람이 있어. 이것도 거짓말이라 우길래?"

모독이 웅크린 채 양팔을 들어 얼굴을 감쌌다. 말싸움이라면 지지 않는 거짓말꾼이지만, 이번만은 입을 닫고 맞기만 했다. 명일덕이 다른 죄인들을 돌아보며 말했다.

"또 나서봐. 나는 이오득과 전혀 관련이 없는데 억울하게 여기

간힌 사람?"

짧은 침묵이 지나갔다. 이 정도에서 마무리를 지으려는 듯 콧바람을 들이쉬던 명일덕을 향해, 최언순이 나섰다.

"전라도 땅에서 야고버 회장님에 대한 소문을 듣지 않은 교인은 없을 겁니다. 저도 직접 뵙진 못했지만, 강 수산나의 서찰을 통해 곡성에서 중요한 일을 거침없이 하셨을 뿐 아니라 말씀 또한 얼마나 좋은지는 알고 있었으니까요. 저처럼 한 사람 건너 야고버 회장님을 아는 교인들은 매우 많습니다. 그들 중에 왜 하필 저와 제 아들 요섭이 이곳으로 온 건지는 모르겠고요."

명일덕은 항상 기뻐하라는 말씀에 어울리게 언제나 웃는 듯한 최언순의 얼굴을 노려보며 답했다.

"그건 너와 이 야고버 사이에 있는 사람 때문이겠지."

강송이가 예민하게 받았다.

"최 이사벨과 요섭이 저 때문에 고생한단 건가요?"

명일덕은 전원오, 강성대, 임중호 그리고 감귀남과 강송이를 차례차례 보았다. 죄인들도 명일덕을 따라 시선을 옮겼다.

"어둡고 답답하고 더러운 옥에서 갇혀 지내는 거 다들 힘들지? 솔직히 사람 살 데가 아니잖아? 지금이라도 당장 옥에서 나갈, 옥뿐만 아니라 감영을 벗어나서 집으로 돌아갈 지름길을 알려줄까? 금 종사관 나리가 특별히 내게 귀띔해 주셨어. 명이덕이 돌아올 때까지라지만, 나도 여기 머무는 게 끔찍하니까, 할 수만 있다면 당장 나가고 싶어. 간단해. 너희들이 회장으로 떠받들어온 이오득이 달아나 숨은 곳만 알려주면, 다 끝나는 일이라고."

하나 마나 한 소리를 들어 기가 막힌 듯, 전원오가 받아쳤다.

"난 또 뭐라고. 여전히 그 얘깁니까? 우리가 어찌 알아요? 야고버 회장님에 대해선 겨자씨만큼 작은 것까지 탈탈 털어 다 말했습니다. 회장님이 얼마나 철저한 분이신지 모르니까 자꾸 그러는 것 같은데 이딴 식으로 떠보지 마세요. 곡성 밖을 다닐 때는 동행을 거의 두시지 않았고 가는 곳과 만나는 사람을 알려주신 적이 없습니다. 전라도를 비롯한 여러 교우촌을 두루 다니겠거니 짐작만 했지요. 가면 가는 줄 알고 오면 온 줄 알았을 뿐이에요."

나머지 네 사람도 따라서 고개를 끄덕였다. 감귀남이 덧붙였다.

"맞아요. 처음부터 혼자만 다니셔서 행처를 알려고도 하지 않았답니다."

강성대가 백발이 성성한 머리를 진목서에게 기댔다. 갈수기 개울처럼 말이 점점 느리고 힘이 없었다. 군데군데 끊기고 자주 쉬어야만 했다. 쉬긴 했지만 멈추진 않고 가고 또 갔다.

"…… 야고버 회장님을 못 잡을 듯하니 그 잘못을 우리에게 뒤집어씌우려는 것 아닙니까? 금 종사관께서 우리 다섯을 괘씸하게 여겼단 얘긴 들었습니다만, 그건…… 오해입니다. 우린 곡성의 다른 교인들보다 용감하지도 않고 중요하지도 않은, 손에 흙 묻히며 그렇고 그렇게…… 살아왔고 살다가 죽을 사람들이에요."

명일덕이 강성대를 노려보며 말했다.

"사순재라고 이렇게 내내 굶는 이가 흔친 않지. 하루 이틀도 아니고 사십 일을 넘겨 굶겠다? 그러다가 죽어 나가면 누구에게 잘못이 돌아갈까? 괜히 나처럼 맡은 일에 충실한 옥리들만 개고생을 하게 돼. 적당히 해. 금 종사관 나리가 내버려두라 해서 손을 보지 않는 것이지만, 내 성질대로라면 그 잘난 입을 찢고 보리밥을 쑤셔 처넣었을 거야. 천주를 위해 말하는 것만큼이나 침묵하는 것도 죄고, 천주를 위해 밥을 먹는 것만큼이나 굶는 것도 죄야."

"지은 죄가 많아…… 이렇습니다."

"뭔 죄를 또 그리 많이 지었을까? 천주를 믿는 것보다 더 큰 죄가 있어?"

답을 기다리지 않고, 명일덕이 다가앉으며 질문을 덧붙였다.

"대책은 세웠을 것 아닌가?"

"무슨 대책을 말씀하시는 겁니까? ……천주님을 따른 뒤부터는 무엇을 입고 먹을까 어디서 살까 걱정한 적이 없습니다."

강성대가 되묻자 명일덕이 헛웃음을 흘려보냈다.

"한두 번 당하는 일도 아니잖아? 신유년부터만 헤아려도 벌써 이십육 년이야. 그사이 몰래 숨어 사악한 짓들을 하다가 붙잡힌 천주쟁이가 한둘도 아니고. 금 종사관 나리가 너희들을 붙잡으며 깨닫고 익힌 삶의 지혜가 있듯이, 너희도 붙잡히며 혹은 붙잡히지 않으려고 더 깊이 멀리 숨으면서 터득한 잔꾀가 있으리라고 봐. 가령 이번처럼 곡성 관아에서 갑자기 천주쟁이들을 잡아들이려 들 때, 대응책 정도는 미리 의논했겠지. 다들 이오득 야고버가 회장으로 교우촌을 이끌어왔다고 하니, 그 사실은 달라질 구석이 없겠지만, 이오득이 지금처럼 달아나버렸을 때는 어찌한단 계획도 세웠을 거 아닌가? 관아에서 덮치면 이오득은 무조건 도망친다는 것 역시 계획 중 하나인가? 탁덕이 있었다면 탁덕부터, 탁덕이 없는 상황에선 회장부터 피신시키는 원칙이 달라지진 않았을 테고! 그렇다면 이오득이 없을 때, 교우촌 전체를 살피고 이끌 사람은 누굴까? 난 그게 궁금해."

"그런 대책, ……세운 적도 들은 적도 없습니다."

명일덕이 강성대에게서 시선을 거두며 말했다.

"그 말이 사실이라면 너는 이인자가 아니거나 이인자가 누군지 알 만한 핵심에 포함되지 않았다는 거겠지. 그 말이 거짓이라면 너야말로 이인자이거나 핵심에 포함된 게고."

임중호가 끼어들었다.

"이인자의 누명을 우리 다섯 사람 중 하나에게 씌워, 야고버 회장님을 놓친 책임을 면하려는 것 아닙니까? 떠넘기지 마십시오."

명일덕이 임중호의 목을 단칼에 벨 기세로 위협했다.

"잘 들어! 너희들이 스스로 지름길을 내지 않겠다면, 금 종사관 나리가 지름길로 가실 수밖에 없어."

지름길로 간다? 죄인들은 서로 눈짓하며 그 뜻을 물었지만 아는 이가 없었다.

"뭔가요, 종사관의 지름길이란 게?"

진목서가 나섰다. 명일덕의 단정적인 말투가 불길했던 것이다. 진목서는 화공답게 풍경이나 말투에서 기미를 세심하게 읽어내곤 했다. 명일덕이 너스레를 떨었다.

"뭐 거 같은가? 내가 다 알려주면 재미 없지. 네 녀석은 예수 얼굴을 기가 막히게 그린다지? 구세주의 얼굴을 그릴 때 어떤 표정을 짓나?"

"표정이라고요?"

"나도 몇 번 재미 삼아 같이 지내는 옥리들 얼굴을 붓으로 그려본 적이 있어. 눈앞에 두고 그릴 여유는 없지만, 잠들기 전 심심하단 핑계로 가끔 붓을 들거든. 그땐 그리고 싶은 옥리의 코를 떠올리며 내 코를 찡긋거리고, 입을 생각하며 내 입을 벌렸다가 내밀고, 귀를 그리기 위해 괜히 내 귓불을 잡아당기고 그랬어. 예수를 그릴 때도 네 얼굴 여기저기를 움직여보기도 하고 스스로 만지기도 하고 그러는가 싶어 묻는 거야."

진목서의 얼굴이 벌겋게 달아올랐다. 옥리 명일덕까지 진목서가 그린 상본 속 예수의 얼굴이 진목서의 얼굴이란 걸 눈치챘을까. 시치미를 떼며 되물었다.

"그, 그것과 좌포도청 종사관의 지름길이 무슨 관련이 있습니까?"

"네가 종사관이라면 어떤 지름길을 택하겠는지, 예수 얼굴을 그릴 때처럼 상상을 해보라 이거지. 네 얼굴로 예수 얼굴을 떠올렸듯, 네 마음으로 종사관의 마음을 더듬어봐."

"……모르겠습니다."

"몰라? 난 금방 알겠던데……. 너무 싱겁게 맞춰 종사관께서도, 이놈 봐라, 하며 웃으셨고. 알려줄까 말까?"

임중호가 또 삐죽하게 받았다.

"알려주든 말든, 맘대로 하십시오."

여옥에서 감귀남이 말을 꺼내다가 말았다.

"혹시……."

명일덕이 재빨리 받았다.

"혹시?"

감귀남이 얼버무렸다.

"아닙니다. 괜한 생각입니다. 아무리 그래도 그처럼 끔찍한 짓을…… 지름길로 삼진 않을 테지요. 엄연히 나랏법이 있는데……."

명일덕이 송곳니를 드러내곤 킬킬거렸다.

"정답에 접근한 것 같은 이 불쾌한 기분은 뭘까? 나랏법이 있긴 하지. 하지만 법을 우습게 여기는 극악무도한 죄인들까지 법을 지켜 위해야 할까. 가끔 그 생각이 들더라고. 세상엔 두 종류의 인간이 있다. 법으로 다스릴 인간과 법을 무시하고서라도 혼쭐을 낼 인간."

강송이가 감귀남에게 속삭이듯 물었다.

"무슨 생각을 하신 거예요? 종사관의 지름길이 뭔데요?"

"아냐. 아니래도."

감귀남이 양손에 얼굴을 묻었다. 명일덕이 강송이에게 농담을 걸었다.

"궁금하면 기도를 해. 너희가 받드는 천주는 언제 어디에나 있고 모르는 게 없다며? 종사관의 지름길도 당연히 알겠지. 기도해. 기도해서 답이 하늘에서 한줄기 빛처럼 내려오면 내게도 알려주고."

"기도는 그딴 걸 알려달라고 하는 게 아닙니다."

"기도가 그럼 뭔데?"

강송이가 또박또박 두 번 끊어 답했다.

"기도는, 듣는 겁니다, 천주님 말씀을!"

그때 끼이익 소리와 함께 쇠문이 열렸다. 고덕출이 두 옥리에게 질질 끌려 들어왔다.

"요왕 선생님!"

최언순이 불렀지만 고덕출은 고개를 들지 못했다. 두 다리와 두 팔은 물론이고 어깨와 등과 배까지 살갗이 모두 찢겨 너덜너덜했다. 곤장으로 때렸을 뿐만 아니라 주리를 틀고 단창으로 찌른 듯했다. 최언순이 외쳤다.

"인두겁을 쓰고 어찌 이러느냐?"

남옥에서 명일덕이 비웃음과 함께 받아쳤다.

"종사관의 지름길이라고 내가 미리 알려줬잖아?"

최언순뿐만 아니라 다른 죄수들도 명일덕과 고덕출을 번갈아 쳐다봤다. 이 처참한 몰골이 어떻게 좌포도청 종사관 금창배의 지름길이란 걸까. 옥문을 열고 고덕출을 집어넣은 옥리 박용식이 명일덕에게 말했다.

"나와."

"저 말입니까?"

검지로 자신을 가리키며 물었다.

"천주쟁이 동생이 도착했어. 여기 더 있을래?"

"나갑니다. 나가요."

명일덕이 서둘러 옥문을 나섰다. 쇠문으로 향하는 명일덕을 향해 최언순이 물었다.

"답을 아직 못 들었어요. 종사관의 지름길이 뭔가요?"

명일덕이 두 눈을 장난처럼 번갈아 깜박이며 남옥을 턱짓으로 가리킨 후 나가버렸다. 진목서가 제 옷을 벗어 고덕출의 몸에서 흘러나오는 피를 닦아냈다. 피가 멎지 않는 왼 팔뚝은 천을 찢어 힘껏 묶었다. 최언순이 다급하게 물었다.

"선생님은, 요왕 선생님은 어떠세요?"

진목서가 답했다.

"찢기고 베이고 불로 지져 엉망입니다. 불행 중 다행이라면 다리뼈가 부러진 것 같진 않습니다."

"벼락 맞을 놈들!"

금단이 화를 내는 최언순의 어깨를 등 뒤에서 짚었다. 최언순이 고개만 돌려 검은 눈두덩을 쳐다보았다. 금단이 고개를 숙이더니 요령을 흔들듯 양손을 좌우로 움직이다가 딱 멈추곤 말했다.

"짙어, 너무 자욱하군. 무슨 비밀이 이다지도 많을까. 가을 하늘처럼 맑은 이가 한 명도 없네. 이러니 지름길 운운하는 것이겠지. 비밀이 탑을 이뤘으니 그게 지름길인지는 두고 봐야겠어."

"지름길이 뭔지 정말 아는가?"

최언순이 묻자, 금단이 제 손바닥으로 최언순의 손등을 정확히 때렸다. 보이기라도 하는 것처럼.

"어허, 괘씸하구나! 대장군님을 모신 뒤론 대장군님 외에 그 누구도 내게 반말을 해선 안 돼. 함부로 지껄였다간 대장군님께 끌려가 용궁 구경을 할 거다."

최언순도 호락호락 굴복하지 않았다.

"너도 반말이면서 왜 내게 존대를 하래? 네가 임경업 장군을 모신다면 나는 천주님을 모셔."

"내가 만난 천주쟁이 중에서 제일 기세등등하군. 하대하든 존대하든 맘대로 해. 대신 내게 존대하지 않으면 나도 지름길이 뭔지 말 못 해."

감귀남이 불쑥 물었다.

"요왕 선생님이지?"

최언순과 다른 죄인들의 시선이 감귀남에게 향했다.

"정확히 말하자면 요왕 선생님도 종사관의 지름길 중 하나인 게지? 요왕 선생님이 첫 번째 지름길이고, 두 번째 지름길은 아직 정해지지 않은 것 아닌가?"

임중호가 답답한 듯 가슴을 두드렸다.

"수수께끼도 아니고…… 알아듣게 풀어주십시오."

금단이 최언순의 미간을 검지로 가리키며 말했다.

"제법인데……. 기도라도 드렸나? 지름길이 뭔지 쉽게 풀어 알려달라고? 다시 기도해 봐. 두 번째는 누군지."

감귀남이 금단의 손등을 세게 때렸다. 금단이 최언순의 손등을 내리쳤을 때보다도 더 맵고 큰 소리가 났다. 금단은 손을 빼거나 아프다고 소리를 지르지도 않고 가만히 있었다. 아픔이란 것 자체를 모르는 사람처럼, 고요한 자세를 보곤 감귀남이 오히려 물러나 앉았다. 길을 알더라도 지금은 걸을 수 없는 전원오가 청했다.

"자, 이제 그 지름길을 설명해 보시게."

감귀남은 기운이 없어 눕다시피 한 남편과 눈을 맞추었다.

"한 사람씩 끔찍한 불행을 맛보게 하려나 봐요. 요왕 선생님이 첫 사람으로 지목된 게고. 이런 식으로 차례차례 죽기 싫다면 야고버 회장님이 숨은 곳을 털어놓으라는 협박이에요."

"설마! 함부로 사람을 죽이기야 하겠는가. 엄연히 법이 있는데."

"주 탁덕님 탈출을 도왔다고, 을묘년 윤유일 바오로, 최인길 마지아, 지황 사바 세 분을 하룻밤에 죽이고 시신마저 영원히 찾지 못하게 한 놈들이 누군가요? 포도청에서 벌어진 일 아닙니까? 그땐 나랏법이 없었나요? 그때 그랬던 놈들이니 이번에 또 그러지 말란 법이 없죠."

"……차라리 그랬으면…… 좋겠습니다. 제가 먼저……."

고덕출이 숨을 헐떡이며 겨우 말했다. 진목서가 입김이 뺨에 닿을 만큼 허리를 숙이곤 만류했다.

"가만! 아무 말 말고 지금은 쉬십시오."

그래도 고덕출은 이야기를 이었다.

"제가 견디는 동안에는…… 아무도 고통받지 않을 테니까…… 강에서 그물로 생선들을 잡고 보면…… 같이 뱃전으로 올라오고도…… 죽는 때는 다 다릅니다……. 오래 살 것처럼 퉁퉁 튀던 녀석이 가장 먼저 뻗고…… 겨우겨우 아가미를 헐떡이던 녀석은 배가 나루에 닿을 때까지도 살아 있습니다……. 그 녀석이 오래 버틴 까닭을 궁리한 적이 있거든요…… 저도 그렇게 하겠습니다…… 천주님이 제게 주신 마지막 임무고 선물이에요……. 이런 일은 제가 해야죠……. 강 수산나나 최 이사벨이나 감 글나라 혹은 월심이…… 첫 사람으로 선택되면 안 됩니다……."

강성대가 말했다.

"누구도…… 사람 목숨을 함부로 앗을 순 없소이다."

월심이 금단에게 말했다.

"요왕 선생님을 치료해 주세요. 살려주세요. 제발!"

금단이 고개를 들어 좌중을 훑었다. 죄인들은 얼굴을 돌려 외면할 뿐이고, 월심을 따라 치료를 청하는 이는 없었다. 금단은 이마에 잔주름을 잔뜩 잡으며 월심에게 말했다.

"이번에도 저들이 원치 않아. 천주의 뜻이 아니라는군."

"저대로 두면 정말 돌아가실지도 몰라요."

금단의 목청이 커졌다.

"대장군님의 힘으로 고덕출 요왕, 사람 낚는 어부의 상처를 살피고 고통을 줄이고자 애써도 되겠나?"

침묵이 더 흘렀다. 이번에는 맹목적인 외면만은 아니었다. 그만큼 고덕출의 목숨이 위태로웠고, 그나마 고덕출을 치료하며 반 나절이라도 더 숨을 쉬도록 만들 사람은 금단뿐임을 죄인들 모두 인정한 것이다. 그들 중 한 사람만 도와달라고 말문을 열면 다른 이들도 마지못한 듯 응할 분위기였다. 고덕출이 흐름을 깼다.

"……허튼소리 마. ……잡신 따위의 도움…… 필요 없어."

다른 죄인들도 언제 흔들리며 딴생각을 했냐는 듯 고덕출에게 마음을 보탰다.

"역경을 주시는 분도 천주님이시고 늪에서 건지시는 분도 천주 님이십니다."

"사탄은 물러가라!"

"우상에게 의지하였다가 지옥불에 던져진 후에야 정신을 차리 겠는가?"

다시 침묵이 찾아들 때까지, 금단은 몸을 움직이지도 않고 고 개도 들지 않고 반박도 하지 않았다. 이윽고 고요해졌을 때 입을 열었다.

"그런 생각해 본 적 있어? 당신들이 그토록 싫어하는 나를, 당 신들이 그토록 믿고 따르는 야고버 회장은 왜 찾아왔을까?"

임중호가 끼어들었다.

"침을 맞으러 가셨겠지."

"그게 다일까?"

"다가 아니면?"

금단이 받아쳤다.

"알려주면 믿을래? 원하는 답이 아니면 잡신을 모시는 무당의 헛소리로 몰아세울 거잖아? 맘대로 생각해. 확실한 건 당신들이 야고버 회장과 이런저런 관련이 있듯이 나도 그와 연결되어 있단 게지. 어떻게 연결되었는지는, 글쎄, 내가 말하느니, 야고버 회장이 돌아와서 밝힐 때까지 기다리는 게 낫겠어. 지옥으로 온다는 건 회장에겐 불행이겠지만."

"네가 두 번째로 선택된다면?"

"난 대장군님 명을 따를 거야. 당신들을 위해, 저 어리석은 고덕출이란 사내처럼 버티진 않아. 대장군님이 빨리 이승과의 인연을 자르라면 그 즉시 숨이 넘어갈 수도 있고, 지금이 때가 아니라면 아무도 날 해치지 못해. 내가 아니라 네가 두 번째라면 어떻게 할래?"

임중호가 곧바로 답하지 못한 채 고덕출을 내려다보았다. 말할 힘도 없어서 잔뜩 웅크린 채 떨었다. 피 냄새를 맡고 기어 나온 벌레들을 진목서가 손바닥으로 탁탁 쳐 죽였다. 임중호가 답했다.

"사람 낚는 어부보다는 일각이라도 더 버텨야겠지."

"고덕출이 형틀에서 일백까지 헤아렸다면, 넌 고작 여섯이나 일곱에서 포기하고 말 거야."

"웃기지 마. 천주님이 나와 함께하셔. 견딜 힘을 주실 거야."

"과연 그럴까? 천주만으론 부족할 때가 있지 않아?"

"미친 헛소리 더는 못 듣겠네. 천주님 외에 뭐가 더 필요해?"

금단이 갑자기 앉은 자리에서 풀쩍 뛰어올랐다. 정수리가 천장에 부딪힐 정도로 엄청난 높이였다. 바닥으로 내려앉은 금단은 깜짝 놀라 벌어진 입을 닫지 못하는 임중호에게 물었다.

"예수는 도움이 필요한 이들이 있으면 남녀를 가리지 않고 유대 사람인지 아닌지도 따지지 않고 첨례일인지 아닌지도 상관없이 나서서 도왔으며, 또 종도들에게도 도우라 가르쳤다며? 가난한 자

병든 자 외로운 자 절망한 자 슬픈 자 곁에 먼저 가서 오래오래 머물렀다며?

모든 걸 천주가 해결할 것이라고 믿고 무작정 기다리진 마. 기다릴 때마다 때맞춰 천주가 나타났다면, 너희들이 치명자라 부르며 받드는 이들이 그토록 많이 생겼을까? 양이들 나라에선 치명자들을 기록한 서책이 차고도 넘친다며? 그 서책들은 치명자들의 대단한 믿음을 보여주는 것이면서, 그들에게 도움이 필요한 많은 순간 천주가 돕지 않았단 반증이기도 해. 도우시는 것도 천주님 뜻이고 돕지 않으시는 것도 천주님 뜻이라는, 오락가락하는 주장을 들은 적이 있지. 그렇게 천주의 뜻이 돕기도 하고 돕지 않기도 한다면, 때론 곁에 있는 사람에게 도움을 청할 수도 있잖아?

내 도움이 필요하면 이야기해. 대장군님 역시 내게 말씀하셨어. 불쌍한 이들을 도우라고. 난 너희가 도와달라고만 하면 도울 수 있어. 병을 낫게 하고 고통을 대폭 줄여줄게. 고집부리지 마. 기다리다가 기회를 놓치지 말라고. 세상에서 지금 가장 불쌍한, 그래서 꼭 도움이 필요한 사람은 지옥에서 죽어가는 바로 너희야."

깨어 있으라

3월 24일, 고산에서 명이덕이 돌아왔다.

예수건정성체대례를 지낸 성목요일이기도 했다.

옥에 들어온 뒤에도 눈물을 쏟아냈으므로, 죄인들은 모두 명이덕의 어머니가 세상을 떠났다고 생각하며 「죽은 모든 이를 위하여 하는 축문」부터 함께 외웠다.

"모든 믿는 자를 조성하시고 구속救贖하신 천주여, 너를 섬기던 남녀 영혼들에게 모든 죄를 풀어주사, 그 평생에 원하던바 사하심을, 우리 정성된 기도로 얻게 하소서."

그리고 각자 위로의 말을 건넸다. 명이덕은 슬피 울면서 고맙다는 인사를 꼬박꼬박 했다.

"어머니가 제 손을 붙드시곤 천주님 말씀을 하나만 읽어달라 마지막으로 청하셨습니다. 서책을 폈는데, 하필 열 명의 처녀에 대한 이야기가 담긴 구절이었습니다."

강송이가 그 구절을 노래하듯 고저와 장단을 살려 암송했다.

"그때에 하늘나라는 저마다 등을 들고 신랑을 맞으러 나간 열 처녀에 비길 수 있을 것이다. 그 가운데 다섯은 어리석고 다섯은 슬기로웠다. 어리석은 처녀들은 등은 가지고 있었지만 기름은 가지고 있지 않았다. 그러나 슬기로운 처녀들은 등과 함께 기름도 그릇에 담아 가지고 있었다. 신랑이 늦어지자 처녀들은 모두 졸다가 잠이 들었다. 그런데 한밤중에 외치는 소리가 났다. '신랑이 온다. 신랑을 맞으러 나가라.' 그러자 처녀들이 모두 일어나 저마다 등을 챙기는데, 어리석은 처녀들이 슬기로운 처녀들에게 '우리 등이 꺼져가니 너희 기름을 나누어다오' 하고 청하였다. 그러나 슬기로운 처녀들은 '안 된다. 우리도 너희도 모자랄 터이니 차라리 상인들에게 가서 사라' 하고 대답하였다. 그들이 기름을 사러 간 사이에 신랑이 왔다. 준비하고 있던 처녀들은 신랑과 함께 혼인 잔치에 들어가고, 문은 닫혔다. 나중에 나머지 처녀들이 와서 '주인님, 주인님, 문을 열어 주십시오' 하고 청하였지만, 그는 '내가 진실로 너희에게 말한다. 나는 너희를 알지 못한다' 하고 대답하였다. 그러니 깨어 있어라. 너희가 그날과 그 시간을 모르기 때문이다."

죄인들이 두 손을 모은 채 "아멘!"을 동시에 말했다. 명이덕이 이어 마지막 순간을 설명했다.

"그리고 어머닌 제 손을 꼭 붙드시곤, 명일덕 형님을 부탁하셨습니다. 저는 어머니께 약속드렸습니다. 슬기로운 다섯 처녀처럼 천주님을 기다리며 깨어 있도록 형님을 만들겠다고."

모독이 슬픔에 젖어 가라앉은 분위기를 뒤집으며 끼어들었다.

"그게 가능하겠습니까? 천주쟁이라면 잡아먹을 듯 이를 갈던데……. 그나저나 다섯 처녀를 닮아야 할 줄은 꿈에도 모르는 쌍둥이 형은 만났나요? 방금 그대가 들어오기 직전에 옥리 막둥이가 와선 데리고 나갔습니다. 그대가 임종을 지키며 처녀 열 명의 이야기를 어머니에게 들려드릴 때, 옥리 명일덕은 우리와 함께 지옥에 갇혀 있었습니다. 그대가 천주쟁이만 아니었다면 형제가 나란히 임종을 지켰을 것 아닙니까? 제가 명일덕이고 그대 같은 동생이 있다면 혼을 냈을 겁니다. 쥐어박았을 거고."

"옥리방에서 뵙고 왔습니다. 저는 고향에서 옥으로 들어오고 형님은 옥에서 고향으로 나간 셈이지요. 어머니가 돌아가시자마자 저는 옥으로 와야 했기에, 이제부터 문상객을 맞고 장례를 치르는 건 형님 몫입니다. 쥐어박진 않으셨어요. 화를 내지도 않으셨고요. 형님도 예상은 하셨겠지만, 어머니를 잃은 충격이 클 겁니다. 한마디 제게 충고는 하시더군요. 어서 지옥에서 나오라고. 저도 형님께 충고해 드렸습니다."

"뭐라고?"

"이 세상이 지옥이라고요. 소돔과 고모라 같다고 덧붙이고 싶었지만, 형님은 그 두 고을이 불로 심판받았다는 사실을 모르시니 제가 참았죠."

"충고를 주고받는 형제로군요. 한데 가능하다고 봅니까, 두 고을을 불덩어리로 벌한다는 게? 우리가 갇힌 이곳 전주나 혹은 신유 대군난 때 천주쟁이들을 많이 죽인 한양에 불덩이가 떨어지기라도 할까요?"

명이덕 대신 전원오가 답했다.

"교인들이 이렇듯 감영에 가득 붙들려 왔으니 불로 심판을 내리시진 않을 겁니다."

"그렇군요. 소돔과 고모라를 벌하려는 천주께, 아브라함이 죄 없는 사람들을 함께 죽여서는 안 된다며 그 숫자를 얘기했지요. 처음엔 몇 명이었더라?"

명이덕이 답했다.

"쉰 명입니다."

"아브라함은 그마저도 자신이 없어서 깎기 시작합니다. 마흔다섯, 마흔, 서른, 스물, 그리고 열 명. 천주는 아브라함이 제시하는 숫자를 순순히 받아들이시고. 열 명이 끝이었던가요? 더 내려갔나요?"

"열 명에서 멈췄습니다."

"열 명도 없어서 소돔과 고모라는 불벼락을 맞았지만, 감영으로 끌려와 옥에 갇힌 교인 중에 죄 없는 사람이 열 명은 있겠지요? 신유 대군난 이후만 해도 제가 만난 이들 중에서 치명하겠다고 입버릇처럼 말한 교우가 일백 명은 넘으니까. 그중에서 아흔 명이 거짓말을 했거나 겁을 먹고 마음을 고쳐먹어도, 그래, 열 명은 넘겠습니다. 한데 그 열 명 중에서 지옥에 갇힌 이들은 몇 명이나 될까요? 갑자기 불벼락이 떨어지면, 감영에 선인은 없나니, 열 명도 없고, 어쩌면 단 한 명도 없을지 모르니, 참 부끄럽겠습니다. 그 꼴을 보고 싶기도 하네요. 하하하."

그때 장비가 옥리 고병태, 박용식, 석둥개와 함께 쇠문을 열고 들어와선 감귀남과 전원오 그리고 고덕출을 호명했다. 지금까진 한 사람씩 데리고 나갔는데, 두 명도 아니고 세 명을 한꺼번에 부른 것은 처음이었다. 더군다나 부부인 감귀남과 전원오를 동시에 문초하겠다니 불길했다. 월심이 울먹이며 물었다.

"요왕 선생님 다음을, 두 분 중에서 고르려는 걸까요?"

자신 있게 답할 사람은 없었다. 여옥이 열리자 감귀남은 절뚝거리긴 했어도 걸어 나왔지만, 남옥에선 전원오도 고덕출도 스스로 나오지 못했다. 옥리들은 문을 연 채 기다리기만 했다. 감귀남이 그들에게 청했다.

"두 사람 모두 다리가 성치 않습니다. 걷질 못해요."

장비가 비웃으며 받아쳤다.

"꾀병 아닌가? 곤장 좀 맞았다고 앉은뱅이 흉내를 내? 아예 발목을 꺾고 무릎을 갈아버릴까? 어서 썩 나오지 못해!"

전원오가 두 손으로 바닥을 밀며 앞장을 섰고, 고덕출은 팔을 뻗을 기력도 없어서 팔꿈치를 움직여 겨우 뒤따랐다. 달팽이보다도 느렸다. 진목서와 임중호가 부축해서 옥문을 통과하려 하자 장비가 주먹으로 두 사내의 정수리를 내리쳤다.

"어딜 함부로 나와?"

임중호가 억울한 듯 외쳤다.

"도와드리려는 겁니다."

"누가 도우래? 허락 없이 나오면 탈옥이야."

진목서가 혹이 난 제 머리를 문지르면서 임중호의 팔을 잡아당겼다. 감귀남이 다시 청했다.

"문초를 받지 않겠다는 게 아닙니다. 저렇듯 기면, 종사관 나리 앞에 가기도 전에 정신 줄을 놓을 겁니다."

옥리 박용식과 석둥개가 전원오와 고덕출을 각각 업었다. 마당을 가로지르는 동안 고덕출과 전원오는 누가 먼저랄 것도 없이 하늘을 우러렀다. 먹구름이 잔뜩 낀 저물 무렵이었다.

"까치네요."

뒤따르던 감귀남이 말했다. 전원오와 고덕출의 시선이 동쪽으로 날아가는 두 마리 까치를 쫓았다. 고덕출이 지나치듯 물었다.

"태몽이…… 까치였다면서요?"

"그걸, 어떻게?"

감귀남의 눈이 동그래졌다.

"그 태몽을 전 안또니 형제님이 꾸셨고?"

전원오가 고덕출을 쳐다보며 따져 물었다.

"또 뭘 아오?"

"돌림병으로…… 하나뿐인 아들을 다섯 살에 잃은 후…… 곡성으로 내려왔다는 것도……."

전원오가 고개를 돌려 뒤따르는 감귀남과 눈을 맞췄다. 감귀남이 고개를 젓자 전원오도 저었다. 그들은 태몽도, 그 태몽으로 얻은 아들을 다섯 살에 잃은 사실도 고덕출에게 말한 적이 없었다. 곡성 교인들에게도 비밀로 부쳤다, 단 한 사람만 빼고. 전원오가 그 한 사람에 대해 이야기를 꺼내려다가 혀끝까지 올라온 물음을 삼켰다. 앞서가던 장비가 되돌아와선 땅에 침을 뱉으며 노렸다.

"누가 지껄이라 그랬나?"

죄인들은 옥을 나서면 입을 닫아야 했다. 멋대로 멈춰 새소리를 듣거나 하늘을 우러르거나 담장을 살피거나 이야기를 나누는 것은 치도곤을 당할 짓이었다.

장비는 세 사람을 지당으로 데려가지 않고, 자신들이 임시 숙소로 쓰던 풍패지관의 서익헌에 가뒀다. 지옥과는 비교할 수 없을 만큼 방이 깨끗하고 넓고 밝았다. 개다리소반에 옹기로 만든 잔이 세 개 놓였고 물이 가득 담겼다. 감귀남이 잔을 들어 고덕출을 먼저 먹이고, 그다음 잔은 전원오를 먹이고, 마지막 잔은 자신이 마셨다. 굶주림과 목마름은 옥살이의 기본이었다. 장비와 옥리들이 밖에서 자물쇠로 문을 잠근 후 사라지자마자, 전원오가 물었다.

"만나셨습니까?"

"누굴…… 말이오?"

고덕출이 비스듬히 벽에 기대앉으며 되물었다. 이번에는 감귀남이 받아 물었다.

"야고버 회장님, 만나셨죠?"

"왜 제가 야고버 회장님을…… 만났다고 생각하는 겁니까?"

전원오가 답했다.

"곡성 교인 중에서 제가 꾼 태몽을 아는 사람은 야고버 회장님뿐입니다. 미륵골로 들어오기 전에 우리 부부는 야고버 회장님께 살면서 가장 안타깝고 죄스러운 순간을 상세히 털어놓았지요. 이 사람도 나도 아들 전건한을 잃은 것이 평생의 한이자 부모로서 지은 가장 큰 죄입니다. 저도 아내도 아들 잃은 이야길 야고버 회장님 외엔 누구에게도 하지 않았습니다. 그런데 요왕 선생, 당신은 제가 꾼 태몽과 언제 어떻게 우리가 건한을 잃었는가까지 소상히 압니다. 야고버 회장님께 듣지 않고는 불가능해요."

고덕출이 눈을 감은 채 반박했다.

"야고버 회장님을 제가 만난 적이 있다고…… 칩시다. 그랬대도 야고버 회장님이 왜 당신 부부의 내밀한 슬픔을…… 저한테 들려준단 겁니까?"

전원오가 바짝 고덕출 옆으로 다가앉았다.

"또 아는 게 뭡니까?"

"뭘 또 제가 안단 게요?"

"우리 부부에 대해 들은 게 무엇이 더 있냐 이겁니다."

감귀남이 끼어들어 질문을 보탰다.

"첫 번째 지름길로 당신을 택한 것과 상관이 있는 건가요? 야고버 회장님과 당신이 깊은 대화를 나눴다는 걸 저들이 눈치챈 겁니까?"

고덕출이 답하려는 순간 장비가 돌아왔다.

"고덕출, 나와!"

감귀남은 모로 앉아 꼼짝도 하지 않았고, 전원오만 손으로 방바닥을 당기며 고덕출 쪽으로 다가앉았다. 고덕출이 전원오의 손등에 제 손을 포개곤 청했다.

"나누고 싶은 이야긴 따로 있었는데……, 시간이 그래도 어느 정도는 있으리라 여겼는데, 아니었네요. 아쉽습니다만…… 오늘은 여기까지네요. 깨어 기도해 주세요……. 제가 꺾이지 않도록! 아무래도 이번이 마지막일 것 같습니다."

감귀남이 고덕출과 눈을 맞췄다.

"마지막이라뇨? 그런 소리 말아요. 잘 이겨내셨지 않습니까? 이번에도 견디셔야 해요."

"때가 된 겁니다. 치명은 제 오랜 바람이었습니다. 끝까지 배교하지 않고 무사히 천당에 닿고 싶습니다."

조금 전까진 언쟁을 벌였지만, 감귀남과 전원오 모두 눈물이 그렁그렁 맺혔다. 고덕출은 코앞까지 닥친 죽음을 느끼는 중이었다. 목숨이 달아나도 이상하지 않을 혹독한 매질과 주리질을 이미 당했지만, 그때는 죽는다는 생각이 들진 않았다. 감귀남이 먼저 말했다.

"깨어 기도드리겠어요. 지금까지 그랬듯이 천주님의 충실한 종으로 변함없게 해달라고."

전원오가 덧붙였다.

"당신이 맞을 때 저도 맞고, 당신이 비명 지를 때 저도 비명 지르고, 당신이 울 때 저도 울겠습니다. 당신이 우리 주 예수 그리스도를 증거할 때 저 역시 깨어 그분의 영광을 증거하겠습니다."

고덕출은 입가에 옅은 미소를 머금었다.

"고맙습니다……. 치명을 늘 생각하고 또 바라왔지만, 천주님이 항상…… 곁에 계신다는 걸 의심한 적은 없지만, 그래도 저 혼자가 아니라 두 분이 함께…… 저를 위해 기도하고 있다는 게 얼마나…… 든든한지 모릅니다."

고덕출이 옥리 고병태에게 업혀 나간 후 잠시 침묵이 감돌았다. 두 사람은 고덕출이 기대앉았던 자리를 물끄러미 쳐다보았다. 드문드문 피가 굳었다. 누가 먼저랄 것도 없이 소리 내어 기도했다. 감귀남은 무릎을 꿇었고 전원오는 다친 무릎을 편 채였다.

곡성 교인들은 가마 안에 모여 소리 높여 기도하는 것을 좋아했다. 인적이 드문 숲으로 들어가 통성 기도를 드릴 때도 있지만 맘껏 소리칠 수는 없었다. 토끼나 너구리나 삵의 걷는 소리에도 기도를 멈췄고, 꿩이나 딱따구리나 참새 울음에도 귀를 쫑긋 세워야만 했다. 그러나 가마에선 그럴 필요가 없었다. 화문을 단단히 틀어막은 후엔 눈치 보지 않고 입술을 열며 목소리를 높였다.

처음엔 작은 소리로 천천히 시작된 기도가 장작이 타오르듯 점점 커지고 빨라졌다. 천주교인이란 사실이 드러났으니 웅크린 채 숨어 조심조심 기도할 필요가 없었다. 천둥 같은 기도를 하자. 지옥에 갇히고 징제비에게 문초를 당하는 것보다 더 끔찍한 일을 당하랴. 소리가 커질수록 몸도 함께 뜨거워졌다. 이마엔 땀이 송골송골 맺혔고, 턱을 타고 흘러내린 땀들이 방바닥에 뚝뚝 떨어졌다. 문을 열고 기도를 그치라고 막는 이도 없었다. 그들은 두 손으로 바닥을 치고, 다시 양팔을 활짝 벌려 하늘을 우러르며 기도하고 또 기도했다. 목이 쉴 정도로 이어진 기도의 핵심은 고덕출을 지켜달라는 것이었다. 또한 고덕출이 무사히 돌아올 때까지 그들이 계속 깨어 기도하게 허락해 달라고도 빌었다.

기도 소리가 차츰 작아지더니 예수의 이름으로 끝이 났다. 기도를 시작하기 전의 고요함이 다시 깃들었다. 두 사람은 누가 먼저랄 것도 없이 맞잡은 손을 풀었다. 감귀남이 전원오의 피투성이 다리를 보며 말했다.

"다리라도 씻겼으면 좋겠네요."

전원오가 찡그리며 받았다.

"제대로 서지도 못하는 다리, 씻어서 뭘 하게?"

"꼭 일어설 수 있을 거예요. 낙담하지 말아요. 내가 당신 앉은뱅이로 살게 안 둬."

"당신은 괜찮아? 나야말로 당신 두 발 씻겨주고 싶네. 벌레한테 많이 물렸지?"

감귀남이 제 발을 보며 답했다.

"옥살이가 다 그렇죠."

408

"여기서 살아 나가면 순자강에 당신 발부터 넣자. 압록진으로 가서 고운 모래로 내가 씻겨줄게."

"그땐 걸어서 강으로 내려가는 거예요?"

"그래. 그랬으면……."

전원오가 「성사 요왕」 제십삼 편에 실린 예수의 가르침을 외웠다.

"'나 주와 스승이 되대 너희 발을 씻겼으니 너희들도 마땅히 서로 발을 씻길지라.'"

감귀남이 반대쪽 벽으로 자리를 옮겼다. 벽에 기대 마주 앉아선 서로의 얼굴을 보며 가만히 있었다. 눈꺼풀이 무거워졌다. 두 사람은 벽에서 등을 떼곤 머리를 흔들며 고덕출의 부탁을 떠올렸다. 전원오가 감귀남에게 물었다.

"혹시 내가 꾼 태몽 다른 사람에게 말한 적 있어?"

"없어요."

감귀남이 문을 흘끔 쳐다보곤 물었다.

"당신은?"

"나? 생사람 잡지 마."

"잘 생각해 봐요. 술 한 잔씩들 하고 밤을 새워 이야기판을 벌였다가 온 날이 봄 여름 가을 겨울 통틀어 네 번은 넘잖아요? 그때 흘러가는 소리로라도 까치 수십 마리가 하늘에서 폭포처럼 떨어지는 꿈을 꿨다는 걸 말한 적이……."

"없다니까. 건한이가 살아 있다면 했을지도 모르지. 하지만 그 꿈을 꾸고 얻은 아이를 돌림병으로 잃었는데, 내가 어디서 누구에게 그딴 소릴 하겠어? 이야기판에 찬물을 끼얹을 일 있남."

전원오가 긴 숨을 들이쉰 뒤 말을 뒤집었다.

"어쩌면…… 말했을지도 몰라."

"언제요? 누구한테요?"

"곡성에서, 눈 가리고 목에 밧줄을 걸어 묶었을 때! 먼저 이야기를 꺼내진 않았지만, 예방 앞에서 엄청나게 많은 얘길 쏟긴 했어. 그때 했을까? 죽음에 코를 비비며 너무 많은 얘기를 정신없이 해서, 했는지 안 했는지 모르겠어. 했다면 그때 했을 거야. 했을까?"

감귀남이 한숨을 내쉬곤 말했다.

"저도 했네요. 질문을 다섯 개 받을 때까진 답을 안 했는데, 갑자기 호방이 아들 얘길 꺼내는 거예요. 다섯 살인데 자주 몸이 아프다고. 그때 갑자기 제 눈에서 눈물이 흐르더라고요. 그리고 건한이 얘길 했죠. 했어요 전!"

전원오가 말했다.

"그건 우리가 곡성에서 정신이 없을 때 했던 말이고…… 고 요왕 선생은 장흥에서 붙들려 왔으니 그걸 알 턱이 없지. 만난 거야, 야고버 회장님을! 틀림없어."

"그럼 회장님이 예양강 쪽으로 피하신 거예요? 강진이나 장흥?"

"나는 모르지. 당신은 알아?"

"제가 어떻게 알아요. 저도 모르죠. 한데 회장님이 왜 우리 얘길 요왕 선생에게 했을까요?"

"나도 몰라. 당신은 짐작 가는 구석이 있나?"

"없어요."

전원오가 손으로 바닥을 당겨 감귀남에게 기어갔다. 콧김이 닿을 만큼 가까이 오자, 감귀남이 허리를 젖히며 물었다.

"왜, 왜요?"

"당신 정말 몰라?"

"뭘요, 또?"

"야고버 회장님 가신 곳."

"내가 어떻게 알아요?"

"당신을 아끼셨잖아? 특히 여교우들과 관련된 일들을 처리할 땐 늘 당신 의견을 구했어. 자신보다 당신이 많은 부분에서 뛰어나다고도 하셨지."

"신임받은 걸로 따지자면 나보다 당신이 열 배는 더하죠. 복된 말씀을 나누는 시간은 회장님이 주도하셨지만, 그 외 일들은 점점 더 많이 당신에게 맡기지 않으셨나요? 나는 몇 가지 조언을 드린 게 전부지만 당신은 일을 넘겨받아 책임지고 했어요. 저도 당신에게 묻고 싶었답니다. 야고버 회장님 가신 곳을 정말 모르느냐고."

"몰라."

감귀남이 전원오의 양손을 끌어 꼭 쥐곤 물었다.

"정말 제게 비밀이 없어요? 숨긴 게 단 하나도 없느냐고요?"

"당신은?"

"없어요."

"그럼 나도 없어."

잠시 침묵이 맴돌았다가 감귀남이 고쳐 물었다.

"제게 말도 없이 다른 고을에 다니러 갔다 오기도 했잖아요?"

"회장님 지시를 따른 거야. 가기 전엔 숨겼지만 다녀와선 전부 당신에겐 말했고."

"돌아와선 말해도 된다고 회장님이 허락하신 거겠죠?"

전원오가 대답 대신 이마를 긁적거렸다. 그 질문에 이어질 질문을 그려보는 듯했다.

"하고 싶은 말이 뭐야?"

"만약에, 만약에 말이에요. 야고버 회장님이 평생 혼자만 간직하라고 지시하셨다면, 그런 비밀이 당신에게 있다면, 그걸 저는 평생 알 수 없는 거잖아요?"

"나도 비슷한 생각을 했었어. 당신에게도 내가 모르는 비밀이 있지 않을까."

"저한테요?"

전원오가 고개를 끄덕인 후 제안했다.

"그럼 우리 동시에 답해 보는 게 어때? 비밀의 내용은 말하지 말고 그런 비밀이 있는지 없는지만 말하는 걸로."

"좋아요."

두 사람은 손을 더 꼭 쥐며 서로의 눈을 뚫어지라 들여다보았다. 이렇게 집중해서 눈을 맞춘 적이 부부가 된 후에는 없었다. 전원오가 말했다.

"하나 둘 셋, 헤아리고 나면 있다 혹은 없다로만 답하는 거야."

감귀남이 고개를 끄덕였다. 전원오가 숫자를 딱딱 끊어 말했다.

"하나 둘 셋!"

부부는 동시에 답했다.

"없다!"

"없다!"

두 사람은 서로를 끌어안았다.

피곤함이 밀려들었다.

지금까지는 차원이 다른 피로였다. 처음엔 상대를 깨워주기 위해 손등도 치고 어깨도 짚었다. 그래도 자꾸 눈꺼풀이 감기자 허리를 당겼다. 그때마다 자세를 고쳐 앉고는 손바닥으로 제 이마를 두드렸다. 하품이 전염되듯 이마를 두드리는 짓도 감귀남과 전원오가 번갈아 했다. 그들이 졸고 있는 동안 고덕출의 몸은 곤장을 맞고 주리에 뒤틀리고 인두에 살갗이 타들어갈 것이다. 고덕출을 위해 깨어 기도하려 했다. 하루나 이틀 밤을 꼬박 새우며 기도한 적도 있으니, 아무리 옥살이가 힘들더라도 감당하리라 여겼다. 그러나 눈에 힘을 주고 손바닥으로 제 얼굴을 소리가 날 정도로 쳐도 계속 눈이 감겼다.

"아얏!"

전원오의 팔뚝을 감귀남이 먼저 꼬집었다. 손을 거둔 후에도 팔이 얼얼할 정도였다. 전원오도 잠시 후 감귀남의 팔뚝을 꼬집었다. 감귀남은 비명을 지르진 않았지만 두 눈을 번갈아 깜박였다. 서로 몸을 꼬집다가 급기야 볼까지 올라왔다. 볼이 멍들 정도로 힘껏 꼬집고도 졸음이 밀려들자, 전원오는 문득 의심이 생겼다.

"잠자는 약이라도 먹였을까?"

감귀남은 전원오의 생각을 따라 짚었지만 이내 고개를 저었다.

"우릴 재워 뭘 하려고요?"

전원오의 답을 듣지 못한 채 감귀남이 먼저 쓰러졌다. 뒤이어 전원오 역시 질문만 한 번 더 곱씹다가 답 대신 잠에 취했다. 마주 보며 모로 누운 모습이 금실 좋은 부부의 평온한 단잠처럼 보였다.

간자

하루가 더 지나 3월 25일을 맞았다.

강성대의 금식이 고비를 맞았다. 동작이 느리긴 해도 아침이면 일어나 앉았고, 말을 하진 않았지만 벽에 기댄 채 웅얼웅얼 복된 말씀을 외우고 기도를 해왔다. 편히 누워 쉬시라 권했지만, 늦은 저녁 함께 잠들 때를 제외하곤 등을 바닥에 대는 법이 없었다. 그러나 오늘은 아침부터 허리를 세우지 못한 채, 다시는 하늘을 향해 가지를 뻗고 잎을 내지 못하는 고목처럼 누워 있었다. 손녀인 강송이가 옥리를 부르려 했지만 강성대가 막았다.

"알잖니…… 늘 이랬어……. 성금요일……. 예수님은 십자가에 못 박히셨는데, 사순재 굶는 게 뭐 대수겠어……. 예전에도 이즈음이면 기진맥진 앉지도 못하고 누워 기도드렸지만, 예수님 부활하신 날이면 일어나 금식을 끝내곤 했으니, 걱정 마……."

강성대의 회고는 사실이었다. 단 한 번이라도 그의 말과 달랐다면 굶어 죽었다는 오명을 썼을 것이다. 거죽만 남고 속은 다 사라진 듯해도, 조금씩 몸을 불려가는 이른 봄 숲처럼 여름이 오기 전에 원래 모습으로 돌아가 있곤 했다. 강송이가 젖은 눈으로 웃으며 고개를 끄덕였다. 임중호와 진목서는 여전히 걱정하며 가까이 와서 강성대를 살폈다. 아직 눈이 또렷또렷하고, 손아귀 힘이 남아 있었다. 함께 조과를 드렸다.

"천주여, 유다는 그 죄의 벌을 네게 받고 우도右盜, 예수가 십자가에 못 박힐 때 오른쪽에 있던 도둑, 일명 착한 도둑는 그 증거함의 갚음을 네게 받은지라. 우리에게도 네 어여삐 여기시는 효험을 주사, 하여금 오주 예수 그리스도 수난하실 때에 각각 공죄대로 갚으심과 같이, 우리 이왕 죄과를 벗겨주시고, 주의 부활하신 공로를 얻게 하시되, 또한 네 아들 우리 주 예수 너와 함께하며 성신과 함께하사, 세세로 생활하시고 왕하심을 위하여 하소서. 아멘."

기도하는 죄인들의 목소리는 노래하는 새들의 울음처럼 저마다 달랐다. 남녀가 달랐고 노소가 달랐으며, 남자는 남자들끼리 여자는 여자들끼리도 다른 소리를 냈다. 같은 사람이라고 하더라도 그제와 어제 그리고 오늘 아침 조금씩 차이가 났으며, 기도하는 내용에 따라서도 또 달랐다. 그 소리는 한꺼번에 날아오른 강변의 새 떼처럼 크고 넓게 퍼졌다가 한순간에 뚝 끊기기도 했다. 때로는 단 한 사람만이 소리를 내고 나머지는 그 소리를 들었으며, 때로는 두 사람이 주고받듯 혹은 서로의 기도를 지우려고 경쟁하듯 소리를 내기도 했고, 때로는 세 사람의 꼬리에 꼬리를 무는 수다처럼 소리가 뒤섞이기도 했다.

든 자리는 몰라도 난 자리는 안다고 했던가. 감귀남과 전원오와 고덕출이 빠지니 허전함이 더했다. 죄인들은 옥에서 잠들었지만, 세 사람은 지당에서 뜬눈으로 문초를 당했으리라. 사람이 감당할 한계를 훨씬 넘어서는 고통을 겪는 중이리라. 그들의 빈자리가 죄책감으로 덮이는 바람에 어제보다 한숨이 잦았다. 전원오가 있었다면, 성금요일에 품어야 할 복된 말씀을 제법 길게 읊었을 것이다. 임중호나 진목서나 명이덕 그리고 최언순과 강송이는 아직 여러 사람 앞에서 말씀을 길게 읊은 적이 없었다. 강성대는 야고버 회장이 예수수난첨례를 맡아 성대하게 올렸던 날들을 기억하며, 눈을 크게 뜨곤 느릿느릿 또박또박 물었다.

"다른 건 다른 날…… 되새겨도 되겠지만……, 예수님이 십자가에서 하신…… 일곱 가지 말씀은…… 오늘 함께 품읍시다."

진목서가 먼저 말했다.

"첫째는 이 말씀입니다. 예수 가라사대 '부父여, 저의 죄를 사하소서. 저는 실로 하는 바를 알지 못하나이다.'"

임중호가 이었다.

"둘째는 이 말씀입니다. '나 정녕 너다려 이르나니 오늘날 나와 함께 천당에 있으리라.'"

최언순이 이었다.

"셋째는 이 말씀입니다. 모친다려 일러 가라사대 '여인아 네 아들이 여기 있도다' 하시고, 또 종도다려 이르시대 '네 모친이 여기 있도다.'"

강송이가 그다음을 말했다.

"넷째는 이 말씀입니다. '내 주여 내 주여 어찌하여 나를 버리시는고.'"

월심이었다.

"다섯째는 이 말씀입니다. '목마르다.'"

강성대가 떨리는 목소리로 말했다.

"여섯째는…… 이 말씀입니다. '마쳤다.'"

그리고 죄인들은 명이덕이 일곱째 말씀을 잇기를 기다렸다. 그런데 아무리 기다려도 명이덕의 목소리가 들리지 않았다. 임중호가 물었다.

"혹시, 잊었습니까? 덕실마을이나 무명마을에선 서너 살 아이도 가상칠언架上七言, 예수님이 십자가에 매달려 하신 일곱 가지 말씀을 외웁니다."

명이덕은 얼굴이 달아오른 채 답을 못했다. 그사이 월심이 기다리지 않고 이어 말했다.

"일곱째는 이 말씀입니다. '부父여 내 영신靈神을 네 손에 부치나이다.'"

죄인들이 일제히 "아멘!"을 외쳤고, 각자 기도에 빠져들었다. 최언순과 강송이는 가상칠언 첫 말씀부터 눈물을 흘리는 중이었다. 임중호도 명이덕을 더 몰아세우진 않고 기도에 동참했다. 명이덕 역시 눈을 감고 손을 모았다. 가상칠언 중 다섯째와 일곱째를 말한 월심도 울먹이기 시작했다. 처음엔 들릴락 말락 중얼거리는 수준이었는데, 십자가에 매달린 예수의 모습을 떠올릴수록 마음이 아픈지 울음소리가 점점 커졌다. 현요섭이 그 소리에 놀라 잠을 깨고 울음을 터뜨렸다.

진목서가 벌떡 일어서더니 명이덕의 뒤통수를 힘껏 주먹으로 내갈겼다. 명이덕이 양손으로 뒤통수를 감싸곤 고개를 돌려 진목서를 올려다보았다.

"뭐, 뭡니까? 왜 때리는 겁니까?"

"맞을 짓을 했으니까."

임중호가 끼어들었다.

"명 도밍고는 상중喪中입니다. 어머니 잃은 슬픔을 감당하기도 힘들 텐데, 왜 손찌검을 합니까?"

명이덕도 억울하다는 듯 진목서를 계속 쳐다보았다. 그러나 진목서는 화를 참지 못하는 듯 발길질까지 하려 했다. 임중호가 막지 않았다면 명치나 옆구리를 걷어찼을 것이다. 명이덕이 일어나 벽에 붙어 섰다.

"이유나 알고 맞읍시다. 갑자기 왜 이러는 겁니까?"

임중호가 진목서에게 말했다.

"사과하세요. 뭣 때문에 이러는진 모르겠으나 사람을 패는 건 천주님을 믿고 따르는 사람이 할 짓이 아닙니다."

진목서가 단언했다.

"당신은 명이덕 도밍고가 아니니까."

진목서를 붙들던 임중호가 물었다.

"아니라니?"

진목서가 답했다.

"저 가짜에게 먼저 물어봐요. 왜 이처럼 거짓 놀음을 벌였는지."

명이덕이 주변을 둘러보며 억울한 듯 가슴을 쳐댔다. 말이 점점 빨라졌다.

"명이덕이에요, 저! 다들 아시잖아요? 어머니 상喪도 제대로 못 치르고 다시 왔어요. 제가 없는 동안 무슨 오해가 있었는지는 모르겠지만, 가짜라니 왜 이딴 소릴 하는지 정말 모르겠네요."

진목서가 낮고 느리지만 분명하게 단정했다.

"당신은 명일덕이야. 명이덕의 쌍둥이 형!"

침묵이 갑자기 지옥을 덮었다. 죄인들은 명이덕의 얼굴을 뚫어져라 보다가 거의 동시에 참았던 숨을 내쉬었다.

"명이덕인데⋯⋯."

"명일덕인가?"

"닮았어. 너무 닮았어."

"똑같아요, 정말."

명이덕이 물었다.

"제가 일덕 형처럼 보여요? 우리 둘이 너무 비슷해서 가끔 저를 형으로 착각하는 사람들이 있긴 합니다. 하지만 전 명일덕 형이 아닙니다. 명이덕입니다."

"아니! 명이덕이 아니고 명일덕이야. 명이덕은 아마 다른 옥에 가뒀겠지. 이게 모두 명일덕인 당신이 명이덕인 척하기 위해 꾸민 짓이야."

"증거 있습니까? 제가 명이덕이 아니라 명일덕이라는 증거?"

임중호가 명이덕의 얼굴을 살피며 진목서에게 물었다.

"어디가 다르단 겁니까? 눈? 코? 입? 귀?"

진목서가 답했다.

"눈코입귀는 똑같습니다. 목도 어깨도 팔과 다리도 구별하기 힘듭니다."

"목소리가 다른가요?"

"그것까지 같더군요. 다른 발음이나 말버릇을 찾으려 했지만 못 찾았습니다."

강송이가 물었다.

"그럼 증거가 뭔가요?"

"굳은살!"

"굳은살이라고요? 어디?"

죄인들의 시선이 다시 명이덕에게 쏠렸다. 명이덕이 억울하다며 두 팔을 접시를 받쳐 들듯 올리곤 울상을 지었다. 진목서가 답했다.

"손에 있는 굳은살!"

명이덕이 자신의 오른손을 살핀 후 재빨리 들어 보였다.

"여기 굳은살 있어."

진목서가 받아쳤다.

"손바닥에 굳은살이 있지. 육모 방망이를 들고 다니니까. 그리고 가끔 무거운 곤과 장을 들고 죄인들의 허벅지를 내리치니까. 하지만 명이덕은 중지 더 정확히 말하자면 중지 중 검지 쪽으로 향한 손가락 둘째 마디 옆면에 굳은살이 있었어."

임중호가 물었다.

"명이덕에게 그딴 게 있다고요? 이유가 뭡니까?"

진목서가 답했다.

"각수니까요. 작은 칼을 들고 나무판에 글자를 무수히 새기려고 하면, 중지 두 번째 마디 딱 거기에 나무로 만든 손잡이를 대고 힘을 실어야 합니다. 그러니 살갗이 자꾸 눌리고 벗겨지죠. 제가 화공이라서 그런지 사람을 처음 만나면 손부터 봅니다. 손은 거짓말하지 않거든요. 명이덕이 왔을 때도 손을 봤죠. 각수라고 자신을 소개했을 때 고개를 끄덕였습니다. 저도 바로 같은 자리에 굳

420

은살이 있거든요. 하지만 붓을 드는 화공과 칼을 잡는 각수의 굳은살이 똑같을 순 없죠. 저보다 훨씬 단단하고 두꺼운 굳은살이었습니다. 명이덕이 어머니가 위독하다며 나가고 명일덕이 대신 들어왔을 때도 손을 봤죠. 얼굴과 목소리가 너무 닮아서 처음엔 명이덕인가 했습니다. 그런데 손가락을 보니 다르더군요. 명일덕은 손바닥에만 굳은살이 있고 손가락엔 전혀 없었어요. 열 손가락 모두 깨끗했죠.

어머니의 임종을 지키고 돌아왔다는 명이덕이 눈물을 훔친다고 올린 오른손을 보는 순간, 그가 명일덕이란 걸 알아차렸습니다. 굳은살이 손바닥에 있었으니까요. 명일덕이 명이덕 행세를 시작한 겁니다. 우리들이 하는 얘길 전부 들어뒀다가 징제비에게 고스란히 일러바치려는 겁니다."

임중호가 진목서를 막았던 손을 풀고, 명이덕이라고 줄곧 주장한 사내를 향해 돌아섰다. 그 옆에 모독까지 나란히 섰다. 한 걸음 또 한 걸음 다가갔다. 옥에 들어온 후 그렇듯 합심하여 걸음을 뗀 적이 없었다. 그들은 주먹을 꽉 쥐었고 허리를 곧게 세웠고 눈을 크게 떴다. 한꺼번에 달려들 기세였다. 그때 사내가 품에서 단검을 뽑아 들고 휘저으며 위협했다.

"멈춰! 더 다가오면 베겠다."

그래도 죄인들은 걸음을 늦추지 않았다. 사내가 고개를 치켜들곤 새소리를 냈다. 검디검은 까마귀 울음이었다. 쇠문이 덜컹 열리곤 석등개를 비롯한 옥리 네 사람이 방망이와 장창을 든 채 뛰어 들어왔다.

다시, 괴씸한 사람들만 남아

전원오와 감귀남은 문 여는 소리에 겨우 눈을 떴다. 전원오의 오른팔을 감귀남이 벤 채 끌어안고 누워 있었다. 모로 누운 감귀남의 이마가 전원오의 가슴에 붙었고 전원오의 왼팔은 감귀남의 등에 닿았다. 아무리 바쁘게 하루를 보내더라도, 두 사람은 만과를 반드시 올린 뒤 꼭 끌어안고 잤다. 곡성 관아로 끌려가기 전까진 단 하루도 따로 잔 적이 없었다.

자신들이 누운 곳이 곡성 당고개 덕실마을이 아니라 전라감영 객사인 풍패지관 서익헌이란 사실을 깨닫고 급히 일어나 앉았다. 깨어 기도해 달라는 고덕출의 목소리가 귀를 파고들었다.

고형이 끝났을까. 살아 있을까.

얼마나 잠이 들었던 걸까. 감귀남과 전원오는 아무리 길어도 한나절을 넘기진 않았으리라 여겼다. 그러나 그들은 약에 취해 하룻밤 하룻낮을 꼬박 잤다. 3월 25일 성금요일이 아니라 3월 26일 저물 무렵에서야 깬 것이다.

발소리가 들렸다. 감귀남이 문 앞으로 가선 기다렸다. 살갗이 찢기고 뼈가 부러졌을 고덕출을 부축하기 위해서였다. 전원오처럼 두 다리를 쓰지 못할 정도로 다치지는 않게 해달라고 기도했다. 천주께선 답을 바로 주지 않고 침묵하실 때가 많지만, 감귀남으로선 기도밖에 할 수 있는 일이 없었다.

문이 열렸다. 감귀남이 급히 팔을 뻗으려다가 멈췄다. 옥리들에 이끌려 방으로 들어선 이는 고덕출이 아니었다. 강송이가 먼저 고개를 꾸벅 숙여 인사를 건넸고, 뒤이어 비틀거리는 강성대를 부축하며 임중호가 들어왔다. 곡성에서 끌려왔고, 금창배에게 괘씸하다는 누명을 쓰고 지옥에 갇힌 다섯 사람이 풍패지관 서익헌에 모두 모인 것이다. 맨 처음 지옥에 들 때를 제외하곤 다섯 명만 남은 적이 없었다.

옥리들은 별다른 지시 없이 문을 잠그고 나갔다. 발소리가 멀어진 뒤에도 침묵이 흘렀다. 임중호가 어색한 분위기를 깨려는 듯 농담을 건넸다.

"곡성에서도 금실이 좋더니 여전하시네요."

전원오가 맞장구를 치지 않고 강성대를 보며 물었다.

"어떻게 셋만 이리로 온 겁니까?"

"우리도…… 모르네."

강성대가 임중호와 강송이와 차례차례 눈을 맞춘 후 힘없이 답했다. 임중호가 이어서 답했다.

"나오라는 소릴 듣곤 또 끔찍한 시간이 시작되는구나 싶었습니다. 셋이 함께 나오라니, 그래도 혼자 당하는 것보단 낫겠다 싶었고요. 한데 지당이 아니라 이리로 데려오더군요. 묻고 묻고 또 물으며 괴롭히려나 싶었는데, 뜻밖에도 두 분이 계시네요."

감귀남이 강성대에게 말했다.

"오늘이 마지막 날이지요? 저희를 위해 힘써 기도하시느라 더욱 엄하게 금식하신 것 잘 알고 있어요. 고맙습니다. 누워 쉬십시오. 이곳 방바닥이 옥보다는 훨씬 편할 겁니다."

강성대가 머리를 들지도 못한 채 겨우 오른손 검지를 까닥이며 단어 하나를 말했다.

"무덤……."

나머지 네 사람은 곧 그 단어의 의미를 헤아렸다. 어제는 예수가 십자가에 못 박힌 성금요일이고, 오늘은 숨이 끊긴 예수의 육신이 무덤에 머문 날이다. 예수를 따르던 무리에겐 비탄과 절망에 사로잡힌 날이 아닐 수 없었다. 제아무리 기적을 행하고 깨달음의 말씀을 널리 알린 사람이더라도 십자가에 못 박혀 죽었으니, 그에게 더는 기대할 것이 남아 있지 않은 것이다. 발 빠른 종도들은 새로운 스승을 찾아 떠났고, 아예 예수를 따르며 보낸 날들을 스스로 부정하며 비웃는 자들까지 나왔다. 예수가 직접 고른 종도 중엔 골고다 언덕까지 따라온 이가 없었을 뿐만 아니라, 으뜸 종도로 일컬어지던 베드루마저 첫닭이 울기 전에 예수를 모른다고 배신의 말을 늘어놓았다. 예수는 거듭 부활을 언급했지만, 그런 일이 실제로 일어날 것이라고 믿었던 종도는 단 한 사람도 없었다. 강성대가 눈을 감고 잠든 후, 강송이가 고덕출의 안부부터 물었다.

"요왕 선생님은요?"

감귀남이 답하면서 울먹거렸다.

"그게 우리만 여기 가두곤 징제비에게 데려갔어. 깨어 기도해 달라고 우리에게 부탁했는데, 잠이 너무 쏟아져서 견딜 수가…… 아, 그래도 깨어 있어야 했는데……. 우리가 잠든 사이 요왕 선생이 혹시 지옥으로 돌아갔을까 했는데……."

"아니에요. 아무도 오지 않았습니다. 저는 두 분과 함께 계시겠거니 했죠."

"거기도 없고 여기도 안 왔으면 지금까지 지당에서 문초를 받고 있는 건가? 끔찍한데 그건……."

전원오가 세 사람에게 물었다.

"별일은 없었습니까?"

임중호가 답했다.

"난리가 났었습니다."

"난리?"

강송이가 이어받았다.

"진 도마 화공이 간자를 밝혀냈어요."

"간자? 그게 누군데?"

감귀남과 전원오가 놀란 눈으로 다가앉았다. 강송이가 방문으로 가선 귀를 대고 기척을 살핀 후 돌아와 낮은 목소리로 이야기를 시작했다. 전원오는 처음부터 끝까지 주먹을 꽉 쥔 채 이야기를 들었고, 감귀남은 깜짝깜짝 놀라며 한숨을 푹푹 내쉬었다. 전원오가 물었다.

"명일덕은 그럼 옥방에서 나갔어?"

임중호가 미간을 찌푸리며 답했다.

"혼을 내줬어야 하는데, 얼마나 미꾸라지처럼 구는지…… 까마귀 울음이 나자마자 바로 쇠문이 열렸습니다. 몽둥이와 창을 든 옥리들이 들어서자, 명일덕의 바뀐 표정이 잊히지 않습니다. 진 도마 화공의 지적을 받을 땐 궁지로 몰린 생쥐처럼 얼굴이 딱딱 하게 굳었습니다. 두 눈에 두려움이 가득 차오르더라고요. 그런데 옥리들을 뒷배로 두자 침을 질질 흘려대며 웃더군요. 악마의 웃음 이었습니다. 악마가 웃는 걸 본 적은 없지만, 정말 저렇게 웃겠구 나 싶었어요. 제가 치도곤을 당하더라도 달려들어 주먹을 내지르 고 코뼈를 부러뜨렸어야 했는데……. 진 도마 화공이 그만두라며 팔을 잡아당겼습니다. 제가 팔을 아무리 휘저어도 붙들곤 놓지 않 았습니다. 그사이 옥문을 열고 옥리들이 들이닥쳤죠. 명일덕과 우 리 사이에 장벽처럼 쭉 늘어섰고 방망이와 장창을 휘두르며 위협 을 해댔습니다. 그러는 사이 명일덕은 옥문을 빠져나갔지요. 쇠문 을 통과한 뒤에도 징글징글한 웃음소리가 계속 들렸습니다."

전원오가 침착하게 말했다.

"덤벼들지 않은 건 잘했어."

감귀남이 말머리를 돌렸다.

"그날이 떠올라요."

"언제?"

"간자 윤웅복 베드루 이야길 듣던 밤!"

다섯 사람이 동시에 미간을 찡그렸다. 그들은 모두 오 년 전인 임오년壬午年, 1822년 봄, 같은 날 같은 자리에서 두렵고 안타까운 이야기를 들었다. 그 후론 윤웅복이란 이름만 들어도 불쾌하고 화 가 치밀어 오르면서 한편으로 뒷골이 서늘했다.

부활절이었다. 무명마을 밤나무 기도장에 모인 교인은 백여 명 남짓이었다. 몸이 불편해서 당고개 덕실마을에 머무는 교인과 미륵골 입구를 지키는 교인들을 제외하고 모두 모였다. 부활첨례를 드리려고 특별히 마련된 자리였다. 교인들이 기도를 하는 동안 이오득은 잠시 숲을 떠났다가 늙은 사내를 한 명 데리고 돌아왔다. 짙은 어둠 탓에 가까이에서도 얼굴을 가늠하기 어려웠지만, 지팡이를 짚고 겨우 걸음을 뗄 뿐만 아니라 가래가 끓고 끝이 갈라지는 목소리에서 죽음의 기운이 흘러넘쳤다. 이오득이 먼저 오늘 만남의 의의를 설명했다.

"간자의 역사는 끝이 없습니다. 예수님을 따르던 무리에도 한두 명이 아니었을 듯싶고요. 뭐니 뭐니 해도 최고의 간자는 가롯 유다입니다. 예루살렘으로 들어간 후에도 예수님은 몇 번이나 붙잡힐 위기가 있었습니다. 예루살렘 성전 앞마당을 휘저으며 난전을 부수고 뒤집어엎고, 거길 장사치들에게 내준 제사장들을 비난하셨으니까요. 하지만 워낙 사람들이 많아서 잡혀가시진 않았습니다. 예수님께서 갈릴래아에서 예루살렘까지 오시는 동안 불어난 추종자들이 겹겹이 둘러싸고 있었죠. 예수님을 붙잡으려면, 따르는 무리가 없는 순간을 노리는 수밖에 없었습니다. 다들 알다시피, 예수님은 감람산 서쪽 기슭 겟세마네 동산에서 기도를 드리고 내려오다가 붙들리셨습니다. 따르는 무리로부터도 떨어졌고, 동행한 종도는 베드루, 야고버, 요왕 이렇게 세 명이 전부였습니다. 그때 대제사장이 예수를 붙잡아 오라고 보낸 무리와 함께 가롯 유다가 나타났지요. 유다는 예수를 붙잡으려면 지금이 가장 좋다고 알려줬을 뿐만 아니라 겟세마네 동산으로 그들을 이끌고 직접 갔습니다. 그들과 미리 짜고, 자신이 입을 맞추는 사내가 예수이니 놓치지 말고 붙잡으라고까지 했지요. 유다가 이렇듯 간자 짓을 하지 않았다면, 대제사장과 그 무리가 예수님을 붙잡기가 훨씬 어려웠을 겁니다.

애덕과 신덕과 망덕을 함께 깊이 나눈 자가 배신하고 간자가 되었을 때 더욱 큰 타격을 입기 마련입니다. 가롯 유다는 열두 종도 중 하나였어요. 예수님이 자신과 같은 꼴로 병든 자를 고치고 마귀 들린 자의 영혼에서 마귀를 내쫓으라고 유대 지방으로 보낸 바로 그 종도 중 하나였습니다. 그러니 대제사장 쪽 사람들은 알아내기 어려운 소식을 가롯 유다는 알았던 겁니다.

간자 짓을 한 이가 유다뿐이었을까요. 예수님이 무리를 이끌고 예루살렘을 향해 올라오고 있다는 것을 당시 총독인 본디오 빌라도나 대제사장을 비롯한 제사장들은 전혀 몰랐을까요. 당시 로마에 저항하는 무리가 유대 땅에 심심찮게 등장했다는 것은 말씀드린 적이 있지요? 예수님 바로 앞에는 세례자 요안이 유대 땅을 시끄럽게 만들기도 했습니다. 그러니 총독이든 제사장들이든 예수님의 동태를 살피려 간자를 보내지 않았을까요. 보냈다면 그들은 예수님께서 점점 더 많은 무리를 이끌고 예루살렘으로 오고 있음을 알았을 겁니다. 그래서 무리 중에서 핵심인 그러니까 예수님의 행적을 정확히 아는 이를 수소문해서 간자로 두려 했을 것이고요. 가롯 유다가 대제사장을 찾아가서 간자 노릇을 자처한 면도 물론 있겠지만, 제사장들 역시 유다와 같은 이를 찾고 있었는지도 모릅니다. 그래야 중요한 소식을 더 많이 들을 수 있으니까요. 간자의 역사는 예수님이 예루살렘으로 향하시던 그때부터 지금까지 끝없이 이어지고 있습니다.

오늘 우리에게 귀한 분이 오셨습니다. 신유 대군난 후 흩어진 교우들은 곳곳에서 교우촌을 만들었습니다. 수원에서도 믿음의 마을이 천주님 은혜로 세워졌지요. 하지만 사악한 뱀 한 마리에 의해 아담과 하와가 지당에서 쫓겨났듯이, 그곳 교우촌은 간자 한 사람 때문에 무너졌습니다. 열 명이 넘는 교인들이 그로 인해 목숨을 잃었고, 그보다 많은 이들이 다쳤으며, 또 정확한 숫자는 헤아리기 어려우나 배교자도 적지 않았습니다. 어지러운 군난 속에서 겨우 목숨을 건진 교인이십니다. 이곳 곡성의 믿음이 남다르다는 소문을 듣고 꼭 한번 오시고 싶다 하셔서, 또 여러분께 드릴 말씀이 있다 하셔서 어렵게 모셨습니다."

이오득이 내려오고 노인이 그 자리로 올라섰다. 대벌레처럼 몸에 살점이라곤 없었다. 머리카락도 수염도 거의 빠지고 몇 가닥 남지 않았다. 마른기침을 쏟을 땐 좁은 어깨는 물론이고 허리와 무릎까지 떨렸다.

"강을 따라 왔습니다. 제가 사는 마을 앞에도 천이 흐르긴 하지만, 순자강처럼 길고 넉넉하진 않지요. 곡성에 간다고 했더니, 교우들이 그 험한 골짜기로 어찌 들려 하느냐고 걱정이 이만저만 아니었습니다. 골짜기가 많긴 하더군요. 아흔아홉 개라고도 하고 일백 개를 채웠다는 이야기도 들은 적이 있습니다. 어쨌든 골짜기가 깊기 때문에 또 이렇게 교인들이 모여 함께 살 수 있는 것이겠지요. 이것도 전부 천주님께서 예비하셨다는 생각이 듭니다.

이야기를 펼치기에 앞서 이 늙은이는 죽어 지옥에 가야 한다는 것부터 밝혀두려 합니다. 여러분은 모두 천당에 올라가서 천주님 곁에 앉겠지만, 저는 그럴 자격이 없습니다. 지옥에 가야 합니다, 반드시!

이십 년도 더 된 초여름이지만, 어제 일처럼 또렷하게 기억합니다.

밤부터 비가 내렸습니다. 몰려든 먹구름으로 가늠할 때 적어도 사나흘은 쏟아질 듯했죠. 해마다 그즈음부터 초여름 장마가 시작되곤 했거든요. 하루에 두어 번 들로 나가 논물만 살피곤 잠시 일손을 놓고 쉬는 기간이기도 했습니다. 그때 저는 주로 두꺼운 서책을 빌려 읽었습니다. 한문을 익히진 못했지만, 언문은 열다섯 살 장가를 들기 전에 벌써 알았습니다. 다행히 예수님 행적을 담은 언문 서책들이 적지 않았습니다. 여기서 이름을 밝히긴 어렵지만, 한문과 언문에 두루 능통한 교우에게 가면 장마철에 밤을 새워 읽기에 딱 좋은 서책을 구할 수 있었습니다.

그 여름엔 『칠극』이었죠. 오자마자 이틀을 꼬박 바깥출입을 않고 읽었습니다. 끼니도 거르고 소변도 참으며 몰두했죠. 참으로 대단한 가르침으로 가득 찬 서책이었습니다. 성경뿐만 아니라 이 세상 현자들의 명언이 끝도 없이 인용되더군요. 이런 멋진 문답이 기억납니다. 어떤 이가 현자에게 배움에서 무엇이 가장 크냐고 물었다네요. 현자가 답합니다. 작게 되기를 배우는 게 크다고. 그 작은 것을 배우려면 어떻게 해야 하느냐는 물음이 다시 현자에게 날아들죠. 현자는 주저하지 않고 답합니다. 사람들에게 알려지지 않기를 원하는 것과 사람들보다 미천해지기를 원하는 것이라고. 이 골짜기에서 마을을 이룬 여러분에게 드리는 말씀 같지 않습니까? 놀랍고 놀라운 일입니다.

잠을 아껴 읽다가 멋진 구절을 만나면, 붓을 들어 또박또박 베껴 썼습니다. 일 년 동안 모은 돈으로 늦봄에 종이를 사고 그걸 직접 묶어 공책으로 만드는 건 평생 반복해 온 즐거운 놀음이지요. 옮겨 적으면서 소리 내어 읽으면 신기하게도 구절구절이 더 분명하게 가슴에 박히더군요. 종이가 넉넉하다면 열 번이고 백 번이고 적고 또 적고 싶을 만큼.

먹을 팔러 왔습니다. 아침상을 받기도 전이었어요. 그땐 누가 오더라도 사람을 맞아들이지 않았는데 그날은 예외였죠. 먹을 다 써버려서 제대로 글을 쓰기 힘들었습니다. 옮기고 싶은 구절만 읊조리던 중이었어요. 종이에 당장 옮기지 않으면 그 좋은 구절들이 달아날 것만 같아 불안했습니다. 문밖에서 소리가 들려왔지요.

제 아내는 정이 많은 사람입니다. 복된 말씀을 만나기 전에는 불공을 드리러 꾸준히 절에 다녔죠. 자신이 굶는 한이 있더라도 허기진 길손을 박대한 적이 없습니다. 그때는 자비심이었고 천주님을 믿은 뒤로는 이웃에 대한 사랑입니다. 그날도 그랬습니다. 먹을 비롯하여 문방사우를 지고 메고 들어선 장사치를 내치지 않고 마루에 앉힌 겁니다. 앉은뱅이상에 식은 보리밥이나마 한 덩이 얹고 김치에 나물까지 곁들여 내왔을 때, 사내는 침을 꼴깍 삼키면서도 수저를 들기 전에 이름부터 밝혔죠. 성은 윤이고 이름은 웅복, 먹이나 만들어 팔며 팔도를 떠도는 멍청이!

웅복도 본명이 아닐 겁니다. 간자는 교인들이 만든 마을을 파고들 때마다 이름을 바꾸니까요. 수원에서 당한 피해가 제일 컸기 때문에 윤웅복으로 불리고 있습니다만, 다른 마을에선 다른 이름을 대고 또 많은 교인들을 속였을 겁니다.

선한 얼굴이었습니다. 입술이 두껍고 이마가 넓은 데다가 눈이 컸습니다. 황소처럼 두 눈을 끔벅일 때는 거짓말이라곤 하지 않을 사람이란 느낌이 들었어요.

겸상으로 아침을 먹었습니다. 마침 먹을 새로 장만하려는데, 먹 장수가 제 발로 걸어 들어온 셈입니다. 수저를 놀리면서 이 먹 저 먹 물었습니다. 먹은 물론이고 벼루와 붓과 종이에 대해 모르는 것이 없더군요. 윤웅복은 상을 치우곤 마루에 먹을 종류별로 깔기 시작했습니다. 놀라웠어요. 보따리에서는 물론이고 옷 구석 구석에서도 감춰둔 먹이 등장했습니다. 백 개 아니 이백 개는 족히 넘더군요. 윤웅복이 골라보라며 양 볼에 웃음을 가득 머금었습니다. 저는 가장 싼 먹이 어떤 거냐고 물었습니다. 보릿고개도 겨우 넘는 마당에 비싼 먹을 살 여유가 없었습니다. 윤웅복은 원하는 먹부터 고르고 흥정은 나중에 하자더군요.

제일 마음에 드는 놈으로 골랐습니다. 윤웅복은 역시 먹을 볼 줄 안다며, 해주묵海州墨인데 자신이 가진 먹 중에 가장 비싸다고 했습니다. 얼마냐고 물었더니, 선물로 드리겠다더군요. 거저 얻을 순 없다고 값을 다시 물었죠. 윤웅복은 눈웃음과 함께 제안을 하나 하더군요. 공짜로 받는 게 부담스러우면 다음에 찾아왔을 때도 이렇게 아침밥을 먹여달라고. 저는 한 번이 아니라 열 번이라도 주겠다고 답했습니다.

보름 후 윤웅복이 왔고 또 보름 후 윤웅복이 왔습니다. 아내는 보리밥 대신 쌀밥을 내왔고, 생선도 한 점 상에 올렸지요. 윤웅복은 고맙다며 머리가 방바닥에 닿을 만큼 허리를 숙이더군요. 제게 선물한 해주묵 하나면 아내가 올린 생선을 스무 마리는 넉넉하게 사고도 남았습니다. 그렇게 다섯 번인가 여섯 번 더 제 집으로 와서 아침밥을 먹고 난 뒤였습니다. 저는 먹을 하나 더 구할 수 있겠느냐 물었죠. 윤응복이 놀란 눈으로 묻더군요. 해주묵이 벌써 닳았느냐고요. 석 달 동안 제가 서책을 좀 많이 필사한 것은 사실입니다. 천주님 뜻이 담긴 서책이 늘 들어오는 것이 아니기에, 눈에 띌 때 최대한 많이 읽고 또 많이 베껴두려 한 겁니다. 마침 그때 새 서책이 열 권이나 갑자기 들어왔고, 저는 그 서책들을 빌려 밤을 새워 베꼈던 겁니다. 그러다 보니 다른 먹들도 쓰긴 했지만 상상품인 해주묵까지 닳고 말았던 겁니다.

이번엔 값을 치르겠다고, 가장 싼 놈으로 달라고 했죠. 윤응복이 다시 해주묵을 내밀었습니다. 부모님이 일찍 돌아가시고 일가친척 전혀 없는 고아인데, 겸상으로 아침을 먹는 동안엔 친형을 만난 듯 기뻤다고 하더군요. 앞으로도 먹은 얼마든지 선물할 테니, 자신을 문전박대만 하지 말라고 했습니다. 아내는 저를 향해 고개를 젓더군요. 한 번은 호의로 선물을 받을 수 있지만 다음부턴 빚을 지더라도 값을 치러야 한다고 했거든요. 그때 아내의 충고를 들었다면 어땠을까, 요즘도 후회가 됩니다. 그랬더라면 아내를 잃지 않았을 테고, 또 많은 교우에게 씻을 수 없는 죄를 짓지 않았을 텐데…….

하나만 더 얻어 쓰자 했죠. 해주묵 살 돈은 없고 베낄 책은 아직 열 권이나 더 남았으니까요. 두 달 후 저는 또 아쉬운 소리를 했고, 윤응복은 해주묵을 내밀었습니다. 그리고 묻더군요. 과거를 볼 것도 아닌데 어찌 이리 글공부에 열심이냐고. 저는 다만 웃었습니다. 한데 윤응복은 평안도와 함경도를 한 바퀴 돌게 되었다며 당분간 오기 힘들게 생겼으니 먹 하나를 더 드리겠다고 하더군요.

그때 해주묵을 찾다가 잘못 꺼낸, 그러니까 비슷한 나무통 중에서 약간 더 길고 짙은 통 안에서 대나무 조각에 돌돌 감긴 머리카락이 언뜻 보였습니다.

혹시 여러분 중에도 성물을 지닌 이가 있습니까. 누구는 머리카락을 누구는 손톱을 누구는 어금니를 누구는 참수를 당할 때 목에 댔던 목침 조각을 몰래 간직하지요. 저 역시 평생 품에 지니려고 정한 성물이 있습니다. 보여드릴까요? 어두워서 잘 보이지 않겠지만, 이 대나무 조각에 두른 머리카락은 바로 신해년辛亥年, 1791년 전주 풍남문 밖에서 참수된 윤지충 바오로 님의 것입니다.

제가 손톱이나 어금니를 성물로 지녔다면 모르고 지나쳤겠지만, 머리카락을 대나무 조각에 두르고 또 그걸 죽통에 넣어 간직해 온 탓에, 윤웅복의 먹통에서 머리카락을 보는 순간 성물이라고 직감했습니다. 게다가 윤웅복은 통을 열었다가 황급히 닫더군요. 다른 먹통에서 해주묵을 꺼내 내미는 손이 몹시 떨렸습니다. 엄청난 비밀을 들킨 사람처럼.

그다음 왔을 때는 제가 일부러 종이 한 장을 서안 밑에 뒀습니다. 베껴 쓰다가 잘못 옮기는 바람에 구겨버린 듯이. 겸상하기 전에 갑자기 배가 아프다며 윤웅복만 방에 두곤 나왔지요. 아내는 부엌에서 생선을 굽느라 바빴습니다. 잠시 후 내가 돌아왔을 때 윤웅복은 제가 쓴 문장을 외우더군요.

'스승님과 함께 죽는 한이 있더라도, 저는 스승님을 모른다고 하지 않겠습니다.'

그리고 윤웅복은 베드루가 이 말을 하기 전에 예수님이 하신 말씀까지 외웠습니다.

'내가 진실로 너에게 말한다. 오늘 밤 닭이 울기 전에 너는 세 번이나 나를 모른다고 할 것이다.'

저는 예수님이 그 말씀을 하시기 전 종도 베드루의 맹세를 화답처럼 외웠습니다.

'모두 스승님에게서 떨어져 나갈지라도, 저는 결코 떨어져 나가지 않을 것입니다.'

우리는 마주 보며 웃었습니다. 웃다가 끌어안았고 서로의 등을 두드리며 또 웃었습니다. 겸상으로 밥을 먹으면서도 웃고 생선을 먹으면서도 웃고 김치를 집어 들면서도 웃었습니다.

저는 윤웅복에게 제가 옮겨 적어 간직하고 있는 서책들을 보여 줬습니다. 한 권 한 권 건네받고 책 제목을 확인할 때마다 윤웅복의 두 눈에선 감격의 눈물이 떨어졌지요. 스무 권을 건네면 겨우 한두 권을 읽은 정도였고, 나머진 제목만 들었지 아직 읽지 못했던 탓입니다. 저는 아내까지 방으로 불러들여, 윤웅복과 함께 셋이서 감사 기도를 드렸지요. 윤웅복의 세례명이 바로 베드루더군요.

수원과 인근 교우촌에 윤웅복을 소개한 사람이 바로 접니다. 윤웅복은 먼저 교인들에 관해 묻거나 회합 장소를 알려고 하지 않았습니다. 오히려 먹을 팔러 다니며 만난 교인들과 그 교인들이 사는 마을에 대해 털어놓더군요. 강원도나 경상도의 마을은 처음 듣는 곳이 많았지만, 충청도와 전라도의 몇몇 곳은 그 마을에서 교인이 다녀간 적도 있고, 수원에서도 몇 사람이 그곳을 갔다 온 적도 있었습니다. 윤웅복이 그곳들을 자세히 설명했으므로, 그에 대한 믿음이 더욱 확고해졌지요. 나중에 안 사실이지만, 이것 역시 윤웅복의 수법이었습니다. 간자를 하며 알아낸 다른 교우촌 소식들로 제 믿음을 얻은 것이죠. 오늘은 윤웅복만 이야기하겠지만, 안타깝게도 간자는 그 사람만이 아닙니다.

윤웅복은 정말 거북이처럼 굴었습니다. 느리게 느리게 교인들 마음을 얻었지요. 제게 해주묵을 선물하듯, 다른 교우들에게도 붓이며 벼루며 먹이며 종이를 건넸습니다. 천주님의 뜻이 담긴 서책은 귀하니, 다들 그 서책을 베껴 간직하고 싶어 했으니까요. 거저 얻기는 싫다는 교우에겐 저한테 그랬듯이 밥 한 끼 차 한 잔 때론 술 한 병을 얻어먹었습니다. 그리고 제가 언제 교인이 되었고 수원과 인근 고을에서 어떤 일을 해왔는지 술술 털어놓았듯이, 그들도 윤웅복에게 그랬겠죠. 아, 이것 역시 우리가 먼저 털어놓은 건 아닙니다. 윤웅복이 먼저 고백했지요. 나중에 윤웅복이 간자인 것을 알고, 그가 제게 들려줬던 행적을 하나하나 되짚어 살폈더니, 모조리 거짓이었습니다. 거짓말 일수 뺨 칠 정도의 이야기 솜씨를 지녔던 겁니다. 윤웅복이 백 마디를 하면 저도 한두 마디 거들게 되더군요. 윤웅복이 천 마디를 넘어 만 마디를 하니, 저도 백 마디 정도를 그 허황한 이야기에 보탠 셈입니다. 그게 곧 저를 찌른 비수이자 교인들을 궁지로 내몬 장창이 되고 말았어요.

내밀한 삶을 털어놓는 자들을 경계하십시오. 피하기 힘든 자리라면 듣긴 하되 꼭꼭 묻어두고 드러내지 않았던 여러분의 이야기로 맞장구를 치진 마세요. 간자들은 많든 적든 그걸 이용한답니다. 나중에 들으니, 제 이웃 교우들에게 가선, 저와의 친분을 과시라도 하듯, 윤웅복은 제가 들려준 이야기의 한두 대목을 슬쩍 흘렸다더군요. 자신들도 모르는 제 과거의 몇몇 풍경을 윤웅복이 알고 있으니, 이웃들은 그를 더욱 믿게 되었고, 그래서 은밀한 이야기를 몇 토막 꺼냈다고 합니다.

첨례를 드리는 날이었어요. 아내는 첨례를 마치고 먹을 음식을 만든다며 일찌감치 집을 나섰습니다. 특별히 기릴 날이 돌아오면, 손맛이 좋은 여교우 서넛이 요리하여 다 같이 먹곤 했거든요. 윤응복도 마침 근처를 지나갈 예정이었으므로, 첨례에 참석하겠다고 지난달에 왔을 때 미리 말했었습니다.

저는 첨례에 늦었습니다. 그날따라 먹물이 유난히 짙고 좋았거든요. 『칠극』을 지난 밤부터 옮겨 적기 시작했는데, 붓이 흘러내리는 빠르기와 글을 읽는 빠르기가 정확히 일치해서, 말 그대로 춤을 추듯 했습니다. 그 바람에 시간을 잊고 계속 말씀만 옮겼어요. 그러다가 갑자기 이상한 기분이 들었습니다. 뭔가 중요한 일을 해야 하는데, 그걸 하지 않고 딴짓하는 느낌, 아시죠? 화들짝 놀라 집을 나서서 첨례를 드릴 이웃집으로 종종걸음을 쳤지요. 그런데 골목으로 접어들기도 전에 다시 돌아서서 나왔습니다. 낯선 사내들이 골목마다 서너 명씩 들어차 있던 겁니다. 그들 손엔 육모 방망이가 들렸고요.

그 길로 저는 수원을 떠났고 다시는 돌아가지 않았습니다. 이제는 그곳에 가도 저를 알아보는 이가 거의 없겠지만, 가끔 그 마을과 산천이 그립기도 하지만, 갈 수 없습니다. 너무 많은 교인들이 죽거나 다쳤습니다. 제가 윤응복을 받아들였기 때문입니다. 해주묵에 눈이 멀어 간자를 몰라봤던 겁니다. 간자들은 지금도 천주님을 따르는 마을들을 호시탐탐 노리고 있어요. 조심하고 더욱 조심해야 합니다. 저처럼 어리석고 한심하게 굴어서는 안 됩니다.

늙은이의 서툰 이야기를 끝까지 들어주셔서 고맙습니다."

3월 27일 부활절 새벽에 괴씸한 다섯 사람 중 네 사람은 서로 번갈아 손을 붙잡으며 축하 인사를 건넸다. 예수가 태어난 성탄 대축일만큼이나 부활 대축일의 기쁨이 컸다.

"축하합니다. 예수님께서 부활하셨습니다."

"예수님의 부활을 전하니 참으로 행복한 날입니다."

"고마워요. 무덤에서 나오신 예수님처럼 우리도 이 고난을 이기고 나아가도록 해요."

강성대는 겨우 눈을 떠 네 사람의 축하를 받은 후 다시 눈을 감았다. 야고버 회장이 없을 때는 강성대가 기도문을 암송했지만, 오늘은 전원오가 대신 외웠다. 다른 세 사람도 따라서 읊조렸다.

"천주여! 너 오늘날에 네 오직 하나이신 아들이 죽음을 이김으로써 우리에게 상생常生, 영원한 삶하는 문을 열어주신지라. 바라나니 너 이미 미리 묵조黙照, 천주의 계시 또는 영감하신바, 우리 원을 붙들어 도우사 채우게 하시되, 또한 네 아들 우리 주 예수 그리스도를 위하여 하소서. 아멘."

무명마을에서였다면 온종일 축하 인사가 이어졌겠지만, 기도문을 함께 외운 후 곧 잠잠해졌다. 침묵이 지나간 후 임중호가 제안했다.

"우리끼리라도 털어놓읍시다."

나머지 네 사람은 서로를 쳐다보며 즉답하지 않았다.

"야고버 회장님은 충분히 멀리 달아나셨을 겁니다. 이렇게 무작정 버티는 건 우리들 심신만 더 다칩니다."

강송이가 물었다.

"뭘 털어놓자는 건가요?"

"몰라서 묻는 겁니까? 야고버 회장님이 어디로 가셨을지 언질을 미리 받았다면 우리끼리라도 알고 있자는 얘깁니다."

"알면?"

전원오가 짧게 받아쳤다. 임중호가 대답 대신 쳐다보자, 전원오가 다시 물었다.

"알면 어쩔 겁니까?"

"어찌한다고는 말하지 않았습니다. 그냥 알고만 있겠다고요. 다들 궁금하지 않습니까, 야고버 회장님이 무사하신지? 물론 저도 기도를 매일 드리고는 있습니다. 하지만 응답이 없으십니다. 응답받은 분 혹시 있습니까? 역시 아무도 없군요. 맹세컨대 저는 야고버 회장님의 행처를 모릅니다."

"누가 알 것 같습니까?"

전원오가 아내 감귀남을 바라보았다. 감귀남이 말머리를 돌렸다.

"그걸 알아내려고 징제비가 명일덕을 간자로 심은 거죠. 혹시 여러분 중에 행처를 알고 계신 분이 있더라도 절대 말하지 마세요. 우리가 곡성에서 그래도 가장 늦게까지 버티긴 했지만, 그래서 괘씸하단 소리를 듣긴 했지만, 결국 다 말해 버렸잖습니까? 모르면 말할 수 없지만 알면 아무리 굳은 결심을 하더라도 털어놓고 말아요. 징제비와 관우와 장비는 그 짓만 평생 해온 악마들입니다. 고 요왕 선생 다음엔 우리 중 한 사람이 종사관의 지름길로 선택될 겁니다."

"다 같은 목숨입니다."

임중호가 불쑥 뱉은 말에 또 침묵이 뒤따랐다. 죄인들의 눈길을 받으며, 임중호는 덧붙여 설명했다.

"야고버 회장님 목숨이나 고 요왕 선생 목숨이나 똑같은 목숨이라고요."

전원오가 입을 열었다.

"천주님 뜻을 살펴 받드는 것이 첫째입니다. 그리고 첫 희생자로 지목된 이의 바람도 짐작은 해봐야겠죠. 간자가 알고자 하는 것을 고 요왕 선생은 숨기려 할 겁니다. 간자가 속이고자 하는 것을 우리가 속지 않았으면 할 거고요. 간자는 우리에게 두려움을 심어 우리끼리 이 답답한 상황을 의논하게 만들려고 하지만, 요왕 선생은 두려움 없이 우리가 묵묵히 하루하루 보내기를 바랄 겁니다. 야고버 회장님의 다음 행처가 어디인지, 또 그 행처를 우리 중에 누가 아는지를 왜 이 마당에 구태여 여기서 우리끼리 확인해야 합니까. 우리 중 하나가 요왕 선생에 이어 죽어야 한다면 모르고 죽는 게 낫습니다. 제가 지금까지도 모른다면, 야고버 회장님이 제게 숨겼어야 할 이유가 있는 겁니다. 저는 야고버 회장님의 판단을 끝까지 믿겠습니다. 목자처럼 그를 믿고 산 날이……."

임중호가 말허리를 잘랐다. 목청이 커졌다.

"그러니까 전 안또니 형제님께서는 모른다 이거죠? 저는 궁금해요. 죽어야 한다면, 모르고 죽는 것보다 알고 죽고 싶어요. 솔직히 말할게요. 야고버 회장님 도피처, 그 행처는 알더라도 별 쓸모가 없을 듯해요. 이미 그곳을 떠나버리셨다면 제가 안다 해도, 고형을 당하다가 결국 털어놓는다고 해도, 회장님의 안전을 위협하진 않을 거니까요. 제가 알고 싶은 건 따로 있어요."

"따로 있다?"

전원오가 말꼬리를 붙들곤 낚싯대로 허공을 젓듯 돌려 물었다.

임중호가 기다리지 않고 답했다.

"야고버 회장님이 가장 믿은 사람이 누군지 알고 싶습니다. 곡성 옥에 끌려가 갇힐 때까진 당연히 저라고 생각했어요. 하지만 회장님의 탈출로를 털어놓으라며 치도곤을 맞으면서 혼란스러워졌어요. 저는 어떠한 언질도 받은 적이 없거든요. 우리 다섯 명이 모두 언질을 받지 않았다면, 그러니까 회장님이 누구에게도 탈출로나 이후 대책을 말씀하지 않으셨다면 괜찮습니다. 하지만 아무리 생각해 봐도 회장님은 그렇게 대책 없이 도주할 분이 아니세요. 철저하게 하나하나 확인하고 또 닥칠 일들까지 거듭 대비하는 분이시니까요. 제가 아닌 누군가를 택하셨다면, 그게 누군지 왜 제가 아니고 그 사람이어야만 하는지 알고 싶습니다. 솔직해집시다. 여기 모인 우리 다섯은 회장님으로부터 신임을 받았고, 교우촌에서 중요한 일을 맡아왔지 않습니까? 가까이에서 귀한 말씀도 들었지 않습니까?"

강송이가 물었다.

"귀한 말씀은 어떤 말씀이죠? 야고버 회장님이 과묵할 땐 과묵하시지만, 한번 말씀을 시작하면 끼니도 거르고 잠도 안 자며 이야기에 열중하시긴 해요. 여러 명과 함께 이야길 나누기도 하지만, 일 대 일로 만나 오직 한 사람의 눈을 들여다보며 오래 이야기하는 것을 더 좋아하셨습니다. 저도 참 많은 이야기를 회장님으로부터 들었고, 복된 말씀 중에서 이해가 되지 않는 구절을 풀어주시기도 하셨습니다. 여러분은 어떤 이야기를 들으셨나요? 괜찮으시다면 들려주시겠어요?"

임중호가 머뭇거리지 않고 답했다.

"제겐 예수님이 골고다 언덕 십자가에 매달리실 때 좌우에 함께 매달린 두 사내 이야기를 종종 하셨습니다."

강송이가 끼어들었다.

"한 사람은 회개하여 천당에 가고 한 사람은 회개하지 않아서 지옥에 떨어졌다는 이야기 말씀인가요? 그거라면……."

임중호가 끼어들었다.

"처음엔 그 얘길 나눴죠. 하지만 아주 짧게 지나치듯 하고 말았습니다. 곡성 교인 중에서 그걸 모르는 이는 없으니까요. 그런데 야고버 회장님은 한 걸음 더 들어가셨어요."

"더 들어갔다면?"

"그들이 무슨 잘못을 해서 십자가에 못 박힌 것 같으냐고 물으시더라고요. 강도라고 성경에 적혀 있지 않느냐고 되물었더니, 회장님은 강도 짓을 하더라도 아무나 십자가에 매달진 않는다 하셨습니다. 사사로운 강도 짓보다 훨씬 중한 벌이라는 것이죠. 그 당시 유대 땅을 로마라는 거대한 나라가 지배하고 있었고, 유대인은 로마의 지배로부터 벗어나고자 엄청난 노력을 하였다고 알려 주셨습니다. 그 노력에는 무기를 들고 싸우는 것까지 포함되었고요. 로마 편에서 그것은 난亂이 아닐 수 없습니다.

로마의 점령자들은 그렇게 반항하는 유대인들을 잡아들여 추악한 죄를 지은 자로 몰았다고 합니다. 도둑이거나 강도 혹은 살인자로 말이죠. 그리고 바랍바 이야기도 하셨습니다. 맞습니다. 빌라도가 예수님과 바랍바 둘 중 한 명을 풀어주겠다고 했을 때, 거기 모인 군중은 일제히 바랍바를 원했습니다. 그런데 거기서 바랍바는 예루살렘에서 일어난 반란과 살인을 일으킨 자라고 소개

되어 있습니다. 이 반란 역시 로마의 압제에서 벗어나기 위해 유대의 젊은이들이 일으킨, 무기를 들고 대항한 싸움이었다고 하셨습니다. 그 싸움에서 로마 군인이든 혹은 유대 젊은이든, 죽거나 다친 이가 나왔는데, 빌라도는 그 잘못을 바랍바에게 씌워 옥에 가뒀던 것이고요. 살인자 바랍바나 예수님의 좌우 십자가에 묶인 강도 두 명 모두 사사로운 잘못이 아니라 대의를 위해 자신을 던진 자라고 강조하시더군요. 그리고 물으셨습니다. 이와 같은 삶은 어찌 생각하느냐고."

전원오가 끼어들었다.

"야고버 회장님이 그런 질문을 하셨다고요? 거짓말! 바랍바의 길과 예수님의 길은 완전히 다릅니다. 나란히 두고 논하는 것 자체가 말도 안 되는 소리입니다. 원수를 내 몸과 같이 사랑하라고 말씀하신 예수님과 난을 일으켜 사람들을 죽인 바랍바를 어찌 같이 논할 수 있겠습니까?"

임중호가 받아쳤다.

"제가 거짓말이라도 한단 겁니까? 저는 들은 그대로 말씀드리는 겁니다. 그땐 저도 너무 놀라서 답을 못 했어요. 생각하고 말고 할 질문이 아니었으니까요. 혹시 다른 분들은 그 같은 질문을 받지 않으셨습니까?"

세 사람이 동시에 고개를 저었다.

"미칠 노릇이군."

임중호가 오른 주먹으로 왼 가슴을 두드렸다. 그때 기절한 듯 누워 있던 강성대가 가슴 두드리는 소리에 눈을 떴다. 뼈밖에 남지 않은 오른팔을 뻗어 임중호의 주먹을 찾아 쥐었다. 임중호가 놀라 돌아보자 눈으로만 희미하게 웃었다. 강성대는 남은 왼팔로 방바닥을 두드렸다. 마지막 힘을 모은 듯 읊조리기 시작했다.

"마리아 막다릐나와…… 야고버의 모친 마리아와…… 살노메…… 무덤에 들어가…… 흰옷 입은 소년이 그 우편에 앉음을 보고 놀라니……."

전원오가 받았다.

"소년이 부인들에게 가로되……."

여기서부터는 다섯 사람이 함께했다.

"놀라지 말라. 너희가 십자가에 못 박히신 예수 나자레노를 찾으나, 부활하사 여기 계시지 아니하니, 보라 그 장사하였던 곳이 여기니라."

첫 희생자

3월 28일 새벽 포졸들이 서익헌 방문을 열고 우르르 들어왔다. 자초지종을 설명하지 않고 괘씸한 다섯 사람을 방에서 끌어냈다. 임중호가 발버둥을 쳤다.

"우릴 어디로 데려가는 겁니까?"

방망이로 명치를 찌른 후 뒤통수를 갈겼다. 피가 목과 등을 타고 흘러내렸다. 괘씸한 죄인 한 사람마다 포졸 두 명이 붙었다. 다리가 성치 않은 전원오와 사순재 금식으로 탈진한 강성대는 방에서부터 질질 끌려나갔다. 죄인들의 간격은 네 걸음을 넘지 않았다. 강성대의 기도를 강송이가 듣고, 강송이의 기도를 감귀남이 듣고, 감귀남의 기도를 임중호가 듣고, 임중호의 기도를 전원오가 들었다. 그들은 환하게 웃지는 않았지만 그렇다고 슬픔에 잠긴 울상도 아니었다. 담담하면서도 은근한 여유가 비쳤다. 곡성 교우촌에서 줄곧 함께 암송한 기도문이 밧줄처럼 서로의 마음을 연결하여 묶었다.

제일 앞에서 끌려가던 강성대의 키가 갑자기 줄었다. 지당으로 들어선 것이다. 강송이와 감귀남과 임중호와 전원오도 차례차례 지하 계단으로 내려갔다. 전원오의 정수리까지 지상에서 사라지자 옹기 뚜껑처럼 문이 닫혔다. 포졸 하나가 그 문에 돌판을 얹었고, 다른 포졸이 나무 기둥을 세운 후 횃불 두 개를 남북으로 걸었다.

패씸한 다섯 사람이 지당으로 들어서자, 미리 지옥에서 끌려온 죄인들이 고개를 돌렸다. 형틀에 묶인 채 엎드린 자는 고덕출이었고, 월심과 최언순과 현요섭이 앞줄에 앉았으며 진목서와 모독이 뒷줄을 차지했다. 진목서는 고개를 숙인 채 동굴에 든 곰처럼 잠잠했고, 모독은 고개를 돌려가며 잠시도 쉬지 않고 주변을 살피느라 바빴다. 지옥의 죄인 중엔 금단만 보이지 않았다.

금창배는 나무판을 겹쳐 깔아 높인 단에 앉고, 관우와 장비가 좌우에 섰으며, 포졸들은 단 아래에 머물렀고, 옥리 명일덕이 형구들 곁을 지켰다. 패씸한 다섯 사람과 지옥의 죄인들은 편히 손을 잡거나 말을 건네진 못했다. 눈으로만 겨우 안부를 물었다.

지옥에서 나갈 날을 그려보지 않은 것은 아니다. 둘 중 하나라고 여겼다. 다 함께 풀려나거나 다 함께 치명하거나! 모두 지당으로 가리란 상상을 한 적은 없었다. 옥을 나서면 삶이든 죽음이든 결정 날 줄 알았다. 이도 저도 아닌 가시덤불 진창에 든 기분이었다. 금창배가 말했다.

"간단해. 첫 번째를 죽이고 나면 두 번째, 두 번째를 죽이고 나면 세 번째, 이렇게 갈 거다. 두 번째부턴 너희들이 골라."

침묵이 이어졌다.

"고덕출을 살릴 마지막 기회를 주겠다. 치도곤을 벌써 이백 대나 때렸고, 나흘 동안 잠을 재우지 않았어. 언제 숨이 끊겨도 이상한 일이 아니지. 너희 중에서 이오득의 행처를 토설할 때까지 곤장질은 멈추지 않아. 고덕출이 죽는다면 살인자는 내가 아니라 너희야. 명심하렷다!"

관우와 장비가 형틀로 내려가선 치도곤을 쥐었다. 금창배가 고덕출에게 물었다.

"아직도 이오득을 만난 날이 떠오르지 않느냐?"

고덕출이 겨우 고개를 들고 답했다.

"만난 적……도 없는 사람인데…… 만난 날이 어찌…… 기억나겠습니까?"

금창배가 품에서 서찰을 꺼내 펼쳐 들었다.

"이것이 무엇인지 아느냐? 이오득이 쓴 서찰이니라. 귀를 쫑긋세우고 똑똑히 듣거라. '내 몸처럼 믿는 친구입니다. 제게 하고 싶은 이야기가 있다면 이 친구에게 하십시오. 저보다도 더 많은 서책을 읽었고 저보다도 더 깊이 고민했으며 저보다도 더 오래 기도했고 저보다도 더 부지런히 복된 말씀을 따라 하루하루를 꾸렸습니다. 한때는 이 친구를 닮으려고 무척 노력한 적이 있답니다. 하지만 각자에게 어울리는 사명이 따로 있다 하지 않습니까. 저만이 아는 친구의 비밀을 한 가지만 말씀드리겠습니다. 여름 청계산으로 탁족을 다닌 사이라서 아는 겁니다만, 친구는 왼발 뒤꿈치에 삽살개에게 물린 흉터가 있습니다. 혹시 만난 이가 의심스러우시거든 발뒤꿈치를 보여달라 하십시오.'"

관우가 고덕출의 왼 다리를 붙들고 무릎을 꺾어 발뒤꿈치가 드

러나도록 했다. 흉터를 확인한 죄인들 얼굴이 굳었다. 금창배가
읽은 서찰에 따른다면, 이오득과 고덕출은 몸에 난 흉터까지 아는
친구이니, 고덕출이 이오득을 만난 적이 없다는 주장은 거짓인 것
이다. 금창배가 호통을 쳤다.

"자, 변명해 보거라. 이오득이 어찌 네 발뒤꿈치 흉터까지 알고
있느냐?"

고덕출이 턱을 들고 되물었다.

"서찰을…… 받은 이가 누굽니까? 데려와 대면시켜 주십시오."

죄인들의 시선이 다시 금창배에게 향했다. 금창배가 답했다.

"사라졌다. 이오득과 밀통하는 자를 찾아 구병산으로 갔었지.
화전을 일구던 움집에서 불길이 치솟더구나. 겨우 건진 것이 이
서찰 한 장이다."

고덕출이 헛웃음을 흘렸다. 장비가 머리채를 붙들고 꺾어 올렸
지만 웃음은 멈추지 않았다.

"……죽은 자도 살리고……, 없는 죄도 만드는 곳이…… 좌포도
청이라 들었습니다. 서찰을 준 사람도 받은 사람도…… 사라졌고
서찰만 남았단 얘길…… 믿으라고요? 농담이…… 지나치십니다."

금창배가 따져 말하지 않고 명령했다.

"쳐라!"

장비가 치도곤을 높이 들었다가 내려쳤다. 퍽! 소리와 함께 고
덕출의 몸이 출렁거리다가 멈췄다. 틈을 주지 않고 관우의 치도곤
이 더 높이 치솟았다가 떨어졌다. 살이 찢기면서 앞줄 월심의 얼굴
에 피가 튀었다. 최언순이 울먹이는 월심을 끌어안았다. 여섯 대까
지는 고덕출의 신음이 흘러나왔지만, 일곱 대부터 열 대까진 치도

곤을 맞은 후 소리를 내거나 고개를 들거나 손발을 까닥이지 않았다. 장비가 물 한 바가지를 가져와 얼굴에 끼얹었다. 고덕출의 뺨과 턱이 동시에 떨렸다. 금창배가 죄인들을 둘러보며 말했다.

"죽음의 문지방을 넘기 직전이다. 고덕출을 살리고 싶다면 당장 말하라. 이오득은 어디로 갔느냐?"

진목서가 침묵을 깼다.

"종사관께 여쭐 게 있습니다."

"무엇이냐?"

"이오득만 붙잡으면 끝납니까? 징검다리입니까?"

"징검다리?"

"이오득이 종사관께서 잡고자 하는 마지막 교인이냐고 여쭙는 겁니다."

금창배가 질문을 되돌렸다.

"너는 어찌 생각하느냐?"

"이오득은 징검다리라고 봅니다."

"어찌하여 그리 보느냐?"

"제아무리 이오득이 탁월해도, 이십육 년 전에 한양을 떠났고, 곡성 깊은 골짜기에 교우촌을 본격적으로 꾸린 지도 십이 년이 지났습니다. 옹기를 빚으며 가난한 마을을 꾸리기에도 바빴겠지요. 중요한 처결들은 한양과 그 인근을 중심으로 이뤄지는 법 아니겠습니까? 종사관께서 전라도 교인들만 잡아들이고 문초를 마치려 했다면 군난은 진작 끝났을 겁니다. 신유 대군난 이후 지금까지, 교우촌을 적발하고 교인들을 잡아들인 몇몇 군난들은 그 고을 수령이 문초하고 벌하는 선에서 마무리되었습니다. 하지만 종사관께서는 곡성에서 시작된 군난으로 나라 전체를 흔들려 하십니다. 전라도에 한정하지 않고 더 큰 그림을 그리신다는 방증이겠지요. 그래서 징검다리라 말씀드렸습니다."

금창배는 진목서에서 고덕출로 시선을 옮겼다. 진목서는 제 살궁리 대신, 천주교인들을 대대적으로 잡아들이는 좌포도청 종사관 금창배의 의도를 확인하고자 했다. 죽음이 코앞이라고 했는데도, 진목서는 이오득의 행처 대신 군난의 성격을 거듭 따진 것이다. 죽음 따윈 중요하지 않다는, 치명은 오히려 영광이라는, 금창배로선 불쾌하기 그지없는 태도였다.

"잔말 말고, 이오득이 있는 곳을 대!"

곤장질이 또다시 시작되었다. 송장처럼 미동도 하지 않던 고덕출이 소리를 내질렀다.

"천주여!"

관우가 내리쳤다. 픽.

"천주여!"

장비가 내리쳤다. 픽.

"천주여!"

세 번 천주를 부른 후부터는 치도곤 소리만 이어졌다. 천당으로 올라가는 교우를 배웅이라도 하듯, 죄인들이 치도곤과 치도곤 사이에 번갈아 외쳤다.

"천주여!"

"천주여!"

"천주여!"

금창배가 자리를 박차고 일어섰다.

"그만!"

관우와 장비의 치도곤도, 천주를 부르는 죄인들의 외침도 동시에 멎었다. 가쁜 숨들이 뒤섞였다.

"명줄이 붙어 있는지 봐."

옥리 명일덕이 다가가선 고덕출의 목을 먼저 만졌다. 고개를 갸웃거리다가 왼 가슴에 귀를 댔다. 마른침을 삼킨 뒤 금창배를 향해 말을 더듬었다.

"주, 죽었습니다!"

"확실한가?"

"예!"

"그, 그럴 리가……."

당황하긴 관우와 장비도 마찬가지였다. 죽을 만큼 곤장을 치라는 명령을 받았지, 곤장을 쳐 죽이라는 명령을 받은 것은 아니었다. 죽고 싶을 정도로 괴롭히되 절대로 죽여선 안 된다는 뜻이기도 했다. 을묘년1795년 주문모 탁덕을 데리고 들어왔던 천주교인 세 명을 치도곤으로 쳐 죽인 후론 실수한 적이 없었다. 관우나 장비보다 금창배가 먼저 박차고 일어나선 형틀로 갔다. 두 군관은 물러나 기다렸다. 목과 가슴을 다시 확인한 금창배가 죄인들을 가리키며 꾸짖었다.

"죽였어. 너희들이 죽인 거다."

죄인들은 즉답을 못 한 채 엎드려 눈물을 쏟았다. 전원오와 감귀남은 두 팔을 높이 들고 기도문을 외웠다. 금창배가 명일덕에게 명령했다.

"업고 따르거라."

금창배가 관우와 장비를 좌우에 거느리고 먼저 계단을 통해 지상으로 올라갔다. 포졸들도 줄지어 따랐다. 명일덕은 형틀에서 고덕출의 손발을 묶은 줄부터 푸느라 바빴다. 숨이 끊긴 고덕출을 겨우 업고 일어섰을 때는 포졸들이 전부 계단을 올라간 뒤였다. 명일덕은 끙끙거리며 걸음을 떼다가 찡그리며 멈춰 섰다. 임중호와 전원오가 앉은 채 팔을 뻗어, 아직도 더운 피가 흐르는 고덕출의 발을 하나씩 붙잡은 것이다. 나머지 죄인들도 임중호와 전원오 옆으로 붙어, 고덕출의 팔과 어깨와 허리를 만졌다. 기도문을 외우는 목소리가 점점 커졌다. 명일덕의 입에서 욕이 튀어나왔다.

"쌍! 놔, 이 개새끼들아! 이오득이 숨은 곳만 토설했다면 안 뒈졌어. 네놈들이 죽여놓고 기도는 뭔 기도야!"

돌아서선 임중호와 전원오의 가슴을 걷어찼다. 두 사내가 저만치 엉덩방아를 찧으며 나뒹굴었다. 강송이와 최언순이 뒤이어 고덕출의 발을 붙들자, 명일덕은 그들 머리도 쥐고 흔들어 떼놓았다.

"이미 북망산으로 떠난 놈 미련 두지 말고 다음 차례나 정해. 곧바로 시작할 테니까."

명일덕을 마지막으로 지상으로 열렸던 문이 굳게 닫혔다.

첫 희생자가 기어이 나오고 만 것이다.

"이제 우리 어떻게 해요?"

그 말을 뱉은 이는 월심이었다. 진목서가 침착하게 그들 앞에 난 두 길을 설명했다.

"야고버 회장님의 행처를 알려주거나 두 번째 희생자를 고르거나 해야겠죠. 여긴 우리뿐이니, 속 시원하게 얘기라도 해봅시다. 행처를 아는 사람은 정녕 없는 건가요? 우리 중에 누가 두 번째

452

희생자가 되어야 하죠? 아, 정말, 목자가 없으니 양 떼는 길을 잃었네요."

그 순간 감귀남과 강성대와 전원오와 임중호가 동시에 강송이를 쳐다보았다. 네 사람은 강송이를 함께 쳐다보는 자신들에게 놀라 시선을 돌렸다. 찰나였지만, 지금까지 금창배가 찾으려 애썼고 지옥에 갇힌 죄인들도 궁금했던 비밀을, 괘씸한 네 사람은 비로소 알아차렸다.

혀와 눈

죄인들은 지당에서 지옥으로 옮겨졌다.

두 명이 보이지 않았는데, 고덕출 요왕과 무녀 금단이었다. 고덕출은 이미 숨이 끊겼으니 따로 묻지 않았지만, 금단에 대해선 다들 궁금한 눈치였다.

쇠문이 열렸다. 물이 담긴 바가지를 양손에 든 옥리 석둥개를 앞세우고 명일덕이 들어왔다. 석둥개가 바가지를 남옥과 여옥에 하나씩 넣자, 목마른 죄인들이 다가앉았다. 명일덕이 여옥 앞에서 말했다.

"강송이! 나와."

목을 축이던 죄인들의 움직임이 멈췄다. 전원오와 강성대와 임중호 그리고 감귀남이 눈길을 나눴다. 금창배는 두 번째 희생자를 죄인들 스스로 정하라 했다. 그러나 그 방침은 죄인들과 의논하지 않고 언제든 바뀔 수 있었다. 감귀남이 조심스럽게 물었다.

"강송이는 왜 부르십니까?"

명일덕이 육모 방망이로 나무 기둥을 후려치며 답했다.

"몰라서 묻는 건가?"

전원오가 받아쳤다.

"고 요왕 선생이 치명한 지 한 식경도 지나지 않았습니다."

"천주쟁이 하나 곤장 맞다 죽은 게 뭔 대수라고. 어서 나와. 끌려 나와야겠나?"

"아니에요. 나갈게요."

강송이가 물바가지를 놓고 일어섰다. 감귀남이 허리만 돌려 손을 붙들었다. 강송이가 그 손등을 도닥인 후 웃었다. 명일덕이 꾸짖었다.

"웃어? 초상난 마당에 웃음이 나와? 줄초상을 내야 정신 차릴래?"

강송이는 명일덕을 보지 않고, 남옥과 여옥의 죄인들과 눈을 맞추며 말했다.

"부활 대축일까지 기쁘게 맞았으니, 고 요왕 선생님에 이어 치명하기 좋은 날이에요. 동정으로 살다가 천당에 가게 해달라고, 무명마을 여섯 친구와 함께 살며 매일 기도드렸는데, 천주님께서 오늘 그 바람을 들어주시려나 봅니다. 여러분의 기도도 꼭 들어주실 겁니다. 편히 기다리세요. 저들은 아무것도 얻지 못할 겁니다. 우리는 상생常生을 얻을 겁니다."

협문을 셋 지나고 우물을 돌아 마당을 하나 더 지난 다음 외딴 별채에 닿았다. 지당으로 가겠거니 여긴 강송이는 별채와 붙은 담벼락 너머를 우러렀다. 까치 한 마리가 담 너머 남쪽으로 사라졌다.

방문을 열고 들어섰다. 금창배는 꽃과 새와 곤충을 그린 팔폭 병풍을 등진 채 앉았다.

"가까이!"

　강송이가 아랫목으로 다가가 섰다. 금창배가 눈짓으로 앉으라 했다.

"어디로 갔느냐?"

"무얼 말씀하시는 건지요?"

"관아에서 교우촌을 급습하고 사학죄인들을 잡아들이기 시작하면, 회장은 어느 길로 달아나 어디로 향하기로 했지?"

"모릅니다. 그걸 제가 어찌 압니까?"

"모른다! 네가 모르면 누가 알겠느냐? 이오득이 위급한 때에 자리를 비우면, 교우촌을 이끌어야 하는 이인자가 바로 너 강송이 수산나 아닌가?"

　강송이는 금창배를 똑바로 보았다. 금창배 역시 눈길을 피하지 않고 맞받았다. 두 사람 모두 검은 눈동자가 흔들리지 않았다.

"저는 올해 겨우 열아홉 살입니다. 마을을 이끌고 말고 할 나이가 아니에요."

"너희가 구세주라 믿는 예수도 서른세 살에 뜻을 펴지 않았느냐? 열아홉 살이면 마을과 고을은 물론이고 나라를 다스리고도 남는다."

　강송이가 말머리를 돌려 물었다.

"제가 두 번째 희생자인가요?"

"그렇다면?"

　강송이가 담담하게 받아들였다.

"기꺼이 치명하겠습니다."

금창배가 받아쳤다.

"천주를 위해 죽도록 내버려둘 줄 알아? 널 찾았으니 두 번째 희생자는 없어도 돼."

강송이가 거듭 부인했다.

"곡성에서 붙들려 줄곧 지옥에서 갇혀 지냈는데, 새삼스럽게 저를 찾았다는 게 무슨 뜻인지요?"

"교인답지 않은 소릴 하는군. 세례를 받으며 거듭날 때 몸도 맘도 변한다고 주장한 건 너희들이 아닌가?"

금창배가 서안을 손끝으로 두드리자 방문이 열렸다. 가쁜 숨소리가 강송이 귀에 먼저 닿았다. 고개만 돌려 방문 앞에 선 사람을 확인했다. 최언순이었다.

"이, 이사벨."

최언순은 돌탑이 무너지듯 주저앉아 엎드렸다. 강송이가 금창배를 돌아보며 말했다.

"최 이사벨은 곡성 교인이 아닙니다. 제가 보낸 서찰을 통해 몇몇 이야기를 접했을 뿐입니다. 그런 그녀가 어찌 교우촌 형편을 알며, 야고버 회장님이 계시지 않을 때 권한을 이어받는 자가 누구인지 알겠습니까? 다 거짓말입니다."

금창배가 받아쳤다.

"혀는 거짓을 꾸미지만 눈은 진실을 감추기 어려운 법이지."

강송이가 맥락을 몰라 답을 못 하는 동안, 금창배의 눈길이 최언순에게 향했다. 최언순이 방바닥에 이마를 붙인 채 젖은 목소리로 설명했다.

"분명히 보았습니다. 고덕출이 업혀 나가고 죄인들만 남겨졌을 때, 화공 진목서가 야고버 회장님의 행방을 아는 자가 누구며, 두 번째 희생자는 어떻게 정해야 하겠느냐고 물었습니다. 저도 그 질문을 던지려고 준비했는데 진목서가 조금 빨랐던 거예요. 그 순간, 전원오와 강성대와 임중호와 감귀남이 동시에 강송이를 쳐다보았습니다. 그리고 네 사람은 그렇게 강송이를 바라보는 상황이 무엇을 의미하는가를 깨닫고 놀라며 눈길을 흩어버리더군요. 찰나지만 틀림없습니다. 네 사람은 강송이에게 진목서가 던진 두 가지 물음의 답을 청하는 눈길을 보냈던 거예요. 목자를 바라보며 길을 묻는 어린 양들처럼."

금창배가 강송이에게 물었다.

"변명할 게 남았느냐?"

강송이가 고개를 들고 천장을 보았다.

"뭣 때문에 간자 노릇을 한 거죠?"

최언순이 울음을 삼키고는 겨우 답했다.

"요섭 때문에……. 내가 보는 앞에서 죽이겠다고……. 용서하지 말아요. 난 지옥에 갈게요. 하지만 우리 요섭인 아냐. 요섭인 이대로 죽긴 너무 아까워요. 이제 다 털어놔요. 야고버 회장님도 이해하실 겁니다. 강 수산나가 아는 곳보다 훨씬 멀리멀리 달아나셨을 거라고. 수산나! 우리 같이 살아요. 지옥에 갇힌 이들도 다 같이 살아요. 이 정도면 됐어. 버틸 만큼 버틴 겁니다. 제발!"

"최 이사벨은 그러니까 처음부터 간자가 되기로 작정을 하고 지옥으로 들어온 거네요."

강송이에겐 두 가지 길이 있었다. 네 사람이 그런 눈길을 동시에 보낸 적이 없다고 부인하는 길이 첫 번째다. 최언순의 주장도 거짓으로 몰아야 한다. 두 번째는 그 사실을 인정하는 것이다. 이오득이 강송이를 이인자로 삼은 것도, 또한 네 사람이 그 짧은 순간에 강송이를 쳐다보았다는 것도! 명일덕을 간자로 쓴 것은 죄인들의 마음을 풀어놓으려는 의도였을까. 간자를 적발했으니 이제 간자는 없으리라고 안심한 틈을 금창배가 파고든 것이다.

"우리가 왜 너를 찾아내려 했겠어? 이오득을 못 잡으면, 네까짓 년의 목을 벤들 내게 무슨 이득이 있겠는가."

최언순이 거들었다.

"빨리! 다 말해 버려요."

강송이가 최언순을 노려보며 생각을 가다듬었다. 최언순이 간자라면, 지옥에 최언순이 들어온 후부터 그녀가 했던 말과 행동 모두 꾸며낸 것이다. 그것들 전부를 사실로 받아들이는 것과 거짓으로 간주하는 것은 하늘과 땅 차이다. 최언순이 보고 들은 것들은 고스란히 금창배에게 들어갔을 것이다. 금창배는 강송이의 예상보다, 지옥의 교인들에 대해 훨씬 많은 것을 알고 있다. 그가 무엇을 알고 무엇을 모르는가를 가늠할 수 있어야, 말할 것은 말하면서 숨길 것은 숨길 수 있다. 그런데 그 모두를 여기서 되새김질하기엔 시간이 부족했다. 강송이가 말머리를 돌렸다.

"고덕출 요왕 선생님 장례부터 치르고 싶어요."

금창배가 단칼에 거절했다.

"안 돼."

"이유가 뭔가요?"

"파묻었어."

"네? 이렇게나 빨리……."

"악취가 이만저만이 아니더라고. 죽자마자 그렇게 금방 썩는 시신은 처음이야. 지은 죄가 그만큼 많았을까?"

"무덤 앞에서 기도라도 드리게 해주세요."

"그리해주면 이오득의 행처를 털어놓겠느냐?"

"……모릅니다. 제가 야고버 회장님을 대신하여 교우촌을 돌본 다고 하여, 회장님 행처까지 꼭 아는 것은 아니지 않나요? 모르는 것을 안다고 할 순 없습니다. 거짓말은 천주님이 절대로 해선 안 된다고 말씀하신 무거운 죄입니다. 모릅니다."

"내 앞에선 알든 모르든 전부 털어놓게 된다는 풍문은 못 들었나?"

"모르는 걸 모른다고 할 뿐입니다."

"너처럼 장담하는 죄인이 적지 않았지. 허나 끝까지 버틴 놈은 없어. 네가 그토록 위하는 이오득 야고버를 신유 대군난 때 배교 시킨 사람이 누군 줄 알아? 바로 나 금창배라고! 네년의 모르쇠는 얼마나 갈까?"

최언순이 두 손을 모아 빌며 강송이에게 애원했다.

"말해요, 제발! 버틴다고 될 일이 아닙니다. 살아요, 우리 살아."

어떤 부활

금창배는 숙소로 쓰는 풍패지관으로 돌아왔다.

우익헌으로 들려다가 좌익헌 방문을 쳐다보았다. 성큼성큼 큰 걸음을 디딘 후 단숨에 방문을 열었다. 팔폭 병풍이 벽처럼 문 바로 앞에 쳐 있었다. 금창배가 병풍을 돌아 들어서자, 아랫목에 누웠던 사내가 일어나 앉으려고 허리를 접으려 했다. 금창배가 다가앉으며 어깨를 가만히 눌렀다.

"누워 있게."

사내는 숨을 서너 번 끊어 쉬며 다시 베개에 뒷머리를 붙였다. 금창배가 야윈 손을 쥐었다.

"꼭 이래야만 했는가? 장살될 뻔했어. 금단을 대기시켜 두었다가 침을 놓게 하지 않았다면, 자넨 벌써 북망산에 올랐을 거야."

"틈이…… 필요했습니다. 아시잖습니까? 그리고 저는 안 죽습니다……. 죽을 수 없습니다."

"부활이라도 하려고?"

"필요하면 해야죠. 예수도 했는데……."

금창배가 입으로만 웃었다. 고덕출이라는 이름으로 지옥을 오갔던 공원방이 물었다.

"강송이는…… 어떠합니까?"

"독한 계집이야. 치명을 바라는 게지……."

금창배는 말끝을 흐리며, 공원방이 끌려 들어오기를 기다렸다.

"제가…… 만나겠습니다."

원하는 말을 들었을 때, 내색하지 않고 반대로 가는 것이 금창배의 수순이었다.

"이 몸으론 무리야. 자네가 만난다고 별다른 수가 나는 것도 아니고."

"만나겠습니다……."

"강송이는 최언순이 배교하는 바람에 이오득이 자신에게 뒷일을 맡긴 비밀을 들켰다고 지금도 믿고 있어. 고덕출은 3월 28일 지당에서, 죄인들이 보는 앞에서 맞아 죽었고. 그럭저럭 짜 맞춘 매듭을 자네 스스로 풀어버리겠다는 건가?"

공원방은 이제 그만 떠보라는 듯, 둘만의 비밀을 건드렸다. 곡성에서 군난을 정리하지 않고, 전라감영으로 옮겨 키운 까닭이기도 했다.

"좌포도청 종사관 금창배와 포도부장 공원방! 우리 두 사람에게…… 더 나은 기회가 오겠습니까? 배교했다가 회두하여 온 나라를 어지럽히는…… 남도석 야고버와 윤영택 요안을 붙잡을 마지막 일생일대의 기회입니다. 뭐든 다 해봐야지요."

배수진을 치자는 것이다. 이 정도 속마음을 꺼냈으면 넘어갈 법도 한데, 금창배는 돌다리를 다시 두드리듯 물었다.

"나야 좌포도청에서 진작 물러났으니 문제 될 게 없지만, 자넨 두 번 다시 간자를 못 할 수도 있어. 그래도 괜찮겠는가?"

"두 놈을 못 잡으면, 그래서 제 딸 공설이를 되찾지 못하면, 간자는 더 해 무엇 하겠습니까?"

결국 공원방의 유일한 약점인 외동딸 이름까지 나온 뒤에야, 금창배는 요구를 받아들였다.

"알겠네."

공원방이 돌아누우려 할 때, 금창배가 갈고리를 채듯 또 물었다.

"언제까지 혼자 품고만 있을 겐가?"

"……."

"아직도 날 완전히 믿진 않는군."

"저를…… 믿으십니까?"

"이오득이 남도석이라면, 자네 딸 공설이도 덕실마을이나 무명마을에 머물렀을 걸세."

"……없었습니다."

곡성과 전라감영에 잡혀 온 교인들과 그들의 진술을 이미 살폈다는 뜻이다.

"잡히진 않았지만, 짐작하곤 있지?"

"아직……."

공원방의 고집을 아는 금창배이기에, 더는 질문을 이어가진 않았다.

"남도석과 윤영택을 잡는 게 먼저일세. 자네 욕심 채우려다가 두 놈을 놓쳐선 안 된다는 사실만 명심해."

강송이는 횃불도 없이 완전하게 깜깜한 지당에 혼자 갇혀 지냈다. 차꼬와 칼도 씌우지 않았고 두 팔도 묶지 않았다.

"거두어주소서. 거두어주소서."

치명을 바라는 기도를 드렸다. 끝까지 끝의 끝까지, 천주여, 저를 도우소서! 거두어주소서!

머리 위에서 둔탁한 소음이 들렸다. 문에 얹어둔 돌을 치우는 소리였다. 강송이는 기도를 멈추지 않고 턱만 치켜들었다. 문이 열리며 빛이 쏟아졌다. 강송이의 작은 몸이 빛의 망울에 들었다. 관우가 긴 수염을 앞세우곤 계단을 먼저 내려왔다. 뒤따라 계단을 내려선 장비가 물었다.

"묶을까요?"

그렇다면 인기척도 내지 않고 그녀 앞에 앉은 사내는 금창배일 것이다.

"⋯⋯되었네. ⋯⋯나가들 보게."

그런데 아니다. 지치고 힘든 목소리였지만 또박또박 끊어 내뱉는 말에 힘이 실렸다. 강송이는 이렇게 당당하면서도 황량한 목소리를 가진 사내를 한 사람 알고 있었다. 관우와 장비가 나갈 때까지 기다렸다가, 고통을 참으며 기어이 고개를 들었다. 일렁이는 횃불 두 개를 호위장수처럼 좌우로 거느린 채, 사내가 앉아 있었다. 금창배보다 작고 말랐다.

"고, 고덕출! 요왕, 당신⋯⋯."

말을 잇지 못했다. 침묵 속에서 두 사람은 서로의 형편없는 얼굴을 쳐다보았다.

"부활한 사람을 만나⋯⋯ 두렵고 놀라는 눈이⋯⋯ 아니군."

강송이는 대꾸하지 않았다. 이윽고 눈까지 감았다. 말을 하기 위해 남은 기운을 모으는 중이었다. 그도 재촉하지 않고 따라서 눈을 감곤 기다렸다. 횃불이 타들어가는 소리만 유난히 크게 들렸다. 얼마나 시간이 흘렀을까. 낮잠에서라도 깬 듯, 강송이가 눈을 뜨곤 헛기침을 세 번 연이어 했다. 그도 눈을 떴다. 강송이가 천천히 또박또박 이야기를 시작했다.

"최 이사벨이 고변해서 잡힌 교인이 고덕출 요왕이었으니까. 최 이사벨이 배교하고 거짓말을 해댔다면, 고덕출 역시 가짜일 거란 생각을, 금창배의 부름을 받고 최 이사벨이 들어온 순간부터 했어요. 확실하게 해두자 싶어 시신까지 확인하려고 장례를 청했는데, 벌써 묻었다며 금창배가 거절하더군요. 최언순 이사벨 혼자만 간자를 시키기엔 금창배도 불안했겠죠. 간자는 많으면 많을수록 좋기도 하고……. 요섭을 살리겠단 마음밖에 없는 최 이사벨과는 달리, 고덕출 당신은 죄인들 사이에 틈을 만들기 위해 자해할 만큼 노련했어요. 고덕출 당신이 맞아 죽는 걸 본 후 네 사람의 마음이 동시에 흔들렸으니까. 찰나를 놓치지 않고 알아차린 건 최 이사벨이지만, 그때까지 치밀하게 준비하고 혹독한 고형을 당해 죽어간 이는 고덕출 당신입니다."

일찍이 이오득은 조선의 천주교인을 괴롭힌 대표적인 간자가 두 사람이라고 했다. 한 사람은 충청도 내포에서 교우촌을 찾아내고 교우들을 괴롭힌 조화진인데 신유년에 이미 죽었다. 살아 있는 나머지 한 사람은 금창배가 수족처럼 부렸던 공원방이다. 수원에서 용인까지 여러 교우촌을 어지럽힌 간자 윤응복도 공원방일 가능성이 크다고 했다. 공원방은 공설이 아가다의 아버지였다. 강송이는 한양에서 재회하여 그 비밀을 털어놓던 아가다의 얼굴을 떠올렸다.

"처음부터 내가 살아 있다고 생각한 건가?"

"반반이었어요. 처참하게 맞고 업혀 나가는 걸 봤으니, 죽었을 거란 생각이 더 많이 들더군요. 그런데 그날 금단이 우리와 함께 지하로 내려가지 않았다는 사실이 어제 새삼스럽게 떠올랐어요. 금단이 기다렸다가 당신을 살려냈을 수도 있었겠다. 한데 설령 그렇다고 해도 당신이 이렇게 빨리 내 앞에 나타날 줄은 몰랐어요. 간자가 그림자로 사라지지 않고 흐린 횃불 아래일망정 자신을 드러낼 때는 그만큼 다급하단 뜻이겠죠?"

"……이아기 아가다! 알지?"

강송이가 중간에 입을 닫았다가 이었다.

"알긴…… 알죠."

"아는 정도가 아니라…… 단짝이었다며? 교우촌에서…… 가장 친해서 친자매처럼…… 붙어다녔다던데?"

"헛되고 헛된 날들이었죠. 평생 동정을 지키며 함께 살자는 약속을 깨고, 외교 남자가 좋다며 교우촌을 떠났어요. 제가 사람을 잘못 봐도 한참을 잘못 본 거죠. 모르는 사이나 마찬가지예요. 제 맘에선 이미 죽은 사람이니까."

"외교 남자라면, 들녘……? 예비 신자로…… 교우촌에서 품었으면, 외교인은 아니지 않나?"

그는 이미 들녘에 대해서도 파악하고 있었다. 곡성 교우들의 진술을 모은 문서를 검토한 후 지옥으로 들어왔을 것이다. 강송이는 더욱 강하게 이아기와 들녘을 비판했다.

"외교인보다 못하죠. 아시겠지만, 덕실마을과 무명마을 교우들이 일 년 반이나 옹기를 굽지 못한 것은 들녘과 길치목과 장구 때문이에요. 그들을 끌어들이는 데 가장 적극적인 교인이 바로 이아기 아가다였어요. 잘못을 인정하고 근신하며 무명마을에 머물렀다면 용서받을 수도 있었겠죠. 그런데 이아기는 들녘을 따라서 교우촌을 나가버렸답니다. 거기서 우리의 인연도 끝난 거예요. 어디서 무슨 이야길 들었는지는 모르겠지만, 이아기는 배교한 것이나 마찬가지예요."

그는 소매에서 편경을 꺼내 들어 보였다.

"이것…… 금창배 종사관이 곡성에서 압수한 네 편경 맞지?"

"맞아요."

답하는 강송이의 목소리가 작아졌다.

"이 편경에 새긴 성녀는…… 수산나가 아니라 아가다더군. 동정을 맹세한 일곱 여인 중에서 세례명이 아가다인 여인은 이아기뿐이야……. 그럼 이건 이아기가 지니고 다니는 게 맞겠지? 인연은 끊겼고 죽은 사람 취급 한다는 이아기의 편경을 네가 왜 고이 품고 지냈을까?"

"그, 그건……."

"하나만 더……. 내가 곡성에서 압수한 물품들을 다 찾아봤는데…… 수산나를 새긴 편경은 어디에도 없더군……. 그래서 이런 상상을 해봤어. 이아기 아가다와 강송이 수산나는 절교한 것이 아니다, 둘은 서로의 편경을 맞바꿔 간직할 만큼 가까운 친구다……."

"억측이에요."

"이아기가 들녘과 함께 무명마을을 떠난 뒤에도, 강송이는 이

아기를 만난 것은 아닐까……? 이아기가 어디 사는지 알고 있는 것은 아닐까……?"

강송이는 이렇게 끌려다닐 수는 없었다.

"야고버 회장님이 아니라…… 이아기부터 따져 묻는 이유가 뭔가요? 당신들 목표는 줄곧 야고버 회장님이잖습니까? 일 년도 전에 교우촌을 떠난 이아기가 야고버 회장님과 무슨 관련이 있다고 갑자기 이러는 거죠?"

그는 즉답 대신 손바닥을 펴고, 편경에 새긴 아가다를 내려다보았다.

"네가 믿는 천주에게…… 가르쳐달라고 기도해. 천주가 침묵하는데…… 우리가 알려줄 이유는 없겠지."

그는 고개를 돌려 지하 계단을 쳐다보며 말을 이었다.

"각오를 단단히 해야 할 거야……. 빨리 털어놓는 게 좋아. ……어차피 넌 전부 내게 말할 수밖에 없어."

강송이는 눈을 꾹 감았다가 다시 떴다. 고개 돌린 그의 입술과 볼과 귀 위에 아가다의 입술과 볼과 귀가 겹쳤던 것이다. 답답했다. 강송이에게 와서 아가다라는 이름을 꺼냈다는 사실 자체가 신중하게 친 포위망이 꽤 많이 좁혀졌음을 의미했다. 포위망을 찢고, 아가다를 더 먼 곳으로 달아나게 할 마음뿐이었다.

자정의 죽

처음 열흘은 관우와 장비가 강송이를 맡았다.

하루에 딱 한 번 식은 죽 한 그릇을 먹였다. 목숨을 보전하기 위한 최소한의 음식이었다. 강송이는 그마저도 입을 굳게 닫곤 버텼다. 이대로 얻어맞다가 세상을 등지겠다고 각오한 듯했다. 자정子正을 넘겨 지당으로 죽을 들고 내려가는 일은 네 명의 옥리가 번갈아 맡았다.

3월 28일부터는 관우와 장비가 워낙 포악하게 굴어서, 좌포도청 포졸들도 들어가지 않으려 했다. 관우와 장비는 고병태, 박용식, 차동한 그리고 막둥이 석둥개에게 억지로라도 강송이에게 죽을 먹이도록 했다. 고개 젓는 강송이의 입에 죽을 넣으려다 보면, 옥리들 손발은 물론이고 바지와 더그레도 피로 물들었다. 고병태와 박용식과 차동한은 한 번씩 지당을 다녀온 뒤론 이 핑계 저 핑계를 대며 석둥개에게 미뤘다.

석둥개가 궂은일을 마다하지 않은 것은 산포수 길치목과의 약속 때문이었다. 당장이라도 강송이의 숨이 넘어갈 것 같았기에, 밤마다 죽지 않고 살아 있는가를 확인하러 간 셈이다. 강송이가 어떤 비밀스러운 눈짓이나 단어를 흘리듯 뱉지 않을까 긴장하며 기다렸지만, 눈은 풀리고 손발은 흐느적거리기만 했다. 이렇게 몸을 가누지 못하는데도, 입술을 꼭 닫고 죽을 거부하는 모습이 신기할 정도였다. 석둥개가 눈짓하며 죽을 먹으라고 권했지만, 강송이는 머리로 죽그릇을 쳐 엎어버리거나 붉은 피가 뒤엉킨 침을 석둥개의 얼굴에 뱉었다.

열흘째 자정은 더욱 끔찍했다. 아흐레까진 부축하면 기대앉아 고개를 들 힘이 있었지만, 그날은 일으켜 앉혀도 스르르 모로 쓰러지고 또 쓰러졌다. 그렇게 세 번을 쓰러지자, 수건으로 곤을 닦던 장비가 석둥개를 노리며 화를 냈다.

"그것도 하나 똑바로 못해? 저년이 또 쓰러지면 너부터 여기서 살아 못 나갈 줄 알아!"

장비의 곤에 허리를 맞으면 앉은뱅이가 되고 목을 맞으면 평생 누워 지내야 할 것이다. 머리를 맞는다면 그 즉시 황천으로 떠난다 해도 지나치지 않을 듯했다. 석둥개는 제 목숨부터 살고 보자 하는 생각에 쓰러진 강송이의 두 팔을 당겨 안다시피하곤 잡아끌어 벽 모서리로 갔다. 머리를 오른쪽으로 기울게 해서 각진 벽에 기대 놓았다. 그리고 오른손으로 의자 다리를 집고 끌어 강송이의 왼 허리에 댔다. 쓰러지는 것을 막기 위해서였다. 이제 죽만 먹이면 되는데, 죽 그릇이 팔을 뻗어 닿을 자리에 있지 않았다. 적어도 열 걸음은 떨어졌다. 저승사자보다 무서운 장비나 관우에게 부탁할 수도 없었다. 석둥개는 일어나선 죽을 가져오기 위해 오른팔과 오른 무릎부터 폈다. 그리고 왼팔을 들며 왼 무릎까지 펴려는 순간, 강송이의 검지가 막둥이의 왼 손바닥에서 꿈틀거렸다. 석둥개는 다시 무릎을 꿇고, 오른쪽으로 기우는 강송이를 붙들어 앉히는 척했다. 장비가 고개를 돌려 석둥개를 쳐다보았지만, "마지막이다!"라고만 하곤 다가오진 않았다. 강송이는 두 번 뱉어내긴 했어도 죽을 일곱 번이나 삼켰다. 석둥개는 빈 죽 그릇을 들고 지상으로 나왔다.

석둥개가 풍남문을 나선 때는 인시寅時, 새벽 3시~5시였다. 문지기는 막둥이의 얼굴을 알아보곤 인사도 건네지 않고 협문을 열어줬다. 막둥이는 성벽으로부터 멀찍이 떨어져선 어두운 남천을 따라 걸었다. 개가 짖거나 고양이가 나무에서 뛰어내리거나 돌이 많은 자리에서 물소리가 나도 걸음을 멈추고 주변을 경계했다.

배에서 천둥이 울었다. 자정에 지당으로 죽을 가지고 내려간 뒤론 밥맛이 뚝 떨어졌다. 얼굴이 퉁퉁 붓고 코와 입이 터져 피 흘리는 강송이에게 죽을 먹이는 일이 벅찼다. 험하고 흉한 꼴 다 보는 자리가 옥리라지만, 저렇듯 끔찍한 몰골을 매일 밤 보리라곤 예상하지 않았다. 죽을 먹여야 하니, 허리를 받히고 턱을 들어 올리고 입술을 억지로 벌리도록 힘을 써야 했다. 횃불 아래 일렁이는, 눈을 질끈 감고 미간에 잔뜩 주름을 잡은 피투성이 강송이의 얼굴을 볼 수밖에 없었고, 피비린내를 맡을 수밖에 없었고, 붉은 입김과 콧김을 쐴 수밖에 없었다. 한바탕 난리를 치면서 죽을 먹이고 나면 계단을 딛고 올라가기도 힘들었다. 옥리방에 도착하여 죽 그릇을 놓자마자 쓰러져 잠들기 바빴다. 다음 날에도 아침과 점심을 건너뛰는 경우가 잦았다. 숟가락을 집거나 젓가락을 놀리려고 하면, 강송이에게서 났던 입김과 콧김이 막둥이 자신의 입과 코로 나오는 듯했다. 여러 차례 입을 헹구고 코를 풀어도 마찬가지였다. 강송이에게 죽을 먹이다가 석둥개가 굶어 죽을 판이었다.

먹질 못하자 화가 차오르고 짜증이 늘었다. 피투성이가 된 강송이를 볼 때마다 불쌍하다는 생각보다 오늘도 죽 먹이는 일이 힘들겠다는 걱정이 먼저 들었다. 강송이가 입을 닫고 고개를 저으며 온몸으로 버티면, 절대로 때리지 말라는 엄명 때문에 주먹질이나 발길질은 못 했지만, 팔을 비틀거나 뼈가 다 드러난 허벅지를 누르거나 할퀴거나 꼬집어댔다. 강송이와 말을 섞는 것도 금지되었기에, 석둥개는 그런 식으로라도 자신의 분노를 전했던 것이다. 틀림없이 아팠을 텐데도, 강송이는 비명을 지르거나 노려보거나 슬픈 눈짓을 보내지 않았다. 이미 이 정도 고통은 넘어섰다는 듯, 해볼 테면 얼마든지 해보라는 식으로 가라앉았다. 그와 같은 무반응에 더 화가 나서, 석둥개는 강송이를 괴롭혔다.

한벽당 오르막길에 이르렀다. 석둥개는 고개를 들어 복숭아나무에 걸린 밤하늘을 우러렀다. 그사이 복사꽃은 졌고, 먹구름이 짙어 별도 빛나지 않았다. 나무 주변을 살폈지만 왼 다리와 왼팔을 못 쓰는 거지는 없었다.

한벽당에 오른 석둥개는 난간을 따라 천천히 걸음을 뗐다. 인기척이 있을까 귀까지 기울였지만, 늦봄 텁텁한 바람만 겨드랑이를 파고들었다. 산포수 길치목과 나란히 섰던 자리를 찾아 남천을 내려다보았다. 바로 아래로 돌아드는 물굽이에선 돌에 부딪혀 찰랑거리는 소리만 이어졌다. 이 야심한 밤에 내가 여기 왔다는 걸

어찌 안단 걸까.

괜한 걸음 했다는 생각이 들자, 배가 더욱 고프고 어지러웠다. 오늘은 무슨 일이 있더라도 밥 한술을 뜨고 잠을 청하리라 다짐했다. 그래도 미련이 남아서였을까. 고개를 숙여 왼 손바닥을 내려다보았다. 그 안에서 꿈틀거리던 강송이의 작고 여린 손이 그려졌다. 그마저 지우려는 듯 손을 털며 돌아서다가 깜짝 놀라 뒷걸음질을 쳤다. 난간이 없었다면 절벽 아래로 떨어질 뻔했다.

"도, 도깨빈 줄 알았네. 기척이라도 하지."

석둥개가 코를 쓸어내리며 말했다. 길치목이 답했다.

"기척을 들키면 산포수가 아닙죠."

"그건 또 그렇네. 내가 온 줄 어찌 알았는가? 어디 있었어?"

"어찌어찌 알고 왔습니다."

길치목은 비법을 알려주진 않고 등에 진 꾸러미를 내려 옆구리에 꼈다. 지난번과 마찬가지로 비단을 싼 꾸러미였다. 한벽당으로 야밤에 올라온 이유를 들려달라는 것이다. 석둥개도 쉽게 털어놓지 않고 버텼다.

"죽진 않았군요, 아직은."

"어찌 아는가?"

길치목이 답했다.

"강송이가 세상을 떴다면, 이 밤에 예까지 서둘러 오진 않았을 겁니다. 나리는 저를 완전히 믿진 않으시니까요."

"말을 새끼 꼬듯 꼬지 말고 쉽게 풀어. 아니면 그냥 갈 테니."

"강송이가 죽었다면, 비단은 탐이 나니까, 적어도 한벽당 주변이 두루 보일 때 오셨을 겁니다. 그래야 제가 소식만 듣고 달아나더라도 뒤쫓을 수 있으니까요. 지금처럼 깜깜한 밤엔 한벽당 밖으로 한두 걸음도 내딛기 힘듭니다. 지금 나리가 온 건 강송이가 제게 건네려는 말을 급히 전하려 한 것이라는 생각이 듭니다."

석둥개가 코를 씰룩였다.

"네놈을 못 믿는다는 말은 맞아. 비단이 탐난다는 말도 맞고. 강송이가 살아 있단 예측도 지난 자정까진 확실해. 내가 자정에 죽을 먹었으니까. 하지만 다가올 자정에도 강송이가 살아서 죽을 먹을지는 모르겠어."

"많이 위태롭습니까?"

"위태위태하며 열흘이 지났지. 차라리 죽겠다며 입에 억지로 쑤셔 넣은 죽도 뱉었어. 그 피범벅인 입에 죽을 넣으러 가면서, 내 마음 한구석에선 혹시 뭔가 다른 눈짓이든 손짓이든 보내지 않을까 기다렸지. 내가 물풀매 던지는 시늉 하는 걸 봤다면, 죽기 전에 내게 뭔가 하지 않을까 그 생각을 한 거야. 그런데 오늘 자정까진 정말 바위처럼 꿈쩍도 하지 않았어. 장비와 관우가 긴 한숨을 뱉을 만큼 독종인 게지. 이대로 죽겠구나 싶었어. 딴짓을 한다면 그건 고통을 못 참고 미쳐버린 것이거나 아니면 마지막 유언이겠다 여겼지."

"제게 전하는 말이 있습니까?"

석둥개가 먼저 왼팔을 내밀었다. 비단 꾸러미부터 달라는 것이다. 길치목이 내주지 않고 오히려 허리를 젖혔다.

"저도 나리를 못 믿겠습니다."

석둥개가 제 왼 손바닥을 내려다보며 덧붙였다.

"이 손바닥 위에서 꿈틀거렸다니까. 내 소매를 잡고 제 손을 내 손에 넣은 건 처음이야. 글자를 썼다고. 이래도 못 믿겠는가?"

길치목이 석둥개를 노려보다가 왼 손바닥을 펴 내밀었다.

"맞바꾸지요, 글자랑 비단이랑."

"그러지. 그리해."

길치목이 오른손으로 비단 꾸러미를 쥐곤 석둥개의 왼손에 얹었다. 얹긴 했지만 오른손을 거두진 않아 언제든 다시 꾸러미를 가져올 수 있었다. 그 순간 석둥개가 오른손 검지를 길치목의 왼손바닥 한가운데에 팽이처럼 댔다.

"자, 이제 강송이가 쓴 대로 옮기겠네. 힘을 딱 줘."

"어서 쓰기나 하십시오."

석둥개는 길치목의 손바닥에 글자 세 개를 쓴 후 왼손으로 비단을 쥐고 당겼다. 그런데 길치목은 비단을 순순히 내주는 대신 붙들고 버텼다.

"왜 이래? 맞바꾸기로 했잖아?"

석둥개가 화를 내자 길치목도 맞받아쳤다.

"뭘 쓴 겁니까? 가로로 한 줄 세로로 한 줄 긋고, 왼쪽으로 기울게 빗금 하나 오른쪽으로 기울게 빗금 하나, 서로 교차하는 빗금 두 개, 그게 답니까?"

"응."

"이게 뭔데요?"

석둥개가 길치목을 노리며 꾸짖었다.

"너 이 새끼, 글도 못 읽으면서 뭐냐고 물어?"

"산짐승 잡는 데 글이 왜 필요합니까? 날쌔게 달리고 조용조용 따르고 총만 잘 쏘면 될 일입니다."

"손바닥은 왜 내밀어? 내가 뭘 써도 넌 모르잖아?"

"알려주시면 되잖습니까? 서당에서 글공부도 꽤 했다고, 옥리로 썩긴 아깝다며 석 공방 나리가 조카 자랑을 얼마나 하셨다고요. 가르쳐주십시오."

"이것만 알려주면, 비단은 주는 거다? 딴소리하기 없어?"

"어서 알려주기나 하십시오."

석둥개가 검지로 길치목의 손바닥에 천천히 글자를 쓰며 설명했다.

"이렇게 가로로 주욱 긋고 그 가운데를 세로로 가르는 건 열 십+자다. 일곱 여덟 아홉 열 할 때 그 열. 아홉보다 하나 많고 열하나보다 하나 적은 열. 알겠지? 이렇게 왼쪽으로 빗금을 긋고 오른쪽으로 또 빗금을 긋는 건 여덟 팔八. 일곱 여덟의 그 여덟. 일곱보다 하나 많고 아홉보다 하나 적은 여덟. 세 번째 빗금이 서로 만나는 건 벨 예乂."

길치목이 주먹을 쥐었다 펴곤 손바닥을 보면서 물었다.

"십 그리고 팔 그리고 베다! 이렇게 썼단 말입니까?"

"맞아. 다 전했으니 난 가겠어."

석둥개가 힘을 줘서 꾸러미를 당겼고, 길치목도 이번엔 붙잡는 대신 쥐었던 손을 폈다.

"두 번 다시 보지 말자. 오늘 우린 만난 적도 없는 거야."

석둥개가 꾸러미를 옆구리에 끼곤 한벽당을 서둘러 내려갔다. 복숭아나무를 지나 사라질 때까지도 길치목은 여전히 제 왼손을 쳐다보며 서 있었다. 그때 거위가 시끄럽게 울었다. 길치목이 어깨를 으쓱 올렸다가 내리곤 한벽당을 벗어나 복숭아나무까지 한 달음에 내려왔다. 나무 뒤에 매미처럼 붙어 거위 울음을 흉내 냈던 짱구가 고개를 내밀곤 물었다.

"뭐라던가?"

"십 그리고 팔 그리고 벤다……. 이렇대."

"응?"

"이게 뭐야 대체?"

짱구가 오른팔로 길치목의 어깨를 의지하고 섰다. 그리고 천천히 원을 그리듯 길치목의 주위를 돌았다. 길치목도 조금씩 몸을 들리면서 짱구가 쓰러지지 않도록 지탱했다. 만약 짱구가 손을 놓치거나 길치목이 뿌리친다면, 당장 나뒹굴며 머리와 왼 어깨를 크게 다칠 것이다. 짱구가 충분히 생각하도록 길치목은 답답했지만 입을 닫고 기다렸다. 열 바퀴쯤 돌았을까. 걸음이 멈췄다.

"거, 거 거기…… 있었던 거야?"

길치목이 물었다.

"알아냈어?"

짱구가 고개를 끄덕이자, 길치목은 나무에 그를 기대 앉혔다. 짱구는 길치목의 등을 떠밀며 마음이 급한지 말을 더 많이 더듬었다.

"머, 머, 머, 머, 먼저 가! ……당장!"

길치목이 허리를 반쯤 숙여 짱구의 두 어깨를 단단히 쥐곤 쏘아보며 물었다.

"어디로?"

"목사동!"

십十에 팔八을 합치면 목木이었다.

"그리고 아버지!"

"아버지?"

팔八에 예乂를 합치면 부父였다.

그 봄의 등잔 밑

공원방의 방법은 달랐다.

관우와 장비가 강송이를 문초하는 동안, 전라감영 곳간에서 쥐 잡기가 시작되었다. 쥐를 잡되 죽여선 안 된다는 것이 전라감사가 내린 엄명이었다. 교졸들이 열흘을 꼬박 쥐틀을 놓고 쫓은 끝에 백 마리를 잡았다.

열흘을 몰아붙인 후 하루를 쉬었다. 강송이 혼자 지당에서 앓았다. 정수리에서 발끝까지 아프지 않은 곳이 없었지만, 일어나 앉아선 양손을 모았다. 기도문들을 외우고 성구를 읊조렸다.

다음 날 새벽, 옥리 넷이 낑낑대며 지당으로 쌀독을 옮겼고, 뒤이어 공원방이 왕죽 지팡이를 짚고 기우뚱거리며 내려왔다. 제 키보다 큰 쌀독의 어깨를 손바닥으로 쓸며 물었다.

"이 안에 뭐가 들었을까?"

강송이는 하루를 꼬박 쌀독에서부터 가장 먼 모서리에 앉아,

하루 한 끼 배에 겨우 들어갔던 밥과 김치를 토했고 눈물 콧물까지 다 쏟았다. 독이 아무리 두껍고 뚜껑이 틈 없이 단단해도, 쌀독에 든 백 마리 쥐 울음을 지울 순 없었다. 손바닥으로 귀를 막아도 울음은 사라지지 않았다. 막으면 막을수록 바닥과 벽과 천장을 타고 더 가까이 파고들었다. 코로도 듣고 눈으로도 듣고 손가락이나 발목으로도 듣는 기분이었다.

다음 날, 지당으로 내려온 공원방은 어제 머물렀던 그 자리에 서서 강송이를 쳐다보았다. 강송이는 고개를 들지도 못한 채 흐느적거렸지만 원하는 답을 주지 않았다. 공원방은 오래 기다리지 않고, 팔을 머리 위로 뻗어 쌀독 뚜껑을 손끝으로 두드렸다. 강송이가 그 소리에 놀라 움찔 몸을 떨며 고개를 들었다. 공원방이 말했다.

"오늘은 뚜껑을 열어둘 거야."

강송이가 허공으로 팔을 뻗으려다가 멈췄다. 뚜껑을 그대로 닫는 유일한 방법은 공원방이 원하는 답을 주는 것이다. 그럴 수는 없었다. 공원방이 왕죽 지팡이로 독을 툭툭 쳤다. 옥리 명일덕과 석둥개가 계단을 바삐 내려왔다. 명일덕은 뚜껑을 열고 석둥개는 네 모서리에서 타오르는 횃불을 모두 껐다. 뚜껑을 열자마자 쥐 울음이 더욱 크고 시끄러웠다. 공원방을 따라 명일덕과 석둥개가 계단을 올라갔고, 열렸던 문이 닫혔다. 완전한 어둠이었다.

하루가 지난 뒤, 명일덕과 석둥개가 육모 방망이를 쥐고 횃불을 든 채 먼저 지당으로 내려갔다. 문이 열리자마자 쥐 울음이 가득했다. 여전히 쌀독에 든 쥐는 스무 마리에 불과했다. 팔십 마리가 쌀독을 벗어나 깜깜한 지당을 돌아다닌 것이다. 강송이는 부러진 곤을 들곤 모서리 그 자리에 서 있었다. 발등에서부터 목과 이

마까지, 뜯기고 찢겨 붉게 부풀고 딱지가 앉거나 피가 흐르는 상처들이 가득했다. 굶주린 쥐들로부터 받은 공격의 결과였다. 쥐 열다섯 마리가 죽고 일곱 마리가 거품을 문 채 드러누워 버둥거리기만 했다.

명일덕과 석둥개는 쥐들을 줍기도 하고 붙잡기도 해서 쌀독으로 던져 넣었다. 살았든 죽었든 여든 마리의 쥐를 그들이 탈출한 쌀독으로 집어넣기까진 반 시진도 걸리지 않았다. 뚜껑까지 닫은 후, 공원방이 지팡이를 짚고 내려왔다. 이번에도 그는 같은 자리에 서서 강송이를 바라보았다. 그녀는 뒷목과 팔뚝과 손등을 긁어대면서도 먼저 입을 열진 않았다. 공원방이 말했다.

"오늘은 너를 이 독에 넣겠어."

명일덕이 먼저 강송이에게 다가갔다. 그녀는 부러진 곤을 휘두르며 막으려 했다. 그러나 하룻 동안 쥐들에게 시달리느라 지친 탓에 곤을 곧 명일덕에게 빼앗겼다. 석둥개까지 합류하자 강송이는 버티지 않고 순순히 끌려왔다. 공원방이 물었다.

"쥐와 함께 죽으려느냐? 쌀독을 무덤으로 삼으려느냐?"

강송이는 답하지 않았다. 말을 섞는 것조차 원하지 않는 것이다. 석둥개가 쌀독 옆에 탁자를 붙이고 올라섰다. 명일덕이 강송이를 탁자 위로 올리자, 석둥개가 뚜껑을 연 후 그녀의 두 어깨에 줄을 걸어 묶었다. 강송이의 몸이 쌀독에 빠지자마자 쥐들이 맹렬하게 울며 달려들었다. 그 속에 강송이의 비명도 섞였다. 석둥개는 그녀의 어깨에 연결한 줄을 쥐곤 공원방을 쳐다보았다. 끌어올리란 명령이 떨어지면 곧바로 줄을 당길 작정이었다. 그러나 공원방은 독의 어깨에 손바닥을 대곤 가만히 있었다. 이제 강송이의 목소리는 들리지 않고, 쥐 울음만 가득했다. 석둥개가 참다못해 물었다.

"꺼낼까요?"

공원방이 대답 대신 눈을 감았다. 다시 시간이 흘렀다. 뚜껑이 열렸지만 쥐들이 나오진 않았다. 옥리들이 휘두른 방망이에 맞아 죽거나 기절하거나 다친 것이다. 석둥개가 고개를 들고 깊은 숨을 내쉬었다. 공원방은 처음부터 강송이를 쌀독에 넣어 죽일 작정이었을까. 그렇지 않고서야 쥐들이 살점을 뜯어먹는 걸 어찌 내버려둔단 말인가. 징제비보다도 백배는 더 지독하다. 사람도 아니다. 그때 공원방이 명령했다.

"올려!"

석둥개가 힘껏 줄을 당겼다. 그런데 끌려 올라오던 강송이의 몸이 다시 쌀독으로 떨어졌다. 어깨를 묶은 줄을 쥐들이 앞니로 갉아서 끊은 것이다. 석둥개가 놀라 허리를 숙이며 고개를 디밀었다. 그 순간 쥐 한 마리가 뛰어올라 석둥개의 얼굴에 붙어 코를 물었다. 석둥개가 쥐를 잡고 뜯어내며 물러서다가 탁자에서 떨어져 나뒹굴었다. 공원방이 명령했다.

"깨뜨려!"

명일덕이 죄인의 무릎에 얹어 압슬하는 데 쓰는 넓적한 돌을 들고 왔다. 머리 위로 들어올린 뒤 쌀독을 향해 던졌다. 독의 어깨가 깨지면서 쥐들이 쏟아졌다. 석둥개가 허리를 부여잡은 채 달려들어 강송이를 끌어냈다. 악취와 함께 찢기고 뜯긴 살점이 너덜거렸다. 얼굴과 팔다리가 심하게 부어올랐고, 숨 쉬기가 힘든지 기절한 채 기침을 자꾸 했다. 공원방이 명일덕을 보며 말했다.

"풍패지관 서익헌으로 가거라. 무녀 금단에게 보이고 침을 맞히거라."

탁자에서 떨어지며 허리와 다리를 다친 석둥개 대신 명일덕이 강송이를 업고 계단을 뛰어올랐다. 공원방은 석둥개에게 쥐들을 전부 죽여 파묻으라 명령한 후 고개를 젓다가 말았다. 강송이가 아무리 강단이 넘쳐도, 쥐 떼 앞에선 굴복하리라 여겼다. 그러나 강송이는 그녀가 세상에서 가장 두려워하는 쥐 떼 속에서도 입을 열지 않았다. 만약을 대비하여 마련해 둔 두 번째 방책을 쓴 것은, 공원방이 간자를 시작하고 이십육 년 만에 처음이었다.

하루 하고도 반나절이 지난 후, 금단에게 침을 맞고 되살아난 강송이를 명일덕과 석둥개가 지당으로 데려왔다. 강송이가 이인자인 것이 밝혀진 지도 보름이 지났다. 눈두덩이가 여전히 부어올라 눈을 떠도 물안개 피어오른 강처럼 흐릿했다. 심하게 물린 두 팔은 들 힘도 없었다. 갑자기 헛구역질이 나오고 심장 박동이 빨라졌다. 쥐를 상상한 것이다. 그러나 쥐 울음도 들리지 않았고 쥐 냄새도 나지 않았다. 쥐도 없었고 쥐를 담았던 쌀독의 파편도 없었다. 공원방의 목소리가 먼저 귀에 닿았다.

"사람에겐 누구나…… 두려운 대상이 하나씩은 있어. 떠올리기만 해도…… 얼굴이 달아오르고 심장이 쿵쾅거려. 달아나고 싶고…… 숨고 싶지. 강송이 네가 쥐 떼를 만나는 동안, 이들도…… 최악의 두려움에 직면했어. 배교하겠다더군. 그들을 너무…… 탓하진 마. 그들로서도 최선을 다해 버티려고 애썼으니까. ……인사부터 해. 혈육보다…… 가까운 사이잖아?"

흐느낌이 들려왔다. 눈에 힘을 주고 앞을 살피려 애써도 겨우 형체만 보일 뿐이었지만, 강송이는 제 앞에 선 배교자들을 알아차렸다. 최연지 마리아, 공나나 더릐사, 두은심 안나, 가명례 말다, 박두영 엘니사벳이었다. 강송이가 쥐 떼와 씨름하는 동안, 그녀들도 곡성에서 끌려 올라와선 죽음보다 더한 두려움에 사로잡혔던 것이다. 강송이는 생각할 시간을 벌기 위해 말머리를 돌렸다.

"종사관은 야고버 회장님의 행처를 추궁하는데, 당신은 왜 엉뚱하게도 아가다에 매달리는 건가요?"

공원방이 곧바로 답했다.

"야고버를 잡겠다는 뜻은 같아……. 종사관을 위한 진짜 지름길이지…… 간단해! 변하는 행처를 찾기보단 불변하는 사람을 찾는 게다."

뒤이어 다섯 여인이 강송이에게 제각각 사정했다.

"수산나! 살려줘."

"제발, 시키는 대로 해."

"살자, 다 같이."

"충분해. 할 만큼 했잖아?"

다가와선 강송이를 끌어안고 속삭이듯 말한 이는 두은심이었다.

"배교자로 죽긴 싫어."

"아…….."

강송이는 그때 처음으로 흔들렸다.

두은심과 눈을 맞추곤 나머지 네 여인도 돌아보았다. 그들에게 지금 가장 필요한 것은 회두할 시간이었다. 배교하겠다는 말을 입 밖으로 내긴 했지만, 천주를 버린 것은 결코 아니었다. 배교자로 죽어 천주 앞에 서는 것이야말로 그들이 가장 피하고 싶은 일이었다. 그렇다고 다섯 여인이 지금 당장 배교를 취소하고 치명하겠노라 나설 용기도 없었다. 그들 각자의 쥐 떼가 가까운 곳에서 대기하고 있기 때문이다.

다섯 여인이 함께 치명하자고 나섰다면, 강송이는 기꺼이 목숨을 내놓았을 것이다. 천주의 어린 양으로 함께 살다 함께 죽는 것은 그들의 오랜 바람이었다. 그러나 강송이가 끝까지 입을 열지 않으면, 그리하여 그들이 함께 죽는다 해도, 강송이와 다섯 여인은 처지가 달랐다. 강송이는 치명자지만 그들은 배교자로 영원히 남을 것이다.

강송이는 다섯 여인에게 기회를 주고 싶었다. 함께 천당에 가기로 약조하지 않았는가. 닷새가 지났으니 길치목이 목사동으로 가서 아가다와 들녘을 피신시키기엔 충분한 시간이었다.

"할게요."

다섯 여인의 흐느낌이 동시에 멎었다가 한숨으로 바뀌었다.

공원방이 오른손에 지팡이를 짚고 일어섰다. 그리고 왼손에 지도첩을 집어 뒤뚱거리며 나아갔다. 강송이의 코앞에 지도첩을 들이대곤 넘기기 시작했다. 전라도 전도를 지나 감영이 자리 잡은 전주를 시작으로 각 군현의 지도가 이어졌다. 익산, 함열, 만경, 부안, 김제, 정읍, 진안, 임실, 장수, 운봉, 남원, 순창, 옥과.

"잠깐!"

강송이가 입을 연 곳은 놀랍게도 곡성이었다.

"곡성? 어디?"

그녀는 쥐 떼에게 뜯긴 검지로 〈곡성현도谷城縣圖〉의 옥에서부터 들을 지나 순자강을 따라 내려간 후 압록진에서 대황강을 거슬러 오르다가 골짜기로 들어가 멈췄다. 공원방이 서안 옆에 드리워진 줄을 잡아당겼다. 관우와 장비가 계단을 뛰어 내려왔다. 공원방이 명령했다.

"곡성 목사동으로 갈 것이다. 지금 당장!"

〈2권 마침 3권 계속〉

세례명과 인명 찾아보기

가다리나 가타리나　　　　바오로 바울로

가별 가브리엘　　　　　　발바라 바르바라

갸오로 가롤로　　　　　　방지거 프란체스코

골놈바 골룸바　　　　　　베드루 베드로

글나라 글라라　　　　　　벨녹스 펠릭스

나오렌시오 라우렌시오　　분도 베네딕토

다두 다테오　　　　　　　빌나도 빌라도

더리사 데레사　　　　　　살노매 살로메

도마 토마스　　　　　　　스데파노 스테파노

도밍고 도미니코　　　　　아가다 아가타

나사로 라자로　　　　　　아오스딩 아우구스티노

루가 루카　　　　　　　　안드리아 안드레아

누갈다 루갈다　　　　　　안또니 안토니오

누시아 루치아　　　　　　야고버 야고보

마두 마태오　　　　　　　엘니사벳 엘리사벳

마지아 마티아　　　　　　요안 세례자 요한

막다릐나 막달레나　　　　요왕 사도 요한

말구 마르코　　　　　　　유다스 가롯 유다

말다 마르타　　　　　　　이나시오 이냐시오

말셀니노 마르첼리노　　　이시돌 이시도로

바랍바 바라바　　　　　　프로다시오 프로타시오

사랑과 혁명2 천당과 지옥

초판 1쇄 2023년 9월 20일
초판 4쇄 2024년 7월 15일

지은이 | 김탁환
펴낸이 | 송영석

주간 | 이혜진
편집장 | 박신애 **기획편집** | 최예은 · 조아혜 · 정엄지
디자인 | 박윤정 · 유보람
마케팅 | 김유종 · 한승민
관리 | 송우석 · 전지연 · 채경민

펴낸곳 | (株)해냄출판사
등록번호 | 제10-229호
등록일자 | 1988년 5월 11일(설립일자 | 1983년 6월 24일)

04042 서울시 마포구 잔다리로 30 해냄빌딩 5 · 6층
대표전화 | 326-1600 **팩스** | 326-1624
홈페이지 | www.hainaim.com

ISBN 979-11-6714-067-8
ISBN 979-11-6714-069-2 (세트)

파본은 본사나 구입하신 서점에서 교환하여 드립니다.